의심스러운 싸움

의심스러운 싸움
In Dubious Battle

존 스타인벡 장편소설 윤희기 옮김

IN DUBIOUS BATTLE
by JOHN STEINBECK (1936)

이 책은 실로 꿰매어 제본하는 정통적인 사철 방식으로 만들어졌습니다.
사철 방식으로 제본된 책은 오랫동안 보관해도 손상되지 않습니다.

무장한 무수한 천사군(軍),
그의 통치를 싫어하고, 나를 좋아하며,
절대 권력에 힘으로써 항거하여
천상(天上)의 평원에서 의심스러운 싸움으로
그의 보좌를 뒤흔들었다. 패배, 그것이 문제인가?
모두가 다 패하는 건 아니다…… 꺾이지 않는 의지,
타오르는 복수심, 영원한 증오심,
결코 굴하거나 항복하지 않는 용기:
이 밖에 정복될 수 없는 것이 또 무엇인가.

―『실낙원 *Paradise Lost*』 중에서

이 이야기에 등장하는 인물과 지명은
모두 허구임을 밝혀 둔다.

의심스러운 싸움

9

역자 해설
넉넉한 마음을 바라며

435

존 스타인벡 연보

439

1

 마침내 저녁이 되었다. 거리에 불들이 켜지고, 길모퉁이 레스토랑의 네온사인도 현란하게 깜빡거리며 저녁 하늘에 새빨간 빛을 뿜어 대기 시작했다. 그 네온사인은 짐 놀란의 방에 뿌연 붉은빛으로 비쳤다. 두 시간 동안이나 하얀 침대 시트 위에 발을 올려놓은 채 작고 딱딱한 흔들의자에 앉아 있던 짐은 날이 어두워지자 침대 위에 올려놓았던 발을 내렸다. 다리가 저려 왔다. 그는 저린 다리를 손바닥으로 때리면서 반짝이듯 짜릿한 기운이 위로 올라왔다가 장딴지 쪽으로 내려가 사그라지는 동안 잠자코 앉아 있었다. 그러고는 일어서서 전구만 댕그렇게 달려 있는 전등에 손을 뻗어 불을 켰다. 방의 세간들이 환하게 모습들을 드러냈다 ― 백악처럼 하얀 요가 깔린 백색의 큼직한 침대, 오크나무로 만든 누런색의 옷장, 실올이 다 드러날 정도로 해진 그러나 깔끔해 보이는 붉은 카펫.
 짐은 방 한쪽 구석에 설치된 세면대로 걸어가서는 손을 씻고, 물기가 묻은 손가락으로 빗질을 하듯 머리를 쓸어내렸다. 그리고 세면대 위 방 모서리를 가로질러 고정되어 있는 거울을 통해 작고 거슴츠레한 자신의 눈을 한참 동안 뚫어지게 바라보았다. 그런 다음 포켓 클립으로 안주머니에 꽂혀 있던 빗을 꺼내서는 곧은 갈색 머리를 곱게 빗어 가지런히 가르마를 타기 시작했다. 다음에 그는 회색의 플란넬 셔츠를 입고 목 부분의 단추를 열어 놓은 채 검은색 양복을 그 위에 걸쳤다. 그리고 수건으로 비누의 물기를 닦고는 그 얇아진 비누 조각을 침대 위에 입을 벌리고 있는 종이 백 속으로 던져 넣었다. 종이 백 속에는 질레트 면도기 한 개와 새 양말 네 켤레, 그리고 회색 플란넬 셔츠 한 장이 들어 있었다. 그는 방을 이리저리 둘러보고는 종이 백의 윗부분을 비틀어 감았다. 거울을 한 번 더 쓱 쳐다본 다음 그는 불을 끄고 방을 나섰다.

좁고 카펫도 안 깔린 층계를 걸어 내려온 짐은 현관 입구 곁의 방문을 똑똑 두드렸다. 문이 빠끔 열리더니 한 여자가 얼굴을 내밀었다. 여자는 짐을 쳐다보고는 문을 활짝 열었다. 입가에 검은 점이 박힌 덩치가 큰 금발의 여자였다.

「놀란 씨…….」 여자는 짐에게 웃음을 지어 보였다.

「저, 지금 갈 겁니다.」

「돌아오실 거요? 방을 그대로 놔두리까?」

「아뇨, 아주 가는 겁니다. 나더러 오라는 편지가 한 통 왔어요.」

「아뇨, 댁의 편지는 한 통도 없었는데.」 여자는 미심쩍은 눈치였다.

「아, 일하는 곳에서 받았어요. 이제 아주 가는 겁니다. 방세는 일주일치를 미리 드렸죠?」

여자의 얼굴에서 웃음기가 서서히 사라졌다. 그녀의 표정이 갑자기 싹 달라지지는 않았지만 점점 발끈한 표정으로 변해 가는 것을 쉽게 눈치 챌 수 있었다. 말투도 딱딱해졌다.

「일주일 전에 알려 줬어야죠. 그게 규칙이에요. 나는 아무런 통지도 못 받았기 때문에 선불로 받은 방세, 돌려 드릴 수가 없군요.」

「압니다, 괜찮습니다. 실은 언제까지 이곳에 있을지 몰랐거든요.」

그러자 여주인의 얼굴에 다시 웃음이 돌아왔다. 「댁은 이곳에 오래 있지는 않았지만 참 조용하고 좋은 사람이었어요. 이 근처에 다시 오거든 이리로 곧장 오쇼. 내 방 하나 잡아 드리리다. 선원들 가운데 이곳 부두에 오면 매번 나를 찾아오는 사람들이 있다오. 내가 그치들 방을 마련해 주거든. 다른 곳엔 가려고 하지도 않는다오.」

「기억해 두겠습니다, 메어 부인. 참, 열쇠는 방에 놔뒀어요.」

「불은 껐우?」

「예.」

「그러면 내일 아침에 가면 되겠구먼. 들어와서 한잔하시려오?」

「아닙니다, 괜찮습니다. 지금 가야 해요.」

뭔가 알 듯하다는 표정으로 그녀의 눈이 가늘어졌다. 「누구한테 쫓기고 있우? 내가 도와줄 수도 있는데.」

「아닙니다, 쫓기기는요. 일자리를 새로 얻었을 뿐입니다. 그럼, 안녕히 계십시오, 메어 부인.」

그녀는 분이 칠해진 손을 내밀었다. 짐은 종이 백을 다른 손에 바꿔 쥐고는 그녀의 손을 꼭 잡았다. 손가락 아래로 부드러운 살의 감촉이 느껴졌다.

「잊어버리지 마쇼. 내 항상 방을 잡아 줄 수 있으니. 선원들이고 행상인들이고 모두 해마다 나한테 찾아온다오.」

「잘 알겠습니다. 안녕히 계십시오.」

짐이 현관문을 나서서 보도로 향하는 시멘트 계단을 내려갈 때까지 그녀는 짐의 모습을 바라보고 있었다.

짐은 모퉁이 쪽으로 걸어가서는 금은방의 진열장에 걸려 있는 시계를 쳐다보았다. 7시 30분. 그는 급한 걸음으로 동쪽을 향해 걷기 시작했다. 백화점과 전문용품 상점들이 들어차 있는 구역을 지나고, 저녁이 되어 조용해진 도매상 거리도 지나갔다. 좁은 거리에는 오가는 사람도 별로 없었고, 창고 입구들은 긴 나무 기둥과 전선 그물망이 쳐진 채 닫혀 있었다. 이윽고 그는 3층짜리 벽돌 건물들이 늘어선 허름한 거리로 들어섰다. 이들 건물의 1층에는 대개 전당포와 중고 공구상들이 자리 잡고 있었고, 나머지 2, 3층에는 손님들도 별로 찾아올 것 같지 않은 치과와 법률 사무소들이 들어서 있었다. 각 건물의 입구를 둘러보던 짐은 마침내 자신이 찾는 건물 번호를 발견하였다. 그는 컴컴한 입구로 들어서서는 고무깔개가 놓여 있고 앞 가장자리에 놋쇠대를 댄 좁은 계단을 따라 올라갔다. 계단 맨 꼭대기에는 작은 야간 등이 켜져 있었지만 어둡고 긴 복도에는 오직 한 곳의 문에서만 무광택 유리를 통해 불빛이 새어 나오고 있었다. 그 쪽으로 다가간 짐은 문 유리에 붙어 있는 〈16〉이라는 숫자를 확인하고는 노크를 했다.

「들어오시오.」 날카로운 목소리가 들려왔다.

짐은 문을 열고 별다른 가구 장식이 없는 작은 사무실로 들어섰다. 책상 하나, 철제 파일 캐비닛 하나, 군용 간이침대, 그리고 두 개의 수직 의자가 놓여 있을 뿐이었다. 책상 위에는 전기냄비가 놓여 있고, 그 위에 있는 작은 양철 커피포트에서는 커피가 부글부글 끓고 있었다. 책상 앞에 앉아 있던 한 사내가 근엄한 표정으로 짐을 올려다보았다. 그는 자기 앞에 놓여 있던 카드를 흘긋 쳐다보면서 물었다. 「짐 놀란?」

「예, 그렇습니다.」 짐은 작은 키에 검은 양복을 말쑥하게 차려입은 그 사내를 찬찬히 쳐다보았다. 숱 많은 그의 머리는 오른쪽 귀 위에 가로로 나 있는 1센티미터가량의 허연 흉터를 가리려는 의도에서인지 머리 꼭대기에서 양쪽으로 곧게 빗겨져 있었지만, 흉터는 그대로 드러났다. 눈은 날카롭고 검었는데, 몹시 초조한 듯 시선이 짐에게서 카드로, 벽에 달린 달력으로, 자명종으로, 그러곤 다시 짐에게로 끊임없이 계속 움직였다. 코는, 콧마루 부분은 크고 두툼하면서 코끝은 가느다랗고 뾰족했다. 한편 입은, 한때는 도톰하고 부드러웠던 것 같지만, 습관적인 근육 긴장 탓인지 굳게 다물어져 있어 양쪽 입술이 하나의 깊은 선을 이루고 있었다. 나이는 마흔이 안 넘어 보였지만 얼굴에는 공격선을 막는 저항선처럼 괄호 꼴의 주름살이 깊이 패어 있었다. 그의 손은 몸집에 비해 너무 큰 듯 보였으며, 평평하고 두꺼운 손톱에 끝이 주걱 모양처럼 생긴 손가락들은 길쭉길쭉했다.

그의 눈과 마찬가지로 손도 초조함을 달리 감출 수 없는 듯 더듬거리는 맹인의 손처럼 책상 위를 이리저리 움직였다. 서류의 모서리를 만지작거리더니 다음에는 책상의 귀퉁이를 따라 움직였으며, 이내 조끼의 모든 단추들을 만지작거렸다. 그의 오른손이 전열판으로 가더니 플러그를 빼내었다.

짐은 조용히 문을 닫고 책상을 향해 걸어갔다. 「여기로 오라는 연락을 받았습니다.」

그 사내는 갑자기 일어서더니 오른손을 쑥 내밀었다. 「나는 해리 닐슨이오. 당신의 입당 원서를 받았소.」

짐은 그와 악수를 나누었다.

「자, 앉으시오, 짐.」깐깐한 목소리가 짐짓 부드러운 투로 바뀌었지만 마지못해 그러는 것 같았다.

짐은 의자 하나를 끌어당겨 책상 가까이에 앉았다. 해리는 책상 서랍을 열더니 우유 깡통과 설탕이 담겨 있는 컵, 그리고 묵직하게 생긴 커피 잔 두 개를 꺼냈다. 우유 깡통엔 구멍들이 뚫려 있었고, 그 구멍들엔 성냥개비들이 플러그처럼 꽂혀 있었다. 「커피 한잔 드시겠소?」

「그러죠.」

해리는 블랙커피를 잔에 부으면서 말했다. 「자, 짐, 우리가 지원자들을 처리하는 방식은 이렇소. 당신의 카드는 당위원회에 보내졌고, 나는 당신과 이야기를 나눈 뒤 보고서를 작성해야 하오. 위원회에서 보고서가 통과되면 당원들이 투표를 해서 가부를 결정짓소. 때문에 내가 아주 시시콜콜하게 질문하더라도 이해하기 바라오. 어쩔 수가 없소.」그는 커피에 우유를 따른 다음 눈을 들었다. 그의 눈가에 잠시 미소가 감돌았다.

「알고 있습니다. 당신네들이 노조 연맹보다 더 까다롭다는 이야기를 들었습니다.」

「당연히 그럴 수밖에 없소!」해리는 설탕 통을 짐 앞으로 밀더니 느닷없이 질문을 꺼냈다. 「당신이 공산당에 가입하려는 이유가 뭡니까?」

짐은 자신의 커피를 저었다. 뭔가를 골똘히 생각하고 있는 듯 얼굴은 일그러졌고, 시선은 무릎을 향하고 있었다. 「음······ 이런저런 이유는 많지요. 그러나 주된 이유는 이렇습니다. 이 체제로 인해 우리 식구는 모두 파멸하고 말았어요. 제 아버님은 노동 쟁의를 하다가 죽도록 두들겨 맞고 정신이 좀 이상해지셨지요. 전에 일하시던 도살장을 다이너마이트로 폭파시켜야겠다는 생각을 하셨던 모양입니다. 그러다가 폭동 진압 경찰이 쏜 사냥용 산탄을 한가득 맞고 말았어요.」

해리가 말을 가로막고 나섰다. 「당신 아버님 성함이 로이 놀란 씨 맞죠?」

「예, 3년 전에 살해되셨지요.」

「저런! 그 양반 이 지방에서 가장 뚝심이 세다고 명성이 자자했는데. 맨주먹으로 경찰 다섯을 때려 눕혔다는 소문을 들었소.」

짐이 씩 웃었다. 「능히 그러실 분이죠. 하지만 나갈 때마다 여섯 놈하고 상대를 했던 모양입니다. 늘 죽도록 얻어맞으셨으니까요. 매번 피범벅이 돼서 돌아오셨으니……. 그럴 때는 늘 요리용 화덕 가까이에 앉아 계시곤 했지요. 그냥 그대로 두고 볼 수밖에 없었어요. 말을 붙일 수가 있어야지요. 말만 붙이면 울어 대시니……. 나중에 어머니가 피를 닦아 드리면 개가 낑낑대듯 흐느껴 우셨답니다.」 짐은 잠시 멈추었다가 다시 말을 이었다. 「당신도 아시겠지만 제 아버님은 도살장의 도살꾼이었어요. 몸에 좋다고 막 도살된 짐승들의 따뜻한 피를 후루룩 마시곤 하셨지요.」

해리는 짐을 쳐다보더니 이내 눈길을 돌렸다. 그는 입당 원서의 한쪽 귀퉁이를 접고는 그것을 엄지손톱으로 쓱쓱 문질렀다. 「어머니는 살아 계시오?」 부드러운 목소리로 그가 물었다.

짐은 눈을 가늘게 뜨고 말했다. 「한 달 전에 돌아가셨습니다. 제가 부랑죄로 30일 동안 감옥에 갇혀 있을 때였습니다. 어머니의 임종이 가까웠다는 연락이 왔어요. 경찰을 하나 붙여 집으로 보내 주더군요. 도대체 회복되실 것 같지가 않았어요. 말씀도 전혀 못 하셨고요. 어머니는 가톨릭 신자셨는데, 아버님은 어머니가 성당에 다니지 못하게 하셨지요. 도대체 교회 같은 곳은 죽어라 하고 싫어하셨으니까요. 어머니는 그저 저만 멍하니 바라보셨어요. 그래서 제가 〈신부님을 불러 드릴까요〉라고 물어보았지만, 아무 대답 없이 그저 바라만 보시는 거예요. 그날 아침 4시경에 눈을 감으셨답니다. 전혀 돌아가시는 것 같지가 않았대요. 장례식에는 가지 않았습니다. 제가 원했다면 보내 주었겠지만 가고 싶지가 않았어요. 제 생각에 어머님은 더 이상 삶의 의욕이 없으셨던 것 같아요. 아마 지옥에 떨어진다 해도 전혀 상관치 않으셨을 겁니다.」

「당신, 그 커피 마시고 필요하면 좀 더 마시도록 하시오. 잠에서 덜 깬 사람처럼 보이는군. 혹시 뭐 먹은 거 아니오?」 해리가 약간 신경질적인 투로 말을 건넸다.

「흥분제 같은 거 말씀입니까? 천만에요, 술은 한 모금도 마시지 않는걸요.」

그러자 해리는 종이 한 장을 꺼내 그 위에 몇 자 적더니 재차 질문을 던졌다. 「어떻게 해서 부랑죄로 체포되었소?」

짐은 목소리에 힘을 주어 말했다. 「저는 툴만 백화점에서 포장계장으로 일하고 있었습니다. 어느 날 영화 구경 갔다가 집으로 돌아오는 길에 링컨 광장에 사람들이 모여 있는 걸 봤어요. 그래 무슨 일인가 하고 서서 구경을 했지요. 공원 한가운데서 어떤 사람이 연설을 하고 있더군요. 저는 더 잘 보려고 모건 상원의원 동상의 받침돌 위에 올라섰어요. 그때 사이렌 소리가 울리더니 반대편에서 폭동 진압대가 몰려오는 것이 보이더군요. 그런데 내 뒤쪽에서도 밀고 들어왔던 겁니다.

뒤에서 그놈들이 제 목 바로 뒷부분을 후려쳤어요. 정신이 들었을 땐 이미 부랑죄라는 죄목을 뒤집어쓰고 난 뒤더군요. 한참 동안 머리가 어지러워서 혼났지요. 바로 여기, 여기를 맞았습니다.」 짐은 두개골 바로 밑의 목 뒷부분을 손가락으로 가리켰다. 「저는 그자들에게 〈난 부랑자가 아니다, 직장도 가지고 있다〉 그렇게 말했지요. 그러곤 백화점의 지배인으로 있는 웹 씨를 불러 달라고 했어요. 웹 씨가 불려 왔어요. 와서는 어디서 나를 체포했냐고 묻더군요. 담당 경사가 〈급진주의자 집회〉에서 잡아 왔다고 대답합디다. 그러자 그 양반이 나를 전혀 본 적이 없다는 거예요. 그래서 별수 없이 콩밥 먹었지요.」

해리가 커피포트 코드를 다시 꽂자 포트 속의 커피가 부글부글 끓기 시작했다. 「짐, 당신 좀 취한 것 같아 보이는데…… 왜 그런 거요?」

「모르겠습니다. 살아 있다는 느낌이 들지 않아요. 과거의 모든 일은 이제 다 지나갔어요. 여기 오기 전에 하숙집 계산도 다 마무리 지었지요. 일주일치 선불로 준 돈이 있기는 합니다만, 다시는 그 근처에 가기도 싫습니다. 인연을 다 끊어 버리고 싶은 심정입니다.」

해리는 커피를 잔에 가득 부었다. 「보시오, 짐, 우리 당원이 되는 것이 어떤 것인지를 이제부터 알려 드리겠소. 당원이 되면 결정을 내려야 할 모든 사항에 대해 투표할 권리를 갖게 되오. 하지만 한번 투표로 결정된 사항은 무조건 따라야 됩니다. 우리 당에서는 여유 자금이 생기면 일선 공작원들에게 매달 식비로 20달러씩 지급해 주려고 애쓰고 있소. 여태까지는 자금이 넉넉한 적이 없었지만 말이오. 자, 이제는 기본 활동

임무에 대해 얘기할 테니 잘 들으시오. 현장에 내려가면 당신은 노동자들과 함께 일을 해야 하오. 그리고 일이 끝난 다음부터는 당의 일을 해야 하는 거요. 그러다 보면 어떤 때는 하루에 열여섯 내지 열여덟 시간씩 일을 해야 하는 경우도 생길 것이오. 물론 당신 밥은 당신이 알아서 해결해야 하오. 해낼 수 있을 것 같소?」

「예.」

해리는 손가락 끝으로 책상 여기저기를 문질러 댔다. 「대부분의 경우 당신이 도와주려고 애쓰는 바로 그 사람들이 당신을 증오하는 일이 일어날 것이오. 무슨 말인지 알겠소?」

「알겠습니다.」

「자, 그런데 당신이 입당하려는 이유가 도대체 뭐요?」

짐은 착잡한 듯 어슴푸레한 눈을 반쯤 감았다. 그러더니 잠시 후 말문을 열었다. 「감방에 공산당원들이 몇몇 있었는데, 그들이 설득시키더군요. 제 인생은 온통 뒤죽박죽이었지만 그들은 달랐어요. 무언가를 위해 일을 했었더군요. 저도 그러고 싶었지요. 죽어 있다는 느낌밖에 안 들었어요. 다시 살아나야겠다고 생각했습니다.」

해리는 고개를 끄덕였다. 「알겠소, 정말 옳은 말이오. 학교는 어디까지 다녔소?」

「고등학교 2학년까지 마쳤죠. 그러곤 바로 직장에 다녔습니다.」

「말하는 거로 봐서는 공부를 더 많이 한 것 같구먼.」

짐은 웃음을 지어 보였다. 「책을 많이 읽었습니다. 제 아버님은 그걸 싫어하셨지만 저는 마구 읽어 댔죠. 어느 날 공원에서 어떤 사람을 만났는데, 그 사람이 읽을 책의 목록을 만들어 주더군요. 진짜로 많이 읽었죠. 그 사람은 플라톤의 『공화국』, 『유토피아』 그리고 벨러미가 쓴 책들, 그러고는 헤로도토스, 기번, 매콜리, 칼라일, 프레스콧 같은 사람들이 쓴 책들, 또 스피노자나 헤겔, 칸트, 니체, 쇼펜하우어 같은 사람들의 책들을 목록으로 작성해 주었죠. 심지어는 『자본론』도 읽어 보라고 하더군요. 스스로를 괴짜라고 칭하며 돌아다니는 사람이에요. 자기는 사물에 푹 빠지지 않고 그것에 대한 지식을 얻고 싶다더군요. 방향이 같은 책들을 한데 모아서 읽기를 좋아한대요.」

해리 닐슨은 한동안 말없이 앉아 있다가 입을 열었다. 「왜 우리가 극도로 조심스럽게 행동해야 하는지 알고 있겠죠? 우리에겐 두 가지 징계가 있는데, 하나는 견책이고 또 하나는 축출이오. 당신이 우리 당에 가입하기를 몹시 바라고 있고 또 보기에도 좋은 사람 같으니 내가 추천해 주는 거요. 하지만 투표에서 입당이 부결될지도 모르니 그렇게 알고 있으시오.」

「감사합니다.」

「그리고 혹 당신이 본명을 사용할 경우, 그 일 때문에 피해를 볼 친척이 있는 것은 아니오?」

「삼촌이 한 분 계십니다. 성함은 시어도어 놀란이고 기계 수리공이시죠. 그렇지만 놀란이란 성은 아주 흔해 빠진걸요.」

「내가 보기에도 그런 것 같소. 돈은 얼마나 갖고 있소?」

「3달러쯤 될 겁니다. 더 있었는데 장례식 때 써버렸죠.」

「한데 어디서 묵을 작정이오?」

「글쎄요, 새 출발하기로 마음먹고는 모든 인연을 끊었으니…… 미적지근하게 질질 끄는 게 싫었거든요.」

해리는 사무실 안을 쓱 둘러보면서 말했다. 「나는 여기서 살고 있소. 먹고, 자고, 일하고, 그렇소. 바닥에서 자도 괜찮다면 며칠간은 여기에 있어도 좋소.」

「바닥이라도 좋습니다. 아무러면 감방 침대보다야 더 부드럽겠지요.」

짐의 얼굴에 기쁨의 미소가 떠올랐다.

「그런데, 저녁은 먹었소?」

「아 참, 깜박했군요.」

「나한테 속고 있다는 생각이 들면 혼자 가서 먹어도 좋소. 당신은 3달러나 가지고 있지만 나는 땡전 한 푼 없으니.」 해리의 목소리가 돌연 성마르게 들려왔다.

짐은 웃으면서 말했다. 「자, 같이 가시죠. 가서 우리 마른 청어하고 치즈 바른 빵이나 먹어요. 그리고 내일 먹을 스튜거리나 좀 사둬야겠어요. 그래도 제 스튜요리 하나는 알아줄 만합니다.」

해리 닐슨은 마지막 남은 커피를 잔에 따랐다. 「짐, 당신 이제 좀 깨어나는 것 같군. 이제 좀 괜찮아 보이는구려. 그런데 당신, 앞으로 어떤 신세가 될지 모르고 있소. 내가 말해 줄 수도 있지만 당신이 직접 겪어 보는 것이 더 의미 있는 일이 될 거요.」

짐은 찬찬히 그를 바라보며 말했다. 「아니, 월급을 올려 받을 만한 충분한 기술이 있는데도 해고시키고 그 자리에 다른 사람을 앉혀 놓는 그런 직장에서 일해 보신 적이 있으십니까? 회사에 충성하라고 하는데, 그 충성이라는 게 동료들을 밀고하는 그런 회사에서 근무해 보신 적이 있어요? 젠장, 하나도 밀질 게 없습니다.」

해리는 조용하게 말을 받았다. 「증오심 말고는 아무것도 없지. 하나 이제부터 사람들에 대한 증오심이 사라지는 것을 보면, 당신 깜짝 놀랄 거요. 왜 그렇게 되는지는 나도 모르지만, 흔히들 그렇게 되오.」

2

 하루 종일 짐은 안절부절못하였다. 장문의 보고서를 작성하고 있던 해리 닐슨은 짜증이 나는지 여러 차례 짐에게 눈길을 주더니, 마침내 입을 열었다. 「보시오, 원하면 당신 혼자서 우리 숙소에 가도 되오. 못 갈 이유가 없지. 그러나 한 시간만 있으면 내 일이 다 끝나니 그때 같이 가도록 합시다.」
 「꼭 이름을 바꿔야 하는 건지, 이름을 바꾸는 게 어떤 이득이 있는지, 그걸 생각하고 있었습니다.」
 해리는 다시 그의 보고서로 눈을 돌렸다. 「당신은 막중한 임무를 맡게 될 거요. 그러면 감방을 제집 드나들듯 해야 하고 이름도 여러 번 바꿔야 할 거요. 우리에겐 이름이란 게 번호 이상의 아무런 의미도 없는 것이오.」
 짐은 창가로 다가가서는 밖을 내다보았다. 벽돌담이 두 건물 사이의 좁은 공터와 경계를 이루며 맞은편에 세워져 있었다. 건물 담벼락에 공 던지기를 하며 놀고 있는 아이들이 내지르는 시끄러운 소리가 닫힌 창을 통해 희미하게 들려왔다.
 「저도 어렸을 적엔 공터에서 자주 놀았죠.」 짐이 말을 꺼냈다. 「늘 싸움질이나 했던 것 같아요. 저 아이들도 자주 싸우지 않나 모르겠어요.」

해리는 보고서를 계속 써 내려가며 말을 받았다. 「저놈들도 마찬가지요. 내 가끔 창밖으로 내다보면 저 녀석들도 싸움질깨나 하지.」

「옛날에 누나가 한 명 있었어요. 공터에서 노는 아이들이 거의 다 두 손 들었죠. 구슬치기를 정말 끝내 주게 잘했거든요. 해리, 정말입니다. 손가락 마디를 땅에 대고 3미터 거리에 있는 구슬을 명중시킨다니까요.」

해리가 고개를 들었다. 「누나가 있었다는 건 몰랐는걸. 그래, 누나는 어떻게 됐소?」

「모르겠습니다.」

「모른다고?」

「예, 이상한 일이었어요······. 이상한 것도 아니었지요, 흔히 일어나던 일이었으니까요.」

「무슨 소릴 하는 거요? 누나가 어찌 됐는지 모른다니.」 해리는 연필을 내려놓았다.

「말씀드리죠. 누나 이름은 메이였어요. 저보다 한 살 위였죠. 우리는 항상 부엌에서 잤어요. 각자 조그만 침대는 하나씩 있었지요. 내가 열세 살이고 누나가 열넷이었을 때, 누나는 옷 갈아입는 작은 공간 같은 것을 만든답시고 한쪽 귀퉁이를 천으로 쳐서 막아 놓더군요. 장난도 잘 쳤어요. 다른 여자애들과 어울려서 건물 아래층으로 향하는 계단에 앉아서는 남자아이들이 지나갈 때마다 깔깔거리며 장난을 쳤지요. 노란 머리에, 조금 예쁜 축에 끼였어요. 어느 날 저는, 지금은 은행이 들어섰지만 옛날엔 공터였던 23번가와 풀턴가가 마주하는 곳에서 공놀이를 하다가 집으로 돌아왔어요. 계단을 통해 집에 올라가니 어머니가 물으시더군요. 〈아래 계단에서 메이 못 봤니?〉라고요. 못 봤다고 대답했지요. 얼마 안 있어 아버님도 일을 끝내시고 돌아오셨어요. 아버님이 〈메이 어디 갔어?〉라고 묻자 어머니가 〈아직 안 들어왔어요〉라고 대답하셨죠. ……모든 일이 다 기억에 생생하니 참 묘한 일이에요, 해리. 죄다 기억이 납니다. 사람들이 무슨 말들을 했는지, 그리고 어떤 눈으로 쳐다봤는지……. 우리는 저녁도 미룬 채 한참을 기다렸어요. 조금 있다가 아버님이 화가 나셨는지 턱을 쭉 빼시며 말씀하셨어요. 〈밥이나 먹지. 애가 점점 영악해지는구먼. 제 딴엔 컸으니 두들겨 맞지 않을 거라고 생각하는 모양이야.〉 이렇게 말입니다. ……어머니는 푸른 눈을 가진 분이셨어요. 하얀 돌처럼 보였던 것 같아요. 어쨌건 저녁 식사 후 아버님은 난롯가 의자에 앉아 계셨죠. 점점 더 화가 치미시는 모양이었어요. 어머니가 아버님 곁에 가서 앉으시고 저는 잠을 자러 갔어요. 어머니가 아버님한테서 고개를 돌리시더니 입술을 움직이는 게 보였어요. 아마 기도를 하셨던 모양이에요. 가톨릭 신자였거든요. 아버님은 교회를 죽어라 싫어하셨지만요. 아버님은 누나가 들어오기만 하면 혼쭐을 낼 거라고 수시로 버럭버럭 화를 내셨어요……. 11시쯤 돼서 두 분은 불을 켜두신 채 침실로 가셨답니다. 그러고도 한참 동안 말씀하시는 소리가 들렸어요. 그날 밤 저는 두세 번 깨서는 어머니가 침실에서 밖을 내다보시는 모습을 봤답니다. 그때 어머니의 눈이 바로 하얀 공깃돌 같았어요.」

짐은 창가에서 돌아서더니 침대 위에 걸터앉았다. 해리는 연필로 책상 끝을 파내고 있었다. 짐이 계속 말을 이었다. 「다음 날 아침 일어났을 때 밖엔 이미 햇빛이 가득했어요. 불은 여전히 켜져 있었죠. 우습게 들릴지 모르겠습니다만, 밖은 환한데 불이 켜져 있는 것을 보니까 좀 외롭다는 느낌이 들더군요. 곧 어머니가 침실에서 나오시더니 난로에 불을 지피셨어요. 얼굴은 푸석푸석하고 눈에는 전혀 힘이 없더군요. 그리고 아버님도 나오셨어요. 마치 양 눈 사이를 누구한테 얻어맞으신 것처럼 행동하셨어요. 말할 기운도 없으셨나 봐요. 일터에 나가시기 직전에야 이렇게 말씀하셨죠. 〈가까운 파출소에 들러 보겠소. 혹 차에 치인 것이나 아닌지······.〉 저는 학교에 갔다가 수업이 끝난 후 집으로 곧장 왔습니다. 어머니는 혹시 메이를 봤는지 동네 여자아이들에게 물어보라고 하시더군요. 그때쯤에는 누나가 없어졌다는 소문이 동네에 쫙 퍼졌었죠. 아무도 누나를 봤다는 사람이 없었어요. 모두 무서워 떨었죠. 얼마 후 아버님이 들어오셨어요. 오시는 길에 경찰서에 들르셨다면서, 〈경찰이 인상착의를 적더니 열심히 찾아보겠다고 하는군〉 이렇게 말씀하셨지요······. 그날 밤도 전날 밤과 다를 바 없었어요. 아버님과 어머니는 나란히 앉아 계셨고, 특히 아버님은 한 말씀도 안 하셨어요. 두 분은 또다시 불을 밤새도록 켜두셨죠. 그다음 날 아버님은 또다시 경찰서에 들르셨어요. 그러자 경찰에서는 형사 한 명을 보내 동네 아이들에게 몇 가지를 물어보았고, 저희 집에도 경찰 한 명이 오더니 어머니와 몇 마디 나누더군요. 결국에는 계속해서 탐문 수사를 하겠노라고 말했지만, 그게 전부였어요. 그 이후론 누나 소식을 전혀 듣지 못했으니까요.」

해리가 연필로 책상을 찌르자 연필심이 부러졌다. 「당신 누나, 어느 놈팡이하고 놀아나다 도망간 것 아니오?」

「모르겠어요. 여자아이들은 그렇지 않다고 했어요. 그리고 만약 그랬더라면 걔네들이 알았을 겁니다.」

「누나에게 무슨 일이 일어났는지 짐작 가는 데도 전혀 없었단 말이오?」

「전혀. 그냥, 어느 날 사라진 겁니다. 눈에 안 보이게 된 거죠. 2년 후 똑같은 일이 베르타 릴리라는 여자아이에게도 일어났어요…… 그냥 없어져 버린 거죠.」

짐은 손으로 턱 언저리를 쓰다듬었다. 「제 생각인지는 모르겠습니다만, 그때부터 어머니는 더욱더 말씀이 없으셨어요. 그저 기계처럼 움직이시면서 한마디도 안 하시더군요. 눈도 꼭 죽은 사람 눈 같았어요. 그런데 그게 아버님을 더욱 화나게 만드셨나 봅니다. 걸핏하면 주먹질이었으니까요. 한번은 일하러 나가셨다가 모넬 통조림 공장의 십장 한 사람을 두들겨 패서 폭행죄로 90일을 사셨죠.」

해리는 창밖을 내다보더니 갑자기 연필을 내려놓고 몸을 벌떡 일으켜 세웠다. 「따라오시오! 내 당신을 우리 숙소로 데려가야겠소. 당신이 없어야 이 보고서를 끝낼 수 있을 것 같소. 당신을 데려다 주고 와서 해야지, 이거 원.」

그 말을 듣고 짐은 라디에이터 쪽으로 걸어가서는 아직 마르지 않은 그의 양말 두 짝을 집어 들었다. 그는 양말을 둘둘 말고는 종이 백 속에 집어넣었다. 「그쪽에 가서 말려야겠군요.」

해리는 모자를 쓴 다음 보고서를 접어서 주머니에 집어넣었다. 「이따금씩 경찰들이 이곳을 조사한다오. 아무것도 남겨 두어선 안 되오.」 그는 사무실 문을 잠그고 밖으로 나섰다.

그들은 도시의 상업 중심지를 통과하고 아파트 단지들을 지나 계속해서 걸어갔다. 이윽고 구식 집들이 늘어선 지역으로 들어섰다. 집집마다 마당이 딸려 있었다. 해리가 차도로 접어들면서 말했다.「여기요, 이 집 뒤쪽이지.」

그들은 자갈이 깔린 차도를 따라 집 뒤쪽에 있는, 막 새로 칠을 한 듯 보이는 작은 오두막 같은 집에 도착하였다. 해리가 다가가 문을 열고는 짐에게 들어오라고 손짓을 했다.

집에는 큼직한 방 한 개와 간이 부엌이 딸려 있었다. 큰방에는 군용 담요가 덮인 철제 침대가 여섯 개 놓여 있었다. 안에는 세 사람이 있었는데, 두 사람은 침대에 누워 있었고, 덩치가 큰 나머지 한 사람은 꽤 유식한 프로 복서의 얼굴을 하고 타자기를 닭 모이 쪼듯 천천히 두드리고 있었다.

해리가 문을 열고 들어섰을 때 고개를 홱 돌려서 쳐다보던 그 덩치 큰 사내는 얼굴에 미소를 머금은 채 일어서서 다가왔다.「어이, 해리, 어쩐 일인가?」

「이 사람이 짐 놀란일세. 기억나지? 왜, 언젠가 밤에 얘기했었지. 짐, 이쪽은 맥일세. 이 지역에선 어느 누구보다도 일선 임무에 대해서 잘 알고 있는 사람이지.」

맥이 히죽 웃었다.「만나서 반갑소, 짐.」

해리는 나가려고 돌아서면서 말했다.「그 친구를 잘 돌보게, 맥. 일을 시켜. 나는 가서 보고서를 완성해야 하네.」그러면서 그는 누워 있는 나머지 두 사람에게 손을 흔들어 보였다.「잘들 있게, 동무들.」

문이 닫히자 짐은 방을 둘러보았다. 나무판자로 댄 벽에는 아무것도 걸려 있지 않았다. 그리고 의자라곤 타자기 앞에 놓여 있는 것이 전부였다. 부엌에서는 소금에 절인 쇠고기 졸이는 냄새가 풍겨 왔다. 짐은 고개를 돌려 맥을 바라보았다. 넓은 어깨, 긴 팔, 그리고 양쪽 눈 아래 살이 펑퍼짐하고 광대뼈 사이가 널찍해서 마치 스웨덴 사람의 모습 같은 그의 얼굴을 짐은 유심히 쳐다보았다.

느닷없이 맥이 말을 꺼냈다. 「우리가 개라면 더 좋았을 텐데 뭐, 서로 눈치보고 할 것 없이 대뜸 친해지든가 아니면 맞붙어 싸우든가 할 텐데. 해리는 자네가 괜찮다고 하더군. 해리가 잘 알 테니 맞겠지. 자, 이리 와서 서로 인사들 나누게. 이 얼굴이 허연 친구가 딕일세. 침실의 급진주의자라네. 딕 덕분에 우리는 케이크를 많이 얻어먹고 있지.」

침대에 누워 있던, 검은 머리의 얼굴이 허연 사내가 히죽히죽 웃으며 손을 내밀었다.

맥은 계속 말을 이어 갔다. 「보게, 얼굴이 얼마나 미끈한가? 우리는 이 친구를 바람둥이라고 부르네. 이자가 여자들에게 노동 계급에 관해 한번 이야기했다 하면 우리는 정말 맛좋은, 불그레한 설탕이 발라진 케이크를 손에 넣을 수 있다네. 안 그런가, 딕?」

「웃기지 좀 마십시오.」 딕은 그래도 기분이 좋아 보였다.

자신의 팔로 짐을 이끌던 맥은 또 다른 침대 위의 사내를 향해 짐을 돌려세웠다. 그자는 나이를 얼마나 먹었는지 분간하기가 어려웠다. 얼굴은 시들고 찌그러져 있었으며, 코는 뭉개져서 얼굴에 평평하게 붙어 있었고, 묵직하게 보이는 턱은 양쪽으로 축 처져 있었다. 맥이 말을 꺼냈다. 「이쪽은 조이일세. 퇴역 군인이지. 안 그래요, 조이?」

「그래, 맞아.」 조이의 눈빛이 이글거리듯 타올랐다. 하지만 그 눈빛은 이내 다시 사라지고 말았다. 그의 머리는 여러 번 실룩실룩 움직였으며, 무슨 말을 하려는 듯 열린 그의 입에서는 〈그래, 맞아〉 하는 소리만 되풀이되어 울릴 뿐이었다. 마치 어떤 논쟁을 끝내려는 식의 매우 엄숙한 말투였다. 그는 한쪽 손으로 다른 쪽 손을 매만지고 있었다. 짐은 그 손들이 짓뭉개져 있으며, 상처투성이임을 볼 수 있었다.

「조이는 누구와도 악수를 않는다네. 뼈들이 다 부러져서 악수를 하면 아프거든.」맥이 설명했다.

그러자 조이의 눈이 다시 이글거리며 타올랐다.「왜 그런지 아나?」그는 째지는 듯한 소리를 내질렀다.「두들겨 맞았기 때문이야, 그게 이율세! 나무에 손이 묶인 채로 흠씬 두들겨 맞았지. 더구나 말을 타고 나를 짓밟았으니.」조이는 계속 소리를 질렀다.「나는 죽도록 두들겨 맞았지. 안 그런가, 맥?」

「맞아요, 조이.」

「그리고 말이야, 내가 절절 기었나, 맥? 그 자식들이 나를 죽도록 두들겨 팰 때까지 내가 그놈들에게 개자식들이라고 계속 욕을 해댔지, 그렇지?」

「그래요, 조이. 하지만 말이오, 입만 다물고 있었어도 그놈들이 그렇게까진 하지 않았을 거요.」

대뜸 조이의 목소리는 미쳐 발광하는 듯했다.「아냐, 그 자식들은 개자식들이야. 물론 내가 그렇게 욕을 해댔지. 손에 수갑을 채우고 머리를 두들겨 패다니. 말을 타고 짓밟았다고! 내 손을 보려오? 이 손이 말에 밟힌 손이오. 그래도 나는 욕을 퍼부었지. 맞지, 맥?」

맥은 몸을 굽히더니 그를 토닥거려 주었다.「맞아요, 조이. 아무도 당신 입을 막지 못할 거요.」

「이리 와보게, 짐.」맥은 짐을 방 한구석으로 데려갔다. 작은 테이블 위에 타자기가 놓여 있었다.「타자 칠 줄 아나?」

「조금요.」

「여…… 잘됐군! 자네 바로 일을 시작할 수 있겠네.」그러면서 맥은 목소리를 낮추었다. 「조이는 신경 쓰지 말게. 너무 얻어맞아 정신이 어리벙벙해졌어. 머리를 너무 맞았어. 말썽 부리지 않도록 신경 써줘야 한다고.」

「제 아버님도 저 비슷했어요.」 짐이 말했다. 「한번은 길에서 아버님을 만났죠. 커다란 원을 그리며 비틀비틀 걷고 있었지만 자꾸 왼쪽으로 쏠리는 거예요. 그래 내가 똑바로 걷도록 잡아 드렸죠. 구사대(求社隊)에 속한 어떤 비조합원 한 놈이 손가락 관절에 쇳조각을 끼우고는 그걸로 아버님 귀 아래를 후려쳤다고 하더군요. 그래서 방향 감각을 잃으셨던 모양이에요.」

「자, 여기 편지 원본이 있네. 그리고 타자기엔 먹지 넉 장을 끼워 놨네. 똑같은 편지 스무 통을 만들어야 한다고. 어때, 나는 저녁을 준비할 테니 자네가 해보겠나?」

「해보죠.」

「자판을 세게 두드려야 돼. 먹지가 별로 안 좋거든.」 그러고는 부엌으로 들어가면서 소리쳤다. 「딕, 이리 나와서 코가 좀 얼얼하겠지만 양파 좀 까주겠나?」

딕이 일어나서는 소매를 팔꿈치 위까지 걷어 올리면서 맥을 따라 부엌으로 들어갔다.

짐은 천천히 서투른 그의 타자 솜씨를 발휘하기 시작했다. 그때 조이가 그의 침대에서 슬며시 빠져나와서는 짐에게 다가왔다. 「상품은 누가 생산하나?」 조이가 물었다.

「노동자들이죠.」

그러자 여우같이 교활한 표정이 조이의 얼굴에 감돌았다. 매우 똑똑해 보이면서도 음흉한 얼굴이었다. 「그러면 이윤은 누가 먹지?」

「자본가요.」

조이가 소리를 빽 질렀다. 「그놈들은 아무것도 생산하지 않잖아. 무슨 권리로 이윤을 먹는 거야?」

맥이 부엌문을 통해 들여다보고는 손에 숟가락을 든 채 얼른 걸어 나왔다. 「내 말 좀 들어 봐요, 조이. 제발 우리 당원들을 전향시키려고 하지 말아요. 서로서로를 전향시킨답시고 시간만 축내고들 있으니, 이거야 원. 자, 돌아가서 쉬고 있어요, 조이. 피곤하잖소. 짐은 일을 해야 한단 말이오. 짐이 다 끝나면 편지에 주소 쓰는 일을 좀 맡길 테니 그리 알고 있어요, 조이.」

「정말이지, 맥? 나는 정말 그 자식들에게 욕을 퍼부었다고. 안 그런가, 맥? 그놈들, 나를 후려 팼지만 나는 욕을 바가지로 퍼부었지.」

맥이 조이의 팔꿈치 부분을 잡아서는 그를 침대 있는 데로 다시 데려다 주었다. 「여기 『신민중』 잡지책이 한 권 있으니, 저녁을 차려 올 동안 책의 그림들이나 보고 있어요.」

짐은 계속해서 편지를 두들겼다. 타자를 네 번 치고 나자 스무 통의 편지가 타자기 옆에 쌓였다. 그는 부엌을 향해 소리쳤다. 「다 됐어요, 맥.」

맥이 다가와서는 편지 몇 통을 훑어보았다. 「짐, 타자 치는 솜씨가 좋구먼. 지운 글자가 별로 없어. 자, 여기 봉투가 있으니 이 편지들을 집어넣게. 식사 후에 주소들을 씀세.」

맥은 각각의 접시 위에 소금 절인 쇠고기, 당근, 감자, 그리고 되는대로 까놓은 양파를 얹어 놓았다. 각자 자기 침대로 가서 식사를 했다. 날이 어두워 방 안이 어스름해지자 맥은 천장 한가운데 갓 없이 걸려 있는 전구의 불을 켰다. 눈부시도록 환한 불이었다.

식사가 끝나자 부엌으로 다시 들어간 맥은 컵케이크 한 접시를 가지고 왔다. 「자, 이게 딕의 작품일세. 딕이 침실을 정치적 목적으로 이용한 결과라네. 자, 만장하신 여러분, 우리 당의 애첩을 소개합니다.」

「집어치우세요.」딕이 말했다.

맥은 짐의 침대에서 겉봉이 봉해진 편지들을 집어 들었다. 「편지가 스무 통이네. 각자 다섯 통씩 주소를 쓰면 되겠구면.」그는 접시를 테이블 한쪽 구석에 밀어 놓고는 서랍을 열어 그 속에서 펜 한 자루와 잉크병 한 개를 끄집어내었다. 그러고는 주소가 적힌 종이를 주머니에서 꺼내더니 조심스럽게 다섯 통의 편지에 주소를 써 내려갔다. 「짐, 자네 차례야. 다섯 통 쓰게.」

「왜 이렇게 하는 거죠?」

「그렇게 큰 차이는 없겠지만, 조금은 힘들게 만들 수가 있거든. 우리는 정기적으로 우편물 검사를 당하는데, 만일 주소를 쓴 글씨가 서로 다르면 경찰 놈들이 좀 애를 먹을 수도 있지. 말썽을 자초하는 건 좋지 않아.」

나머지 두 사람들이 주소를 쓰는 동안 짐은 접시를 부엌으로 가져가 설거지통에 집어넣었다.

짐이 부엌에서 나오자 맥은 편지에 우표들을 붙이고는 그것들을 주머니 속에 집어넣었다. 맥이 말했다. 「딕, 자네하고 조이는 설거지 좀 하게. 어젯밤에는 나 혼자서 했다고. 나는 편지들을 부쳐야겠네. 짐, 같이 안 갈 텐가?」

「같이 가시죠. 저한테 1달러가 있는데, 가서 커피 좀 마시고 돌아올 때 뭐 좀 사와야겠어요.」

맥이 손을 내밀었다. 「우리한테 커피가 조금 있을 걸세. 그 1달러로 우표나 사야겠어.」

짐이 맥에게 돈을 건네주며 말했다. 「이게 전붑니다. 이젠 한 푼도 없어요.」 짐은 맥을 따라 저녁 거리로 나섰다. 그들은 우편함을 찾아 걸어갔다. 「조이는 정말로 미친 겁니까?」 짐이 물었다.

「그래, 미쳐도 아주 미쳤지. 최근에 아주 된통 당한 적이 있다네. 조이가 이발소에서 연설을 하고 있었는데 이발사가 전화로 고자질을 했지 뭔가. 그래서 경찰들이 들이닥친 거야. 조이가 아주 완강하게 버티니까 할 수 없이 경찰들이 곤봉으로 조이의 턱을 후려갈겼지. 그러고는 감방에 처넣었어. 그 박살 난 턱으로 어떻게 말을 할 수 있었는지는 모르겠지만, 아마 치료해 주러 온 의사에게도 선전 공작을 폈던 모양이야. 그 의사가 빌어먹을 빨갱이 놈은 절대로 치료하지 않겠다고 했거든. 별수 없이 그 부러진 턱으로 3일을 꼬박 그냥 있을 수밖에. 그때부터 정신이 이상하게 되었어. 내 생각엔 곧 정신병원으로 보내질 것 같아. 너무 자주 머리를 얻어맞았어.」

「불쌍한 사람 같으니.」

맥은 주머니에서 편지 다발을 꺼내서는 주소가 서로 다른 글씨체로 쓰인 편지 다섯 장을 골랐다. 「그러면서도 조이는 계속 떠들어 댄다고. 딕을 보게. 상처 하나 없잖아. 그렇지만 무슨 득 되는 일이 있으면 조이처럼 무도한 면은 있지. 그래도 말이야, 일단 체포되면 〈선생님, 선생님!〉 하면서 달라붙는다고. 그래서 풀려 나올 때까지 경찰 놈들이 잘 봐주지. 조이는 성질이 너무 불도그 같은 데가 있어.」

그들은 링컨 광장의 한쪽 귀퉁이에서 마지막 네 번째 우체

통을 찾아냈다. 맥이 편지를 집어넣고 난 뒤, 그들은 벽돌담 쪽으로 천천히 걸어갔다. 단풍잎들이 길 위에 떨어지고 있었다. 길가의 벤치에는 사람들이 드문드문 앉아 있을 뿐이었다. 높게 걸려 있는 공원의 야간 등이 켜지고 나무의 검은 그림자가 땅 위에 드리워졌다. 광장 중앙에서 그리 멀지 않은 곳에 프록코트를 입고 수염이 난 사람의 동상 하나가 서 있었다. 짐이 그쪽을 가리키면서 말했다.「제가 바로 저 동상의 받침돌 위에 서 있었어요. 무슨 일인가 하고 구경하려고 했던 것뿐인데 경찰이 다가와 파리 잡듯이 내리친 거죠. 조이가 어떤 기분인지 조금은 알 것 같습니다. 저도 4, 5일 후에야 제정신을 차릴 수 있었으니까요. 작은 그림들이 머릿속을 스쳐 지나갔지만 그게 뭔지 알 수가 있었어야지요. 목 바로 뒤쪽을 정통으로 맞았어요.」

맥이 벤치로 가더니 걸터앉았다.「알고 있다네. 해리의 보고서를 읽었지. 그런데 그것 때문에 공산당에 가입하고 싶었던 건가?」

「아닙니다. 제가 수감되었을 때 같은 감방에 다섯 사람이 있었어요. 동시에 잡혀 왔다나 봐요. 멕시코인, 검둥이, 유태인, 그리고 저처럼 평범한 잡종 미국인 두 명, 이렇게 다섯이었지요. 그들이 얘기해 줬어요. 하지만 그것 때문만은 아니에요. 저는 책을 통해서 그들보다 더 많은 것을 알고 있었으니까요.」

짐은 땅바닥에서 단풍잎을 하나 주워 손가락처럼 생긴 줄기로부터 잎사귀를 조심스럽게 벗겨 내기 시작했다.「집에 있을 때 우리는 항상 무언가와 싸웠어요. 대개는 굶주림이었어요. 제 아버님은 직장 상사들하고 싸우고, 저는 학교하고 싸우고. 그렇지만 매번 졌어요. 그러면서 시간이 흐르니까 이제는 항상 패배할 거라는 생각이 머릿속에 박혀 버린 거죠. 아버님은 여러 마리의 개한테 둘러싸여 구석에 몰린 고양이 꼴이었어요. 곧 개에게 물려 죽을 것이 뻔했지만 그래도 싸웠죠. 그런 절망감을 아세요? 저는 바로 그 절망감 속에서 자랐어요.」

「알 만하네.」 맥이 말했다. 「그런 사람들이 한둘이 아냐.」

짐은 껍질이 벗겨진 나뭇잎을 눈앞에 흔들더니, 그것을 엄지와 집게손가락 사이에 끼워 빙빙 돌렸다. 「그것만이 아니었어요. 우리가 살고 있는 집은 항상 분노로 가득했어요. 연기처럼 분노가 집 안을 감싸고 있었지요. 상사에 대해서, 교장 선생에 대해서, 외상을 주지 않는 식품 가게 주인에 대해서, 패배당하면서도 점점 더 끓어오르는 분노가요. 속을 쓰리게 하는 분노였지만 달리 어찌할 도리가 없었으니까요.」

「계속해 보게. 얘기가 언제 끝날지 모르겠지만 끝나긴 끝나겠지.」

짐은 벌떡 일어나 벤치 앞에 섰다. 그는 잎사귀 줄기를 손바닥에 찰싹찰싹 때리면서 말했다. 「결론은 이렇습니다. 감방 안에 같이 있던 다섯 사람도 모두 저와 같은 상황이었어요. 저보다 더 나쁜 상황에 처한 사람도 있었죠. 그런데 그들에게도 분노가 있었지만 저하곤 다른 것이었어요. 사장이나 도살업자를 증오하는 게 아니라 그 높은 사람들이 속한 체제 전체를 증오하더군요. 그게 차이였어요. 다른 종류의 분노죠. 뭔가 다른 구석이 있었어요, 맥. 절망감 같은 게 전혀 없었으니까요. 말없이 뭔가를 하고 있었어요. 그들의 마음속 한구석에는 조금만 더 있으면 그들이 증오하는 체제를 이겨 낼 수 있다는 확신 같은 것이 있었죠. 정말이에요, 그들에게는 어떤 평화스러움 같은 것이 있었다니까요.」

「자네, 고참인 나를 전향시키려는 건가?」 맥이 빈정거리는 투로 말했다.

「그런 게 아닙니다. 그냥 말씀드리는 것뿐이죠. 희망이나 평화 같은 걸 모르는 저로서는 그런 것들에 몹시 목말라 있었다고나 할까요. 어쩌면 그들 누구보다도 소위 급진주의 운동에 대해서는 제가 더 많이 알고 있었을 겁니다. 책을 더 많이 읽었을 테니까요. 하지만 그들은 제가 원하는 걸 갖고 있었고, 또 그것을 일하면서 성취했다는 사실이죠.」

맥이 얼른 말을 받았다. 「자네 오늘 밤 타자로 편지 몇 통 치지 않았나. 기분이 좋지 않은가?」

짐은 다시 앉으면서 부드러운 목소리로 대답했다. 「그런 일을 하니까 기분은 좋죠. 이유는 모르겠어요. 하여튼 일하는 건 좋은 것 같아요. 의미도 있는 것 같고요. 과거에 제가 한 일은 아무런 의미도 없었어요. 죄다 뒤죽박죽이었죠. 제가 그러는 사이에 누군가가 이득을 보고 있다는 사실에 대해서도 분개할 생각이 전혀 들지 않았으니까요. 그냥 별 볼일 없이 놓여 있는 것이 무척 혐오스러울 뿐이었어요.」

맥은 다리를 앞으로 쭉 뻗고는 주머니에 손을 집어넣었다. 「그래, 일이 자네를 행복하게 만든다니 앞으로 자네는 정말 멋진 시간을 보내게 될 걸세. 철필 쓰는 법을 배우고 등사판 미는 것을 배우면, 내 장담하지만, 하루에 스무 시간은 족히 일하게 되지. 그리고 분명히 말해 두겠는데, 짐, 이윤 체제를 증오한다고 해서 돈이 생기는 것은 아닐세.」 그의 목소리는 부드러웠다.

「맥, 아까 그 집에서 당신이 대장 격이죠, 그렇죠?」

「내가? 아냐. 내가 이래라저래라 말은 하지만 곧 그대로 따라 할 필요는 없지. 나한테는 지시 내릴 권한이 없어. 하나 투표를 통해 내려오는 정식 지령들은 무조건 따라야 한다네.」

「어쨌건 발언권은 좀 있잖아요, 맥. 정말로 저는 현장에 직접 뛰어들고 싶어요. 실제로 행동하고 싶다고요.」

맥이 부드럽게 웃었다. 「자네 징계 먹고 싶나, 엉? 내 잘은 모르지만, 당위원회에서는 타자 잘 치는 사람이 더 필요할 걸세. 당분간은 낭만적인 생각을 버려야 해. 우리의 고귀한 당이 자본주의의 야수들로부터 공격받고 있다는 사실을 명심하게.」 갑자기 그는 목소리를 바꾸고, 짐을 쳐다보았다. 「모두 다 똑같은 일이야. 현장의 일이 좀 더 힘들고 위험할 뿐이지. 그렇다고 집에 남아서 하는 일이 그렇게 쉽다고는 생각지 말게. 언제 밤에 재향 군인회 놈들이 술에 잔뜩 취해 군가를 부르며 떼거리로 몰려와서 자네를 반쯤 죽여 놓을지 모르는 일이야. 내가 바로 그런 일을 당했지. 그놈들은 군대에 끌려가 훈련소에 6개월 동안 있으면서 톱밥 주머니에 단검이나 꽂다가 제대한 그런 놈들이야. 일선 참호 속에 있던 사람들하고는 차이가 많이 나지. 하지만 선동이나 애국 테러를 위해서라면 훈련소에 있다가 제대한 군인 스무 명만 있으면 돼. 그 자식들, 아무 때고 밤에 술만 조금 얻어 마실 수 있으면 꼬맹이들 다섯을 상대로 나라를 지키겠다는 놈들이야. 나라를 지키긴 뭘 지켜. 대개 그자들 부상병 수장을 달고 다니는데, 그 이유가 뭔지 아나? 술에 취해 곤드레만드레되어 성병 예방 진료소에도 가지 못했기 때문이지.」

짐이 낄낄거렸다. 「맥, 당신도 군인을 좋아하지 않는군요.」

「금실 박은 모자를 쓴 제대 군인들은 좋아하지 않지. 난 프랑스에서 근무한 적이 있었네. 그자들은 정말 멋모르고, 배알도 없고, 우둔한 가축들이야.」 그의 목소리는 착 가라앉아 있었다. 짐은 맥이 이내 어색해하며 멋쩍게 웃는 것을 보았다. 「짐, 내가 너무 흥분했나? 사연은 이렇다네. 어느 날 밤 그 개자식들 열 놈이서 나를 뭉개 놨지. 의식 불명이 될 때까지 두들겨 패더니 나를 짓밟고 오른팔을 부러뜨렸다네. 그러곤 우리 집에 불을 질렀어. 어머니가 나를 마당으로 끌어내셨지.」

「그래서요? 도대체 뭘 하고 계셨는데 그랬어요?」

맥의 목소리는 다시 비꼬는 투로 바뀌었다. 「뭘 했냐고? 이 정부를 전복시키려고 했지. 굶어 죽는 사람들이 있다고 연설을 했단 말일세.」 그는 일어섰다. 「자, 돌아가지, 짐. 지금쯤이면 설거지 다 했을 걸세. 자꾸 비참한 기분에 빠지고 싶지 않네. 그러나 그 부러진 팔 생각을 하면 미칠 것 같아.」

그들은 천천히 다시 보도로 접어들었다. 벤치에 앉아 있던 사람들은 그들이 지나가도록 발을 오므려 주었다.

짐이 말을 꺼냈다. 「맥, 그래도 당신이 말을 해주면 현장에서 일하게 되지 않을까요? 그러면 좋겠는데…….」

「알았네. 아무리 그래도 철필 쓰고 등사판 미는 걸 배우는 게 더 나을 텐데. 여하간 자네는 좋은 친구야. 같이 일하게 돼서 기쁘네.」

3

 짐은 새하얀 종이 위에 타자기로 편지를 치면서 앉아 있었다. 이따금씩 그는 손을 멈추고 문 쪽으로 귀를 기울이기도 하였다. 부엌에서 목쉰 듯한 거친 소리를 내며 끓는 주전자를 제외하곤 조용했다. 멀리 떨어진 길에서 울려오는 나지막한 시내 전차 소리와 바로 앞의 보도에서 들려오는 발소리 때문인지 집 안은 더욱더 고요한 느낌이 들었다. 짐은 벽에 걸려 있는 시계를 쳐다보았다. 그리고 일어나서는 부엌으로 들어가 스튜를 휘휘 젓고, 가스 뿜는 구멍 하나하나에서 불이 파랗게 작은 알 모양으로 줄어들 때까지 불을 낮추었다.

 그가 다시 타자기 있는 곳으로 되돌아왔을 때 자갈 깔린 보도에서 급한 발소리가 들려왔다. 딕이 문을 박차고 집으로 들어섰다. 「맥 아직 안 왔나?」

 「아직요. 여기 쭉 없었어요. 조이도 마찬가지고요. 오늘 돈 좀 모았어요?」

 「20달러.」

 「야, 확실하군요. 저는 그렇게 못할 겁니다. 그 돈이면 한 달 동안 밥걱정 안 해도 되겠는걸요. 하지만 맥이 그 돈 우표 사는 데 다 쓸 테죠. 참 기차게 우표만 찾아요.」

「이봐, 맥이 오나 본데.」 딕이 소리쳤다.

「맥 아니면 조이겠죠.」

「아냐, 조이는 아냐.」

문이 열리고 맥이 들어왔다. 「안녕, 짐. 어이, 딕, 그래 오늘 동조자들한테서 돈 좀 긁었나?」

「20달러.」

「훌륭해!」

「그런데 맥, 조이가 오늘 오후에 일을 저질렀어요.」

「무슨 일?」

「조이가 거리 한구석에서 미친 듯이 연설을 하기 시작하자 경찰 한 놈이 와서 그를 붙잡았어요. 그러자 조이가 주머니칼로 그 경찰 놈 어깨를 찔러 버렸지요. 그놈들이 조이를 감금시켜 놓고는 흉악 폭행죄로 정식 기소를 했어요. 조이는 지금 유치장에 앉아서 목이 터지도록 〈개새끼들〉만 외쳐 대고 있다고요.」

「오늘 아침에 유난히 별나게 굴더니만. 내 말 잘 들어, 딕, 나는 내일 아침 여길 떠나야 하기 때문에 지금 할 일이 있네. 그러니 자네 지금 공중전화 부스로 달려가 오트만 4211로 전화를 걸어 조지 캠프를 부르게. 그자에게 임무를 얘기해 주고 조이의 미친 짓에 대해서도 얘기해 줘. 되도록이면 빨리 와서 조이의 변호인이 되어 달라고 하게. 그놈들이 조회해 보면 조이, 전과 많은 게 들통 날 거야. 한 여섯 번은 폭동 선동죄이고 20번인가 30번은 부랑죄, 그리고 약 열두 번 정도는 공무 집행 방해죄나 단순 폭행죄로 걸려들었었지. 만일 조지가 서두르지 않으면 조이가 된통 당하게 돼. 조지더러 취중 과실로 취급해서 석방하도록 조치해 보라고 해.」 맥은 잠시 말을 끊었다가 다시 입을 열었다. 「빌어먹을! 만일 정신 감정부에서 맡아 처리하면 조이는 종신형감이야. 조지더러 조이 입 좀 다물도록 시키고. 그 일이 끝나고 나면, 딕, 만일에 대비해서 자네는 한 바퀴 휙 돌아다니면서 보석금 좀 모아 보게.」

「먼저 밥부터 먹고 하면 안 될까요?」 딕이 물었다.

「젠장, 안 돼. 빨리 조지한테 연락해. 그리고 그 20달러 중 10달러는 나에게 줘. 짐하고 나는 내일 토거스 계곡 지역으로 내려가야 하네. 조지에게 전화 걸고 와서 식사하게. 그런 다음에는 동조자들을 찾아다니며 보석금을 좀 얻게나. 조지가 적부 심사를 받게 해서 오늘 밤쯤 보석을 얻어 내면 좋겠는데 말이야.」

「알았습니다.」 딕은 서둘러 밖으로 나갔다.

맥은 돌아서 짐을 보며 말했다. 「그놈들이 불쌍한 조이를 곧 영원히 가둬 버릴지도 몰라. 이젠 영 안 되겠어. 칼을 사용한 건 이번이 처음이야.」

짐은 책상 위의 완성된 편지 무더기를 손으로 가리켰다. 「저기 있습니다, 맥. 석 장만 더 하면 다 끝나죠. 그런데 아까 우리 어디로 간다고 했죠?」

「토거스 계곡. 거기에는 수확을 기다리는 수천 에이커의 사과 과수원이 있지. 품팔이 일꾼들 천막이 2천 개는 될 거야. 그런데 그 농장주 협회 놈들이 임금을 삭감하겠다고 발표했지 뭔가. 지독한 맛을 봐야 해. 우리가 거기 가서 한판 멋지게 벌이면 그 소동이 탠데일의 목화밭에까지 확산될 거야. 그렇게 되면 우리는 득의의 소득을 얻게 되는 거지. 엄청난 싸움이 될 거야!」 그러더니 맥은 코를 킁킁거렸다. 「어이, 스튜 냄새가 좋은데. 먹어도 되는 건가?」

「제가 그릇에 담아 오죠.」 짐은 죽이 반쯤 채워지고, 그 위에 대충 네모나게 썬 고깃덩어리 하나와 감자, 당근, 허연 순무, 그리고 완전히 푹 삶은 양파가 얹힌 그릇을 두 개 들고 들어왔다.

맥이 자기 그릇을 테이블 위에 올려놓고 맛을 보았다. 「아이고! 식혀야 되겠군. 짐, 일이 이렇게 되었네. 나는 항상 쟁의 지역에 신출내기들을 보내서는 안 된다고 발언했네. 너무 자주 실수를 저지르거든. 자네는 필요한 전술을 책에서 배우면 된다고 하겠지만 그런 것들은 아무 소용 없어. 자네가 처음 여기 온 날 밤 공원에서 한 말을 내 기억하고 있다네. 그래서 내가 이번 임무를 맡았을 때 — 이번 일은 정말 멋진 일이지 — 일종의 임시 대역으로 자네를 데려가겠다고 요청했어. 나는 현지 공작 경험이 있거든, 알지? 내가 자네를 훈련시키고, 그런 다음 자네는 새로 오는 햇병아리들을 훈련시키고. 신참하고 고참들이 같이 뛰는 게 일종의 사냥개 훈련시키는 것하고 같은 거지. 무슨 말인지 아나? 자네는 책을 통해 배우는 것보다 현지에 뛰어들면 더 많은 것을 배우게 될 걸세. 토거스 계곡에 가본 적 있나, 짐?」

짐은 뜨거운 감자를 후후 불고 있었다. 「그곳이 어느 구석에 있는지조차 모릅니다. 도시 밖에 나가 본 적이 여태까지 네 번인가 다섯 번밖에 안 돼요. 데려가 주신다니 고맙습니다, 맥.」 그의 작은 회색 눈에서는 흥분의 빛이 반짝였다.

「만약 자네가 거기서 난처한 일을 당하면 일을 끝내기도 전에 나를 마구 욕할지도 모르지. 놀러 가는 것이 아니네. 내가 듣기에 그곳 농장주 협회 놈들은 조직이 잘되어 있다더구먼.」

짐은 스튜가 너무 뜨거워 먹는 걸 포기했다. 「가서 어떻게 해야 합니까, 맥? 뭐부터 해야 하지요?」

맥은 짐을 찬찬히 바라보았다. 그러고는 짐이 흥분해 있다는 것을 알고는 웃음을 터뜨렸다. 「나도 모른다네, 짐. 책을 많이 본 사람들은 그게 골치야. 우리는 긁어모을 수 있는 자료들을 있는 대로 다 사용해야 해. 세상의 모든 전술이 다 쓸모없는 이유가 여기에 있지. 어느 상황이고 다 똑같지는 않거든.」 한동안 그는 잠자코 스튜를 먹더니 그릇을 다 비워 버렸다. 그가 숨을 내쉬자 그의 입에서 하얀 김이 뿜어져 나왔다. 「남은 거 좀 더 있나, 짐? 배가 고픈데.」

짐이 부엌으로 가서 맥의 그릇을 채워 가지고 나왔다.

맥이 입을 열었다. 「대충 말해 주지. 토거스는 작은 계곡 지역이야. 온통 사과 과수원들이지. 소수의 사람들이 그걸 소유하고 있어. 물론 규모가 작은 과수원들도 있지만 몇 개 안 돼. 사과가 익을 때쯤이면 떠돌이 일꾼들이 와서 사과를 따준다네. 그 일이 끝나면 일꾼들은 산을 넘어 남쪽으로 내려가서 목화를 따지. 따라서 우리가 사과밭에서 파업을 벌이면 그 여파가 자연히 목화밭까지 번져 나가게 된다고. 토거스 계곡 대부분을 차지하고 있는 그 몇 안 되는 업주 놈들은 떠돌이 일꾼들이 그곳에 다 도착할 때까지 기다린다네. 물론 일꾼들은 그곳에 가느라고 가진 돈을 다 써버리고 말지. 항상 그래. 그러면 업주 놈들이 임금 삭감을 발표하지. 일꾼들이 열 안 받겠나? 하지만 그들이 무슨 일을 할 수 있겠나? 그 고장을 벗어나기 위해서라도 할 수 없이 사과를 따야지.」

짐의 스튜는 그대로였다. 짐은 숟가락으로 고기와 감자를 휘휘 젓고만 있더니, 몸을 앞으로 숙이면서 말했다. 「그러면 우리가 가서 파업을 하도록 부추기는 겁니까? 그겁니까?」

「물론. 아마 벌써 폭발할 기운이 무르익었을 거야. 우리는 가서 조금만 밀어 주면 돼. 사람들을 조직하고 파업을 한 다음 과수원에 파업 감시원을 배치하면 되지.」

「사과를 수확하기 위해 농장주들이 임금을 올려 주면 어떻게 되죠?」

맥은 두 번째 그릇도 비우더니 한쪽으로 밀어 놓았다.「그러면 말이야, 우린 곧 다른 곳에서 일거리를 찾으면 돼. 그러나 몇몇 불쌍한 사람 잘살게 해주는 것도 좋긴 하지만 우리가 원하는 건 일시적인 임금 인상이 아니야. 길게 봐야 한다고. 파업이 너무 일찍 끝나 버리면 사람들이 조직을 이루는 법도 못 배우고 같이 일하는 법도 못 배우게 돼. 우리가 원하는 건 사람들이 함께 뭉치면 얼마나 강한 힘을 발휘할 수 있는지를 깨닫도록 하는 거야.」

「그런데 말입니다, 만일 농장주들이 요구 조건을 들어주면 어떻게 되는 겁니까?」 짐이 계속해서 물었다.

「그놈들이 그렇게 하지는 않을 걸세. 소수의 사람들이 권력을 쥐고 있단 말이야. 그래서 그놈들은 항상 목에 힘을 준다고. 우리가 파업을 시작하지, 그러면 토거스 지역 관청에서는 모든 집회를 법으로 금지한다고 발표할 걸세. 우리가 집회를 열면 어떻게 될까? 일단의 지역 보안관들이 사람들을 해산시키고 그래도 안 되면 싸움을 시작하겠지. 사람들을 강철처럼 결속시키는 데는 싸움만 한 게 없어. 물론 농장주 놈들은 자경대를 조직하겠지. 바보 같은 신발 가게 점원들이나, 똥배 감추려고 혁대를 꽉 채우고 젊은 사람 행세를 하려는 재향 군인들을 모아서 말이야. 내가 그곳으로 다시 가는 걸세. 그놈들이 총을 쏠 거야. 그래서 일꾼들 몇 명이 쓰러지면 우리는 대중 집회를 열어 공개적으로 장례식을 치르는 거야. 그러고 나서 실제 공작으로 들어가는 거지. 아마 그놈들은 군대를 불러야 될걸.」 맥은 흥분했음인지 숨을 거칠게 내쉬었다. 「바로 그걸세! 군대가 승리할 테지. 당연하지! 그러나 방위군 한 명이 일꾼 한 사람을 총검으로 찌를 때마다 전국 각지에서 천 명이나 되는 사람들이 우리 편으로 올 걸세. 굉장해지는 거지! 군대만 불러들이면 되는 거야.」 맥은 자기 침대로 가서 앉았다. 「아, 내가 너무 앞질러 갔나? 우리의 임무는 그 멋진 파업을 선동하는 일이야. 그러나 말이야, 짐, 우리가 사과를 수확할 때쯤 방위군을 불러들이려면 봄까지는 그 지역 전체를 조직화시켜야 하네.」

짐은 침대에 웅크리고 앉아 있었다. 그의 눈은 반짝거렸으며, 입은 꼭 다문 채였다. 간혹 그는 긴장이 되는지 손으로 목을 만지작거렸다. 맥이 계속해서 말을 이었다. 「그 바보 같은 놈들은 군대를 동원하면 파업을 해결할 수 있다고 생각하고 있겠지.」 그가 웃었다. 「아, 이거 내가 또 선동가처럼 말을 했구먼. 내가 너무 흥분했는걸. 그러면 안 되는데 말이야. 우리는 냉정하게 생각해야 돼. 아 참, 짐, 자네 청바지 가진 거 있나?」

「아뇨. 입고 있는 옷이 전붑니다.」

「그럼, 같이 나가서 중고 상점에서 청바지 좀 사야겠구먼. 이봐, 자네 사과 따러 가는 거라고. 그리고 떠돌이 일꾼들 야영지에서 자야 할 걸세. 또 과수원에서 열 시간 정도 일하고 난 뒤에는 당의 일도 봐야 해. 자네가 원하는 일들이 기다리고 있네.」

「고맙습니다, 맥. 제 아버님은 항상 혼자서 싸우셨죠. 그래서 맞기만 했지만 말이에요.」

맥이 짐에게 다가섰다.「자, 그 편지 세 통 마저 끝내게, 짐. 우리 나가서 청바지 사야지.」

4

짐과 맥이 철도역 구내로 들어섰을 때는 태양이 도시의 건물들을 환하게 비추고 있었다. 햇빛을 받아 반짝이는 선로들이 한데 모였다가 다시 흩어져 석쇠 모양으로 얽힌 차고용 선로 쪽으로 쭉 뻗어 있었다. 그리고 차고용 선로에는 열차들이 줄지어 서 있었다.

맥이 말을 꺼냈다. 「7시 30분에 출발하는 빈 화물차가 있을 거야. 자, 선로로 내려가자고.」 그는 바쁜 걸음으로 역 구내를 통과하여 한쪽 끝으로 걸어갔다. 거기에는 많은 선로들이 한데 모여 본선으로 이어져 있었다.

「움직이는 동안에 올라타는 겁니까?」 짐이 물었다.

「어, 그렇게 빠르지 않아. 아 참, 화물차 타본 적 있나, 없지?」

짐은 보폭을 넓혀 철로의 침목을 하나 건너씩 밟고 걸어가려고 하였지만 잘되지 않았다. 「저는 경험을 많이 해보지 못했어요. 모든 게 새롭기만 한걸요.」 짐은 맥의 말에 수긍했다.

「요즘은 쉬워진 거야. 철도 회사에서 타도록 내버려 두지. 옛날 같으면 어림도 없었어. 승무원들이 몰래 타는 부랑자들을 발견했다 하면 달리는데도 밖으로 밀어 버렸으니까.」

철로 가에는 검은색의 커다란 물탱크 탑이 서 있었다. 거위 목처럼 생긴 수도꼭지가 탑 옆쪽으로 삐죽 솟아 있었다. 많은 선로들이 탑 뒤로 펼쳐져 있었으며, 앞쪽으로는 닳고 닳아서 거울처럼 반짝이는 본선 하나가 뻗어 있었다. 맥이 말했다. 「여기 앉아서 기다리는 게 좋겠군. 아마 곧 나타날 거야.」

그의 말이 끝날 때쯤 긴 기적 소리가 쓸쓸하게 울리더니 증기가 분출할 때 나는 나지막한 폭발음이 들려왔다. 그러자 그것이 신호인 듯, 철로 가의 배수구에서 돌연 몇몇 사람들이 모습을 나타냈다. 그들은 서늘한 아침 햇살을 받으며 천천히 팔을 내뻗었다.

「일행이 생기겠구먼.」 맥의 말이었다.

짐을 싣지 않은 긴 화물 열차가 역 구내로 천천히 들어왔다. 빨간 유개 화차와 노란 냉동차, 검은 무개 화차, 그리고 둥그런 탱크차가 기다랗게 연결되어 있는 화물 열차였다. 엔진은 사람 보폭보다 조금 빠른 속도로 움직이고 있었고, 열차의 기관사는 배수구의 사람들을 향해 반들거리는 검은 장갑 낀 손을 흔들면서 〈어디 놀러 가시오?〉라고 소리쳤다. 곧이어 장난이라도 치듯, 바퀴 사이로 하얀 증기가 한 번 칙 분출되었다.

맥이 말했다. 「우리가 탈 차는 유개 화차야. 저기, 저거지. 문이 약간 열려 있군.」 뛰듯이 기차 옆으로 다가간 그는 문을 밀었다. 「좀 도와주게.」 그가 소리쳤다. 짐은 쇠로 된 손잡이를 잡고 몸으로 문을 밀었다. 둔중하게 생긴 커다란 미닫이문이 날카로운 쇳소리를 내며 조금 열렸다. 그러자 맥이 문턱을 잡고 공중으로 뛰어올라 문가에 앉는 자세로 올라탔다. 그런 다음 재빨리 일어나 짐이 자기처럼 올라탈 수 있도록 자리를 비켜 주었다. 열차 안 바닥에는 벽지 안쪽에 덧붙였다 떼어 낸 종이들이 널려 있었다. 맥이 발로 툭툭 차면서 그 종이들을 한데 모으더니 벽 쪽으로 밀어 놓았다. 「자네도 이렇게 만들어.」 그가 큰 소리로 말했다. 「제법 푹신푹신하다니까.」

짐이 종이를 모으려는 순간 낯선 얼굴이 문가에 불쑥 나타났다. 한 남자가 몸을 날려 올라타더니, 뒤이어 두 사람이 더 올라탔다. 처음에 올라탄 사람이 바닥을 이리저리 급히 살피더니 맥 앞에 우뚝 다가섰다. 「혼자서 모두 차지했군, 안 그래?」

「뭘 말인가?」 맥은 짐짓 아무것도 모르는 척 대꾸했다.

「종이 말이야. 자네가 싹 쓸어 갔잖아.」

맥은 천진하게 웃으면서 일어섰다. 「손님이 오실 줄 몰랐소이다. 좀 가져가시구려.」

그 사내는 입을 벌린 채 한동안 맥을 바라보더니 허리를 굽혀 종이를 전부 집어 들었다.

맥이 그의 어깨를 부드럽게 두드리면서 나지막한 목소리로 말했다. 「이봐, 이 멍청한 친구야, 전부 내려놔. 욕심 부리면 하나도 못 가져.」

그 사내는 종이를 내려놓았다. 「못 주겠다고?」

맥은 발뒤꿈치를 들어 앞부분으로 몸의 균형을 잡으면서 슬며시 뒤로 물러섰다. 손은 펼쳐진 채 옆구리께에 느슨하게 내려져 있었다. 「자네 로잔나 권투 경기장에 가본 적 있나?」

「그래, 그래서?」

「이 자식이 어디서 거짓말을 치고 있어. 거기 가봤다면 내가 누군지 알 것 아냐, 조심해 임마.」

사내는 미심쩍다는 표정을 짓더니, 같이 온 친구 두 사람을 멋쩍게 바라보았다. 한 사람은 문가에 서서 스쳐 지나가는 시골 풍경을 내다보고 있었고, 또 한 친구는 큰 손수건을 꺼내 콧구멍을 이리저리 후벼대더니 손수건에 묻은 것을 살펴보고 있었다. 그는 다시 맥을 쳐다보면서 말했다. 「말썽 일으키고 싶지 않소. 자리 깔게 조금만 가져가리다.」

맥은 엉덩이를 발굽에 대고 앉으면서 말했다. 「좋소. 좀 남겨 놓고 가져가시오.」 그 사내는 종이 더미로 다가서더니 아주 조금, 한 움큼도 안 되는 종이를 집어 들었다. 「아니, 조금 더 가져가시지 않고.」

「멀리 갈 것도 아닌데, 됐소.」 그 사내는 문가에 자리를 잡고 앉았다. 그리고 팔로 다리를 껴안고는 턱을 무릎 위에 올려놓았다.

열차는 시가지를 지나자 속력을 내기 시작했다. 나무로 덮개를 씌운 그 화차는 마치 공명 상자처럼 으르렁거렸다. 짐은 일어서서 문을 활짝 열었다. 아침 햇살이 눈부시게 몰려 들어왔다. 그는 다시 문가에 앉아서는 다리를 밖으로 쭉 늘어뜨렸다. 한동안 아래를 내려다보고 있던 짐은 번개처럼 스쳐 지나가는 땅의 모습에 현기증을 느꼈다. 그는 눈을 들어 철로 가의 누런 그루터기 들녘을 바라보았다. 바람은 세찼고, 엔진에서 뿜어져 나온 연기가 이리저리 흩날렸다.

잠시 후 맥이 짐에게로 다가왔다. 「떨어지지 않도록 조심하게. 일전에 밑을 내려다보다 현기증을 느낀 사람 하나가 얼굴을 그대로 처박으면서 떨어졌어.」

짐은 쭉 늘어서 있는 유칼리나무들 뒤에 반쯤 가려져 보이는 하얀 농가 한 채와 붉은 헛간을 가리켰다. 「우리가 가는 곳도 저기처럼 아름답습니까?」

「더 아름다워. 수 킬로미터에 걸쳐서 온통 사과나무들이야. 이때쯤이면 지천이 사과로 뒤덮여 있다네. 시내에 가면 사과들이 달린 큰 나뭇가지 하나에 5센트밖에 안 해.」

「맥, 왜 시골에 자주 못 내려갔는지 모르겠어요. 사람들이 왜 자기가 원하는 일을 하지 못하는지, 우습죠? 어렸을 적에 저 산막 같은 집으로 한 5백 명이 소풍 간 적이 있어요. 무더기로 한데 막 쑤셔 넣어졌죠. 우리는 여기저기 쏘다녔어요. 큰 나무들도 많았죠. 내 기억에 나는 나무 꼭대기에 기어 올라가 거기서 오후 내내 있었던 것 같아요. 그 후에도 다시 가 볼 거라고 마음먹었는데, 뜻대로 안 되더군요.」

「일어나, 짐. 문을 닫자고. 곧 윌슨 역이야. 철도 공안원에게 걸리면 좋지 않아.」

둘은 함께 문을 밀어 닫았다. 그러자 열차 안은 갑자기 컴컴해지고 따뜻해졌다. 또 저음을 내는 비올라의 몸통처럼 낮게 진동이 울려 퍼졌다. 열차가 천천히 시내로 들어섬에 따라 레일과 레일이 이어지는 접합부의 바퀴 구르는 소리가 점점 느리게 들려왔다. 아까 올라탔던 세 사람이 일어섰다.

「우리는 여기서 내리오.」 대장 격인 그 사내가 말했다. 그는 문을 조금 열었다. 동행의 두 사람이 뛰어내리자, 그가 맥을 향해 말했다. 「보슈, 나쁘게 생각 마쇼.」

「아, 물론이지.」

「그러면, 잘들 가슈.」 그도 뛰어내렸다. 그는 내리자마자 소리를 빽 질렀다. 「야, 이 더러운 개새끼야!」

맥은 웃으면서 문을 닫았다. 잠시 후 기차가 다시 천천히 구르기 시작했다. 레일 접합부의 바퀴 구르는 박자 소리가 서서히 빨라졌다. 맥은 다시 문을 활짝 열고는 햇살을 받으며 앉아 있었다. 「어이, 저기 미인이 지나가는군.」

짐이 물었다.「맥, 정말 권투 선수였어요?」

「권투는 무슨. 저런 애송이들은 속여 먹기가 아주 쉽지. 내가 종이 좀 준다고 했을 때 자식은 내가 겁먹은 줄 알았을 거야. 대부분 겁주려고 하는 놈들은 또 쉽게 겁먹기 마련이야. 하지만 때론 그렇지 않은 경우도 있으니까 다 그렇다고는 생각 말게.」그는 넓적하면서도 착해 보이는 얼굴로 짐을 쳐다보았다.「내가 왜 이러는지 모르겠구먼. 자네에게 얘기할 때마다 끝판에 가선 꼭 선동 아니면 훈계조의 말만 하게 된단 말이야.」

「괜찮아요, 맥. 재미있는데요, 뭐.」

「그래. 자, 우리는 위버 역에서 내려서 동쪽으로 가는 화물차를 타야 돼. 160킬로미터쯤 더 가면 되지. 운이 좋으면 밤에 토거스에 도착할 수 있을 거야.」

그는 담배 주머니를 꺼내더니 몰려오는 바람 속에서 종이를 접어 담배 한 대를 말았다.「한 대 피우겠나, 짐?」

「아뇨, 괜찮습니다.」

「자넨 도대체 나쁜 짓이라곤 통 안 하는구먼. 그렇다고 신자도 아니잖아. 여자하고 놀아 본 적은 있나?」

「아뇨. 화나고 짜증스러울 때는 창녀촌에 가보고 싶다는 생각은 많이 했었죠. 안 믿으시겠지만, 점점 자라면서 여자라고 하면 겁부터 났어요. 걸려들어 꼼짝 못 하게 될까 봐 무서웠죠.」

「아주 재미있잖아, 안 그래?」

「안 그래요. 나하고 같이 놀던 애들 다 고생했어요. 그 자식들은 광고 게시판 뒤나 목재 야적장 같은 데서 여자애들을 어찌해 보려고 무진 애를 썼지요. 그러다 보면 얼마 후에 몇몇 여자애들이 임신을 하게 되고…… 그러면 다 끝나는 거예요, 맥. 저는 저의 부모들처럼 방 두 칸짜리 아파트에 장작 때는 난로 하나 있는, 그런 속에서 꼼짝 못 하게 될까 봐 겁이 났어요. 그렇다고 제가 뭐 호화스러운 것을 바라는 건 절대 아니죠. 그저 내가 아는 애들 모두가 당한 것처럼 그렇게 고생하는 게 싫었어요. 아침에 흐물흐물한 파이 조각 하나 들어 있는 도시락에, 보온병에는 다 식어 빠진 커피나 담아 들고 다니는 꼴이 싫었던 거죠.」

「그래, 그런 고생하기 싫어 참 좋은 인생 골랐구먼. 이 일 다 끝날 때까지 기다려 봐, 앞으로 고생문이 훤할 테니.」

「그건 다른 얘기예요.」 짐이 항변하고 나섰다. 「턱주가리 한 대 얻어터지는 거 아무렇지도 않아요. 그냥 야금야금 물어뜯겨 죽는 게 싫을 뿐이에요. 차원이 다른 얘기죠.」

맥이 하품을 했다. 「그런 얘기 들으니까 졸리기만 하군. 창녀촌도 이제는 재미없어.」 맥은 일어서서 종이 쌓아 놓은 곳으로 갔다. 그러고는 몸을 쭉 뻗고 드러눕더니 이내 잠들어 버렸다.

한참 동안이나 짐은 문가에 앉아 지나가는 농가의 경치를 바라보았다. 둥근 양상추밭과 양치식물처럼 생긴 당근을 심어 놓은 밭, 불그레한 사탕무 잎들, 그리고 이랑 사이로 물이 반짝이며 흐르는 커다란 야채 재배 밭들이 지나갔다. 다음에 기차는 목초 지대를 지나고, 바람에 실려 오는 거름과 암모니아 냄새가 진하게 코를 찌르는 커다랗고 하얀 목장도 지나쳤다. 그런 다음에는 산길로 접어들었다. 햇빛은 차단되었고, 철도 용지의 가파른 벽면에는 양치식물과 푸르게 물오른 참나무들이 심어져 있었다. 리듬을 맞춘 듯 규칙적으로 구르는 기차 소리가 짐의 감각을 두드리자 졸음이 일기 시작했다. 더 많은 시골 경치를 구경하고 싶은 생각에 짐은 머리를 좌우로 심하게 흔들면서 잠을 쫓으려고 애썼다. 그러나 마침내는 일어서서 문을 닫고 자기가 쌓아 놓은 종이 더미가 있는 곳으로 돌아갔다. 그의 잠은 요란한 외침 소리가 메아리 되어 들려오는 컴컴한 동굴이 되고, 곧 영원 속으로 길게 길게 빨려 들어갔다.

맥이 여러 차례 흔들어 댔을 때에야 짐은 눈을 떴다. 「내릴 때가 다 됐네.」맥이 큰 소리로 말했다.

짐이 일어나 앉았다. 「아이고, 벌써 다 왔어요?」

「거의 다 왔어. 소음을 들으면 수면제 먹은 것처럼 졸음이 오는 모양이지? 나도 이런 유개 화차에선 눈 뜨고 있지 못해. 자, 일어나게. 이제 몇 분 후면 서서히 내려야 하니까.」

짐은 잠시 양손으로 멍한 머리를 감싸 쥐었다. 「한 대 얻어 맞은 기분이에요.」

맥은 문을 열어젖히면서 말했다. 「차가 가는 방향으로 뛰어내리게. 그리고 뛰면서 착지해.」맥이 뛰어내리고, 뒤이어 짐도 뛰어내렸다.

짐은 태양을 바라보았다. 바로 머리 위에 있었다. 앞에는 집들이 옹기종기 모여 있고 나무들이 그늘을 짓고 늘어서 있는 작은 마을이 그 모습을 내보이고 있었다. 화물 열차는 그들을 남겨 둔 채 떠나갔다.

맥이 설명을 하였다. 「여기서 철도가 갈라지지. 우리가 찾는 철로는 저기 토거스로 향하는 길 위에 나 있는 것일세. 읍내로 들어갈 필요가 없어. 저 벌판을 가로질러 가서 저쪽에서 기차를 타면 돼.」

맥을 따라 짐은 철조망을 뛰어넘고 그루터기만 남아 있는 벌판을 가로질러 먼지가 풀풀 나는 도로로 접어들었다. 그들이 마을 어귀를 돌아 약 1킬로미터쯤 가자 또 다른 철도 용지가 나타났다.

맥은 제방에 앉더니 짐을 불러 옆에 앉게 했다. 「여기가 안성맞춤이야. 기차들이 많이 지나다니지. 얼마나 기다려야 할지 모르겠군.」 그는 다시 갈색의 담배를 말면서 말을 꺼냈다. 「짐, 자네 담배 피우는 게 좋을걸. 사람 사귀는 덴 그게 제일이야. 살다 보면 모르는 사람들하고 얘기를 나눠야 할 때가 많잖아. 그런 사람들하고 안면 익히는 덴 담배를 권하거나 담배 한 대 빌리자고 하는 것보다 더 빠른 방법이 없지. 그리고 많은 사람들이 말이야, 담배를 권하는데도 상대방이 피우지 않으면 모욕감 같은 걸 느낀다고. 담배 피우는 게 좋을 거야.」

「저도 그렇게 생각하고 있습니다. 옛날엔 애들하고 같이 피웠어요. 지금 다시 피우면 구역질이나 안 날지 모르겠군요.」

짐은 담배를 받아 불을 붙였다. 「맛이 좋은데요. 거의 맛을 잊어버린 줄 알았는데.」

「설혹 자네가 담배를 싫어한다 해도 우리 일을 하려면 담배를 피우는 게 좋아. 담배는 우리와 같은 처지에 있는 사람들이 사람 사귈 때 나눌 수 있는 작은 사교물이지. 잠깐, 저기 기차가 오는군.」 맥이 일어섰다. 「또 화물차인 것 같은데…….」

기차는 철로를 따라 서서히 다가오고 있었다. 그때 맥이 외쳤다. 「이런, 빌어먹을! 87호! 저건 아까 우리가 탔던 기차 아냐. 출발지에서 사람들이 저 기차는 남쪽으로 간다고 했는데 말이야. 차량 몇 개를 떨어뜨리고 바로 나온 게로군.」

「아까 탔던 칸으로 다시 가죠. 그 칸이 좋던데요.」

기차가 가까이 오자 그들은 다시 유개 화차 위로 뛰어올랐다. 맥은 다시 원래의 자기 종이 더미 위에 앉았다.「그냥 있으면서 잠이나 잤으면 되는 건데……」

짐은 다시 문가에 앉았다. 기차는 둥근 갈색의 산속으로 들어가더니 작은 터널 두 개를 통과했다. 아직도 입가에서 담배 맛이 느껴졌는데 그 맛도 괜찮았다. 갑자기 그가 푸른 무명 코트 주머니에 손을 집어넣더니 맥을 불렀다.「맥.」

「응? 왜 그래?」

「여기 어젯밤에 산 초콜릿 두 개가 있는데요.」

맥은 초콜릿 하나를 받아 들고는 천천히 껍질을 벗겼다.「자네는 앞으로 누구의 혁명 활동에도 도움이 되는 그런 사람이 될 걸세.」

30분이 지나자 다시 졸음이 몰려들었다. 별수 없이 짐은 차문을 닫고 종이 더미 위에 쪼그리고 누웠다. 곧 그는 또다시 소란스러운 검은 동굴 속으로 빨려 들어갔다. 그리고 그 소란스러운 소리는 꿈속에서 그에게 밀어닥치는 강물로 변했다. 짐은 어렴풋이 물 위에 떠 있는 파편들과 부러진 나뭇조각들을 볼 수 있었다. 곧이어 그를 압박하며 밀려오던 물이 꿈속 저 밑의 컴컴한 나락으로 그를 밀어 넣어 버렸다.

맥이 짐을 깨웠다.「그냥 내버려 두면 자네 일주일은 자겠구먼. 자네 벌써 오늘 열두 시간이나 잤네.」

짐은 눈을 박박 문질렀다.「또 한 대 얻어맞은 느낌인데요.」

「이제 정신 차려. 지금 토거스로 들어서고 있네.」

「몇 시나 됐어요?」

「몇 신진 모르지만 한밤중이야. 다 왔어. 뛰어내릴 준비 됐지?」

「물론이죠.」

「좋아. 자, 내려!」

기차는 다시 그들로부터 천천히 멀어져 갔다. 토거스 역은 바로 앞 얼마 떨어지지 않은 곳에 있었다. 까치발 신호기의 날개 부분을 따라 역의 붉은 불빛들이 반짝였다. 제동수가 신호등을 앞뒤로 흔들고 있었다. 오른쪽 너머로는 쓸쓸하고 추워 보이는 거리의 가로등들이 하늘을 향해 희미한 불빛을 내보내고 있었다. 공기는 차가웠고, 쌀쌀한 바람이 소리 없이 불어오고 있었다.

「배가 고픈데요. 뭐 좀 먹는 게 어때요, 맥?」

「밝은 데로 나갈 때까지 기다리게. 내 생각엔 우리 주소록에 아마 훌륭한 고객들이 있을 것 같네.」 맥은 서둘러 어둠 속을 걸어갔고, 짐이 그 뒤를 종종걸음으로 따랐다. 곧 시내 입구에 다다르자 맥은 한쪽 귀퉁이 가로등불 아래 서서는 종이쪽지 하나를 꺼냈다. 「야, 여긴 멋진 곳인데, 짐. 거의 50명이나 되는 적극 동조자들이 있네. 그들이 분명 도움을 줄 걸세. 아, 여기 우리가 바라던 사람이 있구먼. 앨프리드 앤더슨, 타운센드, 4번가와 5번가 중간, 앨의 간이식당차, 어떻게 생각하나?」

「그 종이는 뭡니까?」 짐이 물었다.

「응, 이거? 이 도시 사람들 가운데 우리 동조자로 파악된 사람들의 명단이지. 이 명단만 있으면 뜨개질한 토시에서 산탄총 탄약 상자까지 죄다 구할 수가 있다네. 앨의 간이식당차…… 대개 간이식당차들은 밤늦게까지 문을 열어 놓고 있어, 짐. 타운센드는 거리 이름이지. 따라와, 한번 알아보자고.」

그들은 큰 거리로 나서서 거리를 따라 걸어갔다. 상점들 문이 닫혀 있고 건물들 사이에는 공터가 자리 잡고 있는 거리 끝부분에서 그들은 앨의 간이식당차를 발견하였다. 창은 빨간빛의 색유리로 되어 있고 문은 미닫이로 되어 있는 아담하고 작은 식당차였다. 창을 통해 손님 두 사람이 의자에 앉아 있고 굵직하고 허연 팔을 드러낸 한 뚱뚱한 젊은이가 계산대 뒤에서 서성이는 모습이 보였다.

「파이하고 커피를 마시는 손님들이로군.」 맥이 말했다. 「저치들이 다 먹고 나갈 때까지 기다리자고.」

그들이 서성이고 있을 때 경찰관 한 명이 나타나 그들을 바라보았다. 맥이 갑자기 큰 소리로 말했다. 「나는 파이 먹을 때까진 집에 안 들어갈 작정이네.」

짐도 얼른 그 말을 받았다. 「집에 가자고, 졸려서 더 못 먹겠단 말이야.」

경찰관이 그들 곁을 지나갔다. 그는 지나치면서 맥과 짐을 의심쩍은 눈초리로 쳐다보는 것 같았다. 맥이 나지막한 소리로 말했다. 「저 친구 아마 우리가 식당을 털려고 용기를 북돋우고 있다고 생각할 거야.」 그 말이 채 끝나기도 전에 그 경찰은 몸을 돌려 그들에게로 걸어왔다. 맥이 다시 말을 꺼냈다. 「좋아, 집에 가고 싶으면 가게. 나는 파이 한 조각 좀 먹어야겠어.」

맥은 계단을 세 칸 오르더니 문을 열고 식당차 안으로 들어갔다.

주인이 그들을 보고 미소를 띠었다. 「어서 오십시오. 날씨가 추워졌죠?」

「그렇소.」 맥은 다른 두 손님들로부터 멀리 떨어진 카운터 한쪽 끝에 자리를 잡고 앉았다. 갑자기 앨의 얼굴에 귀찮다는 듯한 표정이 스치고 지나갔다. 「이봐, 당신들, 돈이 없으면 커피나 한잔 마시고 도넛이나 한두 개 먹고 나가라고. 괜히 공짜로 비싼 음식 시켜 먹으면 경찰을 부를 테니까 말이야. 젠장, 거지들 때문에 다 거덜 나겠군.」

그 말을 들은 맥이 냉랭한 웃음을 지었다. 「커피하고 도넛이면 아주 훌륭한 식사지, 앨프리드.」

주인은 맥을 의혹의 눈길로 쳐다보더니 머리 위에 높게 쓰고 있던 하얀 주방용 모자를 벗고 머리를 긁적였다.

커피를 다 비운 다른 두 손님 중 한 사람이 말을 꺼냈다. 「앨, 자네는 거지들을 먹여 살리는 모양이지?」

「그래도 어쩌겠습니까? 이처럼 추운 날에 커피 한잔 달라고 하면 돈 한 푼 없다고 못 본 체할 수는 없잖아요.」

손님들이 낄낄거렸다. 「그래도 커피 스무 잔이면 돈이 1달러일세. 앨, 그런 식으로 장사하다가는 다 말아먹고 말 거야. 윌, 안 나갈래?」 두 사람은 일어나서 값을 치르고 밖으로 나갔다.

앨은 카운터를 돌아 나와 그들을 문까지 배웅하고는 문을 꽉 닫아 버렸다.

그러고는 다시 카운터 뒤쪽으로 돌아와서는 맥 쪽으로 몸을 기울이면서 물었다. 「당신들 누구요?」 그는 고생이라고는 한 것 같지 않은 통통한 허연 팔을 팔꿈치까지 걷어붙인 채였다. 그는 행주를 꺼내 작은 원을 그리면서 카운터를 박박 닦아 내었다. 몸을 가까이 기댄 폼이 꼭 무슨 비밀스러운 이야기를 나누려는 것 같았다.

맥은 마치 무슨 음모라도 꾸미는 사람 모양 진지한 표정으로 눈을 깜박였다.

「아, 우리는 시당 본부에서 업무 차 보낸 사람들이오.」

앨의 통통한 뺨에 동요의 홍조가 피어올랐다. 「오라, 내 당신들 들어올 때부터 그럴 줄 알았죠. 그런데 어떻게 여기까지 오게 되었습니까?」

맥이 말했다. 「당신은 우리 당원들한테 참 잘해 주었소. 그리고 우리는 그 사실을 절대로 잊어버리지 않을 거요.」

앨은 환하게 웃었다. 거지들에게 밥을 먹이는 게 아니라 도리어 무슨 귀한 선물이라도 받은 듯한 표정이었다. 「잠깐 기다리시오, 아마 당신네들 오늘 하루 종일 굶었을 거요. 내 햄버그스테이크를 판에 올려놓을 테니 말이오.」

「거 아주 좋죠.」 맥도 구미가 당기는 것 같았다. 「사실 배고파 죽을 지경이오.」

앨은 얼음 상자로 가서 잘게 갈아 놓은 고기를 두 숨 꺼냈다. 그리고 고깃덩어리를 양손으로 두들겨 얇게 만든 다음, 가스 판을 작은 기름 붓으로 칠한 뒤 그 위에 던져 넣었다. 그다음에는 작게 썬 양파를 고기 위와 둘레에다 뿌려 놓았다. 곧 식당 안에는 맛있는 냄새가 퍼졌다.

맥이 말했다. 「우와, 카운터로 기어 올라가 저 햄버거 속에 푹 파묻히고 싶군.」

고기는 칙칙거리는 시끄러운 소리를 내며 구워졌고 양파는 갈색으로 변하기 시작했다. 앨은 다시 카운터 너머로 몸을 기울였다. 「여긴 무슨 일로 오셨습니까?」

「사과들이 많이 있잖소.」 맥이 말했다.

앨은 양손으로 카운터를 짚은 채 통통한 양팔로 버틴 모양을 하고는 몸을 세웠다. 그의 작은 눈에는 뭔가 은밀한 것을 알아낸 듯한 빛이 보였다. 「아하, 아하, 알겠습니다.」

「저 고기 뒤집어야 되겠군.」맥이 말했다.

앨은 주걱으로 고기를 뒤집고는 꾹꾹 눌렀다. 그리고 고기 주변에 널려 있는 양파 조각들을 한데 모아 고기 위에 올려놓고 다시 꾹 눌렀다. 모든 동작이 매우 신중했으며, 그는 마치 생각에 잠긴 황소처럼 마음속에 무슨 생각을 담고 있는 듯한 표정을 지었다. 이윽고 그는 다시 돌아와 맥 앞에 섰다. 「제 아버님은 작은 과수원 하나를 소유하고 계시고 땅도 좀 있습니다. 제 아버님은 괜찮겠지요, 그렇죠? 여태까지 당신들한테 잘해 주었잖아요.」

「물론 잘해 주었소. 그리고 소규모 농장주들은 아무 피해가 없을 거요. 아버님께 그렇게 말씀드리시오. 우리에게 기회를 준다면 가서 사과라도 따드려야죠.」

「감사합니다. 그렇게 전해 드리겠습니다.」앨은 스테이크를 들어 올린 후 증기 보온기에서 짓이긴 감자를 스푼으로 떠내더니 접시 위에 담았다. 그러고 나서 감자 무덤 가운데를 둥글게 파내고, 분화구처럼 생긴 그 속에 육즙 소스를 채워 넣었다.

맥과 짐은 게걸스럽게 음식을 먹고 앨이 타준 커피도 마셨다. 둘은 접시에 남아 있는 찌꺼기를 빵으로 다 발라 먹었다. 그러는 사이 앨은 그들의 커피 잔을 다시 채워 주었다. 「정말 맛있는데요, 앨. 배고파서 혼났어요.」짐의 말이었다.

맥도 덧붙였다. 「정말이오. 정말 고맙소, 앨.」

「내가 이 장사 안 하고 제 아버님이 땅도 갖고 있지 않다면 나도 당신들을 따라가고 싶습니다. 하지만 만일 누군가가 알아낸다면 이 가게는 박살 날 겁니다.」

「우리가 알리지는 않을 거요, 앨.」

「물론, 그건 알고 있습니다.」

「그런데 앨, 사과 따러 온 일꾼들이 많소?」

「그러믄요, 떼거리로 왔어요. 많은 사람들이 여기서 식사하죠. 내가 그 사람들을 위해 25센트짜리 멋진 식사를 만들어 주거든요. 수프, 고기, 야채 두 종류, 버터 바른 빵, 파이와 커피 두 잔, 이게 모두 25센트죠. 박리다매하는 겁니다.」

「좋은 일이오.」 맥이 말했다. 「그런데, 앨, 노동자들 중에 누가 우두머리에 관해서 얘기하는 것 못 들었소?」

「우두머리요?」

「그렇소, 내 말은 노동자들이 갈 곳을 정해 주는 그런 사람 말이오.」

「무슨 얘기인지는 알겠습니다. 한데 전혀 들은 기억이 없는 걸요.」

「그렇담, 그 노동자들이 어디 머물고 있는지는 아시오?」

앨은 자신의 부드러운 턱을 쓰다듬었다. 「알고말고요. 두 무리가 있어요. 하나는 고속도로 옆의 팔로로(路)에 있고, 또 다른 무리는 강가에 막사를 쳐놓고 거기에 있지요. 거기 강가 버드나무 숲에 오래된 상설 막사촌이 하나 있어요.」

「바로 그거요. 거기에 어떻게 하면 갈 수 있소?」

앨은 두툼한 손가락으로 방향을 가리켰다. 「저기 골목길을 따라 쭉 가면 도시 끝이 나옵니다. 거기에 다리가 놓인 강이 하나 있죠. 그 강가 버드나무 숲에 길이 하나 나 있어요. 왼쪽으로 꺾어지면 되죠. 그 길 따라 약 4백 미터쯤 가면 바로 나옵니다. 노동자들이 몇 명이나 있는지는 잘 모르겠습니다.」

맥은 일어서서 모자를 썼다. 「정말 고맙소, 앨. 우린 지금 가겠소. 식사 잘했소이다.」

「제 아버님 집에 침대가 딸린 곁채가 하나 있어요. 필요하시면 거기에 계셔도 됩니다.」

「그렇게 할 수가 없소, 앨. 활동을 하려면 노동자들과 함께 있어야 하오.」

「그러면 이따금씩 여기 와서 식사나 하시죠. 오늘 밤처럼 손님이 없는 시간을 고르면 돼요.」

「그러겠소, 앨. 알겠소. 고마웠소.」

맥은 짐이 먼저 나가도록 한 다음 문을 닫고 나왔다. 그들은 계단을 내려와 앨이 알려 준 길로 향했다. 그때 골목에서 아까 그 경찰이 나타나 길을 막고 나섰다. 「어떻게 여길 왔나?」 거친 목소리였다.

짐은 갑작스러운 경찰의 출현에 놀라 얼른 뒤로 물러섰다. 그러나 맥은 잠자코 서 있었다. 「보시다시피 노동자들입니다. 사과 좀 따볼까 해서요.」

「그런데 이 야밤에 여기서 뭐하는 거요?」

「제기, 한 시간 전에 통과한 화물차에서 내렸단 말입니다!」

「지금 어디로 가는 거요?」

「강가에 있는 노동자 막사에 갈까 생각 중입니다.」

경찰은 여전히 그들 앞에 서 있었다. 「돈은 가지고 있소?」

「저희 밥 사 먹는 거 봤죠? 부랑죄로 잡혀가지 않을 만큼의 돈은 가지고 있습죠.」

그제야 경찰은 길을 비켜 주었다. 「가도 좋소. 밤거리 나돌아 다니지 마시오.」

「알겠습니다, 나리.」

그들은 빠른 걸음으로 걸어갔다. 짐이 입을 열었다. 「말 아주 잘하던데요, 맥?」

「못할 건 뭔가. 그게 첫 번째 교훈일세. 절대 경찰과 시비하지 말게. 특히 야밤엔 말이야. 만일 지금 당장 부랑죄로 잡혀 30일을 살면 일이 어떻게 되겠나, 응?」

그들은 무명 상의로 가슴을 바짝 감싸고는 빠른 걸음으로 길을 걸어갔다. 길가의 가로등도 점점 그 수가 줄어들고 있었다.

「어떻게 시작할 겁니까?」 짐이 물었다.

「글쎄, 모든 수단을 다 사용해야지. 전체 계획은 세웠지만 거기에 따르는 세부 사항은 우리가 이용 가능한 수단에 따라 결정되어야 한다고. 닥치는 대로 다 이용해야지. 그것밖에 없어. 일단은 가서 상황을 잘 살펴봐야지.」

짐은 힘이 나는지 발걸음을 성큼성큼 내디뎠다. 「나한테도 일을 줄 거죠, 그렇죠, 맥? 졸개 행세나 하는 건 죽어도 싫어요.」

맥이 웃었다. 「곧 익숙해질 거야. 그런데 일에 익숙해지면 여덟 시간 작업 끝내고 나서 시내로 나오고 싶을걸.」

「무슨, 그럴 생각 없어요, 맥. 한 번도 이렇게 기분 좋았던 적이 없었어요. 기분이 좋으니까 가슴도 뿌듯해지고요. 당신도 그래요?」

「가끔. 하지만 대개는 똥오줌 못 가리도록 바빠서 어떤 기분인지 느낄 시간도 없어.」

그들이 자꾸 앞으로 나아갈수록 점점 더 낡은 건물들이 도로변에 나타났다. 용접소, 중고차 매장, 폐차장의 거대한 고물 더미, 이런 것들이었다. 가로등들이 다 쓰러질 듯이 서 있는 버려진 가옥들의 황량하고 쓸쓸한 창을 비추었고, 그 집들의 그림자는 숲으로 통하는 관목들 아래 처량하게 드리워져 있었다. 차가운 밤공기를 뚫고 그들은 계속 빠른 걸음으로 걸어갔다. 「저기 다리 불빛이 보이는 거 같은데요.」 짐이 말했다.「저기 양쪽에 불빛이 세 개 보이죠?」

「나도 봤어. 왼쪽으로 꺾어지라고 했던가?」

「예, 왼쪽으로.」

경간이 두 개인 콘크리트 다리가 나타났다. 그 밑은 작은 강이었는데, 대개 이맘때면 강물이 줄어 모랫바닥 한가운데 작은 물줄기만 완만하게 흐를 뿐인 그런 강이었다. 짐과 맥은 다리 경사로 왼쪽으로 걸어 내려갔다. 강바닥 가장자리 근처에 버드나무 숲으로 통하는 오솔길의 입구가 나타났다. 맥이 앞장섰다. 잠시 후 다리의 불빛도 멀어져 갔으며 그들 주위는 온통 빽빽이 들어선 버드나무 관목들뿐이었다. 어렴풋이 보이는 하늘을 배경으로 나뭇가지들이 보였으며, 오른쪽 강바닥 가장자리에는 커다란 사시나무들이 컴컴한 어둠의 장벽을 형성하고 있었다.

「도대체 길을 볼 수가 없구먼.」맥이 말을 꺼냈다.「발로 더듬거리며 찾을 수밖에 없어.」그는 천천히 아주 조심스럽게 앞으로 나아갔다.「짐, 팔을 들어 얼굴을 보호해야겠어.」

「그러고 있습니다. 좀 전에 벌써 입가를 긁혔어요.」한참을 그들은 이미 사람들이 많이 다녀 단단해져 있는 오솔길을 따라 천천히 더듬더듬 걸어갔다.「연기 냄새가 나는데요. 멀지 않은가 봐요.」짐의 말이었다.

갑자기 맥이 멈춰 섰다.「앞에 불빛이 보이네. 자, 짐, 아까 하고 똑같이 내가 먼저 말을 걸 테니 자네는 가만히 있게.」

「알겠어요.」

오솔길이 끝나더니 돌연 작은 모닥불이 어른거리며 빛을 발하고 있는 넓은 개활지가 나타났다. 반대편 한쪽 끝을 따라 먼지를 뒤집어쓴 흰 천막이 세 개 처져 있었고, 그중 한 천막에서 불빛이 새어 나오고 안에서 커다란 검은 그림자가 이리저리 움직이는 모습이 보였다. 개활지에는 50명 정도의 노동자들이 있었는데, 어떤 이들은 담요를 순대 모양으로 둘둘 말아 안고 땅바닥에서 잠을 자고 있었고 또 몇몇 사람들은 평평한 공지 중간에 피워져 있는 모닥불 둘레에 쪼그리고 앉아 있었다. 짐과 맥이 버드나무 숲을 막 벗어날 즈음 불이 켜진 천막에서 짧고 날카로운 비명 소리가 울리더니 또 이내 억지로 참는 듯 끊어지는 소리가 들렸다. 그러자 천막 속의 커다란 그림자들이 바쁘게 움직이는 모습이 보였다.

「누가 아픈 모양이군.」 맥이 작은 소리로 말했다. 「우리는 못 들은 거야. 남의 일에 참견 않는 양하는 게 이로워.」

그들은 사람들이 손으로 무릎을 감싸고 둥그렇게 앉아 있는 모닥불 쪽으로 걸어 나갔다. 맥이 말을 건넸다. 「이곳에 같이 껴도 됩니까, 아니면 어떻게 되는 겁니까?」

사람들이 일제히 맥을 쳐다보았다. 모두가 수염이 덥수룩한 얼굴들이었으며, 눈들은 모닥불에 반사되어 붉게 이글거리고 있었다. 그중 한 사람이 옆으로 움직이더니 자리를 비켜 주었다. 「여기 땅은 공짜요.」

맥이 껄껄 웃었다. 「제가 있던 곳은 안 그렇죠.」

불 맞은편에 앉아 붉게 빛나는 깡마른 얼굴의 한 사내가 말을 붙였다. 「여기 잘 왔소이다, 친구. 여긴 모두가 공짜요. 밥, 술, 자동차, 집, 모두가 다 말이오. 자, 앉아서 진수성찬 한 상 받으시오.」

맥은 털썩 주저앉더니 짐에게 손짓을 해 자기 옆에 앉도록 했다. 그는 담배 주머니를 꺼내 꼼꼼하게 담배 한 대를 말기 시작했다. 그러더니 그제야 생각이 났다는 듯 입을 열었다.

「여기 자본주의자들, 담배 한 대 태우시려오?」

여러 사람이 손을 내밀었다. 담배 주머니가 차례로 건네졌다.

「방금 왔소?」 그 깡마른 얼굴이 물어 왔다.

「방금 왔소. 사과 좀 따서 돈이나 챙겨 갈까 해서 말이오.」

그러자 갑자기 그 사내가 화를 벌컥 냈다. 「여보쇼, 얼마나 받는 줄 아쇼? 15센트요, 15센트란 말이오!」

「그래, 뭘 원하십니까?」 맥이 따지고 들었다. 「제기! 그렇다고 먹고 싶은 걸 말할 용기도 없잖소? 아니, 일하면서 사과는 먹을 수 있지 않소. 온통 사과 천진데!」 그의 목소리는 점점 더 냉랭해졌다. 「사과를 따지 않으면 어떻소?」

깡마른 얼굴이 큰 소리로 대꾸했다. 「무슨 소리요, 사괄 따야지. 여기 오느라고 돈들을 다 써버렸단 말이오.」

맥이 부드러운 소리로 말을 받았다. 「온통 멋진 사과들이오. 우리가 따지 않으면 죄다 썩어 버릴 거요.」

「우리가 하지 않으면 다른 사람들이 하겠지, 뭐.」

「만일 우리가 다른 노동자들이 따지 못하도록 만든다면?」

불가에 앉아 있는 사람들의 얼굴이 서서히 긴장된 표정으로 바뀌어 갔다.

「당신, 파업을 말하는 거요?」 깡마른 얼굴이 물었다.

맥은 웃으며 말했다. 「그런 뜻으로 한 말은 아닙니다.」

그때 무릎에 턱을 파묻고 있던 키 작은 사내가 말했다. 「임금이 얼만지 알고 났을 때 런든은 졸도할 뻔했다고.」 그는 고개를 들어 자기 옆 사람을 쳐다봤다. 「자네가 봤지. 조, 졸도할 뻔 안 했나?」

「퍼렇게 변하더군.」 조가 말했다. 「그냥 서 있는 채로 시퍼렇게 안색이 변하더라고. 그러더니 나뭇가지 하나를 집고는 손으로 뚝뚝 부러뜨리고 있었어.」

담배 주머니가 다시 맥에게 돌아왔을 땐 담배 가루가 별로 남아 있지 않았다. 맥은 손가락을 집어넣어 보더니 그것을 다시 주머니에 쑤셔 넣었다.

「어느 분이 런든입니까?」

깡마른 얼굴이 대답했다. 「런든은 좋은 사람이오. 훌륭한 사람이지. 우린 그 사람을 따라온 거요.」

「대장이오, 그렇소?」

「아니, 뭐 대장이라고 할 것까진 없지. 하지만 좋은 사람이오. 우리가 그 사람을 따라왔으니. 당신, 그 사람이 경찰과 하는 얘길 들었어야 하는데. 그는……」

그 순간 천막에서 다시 비명 소리가 들려왔다. 이번엔 좀 더 길게 울려 퍼졌다. 사람들이 고개를 그쪽으로 돌리더니 이내 아무렇지도 않다는 듯 다시 모닥불을 바라보았다.

「누가 아프오?」 맥이 물었다.

「런든의 며느리가 애를 낳으려는 모양이오.」

「여기서 애를 낳다니. 의사는 있소?」

「없어요! 어디서 의사를 구한단 말이오?」

「왜 병원에 데려다 주지 않고?」

깡마른 얼굴이 빈정댔다. 「우리 같은 떠돌이 노동자들은 병원에서 받아 주지 않아요. 몰라요? 병실이 없대요, 항상 만원이라지.」

「알고 있습니다.」 맥이 말했다. 「그래도 혹 데려갔었나 한 거죠.」

짐은 몸을 으스스 떨더니 작은 버드나무 가지 하나를 주워 장작 숯 속을 들추었다. 불길이 환하게 일어났다. 그때 어둠 속에서 맥의 손이 살며시 다가오더니 짐의 손을 꼭 잡았다.

맥이 물었다. 「애 낳는 거 도와줄 사람은 있습니까?」

「늙은 할망구가 하나 있지.」깡마른 얼굴이 대답했다. 「그게 무슨 상관이오, 당신에게?」 그가 의심스러운 눈으로 물었다.

「내가 좀 배웠거든요.」 맥은 별생각 없다는 듯 말했다. 「내가 좀 알고 있기 때문에 도와줄 수도 있다는 거죠.」

「그렇담, 가서 런든을 만나 보구려.」 깡마른 얼굴은 어떤 부담감을 벗어 버린 듯한 표정이었다. 「그 사람에 관한 질문은 그 사람한테 직접 하시구려.」

맥은 그러한 의혹을 무시하고 일어섰다. 「그렇게 하죠. 자 가세, 짐. 런든은 저 불 켜진 천막에 있습니까?」

「그렇소이다.」

짐과 맥이 일어서자 둥그렇게 앉아 있던 사람들이 불빛 받은 얼굴로 쳐다보았다. 그러나 곧 다시 그 사람들은 모닥불로 얼굴을 돌렸다. 두 사람은 바닥에서 자고 있는 사람들의 침낭을 건드리지 않도록 조심하면서 천막으로 걸어갔다.

맥은 작은 소리로 말했다. 「운이 참 좋군! 잘만 해내면 시작은 되는 셈이지.」

「무슨 뜻입니까? 맥, 의술을 배웠는지는 몰랐는데요.」

「다른 사람들도 전부 몰라.」 맥이 말했다. 그들은 시커먼 사람 그림자들이 이리저리 움직이고 있는 천막으로 갔다. 맥이 가까이 다가서며 런든을 불렀다. 그러자 곧 천막 덮개가 부풀어 오르더니 덩치가 큰 사람이 나왔다.

듬직한 어깨에, 머리 꼭대기는 완전 대머리지만 그 둘레는 삭발을 한 듯 빳빳한 검은 머리카락이 삐죽삐죽 솟아 있는 그런 사람이었다. 얼굴에는 굵은 주름들이 깊게 골을 이루고 있었으며, 눈은 고릴라처럼 날카롭고 뻘겋게 충혈되어 있었다. 위엄 있는 풍채였다. 그 사람은 숨 쉬는 것처럼 자연스럽게 사람들을 이끌 수 있는 묘한 분위기를 풍겼다. 그는 커다란 손으로 천막 덮개를 닫고는 물었다. 「무슨 일이시오?」

맥이 설명했다. 「우리는 여기에 방금 도착한 사람들입니다. 저기 모닥불 가의 사람들이 애 낳는 여자가 있다고 해서 왔습니다.」

「그렇소만, 그래서요?」

「만일 의사가 없다면 제가 도와줄 수도 있는데요.」

런든이 천막 덮개를 열어젖히자 빛줄기 하나가 맥의 얼굴을 비추었다.

「어떻게 도와줄 참이오?」

「전에 병원에서 일할 때 해본 적이 있소. 런든, 요행수를 바란다고 득 될 건 하나도 없습니다.」

그 큰 사람의 목소리가 낮아졌다. 「들어오시오. 여기 늙은 할멈이 있는데, 아무래도 정신이 좀 나간 것 같소. 들어와서 한번 보시구려.」

그는 맥과 짐이 들어가도록 천막 덮개를 들어 올렸다.

천막 안은 매우 어질러져 있었고 공기는 후끈후끈했다. 촛불 하나가 접시 받침대 위에서 자기 몸을 불사르고 있었고, 중앙에는 석유 통으로 만든 난로가 하나 놓여 있었다. 그 난로 옆에 얼굴이 다 쭈그러진 노파가 한 명 앉아 있었다. 그리고 한쪽 구석에는 얼굴이 하얀 소년이 서 있었다. 천막 후면 바닥에는 낡은 침대요가 깔려 있었고, 그 위에 한 젊은 여자가 머리는 헝클어진 채 창백하다 못해 똥색의 얼굴을 하고 누워 있었다. 세 사람의 눈이 맥과 짐에게로 쏠렸다. 한동안 그들을 쳐다보던 노파는 붉게 달아오른 난로로 다시 눈길을 돌렸다. 그녀는 손톱으로 손등을 긁기 시작했다.

런든이 침대요 있는 곳으로 가더니 그 옆에 무릎을 굻고 앉았다. 겁먹은 얼굴로 맥을 쳐다보던 젊은 여자는 눈을 돌려 런든을 바라보았다. 런든이 말문을 열었다. 「자, 여기 의사 선생님을 모셔 왔다. 이제는 무서워할 필요 없다.」

맥이 그녀를 내려다보며 눈을 깜박거렸다. 그녀의 얼굴은 겁을 먹었는지 굳어 있었다. 구석에 서 있던 소년이 다가와서는 맥의 어깨를 이리저리 만지작거렸다. 「곧 괜찮아지겠죠, 선생님?」

「물론, 괜찮아.」

맥은 노파 쪽으로 얼굴을 돌렸다. 「당신, 산팝니까?」

주름진 손등을 긁고 있던 그녀는 멍하니 맥을 바라보기만 할 뿐 아무런 대답이 없었다. 「당신 산파냐고 내가 물었잖소?」 맥이 큰 소리로 말했다. 「아니요, 그래도 전에 애를 한두 명은 받아 봤다오.」

맥이 그녀의 한쪽 손을 잡아채서는 촛불 가까이 비춰 보았다. 손톱은 길고 여기저기가 갈라진 채 때까지 껴 있었고, 손은 푸르뎅뎅했다. 「죽은 아기나 받아 냈겠지. 어떤 천을 쓰려고 했소?」

노파는 신문지 더미를 가리켰다. 「라이사는 아직 두 번밖에 진통을 안 했어.」 그녀는 울먹이는 소리로 말했다. 「신문지로 오물을 받아 내려고 했을 뿐이오.」

런든은 몸을 앞으로 내밀고 맥의 눈길을 살폈다. 그의 입은 뭔가에 신경을 쓰는 듯 약간 열린 채였다. 그의 대머리가 촛불 빛을 받아 반짝거렸다. 그는 노파의 말을 다시 한번 확실히 해주었다. 「라이사는 두 번 진통을 했소. 방금 두 번째 진통이 끝난 참이오.」

맥은 머리로 바깥쪽을 가리켰다. 그가 천막 덮개를 열고 밖으로 나가자 런든과 짐이 그 뒤를 따라 나갔다. 맥이 런든에게 말했다. 「자, 당신도 그 손을 보셨죠. 저런 손으로 아길 만져도 애는 살아남을지 모르죠. 하나 애 엄마는 가망이 없어요. 저 늙은 할망구 내보내시오.」

「그럼, 당신이 대신 하겠단 말이오?」

맥은 잠시 말이 없더니 곧 입을 열었다. 「내가 하겠소. 짐, 자네는 여기서 나 좀 도와주게. 그래도 누가 좀 더 도와줘야 하는데. 손이 많이 필요하오.」

「그럼 나도 도우리다.」 런든이 말했다.

「그걸로 충분치 않소. 저쪽 친구들 중에 누구 도와줄 사람 없겠소?」

런든이 짤막하게 웃었다. 「내가 말하면 도와줄 거요.」

「자, 그럼 가서 말해 보시오. 지금 당장요.」 맥이 앞장서서 모닥불가로 걸어갔다. 여전히 사람들은 모닥불을 중심으로 둥그렇게 앉아 있었다. 그들은 세 사람이 다가오자 고개를 들어 쳐다보았다.

깡마른 얼굴의 사내가 말했다. 「안녕하시오, 런든.」

「여기, 의사 선생님의 말 좀 들어 보시오.」 런든이 큰 소리로 말했다. 주변을 어슬렁거리던 사람들이 제자리에 멈춰 섰다. 그들 모두 활기 없고 냉담한 표정들이었지만 권위 있는 목소리에는 귀를 기울였다.

맥은 목청을 가다듬고 말문을 열었다. 「런든에게는 며느리가 한 명 있는데 그 며느리가 애를 낳으려 하고 있습니다. 군

병원에 데려가 볼까도 했지만 그들이 받아 주지 않을 것은 뻔한 일이오. 항상 만원이라고 하니 말이오. 거기에다 우리는 떠돌이 노동자에 불과합니다. 그렇소. 그들이 우리를 돕진 않을 것이오. 우리 스스로 해내야 하는 겁니다.」

사람들은 다소 경직된 모습으로 서로서로 가까이 다가섰다. 그들의 얼굴에서는 냉담한 표정이 서서히 사라지기 시작했다. 그들은 불 가까이 둥그렇게 다가앉았다. 맥이 계속 말을 이었다. 「나는 병원에서 일한 적이 있소. 그래서 내가 도울 참이오. 그리고 여러분의 도움이 역시 있어야 하오. 자, 우리 서로 도웁시다. 아무도 대신해 주지 않을 것이오.」

깡마른 얼굴이 몸을 일으켰다. 「좋소, 친구. 어떻게 도우면 되오?」

모닥불 빛을 받으며, 맥의 얼굴에는 기쁨과 승리의 미소가 번져 나갔다. 「좋습니다! 여러분은 함께 뭉쳐서 일하는 게 무엇인지를 아는 사람들입니다. 자, 우선 우리는 물을 끓여야 합니다. 물이 끓으면 거기에 하얀 천을 집어넣고 삶아야 합니다. 천을 어디서 구해 오든, 어떻게 구해 오든 상관없습니다.」

맥은 세 사람을 지목했다. 「당신, 당신, 그리고 당신…… 세 사람은 불을 크게 지피시오. 그리고 당신은 커다란 솥을 한두 개 구해 오시고 약 5갤런짜리 깡통도 여러 개 있어야 하오. 자, 그리고 나머지 사람들은 천을 구해 옵시다. 아무거나, 손수건이든, 다 낡아 빠진 셔츠든, 아무거나 다 됩니다. 흰색이면 다 됩니다. 그리고 물이 끓으면 천을 집어넣고 한 30분 푹푹 삶으시오. 지금 당장은 끓인 물이 작은 주전자로 하나가 필요하오.」 사람들이 서서히 움직이기 시작했다. 맥이 계속 말했다. 「잠시 기다리시오. 한 가지 더 있소. 램프도 하나 있어야겠소. 잘 비추는 걸로 말이오. 누가 가서 하나 구해다 줬으면 좋겠소. 아무도 주지 않으면 훔쳐서라도 구해다 주시오. 등이 필요하오.」

일순간에 주변 공기가 바뀌었다. 사람들의 얼굴에서 이제는 냉담함이 다 사라져 버렸다. 자던 사람들도 깨어나 얘기를 듣고는 같이 합세했다. 노동자 막사촌이 흥분의 기운으로 충만되었다. 일종의 즐거운 흥분이었다. 불들이 피워졌다. 물이 담긴 커다란 물통 네 개가 올려졌다. 천들도 모아지고 있었다. 모든 사람이 무언가를 가져다 천 더미에 쌓아 올렸다. 어떤 사람은 속내의를 벗어 집어넣더니, 급기야는 자기 셔츠마저 집어넣었다. 사람들이 갑자기 행복해 보이는 듯했다. 사람들은 죽은 사시나무 가지들을 꺾어 불더미에 던져 넣으면서 함께 웃음꽃을 피웠다.

짐은 그런 활기찬 모습을 바라보며 맥 곁에 서 있었다. 「전, 무슨 일을 할까요?」 그가 물었다.

「나와 함께 안으로 들어가세. 천막 안에 가면 뭐 도울 일이 있을 걸세.」 바로 그때 또다시 천막 안에서 비명 소리가 들려왔다. 맥이 급히 말했다. 「될 수 있는 대로 빨리 뜨거운 물을 한 통 가져오게, 짐. 그리고 이거.」 그는 작은 병 하나를 꺼냈다. 「물 끓이는 통에 네 알 정도씩 집어넣게. 물 가져올 때 이 병 다시 가져오는 거 잊지 말고.」 그는 천막을 향해 뛰어갔다.

짐은 각 물통 속에 알약을 세어서 집어넣고 물을 한 양동이 떠내어 맥을 따라 천막으로 들어갔다. 노파는 방해 안 되게 한쪽 구석에 웅크리고 앉아 있었다. 그녀가 손을 긁으며 의심스러운 눈초리로 힐끗 바라보는 동안 맥은 뜨듯한 물속에 알약을 두 개 떨어뜨리고 손을 담갔다. 「이렇게 해서라도 손을 깨끗이 씻어야 해.」

「그 병이 대체 뭡니까?」

「염화 제이수은. 항상 가지고 다니지. 자, 자네 손도 씻게, 짐. 그리고 다시 깨끗한 물 좀 가져오게.」

천막 밖에서 소리가 들렸다.「여기 램프 가져왔습니다, 선생님.」

맥은 천막 덮개를 열고 램프를 받았다. 심지가 둥근 로체스터 램프와 강력한 가솔린 랜턴이었다.「꼭 밤에 무슨 나쁜 짓 저지르려는 사람들 같군.」

맥이 짐을 보면서 말했다. 그가 가솔린 램프를 펌프질해서 압력을 넣고 불을 켜자 램프의 맨틀이 이글거리며 새하얀 빛을 뿜어 대기 시작했다. 램프의 불타는 소리가 천막 안을 가득 메웠다. 밖에서도 나무 부러뜨리는 소리하며, 사람들 떠드는 소리가 들려왔다.

맥은 랜턴을 침대요 가까이에 내려놓았다.「곧 괜찮아질 거야, 라이사.」맥은 이렇게 말하고 그녀가 덮고 있는 더러운 누비이불을 벗겨 내려 하였다. 런든과 하얀 얼굴의 소년은 그저 바라만 보고 있었다.「어서, 라이사. 이제 준비를 해야지.」맥이 설득하였다. 그러나 라이사는 여전히 이불을 꽉 쥐고 있었다.

런든이 나섰다.「라이사, 그 손 놔야지.」그녀의 겁먹은 눈이 런든을 향하더니 마지못해 이불 잡은 손을 놓았다.

맥은 이불을 접어 그녀의 가슴까지 올리고 그녀의 면내의를 끌었다.「짐, 나가서 천 조각 하나하고 비누 좀 가져다주게.」짐이 김이 무럭무럭 나는 천과 가느다랗고 딱딱한 비누 조각을 들고 오자 맥은 라이사의 다리와 허벅지와 배를 닦아 주었다. 맥이 부드럽게 닦아 내리는 동안 라이사의 얼굴에서는 이제 두려움의 빛이 사라지기 시작했다.

사람들은 삶은 천을 가져왔다. 진통이 더욱더 심해졌다.

새벽녘이 되자 드디어 탄생이 시작되었다. 천막이 한 번 격렬하게 흔들렸다. 맥이 어깨 너머로 고개를 돌리더니 런든에게 말했다. 「런든, 당신 애가 놀랄지 모르니 밖으로 나가는 게 좋겠소.」 런든은 무척 당황한 표정을 짓더니 허약한 자기 아들의 어깨를 잡고는 밖으로 나갔다.

태아의 머리가 비쳤다. 맥이 손으로 아기의 머리를 떠받쳤다. 라이사가 힘없이 비명을 지르는 사이 아기가 완전히 밖으로 나왔다. 맥이 소독한 주머니칼로 탯줄을 잘라 내었다.

태양이 천막을 비추고 있었지만 랜턴은 여전히 쉬쉬 소리를 내며 불타고 있었다. 짐은 따뜻한 천을 비틀어 짠 다음 그것을 맥에게 건네주었다. 맥은 쪼그린 모양의 갓난아기를 깨끗이 닦았다. 그리고 짐이 노파의 손을 문질러 닦고 나자 맥은 아기를 노파에게 건네주었다. 한 시간 후엔 태반이 나왔다. 맥은 다시 한번 라이사를 씻어 주었다.

「자, 이제 이 모든 쓰레기를 갖다 버리시오.」 맥이 런든에게 말했다. 「모두 다 불태우시오.」

런든이 물었다. 「쓰지 않은 천도 말이오?」

「예, 모두 태우시오. 이젠 소용이 없으니.」 그의 눈에는 피곤한 빛이 역력했다. 맥은 다시 한번 마지막으로 천막 안을 둘러보았다. 노파는 아기를 포대기에 싸서 안고 있었다. 라이사는 눈을 감고 숨을 색색거리며 조용히 누워 있었다. 「따라오게, 짐. 가서 잠 좀 자세.」

공지에서는 사람들이 다시 잠을 자고 있었다. 태양은 버드나무 꼭대기를 환하게 비추고 있었다. 맥과 짐은 덤불 속 작은 굴처럼 생긴 곳으로 기어 들어가 함께 누웠다.

짐이 말문을 열었다. 「꼭 눈에 모래가 들어간 것 같아요. 피곤하고요. 그런데, 맥, 병원에서 일한 줄은 정말로 몰랐어요.」

맥은 손을 머리 밑에 대고 누웠다. 「일한 적 없네.」

「그럼 도대체 어디서 그런 걸 배웠어요?」

「한 번도 배운 적이 없네. 눈으로 본 적도 없고. 한 가지 알고 있는 사실은 깨끗이 해야 좋다는 것뿐이지. 아, 정말 운이 좋았어. 무사히 해냈으니 말이야. 만일 무슨 일이라도 일어났으면 우리는 볼 장 다 본 거지. 아마 그 늙은 여자가 나보다 더 많이 알고 있었을 걸세. 그 여자도 그걸 알고 있었을 거야.」

「그래도 아주 자신 있게 행동하던데요, 뭐.」

「그래, 그럴 수밖에 없었잖나! 우리는 손에 잡히는 모든 수단은 물불을 가리지 말고 다 사용해야 돼. 이번이 정말 좋은 기회였지. 그냥 기회만 잡으면 돼. 물론 그 여자를 돕는 건 좋은 일이지. 하지만 말이야, 우리가 설혹 그녀를 죽일지 모른다 해도 모든 기회는 다 이용하는 걸세.」 그는 돌아눕더니 팔을 베개 삼아 머리 밑에 받쳤다. 「아주 지쳤어. 하나 기분은 좋구먼. 하룻밤 고생으로 우리는 여기 사람들과 런든의 신임을 얻은 거야. 그리고 그것보다 더 좋은 건 그 사람들 스스로 뭔가를 할 수 있다는 사실을 알려 준 거지. 하나의 집단인으로서, 그들 자신의 방어를 위해서 말이야. 그것 때문에 우리가 여기 온 거야. 집단 투쟁하는 법을 가르치는 거지. 임금 인상이 우리가 바라는 바가 아닐세. 자네도 다 알겠지만 말이야.」

「알고 있습니다. 알고는 있었지만, 당신이 어떻게 시작할지는 몰랐거든요.」

「한 가지 법칙이 있네. 뭐냐 하면 말이야, 이용 가능한 모든 수단을 동원하라, 이거야. 우리에게는 기관총도 없고 군대도 없네. 오늘 밤이 좋은 기회야. 재료도 다 준비됐고, 우리도 준비는 다된 셈이야. 이제 런든은 우리 편이지. 그는 타고난 지도자야. 우리는 어디로 가야 하는지만 그에게 가르치면 돼. 그러나 편안하게 마음먹게. 지도력이란 사람들로부터 나와야 하는 법이야. 우리는 그들에게 방법만 가르쳐 주는 것이고, 행동은 그들 스스로가 해야지. 곧 우리가 런든에게 방법을 가르쳐 주면 그다음에는 런든이 자기 아랫사람들에게 그걸 가르쳐 줄 수가 있는 거야. 두고 보게.」맥이 말했다.「간밤의 이야기가 오늘 밤쯤이면 이 지역 전체에 퍼질 걸세. 우리는 이미 관계를 맺은 것이고, 생각했던 것보다 더 좋게 됐어. 면허 없이 의료 행위를 했다고 감옥에 갈지도 모르지만 그렇게 되면 사람들이 더욱더 우리 쪽으로 가까이 오게 될 거야.」

짐이 물었다.「어떻게 그리 될 수가 있죠? 당신은 말도 별로 안 했는데 사람들이 시계처럼 착착 일하기 시작하더군요. 그리고 그들도 좋아하데요. 기분도 좋은 것 같고.」

「그들이 좋아할 수밖에. 사람들은 항상 뭉쳐서 일하는 걸 좋아하지. 같이 일하고자 하는 욕망이 있는 거야. 열 사람이 힘을 합치면 한 사람이 들어 올리는 무게보다 거의 20배 가까운 무게를 들어 올린다는 사실을 자네 아나? 작은 불씨만 던져 주면 그렇게 돼. 대부분의 경우 그들은 의혹의 눈길을 보내지. 왠지 아나? 그들더러 뭉쳐서 일하라고 시키는 사람이 늘 그들 일의 대가를 착취해 가기 때문이지. 그들 스스로 일할 때까지 기다리는 거야. 오늘 밤 그들은 그 일이 자기들 일이라는 걸 알게 될 걸세. 그들의 일이지. 어떻게 되는지 지켜보라고.」

「당신, 그 천들 모두 필요하지도 않았잖아요. 그리고 왜 런든더러 남은 것 모두 태우라고 했어요?」

「이보게, 짐, 자네 모르나? 자기 옷의 일부분을 준 사람들은 모두 그 일이 자기 자신의 일이라고 느끼게 되는 거야. 그들 모두가 그 아기에 대한 책임감을 느끼는 거지. 그들의 일이야. 왜냐하면 그들 것의 일부가 거기에 바쳐졌기 때문이지. 남은 천을 다시 그들에게 돌려준다는 것은 그들의 일체감을 깨뜨려 버리는 거야. 사람들을 어떤 운동의 한 부분에 속하게 만드는 데에는 그들이 뭔가를 기여할 수 있도록 만드는 것이 가장 좋은 방법이지. 분명히 그들 모두 지금쯤 기분이 째질 거야.」

「오늘부터 일하러 갈 겁니까?」

「아냐. 우리는 간밤의 이야기가 퍼지도록 내버려 두기만 하면 돼. 내일쯤이면 굉장한 이야기로 되어 있을 걸세. 그런 다음에 일하러 가는 거지. 잠을 좀 자야지. 정말, 여태까지는 우리에게 상황이 참 좋게 돌아가고 있어.」

버드나무가 그들 머리 위에서 하늘거리고, 나뭇잎이 몇 개 그들 위로 떨어졌다. 짐이 말했다. 「이렇게 피곤해 본 적이 없었어요. 하지만 그래도 기분은 좋은데요.」

맥이 잠시 눈을 떴다. 「자네 오늘 참 잘했네. 아마 훌륭한 일꾼이 될 거야. 같이 와줘서 고맙네. 더구나 간밤에는 나를 많이 도와주었고 말이야. 이제 제발 그 눈과 입 좀 닫고 잠 좀 자세.」

5

 사과나무 꼭대기를 비추던 오후의 태양빛은 커다란 나뭇가지들 아래서 비스듬한 여러 갈래의 광선으로 갈라지더니 땅바닥에는 한 움큼의 빛이 되어 떨어졌다. 앞으로 쭉쭉 뻗어 있는 나무들 사이의 넓은 통로들은 사람들 눈에 안 띄는 곳에서 만나려는 듯, 멀리멀리 내달리고 있었다. 거대한 과수원은 활기로 가득했다. 긴 사다리들이 가지들 사이로 세워져 있었고, 노란색의 새 상자들이 통로를 따라 무더기로 쌓여 있었다. 먼 곳에서는 사과 선별기의 덜그럭거리는 소리와 상자 만드는 이들의 망치 두드리는 소리가 들려왔다. 사람들은 어깨띠에 커다란 바구니를 하나씩 메고 사다리를 타고 올라 큼직하고 싱싱한 사과들을 마구 비틀어 따 내고 있었다. 그들은 더 이상 채울 수 없을 때까지 바구니를 가득 채우면, 다시 사다리를 타고 내려와 바구니의 사과들을 상자 속에 부어 넣었다. 그러면 통로 사이로 트럭들이 와서 사과 상자들을 싣고는 사과 선별기와 포장소가 있는 곳으로 떠났다. 사과 상자들 곁에는 검수원이 한 명 서서 바구니 멘 사람들이 사과를 따 가지고 내려올 때마다 작은 공책에 연필로 표시를 하였다. 과수원은 생기가 넘쳤다. 나뭇가지들은 사다리 아래서 춤을 추었다. 익을 대로 익은 사과들은 나무 밑으로 둔탁한 소리를 내며 떨어지기도 했다. 나무 꼭대기 보이지 않는 어딘가에서 멋있는 휘파람 소리가 들렸다.

짐은 서둘러 사다리를 타고 내려와 상자들이 쌓여 있는 곳으로 가 바구니에 든 사과들을 비웠다. 깨끗이 빤 하얀 코르덴 옷을 입은 금발의 젊은 검수원이 공책에 표시를 하고는 고개를 끄덕였다. 「이봐, 친구, 그렇게 세게 쏟아 붓지 말라고. 다 상처 나겠어.」 그가 주의를 주었다.

「오케이.」 짐은 무릎으로 바구니를 북 치듯 툭툭 치면서 다시 사다리 쪽으로 걸어갔다. 사다리를 타고 위로 오른 짐은 바구니 걸쇠를 큰 나뭇가지 위에 걸쳐 놓았다. 그런데 그는 그 나무에 또 한 사람이 있는 것을 보았다. 사다리에서 떨어져 나와 큰 가지 위에 서 있는 그 사람은 머리 위로 손을 뻗어 한 무더기의 사과들을 따 내려는 참이었다. 짐의 무게 때문에 나무가 흔들리는 것을 감지한 그가 아래를 내려다보았다.

「여보게, 친구. 이게 자네 나무인지 내 몰랐네.」

짐이 그를 올려다보았다. 쥐가 파먹은 듯 수염이 듬성듬성 나 있는 검은 눈의 몸이 마른 노인네였다. 그의 손에는 퍼런 핏줄이 굵게 불거져 나와 있었다. 그리고 다리는 꼬챙이처럼 가느다랗고 꼿꼿한 듯 보였는데, 밑창이 두툼한 큰 신을 신어서인지 더욱 가늘어 보였다.

짐이 말했다. 「나무는 뭐 아무러면 어떻습니까. 그런데 나이 드신 양반이 원숭이처럼 그렇게 나무 타도 괜찮은 겁니까?」

그 영감은 침을 탁 뱉고는 침방울이 땅바닥에 떨어지는 것을 지켜보았다. 휑한 그의 눈이 사나운 꼴로 변해 갔다. 「그건 자네 생각이야. 대개 젊은 놈들은 다 내가 늙어 꼬부라졌다고 생각하고 있지. 하지만 말이야, 일주일 내내 시합을 해도 내 자네 같은 젊은이보다 더 많이 딸 수 있다고. 내 말 잊지 말게.」 그는 이렇게 말을 하면서 무릎에 받침대를 대었다. 그런 다음 손을 뻗어 사과 무더기를 잔가지까지 포함해서 한꺼번에 다 꺾어 내더니 사과를 쓸어 바구니에 담고 잔가지는 경멸적인 태도로 땅바닥에 내던져 버렸다.

그때 검수원의 목소리가 들려왔다. 「거, 그쪽 나무, 조심들 하쇼.」

영감은 들다람쥐 이빨처럼 길고 앞으로 툭 튀어나온 이를 위에 두 개, 아래에 두 개 내보이면서 적의의 미소를 지어 보였다. 「저 자식은 안 끼는 데가 없어.」 짐더러 들으라는 소리였다.

「대학 나온 친구죠.」 짐이 말했다. 「어딜 가도 저런 친굴 만나실 겁니다.」

그 영감은 자기가 서 있던 큰 가지 위에 쪼그리고 앉았다. 「그런데 저런 놈들이 뭘 알아? 대학에 가도 배우는 게 없는 놈들이야. 책 좀 읽었다고는 하지만 농사일엔 아주 풋내기지.」 그는 다시 침을 뱉었다.

「저런 친구들 다 그렇죠, 뭐.」 짐도 그의 말에 동의했다.

「그런데 자네하고 나는 말이야, 우리는 뭐랄까, 그렇게 많이 알고 있지는 못해도 좋은 것만 알고 있는 거지.」

짐은 할 말이 없었다. 그러나 잠시 후, 맥이 다른 사람들한테 하는 식으로, 짐은 그 영감의 자존심을 들쑤셔 놓기로 했다. 「영감님은 일흔이 되어도 나무에서 떠나지 못할 겁니다. 저 역시 아무리 해도 하얀 코르덴 바지를 입지 못할 거고 연필로 공책에 표시나 하는 그런 일은 하지 못할 겁니다.」

영감은 버럭 고함을 질렀다.「백이 없어서 그래, 그게 이유야. 우리가 편안한 일자리를 얻으려면 백이 있어야 한다고. 백이 없기 때문에 무시당하고 사는 거지, 뭐.」

「그럼, 앞으로 어떻게 하실 작정입니까?」

그 질문이 영감의 기를 죽여 놓은 듯했다. 영감의 화가 사라졌다. 그의 눈은 점점 곤혹스러운 빛을 띠어 갔고, 약간 겁먹은 듯한 눈길로 바뀌었다.「아무도 몰라. 우리는 그저 당하기만 하는 거지, 뭐. 그냥 돼지 무리들처럼 여기저기 돌아다니다가 대학 나온 놈들한테 엉덩이나 걷어차이는 거야.」

「그 사람 잘못이 아닙니다. 그도 직장 생활하는 거죠. 직장에서 떨려 나지 않으려면 그렇게밖에 할 수 없는 거라고요.」

영감은 또 다른 사과 무더기로 손을 뻗더니 손을 약간 비틀어 올리는 동작으로 다발을 땄다. 그러고는 사과를 하나씩 조심스럽게 바구니에 담았다.

「내가 젊었을 땐 무슨 일이든지 다 할 수 있을 것 같았는데 말이야, 벌써 일흔하나야.」그의 목소리는 지쳐 있었다.

사과가 담긴 상자들을 싣고 트럭 한 대가 지나갔다. 영감이 계속 말을 이었다.「세계 산업 노동조합의 조합원들이 소동을 부릴 때 나는 북부 산림 지대에 있었지. 끝내 주는 벌목꾼이었어. 이 나이에 나무 타는 거 자네도 봤잖은가. 그래도 그때는 희망이라도 있었지. 물론 조합원들이 좋은 일 많이 해줬어. 옛날엔 말이야, 똥 눌 곳도 없어서 땅바닥에 구멍 파서 일을 봤어. 목욕할 곳도 없고 말이야. 그런데 그들이 화장실과 샤워실을 만들도록 힘을 썼지 뭔가. 그런데, 빌어먹을. 그 모든 게 깨져 버리고 말았다네.」그의 손이 사과를 더 따기 위해 자동적으로 들어 올려졌다. 「나도 조합에 가입을 했지. 우리는 노조 위원장을 뽑았다네. 그런데 맨 먼저 우리가 알게 된 사실은 말이야, 그놈이 감독관의 꽁무니만 졸졸 쫓아다닌다는 거였지. 결국엔 우리를 배신했어. 우리는 조합비도 제때에 갖다 냈는데, 그런데 재정 책임자라는 새끼가 등쳐 먹은 거야. 모르겠어. 어쩌면 자네와 같은 젊은 사람들은 뭔가를 알아낼 수 있겠지. 우리는 그래도 최선은 다한 거지.」

「벌써 포기하시는 겁니까?」 짐이 다시 한번 영감을 흘깃 바라보면서 물었다.

영감은 다시 큰 가지 위에 쪼그려 앉고는 뼈만 앙상한 큼직한 손으로 가지를 잡고 몸의 균형을 유지했다. 「나는 내 피부로 느끼는 바가 있어. 자네는 나를 미친 늙은 놈이라고 생각할는지도 모르지. 다른 꿍꿍이속이 있더라도 아무 소용이 없어. 내겐 나만의 느낌이 있으니까.」

「그게 뭔데요?」

「뭐라 말하기가 간단치 않네, 젊은이. 왜 잘 알지, 물이 끓기 직전에 칙칙 소리를 내며 뭔가를 들어 올리려는 것 말이야. 그게 내가 가진 느낌이지. 나는 평생을 노동자들하고 같이 지냈네. 그들에겐 계획이 전혀 없어. 그저 끓기 전의 물과 같은 거야.」 그의 눈이 흐려졌다. 어느 곳에도 눈길을 주는 것 같지가 않았다. 그가 고개를 쳐들자 턱과 목 줄기 사이로 두 줄기 힘줄이 팽팽하게 잡혔다. 「배고픈 사람들이 너무 많아. 그런데 또, 그 많은 우라질 업주 놈들은 일꾼들을 골탕 먹이기만 하지. 모르겠어. 그저 피부에 와 닿는 느낌이 있을 뿐이지.」

「도대체 그게 뭡니까?」 짐이 물었다.

「분노지 뭔가.」 영감이 큰 소리로 외쳐 댔다. 「바로 그걸세.

자네도, 막 미친 듯이 달려들어 싸우려 할 때 자네 배알 속에 어떤 뜨겁고, 메스껍고, 그러면서도 어쩔 수 없이 허약한, 그런 느낌 안 받나? 바로 그걸세. 한 사람만이 그런 게 아니야. 전체가 다 그래. 수천, 수백만의 사람들이 다 한사람이니까. 두들겨 맞고, 굶주리고, 그러다 보면 오장육부에서 구역질이 날 것 같은 감정이 솟구치는 거야. 노동자들은 도대체 무슨 일이 일어나는지 알지 못해. 하지만 집단이 분노를 터뜨릴 때면 그들이 모두 거기에 끼이게 되는 거야. 우라질, 이젠 이런 생각 하는 것도 싫지. 그 사람들, 이빨로 목을 물어뜯고 입술들을 쥐어뜯어 낼 걸세. 그게 분노지, 바로 그거야.」 몸이 흔들거리자 영감은 나뭇가지를 잡았던 손을 꼭 쥐고 자세를 바로 했다. 「내가 피부로 느끼는 게 바로 그거지. 어딜 가더라도 말이야, 그건 바로 끓기 직전의 물과 같은 거야.」

짐도 흥분을 했는지 몸이 떨려 왔다. 「계획이 있어야 돼요. 일이 터지면 방향을 잡아 줄 계획이 있어야 뭔가 좋은 결과가 나오죠.」

영감은 그렇게 큰 소리로 떠들고 나더니 지치는 것 같았다. 「그 집단이 분통을 터뜨리면 그를 억제할 방법이 없어. 미친 개처럼 날뛰면서 움직이는 건 모두 다 물어뜯을 걸세. 너무 오랫동안 굶주려 왔고, 너무 많은 상처를 받았거든. 그런데 더욱 비참한 것은 그들 스스로가 너무 많은 상처를 입었다고 느끼고 있다는 점일세.」

「그러나 사람들이 충분히 예상하고 계획을 세운다면…….」

영감은 머리를 흔들었다. 「그런 일 일어나기 전에 죽어야지. 그 자식들이 이빨로 목을 물어뜯을 거야. 서로 죽이고, 그러다가 지쳐 버리든지 뒈져 버릴 거야. 내내 똑같은 일이 반복해서 일어나고 말걸. 죽어서 그런 꼴 안 봤으면 좋겠어. 자네와 같은 젊은이들이야 희망이라도 있겠지만 말이야.」

그는 사과가 가득 든 바구니를 내려놨다. 「나는 희망이 없어. 저리 비키게, 내려가야겠으니. 얘기만 하다가는 돈도 못 벌어. 얘기는 대학 나온 놈들한테나 어울리는 짓거리야.」

짐은 한쪽 나뭇가지로 비켜서서 영감이 사다리를 타고 내려가도록 했다. 영감은 내려가서 바구니를 비우더니 다른 나무로 가버렸다. 짐은 영감을 기다렸지만 그는 돌아오지 않았다. 포장소에서는 선별기의 벨트가 롤러 위에서 덜거덕거리며 구르는 소리와 망치 두드리는 소리가 들렸다. 그리고 고속도로를 따라 대형 운반 트럭들이 굉음을 내며 지나가는 소리도 들렸다. 짐은 그의 바구니를 가득 채우고 상자 쌓아 두는 곳으로 갔다. 검수원이 장부에 표시를 했다.

「당신, 푼돈이나마 벌지 못하면 우리 매점의 외상값을 갚지 못할 거야.」 검수원이 말했다.

짐은 얼굴이 붉어지고 어깨가 축 처졌다. 「당신 장부에나 신경 쓰쇼.」

「왜, 불쾌한가?」

짐은 곧 마음을 진정시키고 어색한 웃음을 지어 보였다. 「좀 피곤해서 그랬소.」 짐은 변명조로 말했다. 「처음 해보는 일이라서 말이오.」

금발의 검수원도 웃었다. 「왜 그런지 나도 알고 있네. 피곤하면 아주 신경이 예민해지지. 나무에 올라가서 담배나 한 대 피우게.」

「그럴 참이오.」 짐은 자기 나무로 되돌아갔다. 그는 다시 바구니를 나뭇가지에 걸쳐 놓고 사과를 따기 시작했다. 그는 혼자서 큰 소리로 중얼거렸다.「나도 미친개와 다를 바 없다. 하지만 나는 그렇게 못 해, 우리 아버님은 하셨지만 말이야.」
짐의 일하는 속도는 자연히 느려졌다. 그러나 속도는 느렸지만, 거기에는 기계와 같은 완벽함이 있었다. 해가 저물기 시작했다. 땅바닥에서 완전히 떠난 해는 나무 꼭대기만 비출 뿐이었다. 시내 쪽 저 먼 곳에서 휘파람 소리가 들려왔다. 그러나 짐은 아랑곳하지 않고 계속해서 일을 했다. 마침내 날이 어스름해지자 포장소의 덜거덕거리는 소리도 멈추고 검수원들이 외치는 소리가 들려왔다.「자, 다들 내려오시오. 작업 끝이오.」

짐은 사다리를 타고 내려와 바구니를 비우고는 다른 바구니들과 함께 쌓아 두었다. 검수원이 바구니 수를 표시하고 사과를 얼마나 땄는지 총계를 내었다. 사람들은 저녁의 어스름 속에서 담배를 말거나 가벼운 대화를 나누면서 잠시 서서 기다리고 있었다. 계산이 끝나자 그들은 과수원의 숙소가 있는 지방도로 쪽을 향해 통로를 따라 천천히 걸어 내려갔다.

짐은 앞쪽에서 그 영감이 걸어가는 것을 발견하고는 걸음을 빨리했다. 꼬챙이처럼 가느다란 영감의 다리는 관절에 이상이 있는 듯 뻣뻣하게 움직이고 있었다. 짐이 곁에 따라오는 것을 본 영감이 말했다.「자네로구먼.」

「같이 걸어가고 싶었습니다.」

「누가 못하게 했나?」영감은 분명 기분이 좋아 보였다.

「이곳에 누구 가족이라도 있습니까?」

「가족? 없어······.」

「그럼 혼자시로군요. 왜 양로원에 들어가시든가 아니면 군(郡) 구호 기관의 신세를 지지 그러세요?」

영감은 경멸스러운 듯 쌀쌀한 어조로 말했다. 「나는 벌목꾼이야, 이 멍청한 친구야. 벌목장에 가본 적이 없으면 그게 뭔지 몰라. 내 나이까지 산 벌목꾼은 별로 없어. 자네 같은 바보들이 있긴 했지만 거의 다 내가 일하는 것을 지켜보면서 심장병으로 죽어 갔다고. 그리고 여기선 사과나무에 오르고 있잖아. 나더러 남의 신세나 지라니! 나는 평생 용기를 요하는 일만 해왔어. 나는 27미터나 되는 나무에 올라 가지 밑동을 딱 꺾고는 안전벨트를 재깍 끄르지. 나는 말이야, 큰 나뭇가지와 함께 떨어져 다쳐서 흐물흐물해진 녀석들하고 같이 일을 했네. 그런 나더러 자선 도움이나 받으라고! 사람들이 그러지. 〈댄 영감님, 가서 수프나 드세요〉라고 말이야. 하지만 나는 빵을 수프에 적시고 그 빵에서 수프를 빨아 먹을 걸세. 제기랄, 나는 말이야, 사과나무에서 떨어져 목뼈가 부러지기 전에는 남의 신세 안 져. 나는 벌목꾼이야.」

그들은 나무 사이로 터벅터벅 걸어갔다. 짐은 모자를 벗어 손에 들었다. 「그렇다고 뭐 나아진 것도 없잖아요. 더 늙으면 아마 이놈들이 쫓아 버릴걸요.」

댄의 큰 손이 짐의 팔을 잡았다. 바로 팔꿈치 윗부분을 잡고는 아프도록 꽉 눌렀다. 「내가 이 일을 할 때는 보람이 있었지. 나무 기둥에 올라가는 거야. 그러면 작업반장이나 목재의 소유주나 회사의 사장이나 다 용기가 없어 하지 못하는 일을 내가 하고 있구나 하는 사실을 알게 되지. 바로 내가 하고 있는 거야. 그 높은 곳에 올라가서 아래를 내려다보면 말이야, 모든 게 다 작아 보인다고. 사람들이 다 개미 새끼처럼 보이고, 나는 높은 곳에 올라 있는 거지. 나다웠지. 그래, 보람이 있었던 거야.」

「그렇지만 이윤은 그놈들이 다 뺏어 가잖아요.」짐이 말했다.「그들만 부자가 되고, 그리고 영감님이 나무에 더 이상 오를 수 없게 되면 해고해 버리는 거죠.」

「맞아. 그놈들은 그러지. 그리고 나도 점점 늙어 가는 것 같아. 하나 그놈들이 그런다 해도 난 상관없어. 개의치 않을 거라고.」

그들 앞에 농장주들이 일꾼들을 위해 세워 놓은 낮은 하얀 건물이 나타났다. 길이가 50미터 정도 되는 헛간 비슷한 건물이었다. 약 3미터 간격으로 문 하나와 작은 네모 창이 달려 있었고, 몇몇 열린 문을 통해 등잔과 촛불이 타오르고 있는 모습이 보였다. 문가에는 사람들 몇 명이 앉아서 어스름한 저녁 하늘을 바라보고 있었다. 긴 건물 앞에는 수도꼭지가 하나 있었고, 거기에는 사내와 여자들이 진흙처럼 엉겨 붙어 있었다. 차례가 오면 사내들은 손을 컵 모양으로 만들어 물을 받아, 얼굴과 머리 위에 붓고 또 손을 씻고 하였다. 여자들은 깡통과 주전자를 들고 와 물을 가득 담아 가고 있었다. 어둑어둑한 문가의 이쪽저쪽에서는 아이들이 쥐새끼들처럼 이리저리 몰려다니는 모습도 보였다. 무리를 이루고 있는 사람들 사이에서는 피로에 지친, 그러나 정겨운 대화들이 오가기도 했다. 남자들은 과수원에서, 여자들은 선별소와 포장소에서, 계속해서 돌아오고 있었다. 건물의 북쪽 끝 한 귀퉁이로 상점이 하나 있었는데, 사람들이 몰려올 시간이 되어서인지 이제 막 불이 켜지고 있었다. 그곳은 작업 전표를 담보로 음식과 작업복을 외상으로 살 수 있는 곳이었다. 한쪽 줄에서는 여자와 남자들이 들어가려고 서 있었고, 또 다른 줄로는 사람들이 통조림과 빵 덩어리를 들고 나오고 있었다.

짐과 댄 영감은 건물로 걸어갔다. 「숙소가 보이는군요.」 짐이 말했다. 「저기도 밥해 줄 여자만 있으면 그리 나쁜 곳은 아닐 겁니다.」

「저기 상점으로 가서 콩 통조림이나 한 통 사야겠네. 여기 있는 멍청이들은 콩 통조림 50그램에 17센트씩이나 주고 산단 말이야. 그 돈이면 말린 콩 2백 그램을 살 수 있고, 게다가 그걸 요리하면 거의 4백 그램이나 될 텐데 말이야.」

「그럼, 영감님은 왜 그렇게 안 하십니까?」

「나는 시간이 없어. 지쳐서 돌아오면 우선 먹고 싶은 생각밖에 없거든.」

「뭐, 다른 사람은 시간이 있나요? 여자나 남자나 하루 종일 일하잖아요. 더군다나 농장주 놈들은 일꾼들이 너무 피곤해서 시내 상점까지 못 간다는 걸 알고는 콩 통조림 하나에 3센트씩 더 붙여 먹고 말이에요.」

댄 영감은 수염이 뻣뻣이 난 얼굴로 짐을 쳐다보았다. 「자네, 걱정도 팔자군, 안 그런가? 꼭 손가락 관절뼈를 문 강아지 같아. 아무리 물어뜯어야 무슨 소용 있어? 그 뼈다귀에 이빨 자국도 못 낼 텐데. 아마 그러다 자네 이빨 다 부러지고 말 걸세.」

「만일 많은 사람들이 함께 물어뜯으면 될걸요.」

「그럴지도 모르지. 하지만 말이야, 나는 개와 사람들하고 71년을 함께 살아왔다네. 대개 다른 놈들 뼈를 훔치려고만 하지. 두 마리 개가 서로 힘을 합해 뼈다귀를 부러뜨리려는 건 본 적이 없어. 그저 서로 물고 뜯기만 하고, 아니면 남의 것을 훔치려고만 한다고.」

「그래 봤자 소용이 없다는 걸 다른 사람들이 느끼도록, 영감님이 만드시면 되잖아요.」

댄 영감은 들다람쥐 이빨 같은 네 개의 긴 이빨을 씩 내보였다. 「나는 일흔하나야. 자네 뼈다귀나 잘 챙기고 나한테는 신경 끄게. 물론 사람들하고 개는 다를 수가 있겠지.」

  그들이 흙덩이가 많은 쪽으로 가까이 갔을 때 수돗가에 몰려 있던 사람들 무리에서 빠져나와 그들을 향해 걸어오는 사람이 있었다. 「저 사람, 제 친굽니다. 맥이라고 하죠. 멋진 사람이에요.」

  댄 영감은 시큰둥하게 대답했다. 「난 다른 사람들하곤 얘기하고 싶지가 않네. 얘길 하다간 통조림 끓일 시간도 없을 걸세.」

  맥이 그들에게 다가왔다. 「여어, 짐, 그래 오늘 잘했나?」

  「아주 좋았어요. 맥, 이분은 댄 영감님이에요. 세계 산업 노동조합원들이 난리를 치를 때 바로 북부 벌목장에서 일하셨답니다.」

  「만나서 반갑습니다.」 맥의 목소리에는 어떤 존경심 같은 것이 묻어 있었다. 「그때 일에 대해서 들은 적이 있습니다. 사보타주가 있었다죠.」

  맥의 목소리가 영감을 기쁘게 하였다. 「나는 조합원이 아니었지. 벌목꾼이야, 나는. 그 조합원 놈들 죄다 배신자 녀석들이라고. 그래도 그 사람들이 한 건 있지. 제재소가 보이는 대로 다 불 질러 버린 거야.」

  맥의 목소리에는 여전히 존경의 어조가 담겨 있었다. 「만일 그들이 뭔가 일을 했다면 그게 다 영감님이 바라시던 것들이겠죠.」

  「그자들은 매우 거칠었다고. 그 사람들하고 얘길 나누면 아무런 재미도 없었어. 그자들은 모든 걸 다 증오했으니까 말이야. 나, 저쪽에 가서 콩 좀 사야겠네.」 그는 오른쪽으로 돌아서 맥과 짐으로부터 멀어져 갔다.

날은 거의 다 어두워졌다. 하늘을 바라보던 짐은 검은 V자형의 물체가 하늘을 가로질러 날아가는 것을 보았다. 「맥, 보세요, 저게 뭐죠?」

「들오리 떼로군. 올해는 너무 일찍 나는데. 전에 들오리 본 적 없나?」

「없었던 것 같아요. 책에선 본 것 같은데.」

「이봐, 짐, 우리 가서 정어리하고 빵 좀 먹을까? 어때? 오늘 밤 해야 할 일이 있어. 음식 준비하느라 시간 다 보내고 싶지 않네.」

짐은 처음 해보는 일로 너무 피곤해서인지 힘없이 걸어왔었다. 그런데 이제는 근육이 긴장되고 정신도 바짝 들었다. 「뭐 생각해 둔 게 있어요, 맥?」

「자, 들어 봐. 난 오늘 런든 곁에서 같이 일했네. 그 사람 깐깐하더구먼. 그래도 3분의 2 정도는 돌아섰어. 자기가 이 노동자 무리를 다룰 수 있다고 말하더군. 그리고 또 다른 무리를 움직일 수 있는 친구를 하나 알고 있다는구먼. 그들은 이 지역에서 가장 큰, 4천 에이커나 되는 사과밭에서 일하는 노동자들이야. 런든은 이번 임금 삭감에 몹시 분개하고 있네. 무슨 일이든지 다 할 걸세. 헌터 지역에 있는 그의 친구 이름은 데이킨이라더군. 우린 오늘 밤 그쪽으로 가서 데이킨과 이야기를 나눠 볼 작정이네.」

「그럼, 이제 정말 시작하는 겁니까?」

「그런 셈이지.」 맥은 한쪽의 어두컴컴한 문가로 가더니 잠시 후 정어리 통조림 하나와 빵 한 덩어리를 들고 나왔다. 그는 빵을 층계에 올려놓고 정어리 깡통의 따개를 따더니 그것을 돌려 깡통을 열기 시작했다. 「자네, 내가 자네한테 얘기하는 방식대로 사람들한테 얘기 좀 해봤나, 짐?」

「기회가 별로 없었어요. 댄 영감하곤 좀 했죠.」

맥은 잠시 깡통 여는 것을 멈췄다. 「도대체 왜 그런 거야? 무슨 이유로 그런 영감태기하고 얘기한 건가?」

「우린 같은 나무에 올라갔었거든요.」

「왜 다른 나무로 가지 않았나? 짐, 잘 들어. 많은 당원들이 너무 시간을 허비해. 조이는 새끼고양이 몇 명을 전향시키려고 애쓰고 있질 않나, 내참. 그런 늙은 영감태기한테 시간을 허비하지 말게. 그 영감 아무 쓸모 없어. 늙은이들하고 얘기하다 보면 자네가 도리어 무력감에 빠지고 말 걸세. 늙은이들은 기력이 싹 빠져 버렸단 말이야.」 그는 깡통 뚜껑을 열고는 깡통을 자기 앞에 놓았다. 「자, 빵 조각 위에 고기 좀 얹어서 먹어 보게. 런든도 지금쯤 저녁을 먹고 있을 걸세. 그도 곧 준비를 마칠 거야. 그의 포드를 타고 가기로 했네.」

짐은 주머니칼을 꺼내서는 빵 조각 위에 정어리 세 토막을 올려놓고 살짝 눌렀다. 그리고 깡통의 올리브기름을 그 위에 약간 부은 다음, 또 다른 빵 조각을 덮었다. 「그 여자는 어떻게 됐대요?」

「어떤 여자 말인가?」

「아기 낳은 여자요.」

「아, 괜찮다더군. 런든이 말하는 걸 들으면 자네는 나를 하느님인 줄 알 거야. 그 사람한테 난 의사가 아니라고 얘기했지. 그런데도 계속 나를 〈의사 선생님〉이라고 부르는 거야. 런든은 나를 여러모로 훌륭하게 보고 있지. 그 여자도 아마 옷 잘 입고 화장 좀 하면 깜찍할 걸세. 샌드위치 하나 더 먹게나.」

날은 완전히 어두워졌다. 문들은 거의 닫히고, 작은 방들에 켜진 희미한 불들이 바깥마당에 환한 사각형의 누더기들을 만들어 놓았다. 맥은 샌드위치를 계속 씹었다. 「여기에 있는 여자들처럼 그렇게 못생긴 여자들은 본 적이 없어. 예쁜 여자가 하나 있지만 이제 기껏 열세 살 먹었으니. 그 애가 열여덟 살 궁둥이만 가졌어도 내가 받아들이는 건데. 미성년 강간죄로 50년 옥살이는 하고 싶지 않네.」

「당신은 경제학 생각하랴, 섹스 생각하랴, 두 가지를 분리하느라 정말 바쁘시겠군요.」

「그러지 않을 친구가 어디 있겠나?」 맥이 낄낄댔다. 「태양빛이 오후 내내 등에 비칠 때마다 난 흥분되지. 그게 뭐 잘못인가?」

아주 선명하게 환한 별들이 하늘에 떴다. 수는 많지 않았지만 차가운 밤하늘을 예리하게 꿰뚫고 있었다. 근처의 방에서 크고 작은 사람들의 말소리가 들려왔고, 이따금씩 한 목소리가 아주 또렷하게 들려왔다.

짐은 소리가 나는 쪽을 바라보았다. 「뭐 하는 거지요, 맥?」

「주사위 놀음. 빨리도 시작했군. 도대체 돈들을 어떻게 쓰는지 모르겠어. 다음 주 임금을 날리는 거지 뭐. 상점 외상값 계산하고 나면 한 푼도 못 받는 경우가 허다해. 오늘 밤에 누가 상점에서 다진 고기를 큰 통으로 두 개 사더구먼. 아마 오늘 밤 그걸 다 먹고 내일은 배가 아파 혼날 걸세. 뭔가 좋은 게 있으면 그걸 못 참아 안달복달한단 말이야. 짐, 자네도 배가 고프면 오직 한 가지 것에만 온 신경을 매달아 놓잖나, 안 그래? 나한테는 그게 버터가 녹아 내려 끈적끈적한 짓이긴 감자였다네. 오늘 밤 그 친구, 아마 몇 달 동안 계속 그 생각만 하고 있었을 걸세.」

건물 앞쪽을 따라 덩치가 커다란 사람이 움직이는 모습이 보였다. 그가 창문들을 지나쳐 올 때마다 창문의 불빛이 그의 얼굴을 반짝반짝 비추고 있었다. 「런든이 오는구먼.」 맥이 말했다.

런든은 어깨를 흔들면서 그들에게로 성큼성큼 다가왔다. 그의 대머리는 주위에 둥글게 나 있는 검은 머리카락들을 배경으로 하얗게 빛나고 있었다. 런든이 말했다. 「식사를 다 마쳤소. 자, 이제 갑시다. 내 차는 저쪽 뒤에 있소이다.」 그는 몸을 돌려 자기가 온 방향으로 다시 걸어갔다. 맥과 짐이 그 뒤를 따랐다. 건물 뒤에는 건물에 바짝 코를 들이대고 있는 덮개가 없는 T형 모델의 5~6인승 포장형 포드 차가 한 대 있었다. 오일천으로 된 시트는 다 닳아 해지고 갈라져 용수철들이 삐죽 튀어나와 있었고, 뚫어진 구멍 속에는 말머리털인 듯싶은 작은 솜뭉치들이 다 드러나 있었다. 런든은 차에 올라 시동 열쇠를 돌렸다. 스위치 점화되는 소리가 숨 가쁘게 들려왔다.

「크랭크 돌려, 짐.」 맥이 말했다.

짐은 단단한 크랭크에 온 힘을 다 쏟았다. 「스파크 내렸죠? 전 머리 부닥치기 싫습니다.」

「내렸네. 거기 앞의 초크 좀 빼게.」 런든이 말했다.

가스가 칙칙 뿜어져 나왔다. 짐은 크랭크를 돌렸다. 엔진의 공기가 줄어들면서 크랭크가 반대 방향으로 강하게 되튀겼다. 「다칠 뻔했잖아요! 스파크 좀 내리세요!」

「차가 늘 털털거리네.」 런든이 말했다. 「자, 공기 너무 빼지 마.」

짐이 크랭크를 다시 돌렸다. 엔진이 부르릉거리고, 희미한 작은 불들이 켜졌다. 짐은 낡은 튜브와 바퀴 철판과 마대자루가 뒤얽혀 있는 뒷좌석에 올라탔다.

「소리가 시끄럽기는 하지만 가긴 잘 가지.」런든이 소리쳤다. 그는 차를 후진시킨 뒤 울퉁불퉁한 흙먼지 길을 달려 과수원을 통과하였다. 그런 다음 오른쪽으로 꺾어지더니 콘크리트로 되어 있는 주(州) 고속도로로 접어들었다. 차는 계속 덜컹덜컹 흔들렸다. 깨진 앞 유리창을 통해 찬 공기가 불어닥치자 짐은 앞좌석을 보호막으로 해서 뒤에서 몸을 웅크렸다. 그들이 지나온 뒤쪽에서는 마을의 불빛들이 하늘로 빨려들어가고 있었다. 도로 양쪽에는 커다랗고 시커먼 사과나무들이 한 줄로 늘어서 있었고, 그 나무들 뒤로 이따금씩 농가의 불빛이 번득이는 게 보였다. 그들이 탄 포드는 작고 파란 불들을 차 둘레에 켜놓고 달리는 대형 수송 트럭, 가솔린 탱크 트럭, 은빛의 우유 운반 트럭 들을 추월했다. 갑자기 작은 목장 집에서 셰퍼드 한 마리가 뛰어나오자 런든은 그 개를 피하기 위해 재빨리 차의 방향을 틀었다.

「저놈의 개새끼, 오래 못 갈 거야.」맥이 소리를 빽 질렀다.

「개를 치기는 싫지.」런든이 말했다.「고양이는 상관없어. 래드클리프에서 이리로 오는 도중에 고양이를 세 마리나 치어 죽였소.」

차는 계속해서 시속 50킬로미터로 덜컹거리며 달렸다. 간혹 가다 폭발되지 않아 말 안 듣던 기통 두 개가 다시 작동될 때까지 차는 덜커덩거리기도 했다.

8킬로미터쯤 왔을 때 런든이 차의 속력을 줄였다.「이 근처 어딘가에 길이 있을 텐데 말이야.」런든이 말했다. 작은 회색빛 우편함들이 몇 개 늘어선 것을 보고 나서야 런든은 흙먼지

길로 이어지는 지점을 발견하였다. 도로 위에는 나무로 된 아치가 서 있었고, 거기에는 〈헌터 형제 과일 상회. S상표 사과 과수원〉이라는 글씨가 적혀 있었다. 그 길을 따라 차는 천천히 나아갔다. 갑자기 한 사람이 길 위에 나타나더니 손을 흔들고 있는 모습이 눈에 띄었다. 런든은 차를 세웠다.

「여기서 일하는 사람들이오?」 그 사내가 물었다.

「아니요.」

「우린 더 이상 일손이 필요치 않소. 꽉 찼단 말이오.」

런든이 말했다. 「우린 탤벗 지역에서 일하는 사람들인데 그냥 친구들을 만나러 온 것뿐이오.」

「술 팔러 온 건 아니오?」

「그렇소.」

그 사람은 손전등을 들고 차 뒤편으로 가서는 철판 조각과 낡은 튜브를 유심히 살펴보았다. 손전등의 불이 꺼졌다. 「좋소, 오래 머물진 마시오.」

런든은 페달을 밟았다. 「저런 개새끼 같으니라고.」 그는 성질을 못 참아 욕을 내뱉었다. 「저런 쫄따구 경찰 놈들처럼 꼬치꼬치 캐묻는 놈들도 없다니까. 쥐새끼들처럼 안 끼는 데가 없어.」 그는 커브 길을 따라 차를 마구 험하게 돌리더니 그들이 있던 건물과 아주 흡사한, 길고 높이가 낮은, 그리고 헛간 같은 구조에 작은 방들이 다닥다닥 붙어 있는, 그런 건물 뒤에 차를 세웠다. 런든이 말했다. 「여기서는 많은 인원을 부리고 있소이다. 이런 막사가 세 개나 되지.」 그가 첫 번째 문으로 걸어가더니 노크를 하였다. 안에서 누군가 툴툴거리는 듯싶더니 이윽고 무거운 발소리가 들렸다. 문이 살짝 열리며 머리를 실처럼 길게 늘어뜨린 뚱뚱한 여자가 얼굴을 내밀었다. 런든이 퉁명스러운 목소리로 물었다. 「데이킨은 어디에 있소이까?」

여자는 위엄 있는 그의 목소리에 즉각 반응을 보였다. 「세 번째 문 있죠? 거기 있어요. 부인하고 애들 둘하고 같이 있어요.」

「고맙소.」 런든은 계속 말을 하려는 듯 입을 벌리고 있는 그 여자를 무시한 채 몸을 돌렸다. 런든이 세 번째 문을 두드릴 때까지 그 여자는 머리를 한 대 얻어맞은 듯 멍하니 세 사람을 지켜보고만 있었다. 데이킨이 있다는 막사의 문이 열리고 다시 닫힐 때까지 그녀는 내내 바라만 보고 있었다.

「누구요?」 여자 뒤에서 한 사내가 물었다.

「모르겠어요. 덩치가 큰 사람이에요. 데이킨 씨를 찾는군요.」

데이킨은 홀쭉한 얼굴에, 분명하지는 않지만 뭔가를 주시하는 눈, 그리고 전혀 움직일 것 같지 않은 입을 지닌 사람이었다. 그의 목소리는 날카로우면서도 단조로웠다. 「어이, 영감망태, 들어오라고. 래드클리프를 떠난 뒤로 한 번도 못 봤지, 아마.」 그는 세 사람이 들어갈 수 있게 뒤로 물러섰다.

런든이 말했다. 「이분들은 의사 선생님과 그 친구 분일세, 데이킨. 선생님이 간밤에 라이사를 도와주셨어. 아마 자네도 그 얘긴 들었을 걸세.」

데이킨은 길고 허연 손을 맥에게 내밀었다. 「물론 들었지. 여기 일꾼들 몇 명이 거기에 있었다더군. 모두가 그 얘기만 하는 걸 보면 라이사가 코끼리 새끼라도 낳은 줄 알 거야. 이쪽은 내 마누라요, 의사 선생. 저 두 녀석은 내 새끼들이오. 힘들이 세오.」

그의 부인이 일어섰다. 뺨에는 약간 붉은색의 루주를 살짝 찍어 바른, 둥실둥실한 얼굴에 가슴이 풍만한 멋진 여자였다. 그리고 윗니에 붙여 놓은 순금 의치들이 등잔불에 반짝이는 것도 보였다.「여러분, 만나서 반가워요.」부인이 목쉰 소리로 인사했다.「커피를 드시겠어요, 아니면 한잔하시겠어요?」

아내가 자랑스러운 듯, 데이킨의 눈에는 정겨운 빛이 감돌았다.

「오다 보니 무척 춥던데요.」맥이 눈치를 살피듯 주섬주섬 말했다.

순금 의치들이 반짝였다.「그러실 줄 알았어요. 한잔하면 나아질 거예요.」부인은 위스키 한 병과 칵테일용 컵 하나를 꺼냈다.「각자 따라 마시기예요. 술잔 높이보다 더 따를 수는 없으실 테죠.」

술병과 잔이 돌았다. 데이킨 부인은 마지막으로 자기 잔을 단숨에 들이켜고는 술병의 마개를 닫고 도로 작은 찬장에 가져다 두었다.

방에는 텐트용 천으로 만든 접는 의자가 세 개 있었고, 역시 텐트용 천으로 만든 아이들 침대가 두 개 놓여 있었다. 그리고 큼직한 캠프용 접는 침대가 벽에 바짝 붙어 펼쳐져 있었다. 맥이 말했다.「오붓하게 잘 사시는군요, 데이킨 씨.」

「조그만 중형 트럭도 한 대 있다오.」데이킨이 말했다.「때때로 짐을 운반해 주는 일도 하지요. 물론 내 짐도 실어 나르지만 말이오. 내 마누라는 손놀림이 빨라서 경기가 좋을 때는 삯일을 해서 돈도 좀 벌었다오.」데이킨 부인은 자기를 칭찬하는 소리에 살짝 미소를 지어 보였다.

그때 런든이 갑자기 사교적인 태도를 거두고 사무적으로 나왔다.「우리 어디 가서 얘기 좀 했으면 하네.」

「왜, 여기는 안 되는가?」

「좀 사적인 이야기일세.」

데이킨은 슬쩍 자기 부인을 쳐다보았다. 그의 목소리에는 전혀 높낮이가 없었다. 「당신하고 애들은 슈미트 부인 댁에 나 놀러 갔다 오구려, 어서.」

그녀의 얼굴에서 실망의 빛이 떠올랐다. 삐죽 내밀어진 그녀의 입술이 순금의 의치를 덮어 버렸다. 그러곤 한참을 의혹의 눈초리로 자기 남편을 쳐다보았다. 데이킨도 차가운 눈초리로 되받아 보았다. 그의 길고 하얀 손이 옆구리에서 씰룩씰룩 움직였다. 그러자 데이킨 부인이 환하게 웃음 띤 얼굴로 말했다. 「여기 계시면서 말씀들 나누세요. 전부터 슈미트 부인을 만날 일이 있었어요. 헨리, 동생 손 좀 잡아 주거라.」그녀는 토끼털로 만든 짧은 재킷을 걸치고 자신의 금발 머리를 쓸어 올렸다. 「재밌게 노세요.」그들은 그녀가 걸어가는 소리와 끝 쪽에 있는 방문 두드리는 소리를 들었다.

데이킨은 바지춤을 바짝 잡아당기고 커다란 침대 위에 앉으면서 다른 사람들더러 의자에 앉으라는 손짓을 하였다. 그의 눈은 마치 한 대 얻어터진 권투 선수의 눈처럼 흐리멍덩하고 초점이 흐려져 있었다. 「그래 무슨 일인가, 런든?」

런든이 자신의 뺨을 긁으며 말했다. 「우리가 이곳에 도착했을 때 이미 발표되었던 임금 삭감에 대해서 자네 어떻게 생각하나?」

데이킨의 단단한 입이 실룩거렸다. 「자네는 내가 어떻게 느끼리라고 생각하나? 갈채를 보내진 않지.」

런든이 의자에 앉은 채 의자를 앞으로 끌어당겼다. 「뭘 해야 되겠다는 생각은 없나?」

흐릿한 눈이 약간 날카로워졌다. 「아니, 자넨 무슨 생각 있나?」

「우리가 힘을 조직해서 어떤 행동을 취해야겠다고는 생각하지 않았나?」런든은 재빨리 맥에게 눈길을 주었다.

데이킨이 그 눈길을 보았다. 그는 머리로 맥과 짐을 가리키며 물었다. 「과격파들인가?」

맥은 크게 웃음을 터뜨렸다. 「살 수 있을 만큼 임금을 받고자 원하는 사람은 다 과격파요.」

데이킨은 한동안 그를 빤히 쳐다봤다. 「과격파에 원한은 없소.」그가 입을 열었다. 「그러나 이 점은 분명히 알아 두시오. 난 어떤 조직 때문에 옥살이는 하고 싶지 않소. 당신이 어느 조직에 속해 있든 나는 알고 싶지도 않소. 나한텐 처자식이 딸려 있고 또 트럭도 있소. 어떤 명부에 내 이름이 올라 있다고 해서 옥살이를 할 생각은 없소이다. 그래, 자네 생각은 뭔가, 런든?」

「사과들은 따야 하네, 데이킨. 우리가 사람들을 조직하면 어떻겠나?」

데이킨의 눈에서는 밝은 회색의 두려움만이 보일 뿐이었다. 그는 덤덤한 목소리로 말했다. 「그래, 우리가 노동자들을 규합하고 허튼소리를 해서 그들을 흥분시킨다고 하세. 그들이 파업을 투표로 결정하고, 그리고 열두 시간 후면 파업을 깨뜨리려는 놈들이 트럭에 가득 타고 쳐들어오고…… 그다음엔 뭔가?」

런든이 다시 자기 뺨을 긁었다. 「그러면 우리 조합원을 배치해서 감시하는 거지.」

데이킨이 얼른 말을 가로막았다. 「그러면 놈들은 집회 불허라는 감독관 포고령을 통과시킬 테고, 또 소총을 든 백 명의 경찰들을 투입시킬 텐데도.」

런든은 뭔가 물어볼 것이 있다는 표정으로 맥을 돌아다보았다. 맥이 대신 대답해 달라는 눈치였다. 맥도 뭔가를 골똘히 생각하는 표정을 짓더니 입을 열었다. 「우리도 당신이 생각한 것과 똑같은 문제를 생각해 봤소이다, 데이킨 씨. 만일 제철소에서 3천 명의 노동자들이 파업을 일으키고 조합원을 배치하면 어떻게 될까요? 제철소 주위에는 전선줄이 쳐져 있습니다. 그러니 사업주 놈들은 그 전선에 고압 전류가 흐르도록 하겠지요. 입구에는 경비원도 배치할 수가 있고요. 아주 쉬운 일이죠. 하지만 이 계곡 전체를 경비하기 위해서는 얼마나 많은 수의 경찰을 투입해야 할까요?」

데이킨의 눈이 잠시 밝아지더니, 이내 다시 흐려졌다. 「총이 문제요. 만일 우리가 비조합원 놈들을 쫓아 버린다 해도 발포가 시작되면 어떻게 할 거요? 여기 떠돌이 일꾼들은 소총 발포에는 견디지 못할 거요. 그러지 않을 거라고 생각하지 마쇼. 소총 소리 몇 방만 울려도 모두 토끼들처럼 숲 속으로 도망쳐 버릴 테니 말이오. 그런 파업이 어딨소?」

다른 사람들이 입을 열 때마다 짐의 눈은 이리저리 바쁘게 움직였다. 짐이 끼어들었다. 「대부분의 파업 파괴 분자들은 당신이 얘기만 하면 그 일에서 손을 털 겁니다.」

「그러면 나머지 사람들은 어떻게 하고?」

맥이 말했다. 「그 나머지 사람들은 우리 신속 행동 대원들이 꼼짝 못 하게 만들 수가 있소. 나도 감시 조로 나갈 것이오. 노동자들은 이번 임금 삭감 조치에 대해 몹시 분개하고 있소. 그리고 이 사실을 명심하시오. 놈들은 사과를 따야만 하오. 제철소에서 하는 식으로 여기 과수원 문을 닫을 수는 없는 것이오.」

데이킨은 일어서서 상자처럼 생긴 찬장으로 가더니 술병

에 입을 대고 술을 조금 마셨다. 그러고는 그 술병을 다른 사람들을 향해 흔들었다. 세 사람은 모두 고개를 저었다. 데이킨이 말했다. 「이 나라에는 파업할 권리가 있지요. 그렇지만 조합원을 감시 배치하는 것을 금하는 법률도 있소. 기껏 우리가 가지고 있는 권리란 일자리를 그만두는 것뿐이오. 나는 이런 일에 끌려 들어가기가 싫소이다. 내겐 작은 트럭이라도 있으니 말이오.」

「어디로…….」그의 목이 말라 있음을 안 짐은 헛기침을 하며 말했다. 「어디로 가실 작정입니까, 사과 따는 일이 다 끝나면 말이에요, 데이킨 씨?」

「목화밭.」

「그런데 말이에요, 그쪽 농장들은 여기보다 규모가 더 큽니다. 만일 여기서 우리가 그 삭감 조치를 받아들인다면, 거기 목화밭 업주들은 더 많이 깎아 버릴 겁니다.」

맥은 응원과 칭찬의 미소를 지어 보였다. 「그들이 그럴 거라는 걸 자넨 아주 잘 알고 있구먼.」그가 옹호하고 나섰다. 「매번 그럴 것이오. 노동자들이 투쟁을 벌일 때까지 계속 깎아 내릴 것이오.」

데이킨은 위스키 병을 살며시 내려놓고는 큰 침대로 걸어가서 자리를 잡고 앉았다. 그는 길고도 흰 자신의 손을 바라보았다. 장갑을 끼고 일을 해서인지 아직은 거칠어지지 않은 손이었다. 그는 두 손 사이로 바닥을 내려다보았다. 「나는 곤란한 일을 당하기가 싫소. 내 처자식들과 난 지금까지 잘 지내 왔소이다. 그런데, 제기랄, 당신들 말이 맞겠죠. 그 목화밭에서도 분명히 임금이 깎일 것이오. 왜 그놈들은 그냥 내버려 두질 않는 거야?」

맥이 말했다. 「사람들을 조직하는 일 말고는 달리 수가 없는 것 같소.」

데이킨은 초조한 듯 몸을 흔들었다. 「내 생각도 그렇소. 나는 많은 것을 원하지 않소. 그런데 당신들, 도대체 나한테서 뭘 원하는 거요?」

런든이 말했다. 「데이킨, 자네는 여기 사람들을 움직일 수 있고, 나는 내 쪽 사람들을 움직일 수 있네.」

맥이 끼어들었다. 「그러고 싶지 않은 사람들까지 움직일 필요는 없습니다. 데이킨과 런든은 가서 얘기만 하시오. 그러면 됩니다. 일꾼들이 자꾸 이야기를 전파하도록 하십시오. 그들은 이미 분이 차오를 대로 올라 있습니다. 단지 입 밖으로 꺼내지 않아서 조용한 거죠. 물론 다른 지역에도 말을 계속 전해야 합니다. 내일, 모레, 계속 말을 전파시키도록 합시다. 그런 다음 회의를 소집하는 겁니다. 여기 사람들, 분노에 가득 차 있기 때문에 금방 퍼질 겁니다.」

데이킨이 말했다. 「방금 생각이 하나 떠올랐소. 밖에 나가서 파업을 하면 어떻겠소? 우리는 여기서 야영을 할 수가 없소. 공유지나 국도에서 야영하는 것이 금지되어 있기 때문이오. 대체 당신들은 어디서 할 작정이오?」

「나도 그 점을 생각했소이다. 내게 생각이 있지요. 만일 어디 좋은 사유지라도 있으면 만사 오케이죠.」

「그럴지도 모르죠. 하나 당신도 워싱턴에서 일어났던 일을 알 거요. 공중위생에 해가 된다는 이유로 다 쫓겨났지 않소. 판잣집이나 천막, 다 불태워졌소.」

「잘 알고 있습니다, 데이킨 씨. 그러나 위생을 담당할 의사가 있으면 되는 것 아니오? 그러면 그놈들도 별수 없을 것이오.」

「당신 정말 의사요?」 데이킨이 의심스러운 듯 물었다.

「아니요. 하지만 친구 중에 진짜 의사가 있소. 그 친구가 아마 도와줄 거요. 많이 생각했습니다, 데이킨 씨. 파업에 관한 책도 좀 읽었지요.」

데이킨은 쌀쌀한 미소를 머금었다. 「파업에 관해선 읽어서 아는 정도가 아니군요. 너무 많이 알아요. 그러나 당신이 어떤 사람인지 알려고는 않겠소. 나는 또 전혀 아는 게 없으니까 말이오.」

런든이 맥을 바라보았다. 「당신, 정말 솔직히 우리가 이 일을 해낼 수 있다고 생각하고 있소?」

「런든, 들어 봐요. 혹 우리가 패배한다 해도 우리는 한바탕 소동을 일으킬 수는 있는 것이오. 그러면 목화밭에서는 임금을 깎지 못할 것이오. 우리가 진다 해도 그거면 훌륭히 일을 해낸 것이 되는 거요.」

데이킨이 수긍이 간다는 듯 머리를 천천히 끄덕였다. 「내일 아침 제일 먼저 말을 할 참이오. 일꾼들이 분노하고 있다는 당신 말, 맞는 말이오. 몹시 분개하고 있소. 무슨 일을 해야 할지, 그것을 모르고 있을 뿐이오.」

「우리는 그들에게 생각을 제공해 주는 겁니다. 데이킨 씨, 다른 농장에도 힘닿는 데까지 접선해 보시겠소? 이제는 가봐야 될 것 같소.」 맥은 일어서며 손을 내밀었다. 「만나서 반가웠소이다, 데이킨 씨.」

데이킨의 경직된 입술이 열리더니 가지런히 박힌 하얀 의치가 보였다. 그가 입을 열었다. 「만일 내가 3천 에이커의 사과밭을 갖고 있다면 어떻게 할 것 같소? 숲 속에 숨어 있다가 당신이 지나가면 머리통을 박살 낼 것이오. 그래야 곤경을 당하지 않을 것 아니오? 그러나 나는 조그만 트럭하고 야영 도구 조금밖에 없으니……」

「안녕히 계시오, 데이킨 씨. 또 봅시다.」 맥이 말했다.

짐과 맥은 밖으로 나갔다. 런든이 데이킨과 이야기를 나누는 소리가 들려왔다. 「이 사람들 다 오케이야. 우리 당원이 될는지는 모르지만, 여하간 착한 사람들이야.」 런든이 나오고 문이 닫혔다. 건물 한쪽의 약간 열린 문틈으로 사각형의 불빛이 새어 나오고 있었다. 데이킨 부인과 두 아이가 그들을 향해 걸어왔다. 「안녕히 가세요.」 부인이 말했다. 「당신들이 나오는 것을 지켜보고 있었어요.」

그들은 다시 덜컹대는 포드를 타고 숙소로 돌아왔다. 차는 합숙소에 코를 바짝 대고 멈춰 섰다. 맥과 짐은 런든과 헤어져 그들의 작고 어두컴컴한 방으로 돌아왔다. 검은 카펫 조각과 이불을 뒤집어쓰고 바닥에 누웠다. 맥은 벽에 기대어 앉고는 담배를 한 대 피워 물었다. 잠시 후 그는 담뱃불을 눌러 껐다. 「짐, 아직 안 자나?」

「예.」

「아까 말 참 잘했어, 짐. 일이 좀 힘들게 되기 시작하던 차에 자네가 그 목화밭 얘기를 꺼낸 거 말일세. 그 말 참 좋았어.」

「돕고 싶었습니다. 그런데 맥, 일 생각이 머리에서 떠나지 않아요. 잠자고 싶은 생각도 없고요. 계속 도울 수 있는 일을 하고 싶어요.」

「좀 자두는 게 좋아. 우린 앞으로 밤일을 많이 해야 할 걸세.」

6

 다음 날 아침 사과밭엔 바람이 심하게 불었다. 나뭇가지들이 요동치듯 흔들거리고, 바람에 사과들이 나지막한 둔탁음을 내며 땅바닥에 떨어졌다. 바람에는 서리가 섞여 날렸으며, 그 속에는 묘한 가을의 정적이 있었다. 일꾼들은 상의 단추를 가슴 위까지 채우고 종종걸음으로 그들의 일터로 달려갔다. 트럭들이 나무들 사이를 지날 때 흙먼지가 장벽처럼 피어올랐지만, 이내 바람에 실려 떠내려가곤 했다.
 하역소의 검수원은 양가죽 외투를 입고 있었으며, 검수 기록을 하지 않을 때는 두 손과 공책과 연필을 모두 가슴 앞주머니에 집어넣고 발을 동동 굴렀다.
 짐은 바구니를 들고 하역소로 갔다. 「당신도 아주 추우신 모양이죠?」
 「이대로 바람이 계속되면 이보다 더 추운 날이 없을 거야. 청동으로 조각된 원숭이의 불알도 얼어 버리겠어.」
 부루퉁한 표정의 한 소년이 바구니를 비우기 위해 다가왔다. 그의 검은 눈썹은 눈 바로 위까지 자라나 있었으며, 뻣뻣하고 검은 머리카락들이 이마를 덮고 있었다. 소년의 눈은 붉게 충혈되어 있었다. 소년은 바구니의 사과들을 상자 속에 부어 넣었다.

「사과에 상처 내지 마.」검수원이 말했다. 「상처 난 곳이 썩게 된단 말이야.」

「어, 예?」

「내 말 알아들었어?」검수원은 연필로 사선 표시를 하였다. 「그 바구니는 제외야. 다시 해.」

불만과 적개심이 가득 찬 눈으로 소년은 검수원을 바라보았다. 「원한 살 짓을 했으니 당신 이제 크게 당하게 될 거요.」

검수원의 얼굴이 노여움으로 붉어졌다. 「약게 놀려거든 조용히 나가서 떠돌이 생활이나 해.」

소년은 독이 올라 침을 퉤 뱉었다. 「맨 먼저 네놈을 족칠 테다.」소년은 짐을 마치 잘 알고 있는 사람인 양 쳐다보았다. 「오케이?」

「가서 일하는 게 신상에 좋아.」짐은 차분한 목소리로 타일렀다. 「일을 안 하면 돈을 벌 수가 없잖아.」

소년은 늘어선 사과나무 쪽을 가리켰다. 「저는 저쪽 네 번째 나무에 있어요.」소년은 황급히 나무 쪽으로 걸어갔다.

「도대체 무슨 일이지?」검수원이 말했다. 「오늘 아침은 죄다 신경질적이니 말이야.」

「바람 때문일 겁니다.」짐이 말했다. 「바람 때문이죠. 바람이 불면 사람들 신경이 날카로워지니까요.」

짐의 말이 냉소적으로 들렸는지 검수원은 짐을 흘끗 쳐다보았다. 「자네도 그런가?」

「저도 마찬가지죠.」

「대체 뭔가, 놀란? 무슨 기미라도 있나?」

「〈무슨 기미〉라는 게 무슨 뜻입니까?」

「내가 무슨 뜻으로 말했는지 잘 알잖나.」

짐은 바구니를 자기 다리에다 가볍게 툭툭 털었다. 트럭이 한 대 지나가자 짐은 옆으로 비켜섰다. 흙먼지가 잠시 그를 뒤덮었다. 「검수 장부나 기록하고 있으니까 세상 물정에 어둡지요. 그 장부책 집어넣고 한번 알아보세요.」

「옳아, 소요를 획책하고 있구먼, 안 그래? 주변 공기에 그런 낌새가 꽉 찼어.」

「먼지가 꽉 찼겠죠.」

「이런 종류의 먼지, 전에 본 적이 있어, 놀란.」

「그럼, 당신이 잘 알겠군요.」 짐은 자리를 뜨려고 하였다.

「잠깐, 놀란.」 짐은 발을 멈추고 돌아보았다. 「자네는 좋은 사람이야, 놀란. 훌륭한 일꾼이지. 그래, 무슨 일이 진행 중인가?」

「못 알아듣겠습니다. 무슨 말을 하는지 모르겠수다.」

「자넬 요주의 인물로 표해 둬야겠구먼.」

짐은 그를 향해 두 걸음을 성큼 내디뎠다. 「어디 검은 표 실컷 해둬 봐.」 짐이 냅다 소리 질렀다. 「나는 한마디도 안 지껄였어. 괜히 애가 와서 약 올리니까 일부러 생트집 잡고 있어, 이거.」

검수원은 불안한 듯 눈길을 돌려 버렸다. 「농담한 걸세. 자, 놀란, 난 저쪽 북쪽 끝에 가서 검수를 해야겠네. 자네는 일을 잘했어. 내일 또 일 나와도 되네. 삯도 더 좋아질 걸세.」

짐의 눈도 분노로 잠시 거뭇해졌다. 그러나 그는 이내 미소를 짓고는 검수원에게 다시 바싹 다가섰다. 「뭘 원하는 거요?」 그가 부드러운 소리로 물었다.

「내 솔직히 말하지, 놀란. 지금 뭔가가 진행되고 있어. 높으신 분이 뭔지 알아보라고 시키더군. 자네가 나를 위해 염탐 좀 해주면 내가 부탁해서 검수일을 맡도록 해주겠어. 시간당 50센트씩이나 된다고.」

짐은 잠시 어떻게 할까 궁리하는 듯했다. 「난 아무것도 모르오.」 짐은 천천히 입을 열었다. 「만일 나도 관련이 되는 무슨 일이 있으면 알아내 보겠소.」

「그래, 5달러면 괜찮을 테지?」

「괜찮죠.」

「오케이, 한번 쭉 돌아보게. 바구니 수는 내가 검수한 것으로 표시해서 자네 오늘 손해 안 보게 해줌세. 나에게 알려 줄 게 뭐가 있는지 잘 살펴보라고.」

짐이 말했다. 「당신이 나를 속이지 않을 거라는 것을 어떻게 보증하겠소? 만일 내가 뭔가를 알아내서 당신에게 말해 줬다는 사실을 이곳 일꾼들이 알면 아마 내 가죽을 벗겨 버릴 것이오.」

「그 점은 염려 말게, 놀란. 만약 높으신 분이 자네같이 좋은 사람을 알게 되면 모른 척하지 않을 거야. 사과 따기가 끝나도 계속해서 여기 일자리를 마련해 줄 수도 있지. 가령 펌프 작동하는 일 같은 것 말일세.」

짐은 잠시 생각했다. 「아무것도 약속할 수는 없소. 하지만 귀를 항상 열어 놓고 뭔가를 알아내면 내 알려 드리다.」

「좋아. 5달러하고, 게다가 일자리야.」

「내 아까 그놈한테 한번 붙어 보죠. 그 자식이 뭔가 알고 있을 것도 같은데.」 짐은 사과나무를 따라 네 번째 나무로 갔다. 그가 갔을 때 소년은 바구니를 가득 채워 사다리에서 내려오고 있는 중이었다.

「안녕.」 소년이 말했다. 「저 이거 비우고 돌아올게요.」

짐은 사다리를 타고 올라가 큰 나뭇가지에 앉았다. 포장소의 선별기 벨트 돌아가는 소리가 바람에 실려 또렷하게 들려왔다. 그리고 착즙기에서 나오는 사과주 냄새도 실려 왔다. 아주 멀리 떨어진 곳에서는 기차의 차량을 연결하는 자동차의 거친 쇳소리와 쿵 하는 울림소리가 들려왔다.

그 부루퉁한 소년이 마치 원숭이가 달려오듯 사다리 있는 쪽으로 달려왔다. 소년은 화가 난 목소리로 말했다. 「우리 일이 착수되면 커다란 돌멩이를 주워 저 자식을 박살 내야지 안 되겠어요.」

짐은 맥의 방법을 이용했다. 「저 친구, 괜찮잖아? 왜 해치고 싶은 거야? 그리고 〈일이 착수되면〉이라는 소리는 또 뭐야?」

소년은 짐 곁에 쭈그리고 앉았다. 「아직 못 들으셨어요?」

「뭘 말이야?」

「당신 염탐꾼 아니죠?」

「무슨 소리야, 난 그런 사람이 아냐.」

소년이 큰 소리로 말했다. 「우린 파업할 거래요. 그 말이에요!」

「파업? 이 좋은 일자리에서? 왜 파업을 하려는 거지?」

「놈들이 우릴 속이고 있대요. 그게 이유죠. 합숙소는 벼룩들이 득실대고, 회사 상점은 5퍼센트를 얹어서 팔고, 우리가 이곳에 오자 임금을 삭감하고, 그게 이유예요! 그리고 그걸 그냥 내버려 두면 목화밭에서는 사태가 더욱 심각해질 거라고요. 거기서도 벗겨 먹힐 거예요. 당신도 잘 아시잖아요.」

「이치에 맞는 얘기로군. 그래, 너 말고 또 누가 파업을 하니?」

소년은 불그레한 눈으로 짐을 곁눈질해서 바라보았다. 「깔보시는 거죠, 그렇죠?」

「아냐, 뭔가 좀 알아보고 싶어서 그래. 네가 얘기를 안 해줬잖아.」

「아무것도 말해 줄 수가 없군요. 아직은 입 밖에 내서는 안 돼요. 때가 되면 알게 될 겁니다. 우리는 사람들을 모두 조직했어요. 준비도 거의 다 됐고요. 한판 신나게 일어날 거라고요. 오늘 밤엔 우리 몇몇이 회의를 열고, 그런 다음 당신 같은 사람들을 끼워 줄 거라고요.」

「배후에 누가 있는데?」 짐이 물었다.

「말 못 해요. 말했다가는 모든 일을 망쳐 버릴 수가 있어요.」

「좋아. 네가 그렇게 느끼고 있다면 별수 없지.」

「저도 해주고 싶지만, 말 안 하겠다고 약속했거든요. 시간이 지나면 알게 될 거예요. 당신도 우리랑 같이 파업하실 거죠, 그렇죠?」

「모르겠다. 지금 이 자리에서 더 이상 알 수가 없다면 동조 안 할 거야.」

「저런, 우리는 파업을 파괴하는 사람들을 모조리 죽일 거예요. 제가 지금 분명히 말씀드렸습니다.」

「그렇지만 날 쉽사리 죽일 수는 없을걸.」 짐은 나뭇가지에 바구니를 걸어 넣고 천천히 사과를 따기 시작했다. 「오늘 그 모임에 가볼 수 있을까?」

「갈 수 없어요. 오늘은 간부 지도자들만 모인대요.」

「너도 거기에 속했니?」

「저는 내부 조직에 참여하고 있죠.」

「그러면 그 간부 지도자들은 누구지?」

소년은 눈을 휘둥그렇게 뜨고 짐을 의심스럽다는 듯이 빠끔히 쳐다보았다. 「당신 질문이 너무 많은데요. 아무 말도 않겠어요. 꼭 밀정 같군요.」

짐은 바구니가 가득 채워지자 그 바구니를 들어 내려놨다. 「사람들이 나무 위에서 이런 이야기들을 하는 모양이지?」

「사람들이라뇨? 아침 내내 어디에 계셨어요?」

「일을 했지. 일용할 빵을 벌어야 하잖아. 이 일은 멋진 일이야.」

소년은 짐에게 막 쏘아 댔다. 「나를 밀어내지 않고서는 땅바닥에 내려가지 못할 줄 아세요.」

짐은 맥이 하는 식으로 소년에게 눈을 껌벅거려 보였다. 「진정해라, 얘야. 일이 터지면 나도 함께 있을 거야.」

소년은 멋쩍은 듯이 웃었다. 「괜히 사람 놀래고 있어요.」

짐은 바구니를 들고 나무들을 따라 걸어가서 사과들을 상자 속에 살며시 부려 놓았다. 「몇 시나 됐습니까?」

검수원은 시계를 들여다보았다. 「11시 30분, 뭐 좀 알아냈나?」

「전혀. 저 꼬마 놈은 말만 떠벌려요. 제 딴엔 자기가 소식통인 줄 알고 있죠. 저녁 식사 후에나 돌아다니며 알아보죠, 뭐.」

「그래, 될 수 있는 대로 빨리 좀 알아보라고. 트럭 몰 줄 아나?」

「알지만, 왜 그러시죠?」

「자네를 트럭에 앉힐 수도 있기 때문이야.」

「거, 멋지겠군요.」 짐은 길을 따라 걸어갔다. 나무 위에 있는 사람들이나 사다리를 타고 있는 사람들이나 모두 이야기꽃을 피우고 있었다. 그는 사과가 많이 달린 한 나무로 걸어갔다. 거기엔 두 사람이 있었다.

「어이, 친구, 올라와서 같이 끼시오.」

「고맙소.」 짐은 사과 따기에 열중했다. 「오늘 아침엔 얘기들을 많이 하는군요.」 짐이 말했다.

「물론이오. 우리도 방금 얘기를 하던 중이오. 모든 이들이 파업 얘기를 하고 있소이다.」

짐이 말했다. 「많은 사람들이 파업 얘기를 하면 대개 정말 파업이 일어나더군요.」

나무의 더 위쪽에 올라가 있는 사람이 끼어들었다. 「내 방금 얘기했지만, 제리, 난 싫네. 우리가 많은 걸 얻을 수 없다는 건 당연해. 하나 파업을 하면 하나도 못 얻을 걸세.」

「지금 당장은 그럴지도 모르지.」 제리가 말했다. 「그러나 나중엔 더 많은 것을 얻을 걸세. 이 빌어먹을 사과 따는 일은 오래 계속되지 않지만, 목화 따는 건 꽤 오래 계속된다고. 내가 생각하기엔 목화밭 업주들이 이번 일을 지켜보고 있을 것 같아. 만일 우리가 양 떼처럼 순순히 굴복하면 그 목화밭 놈들은 우리를 더욱더 심하게 착취할 거야. 내 생각은 그래.」

짐이 웃었다. 「지당하신 말씀입니다.」

위쪽에 있는 사람이 말했다. 「어쨌건 난 싫어. 소동은 피할 수만 있으면 피해야 돼. 많은 사람이 다칠 걸세. 파업을 한다고 해서 득 되는 일은 없어. 파업한다고 임금 올려 주는 일은 본 적이 없네.」

제리가 말했다. 「그럼 사람들이 파업에 나서면 자넨 파업 파괴 분자가 될 텐가?」

「아냐, 제리. 난 그런 일 절대 안 해. 사람들이 파업하면 나도 해야지. 나는 파업 파괴 분자가 아니네. 그래도 파업이 싫은 걸 어떡하나.」

짐이 물었다. 「아직 조직은 안 하는 모양이죠?」

「아직 듣지 못했소.」 제리가 말했다. 「아직 모인다는 말도 없소. 그냥 버티고 앉아 있을 거요. 하나 내가 생각했던 대로 사람들이 파업에 나서면 나도 나설 거요.」

씨근거리는 듯한 호각 소리가 포장소에서 삑삑 울렸다. 「정오로군.」 제리가 말했다. 「내가 싸온 샌드위치를 저 상자 더미 아래에 두었는데, 좀 드시겠소?」

「아뇨, 괜찮습니다.」 짐이 말했다. 「같이 온 친구를 만나야 돼요.」

그는 바구니를 검수원 자리에 놓고 포장소를 향해 걸어갔다. 나무들 틈을 통해 한쪽으로 짐 싣는 단이 놓여 있는 흰색의 높은 건물이 보였다. 선별기 벨트는 여전히 움직이고 있었다. 짐이 가까이 다가가자 단 위에 다리를 걸치고 앉아 점심을 먹고 있는 남자와 여자들의 모습이 보였다. 건물 한쪽 끝에는 약 30명의 사람들이 모여 있는 가운데 누군가가 중앙에 서서 뭔가를 아주 열심히 이야기하고 있었다. 짐은 그의 목소리가 올라갔다 내려갔다 하는 것은 들을 수 있었지만, 무슨 말인지는 한마디도 알아듣지 못했다.

바람이 잠잠해지고 따뜻한 햇빛이 내리비쳤다. 짐이 가까이 접근하자 맥은 종이로 싼 꾸러미를 두 개 들고 사람들로부터 빠져나와 짐에게 다가왔다. 「안녕, 짐. 점심일세. 프랑스빵하고 얇게 자른 햄이지.」

「정말 반가워요. 배고파서 혼났어요.」

맥이 말했다. 「여기 사람들 말이야, 총살당해 죽는 것보다 위장병으로 죽는 사람들이 더 많겠어. 자네가 있던 쪽은 어떤가?」

「웅성거립니다. 귀가 따가울 지경이죠. 우리 일을 죄다 알고 있는 꼬마 녀석을 만났어요. 오늘 밤 간부 지도자들의 모임이 있다더군요.」

맥이 웃었다. 「거 좋군. 비밀을 알고 있는 사람들이 일에 착수했는지 궁금했는데 말이야. 그 사람들 많은 도움이 될 걸세. 자네 쪽의 사람들도 몹시 분개해 있던가?」

「하여간 말들이 많아요. 참, 맥, 검수원 녀석이 말이죠, 무슨 일이 은밀히 진행되고 있는지 염탐을 해다 주면 5달러에 계속 일자리를 주겠다고 꾀더군요. 그래 내가 계속 귀를 열어 놓고 알아보겠다고 했죠, 뭐.」

「잘했어. 한쪽 주머니에 돈 좀 모으겠구먼.」

「그런데 내가 그놈한테 어떻게 말해야 할까요?」

「글쎄…… 그래, 그저 일시적인 현상이고 곧 사그라질 거라고 하지, 뭐. 전혀 신경 쓸 일이 아니라고 말해.」 맥은 갑자기 고개를 홱 돌렸다. 더러운 작업복에, 얼굴도 흙먼지로 시커멓게 된 덩치 큰 한 사내가 살며시 다가오고 있었다. 그는 가까이 오더니 다른 사람이 없나 주변을 두리번거렸다.

「위원회에서 보내서 왔습니다.」 작은 목소리였다. 「어떻게 돼가고 있는 건지요?」

맥은 놀라서 그를 쳐다보았다. 「무슨 말씀을 하고 계신 거죠?」

「아시면서 뭘 그러오. 위원회에서 보고서를 원하오.」

맥은 어떻게 했으면 좋겠냐는 듯한 얼굴로 짐을 바라보았다. 「이 사람 미쳤구먼. 대체 위원회는 무슨 위원회란 말이오?」

「아실 텐데…….」 목소리가 착 가라앉았다. 「동무.」

맥은 해볼 테면 해보라는 식으로 강경하게 앞으로 다가섰다. 화가 났는지 얼굴이 시커멓게 변해 있었다. 「어디서 〈동무〉 소리를 하는 거요? 당신이 과격파의 일원이라 해도 나 같으면 당신을 안 쓰겠소. 사람들을 부르기 전에 어서 꺼지시오.」

그 사내는 일순 태도를 확 바꾸었다. 「조심해, 친구. 우린 자네를 주시하고 있어.」 그는 천천히 그 자리를 벗어났다.

맥은 한숨을 내쉬었다. 「이곳 사과밭 사람들은 머리는 꿀통이면서 눈치 하나는 기차게 빠르단 말이야.」

「저놈, 형사 새끼죠?」

「그래, 맞아. 일부러 분장을 한 게 아니고는 얼굴을 저렇게 더럽게 만들 수가 없어. 그런데 저 자식들, 우리 정체를 빨리도 알아냈군. 안 그런가? 앉아서 먹기나 하세.」

그들은 먼지구덩이에 앉아서 두툼한 햄샌드위치를 만들어 먹었다. 「자네도 매수당할 수가 있어.」 맥은 심각한 표정으로 짐을 바라보더니 아까 그 형사가 지껄인 말을 되씹었다. 「〈조심해, 친구〉······ 옳은 말이지. 그렇다고 우리가 여기서 그만둘 수는 없네. 여기 사람들 5달러에 팔려 나갈 수 있다는 사실을 명심하게. 자네는 아무 말도 하지 말고 다른 사람들이 말을 하도록 시켜.」

「놈들이 어떻게 우릴 알아냈을까요?」

「모르겠네. 아마 시에서 온 형사가 우리를 지목했는지도 모르지. 자네나 내가 죽는 경우를 대비해서 도움을 더 청해 봐야겠어. 일이 터지면 지시해 줄 사람들이 필요하니까 말이야. 형세는 유리하게 돌아가고 있는데…….」

「그놈들이 우릴 감옥에 처넣을까요?」

맥은 두툼한 빵 조각을 한 입 씹더니 대답했다. 「처음엔 위협을 가하겠지. 잘 들어, 내가 주위에 없을 땐 아무 때고, 누가 자네에게 린치를 가하려는 태도로 말을 붙이면 무조건 그 사람 말에 동의하는 척해. 괜히 협박당하지 말고. 그리고 또 조이처럼 어리석은 짓거리하지 말고 말이야. 제기랄, 빨리도 움직이는구먼! 좋아, 우리도 내일은 움직이자고. 내가 간밤에 포스터 좀 보내라고 했는데, 딕이 돈을 장만했으면 내일쯤 이곳에 도착하겠지. 오늘 밤에도 우편으로 뭔가 전갈이 있어야 하는데 말이야.」

「저는 무슨 일을 하면 좋겠습니까?」 짐이 물었다. 「저는 내내 듣기만 하고……. 뭘 좀 해보고 싶군요.」

맥이 짐을 쓱 훑어보고는 이를 드러내고 웃었다. 「자네는 더 써먹을 데가 있어. 철저하게 써먹을 테니 걱정 말게. 형세로 봐서는 정말 멋진 한판이 될 걸세. 목화밭 어쩌고 한 자네의 그 말 말이야, 정말 멋졌어. 오늘 아침에도 자기들 생각인 양 그 말을 써먹는 사람을 한 여섯 명 봤네.」

「오늘 밤은 어디로 갈 겁니까, 맥?」

「앨 기억하지? 왜 그 간이식당차 친구 있잖나? 자기 아버지가 소농장을 운영한다고 했지? 오늘 가서 앨의 아버님을 만나 볼 생각이네.」

「파업할 장소를 얘기할 때 바로 거기를 생각하고 한 겁니까?」

「시도는 해봐야지. 이번 일은 어느 때고 터질 수 있는 것일세. 풍선 부는 것하고 똑같은 거야. 언제 터질지 알 수 없는 거지. 터지는 방식이 경우에 따라 각각 다르거든.」

「오늘 밤 모임도 당신이 꾸민 겁니까?」

「그래, 내가 생각한 거지. 하지만 입 밖에 내선 안 돼. 여기 사람들, 부풀어 오를 대로 부풀어 올랐어. 누군가가 폭발시키기만 하면 되는 거야. 다른 데 가서 말하면 안 되네. 준비를 다 해두자는 거지. 장소만 물색하면 닥 버튼을 불러올 걸세. 그 사람 당원은 아니지만 아주 괴짜야. 여기 사람들을 위해서 밤잠 안 자고 일해 줄 걸세. 그가 장소를 잘 꾸미고 위생을 담당하면 적십자 측도 우리를 쫓아내지는 못할 걸세.

짐은 손을 머리 뒤로 하고 땅 위에 드러누웠다. 「저 포장소에서 싸우는 소리는 뭐죠?」

「모르지. 사람들은 그저 싸우고 싶은 생각뿐일 거야. 다윈과 구약의 결투일지도 모르지. 사람들은 그 문제를 가지고도 쉽사리 싸우려 하니 말이야. 그런 느낌이 들면 아무것에나 싸움을 걸려고 할 거야. 짐, 자네 몸조심하게. 신경이 날카로워지면 자네 두들겨 패는 건 문제도 아냐.」

「빨리 시작됐으면 좋겠어요, 정말입니다. 한 번 시작되고 나면 더 많은 도움을 줄 수 있을 것도 같고요.」

「항상 준비하고 있게나.」 맥이 말했다.

그들은 1시를 알리는 호각 소리가 짧게 한 번 울릴 때까지 땅바닥에서 그대로 쉬고 있었다. 헤어질 때가 되자 맥이 입을 열었다. 「일이 끝나면 달려오게. 오늘 밤 좀 돌아다녀야 할 테니 말이야. 어쩌면 앨이 음식을 또 줄지도 모르지.」

짐은 자기 바구니가 있는 검수대로 돌아갔다. 공장에서는 다시 선별기 벨트 돌아가는 소리가 들려왔다. 그들이 각자의 길로 떠날 때 트럭 움직이는 소리도 들렸다. 일꾼들은 나무들 사이에서 일어나 침울한 표정들을 하고 각자의 일자리로 돌아가고 있었다. 짐이 자신의 바구니를 다시 들었을 때 검수대 주변에는 많은 사람들이 서성대고 있었다. 검수원은 짐에게 한마디도 하지 않았다. 짐이 첫 번째 바구니를 가득 채우고 돌아오자 그제야 검수원이 짐에게 물었다.「뭘 좀 알아냈나, 짐?」

짐은 몸을 굽혀 일일이 손으로 사과를 상자 속에 집어넣었다.「곧 잠잠해질 것 같던데요. 일꾼들은 대부분 불만이 그리 많은 것 같지는 않습니다.」

「어째서 그렇게 생각하나?」

짐은 맞받아 물었다.「일꾼들을 성나게 한 게 뭐라고 들었소?」

「듣진 못했네. 하지만 내 생각엔 임금 삭감이 아닌가 싶어.」

「에이, 아니요. 헌터 과수원의 한 일꾼이 그곳 상점에서 생선 통조림을 하나 샀는데 그게 상했다고 합니다. 그래 다 토해 낸 모양입니다. 당신도 여기 노동자들이 어떤 사람들인지 잘 알죠? 한 번 불쾌한 일을 당하면 그게 전 지역에 죄다 퍼진다고요. 그런데 정오에 몇 사람하고 얘기를 나눠 봤지만 이젠 다 사그라진 것 같습디다.」

검수원이 물었다.「그걸 확신할 수 있나」?

「물론이죠. 자, 내 5달러는 어떻게 되는 겁니까?」

「내일 가져다주겠어.」

「그 5달러하고, 당신은 또 더 좋은 일자리를 알아봐 주겠다고 했습니다.」

「알아봐 주겠네. 내일 알려 주지.」

「말하기 전에 먼저 돈부터 받았어야 하는 건데…….」짐이 투덜거렸다.

「격정 마, 내일 가져다줄 테니.」

짐은 다시 과수원 쪽으로 걸어갔다. 짐이 막 사다리를 오르려고 할 때 위에서 누가 소리를 질렀다.「그 사다리 조심하게, 흔들거려.」

짐은 댄 영감이 나무에 서 있는 것을 보았다. 「아이고, 누군가 했더니 과격 청년이로구먼.」 영감이 말했다.

짐은 조심스럽게 사다리를 올라갔다. 발받침대가 곧 빠져 버릴 듯 보였다. 「그래, 어떻습니까, 영감님?」 그는 바구니를 가지 위에 걸쳐 놓으면서 물었다.

「응, 좋지. 아니, 솔직히 기분이 썩 좋지는 않군. 차게 먹은 그 콩 통조림 때문에 밤새도록 배가 몹시 아팠다고.」

「그래 제가 뭐라고 했어요. 따뜻한 수프를 드셔야 된다고 했잖아요.」

「너무 피곤해서 불 지피는 것도 귀찮아. 이젠 늙었어. 오늘 아침엔 어찌나 춥던지 일어나기도 싫더구먼.」

「자선 단체에 가보셔야 되겠어요.」

「모르겠네. 사람들이 모두 파업 얘길 하는 거 보니까 곧 소동이 있을 것 같은데, 난 너무 지쳤어. 이제 난리 치르는 건 싫네. 사람들이 파업하면 난 어떡하지?」

「같이 하시면 되잖아요. 지휘하세요.」 짐은 영감에게 자긍심을 부추기려고 하였다. 「사람들은 영감님같이 나이 드신 노동자를 존경할 겁니다. 파업 감시 조를 지휘하실 수가 있죠.」

「할 수 있고말고.」 댄 영감은 큰 손으로 코를 쓱 훔치더니 손가락들을 툭툭 튕겼다. 「그리고 싶지가 않을 뿐이네. 오늘 오후엔 일찍부터 춥겠는걸. 저녁땐 뜨거운 수프를 좀 먹어야겠어. 아주 뜨거운 것으로 말이야, 고기도 몇 조각 넣고, 금방 구운 토스트도 담가 먹게 말이야. 난 삶은 계란을 좋아하지. 옛날엔 말이야, 벌목장에서 돈을 벌어 도시에 나올 때면 계란 여섯 개를 우유에 넣고 삶아서는 그걸 토스트에 넣고 짓이겨서 먹을 때도 있었지. 간혹 계란 여덟 개를 그렇게 해서 먹기도 했어. 벌목장에선 벌이가 좋았거든. 계란 스물네 개 삶아 먹는 건 돈도 아니었으니까. 지금도 그렇게 먹고 싶네. 버터도 잔뜩 바르고 후추도 여기저기 쳐 가며 말이야.」

「어제는 아주 강인해 보이시더니, 왜 그러세요, 영감님, 예? 어젠 어느 누구랑 시합을 해도 다 이길 수 있다고 하셨잖아요.」

댄 영감의 눈에서 어제 일을 생각하는 듯한 회상의 빛이 새어 나왔다. 영감은 수염이 터부룩한 턱을 앞으로 쑥 내밀었다. 「지금도 얘기만 하며 시간 보내는 놈들보다는 잘할 수 있다고.」 영감은 분연히 머리 위로 손을 뻗어 내저으며 사과를 따려고 하였다. 뼈만 앙상한 큼직한 손 하나가 나뭇가지를 움켜잡고 있었다.

짐은 재미있다는 듯이 영감을 지켜보았다. 「뽐내시려는 것 같습니다, 영감님.」

「그렇게 보이나? 그럼 나 따라 해봐.」

「영감님하고 내가 서로 경쟁해서 무슨 소용이 있겠어요. 이득을 보는 놈은 오로지 이 과수원 주인 아니겠어요?」

댄 영감은 사과를 바구니에 담았다. 「자네도 아직 좀 더 배워야겠네. 자네가 알고 있는 것보다 할 일은 더 많아. 꼭 말 새끼들처럼 헤집고 돌아다니려고만 한단 말이야! 불평하며 돌아다니면서 말썽만 일으키려고. 엉망으로 만들고 싶겠지! 착한 사람들 병나게 만드는 게 다 불평하며 돌아다니는 자네들 짓거리야.」 영감의 바구니가 넘쳤다. 그가 바구니 걸쇠를 들어 올리자 통통한 사과 대여섯 개가 굴러 떨어져 나뭇가지 위에 튕기더니 나무 아래 땅바닥에 떨어졌다. 「길 비켜.」 댄 영감이 소리쳤다. 「저리 가게. 이 사다리에서 썩 비켜.」

「알았어요, 영감님. 하지만 슬슬 하세요. 서둘러도 손에 들어오는 건 하나도 없으니까요.」 짐은 사다리 꼭대기에서 벗어나 큰 나뭇가지로 기어 올라갔다. 그리고 바구니를 걸쳐 놓고 사과를 따기 시작했다. 그때 뒤에서 갑자기 뭐가 부러지는 소리가 들리고 쿵 하는 둔탁한 소리가 들려왔다. 짐은 고개를 돌려 둘러보았다. 댄 영감이 나무 아래 땅바닥에 등을 대고 떨어져 있었다. 크게 뜬 두 눈엔 놀란 표정이 역력했으며, 짧게 깎은 머리 아래 얼굴은 창백하다 못해 퍼렇게 질려 있었다. 사다리의 발받침대가 두 개나 떨어져 나가 있었다.

짐이 큰 소리로 물었다. 「떨어졌군요! 다치셨어요, 영감님?」

영감은 꼼짝 않고 누워 있었다. 그의 눈에는 당황한 의문의 빛이 가득했으며, 입은 일그러져 있었다. 영감은 입술을 핥았다.

짐은 나무에서 기어 내려와 영감 곁에 무릎을 꿇고 앉았다. 「어딜 다치셨어요, 영감님?」

댄 영감은 숨을 헉헉대며 겨우 입을 열었다. 「모르겠네. 움직일 수가 없어. 엉덩이가 깨진 것 같아. 아직 아프진 않아.」

사람들이 달려왔다. 짐은 주위 나무에서 사람들이 내려와 달려오는 것을 볼 수 있었다. 상자 쌓아 두는 곳에 있던 검수원도 터벅터벅 걸어왔다. 사람들이 빽빽이 둘러서 있었다.

「어딜 다친 거야?」

「어쩌다 그랬습니까?」

「다리가 부러진 거 아니오?」

「나무 오르기엔 너무 나이가 많으시구먼.」

사람들이 새로 몰려드는 바람에, 둥그렇게 늘어선 사람들이 안으로 좁혀 들어왔다. 그때 검수원이 외치는 소리가 들려왔다. 「자, 좀 들어갑시다.」 사람들은 모두 침울하고 어두운 얼굴이었으며, 조용한 모습들이었다.

짐이 고함을 질렀다. 「뒤로 물러서시오. 안으로 밀치지 말아요.」 사람들이 발걸음을 옮겼다. 뒷줄에서는 나지막이 불퉁거리는 소리도 들렸다. 한 사람이 큰 소리로 말했다. 「저 사다리 좀 보라고.」

사람들의 머리가 일시에 모두 한 방향으로 움직였고, 시선은 낡은 발받침대가 부러져서 흩어져 있는 곳으로 쏠렸다. 누군가가 입을 열었다. 「저렇게 해놓고 우리더러 일을 하라니, 좀 보라고!」

짐은 사람들이 무리를 지어 달려오면서 내는 쿵쿵거리는 발소리를 들을 수 있었다. 짐은 일어서서 둥그렇게 늘어선 사람들을 갈라놓았다. 「뒤로 물러서시오, 제발, 좀. 저 노인네 숨 막혀 죽을 거요.」

댄 영감은 눈을 감고 있었다. 그의 얼굴은 충격 때문인지 미동도 없었으며 종잇장처럼 하얗게 변해 있었다. 바깥쪽에서 사람들이 외치는 소리가 들려왔다. 「저 사다리 좀 보시오! 저기에 올라서서 일을 하라니!」 사람들의 고함 소리가 터져나오고, 분노에 가득 찬 그들의 식식대는 소리가 점점 거세졌다. 그들의 눈도 점점 사나워졌다. 한순간에 정체불명의 불안감과 분노가 점차 한곳에 집중되는 것 같았다.

검수원은 여전히 소리를 질러 댔다. 「좀 들어갑시다.」

그때 갑자기 신경질을 부리는 듯한 날카로운 소리가 들렸다. 「저리 꺼져, 개새끼야.」 난투가 벌어졌다.

「조심해, 조. 잡아. 그놈 놓치지 마. 발목을 잡아.」

「이봐, 친구. 도망가, 빨리 날라.」

짐이 일어섰다. 「어서 비키시오. 이 사람 여기서 빨리 옮겨야 해요.」 사람들은 마치 잠에서 막 깨어난 표정들이었다. 둥그렇게 몰려 있던 사람들의 안쪽 줄이 바깥 줄들을 마구 밀쳐 댔다.「막대기 두 개만 구해다 주세요. 상의 두 개로 들것을 만들어야겠습니다. 거기, 막대기를 팔에 끼우세요. 자, 앞 단추들을 채우고, 살살 하시오. 엉덩이가 다 뭉개진 것 같습니다.」짐은 아무런 표정도 없이 창백한 상태로 있는 댄 영감을 내려다보았다.「기절한 것 같소이다. 자, 살살.」

댄 영감은 상의를 끼워 만든 들것에 실렸다.「당신들 두 사람이 드시오.」짐이 말했다.「당신들은 길 좀 트시오.」

그때쯤엔 이미 1백 명 정도가 주변에 몰려 있었다. 들것을 든 사람들이 길을 빠져나갔다. 새로 막 달려온 사람들은 부러진 사다리를 물끄러미 쳐다보며 서 있었다.「봐, 저걸 우리보고 사용하라고 준 거래.」이 말이 자꾸 되풀이되고 있었다.

짐은 고개를 돌려 나무 위를 멍하니 쳐다보고 있던 사람에게 물었다.「검수원은 어떻게 됐습니까?」

「예? 아, 조 티그가 두들겨 팼지, 뭐. 골통을 발로 차려고 해서 사람들이 말렸고. 조가 제정신이 아니더구먼.」

「죽이지 않은 것만 해도 아주 잘한 일이오.」

사람들은 무리를 지어 들것을 따라 움직였다. 얘기를 전해 들은 사람들이 과수원 여기저기서 달려 나왔다. 그들이 포장소 근처에 다다르자 선별기 벨트 구르는 소리가 멈췄다. 여자고 남자고 모두 다 하역소 문밖으로 몰려나왔다. 점점 불어나는 사람들 머리 위로 정적이 감돌았다. 마치 장례식에 가는 것처럼 숙연한 발걸음들이었다.

포장소 한쪽 모퉁이 뒤에서 맥이 질주하듯 달려 나왔다. 그는 짐을 보자 곧장 그리로 뛰어갔다.「무슨 일인가? 자, 이쪽으로 좀 와봐.」말은 없었지만 험악한 표정을 한 사람들 무리가 들것을 따라 움직였다. 새로운 사람들에게 말을 건네주는 나지막한 목소리들도 들려왔다. 「사다리래요. 낡은 사다리 때문이라는군요.」 맥과 짐 앞으로 무리를 이룬 사람들이 지나갔다.

「대체 무슨 일이 일어났나? 빨리 말해 주게. 사람들이 달아 올랐을 때 행동 개시해야 돼.」

「댄 영감입니다. 힘이 세다고 자랑을 하더니만, 사다리 발받침대 두 개가 떨어져 나갔어요. 그래서 등을 대고 땅바닥에 떨어졌죠. 아마 엉덩이가 박살 났을 겁니다.」

「그래, 일이 터졌군. 내가 바라던 바지. 이쯤되면 많은 노력이 필요치 않아. 아마 닥치는 대로 움켜잡을 거야. 결국 그 늙은 영감태기가 제값을 하는구먼.」

「제값을 하다니요?」

「톡톡히 한 거야. 그 영감이 형세를 바꿔 놓았거든. 이제는 우리가 그 영감을 이용할 수가 있어.」 그들은 사람들을 따라 급히 걸어갔다. 많은 사람들이 걸어가면서 피워 낸 흙먼지가 천천히 떠다니는 황토색 구름이 되어 주변 공기를 꽉 채우고 있었다. 읍내 쪽에서는 기차의 차량을 연결하는 전동차의 단조로운 폭발음이 들려왔다. 무리를 지어 가는 사람들의 주변으로 여자들이 달려왔지만, 남자들은 아무 말 없이, 합숙소 방향을 향해 들것을 따라 터벅터벅 걸어가고 있었다.

「서두르게, 짐. 뛰어야겠구먼.」

「어디로 가는 겁니까?」

「우선은 런든을 찾아서 어떻게 행동할 것인지 알려 줘야 하네. 그런 다음 시내로 나가서 전보를 쳐야지. 그러곤 즉시 앨의 부친을 만나야 하고. 어, 저기 런든이 오는구먼.」

「어이, 런든.」 맥이 뛰어가고, 짐도 그 뒤를 따라 뛰어갔다. 「드디어 터졌소, 런든.」 맥은 숨을 몰아쉬며 말했다. 「그 늙은 댄 영감이 나무에서 떨어졌소. 이제 길이 활짝 열린 거요.」

「그게 우리가 바라던 것 아니오?」 런든은 자기 모자를 벗더니 머리를 긁었다.

「난리도 아니오.」 맥이 계속 말을 이었다. 「이 사람들, 우리가 어떻게 하지 않으면 다 미쳐 버릴 것 같소. 저기 그 길쭉하고 호리호리한 당신 친구가 가는군요. 좀 불러 보시오.」

런든은 손을 모아 입에 대고 큰 소리로 불렀다. 「샘!」

짐은 그 사람이 바로 막사촌의 모닥불 가에 앉아 있던 사람임을 알아차렸다. 맥이 말했다. 「잘 들으시오, 런든, 그리고 당신 샘. 나도 빨리 가야 되기 때문에 짧은 시간에 많은 얘기를 할 수밖에 없으니, 잘 들으시오. 여기 사람들은 이제 몇 분 후면 폭발할지도 모릅니다. 샘, 당신은 가서 회의를 열어야 한다고 말하고 여기 런든을 위원장으로 지명하시오. 그들도 런든을 추천할 것이오. 무슨 일이든지 다 하려고 들 것이니까. 당신이 할 일은 이게 전붑니다, 샘.」 맥은 흙을 한 줌 집더니 양 손바닥에 대고 문질렀다. 그의 발은 계속 땅바닥을 차고 있었다. 「자, 이제 런든 씨. 당신은 곧 위원장이 되는 겁니다. 그리고 바로 사람들에게 질서를 유지해야 된다고 말하시오. 그런 다음 열 명 정도를 지목하여 투표를 통해 그 사람들을 사태의 추이를 관장하는 위원회 위원들로 선출하는 겁니다. 아시겠죠?」

「알겠소.」

「그리고 투표를 할 때의 방법은 이렇습니다. 어떤 안(案)을 가결시키려거든 〈여러분 이걸 원하죠?〉 이렇게 말하고, 부결시키려거든 〈여러분은 이런 건 원하지 않죠?〉라고 하시오. 그러면 그 안은 영락없이 뜻대로 됩니다. 모든 일을 다 투표로 결정하시오. 모든 일을⋯⋯. 아시겠죠? 여기 사람들 그럴 태세가 다 되어 있습니다.」

런든이 물었다. 「당신들은 어디로 갈 참이오?」

「우리는 일이 터지고 난 뒤 사람들이 머무를 수 있는 장소를 한번 둘러볼 작정입니다. 작은 농장이죠. 참, 한 가지 더 있소. 사람들 가운데서 가장 잘 떠들어 대는 사람을 몇 명 골라 다른 농장에 보내시오. 오늘 일을 다 떠벌리게 말이오. 말 많은 사람들을 고르는 겁니다. 자, 다 준비됐죠?」

「다 됐소.」 런든이 말했다.

「그런데, 당신 차를 좀 빌려도 되겠습니까? 여러 곳을 돌아다녀야 하거든요.」

「움직일 수 있으면 사용해 보쇼. 차가 말을 잘 안 들을 거요.」

맥은 샘을 바라보았다. 「자, 가보쇼. 어디 좀 올라서서 큰 소리로 외치시오. 〈여러분, 회의를 엽시다.〉 이렇게 말이오. 그런 다음엔 〈나는 위원장으로 런든 씨를 추천하는 바요〉, 이렇게 외치시오. 자, 그럼 가보시오, 샘. 따라오게, 짐.」

샘은 합숙소를 향해 총총걸음으로 걸어갔고, 그 뒤를 런든이 천천히 따라갔다. 맥과 짐은 건물을 돌아 고물 포드 차가 있는 곳으로 갔다. 「타게, 짐. 자네가 운전하는 거야.」 합숙소 한쪽에서 사람들이 외쳐 대는 소리가 들려왔다. 짐은 자동차 키를 돌리고 점화 레버를 늦추었다. 전기 코일이 작은 방울뱀처럼 윙윙 울렸다. 맥은 크랭크를 돌리고 가솔린을 주입한 다음 또다시 크랭크를 돌렸다. 또 한 번 사람들이 외치는 소리가 들려왔다. 맥은 온 힘을 다해 크랭크를 돌렸다. 엔진이 걸리고, 그 엔진 소리 때문에 사람들의 외침 소리는 들리지 않게 되었다. 맥이 차에 올라타면서 소리를 질렀다. 「런든이 새 위원장으로 선출된 것 같군. 차를 몰게.」

짐은 차를 뒤로 뺀 다음 고속도로를 향해 몰았다. 도로는 황량했으며, 사과가 주렁주렁 달린 녹색의 사과나무들만 지는 태양 아래에서 보도에 그림자들을 길게 드리우고 있을 뿐이었다. 차는 기통의 피스톤을 계속 왕복시키면서 도로를 따라 굴러 나갔다. 「맨 먼저 전신국에 들르고, 그다음엔 우체국일세.」 맥이 소리쳤다.

그들은 시내로 들어섰다. 짐은 중심 도로를 따라 차를 몰더니 웨스턴 유니언 전신국 앞에 차를 세웠다. 「우체국은 바로 한 구역 위죠?」 짐이 물었다.

「맞아. 내가 전보 치고 있을 동안 자네는 가서 윌리엄 다우디 앞으로 온 우편물을 찾아오게.」

잠시 후 짐은 편지 세 통을 들고 돌아왔다. 맥은 이미 차 안에 앉아 있었다. 그는 봉투를 뜯어내고 편지를 읽었다. 「야, 굉장하군. 들어 봐. 이건 딕한테서 온 편진데, 조이가 탈옥을 했다는군. 어디에 있는지는 모르는 모양이야. 심문을 받던 중 경찰을 때려눕히고 도망친 모양이군. 도움을 요청하는 전보를 쳤네. 그리고 닥 버튼에게는 위생을 맡아 달라고 전보 쳤지. 잠깐, 내가 시동을 걸지. 자, 이제는 앨의 식당차로 가는 거야.」

짐은 식당차 앞에 차를 세우고, 창문을 통해 손님도 없는 카운터에 몸을 기댄 채 보도를 물끄러미 바라보고 있는 앨의 모습을 보았다. 그들이 차에서 내리자 앨도 그들을 알아봤다. 그는 맥과 짐을 향해 통통한 팔을 흔들었다.

맥이 문을 열고 들어갔다. 「안녕하시오, 앨. 장사는 잘되오?」

뭔가 흥미롭다는 듯 앨의 눈이 환하게 빛났다. 「잘됩니다. 어젯밤에 과수원 일꾼들이 많이 왔었죠.」

「내가 여기 스테이크가 아주 맛있다고 선전을 했지.」

「고맙습니다. 뭘 좀 드시겠습니까?」

「거 좋지. 돈도 낼 수 있다고. 어떤 게 나오든 값은 우리가 치러야지.」

「어유, 무슨 소릴. 이건 당신에게 줄 몫이오. 사람들을 보내준 대가로 주는, 말하자면 수수료 같은 거죠.」 앨은 이렇게 말하고 얼음 상자를 열더니 햄버그스테이크 두 무더기를 꺼내 손바닥으로 탁탁 때려 납작하게 만들었다. 그런 다음 스테이크를 스토브 위에 털썩 던져 넣었다. 다음엔 잘게 썬 양파를 화환 모양으로 스테이크 둘레에 뿌려 놓았다. 「하시는 일은 어떻게 잘돼 갑니까?」

맥은 무슨 비밀 이야기가 있는지 카운터 너머로 몸을 기울였다. 「앨, 당신이 믿을 만한 사람이라는 걸 알고 있소. 당신 공로를 우리가 잘 알고 있으니 말이오. 우리에게 정말 잘해줬소.」

앨은 자기를 칭찬하는 소리를 듣고 기쁨에 넘쳐 얼굴을 붉혔다. 「정말, 내가 이 장사만 안 해도 당신들하고 같이 다니고 싶습니다. 형세가 어떤지, 불의가 무언지, 뭐 그런 걸 보는 거죠. 머리만 있으면 알게 될 테니까요.」

「맞아. 머리가 있는 친구들은 가르칠 필요가 없어. 혼자 힘으로 알아볼 테니까 말이오.」

앨은 기쁨을 감추기 위해 몸을 돌렸다. 그는 스테이크를 주걱으로 톡톡 친 다음 꾹 누르더니 흐물흐물해진 양파 조각들을 모아 고기 속으로 쑤셔 넣었다. 그런 다음엔 스토브 옆에 있는 작은 반죽 그릇에 기름을 문질렀다. 앨은 자신의 기쁜 얼굴을 억지로 어느 정도 진지한 표정으로 바꾼 다음, 다시 몸을 돌렸다. 「저는 믿어도 됩니다. 그건 아셔야죠. 그런데 무슨 일 있습니까?」 그는 컵 두 잔에 커피를 가득 채우고는 카운터 위에 슬쩍 밀어 놓았다.

맥은 일부러 카운터 위를 주머니칼의 칼날 부분으로 천천히 두드렸다. 「형사가 와서 나와 짐에 관해 물어볼지도 모르오.」

「염려 마세요. 나는 당신들에 관해서 아는 게 하나도 없으니까.」

「좋소. 그럼 정보를 알려 주겠소, 앨. 여기 계곡 지역이 곧 크게 터질 거요. 우리가 일하는 곳은 이미 시작됐지. 다른 농장도 아마 오늘 밤 터질 거요.」

앨이 부드러운 목소리로 말했다. 「이 고장에서 사람들 하는 말로 미루어, 때가 머지않았다고 생각은 했죠. 나는 무슨 일을 했으면 좋겠습니까?」

「저 고기 뒤집어야겠어요.」 앨은 한 손에 접시 두 장을 부채꼴 모양으로 들고 각각에 스테이크 하나, 짓이긴 감자, 당근, 그리고 순무를 얹어 놓았다. 접시에 음식이 그득했다.

「고기 국물 좀 드릴까요?」

「좀 부어 주시오.」

앨은 국자로 고기 국물을 퍼서 음식 더미 위에 뿌렸다. 그리고 접시를 맥과 짐 앞에 가져다 놓았다. 「자, 이제 드세요.」

맥은 음식을 입에 한껏 집어넣었다. 「당신 아버님이 작은 농장을 운영한다고 했지요?」 맥은 음식을 씹으면서 발음이 분명치도 않게 말을 더듬거리고 있었다.

「예. 거기에 숨으시렵니까?」

「아니요.」 맥은 자신의 포크로 앨을 가리켰다. 「이 계곡에선 이제 사과 딸 일이 없을 거요.」

「아니, 그럼…….」

「잠깐만, 들어 보시오. 당신 아버님의 땅에 경작지 같은 곳이 있소?」

「예, 5에이커 정도 되죠. 목초용 풀밭으로 삼았는데, 이젠 다 베어냈죠.」

「됐군. 앞으로 천 명이 될지 두 명이 될지는 모르겠지만 우리 일꾼들이 갈 곳이 없소. 농장에서도 쫓겨날 테고, 도로에서도 지낼 수가 없게 될 테니 말이오. 그런데 거기 5에이커 땅에서 야영할 수만 있다면 안심이 되는 거지.」

앨의 안면이 두려움과 의혹으로 축 늘어졌다. 「아이고, 안 돼요. 제 아버님이 허락하지 않을 겁니다.」

맥이 얼른 말을 받았다. 「당신 아버님 사과를 따드린대도 말이오? 그것도 신속하게, 공짜로 말입니다. 더욱이 다른 농장의 사과가 나오지 않으니까 가격도 오를 텐데 말이오.」

「그러면 나중에 아버님한테 마을 사람들이 들고 일어나지 않을까요?」

「누가 말이오?」

「왜, 재향 군인들이나 그 비슷한 사람들 있잖습니까. 몰래 들어와서 아버님을 박살 내버릴걸요.」

「아니, 그렇지 않을 거요. 아버님은 당신의 땅에 사람을 둘 수 있는 권리가 있소. 그리고 나는 천막에 의사 선생도 한 명 배치해서 위생 관리도 철저히 할 거요. 또 당신 아버님은 사과도 공짜로 딸 수 있고, 얼마나 좋소?」

앨은 고개를 저었다. 「난 모르겠습니다.」

「그렇담, 우리가 쉽게 알아낼 수가 있지. 당신 아버님한테 가서 얘기 좀 해봅시다.」

「가게 문은 계속 열어 놔야죠. 난 못 갑니다.」

그때 짐은 자기 음식이 그대로 있다는 것을 알고는 음식을 먹기 시작했다. 가늘게 뜨고 바라보는 맥의 눈길이 앨의 얼굴에서 떠나지 않았다. 그는 앉아서 음식을 먹으면서 계속 쳐다보았다. 앨은 점점 초조해지기 시작했다. 「겁주려는 모양이군요.」

「전혀 그럴 생각이 없소. 단지, 자신이 가고 싶다면 왜 한 시간 정도 가게 문을 닫지 못하는 걸까 하고 생각해 본 것뿐이오.」

「밥 먹으러 일찍 오는 사람들이 한 시간 후면 온단 말입니다.」

「당신은 한 시간 안에 돌아올 수가 있소.」

앨은 안절부절못하였다. 「제 아버님이 그렇게 할 것 같지가 않은데요. 아버님도 조심하셔야죠, 안 그래요?」

「그렇다고 아버님이 아직 습격당하신 것도 아니잖소. 무슨 일이 일어날지 당신이 어떻게 알 수 있소?」 맥의 목소리에는 냉기가 스며들어 있었다. 분명하지는 않지만 어떤 적개심 같은 것이었다.

앨은 행주를 들어 카운터를 이리저리 훔쳤다. 그는 초조한 눈길로 맥을 쳐다보았다가는 다시 시선을 돌리고, 또 그랬다가 이내 다시 맥에게 시선을 주었다. 돌연 그가 가까이 다가섰다. 「알겠습니다. 문에다 잠깐 문을 닫는다는 쪽지라도 붙여 놔야겠어요. 제 아버님이 들어주실 것 같지는 않지만 당신들을 데려는 가보죠, 뭐.」

맥이 환하게 미소를 지었다. 「좋소. 이 은혜, 결코 잊지 않을 거요. 다음에 25센트 가진 일꾼을 만나면 여기 와서 당신이 만들어 주는 스테이크를 먹어 보라 하겠소.」

「그 돈이면 여기서 푸짐히 먹죠.」 앨은 주방용 모자를 벗고, 걷어 올렸던 셔츠 소매를 내리고, 요리 냄비의 가스불도 껐다.

맥이 음식을 다 비우면서 말했다. 「맛있었소.」

짐도 얼른 음식을 통째로 다 입에 털어 넣었다.

「뒤쪽 공터에 조그맣긴 하지만 내 차가 한 대 있어요. 나만 따라오면 될 겁니다. 난 시끄러운 일에 끼어들고 싶지 않습니다. 하나 당신들이니까 내가 이렇게까지 하는 거예요.」

맥이 자신의 커피를 쭉 들이켜며 말했다. 「알고 있소, 앨. 나쁜 놈들은 상대하지 마시오.」

「내 말이 바로 그겁니다.」

「그래, 맞소. 자, 짐, 따라오게, 어서 가자고.」

앨은 쪽지에다 몇 자 적더니 바깥에서 글씨가 보이도록 문 안쪽 유리창에 그 종이를 붙여 놓았다. 그리고 그의 통통한 팔을 겨우 껴서 상의를 입고는 맥과 짐이 나가도록 문을 열어 주었다.

맥이 포드 차의 크랭크를 돌린 다음 올라타고, 짐은 차를 천천히 움직였다. 그러자 앨이 중고 도지형 무개 자동차를 타고 공터를 덜커덩거리며 빠져나왔다. 짐은 앨을 따라 동쪽으로 차를 몰아 강의 콘크리트 다리를 건너 시원한 시골 길로 접어들었다. 이제 막 지려고 하는 태양은 가을의 흙먼지 속에서 따뜻하고 붉게 빛나고 있었다. 빽빽이 들어선 도로변의 사과나무들은 먼지를 뒤집어쓴 채 모두가 잿빛이었다.

맥은 자리에 앉은 채 고개를 돌려 그들이 지나치는 사과나무들의 긴 행렬을 내다보았다. 「일하는 사람들이 한 사람도 없어, 짐. 런든이 벌써 지휘권을 장악했는지도 모르지. 저기 상자들은 있는데 일하는 사람은 한 사람도 없군.」

포장된 도로가 끝나고 흙먼지 날리는 비포장도로로 들어섰다. 울퉁불퉁한 길에 들어서자 차가 위로 튀어 오르고 덜컹덜컹 심하게 흔들거렸다. 약 2킬로미터 앞에서 앨의 차가 흙먼지 구름을 몰고 어느 한 농장 마당으로 들어가는 것이 보였다. 짐도 그 뒤를 따라가 도지 차 옆에 차를 세웠다. 하얀 물탱크집이 우뚝 솟아 있었고, 그 꼭대기에 풍차 하나가 햇빛을 받아 반짝이며 물을 차 내고 있었다. 또 펌프는 목구멍 깊숙한 곳에서 나는 소리처럼 둔중한 소리를 내며 북 치듯 쿵쿵 울리고 있었다. 멋진 곳이었다. 자그마한 흰색의 농장집 둘레에는 사과나무들이 서 있었고, 집에서 기르는 물오리들이 탱크 밑에 물이 넘쳐 생긴 진창 속으로 코를 비비대는 모습도 보였다. 커다란 헛간에 마주 붙어 철망이 둘러쳐진 개집이 하나 있었는데, 그 안에는 강인해 보이는 영국산 포인터 두 마리가 사람을 보고 달려 나가고 싶은 듯 보호망에 앞발들을 걸치고 끙끙 소리를 내며 서 있었다. 집 둘레에는 키가 작은 말뚝들이 담을 이루고 있었고, 그 뒤에는 붉은 색깔의 제라늄들이 제법 크게 자라 있었다. 또한 현관문 위에는 버지니아 덩굴들이 빨간 잎들을 떨어뜨리며 매달려 있었다. 그들이 도착하자 살이 통통하게 찐 커다란 플리머스록 병아리들이 고개를 치켜들고 삐약삐약거리며 마당에서 이리저리 몰려다니고 있었다.

앨이 차에서 내리면서 말했다. 「저 개들 좀 보세요. 이 고장에서 제일가는 포인터죠. 아버님은 나보다 저 개들을 더 좋아한답니다.」

「5에이커의 땅은 어디 있소, 앨?」 맥이 물었다.

「저 아래, 나무들 뒤쪽에 있습니다. 저쪽 도로변이죠.」

「좋소, 아버님을 만나 봅시다. 개를 좋아하신다고요?」

앨이 짤막하게 웃었다. 「둘 중의 하나, 아무거나 한번 건드려 보세요. 물어뜯을 겁니다.」

짐은 집과 새로 칠을 한 것 같은 하얀 헛간을 찬찬히 둘러보았다. 「멋있어요. 이런 데서 살고 싶은데요.」

앨은 고개를 가로저었다. 「이런 집을 꾸려 나가려면 일을 많이 해야 돼요. 제 아버님은 새벽부터 밤늦게까지 일을 하시는데도 다 못 하고 있죠.」

맥이 재차 물었다. 「아버님은 어디 계시오? 만나 봅시다.」

「저기, 과수원 쪽에서 나오고 있는 분이 제 아버님입니다.」

맥은 잠시 그쪽을 쳐다보고는 다시 개집으로 시선을 돌렸다. 무슨 애정의 표시인지는 몰라도 포인터들은 끙끙 소리를 내며 이리저리 몸부림치더니 급기야는 철망으로 달려들었다. 맥은 철망 속으로 손가락을 집어넣고 개들의 코를 쓰다듬어 주었다.

「개를 좋아하는 모양이죠, 맥?」 앨이 물었다.

「모든 걸 다 좋아하오.」 맥은 짜증스러운 듯 말을 내뱉었다.

앨의 아버지가 그들이 있는 곳으로 걸어왔다. 그는 앨과는 전혀 딴판으로, 마치 테리어 사냥개처럼 작달막하면서도 민첩하게 생긴 사람이었다. 그의 팔과 다리와 손가락들은 내면 깊숙한 곳 어딘가에 저장된 에너지가 분출되어 나오는 듯 잠시도 가만히 있지를 못했다. 그래서 그의 신체의 모든 부분들은 항상 끊임없이 움직이는 것같이 보였다. 백발인 그의 머리는 제대로 빗겨지지 않은 채였고 눈썹과 코밑수염은 거칠게 곤두서 있었다. 그의 갈색 눈 역시 벌이 날아다니듯 쉼 없이 홱홱 움직였으며, 손가락들은 그가 걸어오는 동안 별달리 할 일이 없어서인지는 몰라도 옆구리 춤에서 박자를 맞춰 가며 딱딱 소리를 내고 있었다. 그가 입을 열었을 때 말도 신체의 다른 부분처럼 빠르고 힘차고 날카로웠다.「장사하는 데 무슨 문제라도 생겼냐?」앨에게 그가 물었다.

앨은 굼뜬 태도로 방어적이 될 수밖에 없었다.「저, 근데요……」

「너는 이놈아, 농장을 떠나 도시에 가서 장사를 하고 도시 놈이 되길 원했잖아. 그래서 빈둥거리고 싶었고, 회칠하는 게 싫어서 한 번도 안 했고 말이야. 그런데 무슨 문제야?」그는 세 사람을 각각 신발 끝에서 얼굴까지 이리저리 쳐다보았다.

맥은 여전히 개집을 바라보며 개들의 코를 쓰다듬어 주고 있었다. 앨이 입을 열었다.「저, 말이죠. 이 사람들이 아버님을 뵙자고 해서 같이 왔어요.」

앨의 아버지는 앨을 완전히 무시해 버렸다.「음…… 이 사람들인 모양이로군. 넌 어서 돌아가 장사나 해라.」

앨은 곧 씻겨지게 될 강아지가 상처 입은 눈으로 바라보듯 그렇게 땅딸막한 자기 아버지를 바라보고는 마지못해 차에 오르더니 불만 가득한 태도로 차를 몰고 떠났다.

그제야 맥이 말문을 열었다.「오랜만에 이런 포인터를 보는데요.」

앨의 아버지가 맥의 곁에 다가섰다.「이 사람아, 자네는 평생 우리 포인터 같은 개를 보지 못했을 걸세.」두 사람 사이에는 어떤 온정 같은 것이 생겨났다.

「이 개들을 데리고 사냥 다니십니까?」

「철마다. 새들도 잡지. 멍청한 놈들은 세터종을 데리고 다니지만, 세터는 그물을 쳐놓고 짐승을 잡을 때 쓰는 사냥개야. 새들은 그물로 잡을 수 없거든. 포인터가 진짜 사냥개지!」

「잔등이 적갈색인 저 개가 보기에 좋군요.」

「물론, 좋은 놈이야. 허지만 저 귀엽게 생긴 작은 암캐만 못해. 이름은 메린데 우리에서는 예수처럼 점잖다가도 들판에 나가면 얼마나 잘 뛴다고. 저 개처럼 어디고 다닐 수 있는 개는 보지 못했을 걸세.」

맥은 개들의 코를 다시 한번 쓱 문질러 주었다. 「이놈들이 헛간에 구멍을 파놓은 것 같던데, 그냥 내버려 두는 모양이죠?」

「아니지. 저놈들 자는 곳은 벽 쪽에 딱 붙어 있다고. 거기가 따뜻하단 말이야.」

「저 암놈이 새끼를 낳으면 강아지 한 마리만 얻고 싶군요.」

노인네는 콧김을 씩 뿜었다. 「원하는 사람한테 강아지 다 나눠 주려면 1년 내내 매일 새끼를 낳아야 된다고.」

맥은 개집에서 천천히 몸을 돌려 노인의 갈색 눈을 쳐다보았다. 「제 이름은 맥레오드입니다.」 맥은 이렇게 말하고 손을 내밀었다.

「나는 앤더슨일세. 그래 무슨 일인가?」

「까놓고 말씀드리겠습니다.」

해는 이제 완전히 기울었고, 마당의 병아리들도 어디로 갔는지 눈에 안 보였다. 사과나무들 사이에서는 저녁의 한기가 서서히 내려앉고 있었다. 「뭘 팔려는 건가, 맥레오드? 난 필요한 게 아무것도 없네.」

「예, 뭐 좀 팔아 볼까 해서요. 신제품입니다.」

그의 어조가 앤더슨 씨에게는 괜찮게 들렸던 모양이었다. 「자, 우리 부엌에 가서 커피 한잔 어떤가?」

「좋습니다.」

부엌도 다른 곳과 마찬가지로 페인트칠이 되어 있었고, 물청소와 비질도 돼 있어서 깨끗한 모습이었다. 니켈로 두른 난로의 테두리가 마치 물기가 묻은 것처럼 반짝이고 있었다.

「여기서 혼자 사십니까, 앤더슨 씨?」

「내 아들놈 앨이 와서 같지 자지. 그놈 그래도 착한 애야.」 앤더슨 씨는 종이 백에서 가지런히 자른 소나무 가시들을 한 줌 꺼내 난로에 넣더니, 그 위에다 작은 소나무 토막을 몇 개 올려놓았다. 그리고 그 소나무 위에 둥그렇게 자른 세 토막의 잘 마른 사과나무를 쌓아 놓았다. 매우 가지런히, 솜씨 있게 나무토막들을 쌓아 올리고 성냥불을 대자 불길이 금방 치솟아 올랐다. 난로가 지글거리며 열기를 내뿜었다. 앤더슨 씨는 커피포트를 올려놓고 그 속에 가루커피를 넣은 다음 종이 백에서 계란 껍데기 두 개를 꺼내 포트 속에 던져 넣었다.

맥과 짐은 노란색의 새 유포가 덮여 있는 테이블 앞에 앉아 있었다. 난롯가에서 일을 다 끝낸 앤더슨 씨가 테이블로 걸어와서는 호들갑스럽게 앉더니 두 손을 테이블 위에 올려놓았다. 두 손은 순한 개가 쉬고 싶을 때 내보이는 것처럼 얌전하게 놓여 있었다. 「그래 무슨 일인가, 맥레오드?」

근육질인 맥의 얼굴에 당황한 표정이 나타났다. 그는 주저주저하며 말을 꺼냈다. 「앤더슨 씨, 저는 카드를 많이 갖고 있지 않습니다. 열심히 재주를 부려 제값을 받아 내야 합니다. 하나 그러고 싶지는 않습니다. 다 내려놓겠습니다. 만일 한

번에 큰돈을 거시면 오케이고 그렇지 않으면 더 이상 판을 벌이지 않겠습니다.」

「그렇담 내려놔 보게, 맥레오드.」

「이야기인즉슨 이렇습니다. 내일이면 약 2, 3천 명의 노동자들이 파업에 들어갑니다. 물론 사과 따는 일도 다 중단되죠.」

앤더슨 씨의 손은 뭔가를 감지한 듯하더니 이내 딱딱하게 굳어지고, 그러다 다시 얌전하게 놓였다.

맥이 계속 말을 이었다. 「파업의 이유는 이번에 내려진 임금 삭감 조칩니다. 현재 농장주들은 파업을 파괴하기 위해 비조합원들을 투입하려 하고 있으며, 분명 큰 소동이 벌어지게 될 것입니다. 그러나 파업에 가담하여 이 계곡 전체를 감시할 만큼 충분한 수의 노동자들이 우리에겐 있습니다. 상상이 되십니까?」

「조금은. 그래도 난 자네들이 뭘 바라는지는 모르겠네.」

「계속 말씀드리겠습니다. 조만간 도로나 공유지에서 집회를 불허한다는 감독관의 명령이 있을 겁니다. 또 농장주들은 불법 침입이라 하여 파업 노동자들을 자기네들 땅에서 내쫓아 버릴 것입니다.」

「그런데 나도 소유주가 아닌가? 뭘 원하는 건가?」

「5에이커의 경작지를 갖고 계시다고 앨이 말하더군요.」 앤더슨 씨의 손은 사냥감을 노리고 있는 개처럼 바짝 긴장한 상태로 움직이지 않았다. 「그 땅이 사유지라고 알고 있습니다. 그러니 사람들이 그곳에 묵을 수도 있는 거지요.」

앤더슨 씨는 조심스럽게 말했다. 「정말 거래를 하자는 건가? 하나 그게 뭔지는 아직 말하지 않았네, 자네가 말이야.」

「만일 토거스 계곡의 사과들이 시장에 나오지 않으면 가격이 뛰겠죠, 그렇지 않습니까?」

「물론 그렇겠지.」

「저희가 어르신네 사과들을 공짜로 따드리겠습니다.」

앤더슨 씨는 자세를 좀 더 편하게 고쳐 앉았다. 난로의 커피포트가 서서히 김을 내며 끓기 시작했다. 「일꾼들이 그 땅을 돼지우리처럼 만들 거야.」

「아닙니다. 절대로 그렇지 않습니다. 질서 유지를 관장하는 위원회도 있고, 술 같은 것은 허용하지도 않을 겁니다. 또 위생을 담당하는 의사도 한 명 내려올 겁니다. 천막도 아주 깨끗하게 배치할 거고요.」

앤더슨 씨는 숨을 급히 들이마셨다. 「이봐, 젊은이, 나는 이 농장을 소유하고 있고, 이웃들하고도 잘 지내야 하는 처지일세. 내가 만약 자네 말대로 한다면 그들이 나를 가만히 안 놔둘 걸세.」

「이 농장을 소유하고 계신다고 말씀하셨습니까? 깨끗합니까? 저당 잡힌 것 없습니까?」

「그렇지 못하네. 아직 말소가 안 됐지.」

「그러면 누가 어르신네 이웃입니까?」 맥은 계속해서 질문을 퍼부었다. 「누군지 제가 말씀드릴까요? 헌터, 길레이, 마틴이죠. 저당권을 쥐고 있는 사람이 누굽니까? 토거스 금융 회사입니다. 그 회사는 누가 소유하고 있죠? 헌터, 길레이, 마틴이죠. 그자들이 자꾸 죄어 오지 않습니까? 그건 어르신네가 잘 아시겠죠. 얼마나 오래 견디실 것 같습니까? 한 1년쯤? 그러고 나면 토거스 금융 회사가 이 농장을 차지하겠죠. 맞습니까? 자, 임금을 지불하지 않고 사과를 수확해서 천정부지로 치솟는 시장에 그걸 내놓는다, 이렇게 한번 생각해 보십시오. 저당을 말소하실 수 있습니까?」

앤더슨 씨의 눈이 작아지면서 동그랗게 반짝였다. 그의 뺨에는 분노의 작은 반점들도 나타났다. 손은 테이블 가장자리를 따라 움직이더니 테이블 밑으로 모습을 감추었다. 한동안 그는 숨도 쉬지 않는 것 같더니, 이윽고 천천히 입을 열었다. 「카드를 다 까놓겠다더니 그게 아니군. 수를 잘 쓰는걸. 내가 그것만 말소시키면…… 복수만 할 수 있다면…….」

「어르신네의 원한을 풀어 드리기 위해 두 개 조의 일꾼들을 보내 드릴 것입니다.」

「그래, 그렇지만 이웃들이 나를 쫓아내 버릴 걸세.」

「아뇨, 아뇨, 그렇게 하진 못할 겁니다. 그들이 어르신네나 어르신네 땅에 조금이라도 손을 대면 이 계곡에 헛간 하나도 남아나는 게 없을 겁니다.」

앤더슨 씨의 늙어 주름 잡힌 가느다란 턱이 단단하게 굳어졌다. 「그래서 자네들이 얻는 게 뭔가?」

맥은 빵긋 웃으며 말했다. 「이렇게 말씀드리는 게 대답이 될지 어떨지 모르겠습니다만, 다르게 얘기하면 이렇게 말씀드릴 수 있죠. 짐과 저는 이따금씩 얼굴을 얻어맞기도 하고, 부랑죄로 잡혀 들어가 60일간 살기도 하고, 그렇습니다.」

「자네들 빨갱이인가?」

「맞습니다. 어르신네가 빨갱이라고 부르듯이, 저희는 공산당원입니다.」

「그러면 파업을 해서 도대체 어쩌자는 건가?」

「오해하신 마십시오, 앤더슨 씨. 우리가 시작한 게 아닙니다. 길레이, 마틴, 헌터, 그 작자들이 시작한 겁니다. 그자들이 어르신네한테 노동자들 삯을 얼마 줘라, 그렇게 얘기했죠?」

「그래, 농장주 협회에서 그런 거지. 그리고 토거스 금융 회사가 그 협회를 운영하고 있는 거고.」

「바로 그겁니다. 우리가 시작한 게 아닙니다. 그러나 일단 시작되면 파업에서 승리하도록 도와주고 싶은 게 우리의 심정이죠. 저희는 노동자들이 파멸의 구렁텅이로 빠져 들어가는 걸 원치 않고, 그들이 뭉쳐서 함께 일하는 것을 가르치고 싶습니다. 어르신네가 저희 측에 가담하시면, 막말로 숟가락 놓으실 때까지 어르신네 농장에 노동쟁의 같은 건 없을 겁니다.」

「내가 공산당원을 믿어도 되는 건지 모르겠네.」

「이제껏 믿어 보려고 하신 적도 없지 않았잖습니까? 토거스 금융 회사는 애써 믿으시려고 하시면서 말입니다.」

앤더슨 씨는 싸늘한 미소를 지어 보였다. 그의 두 손이 다시 테이블 위로 올려지더니 강아지들이 노는 것처럼 함께 움직였다. 「내가 망해서 알거지가 되겠군. 아니, 그 방향으로 가고 있는지도 모르지. 재미는 있겠구먼. 헌터라는 자를 골탕 먹이는 거라면 뭐든지 내주겠네.」 난로 위에서는 커피가 끓으면서 쉿 소리를 격렬하게 내뿜고 있었고, 커피 끓는 냄새가 온 부엌 안에 그득했다. 앤더슨 씨의 하얀 눈썹과 뻣뻣한 머리털 뒤에 전깃불이 번쩍이고 있었다. 그는 커피포트를 들어 올리고 신문지로 난로 위를 조심스럽게 닦아 내었다. 「내 자네들한테 커피 한 잔씩 따라 줌세, 미스터 빨갱이.」

그러자 맥이 벌떡 일어섰다. 「감사합니다만, 그만 가봐야겠습니다. 이번 일로 해서 어르신네가 억울한 일 겪지 않도록 해드리겠습니다. 저희는 바로 가서 해야 할 일이 산더미처럼 쌓여 있습니다. 그럼, 내일 뵙도록 하겠습니다.」 그들은 커피포트를 들고 서 있는 앤더슨 씨를 그대로 놔둔 채 밖으로 나왔다. 맥은 걸음을 빨리해서 마당을 가로질러 가며 중얼거렸다. 「제기랄, 힘들어서 혼났네. 실수할까 봐 종시 조마조마했어. 꽤 까다로운 노인네야. 사냥꾼들이 다 그렇다는 건 알고 있었지만 말이야.」

「괜찮아 보이던데요, 그 사람.」

「사람 좋아하지 말게, 짐. 사람 좋아하면서 시간 낭비해선 안 돼.」

「그런데 어디서 그 금융 회사와 앤더슨 씨의 관계를 알아냈어요, 맥?」

「오늘 밤에 우편물이 왔었지. 하지만 일이 잘 풀린 건 다 그 개들 덕택이지! 올라타게, 짐. 시동은 내가 걸 테니.」

그들은 터덜거리는 차를 타고 맑은 밤공기 속을 달렸다. 도로를 따라 헤드라이트의 작은 불빛들이 어지럽게 흔들거리며 나아갔다. 짐이 잠시 하늘을 쳐다보더니 입을 열었다. 「기분이 뜨는데요. 별들을 보세요, 맥. 수백만 개는 될 거예요.」

「길이나 똑바로 보게. 참, 짐, 내 방금 생각났는데 말이야, 오늘 낮의 그놈이 우리를 알아낸 것 같네. 이제부터 몸조심하고 일꾼들한테서 너무 멀리 떨어지지 말게나. 어디 갈 때는 옆에 사람 여럿을 꼭 데리고 다니라고.」

「그놈들이 우릴 체포하려고 한단 말이에요?」

「바로 그거야! 그래서 놈들은 우리와의 말썽을 끝내려는 거지.」

「그런데 대체 언제쯤이나 저한테 할 일을 주실 겁니까? 강아지처럼 맥 당신 뒤만 졸졸 쫓아다니고 있으니, 이거야, 원.」

「자네는 많은 걸 배우고 있는 거야. 써먹을 일이 있으면 철저히 부려 먹을 테니 걱정 접어 두라고. 하루나 이틀 후쯤 감시원 한 떼를 데리고 나갈 수 있을 걸세. 왼쪽으로 꺾어, 짐. 이제부턴 시내를 통해서 가지 말자고.」

짐은 바퀴 자국이 많은 비탈길을 따라 차를 몰았다. 한 시간쯤 지나자 그들은 농장 근처에 도착했다. 짐은 사과나무들 사이의 어두컴컴한 길로 차를 몰고 갔다. 그는 시동이 꺼지지 않을 만큼 속도를 줄였다. 헤드라이트의 불빛이 몸을 떨듯 깜박이며 흔들거렸다. 그때 갑자기 어둠 속에서 불빛이 나타나더니 그들의 얼굴을 비쳐 앞을 못 보게 만들었다. 동시에 외투를 뒤집어쓴 두 사람이 길을 가로막고 나섰다. 짐은 차를 세울 수밖에 없었다.

불빛 뒤에서 목소리가 들려왔다. 「이놈들이다!」 외투를 뒤집어쓴 사내 하나가 차 주변을 어정어정 살피더니 차 문에 기대섰다. 엔진은 불규칙하게 헛돌고 있었다. 똑바로 비쳐 오는 불빛 때문에 그 사내의 얼굴이 거의 보이지 않았다. 그자가 말했다. 「내일 낮까지 너희 두 놈이 토거스 계곡에서 좀 꺼져 줬으면 좋겠다. 알겠나? 꺼져 버리란 말이야.」

맥의 발이 짐의 다리 위로 올라오더니 짐의 다리를 꾹 눌렀다. 그의 목소리는 부드러우면서도 애처로운 소리로 바뀌어 있었다. 「대체 무슨 일들이십니까? 우린 아무 잘못도 없는데.」

그 사내가 고약하다는 투로 대답했다. 「그만둬, 이 새끼야. 네가 누군지 또 어떤 놈인지 잘 알고 있어. 이곳에서 사라져 주셔야겠어.」

맥이 다시 애처로운 소리로 말했다. 「당신 말이 법이라면 저희는 무구한 시민입니다. 재판받을 권리도 있고요. 고향에선 세금도 내고 있어요.」

「야, 그럼 고향에 내려가서 세금이나 내란 말이야. 우리 말이 법은 아니지만 시민 위원회의 결정이야. 너희 같은 빨갱이 놈들이 여기 와서 난리를 칠 수 있다고 생각하면 큰 오산이다. 어서 이 고물차나 타고 썩 꺼져 버렷! 안 그러면 관 속에 실려 나갈 줄 알아, 알겠나?」

짐은 자기 다리 아래로 내려간 맥의 발이 기어 페달을 찾고 있는 것을 느낄 수 있었다. 짐은 발가락으로 맥의 발을 톡톡 치면서 뭔지 알겠다는 신호를 보냈다. 엔진이 자꾸 흔들거렸다. 기통이 하나 말을 안 듣는다 싶으면, 또 때로는 두 개가 말을 안 들었다. 맥이 말했다. 「뭘 잘못 아신 것 같습니다. 우린 일꾼이에요. 말썽 같은 건 원치 않아요.」

「분명히 나가라고 했어.」

「그러면 짐이나 챙기게 해주시오.」

「내 말 들어. 오른쪽으로 돌아서 빨리 꺼져 버렷.」

맥이 큰 소리로 말했다. 「겁쟁이, 당신은 겁쟁이요. 도로변에 스무 명씩이나 사람들을 숨겨 놓고 말이오. 정말 겁쟁이로군요.」

「누가 겁쟁이라고? 우리 셋밖에 없다, 왜? 그렇지만 아침까지 여기서 안 나가면 쉰 명으로 불어날 거다.」

「밟아, 짐!」

엔진이 요란한 소리를 내고, 차는 말처럼 앞으로 튕겨 나갔다. 차 옆에 서 있던 사내는 한 바퀴 빙 돌면서 어둠 속에 나가 떨어졌고, 앞에 서 있던 사내는 목숨을 부지하기 위해 옆으로 뛰어 몸을 피했다. 차는 장작받침쇠 떨어지는 소리를 내며 덜컥덜컥 길 위를 달려 나갔다.

맥이 어깨 너머로 뒤를 돌아보며 소리쳤다. 「이젠 손전등 불빛이 안 보이는군.」

짐은 긴 건물 뒤쪽에 차를 세웠다. 차에서 내린 그들은 숙소 한쪽 끝으로 달려갔다.

문 입구 앞쪽의 공터에서는 사람들이 빽빽이 무리를 지어 낮은 소리로 이야기를 나누고 있었다. 문으로 올라서는 계단에는 여자들이 스커트를 무릎 앞까지 쓸어내려 껴안고 앉아 있었다. 벌레들이 윙윙거리듯 단조로운 웅얼거림이 사람들이 모여 있는 곳에서 들려왔다. 적어도 5백 명은 되어 보였다. 다른 농장에서 온 사람들이었다. 짐과 이야기를 나눈 적이 있는 체격이 건장한 소년이 그들에게 성큼성큼 다가왔다. 「나를 믿지 않았죠? 이걸 보시니 어떤 생각이 드십니까?」

맥이 그에게 물었다. 「런든은 봤나?」

「물론 봤지요. 위원장으로 선출됐습니다. 위원들과 자기 방에 있어요. 혹시 내가 돌았다고 생각하지는 않았어요?」 그는 짐에게 말했다. 「내 말했잖아요. 나도 파업에 참가할 거라고요.」

맥과 짐은 사람들을 비집고 들어가 웅얼거리는 소리 속에 파묻혔다. 런든의 방은 문과 창문 모두 닫혀 있었다. 사람들이 너도나도 곧추서서 창문을 통해 불 켜진 방 안을 들여다보고 있었다. 맥이 계단에 올라서자 두 사람이 가로막고 나섰다. 「무슨 일이시오?」

「런든을 보러 왔소.」

「그래요? 런든이 불렀습니까?」

「가서 물어보면 될 것 아니오?」

「이름이 뭐요?」

「런든에게 맥과 짐이 왔다고 전해 주시오.」

「그럼, 당신들이 애 낳는 걸 도와준 사람들이오?」

「그렇소.」

「물어보고 오겠소.」 그 사람은 문을 열고 안으로 들어갔다. 잠시 후 그자가 다시 나타나더니 문을 열어 주었다. 「들어가십시오. 런든이 기다리고 있습니다.」

런든의 방은 의자 대용으로 상자를 가져다 놓아 대충 서둘러 사무실로 꾸며 놓은 듯 보였다. 런든은 침대에 앉아 있었는데, 머리털 없는 그의 대머리는 앞쪽으로 기울어져 있었다. 일곱 명의 위원들은 서 있거나 아니면 상자에 앉아서 담배를 피우고 있었다. 짐과 맥이 들어서자 그들은 모두 고개를 돌려 바라보았다. 런든이 반갑다는 표정을 지었다. 「안녕하시오, 선생, 그리고 짐. 와줘서 기쁘오. 소식 들었소?」

맥은 상자 위에 털썩 주저앉으며 말했다. 「아무것도 듣지 못했소이다. 짐하고 여기저기 좀 돌아다녔죠. 무슨 일이 있었습니까?」

「뭐, 잘되겠지만, 데이킨의 집단이 파업을 했소. 그리고 길레이 농장에는 버크라는 사내가 위원장이 되었소. 내일 모두 모이는 총회가 있을 예정이오.」

「좋습니다. 일이 잘돼 나가고 있군요. 하지만 우리가 집행 위원회를 구성하고 전체 의장을 뽑을 때까지는 그리 많이 벌이면 안 됩니다.」

「당신이 하는 일은 어떻게 돼가고 있소? 일이 잘 안 될 경우를 대비해서 내가 사람들한테 아직 말하지는 않았소.」

「잘됐습니다.」 맥은 일곱 명의 위원들을 바라보았다 「여러분, 한 친구가 우리의 천막을 칠 수 있도록 5에이커의 땅을 빌려 주었소. 그 땅은 사유지이기 때문에 보건소 놈들 말고는 그 어느 누구도 우리를 내쫓지 못할 것이오. 그리고 우리에게는 위생을 담당할 의사 선생이 한 분 내려오고 있는 중이오.」 위원들은 맥의 말에 귀를 기울이고 득의의 미소를 지으며 꼿꼿이 앉아 있었다. 맥이 계속했다. 「그래, 나는 땅을 빌려 준 농장 주인에게 무료로 사과를 따주겠다고 약속하였소. 시간이 그리 오래 걸리지는 않을 것이오. 식수도 충분하고, 위치도 중앙에 있어 참 좋은 것 같소.」

한 사람이 벌떡 일어서더니 흥분된 목소리로 물었다. 「밖에 있는 동료들에게 이 사실을 전할까요, 런든?」

「그렇게 하시오. 그곳이 어디요, 선? 우리가 내일 그곳에서 총회를 열면 되겠구려.」

「시에서 조금 떨어진 곳에 있는 앤더슨 농장입니다.」 세 사람의 위원이 문을 박차고 나가 이 사실을 전해 주었다. 밖이 처음에는 조용하더니, 외치는 소리는 아니지만 흥분해서 떠드는 소리들이 왁자지껄 들려왔다. 떠드는 소리는 점점 퍼져 나가더니 더욱더 큰 소리들로 변했고, 마침내는 온 밤공기 속에 떠드는 소리들이 가득했다.

짐이 물었다. 「댄 영감은 어떻게 되었습니까?」

런든이 고개를 들었다. 「사람들이 그를 병원으로 데려가려고 했지만, 병원에 가봐야 별 소득이 없을 것 같았소. 그의 허리를 치료하도록 의사 선생 한 분을 모셔 왔소. 이 방을 따라 조금 내려간 곳에 누워 있는데 착한 여자들이 돌봐 주고 있소이다. 팔자가 늘어졌지요. 이제는 이곳에서 내보낼 수도 없고⋯⋯. 여자를 포함해서 모든 사람을 고생시키고 있는 셈이오.」

맥이 물었다. 「농장주들한테서는 아직 아무런 소식이 없소?」

「농장주가 왔었소. 일터로 돌아가는 게 어떻겠냐고 물어 왔소. 그래서 우리는 〈노〉라고 대답했소. 그랬더니 〈아침까지

이 고장을 떠나라〉고 하더군. 아침에 이곳에 기차로 한가득 깡패 같은 놈들이 온다고 합디다.」

「그렇게 하진 못할 겁니다.」 맥이 말을 가로막았다. 「모레까지는 그렇게 하지 못합니다. 깡패들을 동원하는 데는 시간이 걸리죠. 그리고 모레면 우리가 거기에 충분히 대비할 수가 있소. 그런데 런든, 시민 위원회라고 자처하는 녀석들이 나와 짐을 이 고장에서 쫓아내려 하고 있소. 사람들더러 혼자 다니지 말라고 전해 주는 게 좋겠소. 어딜 가려면 친구들을 함께 데리고 다니는 게 좋겠다고 말해 주시오.」

런든은 위원 중의 한 사람에게 고개를 끄덕여 보였다. 「이 말을 전하게, 샘.」 샘이 밖으로 나갔다. 다시 한번 웅성거리는 소리가 퍼져 나갔다. 마치 둥근 자갈밭 위로 물결이 스쳐 지나가는 듯했다. 그렇지만 이번엔 그 어조가 가슴속 깊은 곳에서 우러나오는 분노에 싸인 것 같았다.

맥은 천천히 갈색의 담배를 말았다. 「피곤하군. 할 일은 많지만 내일 해야겠소.」

「가서 눈 좀 붙이시오. 무지하게 수고 많았소이다.」

「정말, 그렇습니다. 피곤하니까 힘든 것 같소. 놈들은 총을 가졌지만 우리에게는 총이 없고, 또 놈들은 돈으로 우리 동료들을 매수할 수도 있소. 거의 굶주리다시피 한 우리 불쌍한 노동자들에게 5달러는 무척 큰돈으로 보일 수도 있지요. 런든, 무슨 얘기를 하기 전에 항상 확인하고 조심하시오. 동료 노동자들이 돈에 눈이 멀어 배신한다 해도 그들만을 비난할 수는 없는 것이오. 머리를 써서 항상 약게, 그리고 민첩하게 행동해야 하오.」 그의 목소리가 조금은 서글픈 듯이 들렸다. 「우리는 패배한다 해도 또다시 시작할 것이오. 그렇게 되면 유감이긴 하지. 그러나 우리가 굳건히 강철처럼 뭉친다면 쉽게 승리를 거둘 수 있을 거요. 농장주 놈들을 혼내 줄 수 있을 겁니다. 총 없이, 돈 없이, 우린 우리 주먹과 우리 이빨로 해내야 하는 거요.」 맥은 고개를 불끈 치켜들었다. 런든은 누가 진실로 속마음을 털어놓을 때 그것을 듣고 있는 사람들처럼 조금은 어색해하며 공감이 간다는 웃음을 지어 보였다.

맥의 무거운 얼굴에 부끄러움의 홍조가 피어올랐다. 「피곤하군요. 나와 짐이 잠 좀 잘 동안 여러분이 잘해 주시오. 오 참, 런든, 내일 우편함에 앨릭스 리틀이란 이름 앞으로 소포가 하나 올 것이오. 전단이오. 아침 8시까지는 아마 도착할 거요. 누구 사람을 보내서 가져오게 해주시오. 그리고 그 전단을 이 고장에 좀 뿌렸으면 하오. 분명 무슨 효과가 있을 겁니다. 자, 짐, 우리는 가서 눈 좀 붙이세.」

그들은 컴컴한 방에 누웠다. 밖에서는 사람들이 앉아서 밤을 지새우고 있었다. 그 사람들의 웅얼거리는 소리가 벽을 뚫고, 세상을 뚫는 것 같았다. 멀리, 시내에서는 전동차가 열차를 연결시키며 이리저리 부딪치는 소리가 들려왔다. 과수원 옆의 고속도로에서는 우유를 수송하는 야간 트럭들의 소리가 들려왔다. 그때 누군가가 묘한 소리를 내며 부드럽게 하모니카를 불자 사람들의 말소리가 그쳤다. 하모니카 소리를 듣는 모양이었다. 하모니카 소리를 제외하고 밖은 조용했다. 짐은 수탉의 울음소리를 듣고서야 잠들 수가 있었다.

7

밖에서 들리는 소리에 짐이 잠에서 깼을 때 날은 잿빛으로 변하고 추워지고 있었다. 누가 말하는 소리가 들렸다. 「여깁니다. 아직 주무시는 모양입니다.」 문이 열리자 맥이 일어나 앉았다.

귀에 익은 목소리가 들려왔다. 「여기 있습니까, 맥?」

「딕! 어떻게 이리 일찍 왔나?」

「닥 버튼이랑 같이 왔습니다.」

「닥도?」

「예, 바로 문밖에 있습니다.」

맥이 성냥불을 켜서 깨진 접시 위에 세워진 초에 불을 붙였다. 딕이 짐을 바라보았다. 「어이 친구, 그래 잘 지냈나?」

「그럼. 야, 멋지게 차리고 왔는데, 딕? 바지도 다리고 셔츠도 빨아 입고 말이야.」

딕은 보라는 듯이 웃었다. 「여기 있는 사람들이 존경의 눈으로 바라볼걸.」

맥이 말했다. 「딕은 토거스에 있는 좌익 동조자의 거실을 모조리 찾아다닐 걸세. 자, 딕, 여기 동조자들의 명단이 있네.

돈도 물론 필요하지. 그런데 그것보다는 천막, 덮개로 쓸 천 조각, 침대, 이런 게 필요하지. 기억해 두게, 천막이야. 자, 명단일세. 사람들이 꽤 많아. 가서 접촉을 하게. 일이 잘되면 물건 가지러 차를 보낼 걸세. 여기 친구들 차는 많이 가지고 있더군.」

「오케이, 맥, 일은 잘 진행됩니까?」

「매우 잘 진행되고 있지. 보조를 맞추기 위해선 빨리빨리 행동들을 취해야 하네.」 맥은 신발 끈을 묶었다. 「닥은 어디 있나? 왜 들어오라지 않고? 들어오게, 닥.」

금발머리의 한 젊은 친구가 방으로 들어왔다. 그의 얼굴은 소녀티가 날 만큼 선이 섬세했으며, 큰 눈은 마치 블러드하운드 개처럼 부드러우면서도 슬퍼 보이는 눈이었다. 그는 한 손에 진찰용 가방과 작은 손가방을 들고 있었다. 「오랜만입니다, 맥. 딕이 당신 전보를 받고 나를 데려왔죠.」

「이렇게 일찍 내려와 줘서 고맙네, 닥. 곧 자네가 필요할 것 같아서. 자, 이쪽은 짐 놀란일세.」

짐은 발뒤꿈치로 신발을 밟고 일어서며 인사를 했다. 「알게 돼서 반갑습니다, 닥.」

맥이 말했다. 「어서 출발하는 게 좋겠네, 딕. 타운센드에 가면 앨의 식당차가 있는데, 거기서 조반은 거저 얻어먹을 수 있어. 조반 말고 다른 건 그에게 부탁하지 말게. 이미 그 친구 아버지에게 농장 하나를 뜯어냈으니 말이야. 어서 가봐, 딕. 잊어버리지 말게, 천막, 큰 천 조각, 돈이야. 다른 것도 얻을 수 있으면 좋고.」

「오케이, 맥, 이 명단의 사람들 다 괜찮습니까?」

「모르겠네. 한번 시도해 봐. 내가 그 사람들을 자네에게 갖다 바쳐야 되나?」

「관두세요.」딕은 문을 닫고 밖으로 나갔다. 촛불과 새벽의 여명이 서로 엉켜 붙으면서 각기 혼자 빛을 발할 때보다도 더 희미한 빛을 내는 것 같았다. 방은 싸늘했다.

「당신 전보만 가지고는 무슨 일인지 모르겠는데, 대체 무슨 일입니까?」

「잠깐만 기다리게, 닥. 어디 밖에 커피 끓이는 데가 없나 창문을 통해 살펴보게.」

「저기, 조그맣게 불이 피워져 있고 그 위에 포트가 하나 놓여 있군요, 깡통 같기도 하고.」

「그렇담, 잠깐만 기다리게.」밖으로 나간 맥은 잠시 후에 김이 모락모락 나면서 냄새는 그리 좋지 않은 커피를 들고 왔다.

「아이고, 뜨겁겠는데요.」짐이 말했다.

「가득 담아 왔지. 자, 닥. 이번 일은 여태까지 내가 겪은 일 중에서 최고로 좋은 기회야. 나는 어떤 생각을 실천에 옮기고 싶네. 이번 소동을 내가 마음먹은 대로 끌어가고 싶단 말일세.」그는 커피를 몇 모금 들이마셨다.「그 상자 위에 앉게. 우린 5에이커 정도 되는 사유지를 확보했다네. 자네가 좀 최선을 다해 도와주어야겠네. 천막 숙사를 완벽하게 설치할 수 있겠지? 모두 일렬로 똑바로 말일세. 땅을 파서 변소도 만들고, 위생 관리도 해주고, 쓰레기 처리장도 만들고⋯⋯ 할 수 있지? 목욕할 수 있는 방법도 좀 강구하고 말이야. 그리고 왜 그 위생적인 냄새가 나는 석탄수나 염소 석회수도 좀 뿌려 주고 말이야. 전체가 다 깨끗한 냄새가 나도록 좀 만들어 주게. 해줄 수 있겠지?」

「예, 할 수 있습니다. 옆에서 거들어 주는 손이 많으면 충분히 할 수 있죠.」 버튼의 슬픈 눈이 더 슬퍼지는 것 같았다. 「석탄수 원료 5갤런만 주면 몇 킬로미터 정도는 깨끗한 향기로 채워 드리죠.」

「좋아. 이제 우리는 오늘 사람들을 이동시킬 걸세. 자네가 좀 신속하게 훑어봐 줘. 뭐 전염병 같은 것 발생하지 않도록 해줄 수 있겠지? 보건 당국 녀석들이 이리저리 꼬투리 잡으려고 애쓸 걸세. 약점만 찾아내면 우릴 내쫓을 거야. 막사촌에 살 때는 돼지처럼 살도록 내버려 두면서, 파업만 했다 하면 공중위생을 따지고 든단 말이야, 그놈들은.」

「알겠어요, 알겠어.」

맥은 조금 갈팡질팡하는 눈치였다. 「내가 공연한 넋두리를 늘어놓았니? 어쨌건 필요한 게 뭔지는 알아들었을 걸세. 자, 이제 가서 런든을 만나 보자고.」

런든 방으로 들어가는 계단엔 세 사람이 앉아 있었다. 그들은 맥이 나타나자 일어서서 옆으로 비켜섰다. 런든은 방 안에 드러누워 잠깐 졸고 있었던 것 같았다. 팔꿈치로 일어나 앉으며 런든은 놀란 표정을 지었다. 「이런! 벌써 아침인가?」

「크리스마스요.」 맥이 말했다. 「런든 씨, 여기 이 사람이 보건위생실장이 될 닥 버튼이오. 사람이 몇 사람 필요하답니다. 얼마나 필요하지, 닥?」

「글쎄요, 우리가 관장해야 할 인원이 몇 명이나 되죠?」

「음…… 천 명에서 천5백 명 정도 될 걸세.」

「그럼 열다섯 명이나 스무 명쯤이면 좋겠는데요.」

런든이 소리쳤다. 「어이, 거 밖에!」 보초 한 사람이 문을 열고 들여다보았다. 「자네, 샘 좀 찾아주겠나?」

「알겠습니다.」

런든이 말했다.「오늘 아침 10시에 회의를 열기로 되어 있소이다. 총 집회가 되는 셈이오. 여기 앤더슨 농장 주변의 다른 천막촌에도 전갈을 보냈으니, 곧 모두 이리로 올 거요.」

문이 열리더니 샘이 들어왔다. 그의 홀쭉한 얼굴이 호기심으로 더욱 뾰족해 있었다.

「샘, 여기 이분은 닥 버튼일세. 이분이 자네를 오른팔로 쓰시고 싶다는구먼. 밖에 나가서 의사 선생님을 도울 지원자를 뽑는다고 말하게. 좋은 사람으로 스무 명만 선발해 주게나.」

「알겠습니다, 런든. 언제 필요한 겁니까?」

버튼이 말했다.「지금 당장입니다. 가서 천막을 배치해야 하거든요. 낡긴 했지만 내 차에 8, 9명은 태울 수 있을 것 같군요. 나머지 사람들은 누가 차로 태워다 줬으면 좋겠습니다.」

샘은 런든에게서 버튼에게로 눈길을 돌리더니, 다시 권위를 확인이라도 하려는 듯 런든을 쳐다보았다. 런든은 그의 큰 머리를 끄덕였다.「옳은 말씀이야. 샘, 선생님 말씀대로 해.」

버튼이 샘과 함께 나가려는 듯 일어섰다.「저도 사람 선발하는 일을 좀 거들죠.」

「잠깐.」맥이 말했다.「자네 도시에 있을 때 깨끗했지, 닥?」

「〈깨끗하다〉니 그게 무슨 소립니까?」

「뭔 말인고 하니, 그놈들이 자네에게 죄를 뒤집어씌울 만한, 뭐 부정 의료 행위 같은 게 없었는가 하는 말일세.」

「저는 그런 거 모릅니다. 하지만 그 작자들이 나쁜 맘을 먹기만 하면 무슨 짓인들 못 하겠습니까.」

「좋아, 알겠네. 하지만 그렇게 하려면 시간이 좀 걸릴 걸세. 자, 닥, 잘 가게. 나중에 봄세.」

버튼과 샘이 밖으로 나가자 맥은 런든에게 눈길을 돌렸다.

「좋은 친굽니다. 예쁘장한 얼굴이 꼭 동성연애하는 놈 같죠. 그렇지만 무정할 땐 아주 비정한 친구죠. 파두유 설사제처럼 그렇게 철저한 사람입니다. 뭐 먹을 것 좀 있습니까, 런든?」

「빵하고 치즈 좀 있소.」

「그럼, 좀 먹어도 되겠죠? 짐하고 나는 어젯밤에 먹고 자는 걸 깜박했죠.」

짐이 말했다. 「저도 밤에 한 번 깨고 나서야 깜박했다는 게 생각났습니다.」

런든은 구석에서 가방을 하나 가져오더니 빵 한 조각과 납작한 치즈 조각을 꺼내 놓았다. 밖에서는 웅성거리는 소리가 들리기 시작했다. 여러 시간 동안 잠잠하던 주변이 다시 웅얼거리는 사람 소리로 시끄러워졌다. 여기저기서 문이 열렸다가 다시 쾅 하고 닫히는 소리가 들려왔다. 사람들이 마른기침을 하며 목구멍 속의 가래를 뱉어 내거나 코를 풀어 대는 소리가 들렸다. 날이 훤하게 밝아 오고, 태양은 각 방의 창문으로 그 붉은 모습을 내보이고 있었다.

맥은 치즈를 한 입 베어 물고 말했다. 「런든, 파업 위원회의 총위원장으로 데이킨이 어떨까요?」

런든은 다소 실망하는 눈치였다. 「데이킨은 좋은 사람이오. 오래전부터 알고 지내는 사이오.」

맥은 런든의 실망을 눈치 채고 속마음을 다 털어놓았다. 「솔직히 말하겠소, 런든. 당신도 미친 듯이 격하지만 않으면 아주 훌륭한 위원장감이오. 그런데 데이킨은 전혀 화를 내지 않는 친구인 것 같소. 만일 우리 노동자들의 대장이 매번 격해지고 분을 참지 못하면 우린 무너지고 마는 거요.」

맥의 설득이 성공을 거두었다. 런든은 맥의 말에 동의했다.

「나는 아주 잘 격분하지. 너무 화를 내서 병들 정도요. 당신은 데이킨에 대해서도 잘 알고 있는 것 같소. 도박꾼 같은 친구지. 절대 그 사람 눈을 크게 뜨도록 하거나, 목소리를 풀어지게 하지는 못할 거요. 상황이 나쁘면 나쁠수록 데이킨은 더욱더 침착해진다니까.」

맥이 말했다. 「그러니 집회가 실시되면 당신 책임을 데이킨에게 넘겨주시오, 알겠습니까?」

「알겠소.」

「그리고 난 그 버크라는 친구에 대해선 잘 모르오. 하나 그 친구가 우리 대열에 끼이게 되면 우리 일꾼들과 데이킨 측 일꾼들로 우리가 그 사람을 조정할 수는 있을 것 같습니다. 빨리 일꾼들을 이동시키는 게 좋을 것 같소. 거긴 꽤 멉니다.」

「당신 생각엔 파업 파괴 분자들이 언제쯤 올 것 같소?」

「내일까지는 오지 못할 거요. 이곳 농장주 놈들도 우리가 그것까지 파악하고 있다는 걸 모르는 것 같소. 내일 전까지는 아마 불한당 놈들 한 명도 손에 넣지 못할 거요.」

「그들이 차에서 내리면 우린 어떡해야 하오?」

맥이 대답했다. 「그러면 기차역에 나가 그들을 환영하는 거요. 그놈들이 출발하면 나한테 전보가 오기로 되어 있소. 몇몇 사람이 직업 알선소에 가서 조사하고 있을 거요.」 그는 고개를 들어 문 쪽을 바라보았다. 사람들이 문밖에서 이 얘기 저 얘기, 되는대로 마구 지껄여 대던 단조로운 웅성거림이 갑자기 뚝 중단되었기 때문이다. 잠시 침묵이 흐르더니 고양이 울음소리 같은 날카로운 휘파람 소리가 들리고 몇몇 고함 소리도 들렸다. 말싸움이라도 벌어진 듯했다.

런든이 문가로 걸어가 문을 열었다. 세 명의 보초가 문 앞에 나란히 서 있었고, 그 앞에는 작업복 바지에 야전 군화를 신은 과수원 감독관이 서 있었다. 그 감독관 양옆에는 보안관 배지를 단 사람이 각각 한 명씩 서 있었는데, 그들 손에는 산탄총이 들려 있었다.

감독관은 보초들의 머리 너머로 바라보았다. 「난 당신하고 얘기하고 싶어서 왔소, 런든.」

「올리브 가지를 들고 왔구먼요.」 런든이 말했다.

「어쨌건 좀 들어갑시다. 들어가서 뭔가 좀 협상을 해봅시다.」 런든은 맥을 쳐다보았고 맥은 고개를 끄덕였다. 주변의 많은 사람들은 그저 듣고만 있었다. 감독관은 보안관을 대동하고 앞으로 발걸음을 옮겼다. 노동자 보초들은 그들의 위치를 그대로 지키고 있었다. 보초 가운데 한 사람이 소리쳤다. 「보안관들은 밖에 있게 하시오.」

「거참 좋은 생각일세.」 런든이 말했다. 「얘기하는 데 사냥용 산탄은 필요하지 않지.」

감독관은 말 없는, 사뭇 위협조의 사람들을 불안한 눈초리로 쳐다보았다. 「당신들이 더러운 짓 안 한다는 보장을 내 어디서 얻을 수 있겠소?」

「당신이 더러운 짓 안 하면 우리도 안 하오.」

감독관은 결심을 한 듯했다. 「밖에서 지키고 있게나.」

그러자 보초들은 옆으로 비켜서서 감독관이 들어가도록 한 다음 다시 본래의 위치로 와서 섰다. 한편 보안관들은 초조한 듯 그들 총의 방아쇠에 손가락을 끼운 채 험상궂은 얼굴로 주위를 두리번거리며 서 있었다.

런든이 문을 닫았다. 「아니, 저 친구들이 좀 들을 수 있도록 밖에 서서 얘기하시지 않고······.」

감독관은 맥과 짐을 보았다. 그는 성난 표정으로 런든을 바라보며 말했다.

「저자들을 내보내시오.」

「어…… 어.」

「이보시오, 런든. 당신은 지금 당신이 무슨 일을 저지르고 있는지 모르고 있소. 저자들을 이 지역에서 내쫓으면 다시 일터로 복귀할 수 있는 기회를 마련해 보겠소.」

「뭣 때문에?」런든이 물었다.「저 친구들은 훌륭한 사람들이오.」

「저자들 빨갱이들이오. 착한 사람들을 선동해서 소동을 일으키려는 거요. 저자들은 파업이 시작되면 당신들 같은 노동자들한테는 전혀 신경도 쓰지 않을 작자들이오. 저자들을 여기서 몰아내면 여러분은 일터로 복귀할 수가 있는 거요.」

런든이 말했다.「만일 우리가 이 사람들을 쫓아낸다면 파업의 원인이 된 돈을 돌려받게 되는 거요? 품삯 깎기 전에 우리가 받았던 금액 말이오.」

「아니요. 단지 더 이상의 소동 없이 일터로 되돌아갈 수 있을 뿐이오. 농장주들은 지난 모든 일들을 눈감아 줄 거요.」

「그렇다면 도대체 파업을 뭣 하러 했겠소?」

감독관은 목소리를 낮추었다.「내가 당신한테 한 가지 제시할 게 있소. 일꾼들을 일터에 복귀시키면 당신에겐 하루에 5달러씩 부감독관으로 일하도록 안정된 일자리를 보장하겠소.」

「그럼 내 친구인 이 사람들은 어떻게 하겠소?」

「이 고장을 떠난다면 1인당 50달러씩 주겠소.」

짐은 수심에 잠겨 있는 런든의 어두운 얼굴을 쳐다보았다. 맥은 경멸하는 듯한 웃음을 짓고 있었다. 런든이 계속 말을 받앉다. 「나는 반대 경우도 생각해 보고 싶소. 만약 나와 내 친구들이 당신 제의를 받아들이지 않는다면 어떻게 하시겠소?」

「그렇다면 30분 안에 당신들 모두를 이곳에서 내쫓을 수밖에 없소이다. 그런 다음 당신들 전부를 블랙리스트에 올려놓겠소. 그렇게 되면 당신들은 아무데도 갈 수 없고 일자리도 못 얻게 되오. 우리는 필요하면 5백 명의 경찰도 동원할 수가 있소. 그게 반대 경우요. 우리는 당신들이 평생 일자리를 얻지 못하도록 할 것이오. 더구나 여기 당신 친구들을 감옥에 처넣고 법정 최고형을 받도록 할 수도 있소.」

런든이 말했다. 「품삯을 제대로 주지 않으면 이 친구들도 잡아가지 못할 거요.」

감독관은 자신의 위세를 과시라도 하듯 런든에게 가까이 다가섰다. 「어리석은 짓 하지 말게, 런든. 부랑죄가 어떤 것인지 당신도 나만큼은 알고 있을 거요. 재판관이 당신이 저지르지 않기를 원하고 있는 것은 부랑죄요. 그리고 모른다면 알려 주겠는데, 이곳 재판관의 이름이 바로 헌터요. 자, 자, 런든, 어서 일꾼들을 일터로 돌려보내시오. 당신에게는 안정된 일자리와 하루에 5달러의 돈이 기다리고 있소.」

런든은 시선을 돌려 맥을 바라보았다. 마치 말없이 어떤 지침을 바라고 있는 듯한 눈치였다. 그러나 맥은 그냥 말없이 있을 뿐이었다.

「자, 런든, 어떻소? 저 빨갱이 친구들은 당신들을 도와줄 수가 없소. 당신도 그걸 잘 알 거요.」

세 사람과 조금 떨어져 있던 짐은 몸이 떨려 옴을 느꼈다. 그의 눈은 점점 커지고 아무 말도 못했다. 맥은 런든을 지켜보고 있었는데 감독관이 보지 못한 것을 볼 수가 있었다. 런든의 어깨는 점점 굳어지면서 넓어지더니 근육질의 큰 목이 어깨 사이로 서서히 빠져 들어가고 있었으며, 팔은 느린 동작으로 천천히 끌어올려지고 눈은 위험스러운 광채를 띠고 있었다. 또한 목에서부터 슬며시 퍼져 올라가던 불그레한 기운이 양 볼에서 사그라지고 있었다.

갑자기 맥이 째지는 듯한 소리를 냅다 질렀다. 「런든!」 런든은 움찔하더니 이내 다시 제 모습을 찾았다. 그러자 맥이 차분한 목소리로 말했다. 「내 한 가지 해결책을 알려 주겠소, 런든. 이 사람을 여기 있게 하고 전체 집회를 개최합시다. 그리고 우리 노동자들에게 당신들을 배반하라는 제의를 받았다고 말해 봅시다. 당신이 그 5달러짜리 일자리를 얻어도 되는지 투표에 부쳐 봅시다. 그리고 그런 다음엔…… 사람들이 이 친구를 폭행하지 못하도록 애를 써봅시다.」

감독관은 울화가 치미는지 얼굴이 뻘겋게 변했다. 「이게 마지막 제시요. 받아들이겠소, 아니면 여기서 나가겠소?」

「우리도 막 나가려던 참이오.」 맥이 말했다.

「당신들은 이 토거스 계곡에서 나가게 될 거요. 우리가 쫓아내겠소.」

「아니, 그렇게 안 될 거요. 우리는 우리가 머무를 수 있는 사유지를 확보해 두었소. 소유자가 우릴 초대했소.」

「거짓말하지 마쇼!」

「이보시오.」 맥이 말했다. 「사실상 우리가 당신이나 당신 신변 경호원 두 사람, 여기서 쫓아내는 건 아무 일도 아니오. 사태를 더 곤란하게 만들지 마시오.」

「도대체 당신들, 어디서 머무를 작정이오?」

맥은 상자 위에 걸터앉았다. 그의 목소리는 매우 쌀쌀해지고 있었다.

「들어 보시오. 우리는 앤더슨 농장에서 야영할 작정이오. 당신네들이 생각하는 첫 번째 것은 우릴 쫓아내려는 거요. 좋소. 우리는 각오가 다 돼 있소. 그리고 당신네 같은 교활한 작자들이 할 수 있는 두 번째 일은 앤더슨 씨에게 복수하는 일이 될 거요. 그런데 내가 한 가지 일러두겠는데, 만일 당신들 그 누구라도 앤더슨 씨의 재산이나 그에게 직접 해를 끼치면, 혹 사과나무 하나라도 건드리면 1천 명의 노동자들이 들고 일어나 성냥불을 켜 들 것이오. 알겠소, 이 양반아? 이 말이 협박이라고 생각되면 그렇게 알고 있으시오. 앤더슨 씨의 농장을 건드리기만 해도, 이 계곡 전체의 모든 집과 헛간들을 다 불태워 버릴 테니까 말이야!」 맥의 눈에는 격분의 눈물이 고였다. 그의 가슴은 울음이라도 터뜨리려는 듯 부르르 떨리고 있었다.

감독관은 고개를 홱 돌리더니 런든을 쳐다보았다. 「당신이 어울리고 있는 상대가 어떤 인간들인지 알겠지, 런든? 방화죄는 몇 년 징역을 사는지 잘 알고 있을 테지?」

런든은 감정을 억누르며 말했다. 「달아나는 게 좋을걸. 안 그러면 내가 당신을 죽일지도 몰라. 이봐, 지금 당장 꺼지라고. 빨리 내보내게, 맥.」 런든이 소리를 빽 질렀다. 「제발, 내보내!」

감독관은 둔중하게 요동치는 런든의 몸에서 떨어져 뒷걸음치면서 손을 뒤로 내밀어 문고리를 잡았다. 「죽이겠다는 협박이군.」 그의 목소리는 분명치가 않았다. 그의 뒤로 문이 열렸다.

「협박했다고 증언할 사람이 없어서 안됐군.」 맥의 말이었다.

문밖에서는 보안관들이 보초들의 꼿꼿한 몸 사이로 애써 들여다보려고 하였다. 「당신들 모두 멍청하구먼.」 감독관이 말했다. 「필요하면 아무 때나 증인을 열두 명도 세울 수 있지. 내 마지막 말을 명심하게.」

보초들은 감독관이 지나가도록 길을 비켜 주었다. 그러자 보안관 둘이 그 사람 옆에 바짝 붙어 섰다. 모여서 뭉쳐 있는 사람들에게서 한마디의 말도 새어 나오지 않았다. 사람들이 비켜서고 길이 열리자, 세 사람은 그 속을 빠른 걸음으로 빠져나갔다. 노동자들은 말없이 그 세 사람을 바라보고 있었다. 그들의 눈에는 당혹감과 분노가 뒤섞여 있었다. 세 사람이 건물 끝에 세워진 로드스터로 경직된 자세로 걸어가서 차를 타고 떠나자, 사람들의 시선은 서서히 런든 방의 열린 문 쪽으로 옮겨 갔다. 런든은 문설주에 기대서 있었는데, 허약하고 병든 사람처럼 보였다.

맥이 문가로 걸어 나와 런든의 어깨에 팔을 걸쳤다. 그들은 말없이 바라보는 사람들 머리 위로 60센티미터 정도 높게 올라선 셈이었다. 맥이 큰 소리로 말했다. 「여러분, 들어 보십시오. 저자들이 떠나기 전에는 말씀드리고 싶지가 않았습니다. 여러분이 저놈들을 걷어차 죽일까 봐 염려가 돼서입니다. 저 깡패 같은 놈이 여길 와서는 런든더러 여러분을 배신하라고 꼬드겼습니다. 런든에게 안정된 일자리를 준다는 것이었으며, 여러분을 계속 착취할 거라는 것이었습니다.」

천둥을 치는 듯한 분통의 소리들이 터져 나왔다. 맥이 손을 들었다. 「분개하실 필요 없습니다. 제 말을 조금만 더 들어 보십시오. 나중에 이걸 잘 기억해 두시면 됩니다. 그놈들이 런든을 매수하려고 했지만 실패했습니다. 잠시만 조용히 해주십시오. 우리는 이제 이곳을 떠나야 합니다. 우리는 우리가 머무를 수 있는 농장을 물색해 놓았습니다. 여러분, 거기서도 질서를 지키셔야 합니다. 우리가 이번 파업에서 승리할 수 있는 길은 오직 그것밖에 없습니다. 우리 모두 질서를 유지해야 합니다. 자, 차를 가지신 분들은 부녀자들과 아이들을 태우고 가주시고 손에 가져갈 수 없는 짐들은 다 트럭에 실으십시오. 나머지 사람들은 모두 걸어가야 합니다. 자, 모두 잘들 하셔야 합니다. 아직은 아무것도 입 밖에 내지 마십시오. 그리고 굳건히 뭉쳐야 합니다. 여러분이 짐을 챙기시는 동안 런든이 위원들과 회의를 가질 겁니다.」

그의 말이 끝나자마자 커다란 소란이 일어났다. 사람들이 고함을 지르고 큰 소리로 웃으며 회오리가 치듯 법석을 떨기 시작한 것이었다. 사람들은 억누를 수 없는 엄청난 기쁨, 혈기왕성한 기쁨에 충만해 있는 것 같았다. 웃음소리 또한 격렬했다. 그들은 각자의 방으로 몰려가서는 물건들을 꺼내 마당에 쌓아 올렸다. 포트, 주전자, 담요, 옷 보따리, 모두 내다 놓았다. 여자들은 아이들을 태우기 위해 손수레까지 끌고 나왔다. 여섯 명의 위원은 그러한 사람들의 틈바구니를 어깨를 밀치며 겨우겨우 빠져나와 런든의 방으로 들어갔다.

태양이 높이 떠 나무들을 벗어났고, 대기는 따뜻했다. 건물들 뒤에서는 다 찌그러진 고물 자동차들이 시끄러운 소리를 내기 시작했다. 물건들을 상자에 챙기면서 부르는 즐거운 흥얼거림도 있었다. 끊임없이 이리저리 움직이는 소동과 더불어 온통 활기에 넘쳐 있었다. 큰 소리로 떠들어 대는 여러 의견들, 즉석에서 내려졌다가 곧 무효 처리되는 갖가지 판단들, 온통 야단법석들이었다.

런든은 위원들이 다 들어오자 시끄러운 소리가 안 들리도록 문을 닫았다. 위원들은 위엄 있는 태도로 신중하면서도 말이 없는 모습들이었다. 그들은 상자 위에 앉아서 무릎을 꽉 껴안고는 좀 놀란 듯한 표정으로 벽을 바라다보았다.

맥이 말했다.「런든, 내가 얘기해도 괜찮겠소?」

「괜찮소, 해보시오.」

「여러분, 저는 잘난 체하고, 나서고 싶은 생각은 추호도 없습니다. 전에 이런 일들을 겪어 봐서 경험이 있다 뿐이죠. 저는 여러분에게 어떤 경우에 일이 틀어지는지를 말씀드릴 수 있으며, 어떻게 하면 우리를 다치게 할 장애물을 비켜 나가는지도 말씀드릴 수 있습니다.」

한 사람이 말했다.「어서 해보시오, 듣고 있으니.」

「좋소. 우리는 지금 너무 흥분해 있습니다. 우리 같은 노동자들에게는 그게 안 좋은 겁니다. 어느 한순간 맥주 통처럼 끓어오르다간 또 갑자기 매춘부 가슴처럼 싸늘하게 식어 버립니다. 우리는 끓어오름을 진정시키고 싸늘함을 따뜻하게 데워야 합니다. 자, 내가 한 가지 제안을 하겠습니다. 충분히 생각을 하시고, 그런 다음에 사람들에게 투표로 물어보도록 합시다. 대부분의 파업이 깨져 버리는 건 규율이 없기 때문입니다. 자, 우리가 사람들을 연대로 나눈다고 가정합시다. 그러면 각 연대는 지도자를 뽑아야 하고, 그 지도자는 자기 연대를 책임져야 하는 것입니다. 우리도 군대처럼 그런 식으로 사람들을 조편성할 수 있을 것입니다.」

다른 사람이 말했다.「여기 있는 많은 사람들이 군대에 갔다 왔소. 그건 전혀 좋아하지 않을 거요.」

「물론 그렇겠죠. 다른 사람의 전쟁을 치른 것이니까요. 아마 타의로 장교를 모셔야 했을 겁니다. 그런데 그들 스스로가 장교를 선출하고 그들 자신과 관계된 전투를 벌인다면, 얘기는 달라질 것입니다.」

「대부분의 일꾼들, 장교는 죽어도 싫어할 거요.」

「그러나 그래야만 합니다. 우리에게 규율이 없으면 크게 당하고 말 겁니다. 만일 어떤 지도자가 싫으면 투표로 책임자 자리를 물러나게 한 다음, 새로운 지도자를 선출하면 됩니다. 그러면 분명히 노동자들이 만족해할 겁니다. 그렇게 되면 백 명이 넘는 장교들이 생기게 되고, 최고 지휘자 한 명을 뽑을 수가 있게 되는 거죠. 조금만 생각해 보십시오. 약 두 시간 뒤에 대규모 집회가 있을 예정입니다. 그때까진 계획을 다 갖추어야 하는 겁니다.」

런든이 대머리를 긁었다. 「아주 괜찮은 생각이오. 난 데이킨을 보자마자 이 소식을 전해 주겠소.」

「좋습니다. 자, 이제 이동합시다. 짐, 내 가까이 붙어 다니게.」

「제게도 일을 좀 주세요.」 짐이 말했다.

「안 돼, 내 옆에 붙어 있게. 자네가 필요하네.」

8

 앤더슨 농장의 5에이커에 이르는 경작지는 삼면이 거무스름한 키가 큰 사과나무들로 둘러싸여 있었으며, 나머지 한 면은 흙먼지 날리는 좁은 군(郡) 도로와 맞닿아 있었다. 사람들은 떼를 지어 웃고 떠들면서 어슬렁어슬렁 도착하였다. 이미 그곳에는 그들을 맞이할 준비가 다 되어 있었다. 야영지의 통로를 구분 짓기 위해 딱딱하지 않은 땅을 골라 말뚝들도 박아 놓은 상태였다. 군 도로와 평행하게 다섯 개의 통로가 만들어져 있었으며, 각 통로 끝의 맞은편에는 화장실 대용으로 땅에 깊은 웅덩이도 파여 있었다.

 천막 설치 작업을 시작하기 전에 노동자들은 순서에 의해 총회를 열었다. 그 결과 데이킨이 위원장으로 선출되고 그가 지명한 위원 후보자들도 사람들의 동의를 얻어 선출되었다. 또한 분대 편성을 하자는 제안도 사람들의 열렬한 지지 속에 통과되었다.

 그런데 그들이 집회를 시작할 때부터 다섯 대의 경찰 오토바이가 군 도로에 도착해 있었으며, 경찰들은 오토바이에 기대서서 노동자들이 분주히 움직이는 모습들을 지켜보고 있었다. 천막이 쳐지고 숙소가 설치되었다. 슬픈 눈의 버튼은 천막 설치 작업을 지시하며 동분서주하였다. 최소한 1백 대의 낡아 빠진 자동차들이 도로 쪽을 향하여 탄약창의 탄약차들처럼 정렬되어 세워졌다. 시트가 다 망가진 구식 포드, 칠이 다 벗겨진 데다 차 머리 부분이 녹슬고 완충기마저 너덜거리거나 아니면 다 떨어져 나간 쉐보레와 도지, 시동을 걸면 기관총 소리 같은 소음을 내는 거의 쓸모없이 되어 버린 허드슨, 이런 종류의 차들이었다. 그 꼴이 마치 제대 후 다시 모임을 갖는 늙은 군인들 같았다. 이런 차들이 정렬해 있는 한쪽 끝에 데이킨의 쉐보레 트럭이 세워져 있었는데, 그 차는 번쩍번쩍 빛나고 아주 말끔하게 생긴 새 차였다. 모든 차 중에서 오직 그 차만이 상태가 좋은 것 같았다. 그래서인지는 몰라도 위원들에 둘러싸여 야영지 주변을 이리저리 돌아다니던 데이킨은 잠시도 자기 차에서 눈을 떼지 않았다. 심지어 그는 말을 할 때나 얘기를 들을 때도 차가우면서도 은밀한 눈으로 눈부시게 빛나는 자신의 녹색 트럭을 수시로 쳐다보곤 하였다.

회색의 낡은 천막들이 세워지자 버튼은 그 천막들을 비눗물로 씻어야 한다고 말했다. 별수 없이 데이킨의 트럭으로 앤더슨 씨의 물탱크에서 물통들을 실어 날라야 했다. 그런 다음 여자들이 낡은 빗자루로 천막을 씻어 내렸다.

앤더슨은 자신의 5에이커 땅이 천막 숙사로 변하는 모습을 근심 어린 눈으로 바라보고 있었다. 정오가 되어 천막 설치가 대충 끝나자 약 9백 명의 일꾼들은 사과밭으로 가서 사과를 따기 시작했다. 그들은 사과를 냄비나 모자, 혹은 마대 같은 곳에 따 담았다. 사다리가 충분치 않았기에 나무 몸통을 타고 오르내렸다. 어두워질 무렵에 사과 따는 일은 끝나고 상자들이 다 채워졌으며, 그 상자들은 트럭으로 앤더슨 씨의 헛간에 운반되어 그곳에 저장되었다.

딕도 일을 신속하게 처리하였다. 소년 하나를 보내 몇 사람과 트럭 한 대를 시내로 보내 달라고 하더니 트럭 가득 온갖 종류의 천막을 싣고 돌아왔다. 연한 갈색의 우산형 천막, 높이가 낮고 가운데가 산봉우리처럼 삐죽 솟아 있는 쐐기 모양의 작은 천막, 열 사람은 충분히 들어갈 것 같은 대형 군용 천막 등 갖가지였다. 트럭에는 또한 맷돌로 간 귀리 두 포대, 밀가루 자루, 통조림 상자, 감자와 양파가 담긴 자루들, 그리고 도살한 암소 한 마리 등 각종 식량거리들도 들어 있었다.

새로 온 천막들은 통로를 따라 설치되었다. 버튼은 취사 시설 배치를 감독하였다. 시(市) 관할 쓰레기 하치장에 갔던 트럭들은 그곳에 내버려진 녹슨 난로 세 개를 주워 싣고 돌아왔다. 입을 벌리고 있는 냄비 뚜껑에는 양철 조각들이 덮이고, 식사 당번도 배정되었다. 또한 빨래통에 물이 채워지고, 암소가 잘리고, 엄청난 양의 스튜를 끓이기 위해 감자와 양파들도 준비되었다. 콩을 넣은 들통들도 끓기 시작했다. 어스름해질 무렵 사과 따러 갔던 사람들이 돌아왔을 때는 그들이 먹을 스튜가 다 준비되어 있었다. 사람들은 땅바닥에 앉아 대야나 컵, 혹은 양철 깡통에 스튜를 담아 먹기 시작했다.

날이 어두워지자 오토바이를 타고 왔던 경찰들은 소총을 든 다섯 명의 보안관으로 대체되었다. 한참 동안 그들은 군인들처럼 도로를 왔다 갔다 행진하였지만, 결국엔 도로 배수구에 앉아 노동자들이 하는 일을 지켜보았다. 천막 숙사에는 불빛도 거의 없었다. 드문드문 랜턴을 켜놓은 천막이 한두 개 있을 뿐이었다. 작은 모닥불의 불꽃들이 그림자를 어둠 속에 던져 주기도 했다. 첫 번째 통로 한쪽 끝, 번들거리는 데이킨의 녹색 트럭 바로 뒤에 데이킨의 천막이 세워져 있었다. 중앙 내부에 천으로 간이 차단벽을 세워 방을 두 개로 나눈 큰 천막이었다. 접는 테이블과 의자들이 놓여 있었으며, 바닥에는 방수 깔개가 놓이고 중앙 기둥에는 쉿 하고 소리를 내며 불빛을 발하는 가솔린 램프가 걸려 있었다. 데이킨은 호사스럽게 살면서 떠돌아다니는 노동자였다. 그는 술이나 담배 같은 것은 전혀 못했으며, 자기와 부인이 번 돈을 죄다 먹고 사는 데, 아니면 트럭 혹은 새로운 야영도구를 구입하는 데 쓰는 그런 사람이었다.

날이 컴컴해지자 런든과 맥, 그리고 짐은 데이킨의 천막 안으로 들어갔다. 데이킨의 곁에는 상을 찌푸린 뚱한 표정의 아일랜드 출신 버크와 쌍둥이처럼 아주 똑같이 생긴 키가 작은 이탈리아 출신 노동자 두 명이 앉아 있었다. 데이킨 부인은 칸막이로 막아 놓은 다른 쪽 방에 가 있었다. 가솔린 램프의 하얀 불빛 아래 데이킨의 금발 사이로 그의 불그레한 머리 속이 보였으며, 비밀을 담고 있는 듯한 그의 은밀한 두 눈은 끊임없이 움직이고 있었다.

「어이, 친구들, 어디 좀 앉으시오.」

런든이 하나 남아 있는 의자에 앉았고, 맥과 짐은 바닥에 주저앉았다. 맥이 더럼 잎담배 주머니를 꺼내더니 담배를 말았다. 「일이 착착 잘 진행되고 있소.」

데이킨은 맥을 한번 쓱 쳐다보더니 이내 눈길을 돌렸다. 「그렇소. 모든 게 잘되는 것 같소이다.」

「경찰 놈들이 빨리도 왔더군요. 나가서 동정 좀 살펴봐야겠어요.」 버크의 말이었다.

데이킨이 가만히 타일렀다.「그냥 놔둘 수 없을 지경에 이를 때까지는 건드리지 말게. 아직까진 아무 피해도 없으니 말이야.」

맥이 물었다.「분대 조편성하는 건 어떻게 되었소?」

「잘됐습니다. 각 조장도 뽑았지요. 어떤 조는 벌써 조장을 갈아 치운 곳도 있어요. 그런데 그 닥 버튼이란 사람, 정말 좋은 친구더군요.」

「그렇소, 정말 좋은 사람이오. 근데 그 사람 어디 있소? 한 조를 배당해서 그 사람을 지켜야 할 것 같소. 파업을 시작하면 놈들이 그를 여기서 빼내려 할 것이오. 그 친구를 빼내면 우리를 내쫓을 수 있기 때문이오. 자식들 〈공중위생에 위험하다〉고 떠들어 대겠지.」

데이킨이 버크에게로 고개를 돌렸다.「자, 맥이 얘기한 대로 하게, 버크. 듬직한 사람 몇 골라서 의사 선생을 보호하라고 시키게. 사람들이 다 그 친구를 좋아하니 어렵진 않을 걸세.」

버크는 일어서서 밖으로 나갔다. 그러자 런든이 입을 열었다.「맥, 나한테 했던 얘기를 한번 해보시오.」

「그러죠. 여기 사람들은 이게 무슨 소풍인지 알고 있소, 데이킨. 그런데 내일 아침이면 사람들이 생각하는 소풍은 끝날 거요. 재밌는 일이 벌어질 테니까 말이오.」

「파업 파괴 분자들 말이오?」

「그렇소. 기차로 한 무더기가 올 거요. 읍내에 연락원이 하나 있는데, 오늘 밤 그 친구가 나 대신 전신국에 가서 전보를 하나 받았소. 오늘 그 깡패 같은 놈들을 실은 화물차가 시내에서 출발했답니다. 내일 아침이면 분명 도착할 거요.」

데이킨이 말했다.「그렇담, 마중 나가서 그 사람들하고 애기 좀 해봐야겠군요. 그들이 분산 배치되기 전에 일이 잘될 수도 있으니까 말이오.」

「그게 바로 내가 생각한 거요. 만일 당신이 지금 상황이 어떤지 얘기만 잘하면 그자들 전체가 우리 편으로 넘어올지도 모르는 일이오.」

「좋습니다. 얘기해 보죠.」

「그런데 경찰들이 분명 우리를 막으려 할 것이오. 그래서 말인데, 동이 트기 전에 나무들 사이로 몰래 빠져나가면 저 보안관 놈들 허탕만 치는 꼴이 아니겠소?」

잠시 데이킨의 싸늘한 눈이 깜박거렸다. 「여러분, 어떻게 잘될 것 같습니까?」 사람들은 기쁨의 웃음을 주고받았다. 「그러면, 나가서 사람들한테 전해 줍시다.」

맥이 말했다. 「잠깐만, 데이킨. 오늘 밤에 말하면 비밀이 새 나갈 거요.」

「그게 무슨 소립니까?」

「우리 이 천막 숙사에도 밀정이 있다고 생각해 보진 않았소? 확언하건대, 뭐든지 일러바쳐 돈이라도 벌어 볼까 하는 친구들 말고도, 일꾼으로 위장하고 잠입한 프락치가 적어도 다섯 명은 될 거요. 어디든 항상 그런 법이오. 준비가 다 될 때까지 아무 말도 안 하는 게 좋을 거요.」

「아니, 우리 노동자들을 못 믿겠단 말씀이오?」

「위험을 무릅쓰겠다면 맘대로 하시오. 바로 우리한테 보안관 놈들이 들이닥칠 것이오.」

데이킨이 물었다. 「여러분은 어떻게 생각하시오?」

「저분 말이 맞는 것 같소이다.」 이탈리아 출신의 작은 사내가 말했다.

「좋아요. 그럼 이곳을 지킬 사람들을 한 무더기 남겨 놓읍시다.」

「적어도 백 명은 있어야 될 거요.」 맥이 말했다. 「우리가 이곳을 떠나면 놈들이 분명 여기를 불 질러 버리려고 온갖 짓거리를 다 할 테니 말이오.」

「앤더슨 씨네 사과도 빨리 따야 할 것 같소.」

「그렇겠지요. 지금 바로 옆 과수원에 한 2, 3백 명 나가 있을 겁니다. 앤더슨 씨 생각보다 더 많은 수확을 거둘 것 같습니다.」

「그 친구들이 아직은 소동을 부리지 않았으면 좋겠소. 나중에 많이 부리게 될 테니 말이오.」

「그 깡패 같은 놈들은 몇 명이나 온답니까? 알아보셨습니까?」

「아마 4, 5백 명은 될 것 같소. 나중엔 수가 불어나겠지만, 일꾼들한테는 주머니에 돌멩이를 많이 넣고 다니라 일러두시오.」

「그러겠소.」

그때 버크가 천막 안으로 들어오면서 말했다. 「의사 선생님은 저쪽 군용 천막에서 주무신다고 합니다. 열 사람이 그 천막에서 같이 자기로 했습니다.」

「닥은 지금 어딨소?」 맥이 물었다.

「한 친구한테서 버짐을 두 군데나 찾아냈어요. 지금 난롯가에서 치료 중입니다.」

바로 그 순간 밖에서는 합창을 하듯 외쳐 대는 고함 소리가 들리더니 곧이어 성나서 고함지르는 고압적인 한 목소리가 들려왔다. 여섯 사람은 천막 밖으로 뛰어나갔다. 도로를 마주

대하고 있는 통로 앞에 한 무리의 사람들이 서 있었고, 소란한 소리는 그곳에서 들려온 것이었다. 데이킨이 사람들 속으로 파고들면서 외쳤다.「도대체 무슨 일들이오?」

아까 그 성난 목소리가 대답했다.「내가 말하겠소. 여기 사람들이 돌을 던졌소. 내 말해 두겠는데 또다시 돌을 던지면 발포하겠소. 누가 다치든 상관없단 말이오.」

맥은 자기 곁에 서 있는 짐에게 고개를 돌리더니 작은 소리로 말했다.「총을 쏘면 좋겠는데 말이야. 험악한 일이 터지지 않으면 이 얼간이들 곧 지리멸렬해질 거야. 기분들이 너무 들떠서 자기들끼리 싸우고 말 것 같아.」

런든이 무리 속으로 화가 난 듯 걸어 들어갔다.「자, 다들 돌아가시오. 이 어린애 장난 같은 짓 말고도 해야 할 일이 산더미같이 쌓였단 말이오. 자, 어서 각자 속한 곳으로 돌아가시오.」런든이 지니고 있는 권위 때문인지 사람들은 부루퉁한 표정을 지으며 마지못해 해산하였다.

보안관이 다시 소리를 빽 질렀다.「당신들 질서를 유지하지 않으면 총으로 질서를 잡을 수밖에 없소이다.」

데이킨이 쌀쌀한 어조로 맞장구쳤다.「돌아가셔서 목을 들이밀고 잠들이나 주무시오.」

맥은 다시 짐에게 중얼거렸다.「저 보안관 놈들 되게 겁먹었을 거야. 그렇게 되면 위험한 일을 저지를지도 모르지. 겁먹으면 방울뱀들이 그렇듯이 아무데나 총을 쏴댈 거야.」

사람들은 천천히 움직이면서 각자의 천막으로 되돌아가고 있었다. 맥이 말했다.「가서 닥을 한번 만나 보세, 짐. 저기 난롯가로 가보세.」버튼은 상자 위에 앉아 한 사람의 팔에 붕대를 감아 주고 있었다. 그가 일하는 곳을 등유 랜턴이 희멀건 노란빛으로 밝혀 주고 있었고, 그 랜턴 빛은 바닥에 작은 원이 되어 떨어지고 있었다. 버튼은 붕대를 반창고로 꽉 붙였다.

「자, 다 됐소이다. 다음부터는 상처를 그대로 놔두지 마시오. 그러다간 한쪽 팔을 잘라 내야 될 겁니다.」

「감사합니다, 선생님.」 치료를 받은 사내는 소매를 내리면서 자리를 떴다.

「어이, 맥, 짐, 이젠 다 끝난 것 같습니다.」

「버짐이었소?」

「아니요, 작은 상처였어요. 이제 막 퍼지려는 참이었죠. 상처가 나면 잘들 돌봐야 될 텐데…….」

맥이 말했다. 「이 친군 천연두나 한 건 발견해서 격리 수용소 같은 거 하나 설치하면, 그것으로 만족할 거야. 그래 이젠 무슨 일을 할 참이야, 닥?」

버튼은 슬픈 갈색의 눈으로 피곤한 표정을 지으며 맥을 쳐다보았다. 「글쎄요, 대충 다 끝낸 것 같습니다. 이젠 내가 시킨 대로 변소 소독했는지, 그것만 보면 될 것 같아요.」

「소독 냄새가 나던데, 뭘.」 맥이 말했다. 「잠 좀 자지 그래, 닥? 간밤에 한잠도 안 잤잖아.」

「피곤은 한데 잠자고 싶은 생각은 전혀 없어요. 아까까지만 해도 일이 끝나면 과수원에 나가서 나무에 기대 앉아 쉬어야지 하고 생각했는데…….」

「같이 있어도 괜찮겠나?」

「물론, 좋지요.」 버튼은 일어서면서 말했다. 「손 좀 씻고 오겠습니다.」 그는 납작한 냄비에 담긴 따뜻한 물에 손을 비빈 다음, 녹색 비누를 손에 칠하고 씻어 내었다. 「자, 산책이나 합시다.」

세 사람은 천막 통로를 천천히 벗어나 어둠에 싸인 과수원 쪽으로 걸어갔다. 그들의 발아래에서는 경작지의 마른 흙더미들이 바삭바삭 부드러운 소리를 내고 있었다.

「맥.」 버튼이 힘없는 소리로 불렀다. 「당신은 알다가도 모를 사람입니다. 대화에 끼이면 어떤 말이든 흉내를 내니 말이에요. 런든이나 데이킨하고 같이 있으면 그들이 하는 식으로 말하더군요. 당신은 꼭 배우 같아요.」

「전혀.」 맥이 말했다. 「배우가 아냐. 말이라는 건 일종의 어떤 것에 대한 느낌이지. 나의 느낌이 그런 식으로 발산되는 걸 거야, 아주 자연스럽게 말이야. 일부러 그렇게 하려는 게 아니지만 나도 모르게 그렇게 되더군. 닥, 자네도 알겠지만 사람들은 어떤 사람이 자기들 식대로 말하지 않으면 그 사람을 의혹의 눈으로 쳐다보게 된다네. 자기가 이해하지 못하는 단어를 사용한다는 이유로 상대방을 신랄하게 모욕할 수는 있겠지. 그것에 대해 상대방은 아무 말도 안 할지 모르네. 하나 증오는 할 거야. 닥, 자네의 경우는 물론 다르겠지. 또 그렇게 생각되네. 그러나 만일 다르지 않더라도 그들은 자네를 신뢰하지 않을 걸세.」

그들은 나뭇가지들이 활 모양으로 굽어져 있는 곳으로 들어섰다. 무성한 나뭇잎과 가지들이 하늘을 배경으로 시커먼 모습을 드러내고 있었다. 이제는 천막 숙사에서 들리던 작은 웅얼거림도 들리지 않았다. 갑자기 올빼미 한 마리가 그들 머리 위로 날카롭게 째지는 소리를 내며 스쳐 지나가는 바람에 세 사람은 깜짝 놀랐다.

「올빼미로군. 생쥐를 사냥하는 걸 거야.」 맥은 이렇게 짐에게 설명해 주고는 다시 버튼에게 고개를 돌렸다. 「짐은 시골에 자주 안 와봤다는군. 우리가 이미 알고 있는 것들도 짐에게는 모두가 다 새로운 것들이지. 자, 여기 앉자고.」

맥과 닥은 오래된 나무의 몸통에 기댄 채 땅바닥에 앉았고 짐은 그들 앞에 가부좌 자세로 앉았다. 밤은 고요했으며, 그들 머리 위 검은 나뭇잎들도 바람 한 점 없는 공기 속에서 미동도 없이 걸려 있었다.

마치 밤이 귀를 기울이기라도 하는 듯 맥은 작은 소리로 말했다. 「자네도 나에겐 신비스러운 존재야, 닥.」

「내가요? 신비스럽다고요?」

「그래, 자네가 말이야. 자네는 당원도 아니면서 내내 우리와 함께 일하고 있네. 그렇다고 얻는 것도 아무것도 없잖아. 우리가 하는 일을 옳다고 믿는 건지, 그것도 알 수 없고. 아무말 안 하고 그저 일만 하잖나. 전에도 나와 함께 일한 적이 있지. 그런데도 자네가 우리가 내세우는 주의를 믿는 건지 전혀 확신할 수가 없단 말이야.」

버튼은 짤막하게 웃었다. 「어떻게 말해야 할지 모르겠군요. 내가 생각하는 걸 몇 가지만 말씀드리죠. 아니, 그 말 들으면 기분이 나쁘실 텐데. 분명히 기분이 안 좋을 겁니다.」

「하여간 좀 들어 보기나 하세.」

「당신은 내가 어떤 주의(主義)를 안 믿는다고 했죠. 그건 내가 달도 믿지 않는다고 하는 말과 같은 겁니다. 옛날에도 공산 사회가 있었고 앞으로도 있을 겁니다. 그런데 당신네들은 어떤 일을 다 확립하고 나면 그게 끝인 줄 알고 있어요. 멈춰 있는 건 아무것도 없어요, 맥. 만일 당신이 어떤 생각을 내일 실천에 옮긴다 하더라도, 그건 또 금방 변하기 시작할 겁니다. 공산 사회를 한번 세워 보세요. 또 똑같은 점진적 변화가 계속될 테니까 말이에요.」

「그렇다면 자넨 우리가 내세우는 주의가 아무 소용이 없다는 생각인가?」

버튼이 한숨을 내쉬었다. 「봤죠? 우린 같은 소릴 자꾸 하게 됩니다. 그래서 제가 말을 별로 하고 싶지 않은 거라고요. 내 말 좀 들어 보세요, 맥. 내 생각에도 비난의 소지는 있겠지요. 하지만 그게 내가 생각하고 있는 것 전부랍니다. 될 수 있는 한 전체를 바라보고 싶어요. 〈선〉과 〈악〉, 딱 둘로 나누는 색안경을 써서 시야를 제한하고 싶지는 않아요. 만일 어떤 한 가지 일에 〈선〉이라는 용어를 사용한다면, 우린 그 일을 검증해 볼 자유를 잃게 되는 거지요. 왜냐하면 그 속에 나쁜 것도 있을 수 있으니까요. 무슨 애긴지 아시겠습니까? 저는 사물의 전체를 볼 수 있었으면 하는 겁니다.」

맥은 열을 내며 말을 꺼냈다. 「사회의 부정에 대해선 어떻게 생각하나? 이윤 체계는? 자네는 그것들도 나쁘다고 말해야 되잖나.」

버튼은 고개를 젖히더니 하늘을 쳐다보았다. 「맥, 생리적인 부정도 바라보세요. 파상풍의 부정, 매독의 부정, 아메바성 이질의 폭력적 방법을요. 그게 제 분압니다.」

「혁명과 공산주의가 사회 부정을 치유할 걸세.」

「그렇겠지요. 그리고 살균과 예방은 다른 부정을 미연에 방지할 거고요.」

「그러나 그건 다른 애길세. 사람이 하는 일과 세균이 하는 일은 별개의 것이야.」

「저는 별 차이가 없다고 생각합니다, 맥.」

「그렇담, 젠장, 닥, 곳곳에 파상풍이 번지고 있고, 또 파크가(街)에 가면 매독도 발견할 수 있다네. 그런데 왜, 우리 일에 찬동하지도 않으면서 우리와 함께 돌아다니는 건가?」

「저는 관찰하고 싶을 뿐입니다. 손가락을 다치면 상처 부위에 구균이 들어가게 되고, 그러면 상처가 부어오르고 염증도 생깁니다. 붓는 것은 신체가 싸움을 일으키는 것이고 통증은 전투죠. 어느 쪽이 승리할지는 알 수 없지만, 하여간 상처 부위가 첫 번째 전쟁터가 되는 겁니다. 만일 세포가 첫 전투에서 패배하면 구균이 침입하게 되고, 서서히 전투는 팔 쪽으로 올라가게 되는 거죠. 맥, 이 작은 파업도 전염병과 같은 거예요. 사람들 몸속에 뭔가가 들어가게 되면 미열이 시작되고 임파선은 증원을 받아 다시 사격을 개시하죠. 저는 관찰하고 싶어요. 그래서 상처의 중심지에 들어온 거라고요.」

「그럼 자네는 파업을 상처로 보는 건가?」

「그렇습니다. 집단인은 항상 전염병 같은 것에 걸려 있습니다. 이번은 아주 지독한 전염병인 것 같아요. 맥, 저는 관찰하고 싶을 뿐입니다. 이 집단인을 관찰하고 싶어요. 왜냐하면 이 집단인이 나에겐 하나하나의 개인들로 보이는 게 아니라 새로운 하나의 개인으로 보이기 때문이죠. 집단 속의 사람은 전혀 자기 자신이 아닙니다. 조직 속의 세포 같은 거죠. 몸속의 세포가 자기 자신이 아니듯이 집단 속의 사람도 자기 자신이 아닌 겁니다. 저는 집단이 어떤 건지, 어떻게 생겼는지, 그걸 보고 싶은 겁니다. 일반 사람들은 〈군중은 미쳐 있다, 어떤 행동을 할지 아무도 모른다〉, 이런 식으로 말들을 하죠. 하지만 왜 군중을 군중으로 보지 않고 사람으로 보려는 거지요? 군중도 군중 나름대로 합리적으로 행동하는 것처럼 보이는데 말이에요.」

「그런데 그게 주의와 무슨 상관이 있나?」

「그건 이럴 수도 있기 때문이죠, 맥. 집단인이 행동을 취하려 할 때는 기준을 세우는 법이죠. 가령 〈우리가 성지를 탈환하는 것은 하느님의 뜻이다〉라든지 〈우리는 이 세상의 민주주의를 공고히 하기 위해 싸운다〉, 혹은 〈공산주의로 사회 부정을 일소하자〉, 이런 식으로 말들을 하게 됩니다. 하지만 집단은 성지나 민주주의, 공산주의, 이런 것에는 관심이 없어요. 그냥 움직이고 싸우고 싶은 거죠. 그리고 이런 말들을 사용하는 건 각각의 머릿속에 다시 한번 확인해 주고 싶어서죠. 맥, 저는 그저 이럴 수도 있다는 가능성을 말하는 겁니다.」

「주의의 경우는 그렇지 않아.」 맥이 소리를 질렀다.

「그렇지 않을 수도 있죠. 그냥 제가 사물에 대해 생각하는 방식이 그렇다는 겁니다.」

「닥, 자네에게 문제가 있다면, 그건 자네가 너무 좌익이라서 공산당도 못 된다는 점일세. 자네는 너무 집단화시키는군. 자네는 일을 지시하고, 일을 움직이는 나 같은 사람은 어떻게 설명할 텐가? 자네의 집단인 이론이 통하지 않을 걸세.」

「당신은 하나의 원인이자 동시에 결과라 볼 수 있어요, 맥, 집단인을 하나로 표현해 주는 사람이랄까, 아니 눈 세포처럼 특수한 기능을 부여받은 존재죠. 집단인으로부터 힘을 끌어모으면서 동시에 집단인을 명령하는 그런 사람이죠. 당신의 눈은 뇌로부터 명령을 받기도 하지만 뇌에게 명령도 내리는 눈입니다.」

「잠꼬대 같은 소리 하지 말게.」 맥은 불쾌하다는 듯이 말했다. 「이런 식의 말이 굶주린 사람들, 해고당한 사람들, 직업이 없는 실업자들, 이런 사람들한테 무슨 일을 해줄 수 있겠는가?」

「많은 일을 해줄 수도 있죠. 파상풍하고 개구(開口) 불능이 서로 관련 없는 것으로 여겨지던 때가 그리 오래전의 일이 아닙니다. 그리고 세상에는 어린아이들이 성교(性交)의 결과라는 사실을 모르고 있는 원시인들이 아직 존재하고 있어요. 맞아요. 집단인에 대해서 좀 더 많이 알고, 그것의 본질과 목적과 욕망에 대해 알아보는 것이 가치 있는 일이 될 겁니다. 집단인은 우리와 달라요. 우리가 가려운 데를 긁어서 얻는 쾌락이 많은 세포를 죽이게 하는 원인이듯이, 전쟁에서 개개인이 사라져 없어질 때 집단인은 쾌락을 맛보는 것인지도 모르죠. 나는 내가 가지고 있는 도구를 가지고 내가 할 수 있는 한 많은 것을 보고 싶은 겁니다, 맥.」

맥은 일어서서 바지의 엉덩이 부분을 털어 내었다.「정말 그렇게 많은 것을 보려 한다면 어떤 것도 성취할 수 없을 걸세.」

버튼도 싱글 웃으며 일어섰다.「언젠가는…… 에이, 그만두죠. 말을 많이 하지 말았어야 하는 건데. 그래도 말을 하면 듣는 사람이 아무도 없어도 자기의 생각은 분명해지죠.」

그들은 다시 바삭거리는 흙더미들을 밟으며 천막으로 되돌아갔다.「우리는 아무것도 쳐다볼 수가 없네, 닥.」맥이 입을 열었다.「아침엔 파업을 파괴하러 오는 한 무더기의 깡패 같은 놈들을 부숴 버려야 하니까 말이야.」

「하느님 뜻에 달렸죠.」버튼이 말했다.「앤더슨 씨의 포인터 보셨습니까? 멋진 개들이죠. 그놈들만 보면 감각적인 쾌락이 일어나요, 거의 성적인 쾌락 말이에요.」

데이킨의 천막에선 아직도 불빛이 새어 나오고 있었다. 천막 숙사는 쥐 죽은 듯 고요했으며, 통로에도 단지 몇 개의 숯덩어리들만이 붉게 타고 있을 뿐이었다. 도로를 향해 쭉 세워진 낡은 차들도 아무 소리 없이 늘어서 있었으며, 도로에서는 경비를 서고 있는 보안관들의 담뱃불인 듯 한 줌의 불꽃들이 커졌다 작아졌다 하였다.

「들었지, 짐? 버튼이 어떤 사람인지 알게 될 거야. 그 멋진 개 두 마리, 그 훌륭한 사냥개들도 닥에게는 개가 아냐, 감정이지. 하지만 나에겐 그놈들이 개로 보인다고. 그리고 여기 잠들어 있는 사람들, 분명 오장육부를 지닌 사람들이지. 그런데 닥에겐 사람으로 안 보이는 거야, 하나의 거대한 집단인이지. 만약 이 친구가 의사가 아니었으면 곁에 데리고 있을 수도 없었을 거야. 이 친구의 의술은 필요한데 그놈의 머리가 우리를 혼란시킨단 말이야.」

버튼이 미안하다는 듯이 웃었다. 「왜 자꾸 말을 하게 되는지 모르겠군요. 당신들과 같은 실제적인 사람들은 항상 오장육부를 지닌 현실적인 사람들을 끌어들이죠. 그리고 뭔가를 항상 감당할 수 없게 됩니다. 당신네와 같은 사람들은 상식적인 규칙을 따르지 않기 때문에 감당할 수 없게 되죠. 당신들과 같은 실제적인 사람들은 그런 사실을 부인하거나 생각조차 안 하려 합니다. 그리고 오장육부를 지닌 사람을 당신네 규칙이 허용하는 범위 이상의 그 어떤 존재로 만드는 것이 무엇인가 하고 누군가가 생각하게 되면 당신들은 소리칩니다. 〈몽상가〉, 〈신비주의자〉, 〈형이상학자〉라고 말입니다. 실제적인 사람한테 내가 왜 이런 얘기를 하는지 모르겠군요. 전체 역사를 통해 볼 때 아주 현실적인 사람들을 이끄는 실제적인 사람들만큼이나 무모한 혼동과 당혹감에 빠져들어 가는 사람들도 없어요.」

「우리는 해야 할 일이 있네.」 맥이 고집스러운 태도로 말했다.「그런 허풍스러운 생각에 빠져들 시간이 없어.」

「그렇겠죠. 그러니 당신은 방법도 모르는 채 일을 착수하게 되는 거고요. 당신의 무지가 항상 당신을 걸어 넘어뜨릴 겁니다.」

그들은 이제 천막 가까이에 다다르게 되었다.「자네가 다른 사람들한테도 이런 식으로 이야기한다면 여기서 내쫓을 수밖에 없어.」

그때 갑자기 땅바닥에서부터 검은 물체가 일어서더니〈누구시오?〉하는 소리가 들렸다. 그러나 곧〈오, 안녕하시오. 누군지 몰랐소이다〉하는 소리가 이어졌다.

「데이킨이 보초들을 세웠는가요?」맥이 물었다.

「예.」

「괜찮은 사람이군. 괜찮은 사람이면서 아주 냉정한 사람이지.」

그들은 가운데 부분이 불룩 튀어나온 커다란 군용 천막 앞에 멈춰 섰다.「이제 들어가 봐야겠어요.」닥이 말했다.「여기가 바로 내 호위자들이 잠자는 곳이죠.」

「잘 생각했네. 내일 또 붕대 감을 일이 있을 테니 말이야.」

닥이 천막 안으로 사라지자 맥은 짐에게로 몸을 돌렸다.「자네도 잠 좀 자야지.」

「뭐 할 것 있습니까, 맥?」

「나? 응, 뭐, 좀 돌아다녀 봐야지, 모든 게 다 잘됐는지.」

「나도 같이 가겠습니다. 그냥 따라만 다니죠, 뭐.」

「쉿…… 말소리를 낮추게.」맥은 차들이 늘어선 곳으로 천천히 걸어갔다.「자네가 날 도와주는구먼, 짐. 늙은 여자처럼 감상적이 될 때도 있는데, 자네가 항상 나를 도와주고 있어.」

「그저 당신 뒤만 터벅터벅 쫓아다니는데요, 뭘.」

「알고 있네. 그런데 내가 점점 약해지는 것 같아. 자네에게 무슨 일이 일어날 것만 같은 생각도 들고 말이야. 자넬 여기로 데리고 오지 말았어야 하는 건데, 짐. 날이 갈수록 점점 자네한테 매달리고 싶어지는군.」

「에이, 그런 말씀 그만하시고, 이제 우린 뭘 하죠, 맥?」

「자넨 가서 자지 그래. 난 저 도로에 있는 보안관들에게 말 좀 붙여 볼까 하네.」

「왜요?」

「짐, 자네 닥이 한 말 신경 쓰지 않았지?」

「그럼요, 잘 듣지도 않았어요.」

「그래, 죄다 허무맹랑한 말들이야. 내가 진짜 얘기를 해주지. 두 가지 점에서 우리는 파업을 승리로 이끌 수 있네. 첫째는 우리 노동자들이 완강한 투쟁을 계속할 것이기 때문이고, 또 하나는 대중들의 감정이 우리 쪽으로 기울 것이 분명하기 때문이지. 현재 이 지역의 대부분을 소수의 사람들이 손아귀에 넣고 있다네. 바꿔 말하면 나머지 대부분의 사람들은 가진 게 없다는 말이야. 소수의 농장주들은 값을 제대로 쳐주든지 아니면 노동자들을 등쳐 먹을 수밖에 없지. 저 도로의 보안관들도 따지고 보면 좀 특별한 보안관들이야. 별 배지 달고 있고 총도 들었지만 임시로 고용된 노동자들에 불과하다고. 가서 몇 마디 좀 지껄여 봐야겠어. 파업에 관해서 어떻게 생각하는지 알아봐야지. 물론 저놈들의 생각이란 게 상관들이 지시한 대로 느끼는 것들이겠지만 말이야. 어쨌든 저놈들 사정이 어떤지 알아볼 참이야.」

「아니, 그러다 붙잡히면 어쩌려고요? 어젯밤 그 경찰이 한 말 생각 안 나요?」

「저자들은 그저 단순한 임시 보안관들에 불과해, 짐. 정규 경찰이나 형사들하곤 달리 나를 알아보지 못할 걸세.」

「여하간 같이 가고 싶어요.」

「오케이. 하지만 일이 우습게 되면 천막으로 죽어라 도망치면서 있는 대로 고함치라고, 알겠지?」

그들 뒤의 천막에서 누가 악몽을 꾸는지 잠자다 외치는 소리가 들려왔다. 몇몇 사람들이 그를 깨우는 소리가 두런두런 들렸다. 맥과 짐은 두 대의 차 사이를 살며시 빠져나가 담뱃불이 반짝이는 곳으로 다가갔다. 그들이 접근하자 반짝이던 담뱃불이 사그라지면서 움직이는 모습이 보였다.

맥이 소리쳤다. 「헤이, 여보쇼, 그쪽으로 가도 되겠소?」

한 보안관의 목소리가 들려왔다. 「몇 명이나 되는가?」

「둘입니다.」

「좋아, 오라고.」 맥과 짐이 가까이 접근하자 손전등이 켜지더니 그들의 얼굴을 잠시 비추다가 이내 다시 꺼져 버렸다. 보안관들이 일어서고, 그중 한 명이 물었다. 「무슨 일인가?」

그 보안관이 웃었다. 「오늘 밤엔 얘기 상대들이 많구먼.」

맥은 어둠 속에서 더럼 담배 주머니를 꺼냈다. 「담배 좀 태우시렵니까?」

「방금 피웠네. 대체 무슨 일인가?」

「예, 말씀드리죠. 당신들이 우리 파업에 대해서 어떻게 생각하고 있는지 많은 우리 동지들이 알고 싶어 합니다. 그래서 우리 둘이 왔습니다. 우리는 당신들도 우리와 다를 바 없는 노동자들이라고 생각하죠. 그러니 당신들과 같은 처지의 노동자들을 혹 도우실 의향이 없으신지 알고 싶은 게 당연하지 않겠습니까?」

맥의 말이 끝나자 잠시 침묵이 흘렀다. 맥이 불안한 듯 주변을 두리번거렸다. 곧 나지막한 목소리가 들려왔다. 「그래, 이 햇병아리 놈들. 이놈들을 일으켜 세워. 소리를 지르면 쏴버릴 테다.」

「아니, 이게 무슨 짓이오? 이 무슨 되지도 않은 짓거리요?」

「잭, 그리고 자네, 에드, 그놈들 뒤로 가서 등판대기에 총을 들이대. 조금만 움직이면 쏴버려. 자, 앞으로 가!」

두 보안관이 맥과 짐의 등 뒤에서 총을 들이밀고는 어둠 속을 따라 가라고 쿡쿡 찔렀다. 대장인 듯한 보안관의 목소리가 다시 들렸다. 「이 자식들, 네놈들만 약은 줄 아냐? 오늘 낮에 경찰이 네놈들을 지목해 낸 건 몰랐을 거다.」 그들은 도로를 따라 앞으로 걸어가다 반대편 나무들 사이로 접어들었다. 「뭐, 날이 새기 전에 사람들을 빼내 우리를 속이려고? 우린 네놈들이 그런 잔재주를 피우기로 결정한 지 10분 만에 다 알고 있었어.」

「누가 그런 말을 했습니까?」

「정말 알아내고 싶어서 한 말은 아니겠지?」 그들의 발소리가 쿵쿵 울렸다. 맥과 짐은 여전히 등 뒤에서 총의 감촉을 느낄 수 있었다.

「우릴 감옥으로 데려가시는 겁니까?」

「감옥 같은 소리 하고 있네. 너희 빨갱이 놈들은 자경 대원에게 넘겨야 돼. 운이 좋으면 죽도록 두들겨 맞고 군 경계선 밖으로 내던져질 것이고, 운이 없으면 나무에 목 매달리겠지. 이 지역에선 네놈들 같은 과격파는 아무 쓸데가 없어.」

「하지만 어떻게 보안관이…… 감옥으로 데려가야죠.」

「그건 네 생각이야, 임마. 여기서 조금만 가면 작은 집이 한 채 있지. 그리 데려가는 거야.」

과수원 사과나무 아래에는 작은 별빛마저 차단되어 있었다.「이젠 입 열지 마, 자식들아.」

그때 짐이 〈튀어, 맥〉 하고 외치며 동시에 몸을 굽혔다. 뒤따라오던 보안관이 짐의 몸에 걸려 넘어지고, 짐은 떼굴떼굴 굴러 나무 몸통 뒤로 가서는 벌떡 일어나 내달리기 시작했다. 나무 두 번째 줄에서 그는 한 나무로 기어 올라가 꼭대기의 나뭇잎 사이에 몸을 숨겼다. 난투극이 벌어지는 요란한 소리와 신음 소리가 들려왔다. 손전등 불빛이 주변을 획획 가르더니 땅바닥에 풀썩 떨어져 썩은 나무 한 그루를 휑하니 비출 뿐이었다. 옷 조각 찢어지는 소리가 들리고 조심스럽게 내딛는 발소리도 울려 퍼졌다. 누군가가 손전등을 줍더니 스위치를 꺼버렸다. 소동이 벌어졌던 곳에서 입막음을 당한 듯한 용쓰는 소리들이 들려왔다.

짐은 나뭇잎이 흔들릴 때마다, 혹 붙들릴까 숨을 죽이며, 살며시 나무에서 내려왔다. 조용히 과수원을 빠져나온 그는 도로를 건너갔다. 차들이 늘어선 곳에서 한 보초 노동자가 그를 세웠다.「오늘 밤 벌써 두 번째야, 친구. 왜 안 자는 거요?」

「알겠소. 이쪽으로 맥이 지나가는 거 봤소?」

「뭐 동에 번쩍, 서에 번쩍 마구 돌아다니더구먼. 지금 데이킨의 천막에 있을 거요.」

짐은 데이킨의 천막으로 달려가 갈색의 덮개를 열어젖히고 안으로 들어갔다. 안에는 데이킨과 맥, 버크가 있었고 맥은 입에 침을 튀기며 뭔가 열심히 얘기하고 있었다. 짐이 들어서자 맥은 말을 멈추고 짐을 쳐다보았다.「아이고, 살아 왔구먼. 그러잖아도 한 패를 보내 찾아보려고 했는데 말이야. 내가 참 멍청했어! 어리석었지! 데이킨, 놈들이 우리 등 뒤에 총부리를 들이대고 끌고 갔다고. 놈들이 총을 쏘진 않을 거라고 생각하긴 했지만 쏘았을지도 모르지. 짐, 그런데 어떻게 된 거야?」

「가다가 탁 앉아 버린 거죠. 그러니까 뒤따라오던 놈이 걸려 고꾸라지고 총은 흙 속에 꽂힌 겁니다. 옛날 학교 다닐 때 그런 장난 많이 쳤어요.」

맥은 어색한 웃음을 지어 보였다. 「총부리가 우리를 벗어나자마자 나는 놈들이 서로 다칠까 봐 총을 쏘지는 못할 거라고 생각했지. 그래서 옆으로 펄쩍 비켜서서는 내 뒤의 놈 복부를 발로 한 대 먹였지.」

맥 뒤에는 버크가 서 있었다. 짐은 맥이 데이킨에게 눈을 깜박이는 것을 보았다. 싸늘한 눈초리가 파리하게 떠는 눈꺼풀 속으로 거의 잠겨 있었다. 데이킨이 말했다. 「버크, 가서 순찰 좀 돌고 보초들이 졸지나 않는지 살펴보게.」

버크는 주저했다. 「잘 서고 있을 겁니다.」

「그래도 가서 봐. 괜히 기습을 당해선 안 돼. 보초들은 손에 뭘 들고 있지?」

「아주 단단한 몽둥이들입니다.」

「좋아, 가서 순찰 한 번 돌라고.」

버크가 천막 밖으로 나갔다. 맥이 데이킨 곁에 바짝 다가서면서 조용한 소리로 말했다. 이 천막이 얇아서 말소리가 들릴 거요. 당신에게만 얘기하고 싶은 게 있는데, 좀 걸으면서 얘기하는 게 어떻겠소?」

데이킨이 냉랭하게 물었다. 「버크가 그랬다고 생각하시오?

그 사람은 거기에 있지도 않았소이다.」

「나도 누군지는 모르오. 누구든지 천막 주변을 기웃거리다가 들을 수 있는 문제요.」

「그럼, 이제 어떻게 해야 되겠소? 당신이 이런 문제에 관해선 더 잘 알 것 같은데……. 당신네 공산당들이 우리에게 해를 끼치지 않을 거라고 나는 생각하오. 그런데 오늘 밤 한 사람이 오더니 당신들을 내쫓으면 농장주들의 협상에 응하겠다고 하더랍니다.」

「그 작자들이 그럴 거라고 생각하오? 우리가 여기 오기 전에 벌써 그놈들이 품삯을 깎았지 않소. 그 사실을 잊지 마시오. 우리가 이 파업을 시작했다고 생각하겠지만, 당신은 우리가 시작하지 않았다는 걸 잘 알지 않소. 우린 그저 일 잡치지 않고 잘돼 나가도록 도와주는 것뿐이오.」

단조로운 데이킨의 말이 맥의 말을 가로막았다. 「여기서 당신들한테 뭐가 생기는 겁니까?」

맥은 열이 올라 되받았다. 「뭘 얻으려는 게 아니란 말이오.」

「그걸 내가 어찌 알겠소?」

「믿지 못하니까 알 수가 없는 거요. 그렇다고 어떻게 증명할 방도도 없소.」

데이킨의 목소리가 다소 누그러졌다. 「그렇더라도 내가 당신들을 믿어야 될지 안 믿어야 될지 모르겠소. 당신도 잘 아시겠지만, 사람이 뭐 얻는 게 있어야 이런저런 일도 하게 되고, 지시도 받고, 또 배신도 하게 되는 거 아니오. 얻는 게 아무것도 없으면 뭘 어떻게 하든 알 수 없는 게 아니겠소?」

「좋소.」 맥이 화가 난 듯한 투로 말했다. 「군소리 그만합시다. 사람들이 정말 우리를 내쫓고 싶어 한다면 한번 투표에 부쳐 봅시다. 그리고 우리 입장을 말할 수 있게 해주시오. 하나 우리끼리 서로 싸워 봤자 아무 득 될 게 없을 것이오.」

「여하간 이제 어떻게 해야 되겠소? 보안관 놈들이 알고 있다면 내일 아침 몰래 빠져나갈 수도 없는 것 아니오?」

「물론이오. 그냥 길을 따라 행진하다가 기회를 봅시다. 그러다가 그 파업 파괴 노동자들을 만나면 그들의 행동을 봐서 싸우든지 얘기하든지 하면 될 것이오.」

데이킨이 걸음을 멈추더니 쓰레기를 피해 옆으로 발길을 돌렸다. 「대체 나를 이곳으로 데려온 이유가 뭡니까?」

「우리가 지금 배신당하고 있다는 점을 알려 주기 위해서요. 만일 경찰 놈들이 알아서는 안 될 게 있으면 그걸 아무한테도 말해서는 안 되는 거요.」

「좋소, 무슨 말인지 알겠소. 누구나 다 알게 될 바엔 지금 알리는 게 낫겠죠. 자, 이제 자러 가야겠소이다. 내일 아침이면 우리가 이 궁지에서 벗어날 수 있는지 없는지 알게 될 테죠.」

맥과 짐은 바닥 깔개천도 없는 작은 천막으로 같이 들어갔다. 그들은 작은 동굴 같은 천막 안으로 기어 들어가 낡은 이불 속을 파고들었다. 맥이 중얼거렸다. 「데이킨이 솔직하긴 한데 지시는 안 받으려 한단 말이야.」

「그자가 우릴 내쫓으려고 하는 건 아닐까요, 맥?」

「그럴지도 모르지. 하지만 그렇게는 안 할 거야. 내일 밤까지면 여러 명이 부상당하고 흥분해서 우리 말을 잘 듣게 될 걸세. 짐, 우린 이번 일이 그냥 사그라지도록 해서는 안 돼. 너무 좋은 기회야.」

「맥?」

「왜 그러나?」

「경찰들이 왜 이리 와서 당신과 나를 잡아가지 않는 거죠?」

「겁먹어서 그래. 여기 노동자들이 흥분할까 봐 겁을 내는 거지. 댄 영감이 사다리에서 떨어졌을 때도 마찬가지였어. 경찰 놈들, 노동자들을 건드리지 않고 그냥 놔둬야 할 때가 언젠지 잘 알고 있거든. 잠이나 자세.」

「하나만 더 물어볼게요, 맥. 어떻게 아까 그 사과밭에서 빠져나왔어요? 한바탕 싸웠죠, 그렇죠?」

「당연하지, 너무 어두우니까 놈들은 자기네들이 누굴 치고 있는지 모르더군. 나는 어두워도 잘 가려 치거든.」

짐은 잠시 잠자코 누워 있었다. 「맥, 놈들이 총부리를 들이댔을 때 겁나지 않았어요?」

「물론 겁났지. 옛날에 한번은 자경 대원들하고 맞부딪쳤지 뭐야. 그 늙은 조이하고 말이야. 열에서 열다섯 명 정도 되는 놈들이 자네를 습격해서 늘어지도록 마구 팬다고 생각해 보게. 오, 물론 그 사람들 용감한 자들이지. 놈들 대개는 복면을 쓰고 다녀. 그래, 겁났었어. 근데 자네는?」

「저도 그랬어요. 처음엔 정말 떨리더군요. 그런데 놈들이 우릴 데리고 갈 때쯤 되니까 좀 기분을 가다듬을 수가 있었어요. 그래서 만일 내가 갑자기 탁 주저앉으면 어떻게 될까 하고 생각했지요. 전에도 그런 장난 해본 적이 있어서 내 뒤의 놈이 고꾸라질 거라는 걸 알고 있었어요. 놈들이 당신을 쏠까 봐 그게 겁났을 뿐이죠.」

「참 재밌군, 짐. 위험에 봉착할수록 겁이 안 난다니 말이야. 옛날엔 말이야, 한번 소동이 시작되면 나도 겁을 내지 않았다고. 그 총의 감촉, 여전히 기분 나쁜데.」

짐은 천막의 열린 틈을 통해 밖을 내다보았다. 천막 안의 어둠과 대비되어 밤은 잿빛으로 보였다. 흙더미들을 밟고 지나가는 사람들의 발소리가 들려왔다.「이 파업을 승리로 끌고 갈 수 있어요, 맥?」

「잠을 자둬야 되는데……. 짐, 내 오늘 밤 자네한테 처음 하는 얘긴데 말이야, 꼭 승리하리라고는 생각하지 않네. 이 지역은 조직이 잘되어 있어. 발포를 시작하면 놈들은 파업을 무사히 넘길 수가 있겠지. 우린 가망이 없어. 내 생각엔 많은 분쟁이 시작되면, 노동자들은 금방 도망쳐 버릴 것 같아. 하나 걱정할 필요는 없네, 짐. 이런 일이 계속해서 일어날 거야. 그럼 점차 확산되고, 언젠가는 효과가 나타나겠지. 언젠가는 승리를 거둘 걸세. 그 점만 믿고 있으면 돼.」그는 한쪽 팔꿈치를 기대고 몸을 일으켰다.「그것에 대한 믿음이 없으면 우리가 여기 있을 필요도 없지. 그 왜, 닥이 전염병에 관해 한 말 있지? 그 말은 옳은 말이야. 하나 그 전염병은 자본가 측에서 걸린 거야. 우린 그 전염병이 우리 가슴을 파고들어 우릴 죽이기 전에 그 몹쓸 것들을 없애 버릴 수 있다는 신념만 지니고 있으면 되는 거야. 짐, 자네 변하면 안 되네. 이곳에 항상 있어야 해. 나에게 힘을 불어넣어 줘야 하네.」

「맨 먼저 우리가 각오해야 되는 게 뭔지 해리가 말해 줬어요. 모든 사람들이 우릴 증오한다는 거예요, 맥.」

「그게 바로 가장 힘든 부분일세.」맥도 짐의 말에 동의를 하였다.「모든 사람이 우릴 증오하지. 우리 편이든 적이든 간에 말이야. 그리고 짐, 설혹 우리가 이긴다 해도, 우리가 성공시킨다 해도 말이야, 우리 편이 우릴 죽일지도 모르는 일이야. 왜 우리가 이러고 있는지 모르겠네……. 자, 잠이나 자자고!」

9

 날이 아직 새지도 않았는데 잠에서 깬 사람들의 두런거리는 소리가 천막 숙사 여기저기서 들렸다. 도끼로 나무를 패는 소리도 들렸고 녹슨 난로가 덜그럭거리는 소리도 들렸다. 잠시 후 소나무와 사과나무들이 타는 아릇한 냄새가 천막 숙사를 가득 메우기 시작했다. 취사 부대가 바쁘게 움직였다. 이글거리는 난롯가에 커피 주전자들이 준비되고 콩이 담긴 얇은 냄비들이 데워지기 시작했다. 사람들이 천막 밖으로 기어 나와 난롯가 주변에 빽빽이 둘러서는 바람에 취사 대원들이 움직일 틈도 거의 없을 지경이었다.
 앤더슨 씨 집으로 갔던 데이킨이 트럭에 물 세 통을 싣고 돌아왔다. 곧이어, 〈데이킨이 지금 즉시 각 조장들을 만나 긴급히 할 말이 있답니다〉라는 전갈이 퍼졌다. 조장들은 뭔가 심각한 표정으로 데이킨의 천막을 향해 걸어가기 시작했다.
 점차 사과나무들의 끝이 동녘 하늘을 배경으로 뚜렷한 윤곽을 드러내기 시작했고, 주차해 있는 차들도 서서히 그 희미한 모습들을 나타내었다. 커피 주전자들이 부글부글 끓고, 콩 냄비에서는 코를 찌르는 진한 냄새가 퍼져 나오기 시작했다.

취사 대원들은 사람들이 들고 나오는 것이면 아무데고 다 국자로 콩을 퍼 담아 주었다. 납작한 냄비든 단지 같은 그릇이든 양철판이든, 가리지 않았다. 많은 사람들이 땅바닥에 주저앉아 주머니칼로 나무를 깎아 숟가락을 만들고 있었다. 커피는 설탕이나 크림을 타지 않아 무척 썼지만 그것 때문에 몸이 따뜻해졌는지, 말없이 불편한 기색을 보이던 사람들이 이제는 서로 이야기도 나누고, 웃으면서 인사도 나누었다. 새벽빛이 나무들을 감싸고 땅바닥도 희멀건 푸른빛을 띠어 갔다. 기러기 떼 세 무리가 그 빛을 받으며 높이 날아갔다.

데이킨은 양옆에 버크와 런든을 대동하고 천막 앞에 서 있었다. 그 앞에는 각 조장들이 기다리고 서 있었고, 맥과 짐도 그들과 한데 섞여 있었다. 맥은 짐에게 슬쩍 자기 생각을 들려주었다. 「우린 당분간 일을 천천히 추진해야겠네. 이 사람들이 우릴 배척해서는 안 되니까 말이야.」

데이킨은 짧은 무명 재킷을 입고 트위드 모자를 쓰고 있었다. 그는 창백한 눈으로 사람들의 얼굴을 쏘아보더니 말문을 열었다. 「지금부터 무슨 일을 할 것인지 당신들한테 얘기해 주겠소. 싫으면 여기서 빠져나가도 아무 말 않겠소. 원하지 않는 사람을 억지로 이끌고 가고 싶지도 않소이다. 이제 우리 파업을 파괴하려는 자들이 기차로 한가득 올 것이오. 우린 시내로 가서 그들을 저지시킬 계획이오. 설득을 시켜 보고, 안 되면 싸움을 벌일 수밖에 없소. 어떻게들 생각하시오?」

동의한다는 웅성거림이 일어났다.

「좋소. 그러면 우리 행진해 나갑시다. 각자 자기 조원들을 잘 단속하시오. 조용히 시키고 도로 한쪽을 따라 가도록 주지시키시오.」 데이킨은 싸늘하게 웃으며 말을 이었다. 「뭐 누가 돌을 주머니에 집어넣거든 그건 그냥 내버려 두시오.」

사람들은 데이킨의 말을 알아듣고 웃음을 터뜨렸다.

「좋습니다. 알았으면 가서 각 조원들에게 말을 전하시오. 출발하기 전에 사람들 사기를 좀 돋워 주어야겠소이다. 그리고 한 백 명 정도는 여기 천막촌을 지키도록 남겨 두어야 할 것 같소. 자, 그럼 가서 아침들 드시오.」

사람들이 흩어지더니 난롯가로 서둘러 갔다. 맥과 짐은 조장들이 서 있던 곳으로 걸어 나왔다. 그때 런든이 입을 열었다. 「저 사람들, 싸움 잘할 것 같지가 않아. 끈질겨 보이지 않는단 말일세.」

「너무 이른 아침이라서 그럴 거요.」 맥이 그를 안심시켰다. 「아직 커피들도 안 마셨죠, 아마. 사람들은 밥을 먹고 나면 달라지는 법이죠.」

데이킨이 물었다. 「당신들도 같이 갈 겁니까?」

「물론이오. 아 참, 데이킨, 식량과 물자를 가져올 사람을 몇 명 보내야겠소. 그리고 전갈이 오면 차 몇 대 보내 물건을 싣고 올 수 있도록 준비 좀 해주시오.」

「알겠소이다. 오늘 밤까지는 가져와야 될 것 같소. 그놈의 콩도 다 떨어져 가고 있죠. 이 엄청난 사람들을 먹이려면 여간해서는 안 될 것 같소.」

버크가 입을 열었다. 「그놈의 깡패들이 기차에서 내리자마자 혼란을 일으켰으면 좋겠습니다. 겁먹고 도망가게 말입니다.」

「먼저 말로 시작하는 게 더 나을 거요.」 맥이 말했다. 「만일 먼저 말로 그들을 잘 설득시키면 반 정도는 우리 편으로 넘어올지도 모르기 때문이오. 무턱대고 달려들면 그 사람들 가운데 겁먹는 사람들도 있겠지만 열 받아서 흥분하는 자들도 생기게 될 거요.」데이킨은 맥이 말하는 동안 의심스러운 눈초리로 그를 쳐다보고 있었다.「어찌 되었건 자, 움직입시다. 나는 여기 지킬 사람들을 좀 뽑아야겠소. 닥과 그 밑에 있는 사람들은 남아서 천막을 깨끗이 청소해야 할 테고……. 내 트럭으로 가야겠소. 런든과 버크도 같이 갑시다. 여기 이 고물차들은 남겨 놓는 게 좋을 것 같군.」

허름한 차림새의 노동자들이 긴 행렬을 이루어 출발할 때쯤 해가 솟기 시작했다. 조장들은 자기 수하의 사람들을 도로 한쪽으로 걸어가도록 단속하였다. 누군가가 내뱉은 말이 짐의 귀에 들려왔다.「흙덩이 따윈 집지 말라고. 철도 부지로 들어설 때까지 기다려. 거기 가면 침목 주위에 단단한 화강암 돌멩이들이 많이 있단 말이야.」

노랫소리가 흘러나왔다. 제대로 훈련되지 않은 사람들이 부르는 곡조도 안 맞고 음정도 불안한 그런 노랫소리였다. 데이킨의 녹색 쉐보레 트럭이 저속 기어로 천천히 움직이며 선두에 섰고, 그 뒤로 사람들의 대오가 형성되었다. 천막 숙사에 부녀자들과 함께 남겨진 노동자들은 잘 다녀오라는 소리들을 질러 댔다.

그들이 출발하자마자 열 대의 경찰 오토바이가 나타나더니 행렬을 감시하며 천천히 따라나섰다. 도로를 따라 1킬로미터쯤 행진했을 때 사람들이 가득 탄 커다란 무개차가 행렬의 선두 쪽으로 달려 나오더니 길을 가로막으며 멈추었다. 차에 탄 사람들은 모두 총을 들고 있었으며 경찰 배지도 달고 있었다. 운전석에 앉아 있던 사람이 의자 위에 올라서더니 큰 소리로 외쳤다.「여러분, 질서를 지켜야 합니다. 명심하시오, 질서를 지켜야 합니다. 교통에 방해가 되지 않는 한 여러분의 행진을 가로막지는 않겠습니다. 어느 누구의 통행에도 방해가 되어서는 안 됩니다. 알겠습니까?」 그러더니 그는 다시 운전석에 앉아 차를 몰고는 데이킨의 트럭 앞에서 행진을 선도해 나갔다.

짐과 맥은 데이킨의 트럭에서 50보 정도 떨어져서 걸어가고 있었다. 맥이 입을 열었다. 「저치들이 우릴 위해 환영 위원단을 구성했군. 고맙지 뭐야, 안 그래?」 주위에 있던 사람들이 킥킥댔다. 맥은 계속 말을 이었다. 「저놈들 〈당신들은 파업할 권리를 가지고 있소. 그러나 감시 조를 배치서는 안 되오〉라고 말들 하지만 그렇게 하지 않고서는 파업이 제대로 이루어지지 않는 걸 모르는 모양이지?」 이번에는 아무런 웃음소리도 들리지 않았다. 사람들이 투덜거리는 소리를 내었지만 무슨 분노 같은 것은 전혀 담겨 있지 않았다. 맥은 초조한 기색으로 짐을 바라보며 목소리를 낮추어 말을 걸었다. 「이런 분위기는 딱 질색이야. 이자들 아직 흥분되지 않았어. 조만간 무슨 일이 터져서 이자들을 발광하게 해달라고 예수에게 기도라도 해야 되겠구먼. 이러다간 이번 파업 어이없이 끝나 버리고 말겠어.」

무질서한 노동자들의 행렬은 시내로 들어서자 보도에 바짝 붙어서 행진을 계속하였다. 여전히 아무 말들은 안 했지만 대부분의 얼굴에는 조금 부끄러워하는 표정들의 깃들어 있었다. 집집마다 사람들이 창문을 통해 노동자들의 행렬을 지켜봤으며, 잔디밭에 서서 구경하던 아이들이 부모들의 손에 이끌려 집 안으로 끌려 들어가기도 하였다. 거리에는 나다니는 사람들도 거의 없었다. 느린 행렬과 보조를 맞추느라고 오토바이를 탄 경찰들은 이따금씩 땅에 발을 내려 오토바이의 균형을 잡기도 했다. 경찰차의 호위를 받으며 행렬은 거리 뒤쪽을 돌아 마침내 역에 도착하였다. 그러나 그곳에 총과 최루탄을 든 스무 명의 경찰이 지키고 서 있는 바람에 노동자들은 철도 부지의 가장자리를 따라 걸음을 멈출 수밖에 없었다.

데이킨도 가장자리에 트럭을 세웠다. 노동자들은 아무 말 없이 팔을 벌리고 경찰들과 마주섰다. 데이킨과 런든은 빽빽이 늘어선 사람들 앞으로 왔다 갔다 하며 지시를 하고 있었다. 되도록이면 경찰과 충돌을 일으키면 안 된다는 것이었으며, 우선 대화부터 시작해야 한다는 것이었다.

철도 부지에는 두 대의 냉동 열차가 길게 늘어서 있었다. 짐이 곁에 있는 맥에게 말을 걸었다. 「혹시 화물차를 저 위쪽 선로에 세워 사람들을 내리게 하는 게 아닐까요? 그러면 그들을 설득할 기회가 없지 않습니까?」

맥이 고개를 가로저었다. 「혹 나중엔 그럴지도 몰라. 하나 지금 놈들은 한번 붙어 줬으면 싶을 거야. 우릴 겁먹게 할 수 있다고 생각하고 있는 거지. 제기, 기차가 빨리 들어오면 좋겠는데 말이야. 우리 같은 사람들에겐 기다리는 게 아주 지랄 같은 거라고. 너무 많이 기다리면 이 사람들 슬슬 겁이 날 거란 말이야.」

사람들은 땅바닥에 주저앉아 기다렸다. 바짝 밀착해서 앉아 있는 사람들 사이에서 수군대는 말소리가 퍼져 나오기 시작했다. 노동자들은 안쪽 가장자리를 에워싸는 모양으로 앉아 있었고, 한쪽 옆에는 철도 경비원들이, 그리고 다른 한쪽 옆에는 오토바이를 탄 경찰들과 보안관들이 지켜 서 있었다. 노동자들은 초조하면서도 부끄러운 표정들을 지었다. 보안관들은 양손으로 총을 잡고 〈앞에총〉 자세를 취하고 있었다.

「놈들도 겁을 먹고 있어.」맥이 말했다.

런든은 노동자들을 재차 안심시키고 있었다.「총은 쏘지 않을 거요. 총 쏠 여유가 없어요.」

그때 누군가가 소리를 질렀다.「기차가 역 구내로 들어왔다!」선로 저 먼 곳에서 까치발 신호기가 나무 팔대를 들어 올리고 있었다. 나무들 위로 한 줄기 연기가 보이더니 선로 위에 바퀴 구르는 소리가 점점 가까워졌다. 사람들이 일어서서는 선로 쪽으로 목을 길게 빼고 바라보았다. 런든의 목소리가 크게 울려 퍼졌다.「자, 각 대원들을 정렬시키시오.」

검은 기관차에 매달린 화물 차량들이 서서히 모습을 드러내었다. 차량의 문마다 문가에 사람들의 다리가 보였다. 바퀴 아래로 증기를 뿜어 대며 천천히 굴러 들어온 기관차는 측선으로 빠지더니 브레이크를 걸었다. 차량들이 함께 삐걱대는 소리가 들려왔고, 기관차는 칙칙거리는 배기음을 내면서 멈추었다.

철도 부지에서 보아 거리 건너편에는 다 쓰러질 듯한 상점들과 레스토랑들이 줄지어 서 있었고, 그 위층에는 허름한 하숙집들이 들어서 있었다. 그쪽 방 창문에서 많은 남자들이 고개를 내밀어 구경을 하고 있는 모습이 보였다. 맥은 어깨 너머로 그쪽을 홀긋 쳐다보면서 말했다.「저놈들 표정, 꼴도 보기 싫어.」

「왜 그러세요?」짐이 물었다.

「그냥. 여자들도 좀 있어야 되는데 말이야. 여자는 한 명도 안 보이니······.」

유개 화차의 문가에는 파업 파괴 노동자들이 앉아 있었고, 그 뒤에도 많은 사람들이 서 있는 모습이 보였다. 그들은 불안한 표정을 지었고 어느 누구도 기차에서 내리려고 하지 않았다.

그때 런든이 앞쪽으로 걸어 나와서는 경비원 가까이 다가섰다. 그러자 경비원은 총구를 돌려 런든의 복부를 겨냥하고는 한 걸음 뒤로 물러섰다. 기관차는 기력이 다한 거대한 짐승처럼 계속 규칙적으로 배기음을 발하고 있었다. 런든이 손을 입에 모으고는 큰 소리로 외쳐댔다. 「여보게 친구들, 이쪽으로 건너오시오. 싸움은 하지 맙시다. 경찰을 도와주는 꼴이 돼서는 안 됩니다.」 그러나 그의 목소리는 증기가 분출되는 요란한 소리 때문에 잘 들리지 않았다. 기관차 옆에서 분출되는 하얀 증기의 폭발음이 런든의 목소리를 덮는 바람에 아무 소리도 안 들리고 오직 휙휙거리는 날카로운 소음만이 들릴 뿐이었다. 파업 노동자들의 대오 가운데 부분이 조금씩 앞으로 부풀어 나오더니 경비 대원들을 향해 사뭇 위압적인 태도로 움직였다. 총구들이 움직이며 대오를 가로막고 나섰다. 경비 대원들의 얼굴은 경직되어 있었고 그들의 위협에 노동자들은 멈출 수밖에 없었다. 요란한 소리를 내며 뿜어져 나온 기차의 증기가 하얀 깃털처럼 솟아오르더니 작은 솜털처럼 부서져 버렸다.

한 유개 화차의 입구에서 사람들의 들끓는 소동이 시작되었다. 입구에 앉아 있던 파업 파괴 노동자들 사이로 한 사람이 비틀거리며 빠져나오더니 땅바닥으로 내려섰다.

맥이 짐의 귀에다 대고 소리쳤다. 「아니 저건, 조이잖아!」

난쟁이처럼 보기 흉하게 생긴 조이는 기차 문가에 있는 사람들을 쳐다보면서 팔을 급하게 흔들었다. 여전히 증기 분출되는 소리가 시끄럽게 들려왔다. 문가에 있던 사람들이 기차에서 내려서더니 미친 듯이 움직이는 조이 앞에 멈춰 서기 시작했다. 그러자 조이는 뒤로 돌아 파업 노동자들을 향해 손을 흔들었다. 그의 얼굴은 두들겨 맞은 사람처럼 온통 일그러져 있었다. 그 뒤에서 대여섯 사람이 대오를 정렬하더니 전체가 파업 노동자들을 향해 천천히 움직였다. 경비 대원들은 초조한 듯 양쪽의 노동자들을 이리저리 살피면서 옆길로 비켜섰다.

그때, 증기 분출음 속에 섞여 째지는 듯한 세 발의 총성이 들렸다. 맥은 얼른 상점가 쪽을 돌아보았다. 사람들의 머리와 총이 창문에서 급히 사라지더니 창문이 내려지고 있었다.

조이가 눈을 크게 뜨고 서 있었다. 벌린 그의 입에서 한 줄기 피가 흘러내려 턱을 따라 셔츠까지 적시고 있었다. 그는 눈을 부릅뜨고 사람들의 무리를 휘휘 둘러보더니 얼굴을 바닥에 처박으며 고꾸라졌다. 그는 곧 손가락으로 땅바닥을 긁으며 기어 나오려고 무진 애를 썼고, 경비 대원들은 바닥에 쓰러진 채 발버둥치는 그의 모습을 믿기 어렵다는 눈초리로 쳐다보고 있었다. 갑자기 증기 분출이 멈춰지고 사람들 사이로 소리의 파장처럼 적막감이 감돌기 시작했다. 파업 노동자들은 꿈꾸는 듯한 묘한 얼굴을 한 채 미동도 않고 서 있었다. 조이는 마치 도마뱀처럼 팔을 버티고 몸을 일으켰지만 이내 다시 쓰러지고 말았다. 철도 노반의 부서진 암반으로 검붉은 핏줄기가 흘러내렸다.

노동자들 사이에서 기이하면서도 둔중한 움직임이 일기 시작했다. 런든이 나무처럼 꼿꼿이 서서 앞으로 걸어 나갔으며, 다른 노동자들도 앞으로 나갔다. 모두가 완강한 태도였다. 경비 대원들은 총을 겨누었지만 아랑곳하지 않은 채 쳐다보지도 않고 전진하였다. 또한 유개 화차가 사람들을 토해 내고, 그 사람들도 아무 말 없이 천천히 걸어 나오자 경비 대원들은 황급히 길을 비킬 수밖에 없었다. 노동자들 줄의 양 끝이 구부러지면서 죽은 조이의 시체를 가운데 두고 둥그렇게 늘어섰다. 그 모양은 마치 중심을 향해 모여든 양 떼 같았다.

짐은 몸을 부르르 떨면서 맥의 팔을 잡았다. 맥이 뒤를 돌아다보면서 중얼거렸다. 「그는 생애 처음으로 진짜 유익한 일을 한 거야. 불쌍한 조이…… 그는 해냈어. 자신도 기쁠 거야. 저 경찰 놈들을 보라고. 짐, 내 팔 좀 놔. 겁내지 말게. 저놈들을 좀 쳐다봐!」

경비 대원들은 모두가 겁에 질린 표정이었다. 폭동도 진압시키고 싸움도 중단시킬 수 있는 그들이었지만, 몽유병자들처럼 두 눈을 크게 뜨고 아무 말 없이 천천히 움직이는 노동자들의 모습에는 기가 질리지 않을 수 없었다. 그래도 그들은 자기 위치를 고수하였지만, 보안관은 여차하면 내빼려는 듯 차의 시동을 걸어 두고 있었고, 오토바이를 타고 온 경찰들도 그들의 오토바이가 주차해 있는 곳으로 슬슬 다가가고 있었다.

파업을 파괴하러 온 노동자들도 이제는 차에서 다들 내려온 상태였다. 몇몇이 유개 차량 사이나 바퀴 아래로 기어 들어가거나 혹은 반대편 쪽으로 도망쳤지만 대부분은 조이가 쓰러져 있는 곳으로 빽빽이 몰려들고 있었다.

맥은 무리들의 외곽에 데이킨이 서 있는 것을 보았다. 데이킨의 작고 희멀건 눈이 정면을 주시하더니 전혀 움직이지 않았다. 맥은 데이킨이 있는 곳으로 걸어갔다. 「저 친구를 당신 트럭에 싣고 천막으로 갑시다.」

데이킨이 천천히 뒤를 돌아다보았다. 「우리가 손을 대선 안 됩니다, 경찰이 거두어 가야지요.」

맥이 몹시 화난 투로 말했다. 「경찰 놈들은 저쪽 창가의 사람들을 붙잡아야 되는 거 아니오? 경찰이라고 하는 놈들을 좀 보시오. 새파랗게 질려 있소. 내 다시 말하지만, 우리가 시신을 가져가야 되오. 우리 노동자들의 사기를 북돋우고 강철같이 단결시키기 위해서는 저 시신이라도 이용해야 하는 거요. 분명 강철같이 뭉쳐서 투쟁을 하게 될 거요.」

데이킨의 얼굴이 일그러졌다. 「당신은 정말 냉혈한이오. 오로지 〈파업〉 생각만 하는 겁니까?」

짐이 그들의 대화에 끼어들었다. 「데이킨, 저 작은 친구는 우릴 도우려다가 총에 맞은 겁니다. 이제 죽어서까지 우릴 돕겠다는데 그걸 막겠단 말입니까?」

데이킨의 눈길이 맥에게서 짐에게로 천천히 움직이더니 맥에게 되돌아갔다. 「그가 무슨 행동을 하려고 했는지 당신들이 어떻게 압니까? 그 듣기 싫은 증기 소리밖에는 아무것도 안 들렸는데 말이오.」

「우리가 잘 아는 사람이오.」 맥이 말했다. 「우리 동지란 말이오.」

데이킨의 눈에는 혐오스러워하는 빛이 가득 차 있었다. 「당신들 동지라고요? 그러면 왜 편안히 잠들도록 내버려 두지 않는 겁니까? 당신들은 그를 이용하려 하고 있소. 정말 냉혈한들이오.」

맥이 냅다 소리를 질렀다. 「당신이 어떻게 안단 말이오? 조이는 편안히 쉬는 거 모르는 사람이오. 방법을 몰라서 그렇지, 조이는 뭔가를 하고 싶었단 말이오.」 흥분된 맥의 목소리는 점점 더 치솟기 시작했다. 「지금 저 친구, 죽어서도 일하고 싶어 하는데 당신이 못 하게 하고 있는 거란 말이오.」

맥의 목소리를 듣고 많은 사람들이 고개를 돌려 쳐다보았다. 그러나 정말 무슨 일인가 하는 호기심 어린 눈초리들은 아니었다. 데이킨은 한 번 더 맥을 빤히 쳐다보았다. 「그럼, 따라오시오.」 그들은 빽빽이 밀집되어 있는 사람들 틈 사이로 비집고 들어갔지만 사람들은 좀처럼 물러서지를 않았다.

맥이 소리를 질렀다. 「이보시오, 친구들. 좀 들어갑시다. 저 불쌍한 친구를 이곳에서 옮겨야 합니다.」 사람들은 뒤로 물러나면서 작은 통로를 만들어 주었다.

런든도 합세를 해서 안으로 파고드는 것을 도와주었다. 조이는 완전히 숨을 거둔 상태였다. 사람들이 조이가 누워 있는 주변을 조금 터주자 런든은 조이의 몸을 뒤집더니 흙과 피가 범벅이 된 조이의 입을 닦아 내기 시작했다. 감기지 않은 조이의 두 눈에는 음흉한 기운이 감돌았으며 입가에는 잔인한 미소가 살아 있었다.

런든의 행동을 본 맥이 소리를 질렀다. 「그냥 놔두시오, 런든. 그대로 놔두란 말이오, 있는 그대로.」

런든은 조이의 시신을 자신의 팔로 들어 올렸다. 널찍한 런든의 가슴에 조이의 몸집이 더욱 작아 보였다. 이번에는 사람들이 쉽게 길을 열어 주었다. 런든이 앞으로 걸어 나가고 다른 노동자들도 대충 열을 지어 그 뒤를 따라갔다.

데이킨의 밝은 녹색 트럭 옆에는 보안관이 부하들을 대동하고 서 있었다. 런든이 걸음을 멈추자 뒤따라오던 노동자들도 걸음을 멈추었다. 「그 시신을 건네주시오.」 보안관의 말이었다.

「아니되오. 넘겨줄 수 없소이다.」

「당신네 노동자들이 그 사람을 쏜 것이오. 고발해야겠소. 검시관에게 보여야 하니 빨리 넘겨주시오.」

런든의 눈은 붉게 이글거렸지만 그의 목소리는 진정되어 있었다. 「이것 보시오, 보안관. 이 사람을 누가 죽였는지 당신이 잘 알지 않소. 누가 쐈는지 알면서 왜 이러는 거요? 법을 집행하는 사람들이 법을 지키지 않는다는 게 말이나 될 법한 소리요?」 노동자들은 가만히 듣고만 있었다.

「다시 한번 말하지만, 시신을 넘겨주시오.」

마치 호소라도 하듯 런든이 다시 말했다. 「무슨 말인지 모르겠소? 여기에서 당장 떠나지 않으면 목숨을 부지할 것 같소? 못 알아듣겠소? 더 이상 말 씨불이면 어떻게 되는지 아는 거요, 모르는 거요?」

노동자 무리 가운데서 거친 숨소리가 들려왔다. 「두고 봅시다.」 보안관은 이렇게 말하고 물러설 수밖에 없었다. 부하들도 따라 물러섰다. 울분을 참는 듯한 노동자들의 숨소리가 나지막하게, 마치 신음 소리처럼 흘러나왔다. 런든은 조이를 트럭 후미의 판자에 올려놓고 차에 오르더니 조이의 몸을 앞으로 들어 올려 운전석 뒤에 기대어 놓았다.

데이킨은 차를 뒤로 돌려 도로를 따라 천천히 몰기 시작했다. 그러자 험악한 표정의 노동자들이 느릿느릿 그 뒤를 따라 걸었다. 그들은 아무 소리도 내지 않고 무거운 발걸음을 터벅터벅 내디디며 걸어 나갔다.

이번에는 경찰 오토바이들이 뒤따르지 않았다. 그들이 행진하는 길가에도 사람들의 모습이라곤 찾아볼 수가 없었다. 맥과 짐은 트럭 한쪽 옆에 약간 떨어져서 걸어갔다. 「자경 대원들 짓입니까, 맥?」

「그래. 그러나 이번엔 놈들이 도를 넘어선 거야. 모든 게 놈들에게 악재를 더해 준 거지. 그 증기 소리 때문이야. 만일 우리 노동자들이 총소리만 더 분명하게 들었어도 모두 도망가느라 바빴을 거야. 한데 그놈의 증기 소리가 너무 컸던 거지. 또 너무 일찍 그쳐 버렸으니 겁에 질릴 틈이 없었지. 그래, 놈들이 실수한 거야.」

그들은 무리를 지어 걸어가는 노동자 행렬 옆을 따라 터덜터덜 걸어갔다. 「맥, 도대체 그 자경 대원이란 놈들, 어떤 놈들입니까? 어떤 사람들이에요?」

「어느 지역에서건 최고로 더러운 자식들이지. 그놈들이 바로 전쟁 기간 동안 독일계 늙은 노인네들 집은 불 지른 자식들이라고. 또 흑인들을 폭행한 놈들도 바로 그놈들이지. 매사에 잔인한 놈들이야. 사람들에게 폭행을 가하고, 그러면서 애국심이니 헌정 수호니 하며 그럴싸한 명분을 갖다 붙이는 졸렬한 인간들이지. 그러나 놈들은 또 옛날 흑인 학대자였던 놈들의 하수인에 불과해. 농장주 놈들이 그 자식들을 이용해 먹으면서 빨갱이로부터 주민들을 보호해야 된다고 지껄이거든. 놈들이 방화를 저지르고, 사람들을 고문하고, 때리고 해도 아무런 위험이 없으니 말이야. 그리고 그게 또 놈들이 바라는 짓거리들이기도 하지. 용기도 없는 놈들이야. 숨어서 총질을 해대는 자식들이 무슨 용기가 있겠어? 10대 1 정도 수적으로 우세해야 한 사람에게 뭇매질을 가하는 놈들이야. 내겐 인간쓰레기 같은 놈들로밖에 안 보여.」 맥은 트럭에 실린 조이의 시체를 쳐다보더니 다시 말을 이었다. 「전쟁이 일어나고 있을 때 우리 마을에 땅딸막한 한 독일 출신 양복장이가 있었어. 애국자라고 자처하는 그놈들이 한 50명 몰려가서는 그 사람 집에 불 지르고 그 친굴 얼마나 두들겨 팼는지 꼭 개구리 뻗은 것 모양 쭉 뻗어 버렸다니까. 그놈들 대단한 놈들이지. 얼마 전에는 등유 탱크에 예광탄을 쏴서 노동자 합숙소를 폭삭 태워 버리기도 했지. 성냥불로 불 지를 용기도 없는 자식들이 말이야.」

노동자들의 행렬은 커다란 흙먼지를 일으키면서 시골 길로 접어들었다. 이제는 서서히 꿈에서 깨어나는지 나지막한 목소리로 얘기를 주고받기도 하였다. 그들의 발걸음은 땅바닥에 무겁게 끌리고 있었다. 「불쌍한 조이, 참 좋은 친구였는데…… 너무 많이 맞았어요. 꼭 제 아버님을 연상케 했어요. 항상 미친 듯이 흥분하셨거든요.」

맥이 짐을 토닥거려 주었다. 「너무 안됐다는 생각 갖지 말게. 자신이 무슨 일을 했는지 알면 조이는 아마 되게 뽐낼걸. 그 친군 항상 사람들의 선두에 서고 싶어 했는데…… 지금, 죽어서 그 소망을 이룬 거야.」

「그, 파업을 파괴하러 온 일꾼들은 어떻게 되는 겁니까, 맥? 여기에도 한 떼가 섞여 있는 것 같던데…….」

「그래, 한 떼가 넘어왔지. 하지만 대부분은 내뺐어. 우리 노동자들 가운데도 도망친 사람들이 있지. 대충 전체 숫자는 처음 출발할 때하고 비슷하게 됐을걸세. 왜 그, 기차 바퀴 아래로 기어 들어가 도망치는 사람들 봤지? 여기 이 사람들 좀 보게. 이제 깨어나고 있구먼. 잠시 가스탄을 맞았던 사람들 같군. 그럴 때가 가장 무서운 때야.」

「경찰들도 그걸 알고 있는 것 같던데요.」

「암, 물론이지. 사람들이 모여서 아무 소리도 안 내고 사자(死者)의 상판처럼 그런 얼굴을 하면 아무리 경찰이라 해도 길을 비켜야지, 별 수 있겠어?」

행렬이 앤더슨 농장 가까이까지 다다랐을 때 짐이 물었다. 「이젠 어떻게 해야죠, 맥?」

「장례식을 치르고 감시 조를 배치해야지. 이제부터 본격적으로 시작하는 거야. 놈들도 새 노동자들을 트럭으로 실어 들이겠지.」

「맥, 아직도 우리가 이기지 못할 거라고 생각합니까?」

「모르겠네. 놈들이 이 지역을 너무 잘 조직화했단 말이야. 빌어먹을, 대단히 잘도 해놨어. 극소수의 사람이 모든 걸 통제하게 되면 일이 그리 어렵지 않거든. 가령 말이야, 토지와 법원과 은행을 소수의 사람이 손아귀에 넣으면, 그놈들이 대출도 마음대로 중단할 수 있지, 공개 재판도 하지 않고 투옥시킬 수 있지, 게다가 언제라도 많은 사람들을 돈으로 매수할 수가 있는 거야.」

데이킨은 야영지의 차들이 늘어서 있는 한쪽 끝에 차를 세우더니 후진하여 주차시켰다. 천막을 지키던 노동자들이 속속 몰려들어 되돌아온 노동자들과 한데 섞여 버렸다. 얘기라도 들어 보겠다고 점점 더 많은 사람들이 모여들었다. 버튼도 데이킨의 트럭이 세워진 곳으로 걸어갔다. 런든이 천천히 몸을 일으켰다. 큼직한 그의 푸른색 셔츠 앞부분에는 조이의 피가 줄무늬처럼 묻어 있었다. 조이의 시체를 본 버튼이 물었다. 「죽었습니까?」

「총에 맞았소.」 런든이 대답했다.

「제 천막으로 옮기시지요. 한번 살펴봐야겠습니다.」 그때 천막들이 들어선 곳의 뒤쪽에서 거품을 내뿜는 듯한 목쉰 소리가 터져 나왔다. 모든 사람들이 놀란 나머지 몸을 움츠리며 뒤를 돌아다보았다. 그러자 버튼이 말했다. 「아, 저거 돼지 잡는 소립니다. 우리 차 한 대가 쌩쌩한 돼지 한 마리를 싣고 왔었거든요. 자, 시신을 제 천막으로 옮기시죠.」

런든이 지친 듯한 태도로 허리를 굽히더니 다시 조이의 시체를 팔에 안았다. 사람들의 무리가 그를 뒤따라가더니 커다란 군용 천막 주변을 빙 둘러쌌다. 맥과 짐은 버튼을 따라 천막 안으로 들어갔다. 버튼이 피가 굳은 채 엉겨 붙어 있는 셔츠의 단추를 풀고 가슴의 상처 부위를 들추어내는 동안 그들은 잠자코 지켜보고 있었다. 「그래, 이거군. 이런 상처라면 별 도리 없지.」

「그를 알아보겠소, 닥?」

버튼은 일그러진 시체의 얼굴을 자세히 들여다보았다. 「전에 본 적이 있는 것 같기도 합니다.」

「그럴 거요. 조이요. 저 친구 몸의 정골 치료는 당신이 거의 도맡아 하지 않았소?」

「그런데, 이번엔 완전히 끝나 버렸군요. 작지만 단단한 사람이었는데…… 이 시신은 시내로 보내야 합니다. 검시관이 봐야 하거든요.」

런든이 말했다. 「보내면 그놈들이 암매장해 버릴 거요.」

맥이 말했다. 「다시 이곳으로 가져올 수 있도록 사람 몇 명을 딸려 보내면 될 것 같소. 놈들이 시신을 돌려줄 때까지 검시장에 감시 대원들을 배치합시다. 그 자경 대원 놈들, 이제는 놈들이 얼마나 잘못했는지 알고 있을 거요.」

데이킨이 천막 덮개를 열어젖히면서 안으로 들어왔다. 「사람들이 돼지고길 볶고 있소이다. 정말 빨리도 자르더군.」

맥이 말했다. 「데이킨, 사람들 좀 시켜서 무슨 연단 같은 것 좀 만들 수 없겠소? 관을 올려놓을 장소가 좀 필요해서 그러오. 그리고 당신도 연설을 해야 하는데 좀 올라가서 해야 되지 않겠소?」

「뭐 자랑하고 싶어서 그러시오?」

「말 함부로 하지 마시오! 당신은 나를 좀 잘못 생각하고 있는 것 같소, 데이킨. 우리가 뭘 가지고 싸우고 있소? 돌멩이 아니면 몽둥이요. 인디언들은 활과 화살이라도 있었소. 그렇지만 우리가 우리 자신을 보호한다고 작은 총 한 자루라도 쥐어 보시오. 놈들이 분명 혁명을 패퇴시킨다고 군대를 동원할 거요. 우리에게는 싸울 무기가 없소. 그러나 우리가 사용할 수 있는 거라면 뭐든지 다 사용해야 하는 거요. 저 사람, 내 친구였소. 내 말대로 믿어 보란 말이오. 저 친군 우리가 이용할 수 있는 한 자기가 이용되길 원하고 있을 거요. 저 친굴 이용해야 한단 말이오.」 맥은 잠시 말을 멈추었다가 다시 이었다. 「데이킨, 무슨 말인지 모르겠소? 만일 우리가 공개로 장례식을 치르면 많은 사람들이 우리 편으로 기울 것이오. 우린 여론을 등에 업어야 하는 거요.」

런든이 천천히 고개를 끄덕였다. 「이 사람 말이 옳소, 데이킨.」

「좋소, 런든 당신이 원한다면 그렇게 하겠소. 대신에 연설은 누구 다른 사람이 해줬으면 좋겠소. 난 안 하겠수다.」

「그렇담 내가 하지.」 런든이 소리쳤다. 「난 저 작은 친구가 우리 쪽으로 걸어오는 것도 봤고, 총에 맞는 것도 봤소. 자네가 못하면 내가 연설하지, 뭐.」

「영화배우 콕 로빈이 말하는 것 같군요.」 버튼의 말이었다.

「뭐라고요?」

「아닙니다. 그냥 해본 말입니다. 이 시신, 빨리 입관해서 검시관에게 넘기는 게 좋을 것 같습니다.」

런든이 말했다.「그럼 몇 사람 같이 딸려 보내겠소.」

곧이어 천막 밖에서 짐의 목소리가 들려왔다.「오, 맥, 잠깐 나와 보세요. 앤더슨 씨가 뵙자고 합니다.」

맥은 얼른 밖으로 나갔다. 앤더슨은 짐과 함께 서 있었는데 몹시 지치고 그새 더 늙어 보였다.「당신들 때문에 망했어.」목소리가 몹시 격해 있었다.

「무슨 일이 있었습니까, 앤더슨 씨?」

「당신들이 우릴 보호해 준다고 하지 않았나?」

「그랬지요. 여기 있는 사람들이 어르신네를 지켜 줄 것이오. 그런데 대체 무슨 일입니까?」

「무슨 일인지 말하겠네. 간밤에 일단의 사람들이 앨의 식당차를 전소시켜 버렸단 말일세. 또 앨을 깔고 뭉개는 바람에 그놈, 팔이 부러지고 갈비뼈가 여섯 개나 나갔어. 식당차를 불태워 버렸단 말일세.」

「저런!」맥이 말했다.「그것까진 미처 생각하지 못했군요…….」

「자네는 생각을 못했는지 몰라도 놈들은 생각했단 말일세.」

「앤더슨 씨, 앨은 지금 어디 있습니까?」

「집에 있네. 병원에 있는 걸 내가 데려올 수밖에 없었어.」

「의사를 부르죠. 우리도 가서 만나 보겠습니다.」

「1천8백 달러!」앤더슨이 고함을 질렀다.「아들놈이 얼마쯤 모으고 내가 좀 빌려 줘서 장만한 건데, 당신들이 오는 바람에 망한 거란 말이네. 이제 걔는 빈털터리가 되어 버렸어.」

「정말 죄송합니다.」

「당연히 미안하겠지. 그렇다고 식당차가 돌아오나, 부러진 팔과 갈비뼈가 고쳐지나? 뭐, 그리고 나를 보호해 주겠다고?

다음번엔 우리 집을 불태울 거야!」

「집 주변에 감시원을 배치해 드리겠습니다.」

「감시원, 좋아하네. 이 게으름뱅이 건달 같은 자들이 무슨 소용이 있어? 내 당신들을 이곳에 들이지 말았어야 했는데…… 당신들이 나를 망쳐 놓은 거야.」 그의 목소리는 점점 더 째지는 듯한 날카로운 고음으로 되어 갔다. 주름 잡힌 눈엔 눈물마저 고여 있었다. 「당신들이 나를 망쳐 놓았어, 당신들이 말이야. 그래, 이게 돼먹지 않은 과격분자들과 어울린 대가지…….」

맥은 앤더슨을 달래느라고 진땀을 흘렸다. 「자, 자, 가서 앨을 한번 좀 만나 보죠. 멋진 친구예요. 한번 만나 보고 싶습니다.」

「얻어터져 엉망진창이야. 머리도 차였단 말이네.」

사람들이 앤더슨의 고함 소리에 무슨 일인가 하고 들썩거리기 시작하자, 맥은 앤더슨을 슬슬 밀어내기 시작했다. 「그런데 왜 우릴 나무라시는 겁니까? 우리가 한 게 아니잖아요. 어르신 이웃들 짓 아닙니까?」

「물론 그렇지. 하나 우리가 당신들과 어울리지만 않았어도 그런 일은 일어나지 않았을 게 아닌가?」

맥이 못 참겠다는 듯 화를 내기 시작했다. 「아니, 내 말 좀 들어 보세요. 어르신네가 날벼락 맞았다는 건 잘 알겠습니다. 어르신네나 나 같은 별 볼일 없는 존재들은 어느 때고 날벼락 맞게 되어 있습니다. 그래서 우리가 앞으로는 어르신네가 그렇게 되지 않도록 노력하는 거 아닙니까?」

「그 식당차, 1천8백 달러짜리란 말일세. 또 내가 시내만 나가도 사람들이 돌팔매질할 거야. 당신들이 한 일이란 게 우리 집을 파멸시킨 것뿐이라고.」

맥이 물었다. 「앨은 어떻게 생각하고 있습니까?」

「그놈도 진짜 빨갱이가 다 됐어. 식당차 불태운 사람들한테만 이를 갈고 있으니, 원…….」

「앨이 똑똑하군요.」 맥이 말했다. 「그래도 앨은 전체를 볼 줄 아는 겁니다. 어차피 어르신네도 쫓겨났을 거예요. 하지만 지금은 어르신네가 내쫓긴다 해도 어르신네를 지지하는 사람이 무더기로 있는 겁니다. 여기 이 사람들, 어르신네가 베푼 은덕을 결코 잊어버릴 사람들이 아닙니다. 오늘 밤 어르신 집에 감시 조를 배치시키겠습니다. 그리고 의사를 빨리 오라고 해서 앨을 한번 보도록 하겠습니다.」

앤더슨은 말없이 돌아서서 발걸음을 옮겼다.

녹슨 난로에서 피어난 연기들이 천막 숙사 위에 낮게 깔려 있었으며, 사람들은 돼지고기 냄새가 나는 쪽으로 옮겨 가고 있었다. 맥은 걸어가는 앤더슨의 뒷모습을 물끄러미 바라보았다. 「짐, 당원이 된 소감이 어떤가? 자네가 그 소감을 낭독하면 멋질 텐데 말이야. 낭만적이겠지. 여자들은 눈만 뜨면 〈상류 계급〉이 어떠니 불평하고 〈억압받는 노동자〉들에 대해 불만을 늘어놓지. 그게 정말 중요한 거라고, 짐. 앨이 안됐어. 그 친구한텐 식당차가 온 세상보다 더 큰 것이었는데 말이야. 나에게 책임이 있지, 빌어먹을. 내 자네를 이곳에 데려와 뭔가 가르쳐 주고 자신감도 불어넣어 주려고 했는데, 투덜거리며 시간을 다 보내고 있으니…… 자네를 강하게 만들려고 작정했는데 오히려…… 에이, 도대체 어떻게 된 일인지! 큰 문제에서 눈을 떼지 않고 일을 처리하는 것이 이렇게 힘들 줄이야. 그런데 왜 자네는 한마디도 없는 거야?」

「말할 기회를 주셔야지요.」

「엉? 그랬나? 자, 그럼 말 좀 해보게! 내 머릿속은 온통 총에 맞아 죽은 불쌍한 조이 생각뿐이네. 분별력이 없기는 했지만 무서운 게 없었던 친구지.」

「정말 좋은 사람이었어요.」

「그가 한 말 기억나나? 개새끼를 〈개새끼〉라고 바른말 하는 데는 아무도 말릴 수가 없었어. 이러지 말아야 하는데 이따금씩 자꾸 허전한 느낌이 든다네, 짐.」

「돼지고기 몇 점 먹으면 괜찮을 겁니다.」

「그래, 맞았어. 오늘 아침 먹은 게 별로 없어서 그렇겠지. 자, 가자고.」

그때 길쭉하게 생긴 호송차 한 대가 도로에 모습을 드러내더니 천막 숙사의 차들이 늘어선 곳 앞에 멈추어 섰다. 멋들어지게 꾸며 입은 작은 사내가 앞자리에서 내리더니 천막 숙사 쪽으로 걸어 들어왔다. 「여기 책임자가 누구요?」 그가 맥에게 물었다.

「데이킨이라는 양반이오. 저기 큰 천막 안에 있소이다.」

「그래요? 나는 검시관이오. 시신 때문에 왔소.」

「아니, 경호원들도 없이 말입니까?」 맥이 물었다.

그 작은 사내는 콧김을 한 번 훅 불었다. 「경호원이 왜 필요하오? 검시관이란 말이오. 시체는 어디 있소?」

「저쪽 큰 천막 안에 있소. 당신이 오기를 기다리고 있을 거외다.」

「그런데 왜 진작 얘기해 주지 않은 거요?」 그는 작은 기관차처럼 콧바람을 킁킁 날리며 걸어갔다.

맥이 한숨을 내쉬었다. 「저런 상대가 많지 않은 게 다행이지. 저 친구 체구는 작아도 배짱이 있어. 혼자서 오다니 말이야. 바로 조이하고 똑같은 사람이야.」 그들은 난롯가로 걸어갔다. 두 사람이 조이의 시신을 양쪽에서 받쳐 들고 지나쳤고, 그 뒤를 검시관이 거만하게 뒤따르고 있었다.

사람들은 손에 기름진 돼지고기 볶음 몇 점씩을 들고 난롯가를 벗어나고 있었다. 고기를 다 먹은 사람들은 소매로 입가를 쓱쓱 닦아 내었다. 난로 위에서는 납작한 고기 조각들이 지글지글 구워지고 있었다. 「야…… 냄새 죽여주는데.」 맥의 말이었다. 「몇 점 먹자고. 배고파 죽겠어.」 취사 대원들이 되는대로 썰어 제대로 익지도 않은 고기들을 나누어 주면, 사람들은 부드럽게 익은 부분을 씹으면서 돌아다녔다. 맥이 그 광경을 보며 말했다. 「겉에 익은 데만 먹으라고. 닥이 설익은 돼지고기는 먹지 말라고 사람들한테 일러 줬어야 하는 건데…… 모두 식중독에 걸릴지도 몰라.」

「너무들 배가 고프니 익을 때까지 기다릴 수가 없는 거겠죠.」 짐이 말했다.

10

 무감각한 기운이 내려앉았다. 사람들은 앉아 있는 그대로 그저 앞만 멀거니 바라보고 있었다. 모두가 말할 기운조차 없는 듯했다. 여자들도 옷자락이 땅에 끌린 채로 불만스러운 표정을 지으며 남자들 틈에 끼여 앉아 있었다. 생기도 없고 모두가 지쳐 있는 모습들이었다. 사람들은 깊은 생각에 잠긴 채 고기를 뜯어 먹고는 옷자락으로 손을 닦아 내었다. 그들은 온통 무감각과 불만으로 가득 차 있었다.
 짐과 함께 천막 숙사를 이리저리 둘러보던 맥도 역시 불만에 차 있었다. 「이 사람들, 뭔가 일을 해야 해. 뭐든 상관없어. 이런 식으로 앉아만 있도록 둬서는 안 돼. 우리 파업이 깨져 버리고 말 거야. 제기랄, 도대체 어떻게들 된 거야? 오늘 아침에 한 사람이 죽었으면 계속 움직여야 하는 거 아니야? 이제 겨우 정오가 지났는데 벌써 축 처져 있으니, 이거야 원. 뭔가 하도록 시켜야 해. 저 사람들 눈 좀 봐, 짐.」
 「뭘 바라보는 것 같지도 않은데요. 그냥 멍한 것 같아요.」
 「맞아. 저 친구들 자기 생각들을 하고 있을 거야. 죄다 자기가 얼마나 피해를 보고 있는지, 아니면 지난 전쟁 기간 동안에 얼마나 돈을 벌었는지, 이따위 생각들을 하고 있는 거라고. 앤더슨하고 똑같아. 서로 제각기 뿔뿔이 흩어지고 있는 거야.」

「그럼, 어떻게 해서라도 움직이게 해야죠. 뭐 없을까요?」

「글쎄 말이야. 땅바닥에 구덩이를 파게 하는 것도 괜찮겠지. 뭘 밀게 하든, 아니면 한쪽 방향으로 걸어가게 하든, 아무러면 어때. 만일 저자들을 움직이게 하지 않으면 급기야는 서로 싸우고 말 거야. 조만간 추잡한 꼴들을 보이게 될 거라고.」

급한 걸음으로 지나가던 런든이 마지막 말을 들은 모양이었다. 「누가 추잡해진다고?」

맥이 돌아보았다. 「안녕하쇼, 런든. 여기 사람들 얘기를 하고 있었지요. 모두가 갈피를 못 잡고 있소.」

「나도 알고 있소. 이치들하고 오랫동안 여기저기 돌아다녔기 때문에 보면 금방 알 수가 있소.」

「그래요. 만일 우리가 저 친구들한테 뭔가 일을 시키지 않으면 곧 서로 싸우게 될 거라고 말하던 참이었소.」

「벌써 한바탕했소. 오늘 아침 여기 남아 있던 사람들이 난리를 피웠다고 합디다. 한 사람이 여자를 건드리려고 했던 모양이오. 그런데 그 여자의 남자 친구가 와서는 가위로 그 사람을 찔러 버렸소. 닥이 치료를 해주었소. 출혈이 심해서 죽을 뻔했던 것 같소이다.」

「들었지, 짐? 내가 말한 대로라고. 들어 보시오, 런든. 데이킨은 나를 언짢게 생각하고 있소. 내가 무슨 말을 하면 전혀 귀담아들으려 하지 않으면서 당신 말은 잘 듣는단 말이오. 이 사람들, 무슨 불미스러운 짓을 저지르기 전에 우리가 이 사람들을 움직이도록 해야 하오. 원을 그리며 행진을 하게 하든, 웅덩이를 파고 그걸 다시 메우게 하든, 아무거나 괜찮을 거요.」

「무슨 얘긴지 알겠소. 감시 조를 정해서 배치하는 건 어떻겠소?」

「좋은 생각이긴 하지만 그게 그리 효과가 있을는지는 모르겠소.」

「사람들을 일어나 움직이게만 한다면야 아무러면 어떻겠소?」

「머리가 좋군요, 런든. 좋소. 데이킨이 50명씩 무리를 지어 각기 다른 방향으로 사람들을 배치시킬 수 있는지 한번 알아봐 주시오. 도로 쪽도 지키게 해서 어디서 사과 따는 일을 하고 있으면 그걸 방해하도록 해야 하오.」

「그러리다.」 런든은 데이킨의 갈색 천막을 향해 걸어갔다.

짐이 입을 열었다. 「맥, 내가 감시 조와 같이 나가도 된다고 당신이 말한 것 기억나죠?」

「그렇지만 나랑 함께 있는 게 더 좋겠는데.」

「감시 조에 끼고 싶어요, 맥.」

「좋아, 그럼 어느 한 조에 껴서 같이 가봐. 항상 꼭 붙어 다녀야 해, 짐. 놈들은 우리 정체를 알고 있어. 붙잡히지 않도록 알아서 잘해.」

데이킨과 런든이 천막 밖으로 나오는 모습이 보였다. 런든은 뭔가 열심히 말하고 있었다. 맥이 짐에게 말했다. 「내 생각엔 말이야, 데이킨을 위원장으로 뽑은 게 잘못인 것 같아. 그 친군 자기 트럭, 천막, 자기 새끼들한테 너무 연연해하고 있어. 너무 소심하단 말이야. 런든이 최고 적격자야. 잃을 게 하나도 없거든. 사람들이 데이킨을 축출하고 런든을 위원장으로 뽑도록 할 수는 없을까? 사람들이 런든을 더 좋아한다고.

데이킨은 재산이 너무 많아. 저기 저, 접는 난로도 그 사람 거라는 거 알지? 그 친군 사람들하고 식사도 같이 안 해. 어떻게 공작을 펴서 런든을 내세울 수 있는지 알아보는 게 좋을 것 같아. 데이킨이 냉정하긴 하지만 너무 차가워. 우리한텐 노동자들의 사기를 조금이라도 돋워 줄 수 있는, 그런 사람이 필요해.」

「저어기, 데이킨이 감시 조를 배정하는데요.」

잠시 후 짐도 약 50명으로 구성된 조에 가담하게 되었다. 그들은 시내에서 떨어진 방향으로 길을 따라 걸어 나갔다. 이내 사람들은 그 무감각을 떨쳐 내버린 듯했다. 사람들은 듬성듬성 무리를 지어 걸음을 빨리하며 앞으로 나아갔다.

짐이 속한 조의 책임자는 홀쭉한 얼굴을 한 샘이었다. 그는 걸어가면서 사람들에게 이런저런 지시를 내렸다. 「돌멩이를 주우시오. 단단한 걸로 많이 주워 주머니에 넣으시오. 그리고 사과나무 밭을 계속 주시하시오.」

멀리 떨어진 곳까지 과수원에는 전혀 인적이 없었다. 사람들은 곡조도 안 맞는 노래를 같이 부르기 시작했다.

   섬에서 맞이하는 크리스마스에
   죄인들 모두 그곳에 모였네……

그들은 박자를 맞춰 가며 발을 내디뎠다. 교차로를 가로질러 계속 걸어갔으며, 뿌연 흙먼지 구름이 그들 뒤를 따라갔다. 「프랑스에 온 것 같아.」 한 사람이 말을 꺼냈다. 「땅만 질퍽하면 영락없이 프랑스하고 똑같아.」

「프랑스에 가보지도 못했으면서 무슨 소리야?」

「아냐, 갔었다고. 5개월 동안이나 있었는걸.」

「걷는 걸 보니 군인의 〈군〉자도 모르는 것 같은데, 뭘.」

「이젠 군대식으로 걷는 거 신물이 난다고. 그동안 그렇게 많이 걸었으면 됐지 뭐. 포탄 파편도 맞았다고, 정말이야.」

「그런데 파업을 파괴하러 온 노동자들은 대체 어떻게 된 거지?」

「우리 측이 파업에 동참시킨 거 같던데. 과수원에서 일하는 사람이 한 사람도 없는 거 보니까 그런 것 같아. 우린 벌써 이 파업에서 뭔가 해낸 거라고.」

샘이 말했다. 「맞아요. 우리가 승리한 거요. 그냥 앉아서 이긴 거요, 안 그렇소? 그렇다고 방심하지 마시오.」

「아니, 우리가 오늘 아침에 경찰 놈들 잔뜩 겁먹게 만들었잖소. 경찰이고 뭐고 쥐새끼 한 마리도 안 보이는데, 안 그렇소?」

샘이 다시 말했다. 「조만간 떼거리로 보게 될 거요. 세상에 있는 노동자들은 다 똑같아요. 지금은 당당하지만 조금 지나면 투덜거리기 시작하고, 급기야는 슬쩍 내빼고 말 거요.」 사람들의 불끈한 소리가 그에게 퍼부어졌다.

「무슨 소릴 그렇게 하는 거요? 당신 혼자 잘났소? 우리한테 일을 한번 줘보시오.」

「아…… 아, 그런 식으로 말하지 마시오. 도대체 당신이 한 일이 뭐요?」

샘은 땅바닥에다 침을 퉤 뱉었다. 「내가 무슨 일을 했는지 한번 들어 보겠소? 〈피의 목요일〉, 대파업 사건이 있던 날, 난 샌프란시스코에 있었소. 경찰 한 놈을 짓패서 말에서 떨어지게 했단 말이오. 그리고 경찰들 곤봉 만드는 목공소를 덮치고, 그 야경용 곤봉들을 탈취해 온 사람들 중의 한 사람이 바로 나요. 기념품으로 다들 하나씩 갖고 있소.」

「거짓말 까지 마시오. 당신이 무슨 부두 노동자란 말이오. 꼴사나운 떠돌이 과일 따기 노동자에 불과하면서……..」

「그래, 난 떠돌이 과일 따기 노동자요. 근데 왜 그렇게 되었는지 아시오? 전국 각지의 모든 선박 회사들의 블랙리스트에 내 이름이 올라 있기 때문이오. 그게 이유요.」 샘은 아주 자랑스럽게 말을 했고 사람들은 침묵으로써 그의 주장을 받아들였다. 샘이 계속 말을 이었다. 「나는 거지 같은 당신들보다 더 험한 일을 많이 겪었단 말이오.」 경멸 투의 그의 목소리가 사람들의 기를 완전히 꺾어 놓았다. 「자, 잡담들 그만하고 계속 사과나무 밭을 주시하시오.」 사람들은 잠자코 걸어 나갔다.

「저길 봐. 사과 상자들이 있다.」

「어디?」

「저 줄 저쪽, 저어기.」

짐은 사람들이 가리키는 방향을 쳐다보며 말했다. 「사람들이 있군.」

한 사람이 말을 툭 뱉었다. 「자, 부두 노동자, 당신이 어떻게 하는지 한번 봅시다.」

샘은 잠자코 길 위에 서 있더니 입을 열었다. 「당신들, 그럼 내가 시키는 대로 잘하겠소?」

「물론이오. 제대로 된 지시라면 따르겠소.」

「좋소. 그렇다면 내 말 잘 들으시오. 한꺼번에 와락 급습하지 마시오. 그리고 총소리가 나면 냅다 내빼야 되는 거요. 자, 그럼 서로 떨어지지 말고 한번 가봅시다.」

그들은 도로를 벗어나 깊은 도랑 하나를 건넌 다음 커다란 사과나무들 사이로 들어섰다. 그들이 사과 상자들 가까이 다

다르자 나무 위에 올라가 있던 일꾼들이 내려오더니 긴장된 표정들을 지으며 한데 모이기 시작했다.

상자 더미 곁에는 검수원도 한 명 서 있었다. 그는 샘의 일행이 접근하자 한 상자에서 쌍발 산탄총을 꺼내고는 몇 걸음 앞으로 다가섰다. 「당신들, 일하고 싶어서 온 거요?」 그가 소리쳤다.

대답 대신에 조롱 투의 야유가 합창을 하듯 쏟아졌다. 한 사람이 손가락을 입에 넣고 휘파람을 세차게 불어 댔다.

「여기서 꺼져.」 검수원이 말했다. 「당신들, 이 땅에 들어올 권리가 없어.」

파업 노동자들은 천천히 다가섰다. 검수원은 상자 더미까지 뒤로 물러섰으며, 그곳에 있던 일꾼들도 겁먹은 얼굴로 조금씩 자리를 피해 가며 사태를 지켜보고 있었다.

「좋아, 자네들은 거기 서 있게.」 샘은 어깨 너머로 이런 말을 던지더니 혼자서 몇 보 더 전진하였다. 「당신들 잘 들으시오. 우리 편에 가담하시오. 등에 칼 꽂는 그런 비겁한 수작 부리지 말고 우리에게 동참하시오.」

검수원이 대답하였다. 「당신, 당신 사람들이나 데리고 여기서 빨리 꺼져. 그러지 않으면 당신들 몽땅 잡아넣을 거야.」

또다시 조롱의 야유가 터져 나오고, 날카로운 휘파람 소리가 공기를 갈랐다.

샘이 화난 얼굴을 하고 돌아다보면서 말했다. 「입들 좀 다무시오. 꼭 미친 사람들처럼 그게 뭐요? 그 시끄러운 음악 소리 좀 잠시 멈추시오.」

사과를 따던 일꾼들이 도망갈 길을 찾는지 주변을 훔쳐보았다. 그러자 검수원은 그들을 안심시키려는 듯 입을 열었다.

「여러분, 겁먹지 마십시오. 여러분은 여러분이 원하는 한 일할 권리가 있습니다.」

「겁먹지 마십시오.」 검수원이 외쳤다. 그의 목소리는 점점 더 높아지고 있었다. 「저자들은 이래라저래라 할 권한이 없는 작자들입니다.」

일꾼들은 잠자코 서 있었다. 「이쪽으로 오시겠소?」 샘이 재촉하였다. 그들이 아무런 대답도 안 하자 샘은 천천히 그들 앞으로 다가가기 시작했다.

검수원이 앞으로 나섰다. 「이 총에는 대형 산탄이 들어 있다. 꺼지지 않으면 쏴버릴 테다.」

샘은 계속 앞으로 움직이면서 나지막한 목소리로 말했다. 「당신은 아무도 쏠 수 없어, 이 친구야. 그래, 한 명은 쏠 수 있겠지. 그러면 나머지 사람들이 너를 가만 놔둘 것 같나? 죽여 버리고 말지.」 그의 목소리는 차분했으며 흥분된 기미도 전혀 없었다. 다른 사람들도 열 걸음 정도 떨어져서 샘을 따라 움직였다. 샘은 검수원 바로 앞에서 멈추었다. 떨리는 총신이 그의 가슴을 겨누고 있었다. 「그냥 얘기 좀 해보고 싶어서 그랬소.」 샘은 이 말과 동시에 태클을 하는 축구선수처럼 몸을 굽히더니 와락 달려들어서 검수원의 다리를 향해 몸을 던졌다. 엉겁결에 총이 발사되면서 땅에 구멍을 내었다. 샘은 몸을 돌리더니 자신의 무릎으로 검수원의 다리 중간을 내리찍었다. 검수원은 땅바닥에서 몸부림치면서 비명을 질렀다. 잠시 양쪽 사람들은 모두 꼼짝 않고 서 있었다. 사과 따던 일꾼들이 도망가기에는 너무 늦어 버렸다. 파업 노동자들이 마구 욕설을 퍼부으면서 그들에게 달려들었기 때문이다. 상대편 일꾼들도 한동안 맞붙어 대항했지만 곧 모두 쓰러지고 말았다.

짐은 약간 떨어져 서 있었다. 상대편 일꾼 한 명이 꿈틀거리며 빠져나오더니 줄행랑치기 시작했다. 순간 짐은 딱딱한 흙덩이를 집어 그를 향해 내던졌다. 잔허리 부분에 흙덩이를 맞은 그 사람은 바닥에 고꾸라지고 말았다. 쓰러진 그의 주위에 파업 노동자들이 몰려들면서 마구 발로 차고 짓밟아 버리자 그는 땅바닥에서 비명을 질렀다. 짐은 싸늘한 눈초리로 그를 바라보았다. 그의 얼굴은 고통스러운 표정으로 하얗게 질려 있었으며 온통 땀으로 범벅이 되어 있었다.

　한쪽에서 몸을 일으키던 샘은 발로 차고 짓밟고 있는 자기편 사람들을 향해 뛰어갔다. 「그만둬. 이 사람들아, 그만두란 말이야.」 샘이 고함을 쳤지만 그들은 씩씩 거친 숨을 몰아쉬며 여전히 발길질을 해댔다. 그들의 입술은 온통 침으로 젖어 있었다. 샘은 사과 상자 하나를 집어 한 사람의 머리를 내리쳤다. 「죽이지 마, 죽이지 말란 말이야.」

　격분은 시작될 때도 돌연 시작되었지만 끝날 때도 그렇게 금방 사그라지고 말았다. 파업 노동자들은 피해자들로부터 떨어져서 가쁜 숨을 몰아쉬며 서 있었다. 짐도 땅바닥에서 신음을 터뜨리고 있는 열 명의 사람들을 무감각한 표정으로 바라보고 있었다. 쓰러져 있는 사람들의 얼굴은 얼마나 차였는지 형체를 알아볼 수 없을 정도였다. 한 사람은 입술 하나가 떨어져 나가 피가 흐르는 채로 이와 잇몸이 그대로 다 드러나 있었고, 또 한 사람은 팔꿈치 부분이 부러졌는지 팔이 뒤로 완전히 꺾인 채 어린아이처럼 울고 있었다. 격정이 사라지고 나자 파업 노동자들은 자신들의 분노와 흥분에 질린 듯한 표정들을 지었다. 그들은 약한 사람들이었다. 한 사람이 머리가 무척 아프기라도 한 듯 두 손으로 머리를 감싸 쥐었다.

갑자기 사람을 잡아먹을 듯한 거친 소리가 들리더니 사람 하나가 이리 뛰고 저리 뛰고 하면서 질주하듯 달려 나오고 있었다. 사과나무 밭 저쪽에서는 총소리도 울려 퍼졌다. 다섯 사람이 달려 나오더니 멈춰서 총을 쏘고 또 달려 나오곤 했다. 파업 노동자들은 화선을 피하기 위해 나무 사이로 이리저리 피해 가며 흩어져 달아나기 시작했다.

짐도 도망을 쳤다. 〈총엔 당할 수 없어. 총엔 견딜 수가 없다고.〉 짐은 마음속으로 이렇게 부르짖었다. 눈물이 앞을 가렸다. 그는 어깨에 뭐가 둔중한 것을 맞은 듯한 느낌이 들어 약간 비틀거렸다. 사람들은 순식간에 도로로 도망쳐 나와 어깨 너머로 뒤를 돌아다보았다.

샘은 뒤쪽에서 짐과 나란히 도망쳐 나오고 있었다. 「됐어. 놈들이 이젠 안 쫓아와.」 그가 큰 소리로 외쳤다. 그러나 완전히 겁에 질린 몇몇은 계속 달아나더니 교차로 지점에서 모습을 감추어 버렸다. 샘은 나머지 사람들을 잡아 세웠다. 「멈춰, 이제 그만 멈추라고. 아무도 안 쫓아와.」 사람들이 멈췄다. 그들은 도로 한쪽에 기진맥진한 모습으로 서 있었다. 샘이 물었다. 「놈들이 몇 명이나 해쳤지?」

사람들은 서로 얼굴들을 쳐다보았다. 짐이 말했다. 「한 명이 총에 맞는 건 봤는데……」

「오케이. 괜찮겠지, 뭐. 가슴 쪽에 맞은 것 같더구먼.」 이 말과 동시에 샘은 짐을 찬찬히 바라보았다. 「아니, 이게 무슨 일이야? 피가 나잖아.」

「어디?」

「등에 온통 흘러내리는데.」

「나뭇가지에 부딪힌 모양이지, 뭐.」

「나뭇가지 같은 소리 하고 있네.」 샘은 짐의 어깨가 드러나도록 푸른색 무명 상의를 벗겨 내렸다. 「고성능 탄에 꿰뚫렸구먼. 팔을 움직일 수 있겠나?」

「물론. 감각만 없을 뿐이지.」

「뼈는 다치지 않은 것 같군. 어깨 근육을 파고들었어. 방탄조끼처럼 굳은살이니까 곧 피가 멈추겠지. 걱정 말게. 자, 여러분! 이제 돌아갑시다. 경찰 놈들이 구더기처럼 바글바글 몰려들 거요.」

그들은 서둘러서 도로를 따라 갔다. 샘이 말했다. 「기운이 빠지면 얘기하게. 내가 부축해 줄 테니.」

「괜찮아. 우린 당해 낼 수가 없어, 샘.」

샘이 비통한 투로 말을 받았다. 「우리가 5대 1로 우세했을 땐 잘했는데 말이야. 놈들을 박살 냈잖아.」

짐이 물었다. 「우리가 누굴 죽인 건 아닐까?」

「그렇진 않을 거야. 하지만 몇 명은 크게 당해서 예전처럼 원상복귀하지 못할걸.」

「젠장, 끔찍한 일이었어. 자네 그, 입술이 떨어져 나간 사람 봤나?」

「원상태대로 붙이겠지, 뭐. 그렇게 안 할 수가 없었잖아. 또 그렇게 해야 된다고. 놈들이 우리 편으로 넘어오지 않으면 그렇게라도 겁을 줘야 하는 거야.」

「무슨 말인지 알겠어. 내가 지금 그놈들 걱정할 때가 아니지…….」

그들 앞쪽 먼 곳에서 사이렌 소리가 들렸다. 샘이 급히 큰 소리로 외쳤다. 「전부 도랑으로 뛰어드시오. 속에서 바짝 엎드려요. 경찰 놈들이 오고 있소.」 사람들은 도로를 따라 나 있는 깊은 도랑 속에 몸을 바짝 엎드렸다. 오토바이들이 요란한 소리를 내며 교차로를 지나갔고, 그 뒤를 앰뷸런스 한 대가 따라갔다. 사람들은 오토바이들이 교차로를 지나 사라질 때까지도 고개를 들지 않았다. 샘이 벌떡 일어나 도랑에서 나오며 말했다. 「자, 이제 나오시오. 빨리 도망가야 됩니다.」

그들은 종종걸음으로 도로를 따라 걸어갔다. 해가 기울고 있었고, 푸르른 저녁의 그림자가 도로를 감싸고 있었다. 먹구름 한 점이 배가 항해하듯 태양을 향해 미끄러져 나아가고 구름의 시커먼 가장자리가 점차 붉게 물들기 시작했다. 앰뷸런스가 다시 돌아오자 사람들은 또 한 번 도랑으로 뛰어들었다. 이번엔 경찰들이 사과나무 밭 아래를 찬찬히 살펴보는지 오토바이들이 천천히 지나갔다. 그러나 도랑까지 살펴보지는 못한 모양이었다.

저녁의 어스름이 완전히 내려앉았을 때쯤 그들은 천막 숙사에 도착하였다. 짐은 다리가 후들거리고 어깨에 깊은 통증을 느꼈다. 고성능 탄에 놀란 신경들이 이제 서서히 깨어나는 것 같았다. 사람들은 각자의 천막으로 흩어졌다.

짐을 향해 걸어오던 맥은 짐의 얼굴이 완전히 사색으로 변해 있는 것을 보고는 급히 달려왔다. 「도대체 무슨 일이 있었나, 짐? 부상당했나?」

「그리 심하진 않습니다. 샘이 어깨에 총을 맞은 거라고 하더군요. 저는 볼 수가 없으니……. 그리 많이 아프진 않아요.」

맥의 안색이 뻘겋게 변하였다. 「이런! 내 자네를 보내지 말았어야 하는 건데…….」

「왜요? 제가 뭐 계집앤지 아세요?」

「그렇다는 얘긴 아니지만, 내가 자넬 지켜보지 않으면 그러다 곧 개죽음당하고 말 거야. 자, 이리 와, 닥한테 가자고. 그 친구도 방금 전에 도착했네. 오, 저기 가는구먼. 어이, 닥!」 맥과 닥은 짐을 흰색 천막으로 데려갔다. 「이 천막, 방금 설치한 걸세. 닥이 병원으로 쓸 참이지.」 맥의 말이었다.

가을의 어둠은 빨리도 찾아왔다. 더욱이 서쪽 하늘에 퍼져 있는 커다란 먹구름 때문에 저녁이 더 빨리 찾아왔다. 닥 버튼이 짐의 셔츠를 벗겨 어깨를 살피는 동안 맥은 랜턴을 들어 밝혀 주었다. 버튼은 살균된 뜨거운 물로 상처 부위를 조심스럽게 씻어 내었다. 「운이 좋았군. 납덩어리 산탄이었으면 자네 어깨 박살이 났을 텐데 말이야. 근육에 무슨 송곳 구멍만 한 작은 구멍 하나만 생겼어. 한동안 뻐근할 거야. 탄알이 오른쪽을 뚫었군.」 버튼은 빈틈없이 손을 놀리면서 탐침으로 상처를 깨끗이 한 다음 붕대를 감고 테이프로 단단히 붙여 놓았다. 「괜찮아질 거야. 한 이틀 편히 쉬게. 맥, 난 조금 있다가 앨 앤더슨을 보러 갈 건데 같이 가시겠습니까?」

「그러지. 같이 가세. 짐한테 커피나 한잔 줘야겠구먼.」 그는 시커멓고 칙칙한 커피가 담긴 양철 깡통을 짐의 손에 쥐여 주었다. 「자, 자, 좀 앉게.」 맥은 상자를 밀어내어 짐을 그 위에 앉히더니 자신은 짐 옆의 바닥에 주저앉았다. 「그래, 어떻게 된 거야, 짐?」

「우린 파업을 방해하는 노동자들을 찾아갔어요. 맥, 우리 편 사람들이 그 사람들을 죽도록 걷어찼어요. 머리를 까뭉갰다고요.」

맥이 부드러운 목소리로 말했다. 「알아, 짐. 잔인한 짓이지. 하나 그 사람들이 우리 편으로 넘어오지 않으면 그 수밖에 없네. 그렇게라도 해야 한다고. 양이 도살되는 걸 보면 기분이 안 좋지. 그러나 그래야 우리가 양고길 먹을 수 있는 걸세. 그래, 그다음엔 어떻게 됐나?」

「그런데 다섯 놈이 총을 쏴 대며 달려왔지요. 우리는 토끼 도망치듯 내뺐어요. 총을 쏘는 데는 당해 낼 수가 없잖아요.」

「그래, 짐, 그런데 왜 우리는 맨주먹으로만 맞붙어 싸워야 되는 거야?」

「언제 총에 맞았는지 잘 모르겠어요. 우리 편 한 사람이 쓰러졌지요. 죽었는지 살았는지 모르겠군요.」

「시시한 친구들 같으니.」 맥이 말했다. 「다른 조는 말이야, 30명하고도 맞닥뜨렸지만 아무 시비도 없었다고. 그냥 동참하라고 소리치니까 따라오더라는군.」 그는 몸을 일으키다 잠시 짐의 다리를 만졌다. 「지금 어깨는 어떤가?」

「심하진 않지만 좀 아픈데요.」

「아 참, 짐, 새로 위원장을 뽑을 것 같네.」

「데이킨을 쫓아냈단 말입니까?」

「그런 건 아니지만, 어쨌건 쫓겨난 셈이지. 딕이 담요를 구했다는 전갈을 보내왔어. 그래서 데이킨이 여섯 사람을 데리고 자기 그 멋진 트럭을 몰고 갔지. 이건 말이야, 그중 도망쳐 나온 한 사람이 돌아와서 해준 얘기야. 그들은 담요를 싣고 돌아오는 중이었다는군. 그런데 시내에서 조금 떨어진 곳까지 와서 차가 못 뭉치를 밟아 펑크가 나버리는 바람에 차를 세워 바퀴를 갈아 끼우고 있었데. 그때 총을 든 사람들이 한 열두 명 뛰어나오더니 그들을 멈춰 세웠다더군. 여섯 놈은 우리 사람들을 붙들어 세워 놓고, 나머지 놈들은 데이킨의 트럭을 결딴내 버린 모양이야. 크랭크실을 때려 부수고 불까지 질렀다는군. 총을 겨누고 있으니 데이킨이 꼼짝달싹 못 했다나 봐. 그런데 데이킨의 얼굴이 하얗게 변하더니 나중엔 푸르죽죽하게 바뀌면서 급기야는 이리 같은 괴성을 지르며 놈들에게 달려들었다는군. 놈들이 다리에 총을 쐈지만 멈추지 않더래. 땅에 쓰러져서도 미친개처럼 입가에 침을 질질 흘리며 놈들을 향해 기어갔다는군. 미친 거지, 뭐. 미쳐 버렸어! 데이킨은 이 세상 그 어느 것보다도 자기 트럭을 사랑했던 것 같은 생각이 들더군. 그 돌아온 친구 말에 의하면 놈들을 향해 기어가는 데이킨의 모습이 정말 처절했다고 하더라고. 놈들을 물어뜯으려고 했지만 미친개처럼 으르렁거리기만 한 모양이야. 그리고 교통경찰들이 나타나자 그놈들, 자경 대원이라는데, 그놈들은 도망가 버린 거지, 뭐. 경찰이 데이킨을 체포해 가는 광경을 그 도망쳐 나온 일꾼이 고무나무 위에 몰래 숨어서 지켜본 모양이더군. 데이킨이 한 놈 팔을 물어뜯으니까 경찰 놈들이 그걸 떼어 내려고 나사돌리개로 데이킨의 이를 쑤셔 댔다나 봐. 그런 친굴 보고 내가 흥분을 잘 안 하는 친구라고 했으니……. 지금 감방에 있다는군. 아마 런든이 이 자리에 선출될 걸세.」

짐이 말했다. 「어찌 됐든 내가 보기엔 참 침착한 사람처럼 보였는데…… 그 사람 트럭에 흠집 하나라도 냈으면 큰일 날 뻔했군요.」

맥은 바닥의 흙을 긁어모아 둥그렇게 쌓더니 손바닥으로 위를 평평하게 다듬었다. 「짐, 딕이 오늘 식량을 보내오지 않는 게 아무래도 걱정이 되네. 담요를 보내겠다는 전갈 이후론 아무 연락이 없어. 지금 콩 남은 거하고 돼지 뼈를 함께 끓이고 있는데 그게 전부인가 봐. 옥수수 죽이 조금 있지만, 그것도 내일이면 바닥이야.」

「딕이 잡혀간 걸까요?」

맥은 흙더미를 두드려 더 평평하게 만들었다. 「딕은 족제비처럼 영리한 친구니까 놈들이 아직 붙잡지는 못했을 걸세. 무슨 일이 생긴 건지 모르겠어. 먹을 것은 들여와야 하는데 말이야…… 먹을 것이 떨어지면 만사가 끝장이야. 그게 걱정스러운 거지…….」

「아직 모으지 못한 거겠죠. 오늘 아침엔 그래도 돼지 한 마리 보냈잖아요.」

「그래, 지금 콩하고 같이 끓이고 있는 게 바로 그 돼지야. 이 사람들을 다 먹이려면 식량이 얼마나 있어야 하는지 딕이 잘 알고 있을 테니 지금쯤은 동조자들을 좀 모았을 테지…….」

「사람들은 좀 어떤 것 같아요?」

「응, 많이 좋아졌네. 오후엔 활기를 좀 찾은 것 같너군. 하나 오래 못 갈 거야. 그래서 내일 장례식을 치러야 하는 거라고. 그렇게 되면 또 한참 동안은 부풀어 있게 되지.」 그는 천막 입구를 통해 밖을 내다보았다. 「빌어먹을, 저 구름 좀 봐!」 그는 밖으로 나가 하늘을 쳐다보았다. 시커먼 구름에 뒤덮인 하늘은 거의 칠흑에 가까웠다. 서로 승강이를 벌이는 듯 바람들이 몰려오면서 흙먼지를 일으키더니 모닥불의 연기를 휩쓸고 지나가고, 천막들을 펄럭이게 하고, 천막 숙사를 둘러싸고 있는 사과나무들을 휘저어 놓았다. 「비구름인 것 같군.」 맥이 말했다. 「젠장, 비가 오지 말아야 되는데 말이야. 모두 물에 빠진 생쥐 꼴이 되고 말 거야.」

「앞일에 대해 너무 걱정이 많은 것 같아요, 맥. 항상 걱정만 하고 있어요. 이 사람들 야외 생활에 익숙하기 때문에 비 조금 오는 거, 아무렇지도 않을 거예요. 너무 걱정하지 마세요.」

맥이 다시 바닥에 털썩 주저앉았다. 「자네 말이 맞네, 짐. 공연한 생각이겠지만, 난 이 파업이 깨질까 봐 너무 신경을 써서 그래, 그냥 흐지부지 깨져 버린 파업들을 너무 많이 겪어서 그런 거겠지.」

「그래요. 하지만 그냥 깨져 버리면 좀 어때요? 당신이 말한 대로 불안이 더욱 가중될 텐데······.」

「그래, 그래. 지금 당장 깨져도 문제될 건 없지. 이 친구들, 조이가 어떻게 죽었는지, 데이킨의 트럭이 어떻게 됐는지, 평생 잊어버리지는 않겠지.」

「할망구들 얘기하듯 말하는군요, 맥.」

「그래, 이건 내 파업이야. 내 말은, 내 자신의 일처럼 느껴진다는 거지. 그냥 그대로 무너지는 걸 보고 싶지 않을 뿐이라고.」

「그렇게 쉽게 무너지지도 않을 겁니다, 맥.」

「허어? 자네가 그걸 어떻게 아나?」

「오늘 아침, 생각 좀 해봤죠. 역사책 많이 읽어 보셨어요, 맥?」

「학교 다닐 때 조금, 왜?」

「그럼, 살라미스 전투에서 그리스군이 어떻게 승리를 쟁취했는지 기억하십니까?」

「알 것도 같은데······ 기억이 안 나는군.」

「얘기는 이래요. 전함이 몇 척밖에 없는 그리스군이 한 항구에 갇혔어요. 모두가 내뺄 생각들만 하고 있었죠. 그런데 그들 앞에는 페르시아 전함들이 함정을 파놓고 기다리고 있는 거예요. 자기 부하들이 달아나려고 한다는 사실을 안 그리스 장군이 적군에 전갈을 보내 한번 가둬 볼 테면 가둬 보라고 했어요. 다음 날 아침 그리스군들은 자신들이 도망치려면 한번 죽자 사자 싸워야 된다는 사실을 알게 됐죠. 그래서 결국 승리를 거두었어요. 페르시아 함대를 크게 쳐부순 거지요.」 짐은 여기서 말을 끊었다.

사람들이 난롯가를 향해 빠른 걸음으로 움직이기 시작했다. 맥은 손바닥으로 흙무덤을 더욱 평평하고 단단하게 만들었다. 「무슨 말인지 알겠네, 짐. 지금 그럴 필요는 없겠지만, 위급한 시기엔 그것도 좋은 아이디어지.」 맥의 목소리에는 구슬픈 기미가 섞여 있었다. 「내가 자네를 가르치려고 이리 데려왔는데, 청출어람이야. 자네가 날 가르치기 시작하니 말이야.」

「무슨 그런 쓸데없는 소리를…….」

「그래, 쓸데없대도 좋아……. 사람들이 식사 시간 하나만은 참 기가 막히게 알아내는군. 그것도, 이를테면 독심술 같은 건가? 아니면 독수리 같은 감각을 지닌 걸 테지. 보라고, 먹을 때가 되니까 기차게 움직이잖아. 짐, 우리도 가서 먹자고.」

11

 사람들은 돼지기름에 떠다니는 콩을 건져 먹고 있었다. 맥과 짐도 천막에서 그릇을 들고 나와 줄을 섰다. 취사 대원들이 그릇에 꿀꿀이죽 같은 죽을 퍼 담아 주자 그들은 줄에서 빠져나왔다. 짐이 주머니에서 작은 나무주걱을 꺼내 콩을 건져 먹더니 냅다 소리를 질렀다. 「맥, 도저히 못 먹겠어요.」
「맛있는 것만 먹어서 그런 거 아냐? 이런 음식도 먹어 봐야 해.」 그러나 맥도 자기 것을 맛보더니 그릇을 땅바닥에 내팽개쳤다. 「그거 먹지 말게, 짐. 배탈 날 거야, 콩하고 기름 덩어리뿐이야! 사람들이 들고 일어나겠는걸…….」
 맥과 짐은 제각기 천막 앞에 앉아서 각자의 음식을 먹고 있는 사람들을 바라보았다. 폭풍 구름이 하늘을 덮으면서 이제 막 반짝이기 시작하던 별들마저 몽땅 삼켜 버렸다. 맥이 입을 열었다. 「사람들이 취사 대원들을 죽이려 들지도 몰라. 런든이 있는 천막으로 가보자고.」
「참, 데이킨의 천막이 안 보이던데요, 맥.」
「당연하지. 데이킨 부인이 걸어서 시내로 가져갔다고. 데이킨 그 친구, 우스운 사람이야. 손 끊기 전에 돈 좀 모으겠다는 심보지. 자, 런든이나 만나 보자고.」

그들은 줄 서 있는 사람들을 지나 런든의 회색 천막으로 걸어갔다. 천막에서는 불빛 하나가 새어 나오고 있었다. 맥이 천막 덮개를 들어 올리자 뚜껑이 열린 정어리 통조림을 손에 든 채 상자 위에 앉아 있는 런든의 모습이 보였다. 가무잡잡한 얼굴의 라이사는 바닥에 쭈그리고 앉아 아이에게 젖을 물리고 있었다. 그들이 들어서자 라이사는 담요 조각을 끌어당겨 아이와 그녀의 노출된 가슴 부분을 가렸다. 그들에게 미소를 지어 보인 그녀는 이내 다시 아이를 내려다보았다.

「마침 저녁을 들고 있었군요!」 맥이 말했다.

런든은 당황한 눈치였다. 「남겨 둔 게 좀 있소이다.」

「밖에 사람들이 먹고 있는 음식, 먹어 봤습니까?」

「그렇소.」

「다른 사람들도 남겨 둔 게 좀 있으면 좋겠소······. 이래선 안 돼요. 모두 다 우릴 저버리고 말 거요.」

「식량 반입이 중단됐으니······.」 런든이 말했다. 「정어리 통조림 하나 더 있는데 맛 좀 보겠소?」

「아, 거 좋죠.」 맥은 몹시 굶주린 사람처럼 통조림을 건네받더니 따개를 돌려 뚜껑을 열었다. 「짐, 자네 칼 좀 꺼내서 잘라 보게.」

「당신 팔은 좀 어떻소?」 런든이 물었다.

「점점 더 뻐근해지는 것 같습니다.」 짐이 말했다.

천막 밖에서 사람 목소리가 들렸다. 「거깁니다. 거기 불 켜진 천막이죠.」 잠시 후 덮개가 열리더니 딕이 들어왔다. 가지런히 빗겨진 머리에 손에는 회색 모자를 들고 있었고, 옷은 비록 다리지는 않았지만 회색 양복을 깔끔하게 차려입고 있었다. 오직 구두만이 지저분하게 흙먼지에 뒤덮여 있었는데, 아마 시골 길을 걸어서 온 모양이었다. 그는 두리번거리며 천막 입구에 서 있었다. 「어이, 맥, 짐, 안녕?」 그러더니 그는 라이사에게도 인사를 했다. 「어, 안녀엉…… 아기인 모양이죠?」 라이사의 눈이 밝게 빛나면서 뺨에 홍조가 피어났다. 그녀는 교태를 떠는 듯한 태도로 어깨선 아래까지 담요를 끌어당겼다.

맥이 손을 흔들었다. 「이쪽은 런든 씨고, 여긴 딕입니다.」 딕은 허리를 어정쩡하게 구부려 인사를 하였다. 「안녕하세요? 그런데 맥, 이 고장 사람들이 뭘 좀 배운 것 같습디다.」

「그게 무슨 소린가? 뭐 알아낸 게 있는 모양이지?」

딕은 바깥 주머니에서 신문 한 장을 꺼내더니 맥에게 건네주었다. 맥이 신문을 펼치자 런든과 짐은 맥의 어깨 너머로 쳐다보았다. 「오늘 조간신문입니다.」 딕의 말이었다.

맥이 격한 소리로 외쳤다. 「개자식들!」 신문에는 다음과 같은 제목의 기사가 실려 있었다. 〈감독관들, 투표로 파업 노동자들에게 음식 제공 결정. 어젯밤 감독관 이사회 공개회의에서 농장주들의 반발에도 불구하고 현재 파업 중인 노동자들에게 음식물을 제공하기로 만장일치 결정을 봄.〉

「정말 많이들 터득했군. 아직 그 일이 시작된 건 아니지, 딕?」

「무슨 소리예요, 벌써 시작됐어요.」

런든이 끼어들었다. 「그 결정을 우리가 거부해야 할 이유가 없을 것 같소. 만일 그들이 햄과 계란을 보내 준다면 나는 받아들이겠소.」

「그러실 거요.」 맥은 빈정거렸다. 「만일 그들이 보내 주길 원한다면 말이오. 그런데 이 신문엔 그 투표를 무효로 하고 난 직후의 회의에 관해선 한마디의 언급도 없소이다.」

「그게 무슨 농담이오?」런든이 물었다. 「대체 그게 무슨 말이오?」

「들어 보시오, 런든.」 맥이 말했다. 「이런 건 낡은 수법이오. 그런데도 아직 효력을 발휘하고 있는 거요. 우리가 음식이나 담요, 돈 등을 얻을 수 있었던 것은 딕이 동조자들을 모았기 때문이오. 그런데 이런 기사가 나왔소. 자, 이제 딕이 물건을 구하러 돌아다닌다고 칩시다. 그러면 동조자들이 이렇게 얘기할 겁니다. 〈도대체 무슨 소리 하는 거요? 군(郡)에서 식량을 준다던데……〉 딕이 〈무슨 뚱딴지같은 소립니까?〉라고 하면 그 사람은 또 이렇게 얘기하겠죠. 〈신문에서 봤소이다. 음식을 제공한다고 하던데, 대체 또 뭘 원하는 거요?〉라고 말이오. 이런 효과를 가져오는 거요, 런든. 오늘 뭐 군에서 식량 보내온 거 있소?」

「없소이다.」

「보시오, 딕은 딕대로 아무런 기부 물자를 못 얻고 있소. 이제 아시겠습니까? 놈들이 우릴 굶겨 죽이려는 거요. 만일 우리가 어디서고 도움을 얻지 못하면 정말 그렇게 되고 말 거요.」 맥은 딕을 쳐다보았다. 「자네 정말 수고가 많네, 딕.」

「뭘요, 여태까지는 식은 죽 먹기였죠. 그런데 이제 다시 성과를 좀 올리려면 시간이 걸리겠어요. 여기서 아무런 음식도 제공받지 못했다는 문서가 좀 필요합니다. 파업 위원장의 사인이 있어야 하죠.」

「알겠소.」 런든이 말했다.

「토거스에는 우리 동조자들이 많이 있습니다.」 딕이 계속 말을 이었다. 「물론 이 고장은 농장주 협회에서 몽땅 장악하고 있어서 모두가 뒤쥐 떼처럼 지하에 숨어 있는 거죠. 그러나 내가 접선만 잘하면 물건은 쉽게 구하죠.」

「자넨, 이번 일이 터지기 전까지는 정말 끝내 줬는데 말이야.」 맥이 말했다.

「정말 그랬죠. 한 늙은 여편네 때문에 골치를 썩긴 했지만 말이에요. 그 여자 어떤 끔찍한 걸로 우리 주의(主義)를 돕겠다는 거 있죠.」

맥이 웃었다. 「여자가 아무리 얌전해도 자넨 찾아 먹을 건 다 찾아 먹던데, 뭘. 그 여자가 우리 대의명분을 위해 모든 걸 주겠다는 것 아닌가?」

딕이 몸서리치며 말했다. 「다 주겠다는 그게 바로 도낏자루 같은 물건 열여섯 번 만나 보겠다는 거였다고요.」

「어쨌건 종이 한 장 끼적거려 줄 테니 그걸 가지고 어서 여길 벗어나라고. 아직 놈들이 자네 정체를 알아내지 못했지?」

「모르겠어요. 눈치 챈 것 같기도 해요. 밥 슈워츠에게 이리로 내려오라고 편지했습니다. 내가 부랑죄로 잡힐 것 같은 낌새가 보이면 밥이 대신 떠맡아야겠지요.」

런든은 상자를 뒤지더니 종이와 연필을 꺼냈다. 맥이 그것을 받아 뭐라고 몇 자 써 내려갔다. 「글씨를 참 잘 쓰시는군.」 런든이 경탄의 소리를 자아냈다.

「예? 아하, 좀 씁니다. 내가 대신 서명할까요, 런든?」

「그러시구려.」

「잘 처리하겠습니다.」 딕은 종이를 받아 들고 조심스럽게 접었다. 「아, 그런데 맥, 누가 맞아 죽었다면서요?」

「모르고 있었나, 딕? 조이가 죽었어.」

「빌어먹을!」

「파업 파괴 노동자들과 함께 왔었는데 그 노동자들을 이편으로 넘어오게 하려다 당했네.」

「불쌍한 사람 같으니라고······.」

「순식간에 당했네. 총에 맞고 1분도 채 지나지 않아 죽고 말았어.」

딕이 한숨을 내쉬었다. 「그게 바로 조이가 원하던 걸 겁니다. 곧 당할 거라는 걸 자신도 알고 있었어요. 장례식은 언제 치를 겁니까?」

「내일.」

「여기 노동자들 다 함께 장례 행렬에 참가합니까?」

그러자 맥이 런든을 쳐다보았다. 「당연하지. 아마 대중의 동정심을 우리 편으로 끌어들일 수 있을 걸세.」

「그래요, 조이도 그걸 원했어요.」 딕이 말했다. 「다른 거, 더 이상 원하지 않았다고요. 그걸 자기 두 눈으로 보지 못하고 죽었으니, 그게 안타까운 거죠. 아무튼 안녕히들 계십시오. 이젠 가봐야겠습니다.」 그가 천막을 나서려고 돌아서자 라이사가 고개를 들어 쳐다보았다. 「잘 있어라, 아가야. 나중에 또 보자.」 이런 딕의 말에 그녀의 뺨에는 다시 붉은 기운이 감돌았으며, 딕이 나가고 천막 덮개가 다시 내려진 후에도 그녀는 딕이 나간 쪽을 한참 동안 바라보았다.

맥이 말했다. 「이젠 놈들이 여기도 장악했어. 딕처럼 능력 있는 사람이 먹을 것을 구하지 못하면 구할 수 없는 거야.」

짐이 물었다. 「연설대는 어떻게 됐습니까?」

맥의 눈이 런든을 향하였다. 「그래, 준비됐소, 런든?」

「내일 아침에 설치할 거요. 다 썩어 빠진 말뚝 몇 개밖에 구할 수가 없어서 조그맣고 볼품없을 거요.」

「상관없소.」 맥이 말했다. 「조이의 시신을 모든 사람이 볼 수 있을 만큼의 높이면, 그걸로 충분하오.」

갑자기 런든의 얼굴에 근심 어린 표정이 나타났다. 「당신이 나더러 연설을 하라고 했는데, 사람들한테 뭘 말해야 되는 거죠?」

「흥분해서 저절로 말이 잘 나오게 될 거요. 사람들한테 우리 불쌍한 조이가 그들을 위해 대신 죽었다고 하시오. 그러니 적어도 우리는 우리 자신을 위해 투쟁해야 한다, 뭐 이런 식이면 되는 거요.」

「연설 같은 걸 해본 적이 있어야지……」 런든의 불평 섞인 말투였다.

「연설이 아니라 그냥 말하는 식으로 하면 되는 거요. 평소에도 얘기 많이 하지 않습니까? 그냥 얘기하는 투로 말하면 되오. 그게 연설보다 훨씬 더 낫습니다.」

「아, 알겠소. 그렇게 하리다.」

맥은 시선을 라이사에게 돌렸다. 「아이는 어떻습니까?」

그녀는 얼굴이 빨개지면서 어깨 위까지 담요를 끌어당겼다. 그녀의 긴 속눈썹이 뺨에 희미한 그림자를 그려 내고 있었다. 「아주 건강해요.」 속삭이듯 작은 목소리였다. 「전혀 울지도 않아요.」

그때 덮개가 열리더니 닥이 들어왔다. 그의 돌연하고 무뚝뚝한 동작들이 개 눈처럼 힘없이 내리깔린 그의 슬픈 눈과 전혀 어울리지 않았다. 「나, 앤더슨 씨 아들을 보러 갈 참입니다, 맥. 같이 가시겠습니까?」

「그러지, 뭐. 런든, 앤더슨 씨 집 둘레에 보초를 세웠습니까?」

「세웠소. 서로 안 가려고 하는 걸 내가 명령을 해서 보냈소이다.」

「잘하셨습니다. 자, 가지, 닥. 짐도 몸이 괜찮으면 같이 가세.」

「좋아요.」

그러자 닥 버튼이 짐을 찬찬히 살펴보면서 말했다. 「자넨 그냥 여기 누워 있는 게 좋겠어.」

맥이 싱긋이 웃으며 나섰다. 「그 친구 혼자 남겨 두기가 겁나. 단 1분이라도 혼자 떼어 놓으면 난리를 칠 거야. 자, 그럼 이따 봅시다, 런든.」

밖에는 어둠이 짙게 깔려 있었다. 큼직한 비구름이 온 하늘을 뒤덮고 있었으며, 별이라곤 하나도 보이지 않았다. 몇몇 작은 모닥불 가에 사람들이 둘러앉아 작은 목소리로 얘기들을 주고받고 있었지만, 그걸 제외하곤 쥐 죽은 듯한 고요가 천막 숙사에 감돌고 있었다. 공기도 고요하고 따뜻했으며, 눅눅한 습기마저 느껴졌다. 닥과 맥, 그리고 짐은 조심스럽게 천막 숙사를 벗어나 어둠 속으로 나아갔다. 「비가 올까 봐 걱정이야.」 맥이 먼저 입을 열었다. 「여기 사람들이 비에 흠뻑 젖으면 우린 고생 좀 해야 할 걸세. 총보다도 비가 더 사람들 사기를 팍 꺾어 놓는다고. 그리고 저 천막들도 다 새버리고 말걸.」

「그럴 겁니다.」 버튼이 말했다.

과수원까지 도착한 그들은 두 줄로 난 나무 사이로 접어들었다. 날이 너무 어두웠기 때문에 그들은 팔을 내밀고 더듬거리면서 나아갈 수밖에 없었다.

「파업, 어떻게 잘될 것 같습니까?」 닥이 물었다.

「별로야. 놈들이 이탈리아 파시스트들처럼 이곳을 이미 다 손아귀에 넣었어. 식량 공급이 끊겼네. 먹을 걸 못 구하면 그냥 망하는 거지, 뭐. 게다가 만일 오늘 밤 비까지 퍼붓는다면 사람들이 몰래 도망가 버리고 말 걸세. 제대로 견뎌 낼 수가 없겠지. 그런데 닥, 참 우습구먼, 자네는 우리가 내세우는 주의를 믿지도 않고, 아예 버텨 낼 사람 같지도 않은데 말이야....... 자네, 알 수 없는 사람이야.」

「나 자신도 모르겠어요.」 닥이 나지막하게 말했다. 「주의를 믿는 게 아니라 사람을 믿는 거죠.」

「그게 무슨 뜻이야?」

「글쎄요...... 그들이 동물이 아니라 사람이라는 사실이죠. 만일 내가 어느 개 우리에 들어가서 거기에 있는 개들이 굶주리고 병들고 더러운 채로 방치되어 있는 것을 보고, 또 내가 그 개들을 도울 수 있는 처지라면, 아마 도왔을 겁니다. 그 개들이 그렇게 된 게 그놈들의 잘못은 아니니까요. 〈그 개들이 그렇게 된 건 야망이 없어서다. 제 몫도 못 챙기니까 항상 그 꼴일 수밖에 없다〉 이렇게 말할 수는 없는 거죠. 오히려 그놈들을 깨끗이 씻어 주고 밥도 주고 싶을 거예요. 내 생각이 바로 그런 거죠. 사람들을 도와줄 수 있는 기술을 가졌겠다, 도움을 필요로 하는 사람들이 있으면 그냥 도와주는 겁니다. 그렇다고 그게 무슨 대단한 일이라고는 생각하지 않습니다. 그냥 화가가 캔버스하고 물감이 있으면 그림을 그리고 싶어 하는 거하고 똑같은 거죠. 왜 그림을 그리고 싶은지, 화가 자신도 알 수가 없는 문제니까요.」

「그래, 무슨 말인지 알겠네. 어떻게 보면 한 발짝 물러서서 그런 사람들을 경멸하면서 전혀 어울리지 않으려 하는 냉혈한 같기도 하고, 또 어떻게 보면 닥, 정말 멋지고 깨끗한 삶을 사는 사람 같기도 하군.」

「아 참, 맥, 살균제가 다 떨어져 갑니다. 석탄수를 못 구하면 그 좋은 냄새 더 이상 맡을 수 없을 겁니다.」

「구할 수 있나 나중에 알아보지.」

1백 미터 정도 떨어진 곳에서 노란 불빛이 비쳤다.「저기가 앤더슨 씨 집인가요?」짐이 물었다.

「그런 것 같네. 그렇다면, 곧 보초를 만나게 되겠구먼.」

그들은 불빛이 비치는 곳으로 걸어갔지만 아무런 저지를 받지 않았다. 대문에 도달할 때까지 보초는 한 명도 안 보였다.「잘들 한다. 런든이 보냈다는 보초들은 어디 간 거야? 들어가게, 닥. 나는 사람들을 좀 찾아봐야겠네.」닥은 통로로 들어서서 불 켜진 부엌 쪽을 향해 걸어가고 맥과 짐은 헛간으로 향했다. 보초를 서러 온 사람들이 헛간 안에서 듬성듬성한 건초 더미를 깔고 누운 채 담배들을 피우고 있었다. 한쪽 벽에 걸려 있는 석유램프가 텅 빈 축사와 아직 운반되지 않은 앤더슨 씨 사과 상자 더미 위를 노란 불빛으로 밝혀 주었다.

맥은 화가 나서 붉으락푸르락하였다. 그러나 곧 마음을 진정시키면서 부드럽고 다정한 목소리로 말을 건넸다.「여러분, 이건 장난이 아닙니다. 앤더슨 씨가 우리에게 머무를 수 있는 장소를 제공했다는 이유로 그 못된 자경 대원 놈들이 그분에게 보복을 하려고 한다는 정보가 들어왔어요. 만일 앤더슨 씨가 장소를 제공해 주지 않았다면 어떻게 됐을까요? 우린 당장 쫓겨났을 겁니다. 그 양반은 좋은 사람입니다. 어느 누구도 그 양반을 해치게 해서는 안 됩니다.」

「이 근처에 아무도 얼씬거리지 않던데요, 뭘.」한 사람이 항변하듯 대꾸를 하였다.「그리고 밤새 순찰을 돌 수도 없지 않소? 오후 내내 감시 조로 경비를 섰단 말입니다.」

「그렇담, 맘대로들 하시오.」맥이 화가 나서 소리를 질렀다.

「놈들이 여길 습격하도록 내버려 두면, 분명 앤더슨 씨가 우릴 쫓아낼 거요. 그렇게 되면 우린 더 이상 갈 곳이 없소.」

「강 아래쪽에서 야영할 수가 있지 않소?」

「그게 가능하다고 생각하시오? 놈들이 우리 엉덩이에 불이 나도록 금방 군(郡) 경계선 너머로 몰아낼 거요. 여러분도 그 사실을 알면서 왜 그러시오?」

한 사람이 천천히 몸을 일으키면서 입을 열었다.「이 사람 말이 맞아요. 여기서 나가는 게 좋을 것 같습니다. 천막 숙사에 계신 어머님을 또다시 고생시킬 순 없어요.」

「자, 나가서 경계선을 칩시다.」맥이 제안을 하고 나섰다.「아무도 못 들어오게 말입니다. 여러분 다 아시죠? 놈들이 앤더슨 씨 아들에게 어떤 짓을 했는지…… 식당차를 불태우고 앨을 죽도록 두들겨 팬 거 말이오.」

「앨 그 친구, 스튜를 참 맛있게 끓였는데…….」누군가가 이렇게 말했다. 사람들이 마지못해 일어서서 밖으로 나가자 맥은 석유램프를 입으로 불어 껐다.「자경 대원 놈들은 불빛만 봐도 쏴댈 거야. 놈들은 그런 맹랑한 짓을 잘하지. 앤더슨 씨한테도 커튼을 내리라고 하는 게 좋겠군.」

보초들이 경계를 서기 위해 어둠 속으로 사라지자 짐이 물었다.「저 사람들이 계속 보초를 설까요, 맥?」

「그러길 바랄 뿐이지. 하나 10분 정도 지나면 다시 헛간으로 돌아올 걸세. 여기가 군대라면 보초 서다 조는 사람을 총으로 쏴 죽일 수도 있겠지만, 그러지 못하고 타이를 수밖에 없으니…… 젠장, 이젠 이런 무력감에 신물 났다고! 총만 사용할 수 있어도 말이야! 규율을 위해 형벌을 가할 수만 있어도 좋겠는데!」보초들의 발소리가 어둠 속에서 잦아들었다.

다시 맥이 말을 이었다. 「돌아가기 전에 저 친구들 다시 한번 격려해 줘야겠어.」 그들은 부엌문으로 다가가서 노크를 했다. 그러자 개들이 으르렁거리며 짖어 대는 소리가 들려오고, 집 안에서 이리저리 날뛰는 그 개들을 앤더슨이 단속하는 소리도 들렸다. 곧이어 문이 빠끔 열렸다. 「우립니다, 앤더슨 씨.」

「들어오시오.」 앤더슨의 목소리에는 뭔가 시큰둥한 데가 있었다.

포인터들은 이리저리 날뛰면서 킹킹거리고, 가늘고 단단한 꼬리를 채찍질하듯 흔들어 댔다. 맥은 허리를 굽혀 개들을 쓰다듬더니 가죽 줄을 끌어당겼다. 「앤더슨 씨, 이 개들을 밖에다 놔둬서 지키게 하는 것이 좋겠습니다. 날이 너무 어두워 보초들은 잘 보지 못하지만 이 개들은 누가 접근해 오든지 냄새를 잘 맡을 겁니다.」

앨은 난롯가의 간이침대에 누워 있었다. 그의 얼굴은 창백한 병자 같았다. 아래턱의 살이 축 처진 것으로 보아 살도 많이 빠진 듯했다. 등을 대고 똑바로 누운 채 한쪽 팔이 앞으로 동여매여 있었다. 그 침대 옆 의자에 닥이 앉아 있는 모습이 보였다.

「잘 있었소, 앨?」 맥의 목소리는 차분했다. 「그래, 좀 어떠시오?」

앨의 눈가에 밝은 기운이 감돌았다. 「괜찮습니다. 아프긴 많이 아파요. 닥이 한동안은 꼼짝 못 할 거라고 하더군요.」 맥이 침대 위로 몸을 굽혀 앨의 다치지 않은 쪽 손을 잡았다. 그러자 앨이 냉큼 소리를 질렀다. 「아, 너무 세게 잡지 마세요. 그쪽은 갈비뼈가 온통 뭉개졌어요.」

곁에 서 있던 앤더슨의 눈이 불타오르듯 붉어졌다. 「자, 보시오. 어떤 꼴인지 똑똑히 보시오. 식당차는 불탔고, 앨은 다쳤소, 보시다시피 말이오.」

「아, 제발 아버지, 자꾸 그러시지 마세요. 당신 이름이 맥, 맞습니까?」 앨의 목소리에는 힘이 없었다.

「맞소.」

「저…… 있죠, 맥, 나도 당에 가입할 수 있습니까?」

「적극적으로 활동을 해보고 싶다는 뜻이오?」

「예, 가입할 수 있습니까?」

「할 수 있을 거요.」 맥은 천천히 말을 이었다. 「내가 입당원서를 나중에 가져다주겠소. 그런데 무슨 이유로 입당을 하겠다는 거요, 앨?」

앨의 두툼한 얼굴이 일그러졌다. 그는 머리를 앞뒤로 흔들었다. 「쭉 생각을 해봤어요. 그놈들에게 두들겨 맞은 이후로 쭉 생각했단 말입니다. 놈들을 내 머릿속에서 지울 수가 없어요. 조그만 내 식당차를 다 불태워 버리고, 발로 나를 마구 짓밟고……. 그런데 경찰 두 놈이 골목에서 그 광경을 보고 있으면서도 아무런 조치를 취하지 않는 거예요. 그걸 어떻게 잊을 수가 있겠습니까!」

「그래서 입당하고자 하는 거요, 앨?」

「놈들과 맞서고 싶어요.」 앨이 소리를 질렀다. 「죽을 때까지 싸울 겁니다. 반대편에 서서 싸우고 싶단 말입니다.」

「그자들이 당신을 더욱더 무자비하게 두들겨 팰 거요, 앨. 내 솔직히 얘기하는데, 놈들이 당신을 완전히 박살 낼지도 모르오.」

「놈들과 맞서 싸우는 마당에 뭘 두려워하겠습니까? 아시겠습니까? 나는 그냥 작은 식당차나 운영하면서 이따금씩 거지들에게 동냥이나 베풀던 그런 사람이었다고요……」 목이 멘 목소리였다. 그의 눈에는 눈물도 찔끔 솟아나 있었다.

닥 버튼이 그의 뺨을 부드럽게 어루만져 주었다. 「이제 그만 말하시오, 앨.」

「내가 입당 원서를 얻도록 주선해 주겠소.」 맥은 계속해서 말을 했다. 「제기랄, 정말 우습구먼. 경찰 곤봉 때문에 우리 편으로 쓰러져 들어오는 사람들이 줄을 섰으니 말이야. 놈들이 사람들을 때려잡을 때마다 지원자가 줄을 서. 당원 끌어모으는 데 우리 조직책 열두 명보다 로스앤젤레스 공산당 담당 경찰 한 놈이 더 낫다니까. 그런데 놈들이 얼마나 둔한지 그런 사실을 깨닫지 못하고 있는 거라고. 아무튼 좋소, 앨. 곧 입당 원서를 받게 될 거요. 그게 통과될는지는 나도 모르오. 하나 내가 밀어 주면 통과될 거요.」 맥은 앨의 성한 팔을 토닥거려 주었다. 「통과되길 바라오. 앨, 당신은 좋은 친구요. 식당차 불탄 거, 날 원망하지 마오.」

「원망할 사람이 따로 있는데, 왜 당신을 원망하겠어요, 맥.」

버튼이 말을 가로막았다. 「편히 해요, 앨. 쉬라고, 좀 쉬어야 해요.」

앤더슨은 방을 이리저리 왔다 갔다 했다. 개들이 곧추선 꼬리들을 작은 채찍처럼 흔들어 대고, 다갈색의 코를 치켜들어 킹킹거리면서 그를 따라 계속 맴돌았다. 「그래, 이제 만족했나?」 별수 없다는 투로 앤더슨이 말했다. 「당신들은 나의 모든 것을 몽땅 망가뜨렸어. 게다가 이제는 앨까지 뺏어 가는군. 그래, 실컷 재미 보라고.」

짐이 입을 열었다. 「너무 걱정 마세요, 앤더슨 씨. 집 주변에 보초도 세워 놓았고, 이 계곡에서 사과 수확을 한 사람은 아저씨뿐이라고요.」

맥이 물었다.「사과를 언제 옮기실 겁니까?」

「내일 모레일세.」

「그렇담, 사과 옮기는 트럭에도 경비를 몇 명 딸릴까요?」

「모르겠네.」앤더슨의 말속에는 불안해하는 기색이 있었다.

「트럭에도 경비를 붙이는 게 좋을 듯하군요. 누가 사과를 뒤집어엎지 못하도록 말입니다. 이젠 가야겠습니다. 안녕히 계십시오, 앤더슨 씨. 잘 있어요, 앨. 어쨌든 당신이 입당한다니 기분이 좋소.」

앨이 미소를 지어 보였다.「모두, 안녕히들 가세요. 그리고 원서 잊어버리지 마세요, 맥.」

「알겠소. 그리고 앤더슨 씨, 커튼을 치는 게 좋겠습니다. 놈들이 창문으로 총을 쏘지는 않겠지만 혹 모르죠. 전에 다른 곳에서 그런 적이 있었으니까요.」

그들이 나서자 바로 문이 닫혔다. 커튼이 쳐지고 창밖의 땅바닥을 환하게 밝혀 주던 불빛이 작아지면서 마침내는 완전히 사라져 버렸다. 맥은 더듬거리며 대문으로 가서는 닥과 짐이 밖으로 나가자 문을 바로 닫았다.「여기서 잠깐만 기다리게. 난 다시 한번 보초들을 살펴봐야겠네.」맥이 어둠 속으로 걸어갔다.

짐과 닥은 나란히 서 있었다.「자네, 그 어깨 조심하는 게 좋을 거야.」버튼이 충고 조로 말했다.「나중에 더 고통스럽게 될지도 몰라.」

「전혀 신경 안써요, 닥. 오히려 기분은 더 좋은 것 같은데요.」

「맞아, 그럴지도 모르지.」

「자네 눈에는 신앙 비슷한 게 불타고 있어, 짐. 전에도 자네

당원들 가운데서 그런 걸 본 적이 있지.」

짐이 발끈 성을 냈다.「신앙 같은 건 아니라고요. 종교 같은 건 나한테 아무 소용 없어요.」

「그래, 맞아. 아닌 것 같군. 내 자넬 화나게 하고 싶은 생각은 없어, 짐. 그런 말장난으로 자넬 괴롭히고 싶지 않네. 자넨 훌륭한 삶을 살고 있는데 그걸 뭐라고 부르든 무슨 상관이 있겠나?」

「아무튼 나는 행복해요. 난생처음으로 이런 기분을 느낀 거라고요. 대만족입니다.」

「알겠네. 그걸 죽이지나 말게, 하늘의 계시야.」

「나는 하늘 같은 거 믿지 않아요. 종교 따윈 믿지 않는단 말이에요.」

「좋아, 더 이상 말싸움하지 말자고. 나는 자네 같은 사람들은 전혀 시기하지 않네, 짐. 왜냐하면 때론 나도 자네만큼이나 사람들을 사랑하기 때문이지. 방법은 다르지만 말이야.」

「닥, 당신도 이런 느낌이 듭니까? 가령 말이죠, 뭐랄까…… 음…… 군대들이 줄지어 당신한테 몰려온다고나 할까요? 그리고 당신도 그들 가까이 다가서고 말입니다.」

「물론, 그런 생각이 들지. 특히 말이야, 사람들이 우둔한 짓거리를 저지를 때 그래. 어떤 사람이 실수를 저지르다 그것 때문에 목숨을 잃을 때 말이야. 그래, 그럴 때 그런 느낌이 들어, 짐. 그것도 아주 자주야.」

맥의 목소리가 들려왔다.「자네들 어디 있나? 젠장, 되게 어둡구먼.」

「여깁니다.」세 사람은 다시 함께 과수원의 시커먼 나무들 아래로 걸어 들어갔다.

「이번엔 보초들이 헛간에 있지 않더군.」 맥이 입을 열었다. 「모두 밖에서 경계를 서고 있는 걸 보니까 끝까지 버텨 낼 것 같기도 하고.」

도로 먼 곳에서 트럭 한 대가 그들을 향해 덜컹거리며 다가오는 소리가 들렸다. 「앤더슨 씨한테 미안한데요.」 버튼이 조용히 말문을 열었다. 「그가 귀하게 여기던 것, 염려하던 것, 모두가 다 그 사람한테서 등을 돌려 버렸잖아요. 그가 무슨 일을 저지를지 걱정이 됩니다. 물론 이 고장에서는 당연히 쫓겨나겠지요.」

맥이 무정하게 말을 내뱉었다. 「어쩔 수 없잖아, 닥. 많은 사람들을 위해 희생당한 인물이 되는 거지 뭐. 전체 집단이 살육의 도가니에서 빠져나오려면 누군가가 희생되어야 하는 거야. 너무 한 사람의 피해에 대해서 심각하게 생각할 수 없는 거라고. 어쩔 수 없어, 닥.」

「내가 당신들의 동기나 목적에 대해 물어본 게 아닙니다. 난 그저 그 불쌍한 양반에 대해 미안한 감정이 생겨났다는 것뿐입니다. 자기 자존심이 여지없이 곤두박질당한 거라고요. 그것 때문에 몹시 비통해하고 있을 겁니다. 안 그래요, 맥?」

「난 한 사람의 사사로운 감정에 대해 찬찬히 생각해 볼 여유가 없네.」 맥이 툭 쏘아붙였다. 「더 큰 전체 사람들의 일로 바쁘단 말일세.」

「이건 그, 총에 맞아 죽은 작은 친구 일하고는 또 다른 문제예요.」 닥은 계속 골똘한 표정을 지으며 말했다. 「그 친군 자기가 좋아서 그렇게 된 거라고요. 어떻게 다른 식으로 되길 원하지도 않았을 거고요.」

「닥, 자네가 지금 내 가슴을 찢어 놓고 있네.」 맥이 화를 벌컥 냈다. 「제발 그 감상적인 어리석음에 빠져 들지 말게. 우리에겐 성취해야 할 목적이 있는 거고, 또 그건 진정한 현실적 목적이야. 자존심 잃는 거하고는 아무런 관계도 없단 말일세. 우리의 목적은 사람들로 하여금 끼니를 때우게 하는 거야. 아주 현실적인 목적이지. 자네의 그 잘난 사상하고는 전혀 성질이 다른 거네. 그런데 그 엉덩이 깨진 영감은 어떻게 됐지?」

「아, 괜찮아요. 얘기를 돌리시는군요. 그 영감, 전갈처럼 초라하게 되고 말았어요. 처음에는 사람들의 주목을 많이 받아 한동안 의기양양했죠. 그런데 이제는 아무도 오지 않고, 얘기도 안 들어 주니까 거의 발광하다시피 됐어요.」

「아침에 내가 가서 한번 만나 봐야겠군요.」짐이 말했다.「괜찮은 영감이었는데……」

갑자기 맥이 소리를 질렀다. 「잠깐! 아까 그 드릭이 멈춘 건가?」

「그런 거 같은데요. 천막 숙사에서 멈춘 것 같습니다.」

「대체 무슨 일까? 자, 빨리 가보자고. 나무들 조심해.」그들이 조금 더 나아갔을 때 다시 트럭의 시동이 걸리고 기어가 물리면서 트럭이 떠나가는 소리가 들렸다. 차 소리는 점점 멀어지더니 마침내 정적 속에 묻혀 버리고 말았다. 「뭐 별일 아니겠지……」맥의 말이었다.

그들은 과수원을 종종걸음으로 빠져나와 나무가 없는 빈터를 가로질렀다. 런든의 천막에는 아직도 불이 켜져 있었고, 몇몇 사람이 그 주변을 서성이고 있었다. 런든의 천막으로 달려간 맥은 천막 덮개를 젖히고 안으로 들어갔다. 바닥에는 거칠거칠한 소나무 관이 하나 놓여 있었다. 상자 위에 앉아 있던 런든은 맥 일행을 시무룩한 표정으로 쳐다보았다. 라이사는 요 위에 웅크리고 있었고, 검은 머리에 허약한 런든의 아들이 그 곁에 앉아서 그녀의 머리를 어루만져 주고 있었다. 런든이 엄지로 관을 가리키며 말했다.「대체 저걸 어떻게 할 작정이오? 저 관 때문에 내 며느리가 기겁을 해서 거의 초주검 상태로 있단 말이오. 여기에다 놔둬선 안 되겠소이다.」

「조이 시첩니까?」 맥이 물었다.

「그렇소. 방금 전에 이리 가져다 놓읍디다.」

맥은 입을 실룩거리며 관을 살펴보았다.「밖에다 내놔선 안 될 것 같소. 당신 아이들은 오늘 밤 병원 천막에서 자게 하고, 이건 여기 놔둡시다. 런든, 당신이 괜찮다면 말이오……」

「나는 아무래도 괜찮소.」 런든이 항변하듯 말했다.「시첼 많이 봐왔으니 저것도 다를 바 없소이다.」

「그럼 여기다 놔둡시다. 짐하고 내가 여기 같이 있겠소. 저 사람, 우리 친구였으니…….」 맥의 뒤에서 닥이 작은 소리로 낄낄 웃었다. 맥은 얼굴이 뻘겋게 변하더니 뒤를 홱 돌아다보았다.「자네가 이겼다고 생각하나, 닥? 그래, 그래서? 이 친군, 내가 알던 사람이야.」

「난 아무 말 안 했습니다.」 버튼이 대꾸했다.

런든이 라이사와 소년에게 작은 소리로 뭐라고 말을 하자 이내 그들은 천막 밖으로 나갔다. 라이사는 어깨받이 담요로 아기와 자기 몸을 꼭 감싸 안았다.

장방형의 관 한쪽 끝에 걸터앉은 맥은 집게손가락으로 관을 문질러 보았다. 칠도 입히지 않은 소나무 관의 나뭇결에 물결무늬가 나 있었다. 짐은 맥의 뒤에 서서 어깨 너머로 바라보았다. 런든은 관에서 시선을 돌린 채 초조한 듯 천막 안을 왔다 갔다 서성였다. 맥이 입을 열었다.「군(郡) 당국이 참 좋은 물건도 내줬군.」

「그럼 공짠데, 더 이상 뭘 원하는 거요?」런든이 내뱉듯 말을 받았다.

「나 같으면 봉홧불밖에 바라지 않을 거요. 화장하면 되는 거지, 이런 식으로 관에 누워 있고 싶지 않소.」맥은 일어서서 청바지 주머니에 손을 집어넣더니 커다란 주머니칼을 하나 꺼내 들었다. 한쪽 날 끝에 나사돌리개가 달린 칼이었다. 그는 관 뚜껑의 나사에 그 나사돌리개 끝을 맞춘 다음 돌리기 시작했다.

런든이 소리를 질렀다. 「대체 관 뚜껑을 열어서 뭘 어쩌겠다는 거요? 좋지 않소, 그대로 놔두시오.」

「조이 얼굴이 보고 싶소.」맥이 말했다.

「왜요? 그는 죽었소. 이젠 흙 한 덩어리와 다를 바 없소.」

그때 닥이 작은 소리로 끼어들었다.「이따금씩 당신과 같은 현실주의자들이 이 세상에서 가장 감상적인 사람들이라는 생각이 들어요.」

맥이 콧방귀를 뀌며 나사를 땅바닥에 조심스럽게 내려놓았다. 「이런 걸 감상적이라고 생각하다니, 자네 어떻게 되었군, 닥. 사람들이 내일 조이의 얼굴을 보는 게 좋을지 어떨지를 살펴보려는 걸세. 어떤 식으로든 사람들의 기운을 좀 돋워 줘야 되는데, 모두 선 채로 죽어 가고 있으니 이거······.」

닥이 말했다.「시체 가지고 놀자는 겁니까?」

그러자 짐이 아주 진지한 어투로 끼어들었다.「우린 모든 수단을 다 사용해야 해요, 닥. 우리가 쓸 수 있는 모든 무기를 다 동원해야 된다고요.」

맥이 고맙다는 눈길로 짐을 올려다보았다. 「바로 그거야.

그렇게 해야 하네. 만일 조이도 자기가 죽은 후에라도 무슨 일을 할 수 있다고 여겼으면 그렇게 했을 걸세. 이 집단에 개인적인 감정 같은 거, 그런 거 없네. 있을 수가 없지. 그리고 품위 같은 것도 없네. 잊어버리지 말게.」

맥의 말을 들으며 잠자코 서 있던 런든은 그의 커다란 머리를 천천히 끄덕였다.「옳은 말씀이오. 데이킨을 보시오. 그 비싼 트럭 때문에 이젠 완전히 미쳐 버렸소이다. 들리는 말에 의하면 폭행죄로 내일 재판에 선다고 합디다.」

맥은 빠른 동작으로 나사들을 돌려 빼서는 땅바닥에 일렬로 늘어놓았다. 뚜껑은 단단히 붙어 있었다. 그는 구두 뒤축으로 차서 뚜껑을 열었다.

조이는 반듯하고 작은 모습에 애처로울 정도로 깨끗하게 누워 있었다. 말끔한 푸른색 셔츠와 기름때가 묻은 청바지를 입고 있었고, 팔은 뻣뻣한 채로 배 위에 가지런히 접혀 있었다.「방부제 주사를 맞았구먼.」맥이 말했다. 조이의 볼에는 그루터기 모양의 반점이 나 있었는데 주변의 잿빛 밀랍 같은 살갗 때문인지 더욱더 시커멓게 보였다. 얼굴은 침착하고 단정한 모습이었다. 폐부를 에는 듯한 고통은 이미 사라지고 없었다.

「아주 편안한 모습인데요.」짐이 말했다.

「맞아, 그래서 고민이야. 사람들 앞에 전시해 봤자 아무 소용이 없겠어. 너무 편안한 모습이라서 모두가 다 이렇게 되고 싶다고 생각하면 일을 그르치게 돼.」닥도 가까이 다가서더니 관을 한참 동안 내려다보았다. 그러곤 한 상자로 가서 그 위에 걸터앉았다. 그는 자신의 크고 애처롭게 보이는 두 눈을 맥의 얼굴에 고정시켰다. 맥은 여전히 조이를 바라보고 있었다. 「정말 좋은 친구였는데 말이야……. 자기 자신을 위해서는 아무것도 바라지 않았다고. 그렇게 똑똑하지는 않았지만, 그래도 뭔가가 잘못되고 있다는 생각은 했던 친구야. 한편에선 사람들이 굶어 죽어 가고 있는데 왜 다른 한편에선 음식이 무더기로 내버려져 그대로 썩고 있는지, 그 이유는 알지 못했지. 이 불쌍하고 어리석은 친구, 그걸 이해하지 못하다니……. 하나 그런 일을 중단시키는 데 자기가 도움을 줄 수 있다고 생각했지. 그가 얼마나 많은 도움을 주었을까? 대답하기는 아주 곤란해. 전혀 도움을 주지 못했을 수도 있고, 많은 도움을 주었다고도 말할 수 있지. 알 수 없는 거야.」 맥의 목소리가 점점 떨렸다. 닥의 눈길은 여전히 맥의 얼굴에 머물러 있었고, 그의 입가에선 어떻게 보면 빈정대는 것 같기도 하고 어떻게 보면 다정다감한 것 같기도 한 묘한 미소가 떠올랐다.

짐이 입을 열었다. 「조이는 아무것도 두려워하지 않았어요.」

맥이 관 뚜껑을 들어 다시 제자리에 맞춰 놓았다. 「우리가 이 친구를 왜 〈불쌍한 작은 친구〉라고 부르는지 모르겠군. 불쌍한 친구가 아냐. 보기보다는 더 큰 인물인데 자기가 그걸 모르고 있었던 거지, 전혀 개의치 않은 거라고. 그러나 항상, 두들겨 맞을 때도 이 친구한테는 어떤 황홀감 같은 게 있었다고. 그래, 짐이 말한 대로야. 무서워한 게 없었지…….」 맥은 나사 하나를 집어 원래의 구멍에 끼우더니 칼로 다시 조였다.

런든이 입을 열었다. 「연설을 하시는 것 같구려. 당신이 연설하는 게 더 좋을 것 같소이다. 난 말재주가 없어서……. 방금 한 말, 정말 좋은 연설이었소. 정말 멋진 말들이오.」

맥은 뭔가 켕기는 듯한 표정으로 올려다보면서 런든의 말이 비꼬아 하는 말인가 눈치를 살폈다. 그러나 비꼬는 투가 아니었음을 알고는 나지막한 소리로 말을 꺼냈다. 「연설이 아닙니다. 연설처럼 들렸을 수도 있겠지만, 그게 아니오. 이 친군, 개죽음당한 게 아니라고 말했을 뿐이오.」

「내일 당신이 연설하지 그러시오? 말을 아주 잘하는데.」

「아니오. 당신이 여기 대장이고, 또 내가 떠들면 사람들 기분이 상할지도 모르는 일이오. 그들은 당신이 하기를 기대하고 있소.」

「그렇담, 대체 무슨 말을 해야 하는 거요?」

맥은 차례차례 나사들을 조였다. 「그냥 보통 말하는 식으로 하면 되오. 조이가 우리를 위해 죽은 거라고 말하면 되는 거요. 조이가 우리를 도와주려다 당한 것이니 그를 위해 할 수 있는 최선의 일이란 서로 굳게 뭉쳐 스스로를 돕는 일뿐이라고, 그렇게 말하시오. 알겠습니까?」

「알겠소.」

맥은 일어서서 관 뚜껑의 물결무늬를 바라보았다. 「누가 우릴 방해했으면 좋겠소. 그 자경 대원 놈들이 우릴 건드리면 좋겠는데…… 시내로 행렬이 지나갈 때 제발 누가 우릴 저지하면 좋겠단 말이오.」

「무슨 말인지 알고 있소이다.」 린든이 말했다.

짐의 눈이 붉게 타올랐다. 그도 맥의 말을 따라 했다. 「정말 그랬으면 좋겠어요.」

「여기 사람들은 싸우고 싶을 거요.」 맥이 계속 말을 이었다. 「분노의 감정을 안으로만 삼키고 있으니 밖으로도 터뜨리고 싶을 거요. 그 자경 대원 놈들 그리 똑똑하지 못한 놈들이니 내일 뭔가 좀 벌였으면 좋겠는데…….」

닥이 앉아 있던 상자에서 주섬주섬 일어서더니 맥에게 다가갔다. 그는 맥의 어깨에 살며시 손을 얹었다. 「맥, 당신은 정말 잔인함과 여인네들의 감성이 뒤범벅된 사람이군요. 냉철하고 맑은 안목과 장밋빛 색안경이 뒤섞인, 그런 사람이에요. 동시에 그 모든 걸 어떻게 이루어 나가는지 모르겠어요.」

「바보 같은 소리 말게.」

닥은 하품을 했다. 「좋습니다. 그냥 허튼소리라고 해둡시다. 나는 가서 자야겠어요. 날 찾지 않으시길 바라지만, 필요하면 부르세요. 내가 어디 있는지는 아실 테니까……」

갑자기 맥이 천막의 천장을 올려다보았다. 큰 빗방울이 천천히 떨어지는 소리가 들려왔다. 하나, 둘, 셋, 그러더니 많은 빗방울들이 북을 치듯 천막을 부드럽게 두드렸다. 맥이 한숨을 내쉬었다. 「비가 오지 않기를 바랐는데 말이야. 내일 아침쯤이면 모두가 다 물에 빠진 생쥐 꼴이 되고 말 거야. 그렇게 되면 실험용으로 쓰이는 기니피그만큼도 힘들을 못 쓸 거라고.」

「자, 그럼 난 자러 가겠습니다.」 닥이 나가고 천막 덮개는 다시 덮였다.

맥은 침통한 표정으로 관 위에 앉아 있었다. 북을 치듯 천막 위로 떨어지는 빗소리가 점점 더 빨라졌다. 밖에서 사람들이 서로를 부르는 소리가 들리기 시작했지만 이내 빗소리에 잠겨 버리고 말았다. 「내 생각엔 여기 있는 천막들 모두 비가 샐 것 같소. 제기랄, 행운을 잡게 되는가 싶으면 꼭 그게 어그러지고 만단 말이야. 왜 그렇지? 왜 항상 호되게 당해야만 하는 거야? 왜, 항상?」

짐은 긴 관 위에 앉아 있는 맥 옆에 다가가 조심스럽게 앉았다. 「너무 걱정하지 마세요, 맥. 때로는 아주 비참해졌기 때문에 그만큼 더 열심히 투쟁할 수도 있는 거예요. 내가 그랬어요, 맥. 어머니가 돌아가셨을 때 제게 아무 말씀도 없으셨죠. 나는 너무 비참해져서 기회만 있었더라면 아마 그때 무슨 짓이라도 했을 겁니다. 걱정하지 마세요.」

맥이 짐을 돌아다보았다. 「자네 또 나를 따라잡으려는 건가? 자네 너무 자주 나를 능가하면 나는 미쳐 버리고 말 거야. 저기, 라이사 요 위에 가서 드러누워. 팔도 성치 않으면서……지금은 많이 아프지 않나?」

「약간 쑤시지만, 괜찮아요.」

「그래, 가서 누우라고. 눈 좀 붙여 봐.」 짐은 뭐라고 말대꾸를 하더니 이내 바닥에 깔려 있는 요 위에 가서 드러누웠다. 욱신거리는 통증이 팔 아래까지 퍼지더니 가슴까지 아팠다. 비가 점점 거세지면서 천막을 마치 빗자루로 쓸어 내듯 때렸다. 커다란 빗방울들이 천막 안으로 떨어지기 시작했고, 천막 중앙의 비가 새는 곳에서 무거운 빗방울들이 관 위로 떨어지면서 작은 물방울들을 튕겨 내었다.

맥은 머리를 양팔로 감싼 채 관 옆에 잠자코 앉아 있었다. 그리고 런든은 살쾡이 눈처럼 생생한 눈을 하고 램프를 하염없이 바라보고 있었다. 천막 숙사는 다시 조용해졌으며, 비는 바람 한 점 없는 하늘에서 끊임없이 떨어져 내렸다. 잠시 후 짐은 깊은 잠에 곯아떨어졌다. 비는 계속해서 퍼부었고, 천막 기둥에 걸려 있는 등잔 불빛은 노랗게 확 줄어들면서 심지로 내려앉았다. 잠시 푸른 불꽃이 바지직 타더니 금방 꺼져 버리고 말았다.

12

짐은 마치 비좁은 상자 속에서 잠자다 깬 것 같은 기분이 들었다. 몸 한쪽이 완전히 뻐근한 통증에 휩싸여 있는 듯했다. 그는 눈을 떠서 천막 안을 둘러보았다. 무심한 새벽의 여명이 뿌옇게 다가오고 있었다. 관은 여전히 어제의 그 자리에 놓여 있었지만 맥과 런든은 어디 갔는지 보이지 않았다. 그를 잠에서 깨운 것은 뭔가를 세게 치는 소리였다. 그것은 나무를 망치로 두들기는 소리였다. 잠시 드러누운 채 말없이 천막 안을 둘러보던 짐은 몸을 일으키려고 하였다. 그러나 통증이 그에게 일격을 가해 왔다. 그는 다시 드러누워 몸을 돌려 무릎으로 상체를 지탱하여 기는 듯한 모습으로 몸을 일으켰다. 부상당한 어깨가 긴장되지 않도록 어깨 부분을 축 늘어뜨렸다.

천막 덮개가 젖혀지더니 맥이 들어왔다. 그의 푸른 무명 재킷이 물기로 반짝였다. 「안녕, 짐. 그래 잠 많이 잤지? 팔은 좀 어떤가?」

「뻑뻑합니다. 아직도 비가 옵니까?」

「보슬비가 우중충하게 내리고 있네. 곧 있으면 닥이 자네 어깨를 치료하러 올 걸세. 제기, 밖은 온통 진창이야! 곧 사람들이 돌아다니다 보면 온통 질퍽질퍽하게 되고 말 거야.」

「거, 두드리는 소리는 뭐였어요?」

「응, 그거, 조이의 관을 올려놓을 단을 하나 만들었네. 그리고 그 친구 덮어 줄 국기를 하나 찾아냈지. 좀 낡았네.」 그는 거무칙칙한 천으로 싼 꾸러미 하나를 꺼내 펼쳐 보였다. 실밥이 다 드러나고 때가 묻은 성조기였다. 그는 조심스럽게 국기를 관 위에 덮었다. 「아니, 이게 아니지. 바탕 부분이 왼편 가슴 쪽으로 가야 되는 것 아닌가?」

「국기가 되게 더럽군요.」

「알고 있네. 그래도 근사할 걸세. 닥이 곧 올 텐데…….」

「배고파 죽겠어요.」

「안 고픈 사람이 어디 있나? 아침 식사로 귀리를 날로 눌러 먹어야 할 걸세. 설탕, 우유, 모두 다 떨어졌어. 그냥 귀리만 먹는 거야.」

「그거라도 감지덕지죠. 그런데 오늘 아침 기분이 괜찮으신 것 같아요, 맥.」

「나 말인가? 그래, 내가 우려한 것처럼 사람들이 그렇게 기진맥진해 있지는 않더군. 여자들은 불평을 터뜨리지만 남자들은 비교적 기분이 좋은 것 같아.」

닥이 뛰어 들어왔다. 「어떤가, 짐?」

「굉장히 쑤십니다.」

「자, 이리 와서 앉게. 붕대를 새로 갈아야지.」 짐은 상자 위에 앉더니 미리 아플 거라고 짐작하고는 잔뜩 긴장하였다. 그러나 닥은 능숙하게 손을 움직여 짐에게 아무런 통증도 주지 않고 낡은 붕대를 새것으로 갈아 붙였다. 닥이 말을 꺼냈다. 「댄 영감이 속이 뒤집히는 모양이야. 장례식에 참석하지 못

할까 봐 되게 걱정을 하고 있어. 이번 파업이 자기 때문에 시작됐는데, 이제는 아무도 안 쳐다본다는 거야.」

맥이 물었다. 「그 영감을 트럭에 태워서 데려가도 괜찮겠나, 닥? 그렇게만 할 수 있으면 사람들의 관심을 더 끌게 될 텐데 말이야.」

「그래도 될 겁니다, 맥. 하지만 굉장히 고통스러울걸요. 그러다가 충격으로 인해 더 심해질지도 모르고요. 그 노인 늙었잖아요. 잠깐만 참게, 짐. 이제 다 했네. 그것보다는 이렇게 하는 게 어떨까요? 우리가 그 영감에게 데려가겠다고 말해 주는 겁니다. 그리고 우리가 그 영감을 일으켜 세우면 분명히 여러 가지 구실을 붙여 거절할 겁니다. 자존심도 상하고, 자기가 뽐낼 수 있는 기회를 조이가 뺏어 갔다고도 생각하겠지만 별수 없잖아요.」 그는 붕대를 다 붙인 뒤 손으로 탁탁 두드렸다. 「다 됐어, 짐. 이제 기분이 좀 어떤가?」

짐은 조심스럽게 어깨를 움직여 보았다. 「훨씬 좋은 거 같습니다. 그래요, 훨씬 좋아졌어요.」

맥이 말했다. 「짐, 식사 후에 그 영감한테 한번 가보게. 자네하고 친하잖아.」

「그러잖아도 그럴 생각입니다.」

닥이 다시 입을 열었다. 「그 영감 정신이 약간 돌았어, 짐. 너무 성가시게 굴지 말게. 너무 들떠 있으니까 그 영감 머리도 좀 이상하게 된 거라고.」

「물론이죠. 내가 잘 토닥거려 볼게요.」 곧이어 짐은 몸을 일으켰다. 「정말, 아까보단 훨씬 좋게 느껴지는데요.」

「자, 가서 옥수수 죽이라도 좀 드세.」 맥이 말했다. 「장례를 제때에 시작했으면 좋겠군. 그래야 대낮에 시내 교통을 막히게 할 텐데 말이야.」

닥이 불끈 말을 내뱉었다.「항상 사람들의 친구인 것처럼 행동하지만, 맥, 당신은 정말 전갈처럼 음흉한 사람이로군요! 만일 내가 상대편 대장이라면 당신을 체포해서 총살시키고 말 겁니다.」

「그래, 언젠가 놈들도 그렇게 할 거야. 나한테 온갖 짓거리를 다 한 놈들이니까.」

그들은 천막 밖으로 나왔다. 바깥 대기는 잿빛 안개 같은 보슬비의 가느다란 빗줄기로 가득했다. 뿌옇고 엷은 안개의 장막 뒤로 사과나무들이 희미하게 아른거리고 있었다. 짐은 흠뻑 젖은 천막들이 줄지어 늘어선 모습을 바라보았다. 천막들 사이의 도로는 사람들의 발길로 인해 이미 철꺽철꺽한 진창길로 바뀌었으며, 사람들도 앉아 있을 만한 마른 땅이 없어서인지 계속 움직이고 있었다. 도로의 한쪽 끝 화장실에는 차례를 기다리는 사람들이 줄을 서 있었다.

버튼과 맥과 짐은 난롯가로 걸어갔다. 굴뚝에서는 젖은 나무들이 타는 짙고 푸른 연기가 피어 나왔다. 난로 위에는 옥수수 죽이 담긴 큰 솥이 부글부글 끓고 있었고, 취사 대원들은 긴 막대기로 죽을 휘휘 젓고 있었다. 짐은 목 아래까지 스며 오는 안개 기운을 느끼고는 재킷을 바싹 끌어당겨 맨 위 단추를 채웠다.「목욕 좀 하고 싶은데요.」짐이 말했다.

「그러면 스펀지로 간단히 씻어. 우리가 할 수 있는 목욕이란 그 수밖에 없잖아. 자, 자네 그릇 여기 있네.」

그들은 난롯가에 늘어선 줄 맨 끝에 가서 섰다. 취사 대원들은 한 사람씩 그릇에 옥수수 죽을 담아 주었다. 짐은 젓가락으로 죽을 긁어모으더니 입으로 불어서 식혔다.「맛이 괜찮은데요. 정말 배고파 죽을 뻔했어요.」

「배고프지 않더라도 맛있게 먹어야지. 저쪽에서 런든이 연단 세우는 걸 감독하고 있군. 자, 저쪽으로 한번 가보세.」 그들은 진창길을 처벅처벅 걸어갔다. 되도록이면 사람들이 많이 다녀 질퍽해진 곳은 피해 지나갔다. 난롯가 뒤쪽에는 낡은 담장용 말뚝과 배수구 널빤지로 만든 작은 갑판 모양의 새 연단이 세워져 있었다. 지면에서 12미터 정도의 높이였다. 런든은 난간에 못질을 하고 있던 참이었다. 「안녕들 하쇼. 아침 식사는 어땠소?」

「오늘 아침엔 흙을 구워 먹어도 맛있을 거요.」 맥이 말했다. 「이게 마지막이죠, 아마?」

「그렇소. 그 음식 다 떨어지면 더 이상 먹을 게 없소이다.」

「아마 딕이 오늘은 잘해 낼 겁니다.」 짐이 말했다. 「내가 나가서 먹을 것을 좀 모아 볼까요, 맥? 할 일이 아무것도 없으니까요.」

「자네는 여기 있게. 보시오, 런든, 이 친군 이미 찍혔고 벌써 두 번씩이나 놈들에게 체포당할 뻔했소. 그런데 혼자 나가 시내를 활보하겠다는데 어떻게 생각하시오?」

「무슨 말도 안 되는 소릴.」 런든이 말했다. 「자네는 우리가 관과 함께 트럭에 태워 갈 거네. 그런 상처론 걸을 수도 없어. 트럭을 타고 가라고.」

「뭐라고요?」

런든이 짐을 쏘아보았다. 「내 앞에서 잘난 체하지 말게. 여기선 내가 대장이야. 자네가 대장이 되면 그때 가서 나한테 이래라저래라 지시하게. 하지만 지금은 내가 자네한테 지시하는 거네.」

짐의 눈에서 반항의 빛이 이글거리듯 타올랐다. 그는 얼른 맥을 바라보았지만 맥은 실실 웃으며 바라만 보고 있을 뿐이었다. 「좋습니다. 당신이 시키는 대로 하겠습니다.」

맥이 입을 열었다. 「자네가 할 수 있는 일이 있네, 짐. 런든, 이게 괜찮은지 어떤지 한번 들어 보시오. 만일 짐이 돌아다니면서 사람들하고 대화를 한다면 어떻겠소? 사람들 기분이 어떤지 알아보는 거요. 우리가 어디까지 밀고 나가도 되는지, 그걸 알아야 하기 때문이오. 내 생각엔 사람들이 짐하고는 대화를 할 것도 같은데…….」

「뭘 알아보겠단 말이오?」런든이 물었다.

「현재 이 파업에 대해서 어떻게들 생각하고 있는지 그걸 알아보고 싶은 거요.」

「괜찮은 생각 같구려.」

맥이 짐에게로 고개를 돌렸다. 「자, 가서 댄 영감을 만나 보게. 그러고 나서 많은 사람들하고 얘기 좀 나누게, 한 번에 여러 사람씩 모아서 말이야. 사람들한테 뭘 강요하지는 말고 그들 기분이 어떤지 알아낼 때까지는 그저 비위만 맞춰 주라고. 할 수 있겠나, 짐?」

「물론이죠. 그런데 댄 영감은 어디에 있죠?」

「저기, 두 번째 줄, 저 아래 보이지? 다른 천막들보다 더 흰 천막 말이야. 그게 닥의 병원 천막이야. 아마 댄 영감이 거기 있을걸세.」

「그럼 가서 만나 보겠습니다.」 짐은 주걱 모양의 숟가락으로 나머지 옥수수 죽을 긁어모아 입에 털어 넣었다. 그리고 물통으로 가서 물을 퍼내 식기를 씻은 다음, 자신의 소형 천막으로 가 안에다 식기를 던져 넣었다. 그런데 천막 안에서 작은 인기척이 들렸다. 짐은 무릎을 꿇고 안으로 기어 들어갔다. 라이사가 안에 있었다. 아기에게 젖을 먹이고 있던 그녀는 황급히 젖가슴을 가렸다.

「안녕.」

라이사는 수줍어하며 모깃소리만 하게 말했다. 「안녕하세요?」

「난 당신이 병원 천막으로 자러 간 줄 알았는데.」

「거기에도 사람들이 있어서요.」

「간밤에 비를 맞지나 않았는지 모르겠어요.」

그녀는 어깨에 걸친 담요를 살짝 끌어올렸다. 「안 맞았어요. 비가 안 새던데요.」

「왜 겁을 내는 거죠? 내가 당신을 해칠 것도 아닌데. 지난번에 당신을 도와주었지 않소, 맥하고 내가 말이오.」

「알고 있어요. 그래서 그래요.」

「그게 무슨 소립니까?」

그녀는 머리를 담요 속에 거의 파묻어 버렸다. 「제 몸을 봤잖아요. 옷도 안 입고 있었는데…….」 가냘픈 여자의 목소리였다.

짐은 웃음을 터뜨리다가 이내 뚝 그쳤다. 「그런 건 괜찮아요. 그것 때문에 속상해할 필요 없어요. 당신을 도와주려고 한 거니까요.」

「알고 있어요.」 잠시 그녀는 눈을 들어 쳐다보았다. 「우습다는 느낌이 자꾸 들어서요.」

「괜찮습니다. 아기는 어때요?」

「건강해요.」

「젖도 잘 나옵니까?」

「예.」그녀는 얼굴이 아주 새빨개지더니 불쑥 말을 꺼냈다. 「젖 먹이는 게 좋아요.」

「물론 그럴 테지요.」

「좋은 거 같아요…… 기분이 좋아요.」그녀는 얼굴을 완전히 파묻어 버렸다.「이런 말 하는 게 아닌데…….」

「왜요?」

「모르겠어요. 하지만 그렇게 말하면 안 될 것 같아요……. 정숙하지 못한 여자라고 생각하시는 거 아녜요? 아무한테도 말씀하시지 않을 거죠?」

「그럼요…….」짐은 시선을 돌려 천막 입구 쪽을 바라보았다. 안개가 무심하게 내리깔리고 있었다. 줄에 꿴 염주 알처럼 굵은 빗방울이 경사진 천막 지붕을 타고 미끄러져 떨어졌다. 그는 계속 천막 밖을 응시하고 있었다. 짐은 그녀가 자기 얼굴을 쳐다보고 싶어 한다는 사실과, 자기가 시선을 바꾸지 않는 한 그녀가 자기 얼굴을 볼 수 없을 거라는 사실을 직감으로 알 수가 있었다.

라이사의 시선은 불빛을 배경으로 검게 보이는 짐의 옆얼굴을 찬찬히 뜯어보더니 붕대를 감아 불퉁 솟아오른 짐의 어깨로 눈을 돌렸다.「팔을 다치신 거예요?」

짐이 뒤를 돌아다보았다. 이번엔 그녀의 눈과 마주쳤다.「어제 총에 맞았어요.」

「오, 아프지 않으세요?」

「조금.」

「그냥 맞으신 거예요? 그냥 서 있는데 누가 총을 쏜 건가요?」

「파업 파괴 노동자들과 싸우고 있었는데, 농장주 중의 한 놈이 엽총으로 쐈어요.」

「당신이 싸웠어요? 당신이?」

「그럼요.」

그녀는 눈을 크게 뜨고 무엇에 홀린 듯이 짐을 쳐다보았다. 「총도 없었잖아요, 그렇죠?」

「없었지요.」

그녀가 깊이 숨을 내쉬었다. 「어젯밤에 우리 천막으로 들어온 사람이 누구예요?」

「젊은 친구 말이오? 딕이라는 사람이오. 내 친구죠.」

「좋은 사람처럼 보이던데요.」

짐이 미소를 지었다. 「물론 좋은 사람이죠.」

「그런데 좀 앳된 것 같아요.」 그녀가 말했다. 「조우이, 그 사람이 내 남편이에요. 그는 이런 걸 좋아 안 했어요. 그 사람, 참 멋진 사람이라고 생각했었죠.」

짐은 천막 밖으로 기어 나가려고 무릎을 꿇으며 물었다. 「아침 식사 했어요?」

「조우이가 좀 구해다 준다며 나갔어요.」 그녀의 눈이 더 뚜렷하게 보였다. 「장례식에 가실 거예요?」

「물론이죠.」

「전 못 갈 거예요. 조우이가 가지 말래요.」

「땅도 너무 질고 날씨도 험악해요.」 짐은 밖으로 기어 나왔다. 「잘 있어요, 몸조심하고요.」

「안녕히 가세요.」 그녀는 잠시 말을 끊었다가 다시 입을 열었다. 「아무한테도 말씀 안 하시는 거죠?」

짐은 다시 천막 안을 들여다보았다. 「뭘 말이죠? 아, 아기에 대해서 말이죠? 안 할게요.」

「아시면서 왜 그러세요. 제 그런 꼴을 당신이 봤잖아요, 그래서 말씀드린 거라고요. 이유는, 모르겠어요.」

「저도 모릅니다. 잘 있어요.」 짐은 몸을 일으켜 천막을 빠져나왔다. 안개 속에 움직이는 사람들도 거의 없었다. 대부분이 옥수수 죽을 받아 들고 자신들의 천막으로 되돌아가 버린 듯했다. 난로에서 피어 나온 연기가 땅바닥에 낮게 깔렸다. 바람이 조금 일자 보슬비는 비스듬하게 천천히 흩날렸다. 런든의 천막을 지나치면서 짐은 잠시 안을 들여다보았다. 한 무리의 사람들이 관 주위에 빙 둘러서서 관을 내려다보고 있었다. 짐은 그 안으로 들어가려다 말고 아래쪽에 있는 흰색의 병원 천막으로 발걸음을 옮겼다. 병원 천막 안은 모든 것이 다 요령 있고 주도면밀하게 정돈되어 있었다. 몇 개의 의료품들, 붕대, 요오드 병, 커다란 소금그릇, 왕진 가방 등 모든 것이 커다란 상자 안에 꼼꼼하게 배열되어 있었다.

댄 영감은 간이침대 위에 버팀목을 댄 채로 누워 있었고, 바닥에는 소변기로 쓰는 목이 넓은 병 하나와 변기용의 구식 침실용 변기가 놓여 있었다. 영감의 턱수염은 더욱더 길고 흉한 모습으로 자라나 있었으며, 양 볼은 전보다 더 움푹 들어간 모양이었다. 그는 눈을 사납게 번득이며 짐을 바라보았다. 「그래, 드디어 자네가 왔구먼. 건방진 자식들 같으니, 자기네들이 원하는 것 다 얻고 나더니 이제 날 버리는 거야?」

「기분이 좀 어떠세요, 영감님?」 짐이 좀 달래 보려는 듯 물어보았다.

「누가 걱정해 달라고 했나? 그래도 그 의사 선생이 제일 좋은 친구더군. 이 기생충같이 더러운 무리 속에서 유일하게 착한 사람이라고.」

짐은 사과 상자 하나를 끌어당겨 그 위에 걸터앉았다. 「화내지 마세요, 영감님. 보세요, 저도 맞았어요. 어깨에 총을 맞았단 말이에요.」

「고거 참 잘됐구먼, 그래도 싸지.」댄 영감은 음험한 어투로 말했다.「자네 같은 멍청이들은 자기 몸 하나도 간수 못 한다고. 제풀에 넘어져 죽지 않은 게 이상해.」짐은 잠자코 듣고만 있었다.「나 그냥 여기 누워 있게 내버려 둬.」영감이 소리를 질렀다.「내가 아무것도 기억 못 한다고 생각하나? 그 사과나무 위에서 자네가 했던 말은 파업, 파업, 온통 파업뿐이었네. 그런데 그 파업을 누가 시작했지? 자넨가? 천만에. 나 때문에 시작된 거라고! 내가 모른다고 생각하는 모양인데, 내 엉덩이 깨질 때부터 파업이 시작된 걸세. 그런데 날 여기 혼자 내버려 두고 있다니…….」

「알고 있습니다, 영감님. 모두가 다 그 사실을 알고 있어요.」

「근데 왜 내가 발언권을 못 가지는 건가? 날 갓난아기 취급하잖아.」그는 미친 듯이 손짓을 하더니 곧 움츠렸다.「날 여기 내팽개쳐 놓고 모두 다 장례식에 가려는 거라고! 아무도 날 걱정 안 해!」

짐이 말문을 가로막았다.「그렇지 않습니다, 영감님. 영감님을 트럭에 태워서 모셔 갈 겁니다. 운구 행렬의 선두에 서시는 겁니다.」

댄 영감의 입이 벌어지면서 다람쥐 이빨같이 긴 이 네 개가 드러났다. 손도 천천히 침대로 내려졌다.「정말인가? 트럭을 탄다고?」

「위원장이 그랬어요. 영감님이 진정한 지도자래요. 그래서 꼭 가셔야 한다고 하면서…….」

댄 영감의 표정이 매우 숙연해졌다. 입 모양도 군인처럼 위엄 있게 바뀌었다. 「당연히 그래야지. 그 친구 똑똑하구먼.」 영감은 자기 손을 내려다보았다. 눈길도 점점 부드러워지고 어린아이 눈처럼 귀엽게 변했다. 그는 잔잔한 어투로 말하기 시작했다. 「내가 선두에 서겠네. 지난 수백 년 동안 노동자들이 필요로 했던 건 지도자야. 내가 그들을 광명의 세계로 이끌겠네. 내 말대로 따라야 하네. 나는 이렇게 말할 걸세, 〈너희는 이걸 하고, 자네들은 그걸 하게〉라고 말이야. 그리고 또 이렇게 말해야지. 〈야, 이 게으름뱅이들아, 저쪽으로 가!〉 그러면 사람들은 내가 게으른 사람들을 원치 않는다는 걸 알기 때문에 모두 그쪽으로 갈 걸세. 내가 입만 벙긋하면 모두 즉시 뛰어야 돼.」 곧 영감의 얼굴에는 우쭐해하는 미소가 떠올랐다. 「불쌍한 노동자들, 그들에겐 지시를 내리는 사람이 없었어. 진정한 지도자가 없었던 거라고.」

「맞습니다.」 짐이 맞장구를 쳤다.

「이제부턴 뭔가 변화가 일어나는 걸 보게 될 거야.」 댄 영감이 큰 소리로 외쳤다. 「사람들한테 가서 내가 그렇게 말했다고 얘기해 줘. 내가 계획을 짜고 있는 중이라고 말이야. 한 이틀 후면 일어나 움직일 테니, 내가 나가서 지시할 때까지 조금만 참고 기다리라고 일러 주게.」

「예, 그렇게 하겠습니다.」

그때 딱 버튼이 들어왔다. 「안녕하십니까, 영감님. 짐, 안녕. 영감님, 여기 돌봐 주던 사람 어디 갔어요?」

「갔어.」 댄 영감이 구슬프게 말했다. 「나에게 아침 식사 가져다주겠다고 나가더니 아직 안 오는 거야.」

「변기 갖다 드릴까요?」

「아냐.」

「그자가 관장제 주던가요?」

「아니.」

「간호해 줄 사람을 다시 찾아야겠어요, 영감님.」

「그런데 닥, 여기 이 젊은 친구가 나를 트럭에 태워서 장례식에 데려가 준다고 하던데……」

「맞아요, 영감님. 영감님이 원하시면 가실 수 있어요.」

댄 영감은 뒤로 물러나 앉더니 미소를 머금었다. 「이제야 신경들을 쓰는구먼.」 그의 목소리에는 만족감이 가득 담겨 있었다.

짐이 일어섰다. 「나중에 또 뵙겠어요, 영감님.」 버튼이 짐을 따라 나섰다. 짐이 물었다. 「영감님 정신이 좀 돈 거 아닙니까, 닥?」

「아냐, 늙어서 그래. 충격을 받은 거야. 뼈도 쉽게 맞춰지지 않더군.」

「그런데 말할 땐 꼭 미친 사람 같아요.」

「그래, 저 영감 좀 돌보라고 내가 누구에게 시켰는데 그 친구가 시킨 대로 안 했어. 영감에게 관장제를 줘야 되는데 말이야. 때로는 변비가 사람을 약간 이상하게 만들 수도 있어. 그렇지만 저 영감은 너무 늙어서 그런 거야, 짐. 자네가 기분 좋게 해준 것 같더군. 자주 와서 만나 주라고.」

「저 영감님이 장례식에 갈 것 같습니까?」

「안 그럴 거야. 트럭을 타고 덜커덕거리면 몹시 아플 거라고. 어떻게든 그건 삼가야지. 자네 팔은 좀 어떤가?」

「내내 잊고 있었어요.」

「좋아. 차게 하지 말게. 신경 쓰지 않으면 악화될지도 모르네. 나중에 또 보세. 사람들이 화장실에 오물을 퍼붓지 말아야 하는데……. 살균제가 다 떨어졌다고. 아무거나 살균제 좀 구해야 하는데 말이야.」 그는 뭐라고 혼자 중얼거리면서 바삐 걸어갔다.

짐은 얘기를 나눌 사람이 있나 하고 주변을 둘러보았다. 시야에 들어오는 사람들이라곤 보슬비를 맞으며 천막 사이를 바쁘게 오가는 사람들뿐이었다. 진창길도 이제는 깊이 패고 거무스름하게 변해 갔다. 가까이에 있는 갈색의 커다란 군용 천막에서 사람들 소리가 들려왔다. 짐은 그 천막 안으로 들어갔다. 희미한 불빛 아래 사람들이 담요 위에 쪼그리고 앉아 있는 모습이 보였다. 짐이 들어서자 이야기 소리가 뚝 끊겼다. 사람들이 짐을 쳐다보았다. 짐은 주머니에 손을 넣어 맥이 준 담배 주머니를 꺼냈다. 「안녕들 하십니까?」 짐이 인사를 해도 사람들은 여전히 아무 말이 없었다. 짐이 계속 말을 이었다. 「제 팔이 아파서요. 누가 대신 담배 좀 말아 주시겠습니까?」

짐 바로 앞에 앉아 있던 사내가 손을 내밀어 담배 주머니를 건네받고는 재빠르게 담배를 말아 주었다. 짐은 다시 담배 주머니를 받아 들고는 담배를 말아 준 사내에게 흔들어 보이며 말했다. 「이거, 죽 돌리시죠. 여기 천막 숙사엔 담배가 별로 없지요?」 담배 주머니가 손에서 손으로 옮겨졌다. 콧수염이 짤막하게 난 어떤 키가 작고 건장한 사내가 입을 열었다. 「여기, 내 담요 위에 앉으시오, 친구. 당신이 바로 어제 총에 맞은 그 사람 아니오?」

짐이 웃었다. 「그중의 한 사람이지요. 하나 죽은 사람은 내가 아니오. 도망쳐 나온 사람이 납니다.」

사람들이 무슨 소린지 알았다는 듯이 웃어젖혔다. 홀쭉한 턱에 광대뼈가 반들거리는 한 사람이 말을 꺼내자 웃음소리가 중단되었다. 「왜 그 작은 친구를 오늘 매장해야 하는 겁니까?」

「왜냐고요?」 짐이 물었다.

「그렇소. 보통 삼일장을 치르지 않소.」

키가 작고 건장한 사내가 담배 연기를 한 줄기 뿜어내었다. 「죽었으니까 묻는 거지, 뭐.」

홀쭉한 턱이 다시 우울한 어투로 말했다. 「만약 죽은 게 아니라면 어떻게 되는 거요? 그냥 일종의 혼수상태 속에 있는 거라면 말이오? 산 채로 매장할 수는 없지 않소? 보통의 경우처럼 3일은 지켜봐야 할 것 같소.」

부드러우면서도 냉소적인 한 목소리가 들려왔다. 짐은 주름살도 없는 허연 이마의 키가 큰 사내를 바라보았다. 「무슨 소리야. 그 사람 잠자고 있는 게 아니라고. 확인해 볼 수도 있어. 장의사가 어떻게 처리하는지 두고 보면, 그 사람이 혼수상태에 빠져 있는 게 아니라는 걸 알 수 있다고.」

턱이 홀쭉한 사내가 말했다. 「그럴 수도 있겠지만 운에 맡기고 위험한 짓을 할 이유는 없지.」

이마가 허연 사람이 비웃었다. 「만일 말이야, 혈관 속에 방부액이 그득 채워졌는데도 잠을 잘 잔다면 그건 완전히 죽은 거나 다름없는 것 아냐?」

「장의사들이 하는 일이 그런 건가?」

「그러엄. 내가 아는 장의사가 하나 있는데 그 사람이 나에게 들려준 얘기를 자네가 들으면 자넨 믿지도 않으려 할걸.」

「차라리 안 듣는 게 낫겠네.」 홀쭉한 턱이 말했다. 「그런 말 해봐야 아무 소용 없어.」

건장한 사내가 물었다. 「그 작은 친구가 누구였소? 그 친구, 파업 파괴 노동자들을 우리 편으로 끌어들이려고 막 우리 쪽으로 넘어오는 것까지는 봤는데, 그때 땅! 그냥 팍 고꾸라지더군.」

짐은 담배에 불도 안 붙인 채 한동안 그냥 물고 있었다. 「제가 아는 사람입니다. 참 좋은 사람이었죠. 말하자면 노조 지도자 같은 사람이었습니다.」

허연 이마가 말했다. 「노조 지도자들한테는 무슨 장려금이 있는 모양이야. 오래가지 못하더라고. 그 방울뱀 같은 샘을 좀 보라고. 자기 딴에는 부두 노동자라고 하지만, 내 장담하겠는데, 6개월 내에 죽고 말 거야.」

가무잡잡한 한 소년이 물었다. 「런든 아저씨는 어떻게 될까요? 놈들이 데이킨을 잡아가듯 그렇게 잡아갈 것 같습니까?」

홀쭉한 턱이 입을 열었다. 「아냐, 절대 그렇게는 못할걸. 런든은 자기 몸을 보호할 줄 안다고. 머리가 있어.」

허연 이마가 반박하고 나섰다. 「런든이 머리가 있으면 왜 우리가 여기 이렇게 앉아 있어야 되는 거야? 우리 파업이 좀 이상한 방향으로 흐르는 것 같아. 누군가가 이번 일로 돈을 챙기고 있는 것 같다고. 일이 곤란하게 되면 분명 누군가가 우릴 배신하게 될 거고, 우린 앉아서 봉변당하고 마는 거라고.」

근육질의 신체가 우람한 한 사내가 무릎을 딛고 맹수처럼 웅크린 자세를 취하였다. 그의 입술이 벌어지면서 이가 드러났고 그의 눈에는 붉은빛이 이글거리기 시작했다. 「잘난 체들 하지 말고 그쯤 해둬. 난 오래전부터 런든과 사귄 사람이야. 자네 말처럼 정말 런든이 배신할 준비를 하고 있는 거라면 너하고 나하고 죽 돌아다니며 한번 알아보자. 지금 당장! 나는 이 파업에 대해서 아는 건 하나도 없지만 참가하고 있다고. 왠지 아나? 런든이 오케이했기 때문이야. 자네처럼 생각했다간 정말 좋은 찬스를 놓치게 되는 거야.」

허연 이마가 그를 차가운 눈초리로 쳐다봤다. 「자네 힘깨나 쓰는 모양인데…….」

「당신 하나쯤은 때려눕힐 수 있지.」

「그만들 두시오.」 짐이 끼어들었다. 「왜들 싸우려고 하는 겁니까? 싸우려거든 앞으로 기회가 많을 테니 그때 가서 싸우시구려.」

그 덩치가 우람한 사내는 투덜거리며 자기 담요 위에 다시 앉았다. 「내가 있는 데서 누가 런든 험담만 했단 봐라.」

작고 건장한 사내가 짐을 바라보며 물었다. 「어떻게 하다가 총에 맞았소?」

「도망치다 그랬죠. 달려 나오다가 팔에 맞았습니다.」

「내가 듣기론 파업 파괴하려는 노동자 몇몇을 박살 냈다고 하던데.」

「맞습니다.」

허연 이마가 말했다. 「상대편 노동자들이 트럭으로 실려 온다고 합니다. 그리고 그 사람들은 주머니에 최루탄들을 가지고 있다고 하던데.」

「그건 거짓말입니다.」 짐이 잽싸게 말을 가로막았다. 「놈들은 겁주려고 항상 그런 식으로 거짓말을 퍼뜨립니다.」

허연 이마가 계속 말을 이었다. 「내가 들은 바로는 농장주들이 런든에게 전갈을 보내 여기 천막 숙사에 빨갱이들이 있는 한, 더 이상 협상하지 않겠다고 했다고 그럽디다.」

그러자 덩치가 큰 근육질의 사내가 다시 열에 받쳐 입을 열었다. 「그럼, 누가 빨갱이란 말이야? 다른 사람이 아니라 바로 당신이 빨갱이처럼 말하고 있잖아.」

이 말에도 아랑곳하지 않고 허연 이마는 계속 말을 꺼냈다. 「내가 보기엔 그 의사 선생이 빨갱이인 것 같아. 의사가 여기서 얻는 게 뭐 있겠어? 여기서 월급을 받는 것도 아니잖아. 그럼 누가 월급을 주고 있는 거야? 자기 몫을 받긴 받는 거라고. 여기서 주든 안 주든 걱정도 안 하지.」 그는 자기만이 알고 있다는 듯한 표정을 지었다. 「아마 모스크바 정부에서 받고 있을 거야.」

짐은 땅바닥에다 침을 퉤 뱉었다. 안색도 창백하게 변했다. 그는 천천히 입을 열었다. 「야, 이 비열한 개자식아! 모든 사람을 너 같은 쥐새끼로 생각하지 마.」

덩치가 큰 사내가 다시 무릎을 딛고 일어서는 자세를 취하였다. 「그래 맞아. 저 친구가 너를 쫓아내지 못한다면 내가 쫓아내겠다. 너, 아가리 닥치지 않으면 알아서 해.」

허연 이마가 천천히 일어서더니 입구로 걸어갔다. 그는 다시 사람들을 돌아보더니 입을 열었다. 「좋소, 친구들, 두고 보시오. 곧 런든이 파업을 종결한다고 말할 테니. 그러고 나면 그 사람 새 차도 한 대 얻고 안정된 일자리도 얻게 될 테고⋯⋯ 두고 보쇼.」

우람한 사내가 다시 일어나자 그 허연 이마의 사람은 얼른 천막 밖으로 달아나 버리고 말았다.

짐이 물었다. 「저 사람 누굽니까? 여기서 자는 사람입니까?」

「아니요. 좀 전에 이리로 들어옵디다.」

「그래요? 전에 누가 본 사람이 있습니까?」

그들은 머리를 가로저었다. 「난 못 봤어.」

「나도 본 적이 없어.」

짐은 소리를 냅다 질렀다. 「제기랄! 그럼, 놈들이 보낸 첩자로군.」

뚱뚱한 사람이 물었다. 「누가 보냈다고요?」

「농장주 놈들이오. 저런 놈을 살짝 들여보내 사람들이 런든을 의심하도록 말을 퍼뜨리고 다니라고 시킨 겁니다. 무슨 말인지 아시겠습니까? 여기 천막 숙사를 분열시키려는 책략이죠. 몇 사람이 나가서 그놈이 달아나나 살펴보는 게 좋겠습니다.」

그 우람한 사내가 벌떡 일어섰다. 「내가 하겠소. 좋게 봐주려고 해도 도저히 안 되는 놈들이구먼.」 그가 천막을 나섰다.

짐이 다시 말했다. 「조심들 해야겠습니다. 저런 놈들이 이젠 파업이 거의 다 끝난 거라고 말을 퍼뜨리고 다닐지도 모르는 겁니다. 거짓말에 솔깃해선 안 돼요.」

뚱뚱한 사내가 천막 밖을 응시하며 입을 열었다. 「그래도 먹을 게 다 떨어졌다는 말은 거짓말이 아니오. 그 쇠죽같이 끓인 게 변변한 조반이 못 되는 건 참말이오. 그런 소린 스파이가 없어도 잘만 퍼집디다.」

「우린 버텨 내야 됩니다.」 짐이 큰 소리로 말했다. 「어쨌건 버텨 내야죠. 여기서 지면 이제 끝장입니다. 우리만 끝장이 아니라 전국의 노동자들이 그 피해를 조금씩 다 입게 되는 거죠.」

뚱뚱한 사내가 고개를 끄덕였다. 「맞아, 모두에게 해당되지. 서로 떨어져 있는 것은 아직 아무것도 없어. 자기네만 맛있는 것 먹으려는 사람들도 다른 사람들이 못 먹으면 자기들도 못 먹는 거라고.」

천막 후미를 향해 드러누워 있던 중년의 한 사내가 일어나 앉으며 말했다. 「노동자들의 문제가 뭔지 아나? 내 말해 주지.

젠장, 말들이 너무 많다는 거야. 말싸움보다 서로 치고받기를 더 많이 하면 처지가 더 나아질 거라고.」 갑자기 그가 말을 뚝 끊었다. 천막 안의 다른 사람들도 모두 귀를 기울였다. 밖에서 부산떠는 작은 소리와 발걸음 옮기는 소리, 두런대는 소리, 사람들의 소리가 향기 퍼지듯 그렇게 부드럽게 들려오고 있었다. 사람들의 소리는 점점 더 커지고 진창길을 튀기는 발소리도 더 거세졌다. 일단의 사람들이 천막 곁을 지나가는 소리였다.

짐이 일어서서 입구 쪽으로 걸어가자 그때 사람 머리가 하나 불쑥 들어왔다. 「관을 옮깁니다. 다들 나오세요.」 짐은 천막 덮개 사이로 빠져나왔다. 안개는 아직도 걷히지 않은 채 빛나는 작은 눈송이들처럼 떠다니며 사이길 사이를 휘몰아 다니고 있었다. 또한 여기저기서는 축 늘어진 천막들이 바람에 팔락팔락 움직였다. 짐은 통로를 바라보았다. 금방 소식이 퍼진 듯했다. 남자건 여자건 모두가 모이기 시작했다. 사람들이 점점 더 빽빽이 모여들자 여러 갈래의 많은 목소리들이 하나의 소리로 변했고, 발소리는 하나의 커다란 들뜸으로 바뀌었다. 짐은 사람들의 얼굴을 쳐다보았다. 그들의 눈에는 어떤 맹목성이 있었다. 모두가 다 뭔가를 들이마시려는 듯 고개를 뒤로 젖히고 위를 쳐다보는 모습이었다. 사람들은 연단 둘레에 모여들어 더욱 가까이 다가섰다.

여섯 사람이 관을 들고 런든의 천막을 나섰다. 관에는 손잡이가 없었다. 양쪽의 사람들이 각각 짝을 이루어 관 밑으로 서로의 손을 꽉 껴서 팔뚝으로 관을 떠받들고 있었다. 그들은 잠시 머뭇머뭇 보조를 맞추더니 박자에 맞춰 흔들거리며 진창길을 통과해 연단으로 향하였다. 운구자들은 머리에 아무것도 쓰고 있지 않았으며, 그들의 머리카락에는 하얀 먼지처럼 물방울들이 묻어 있었다. 관을 덮고 있던, 때 묻은 국기의 한쪽 귀퉁이가 미풍에 팔랑거렸다. 관이 지나가는 앞쪽으로 사람들은 작은 통로를 열어 주었다. 운구자들의 굳은 얼굴, 곧은 목, 아래로 향한 턱들이 모두 의식의 엄숙함을 보여 주고 있었다. 통로 안쪽에 있는 사람들은 관을 물끄러미 바라보았다. 관이 통과하는 동안 사람들은 아무 말이 없었으며, 관이 바로 옆을 지나가자 긴장된 모습으로 말들을 소곤소곤 주고받았다. 몇몇은 은밀하게 성호를 그었다. 운구자들이 연단에 도달하였다. 맨 앞의 두 사람이 연단 널빤지 위에 관 앞쪽 끝을 걸쳐 놓자 나머지 사람들이 관을 밀어 안전하게 올려놓았다.

짐은 서둘러 런든의 천막으로 달려갔다. 천막 안에는 런든과 맥이 있었다. 「제발, 당신이 연설했으면 좋겠소. 난 못 하겠소이다.」

「아니요. 당신도 잘할 수 있어요. 내가 당신에게 해준 말을 잘 기억하고 당신 말에 사람들이 응답하게 하시오. 사람들이 반응을 보이기 시작하면 다 된 거요. 야영 집회서 흔히 쓰는 방식인데 군중에겐 효과가 있소.」

런든은 겁먹은 듯한 표정이었다. 「당신이 하시오. 맥, 난 정말로 못 할 것 같소. 그리고 난 그 친구를 잘 모르오.」

맥이 불쾌한 인상을 지었다. 「그러지 말고 올라가서 한번 해보시오. 말문이 막히면 내가 이어받겠소.」

런든은 푸른 셔츠의 칼라 단추를 채우고 깃을 목에다 바짝 세웠다. 그런 다음 검은색의 낡은 상의 단추를 채우고 손으로 쳐서 잘 가다듬었다. 곧이어 짧게 깎은 머리로 손을 들어 올리더니 뒤로, 옆으로 잘 빗어 내렸다. 그가 몸을 한 번 흔들어 움직이자 마치 흐트러짐 없는 무거운 엄숙함의 덩어리가 된 듯했다. 샘이 들어와 그의 곁에 서자, 이윽고 런든은 권위를 가득 풍기는 위엄 있는 태도로 천막을 나섰다. 맥과 짐, 그리고 샘이 그의 뒤를 따랐다. 진창길을 런든이 혼자 앞서 걸어 나가고 그 뒤로 그들이 수행원처럼 따라갔다. 런든이 다가가자 사람들의 고개가 모두 런든을 향하였다. 나지막이 이어지던 말소리도 이제는 그쳐 버렸다. 지도자가 지나가도록 또다시 작은 통로가 열렸으며, 그가 지나가는 방향으로 사람들의 머리가 따라 움직였다.

런든은 연단으로 올라섰다. 사람들의 머리 위, 연단 위에 그는 혼자였다. 모든 얼굴이 그를 주시하였고, 바라보는 눈들은 유리처럼 아무런 표정이 없었다. 런든은 잠시 소나무 관을 내려다보더니 어깨를 으쓱거렸다. 숨소리만 들리는 침묵을 마지못해 깨는 듯한 태도였다. 먼 곳에서 울려 퍼지는 듯한 그의 목소리는 위엄이 있었다. 「내가 이곳에 올라선 것은 어떤 연설 같은 것을 하고자 함이오. 하나 난 연설을 잘 못하니 양해하기 바라오.」 그는 말을 잠시 멈추더니 올려다보는 사람들의 얼굴을 쳐다보았다. 「여기 이 작은 사람이 어제 살해됐소. 여러분도 그 광경을 다 목격했소. 이 사람이 우리 쪽으로 넘어오고 있었는데 어느 놈인가가 총을 쏜 것이오. 이 사람은 어느 누구에게도 아무런 해를 끼치지 않았는데 말이오.」 또다시 런든은 말을 중단했다. 얼굴에는 당황한 기색이 떠올랐다. 「음…… 누가 무슨 말을 할 수 있겠소? 우리는 이제 이 친구를 땅에 묻으러 갈 것이오. 그는 우리 중의 한 사람이었는데 총에 맞았소. 내가 무슨 말을 할 수 있겠소? 우리는 이제 행진을 해서 나아가 그를 매장할 것이오, 우리 모두가 말이오. 왜냐하면 그가 우리의 동료였기 때문이오. 그도 우리와 똑같은 사람이었소. 그에게 일어난 일은 바로 우리 자신에게 일어난 일과 다름없는 것이오.」 그는 또다시 말을 멈추었다. 입은 여전히 벌린 채였다. 「난…… 나는 연설을 어떻게 하는지 잘 모르오.」 그의 목소리가 떨렸다. 「여기 이 작은 친구를 잘 알던 사람이 있소이다. 자, 그 사람의 말을 한번 들어 봅시다.」 런든은 천천히 맥이 있는 쪽으로 고개를 돌렸다. 「이리 올라오시오, 맥. 사람들한테 이 친구에 관해 말 좀 해주시오.」

가만히 꼿꼿하게 서 있던 맥은 몸을 날리듯이 연단 위로 뛰어올랐다. 그의 어깨는 권투 선수의 어깨처럼 넘실거렸다. 「그러면 내가 말씀드리겠소.」 그는 열정적으로 말을 꺼냈다. 「이 친구의 이름은 조이였소. 과격파였소! 아시겠소? 과격파였단 말이오. 그는 우리와 같은 사람들이 배불리 먹고 비가 새지 않는 곳에서 잠을 잘 수 있게 되기를 원했던 사람이오. 그러면서도 자기 자신을 위해서는 아무것도 원한 게 없었소. 그는 과격파였소!」 맥은 큰 소리로 말했다. 「그가 어떤 사람이었는지 아시겠소? 정부에서 볼 때는 아주 더러운, 불한당 같은 위험인물이었소. 너무 맞아서 넝마처럼 돼버린 그의 얼굴을, 여러분이 봤는지 못 봤는지 나는 모르겠소. 그가 과격파라는 이유로 경찰들이 그렇게 했소. 손도 부러지고 턱도 뭉개졌소. 한번은 파업 배반자를 막으려고 감시하는 경계선 안에서 턱을 얻어맞기도 했소. 놈들은 그를 감방에 처넣었소. 의사가 와서 그를 보더니 이렇게 말했답디다. 〈저 빌어먹을 빨갱이 놈은 치료하지 않겠소이다.〉 이렇게 말이오. 그래서 조이는 턱이 깨진 채 그대로 있을 수밖에 없었소. 그는 위험인물이었소…… 그 이유는 여러분 같은 사람들을 배불리 먹이고 싶다는 소망에서 비롯된 것이오.」 그의 목소리는 차츰 부드러워지고 있었다. 그는, 잦아드는 그의 목소리를 놓치지 않으려고 점점 바짝 긴장되어 가는 사람들의 얼굴을, 앞으로 몸을 기울이는 사람들의 모습을 노련한 시선으로 바라보았다. 「나는 그를 잘 알고 있소.」 갑자기 그가 외쳤다. 「여러분은 이제 무슨 일을 하시겠습니까? 진흙 웅덩이에 그를 던져 놓고, 그 위에 진흙을 덮어야 합니다. 그러곤 그를 잊어버리는 겁니다.」

무리 속에서 어떤 여자가 발광적으로 흐느끼기 시작했다. 「그는 여러분을 위해 싸운 것이오.」 맥이 외쳤다. 「그런데 그걸 잊어버릴 수 있겠습니까?」

한 사내가 고함을 질렀다. 「아니요, 절대로!」

맥이 다시 소리를 질렀다. 「그가 살해된 것처럼 가만히 누워서 당하기만 할 겁니까?」

이번엔 합창을 하듯 대답이 들려왔다.

「아니요……!」

그러자 맥의 목소리가 이제는 노래를 하듯 잦아졌다. 「그를 진흙 속에 파묻을 겁니까?」

「아니……요.」 사람들의 몸이 약간 들썩였다.

「그는 여러분을 위해 싸웠소. 그런데 그를 잊어버릴 수 있습니까?」

「아뇨…….」

「우리는 시내를 통해서 행진해 갈 겁니다. 경찰 놈들이 우리를 저지하도록 가만히 내버려 둘 겁니까?」

커다란 함성이 들렸다. 「아니요.」 군중들은 리듬에 맞춰 요동을 치듯 움직였다. 이내 다음 대답을 하려고 준비를 하고 있었다.

그러나 맥은 그 리듬을 깼고, 그것이 군중을 다소 혼란스럽게 만들었다. 그는 조용한 소리로 말했다.「여기 이 작은 친구는 우리 모두의 정신이오. 우리는 그를 위해 기도하지 않을 것이오. 그는 기도를 원치 않소. 그리고 우리도 기도를 원치 않소. 우리에겐 몽둥이만이 필요할 뿐이오!」

굶주린 동물처럼 군중은 리듬을 회복하려고 애를 썼다.「몽둥이!」그들이 외쳤다.「몽둥이!」그리고 그들은 입을 다물고 기다렸다.

「좋소.」맥은 딱 부러지게 말했다.「우리는 이 더러운 과격분자를 진흙 속에 묻을 것이오. 그러나 그는 항상 우리와 함께 있을 거요. 막으려는 자를, 신이여 도우소서.」이런 말과 함께 돌연히 맥은 굶주리고 성난 군중을 그대로 내버려 둔 채 연단을 내려왔다. 사람들은 의아하다는 듯이 서로 쳐다보았다.

런든도 연단에서 내려오더니 운구자들에게 말했다.「그를 앨버트 존슨의 트럭에 실으시오. 몇 분 후에 출발할 것이오.」그는 군중을 벗어나고 있는 맥의 뒤를 따라갔다.

맥이 몰려 있는 사람들을 벗어나자 닥 버튼이 그의 곁으로 다가섰다.「당신은 정말 사람 마음을 움직이는 방법을 잘 알고 있군요, 맥.」그는 작은 소리로 계속 말을 이었다.「사람들을 참회자석으로 움직이게 하는 어떤 설교자보다도 더 노련해요. 왜 좀 더 계속하시지 않고요? 조금만 더 계속했으면 사람들을 들뜨게 해서 저마다 지껄이며 날뛰게 할 수도 있었는데…….」

맥이 화를 내며 말했다.「나를 조롱하지 말게, 닥. 나는 해야 할 일이 있어. 그리고 그 일을 위해 모든 수단을 다 써야 했던 거라고.」

「그런데 그거 어디서 배웠죠, 맥?」

「뭘 말인가?」

「그 모든 술책 말입니다.」

맥이 지친 듯이 말을 꺼냈다.「그렇게 너무 많은 것을 알려고 하지 말게, 닥. 난 그들이 흥분하길 원했고, 그리고 그들이 흥분했으면 됐지 뭔가. 왜, 그 방법에 대해서 관심이 있는 모양이지?」

「나도 그 방법은 알아요. 어떻게 배웠는지 그게 그냥 궁금했어요. 그런데, 그 댄 영감이 안 가도 괜찮다더군요. 우리가 그를 일으켜 세우니까 생각이 달라진 모양이에요.」

런든과 짐이 그들에게 다가왔다. 맥이 말했다.「여기 경비원들을 좀 많이 남겨 놓는 게 좋겠소, 런든.」

「알겠소. 샘보고 남아서 백 명가량 맡으라고 하겠소. 그리고 정말 멋진 연설이었소, 맥.」

「미리 구상할 시간이 없었소. 자, 사람들의 흥분이 가라앉기 전에 얼른 움직이는 게 좋겠소. 일단 시작하면 되는 거요. 그냥 두루뭉수리 서 있다가 열기가 식어지면 될 일도 안 되오.」

그들은 뒤를 돌아다보았다. 운구자들이 손으로 관을 떠받들고는 흔들거리며 군중 사이를 걸어 나오고 있었다. 사람들의 무리가 흩어지면서 그 뒤를 따라왔다. 엷은 안개가 내리깔려 있었다. 서쪽 하늘 갈라진 구름 틈 사이로 엷은 푸른색의 하늘이 한 조각 내비쳤고, 높이 이는 소리 없는 바람이 구름을 갈라놓았다.

「날이 이제는 좋아지겠군.」맥이 말했다. 그는 짐을 돌아다보았다.「아 참, 내가 자네를 깜박 잊어버리고 있었구먼. 그래, 좀 어떤가?」

「괜찮습니다.」

「거리가 꽤 먼데, 자네는 걸어가지 말고 트럭을 타고 가게.」

「아닙니다, 걸어가겠습니다. 나만 타고 가면 사람들이 별로 안 좋아할 겁니다.」

「나도 그 점은 생각했네. 관을 메는 사람들도 타고 갈 거니까 아무 문제 없을 걸세. 자, 준비 다 됐소, 런든?」

「다 됐소이다.」

13

 낡은 도지 트럭의 평평한 바닥에 관이 놓였다. 양쪽으로 운구자들이 발을 밖으로 떨어뜨린 채 앉았고, 짐도 후미에 같은 모양으로 앉아 있었다. 앨버트 존슨이 요동치듯 덜커덩거리는 트럭을 주차시킨 곳에서 몰고 나와 도로에 정차시키자 그 뒤에 사람들이 8열 종대 형태로 정렬하기 시작했다. 그러자 존슨은 저속 기어를 넣고 도로를 따라 차를 천천히 몰았고 그 뒤로 길게 늘어선 사람들이 천천히 움직였다. 천막 숙사에 남은 1백 명의 경비원들은 장례 행렬이 빠져나가는 것을 물끄러미 지켜보고 있었다.
 처음에 사람들은 〈하나둘, 하나둘〉 하며 제법 보조를 맞추려고 하였으나 이내 시들해지고 말았다. 그들은 자갈이 덮인 도로 위로 발을 질질 끌며 나아갔다. 사람들의 이야기 소리가 작은 웅성거림으로 들리기도 했으나 죽은 자에 대한 경의의 표시인지 되도록이면 작은 소리로 말을 나누는 모습들이었다. 콘크리트로 된 주(州) 고속도로로 접어들자 오토바이를 탄 교통경찰들이 기다리고 서 있었다. 로드스터에 탄 대장인 듯한 경찰이 소리를 크게 질렀다. 「우리는 당신들을 저지하러 온 것이 아니오. 어떤 경우든 항상 행진을 호위하는 경찰이오.」

콘크리트 위를 걸어가는 발소리가 날카롭게 들렸다. 사람들은 무질서하게 뒤따르고 있었다. 시내 외곽 지역에 도착해서야 사람들은 정렬하기 시작했다. 마당이나 보도에서는 시민들이 서서 행렬이 지나가는 것을 구경하고 있었으며 많은 사람들이 관을 향해 경의를 표하듯 모자를 벗었다. 그러나 맥의 바람은 실현되지 않았다. 행진해 나가는 길의 모퉁이마다 경찰들이 서 있었지만 그들은 자동차들을 다른 길로 가게 하거나 비켜가게 함으로써 장례 행렬의 앞을 터주었다. 행렬이 토즈의 상업 지구로 들어섰을 때 태양이 그 모습을 드러내면서 물기가 아직 마르지 않은 거리를 반짝이며 비추었다. 갑작스러운 햇볕의 따뜻함으로 행진하는 노동자들의 젖은 옷에서 김이 모락모락 나기 시작했다. 구경거리를 만난 듯 호기심 많은 시민들이 보도 위에 빽빽이 늘어서서는 관을 물끄러미 바라보고 있었다. 그러자 행진하는 노동자들은 다시 똑바로 정렬하기 시작했다. 노동자들은 더욱 밀착된 형태로 보조를 맞추어 걸어갔으며, 그들의 얼굴에는 의기양양한 표정마저 감돌았다. 아무도 방해하지 않았고, 도로에는 자동차들의 모습도 보이지 않았다.

트럭 뒤를 따라 행렬은 시내를 지나고, 집이 드문드문 들어선 지역을 지나고, 시골 길로 접어들어 군(郡) 공동묘지를 향해 나아갔다. 1킬로미터쯤 더 걸어 그들은 잡초가 무성한 한 작은 공동묘지에 도착하였다. 새 무덤 위에는 이름과 날짜들이 적힌 작고 반들반들한 묘비들이 서 있었고 묘지 뒤쪽에는 막 퍼낸 듯한 젖은 흙더미가 쌓여 있었다. 트럭이 입구에 멈추었다. 운구자들이 차에서 내리더니 팔뚝 위로 다시 관을 떠받들었다. 교통경찰들은 도로에 오토바이를 세워 놓고 기다리고 서 있었다.

앨버트 존슨이 시트 밑에서 기다란 밧줄 두 개를 꺼내더니 그 뒤를 따라갔다. 사람들도 열에서 흩어져서 따라갔다. 짐 역시 차에서 뛰어내려 뒤따르려고 하였지만 맥이 그를 붙잡았다. 「저 사람들 이제는 그냥 내버려 둬도 되네. 중요한 것은 행진이었어. 우린 여기서 기다리자고.」

그때 붉은 머리의 한 젊은이가 묘지 입구로 들어오더니 맥과 짐에게 다가왔다. 「맥이라는 사람을 아십니까?」 그가 물었다.

「내가 맥이오.」

「그럼, 딕이라는 사람을 아시겠네요?」

「물론이오.」

「그래요? 그 사람의 다른 이름은 뭡니까?」

「핼싱이오. 그 친구한테 무슨 문제라도 생겼소?」

「문제는요, 아니에요. 이 쪽지를 전하라고 하던데요.」

맥은 접힌 쪽지를 펴서 읽었다. 「이거 굉장한 소식이군. 이것 봐, 짐!」

짐은 쪽지를 받아들었다. 거기에는 이렇게 적혀 있었다.

그 부인이 이겼습니다. 그 여잔 갈리너스로(路)의 R.F.D. 사서함 211에 농원을 하나 소유하고 있죠. 트럭 한 대를 즉시 그곳으로 보내세요. 늙은 암소 두 마리하고 수송아지 한 마리, 그리고 열 자루의 아욱콩을 얻을 수 있을 겁니다. 암소를 잡으려면 몇 사람 딸려 보내야 합니다.

추신: 어젯밤에 잡힐 뻔했습니다.
재추신: 도낏자루는 단 열두 번 사용했습죠.

맥이 웃었다. 「우아, 멋지군! 정말 잘했어! 암소 두 마리에 송아지 한 마리, 그리고 콩이라. 그거면 시간 좀 벌 수 있지. 짐, 달려가서 런든을 찾아오게. 빨리 이리 오라고 하게.」

짐이 펄쩍 뛰어 사람들 속으로 사라졌다. 잠시 후 짐이 다시 돌아왔고 런든도 그의 곁에 같이 서둘러 달려 나왔다.

맥이 소리를 질렀다. 「얘기 들었소, 런든? 짐이 얘기합디까?」

「식량을 구했다고 들었소.」

「그렇소. 암소 두 마리하고 송아지 한 마리요. 게다가 콩 열 부대! 지금 당장 이 트럭을 타고 가면 될 거요.」

묘지의 사람들이 모여 있는 곳에서 소나무 관 위로 진흙 더미를 던지는 소리가 들려왔다. 맥이 입을 열었다. 「이제 저 친구들, 고기와 콩으로 배를 채우고 나면 더욱 기분이 좋아질 거요.」

런든이 말했다. 「나도 고기 한 점 먹어 봤으면 좋겠소.」

「자, 런든, 내가 트럭을 타고 가겠소. 호위할 사람 열 사람만 뽑아 주시오. 짐, 자네는 나랑 같이 가세.」 그는 잠시 주저하더니 다시 입을 열었다. 「땔감 좀 구해 볼 수 있겠소? 땔감이 다 떨어져 갈 거요. 런든, 사람들에게 나무 한두 조각 주워 오도록 시키시오. 울타리 말뚝도 좋고, 배수구 판자때기도 괜찮소. 그 이유도 말해 주시오. 그리고 돌아가면 땅에 웅덩이를 파고 그 속에 불을 지피도록 하시오. 또 그 고물차들을 뒤지면 고물 덩어리들을 많이 찾아낼 수 있을 거요. 그걸 서로 잇대어서 바람막이를 만드시오. 그렇게 해서 불이 일어나도록 만드는 거요.」 맥은 붉은 머리의 젊은이를 향해 몸을 돌렸다. 「갈리너스로가 어디쯤인가?」

「여기서 한 2킬로미터쯤 가면 됩니다. 중간에 저는 내려 주세요.」

런든이 입을 열었다. 「그럼 앨버트 존슨하고 사람들을 좀 불러 오겠소.」 그는 서둘러 걸어가더니 사람들 무리 속으로 사라졌다.

맥은 여전히 잔잔한 미소를 짓고 있었다. 「재수 참 좋군! 수명을 연장한 거라고. 야…… 정말 딕은 훌륭한 놈이야, 정말 멋진 놈이야.」

사람들의 무리를 쳐다보던 짐은 그들이 활기에 넘치며 꿈틀거리는 것을 볼 수 있었다. 어떤 흥분된 요소가 그들을 휘어잡고 있는 듯했다. 군중이 물밀듯이 트럭을 향해 다시 몰려 오고 있었다. 선두에 선 런든이 손가락으로 사람들을 가리켰다. 사람들은 웃고 함성을 지르면서 트럭을 에워싸기 시작했다. 앨버트 존슨이 흙이 묻은 밧줄을 시트 밑에 집어넣고는 차에 올라탔다. 맥이 그 옆자리에 올라타고 짐이 오르는 것을 도와주었다. 「사람들 서로 떨어지지 않도록 하시오, 런든.」 맥이 큰 소리로 말했다. 「흩어지지 않도록 말이오.」 선발된 열 사람이 트럭에 올라탔다.

그러자 사람들이 장난을 치기 시작했다. 그들은 트럭의 뒤판을 잡고 바퀴를 헛돌게 하더니, 곧이어 진흙을 공처럼 만들어 트럭에 올라탄 사람들을 향해 던졌다. 묘지 바깥의 도로에 서 있던 경찰들은 아무 말 없이 그 광경을 쳐다보고 있었다.

앨버트 존슨은 클러치를 확 풀고는 사람들을 떨쳐 버렸다. 차는 헐떡이듯 거친 엔진 소리를 내며 도로로 들어섰다. 그러자 경찰 두 명이 오토바이를 몰아 트럭 곁에 나란히 섰다. 맥은 고개를 돌려 운전석 뒤 유리를 통해 사람들을 바라보았다. 큰 파도가 일듯 사람들은 묘지에서 몰려나오고 있었다. 그들은 도로로 뛰어올라 길을 꽉 메웠으며, 경찰들이 자동차가 지나갈 수 있는 통로를 확보하기 위해 무진 애를 썼으나 허사로 끝나고 말았다. 환호를 하듯 날뛰는 사람들이 어린애들처럼 웃어 대며 경찰들을 놀리고, 밀어붙이고, 그들 둘레를 온통 에워쌌다. 트럭은 경찰의 호송을 받으며 모퉁이를 돌아 신나게 달렸다.

앨버트는 조심스럽게 속도계를 바라보았다. 「저 자식들이 속도위반으로 붙잡을지도 모르겠는데요.」

「맞는 얘기야.」 맥은 이렇게 말하고 짐에게로 고개를 돌렸다. 「짐, 사람들을 지나칠 때는 고개를 숙여.」 그러고는 다시 앨버트를 향해 말했다. 「누가 우릴 세우더라도 그냥 달려. 데이킨의 트럭이 어떻게 됐는지 명심하라고.」

앨버트는 고개를 끄덕이고는 속도를 시속 60킬로미터로 늦추었다. 「아무도 우릴 멈추게 하지 못할 겁니다. 운전 시작할 때부터 쭉 트럭을 몰았다고요.」

그들은 시내를 통과하지 않고 시내 언저리를 돌아 강의 나무다리를 건넌 다음 갈리너스로로 접어들었다. 앨버트는 속도를 늦추어 붉은 머리의 젊은이가 내리도록 하였다. 그는 차가 다시 달려 나가자 손을 흔들어 주었다. 그 도로는 끝없이 늘어서 있는 사과나무들 사이로 나 있었다. 그들은 5킬로미터를 더 달려 작은 언덕에 도착하였는데 거기서부터는 과수원이 끝나고 그루터기 들판이 시작되고 있었다. 짐은 도로변의 반들반들한 우편함들을 주시하였다. 「저기가 218번진데요. 이제 다 온 것 같아요.」

경찰 오토바이 한 대가 방향을 돌려 시내 쪽으로 나갔지만 나머지 한 대는 여전히 따라붙고 있었다.

「저깁니다.」짐이 말했다.「저어기, 커다란 흰 대문이 있는데요.」

앨버트가 차를 대문 쪽으로 돌려 멈추자 뒤에서 한 사람이 차에서 뛰어내려 대문을 열어 주었다. 경찰도 오토바이를 멈추고는 받침대로 세워 놓았다.

「여긴 사유지요.」맥이 그에게 소리쳤다.

「야 이 친구야, 난 네 곁을 떠나지 않을 거다. 곁에 붙어 있을 거라고.」

약 1백 미터 전방에 아담한 하얀 집이 가지가 늘어진 큼직한 옻나무 아래 서 있었고, 그 뒤에 흰색 칠을 한 커다란 헛간이 모습을 드러내고 있었다. 콧수염이 누렇게 자란 한 땅딸막한 농장 일꾼이 꾸부정한 모습으로 집 밖으로 나오더니 그들을 기다리고 서 있었다. 앨버트가 그 앞에 차를 세우자 맥이 입을 열었다.「안녕하쇼, 부인이 여기 와서 물건을 싣고 가라고 해서 왔습니다.」

「예, 그렇게 말씀하시더군요. 늙은 젖소 두 마리하고 작은 수송아지 한 마리요.」

「알겠습니다. 그런데 여기서 도살해도 되는 겁니까?」

「그러시구려. 당신들이 잡으시오. 그리고 뒤처리는 깨끗하게 해주시오, 어지럽히지 말고.」

「그놈들 어디에 있습니까?」

「내가 헛간에 가두어 놓았소이다. 거기서 잡으면 안 되오. 헛간을 어지럽혀서는 안 되니까……」

「물론이죠. 차를 헛간 옆에 갖다 대게, 앨버트.」

트럭이 헛간 근처에서 멈추자 맥은 차 뒤편으로 걸어갔다. 「누구 젖소 도살해 본 사람 없소?」

짐이 말했다. 「제 아버님이 도살꾼이었어요. 팔이 아파서 내가 잡을 수는 없고 어떻게 하는지 가르쳐 줄 수는 있어요.」

「좋아.」

좀 전의 그 농장 일꾼이 집을 돌아 그들에게 다가왔다. 짐이 물었다. 「큰 망치 좀 있습니까?」

그는 헛간에서 떨어져서 비스듬히 세워져 있는 작은 광을 엄지손가락으로 가리켰다.

「칼은요?」

「잘 드는 칼이 하나 있소이다. 다 쓰고 나면 돌려줘야 하오.」 그는 집을 향해 걸어갔다.

짐은 사람들을 바라보며 입을 열었다. 「몇 사람은 헛간에서 송아지를 먼저 내오시죠. 아마 그놈 꽤 힘이 셀 겁니다.」

농장 일꾼이 한 손에는 자루가 짧고 머리 부분이 둔중하게 생긴 망치를 들고 또 한 손에는 칼 한 자루를 들고 빠른 걸음으로 돌아왔다. 짐은 그로부터 칼을 건네받아 찬찬히 살펴보았다. 날은 파리하게 빛날 정도로 잘 갈아져 있었고 끝은 바늘처럼 뾰족하였다. 짐은 엄지로 날의 감촉을 시험하였다. 「날 카롭지요.」 농장 일꾼이 말했다. 「항상 잘 드는 칼이오.」 그는 칼을 다시 돌려받고는 소매로 쓱쓱 문지른 다음 햇빛에 반사시켜 보았다. 「독일제 강철이오. 썩 좋은 강철이지.」

네 사람이 헛간에서 불그스레한 어린 송아지를 몰고 나왔다. 그들은 송아지 목에 밧줄을 묶고는 어깨로 송아지를 받아가며 방향을 조정하였다. 그들이 발뒤꿈치를 땅에 끌며 줄을 잡아당기자 송아지는 그들 사이에서 뒷발을 차올렸다.

농장 일꾼이 입을 열었다. 「이쪽, 여기로 피를 흐르게 하면 될 거요.」

맥이 말했다. 「피도 담아 갔으면 좋겠는데 말이야. 몸에 아주 좋거든. 담아 갈 그릇만 있으면 아주 좋겠는데.」

「제 아버님도 자주 마시셨죠.」 짐이 말했다. 「근데 나는 못 마시겠어요. 메스꺼워지거든요. 자 맥, 망치를 드세요. 머리 바로 여기를 아주 세게 내리치면 됩니다.」 그리고 짐은 앨버트 존슨에게 칼을 건네주었다. 「자, 내 손이 가리키는 방향을 아시겠죠? 거기가 찌를 자립니다. 맥이 망치로 내려치자마자 찌르세요. 거기에 커다란 동맥이 있죠. 그걸 터뜨리는 겁니다.」

「어떻게 그걸 알지?」

「두고 보시면 알게 됩니다. 1센티미터 정도의 파이프가 물 뿜어내듯 피가 솟구칠 겁니다. 당신들은 뒤로 물러서세요.」

두 사람이 발을 차올리며 저항하는 송아지를 양쪽에서 잡았다. 맥이 망치를 내리쳐서 송아지의 무릎을 꿇게 하자, 앨버트가 칼로 송아지의 동맥을 자르고는 분출되는 피를 피해 뒤로 얼른 물러섰다. 송아지는 발광을 하더니 서서히 턱을 땅바닥에 댄 채 쓰러지고 말았다. 다리도 완전히 접혔다. 진홍색의 피가 젖은 땅바닥에 흥건히 흘러내렸다.

「저걸 받아야 되는 건데 아깝군.」 맥이 말했다. 「작은 통 하나만 있으면 담아 놓겠는데 말이야.」

짐이 소리를 질렀다. 「좋습니다. 또 끌고 나오시죠. 암소를 이쪽으로 끌고 오세요.」 처음에 사람들은 소를 어떻게 잡나 호기심 어린 눈초리로 서로 밀치며 바싹 다가가 쳐다보았으나 늙은 암소 두 마리를 잡을 때는 별로 관심이 없어 보였다.

소들이 쓰러지고 목 언저리에서 피가 천천히 흘러나오자 앨버트는 피가 묻어 끈적끈적한 칼을 자루 조각으로 닦은 다음 농장 일꾼에게 돌려주었다. 그가 트럭을 후진시켜 죽은 소들 가까이에 갖다 대자 사람들은 피가 땅바닥으로 흘러내리도록 머리를 바깥으로 해서 축 늘어진 무거운 소들을 차의 짐칸에 실었다. 마지막으로 그들은 열 부대의 아욱콩을 짐칸 앞쪽에 실은 다음 그 부대 자루 위에 자리를 잡고 앉았다.

맥이 농장 일꾼에게 몸을 돌렸다.「감사합니다.」

「내 농장도 아니고, 내 소도 아닌데, 뭘요. 소작하는 겁니다.」

「그래도 아무튼 칼이라도 빌려 주셔서 고맙습니다.」맥은 짐이 트럭에 오르는 것을 도와주고 자신은 앨버트 존슨의 건너편에 자리를 잡았다. 앨버트의 오른팔 셔츠 소매는 어깨 부분까지 빨간 피로 물들어 있었다. 그는 칙칙거리는 트럭을 천천히 몰아 울퉁불퉁한 도로를 조심스럽게 빠져나갔다. 농장 입구에서 기다리고 있던 교통경찰은 그들이 시골길을 빠져나오자 약간 떨어져서 뒤따라왔다.

자루 위에 앉아 있는 사람들이 노래를 부르기 시작했다.

수프, 수프, 수프를 주세요오……
다른 건 원치 않아요, 수프만 주세요.

경찰이 노래 부르는 그들을 보고 씩 웃었다. 누군가가 그 경찰을 향해 노래를 불러 주었다.

선창하시오 여보, 선창하시오 여보,
경찰 대장이 의심하더라도.

운전석에 탄 맥은 몸을 앞으로 내밀고 짐 건너편의 앨버트를 향해 말했다. 「앨버트, 우리 시내를 피해서 가자고. 곧장 천막 숙사로 뒤의 물건들을 가져가야 되는데, 길이 좀 멀더라도 시내 외곽으로 돌아서 갈 수는 없을까?」

앨버트는 뚱한 표정을 지으며 고개를 끄덕였다.

태양이 내리쬐기는 했지만 너무 높이 떠 있어서인지 햇볕이 따뜻하지는 않았다. 짐이 말했다. 「분명 사람들이 신날 겁니다.」

앨버트가 다시 고개를 끄덕였다. 「사람들 고기로 곱창을 채우고 나면 모두 졸려서 잠들고 말걸.」

맥이 웃었다. 「자네한테 놀랐네, 앨버트. 자네 노동의 신성함에 대해선 생각도 못 해봤지?」

「생각 못 했지요.」 앨버트가 말했다. 「생각도 못 하고, 돈도 없고, 아무것도 없지요.」

「사슬 말고는 잃을 게 뭐 있겠어요.」 짐은 작은 소리로 끼어들었다.

「쓸데없는 소리.」 앨버트가 말했다. 「머리카락 빼놓고는 잃을 게 아무것도 없어.」

「자넨 그래도 트럭이 있잖나?」 맥이 말했다. 「트럭이 없으면 어떻게 이 물건들을 가져갈 수 있겠나?」

「이놈의 차 때문에 고생했습니다.」 앨버트가 투덜거렸다. 「이 빌어먹을 트럭이 애먹여서 죽을 뻔했죠.」 그는 슬픈 표정을 지으며 앞을 바라보고 있었다. 그의 입술이 움직인다 싶더니 이내 말이 나왔다. 「직장이 있어 제대로 일하고 있었을 때, 여분으로 3달러가 생겨 여자 맛 좀 보려고 했었죠. 근데 이놈의 차가 고장 나는 바람에 그 돈 다 날렸어요. 늘 그랬죠. 이놈의 트럭이 여편네보다 더해요.」

짐이 진지한 어투로 말했다. 「체제가 좋아지면 훌륭한 트럭 하나 갖게 되겠죠, 뭐.」

「응? 무슨 소리, 시절이 좋아지면 여자를 찾아갈 거야. 난 데이킨하고 다르다고. 데이킨의 트럭이 밥만 지을 줄 알았더라면 그 친구 여자를 데리고 살지도 않았을 거야.」

맥이 짐에게 말을 건넸다. 「자넨 자기가 원하는 게 뭔지 분명히 알고 있는 사람하고 얘기하고 있는 거야. 저 친구가 원하는 건 자동차가 아냐.」

「맞습니다.」 앨버트가 말했다. 「이렇게 된 것은 그놈의 암소를 찔러 죽인 덕택이죠. 전에도 그런 생각은 했었죠.」

그들은 끝없이 펼쳐진 과수원을 뒤로하고 계속 달려 나갔다. 비로 인해 나뭇잎과 흙이 모두 거무스름한 색으로 변해 있었다. 또한 길가의 도랑에서는 흙탕물이 요란한 소리를 내며 흐르고 있었다. 앨버트는 시내의 외곽을 돌며 길을 바꿔 차를 몰았으며, 교통경찰 역시 계속 그 뒤를 쫓아왔다. 나무들 사이로는 주인과 소작농이 같이 거주하는 집들이 그 모습을 내보이고 있었다.

맥이 말했다. 「비가 우리 노동자들을 비참하게 만들지만 않아도 비오는 건 괜찮은데…… 그러면 사과들이 다 엉망이 될 텐데 말이야.」

「내 담요도 엉망이 되겠지요.」 앨버트가 시답지 않은 듯 대꾸했다.

뒤에 탄 사람들이 합창을 했다.

오, 노래 부르자, 노래 부르자,

리디아 핑컴을 노래 부르자.

인류에게 준 그녀의 선물을……

앨버트는 모퉁이를 돌아 앤더슨 농장으로 향하는 길목으로 들어섰다. 「좋아, 잘했어.」 맥이 말했다. 「시내 근처에 가지도 않고 잘 왔어. 중간에 정지당해 짐이 털렸다면 큰일 났을 거야.」

짐이 입을 열었다. 「저 연기 좀 보세요, 맥. 불을 피우고 있는 모양이에요.」 푸른 연기가 나무들 사이에서 나무 높이만큼 피어올랐다.

「천막 숙사를 타고 돌아 사과나무 근처에 차를 세우는 게 낫겠어.」 맥이 말했다. 「이 소들을 잘라야 될 텐데 사과나무 밖에 고기를 매달아 둘 데가 없다고.」

사람들이 도로 위에서 그들을 기다리고 서 있었다. 트럭이 숙사를 따라 돌자 콩 자루 위에 앉아 있던 사람들이 자리에서 일어나 모자를 벗고 허리를 굽혔다. 앨버트는 저속 기어를 넣고 모여든 사람들을 통과하여 천막 숙사 끝의 사과나무들이 서 있는 곳으로 천천히 기어가듯 차를 몰았다.

광적으로 환호성을 질러 대는 사람들 사이를 뚫고 런든이 걸어 나왔다. 그 뒤에는 샘이 따르고 있었다.

맥이 큰 소리로 말했다. 「고기를 매다시오. 그리고 런든, 취사 대원들더러 고기를 얇게 자르라고 일러 주시오. 그래야 빨리 구워질 거요. 다들 몹시 배고플 텐데 말이오.」

런든의 눈이 그를 둘러싸고 있는 사람들의 눈과 마찬가지로 밝게 빛나고 있었다. 「와, 나도 좀 먹을 수 있겠구먼. 안 오는 줄 알고 단념할 참이었소.」

취사 대원들이 사람들 사이를 뚫고 나왔다. 그들은 고기를 사과나무들의 높지 않은 가지에 매단 다음 내장을 꺼내고 가죽을 벗겼다. 맥이 큰 소리로 외쳤다. 「런든, 하나라도 버리지 말게 하시오. 뼈, 머리, 발, 모두 버리지 말고 국거리로 사용하게 하시오.」 잘린 고깃덩어리가 담긴 냄비가 불을 피우고 있는 웅덩이로 옮겨지고, 사람들이 그 뒤를 우르르 따라가자 고기 자르는 사람들의 작업 반경이 훨씬 넓어졌다. 맥은 트럭의 발판에 서서 그 광경을 내려다보고 있었지만 짐은 기어 변속기를 사이에 두고 양발을 벌린 채 여전히 앞좌석에 앉아 있었다. 맥이 근심스러운 얼굴로 짐을 바라보았다. 「왜, 어디가 안 좋은가, 짐? 기분은 좀 어때?」

「괜찮습니다. 한데 어깨가 몹시 뻣뻣하군요. 거의 움직일 수가 없어요.」

「신경이 죽은 모양이로군. 닥이 몸을 좀 편하게 해줄 수 있을 걸세.」 맥은 짐이 트럭에서 내려오는 것을 돕고는 그를 부축하여 고기를 굽고 있는 웅덩이 쪽으로 걸어갔다. 고기 굽는 냄새가 천막 숙사를 온통 뒤덮었다. 고기에서 나온 기름 덩어리가 숯 위로 떨어지자 강렬한 작은 불꽃이 일더니 그 덩어리를 다 삼켜 버렸다. 웅덩이 둘레에 사람들이 너무 빽빽이 몰려드는 바람에 취사 대원들은 사람들을 밀쳐 내면서 뾰족하고 긴 젓가락으로 고기를 뒤집을 수밖에 없었다. 맥은 짐을 이끌고 런든의 천막으로 갔다. 「내가 닥을 이리 오라고 할 테니 자네는 저기 앉아 있으라고. 고기가 구워지면 가져다주겠네.」

천막 안은 컴컴했다. 회색의 천을 통해 새어 드는 얼마 안 되는 빛도 그리 밝지는 못했다. 짐은 어둠에 다소 익숙해지자, 라이사가 어깨에 걸친 담요 아래 아기를 안고 침대요 위에 앉아 있는 모습을 볼 수가 있었다. 그녀는 의심 없는 검은 눈으로 짐을 쳐다보았다. 짐이 먼저 말문을 열었다. 「안녕. 그래 어떻게 지내고 있어요?」

「잘 지내고 있어요.」

「내가 그 요 위에 앉아도 될까요? 좀 아파서 그래요.」

라이사는 몸 아래로 다리를 모으더니 자리를 비켜 주었다. 짐은 그녀 곁에 앉았다. 「저 구수한 냄새가 뭐죠?」 그녀가 물었다.

「고기요. 곧 많이 먹게 될 거요.」

「전 고기를 좋아해요. 고기만 먹고도 살 수 있을 것 같아요.」 그때 가무잡잡하고 야리게 생긴 런든의 아들이 천막 덮개를 열고 안으로 들어왔다. 그는 두 사람을 보고는 걸음을 멈추었다. 「다치셨대요.」 라이사가 얼른 입을 열었다. 「아무 일 없었어요…… 어깨를 다치셨다나 봐요.」

소년이 부드러운 소리로 말했다. 「아, 당신인지 몰랐어요. 라이사는 항상 제가 그런 식으로 자기를 본다고 생각하죠. 저는 안 그런데 말이에요.」 딱딱 부러지는 목소리였다. 「여자를 믿지 못하면 아무리 지켜봐야 소용없는 일이라고 항상 생각하고 있어요. 갈보는 갈보지 별수 있겠어요? 하나 라이사는 그런 여자가 아니에요. 그렇게 취급할 필요가 없는 거지요.」 그는 잠시 말을 멈추었다가 다시 이었다. 「밖에 고기들이 많아요, 정말 많더군요. 아욱콩도 있어요. 지금 당장 먹을 건 아니겠지만요.」

라이사가 말했다. 「전 아욱콩도 좋아해요.」

소년이 계속 말을 이었다. 「사람들이 고기가 다 구워질 때까지 기다리지 못할 것 같던데요. 피가 완전히 빠지지 않았는데도 그대로 먹으려 해요. 조심하지 않으면 식중독 걸릴 텐데 말이에요.」

천막 덮개가 활짝 열리더니 닥 버튼이 들어왔다. 그의 손에는 끓인 물이 담긴 주전자가 하나 들려 있었다. 「이거 무슨 신자(信者)들 집안 같구먼. 맥이 자네 어깨가 뻣뻣해졌다고 말해 주더군.」

「굉장히 쑤십니다.」 짐이 말했다.

닥이 라이사를 바라보았다. 「아기 좀 내려놓고 짐 어깨에 두꺼운 천 좀 대고 계실 수 있겠습니까?」

「저요?」

「예, 제가 바쁘거든요. 상의를 벗기고 그 뻣뻣해진 부위를 뜨거운 물로 찜질 좀 해주시죠. 상처 난 곳에 물이 들어가게 해서는 안 됩니다.」

「제가 할 수 있을까요?」

「못할 게 뭐 있습니까? 저 사람도 당신을 위해 온갖 일을 다 했는데요. 자, 상의를 벗기고 셔츠를 내리세요. 제가 바빠서 그럽니다. 찜질 다 끝나면 제가 새 붕대를 갖다 붙이죠.」 닥은 밖으로 나갔다.

라이사가 말했다. 「제가 해도 괜찮으시겠어요?」

「물론이죠. 당신도 할 수 있어요.」

그녀는 아기를 조우이에게 건네주고는 짐을 도와 푸른 무명 재킷을 벗긴 다음 그의 셔츠를 끌어내렸다. 「속내의는 안 입으신 모양이죠?」

「그래요.」

그녀는 아무 말 없이 뻣뻣한 어깨 근육이 풀릴 때까지 뜨거운 천을 가져다 대었다. 그녀의 손가락이 천을 내리누르더니 부드럽게 움직이면서 이곳저곳을 살며시 눌러 주었다. 그녀의 젊은 남편은 옆에서 그 모습을 지켜보고 있었다. 잠시 후 닥 버튼이 돌아왔고, 그 뒤로 맥이 검게 구워진 큰 고깃덩어리를 젓가락으로 집어 들고 들어섰다.

「이제 좀 낫나?」

「예, 훨씬 좋아졌어요. 라이사가 잘해 줬지요.」

그녀는 남의 이목을 의식했음인지 눈을 내리깔더니 한쪽으로 물러났다. 버튼이 신속한 동작으로 새 붕대를 갈아 끼우자 맥이 커다란 고깃덩어리를 건네주었다. 「소금을 좀 쳤네. 자네, 오늘은 더 이상 돌아다니지 않는 게 좋겠다는군. 닥의 의견이야.」

버튼이 고개를 끄덕였다. 「자네, 감기에 걸리면 열이 오를 수가 있어. 그렇게 되면 아무 일도 못 하게 된다고.」

짐은 질긴 고기를 입에 넣고는 잘근잘근 씹었다. 「사람들이 고기를 좋아하던가요?」

「되게 신나 있지. 세상이 자기들 것인 양 생각하고 있네. 나가서 누구라도 해치우고 싶을 거야. 정말 그런 일이 벌어질지도 몰라.」

「오늘도 감시 조를 배치할 건가요?」

맥은 잠시 생각을 하였다. 「하지만 자네는 안 돼. 여기 있으면서 몸을 따뜻하게 하라고.」

조우이가 아기를 자기 부인에게 넘겨주었다. 「고기 아직 많이 있습니까?」

「물론이지.」

「그럼 가서 라이사하고 제가 먹을 것을 좀 가져와야겠군요.」

「그래, 어서 가보게. 자, 짐, 너무 그렇게 불퉁히 있지 말게.

뭐, 일이 그렇게 많이 진행되지는 않을 걸세. 이젠 오후도 한참 지났어. 런든이 곧 몇몇을 차에 태워 저쪽 일꾼들이 사과를 따고 있는지 감시할 거고, 그래서 몇이나 되고, 어디서 일들을 하고 있는지 알아내면 내일 아침이나 돼야 행동을 취할 걸세. 이제는 한 이틀 사람들 배 좀 불려 놔야지. 구름도 걷혔으니 맑고 서늘한 날씨 속에 기분 전환들 좀 해야 될 테고 말이야.」

짐이 물었다. 「그쪽 노동자들에 관해서는 뭐 다른 소식 없어요?」

「별달리, 뭐 없네. 그놈들이 호위병들을 대동하고 트럭으로 실려 오고 있다고 몇몇 사람들이 얘기하고 있긴 하지만 이런 천막 숙사에서 떠도는 얘기들은 믿을 게 못 돼. 세상에서 가장 소문이 무성한 곳일 거야, 이곳이 말이야.」

「사람들이 아주 조용해졌는데요.」

「물론, 당연하지. 입에 먹을 것을 잔뜩 처넣고들 있으니……. 내일 다시 부추겨야 되네. 파업을 길게 할 수는 없으니까 짧은 시일 안에 단단히 거세게 밀어붙여야지.」

도로를 따라오는 차 소리가 들리더니 잠시 후 멈추는 소리가 들렸다. 천막 밖에서 사람들의 목소리가 갑자기 커지더니 이내 다시 잠잠해졌다. 샘이 천막 안으로 고개를 디밀며 물었다. 「런든 여기 있습니까?」

「아니, 왜, 무슨 일인가?」

「쫙 빼입은 놈 하나가 멋진 차를 타고 왔는데 대장을 보고 싶다는군요.」

「뭣 땜에?」

「모르겠어요. 파업 지도자를 만나고 싶답니다.」

맥이 말했다.「런든은 저 웅덩이 쪽에 있네. 가서 이리 오라고 하게. 그 친구 뭔가 논의할 게 있는 모양이로군.」

「예, 가서 전하겠습니다.」

잠시 후 런든이 천막 안으로 들어섰고 그 뒤에 회색 신사복을 입은 땅딸막하고 팔자 좋게 생긴 사내가 따라 들어왔다. 혈색 좋은 불그레한 뺨에 면도를 말끔하게 한 깨끗한 얼굴, 그리고 머리는 거의 백발에 가까운 사람이었다. 눈가에 잡힌 주름으로 인해 인상은 선해 보였으며, 더욱이 말할 때는 다정한 미소가 입가에 활짝 피어나기도 했다. 그가 런든을 향해 말했다.「당신이 파업 노조의 위원장이십니까?」

「그렇소.」런든은 의혹이 가득 담긴 목소리로 대답했다.「내가 위원장으로 선출된 사람이오.」

샘이 들어오더니 어둡고 불퉁한 얼굴을 한 채 런든 바로 뒤에 섰다. 맥은 손가락으로 몸의 균형을 잡으며 웅크리고 앉아 있었다. 그 낯선 사람은 하얗고 고른 이를 내보이며 미소를 띠었다.「나는 볼터라는 사람이오.」평범한 말투였다.「큰 과수원을 하나 소유하고 있는 농장주죠. 그런데 이번에 이곳 지역의 농장주 협회 회장으로 새로 선출되었소이다.」

「그래서요?」런든이 말했다.「또 나더러 좋은 직장을 줄 테니 배신해라, 이겁니까?」

볼터의 얼굴에서는 아직도 미소가 떠나지 않고 있었다. 그러나 그의 깨끗하게 생긴 불그스레한 손은 옆구리 쪽으로 슬며시 다가가고 있었다.「아, 이러지 말고 좀 더 부드럽게 시작해 봅시다.」그가 간청을 하듯 말했다.「나는 신임 회장이라고 말씀드렸지 않소. 이 말은 우리 협회의 정책에 어떤 변화가 있었다는 것을 의미하는 거요. 예전 식으로 일들을 처리하고 싶지 않소이다.」 그가 말하는 동안 맥은 볼터가 아니라 런든을 바라보고 있었다.

런든의 얼굴에서 분노의 빛이 사라졌다. 「그래, 무슨 말을 하려는 거요? 말해 보쇼.」

볼터는 걸터앉을 만한 것이라도 찾는지 주변을 두리번거렸지만 아무것도 발견하지 못하였다. 그가 말했다. 「양측이 서로 으르렁거리며 싸워 봤자 어느 쪽에도 득 될 게 없소이다. 사람들이 아무리 흥분해 있다 하더라도 테이블을 사이에 두고 마주앉으면 반드시 좋은 결과를 얻게 된다는 것이 나의 지론이오.」

런든이 킬킬거렸다. 「우리한테 테이블이 없어 유감이오.」

「내 말이 무슨 뜻인지 아실 거요.」 볼터는 계속 말을 이었다. 「협회의 모든 사람들이 당신들은 이성에 귀 기울이지 않는 사람들이라고 말하기에 내가 그 사람들한테 이렇게 말했소이다. 미국의 노동자들이 어떤 사람들인지 내가 잘 아는데, 그들에게 뭔가 합당한 것을 주면 분명 귀 기울일 거라고 말이오.」

샘이 침을 퉤 뱉었다. 「아니, 그럼, 우리가 이렇게 귀 기울이고 있으니 어디 합당한 게 뭔지 한번 내보여 보쇼.」

볼터의 하얀 이가 반짝였다. 그는 뭔가 고맙다는 듯이 주위를 둘러보았다. 「맞아요. 바로 그런 거 아닙니까? 내가 협회 사람들한테 얘기한 것이 바로 그런 거요. 〈우리가 가진 패를 다 내보이자〉, 이렇게 말하고 그렇게 했소이다. 결과는 두고 봐야겠지만 말이오······ 우리 미국 노동자들도 사람이니까······.」

맥이 중얼거렸다. 「국회의원에 출마해도 되겠군.」

「뭐라고 말씀하셨소?」

「아, 아무것도 아니오. 그냥 옆 사람한테 한번 해본 말이오.」런든의 얼굴이 다시 굳어졌다.

볼터가 계속 말을 이었다.「내가 여기 온 이유가 바로 우리가 가진 패를 다 내보이기 위해서요. 내가 과수원을 하나 소유하고 있다고 했는데, 그렇다고 당신네 권익을 생각 안 하는 게 절대 아니오. 우리 모두는 노동자들이 행복해지지 않고서는 우리도 돈을 벌 수 없다는 사실을 잘 알고 있소이다.」그는 무슨 반응이라도 나올 줄 알고 잠시 말을 멈추었다. 그러나 아무 반응도 없자 계속해서 말을 이었다.「자, 내가 생각하는 건 이렇소. 이렇게 서로 으르렁대고 앉아 있어 봤자 당신들도 돈 못 벌고, 우리도 돈 못 버는 거요. 우린 당신들이 일터로 복귀하기를 간절히 바라고 있소. 그래야 당신들도 품삯을 받고 우리는 우리대로 사과 수확을 하게 되는 거요. 그게 양측이 모두 행복해지는 길이오. 자, 일터로 돌아오는 거죠? 아무런 사심 없이, 아무런 불만 없이, 상황을 잘 이해하는 단둘이서 협상을 하는 게 어떻겠소?」

런든이 말했다.「우리는 분명히 일터로 되돌아갈 거요. 우리가 바로 미국 노동자들이잖소? 우리가 원하는 만큼 품삯을 올려 주고, 파업을 파괴하러 온 비조합원들을 내쫓으면 우린 내일 아침 예전의 그 나무들로 올라갈 것이오.」

볼터는 미소를 지으며 주변의 사람들을 둘러보았다. 한 번에 한 사람씩, 각각의 얼굴에 웃음을 던져 주었다.「맞소. 나도 당신들 품삯을 올려 주어야 한다고 생각했소. 그래서 협회 사람들에게 얘기를 했소이다. 그런데 나는 훌륭한 사업가는 못 되는 모양이오. 지금의 사과 시세에 견주어 볼 때 최고로 높은 임금을 지급하고 있다는 것이 협회 사람들의 설명이었소. 만일 인상을 해서 지급하면 밑지게 되는 거지요.」

맥이 빈정거렸다. 「그럼 우린 미국 노동자가 못 될 것 같군. 도대체 나에겐 하나도 합당한 것으로 들리지 않소. 지금까지 당신이 한 말 죄다 거짓말같이 들리오.」

짐도 끼어들었다. 「임금을 인상하지 못하는 것은 임금 인상이 바로 우리가 파업에서 승리한 것을 뜻하기 때문일 겁니다. 만일 우리가 승리하게 되면 비참한 처지의 다른 많은 노동자들도 잇따라 파업을 일으키게 될까 봐, 그게 두려운 거죠. 안 그렇습니까, 회장 나리?」

그러나 볼터는 여전히 미소 띤 얼굴을 하고 입을 열었다. 「처음부터 나는 당신들이 임금을 올려 받는 게 당연하다고 생각했소. 그러나 그때는 아무런 권한이 없어 입을 다물고 있었을 뿐이오. 그런데 아직 내 생각은 변하지 않았고, 게다가 지금은 내가 협회 회장이오. 그래서 협회 회원들에게 내가 계획하는 바를 이야기했소이다. 몇몇이 반대를 하기도 했지만 내가 임금 인상을 해야 한다고 강력하게 밀고 나갔소. 자, 이제 내가 제의하겠소. 20센트요. 아무런 사심이나 불만이 없기로 하는 거요. 내일 아침 일터로 복귀하기 바라오.」

런든이 샘을 돌아다보았다. 그는 오만상을 하고 있는 샘의 얼굴을 보고 웃음을 터뜨렸다. 그러더니 샘의 어깨를 철썩 때렸다. 「볼터 씨, 맥이 말한 대로 우리는 미국 노동자가 못 될 것 같소이다. 당신은 패를 내보이겠다고 해놓고선 전혀 까놓지 않았소. 자, 그럼 우리 패를 보여 주겠소. 저런, 패가 좋아. 풀 하우스로구먼. 당신들, 그놈의 사과들을 거둬들이고 싶겠지만 임금 인상이 없으면 우린 절대로 따지 않을 것이오. 또한 우리 말고는 어느 누구도 따지 못하도록 할 것이오. 자 이제, 당신의 생각은 어떻소, 볼터 씨?」

마침내 볼터의 얼굴에서 미소가 사라졌다. 그는 침통한 어조로 말했다. 「모든 사람이 열심히 일하고 서로 도왔기 때문에 미국이 위대한 국가가 된 것이오. 미국 노동자들은 전 세계에서 가장 훌륭한 노동자들이며, 임금도 가장 많이 받고 있소.」

런든이 화를 내며 말을 받았다. 「중국인들이 하루에 0.5센트를 받는다 하더라도 그걸로 먹고 살 수 있으니까 받는 거 아니오? 반면에 우리는 굶주리고 있는데 얼마를 받든, 그게 무슨 대수요?」

볼터는 다시 웃는 얼굴을 하였다. 「나는 집이 하나 있고, 또 애들도 있소. 난 열심히 일해 왔소. 당신들은 내가 당신들과 다르다고 생각하겠지만, 나도 역시 당신들과 똑같은 노동자로 봐줬으면 좋겠소. 지금의 내 재산, 모두 노동으로 번 거요. 우리는 당신들 중에 과격파가 있다는 소문을 들었소. 물론 나는 믿지 않소. 미국인이, 미국의 이상을 지닌 미국인이 과격파 따위에 귀 기울이리라고는 절대로 믿지 않소. 우리는 모두 공동운명체요. 지금은 고난의 시기요. 그럴수록 모두가 잘 어울리도록 노력해야 하고 서로서로 도와야 되는 거요.」

갑자기 샘이 고함을 질렀다. 「오, 제발, 그만두시오. 말할 게 있으면 말하시오. 하나 그 되지도 않은 연설일랑 집어치우시오.」

볼터는 우울한 표정이 되었다. 「어떻게, 그럼 50센트면 받아들이겠소?」

「아니요.」 런든이 말했다. 「당신들, 어지간히 급하지 않고서는 50센트를 제시할 사람들이 아니오.」

「다른 노동자들이 받아들일지 어떨지 투표에 부쳐 보면 될 거 아니오?」

「이보시오.」 런든이 말했다. 「여기 사람들 모두 격분해 있기 때문에 당신이 밖에 나가 그 번지르르한 양복을 보이기만 해도 당신 가죽을 벗겨 버리려고 할 거요. 우린 임금 인상을 위해 파업하고 있는 중이오. 당신들 과수원을 계속 감시할 것이며, 당신들이 고용하는 파업 파괴 분자들을 보이는 대로 내쫓을 것이오. 자, 이제 그 반대의 경우도 좀 까놓고 말해 보시오. 당신들 패를 한번 뒤집어 보이시오. 우리가 일터로 돌아가지 않는다면, 그래 어떡하실 작정이오?」

「자경 대원들을 풀 수밖에 없겠지.」 맥의 말이었다.

그러자 볼터가 황급히 말을 꺼냈다. 「우린 자경 대원들에 관해서 아무것도 모르오. 설사 평온을 유지하기 위해 분노한 시민들이 나름대로 어떤 조직을 만든다 해도 그건 우리와 상관없는 일이오. 우리 협회는 그런 것에 대해 전혀 아는 바가 없소.」 그는 다시 웃음을 지어 보였다. 「그러나 당신네들이 우리 집과 아이들을 공격한다면 당연히 우리가 막아야 되는 것 아니겠소? 당신네들 같으면 당신네 아이들을 보호하지 않을 거요?」

「도대체 당신은 우리가 무슨 일을 하고 있다고 생각하시오?」 맥이 소리를 질렀다. 「우리는 우리 아이들이 굶어 죽지 않도록 무진 애를 쓰고 있는 거요. 우린 우리 노동자가 가진 유일한 수단을 사용하고 있는 거란 말이오. 아이들에 관해서는 더 이상 떠벌리지 마시오. 그렇지 않으면 정말 본때를 보여 주겠소.」

「오로지 우리는 이번 일을 평화적으로 해결하고자 할 뿐이오.」 볼터가 말했다. 「미국 시민들은 질서를 원하고 있소. 그리고 내 분명히 말해 두지만 그 질서 유지를 위해 필요하다면 우린 주지사에게 요청해서 군대라도 불러들일 것이오.」

샘이 침을 튀기면서 고함을 질러 댔다. 「그래, 창문에서 총을 쏘면서 질서를 유지하겠지, 이 겁쟁이 새끼야. 그래, 그래서 샌프란시스코에서는 여자를 짓밟아 질서 유지했냐? 신문에선 이렇게 쓰겠지, 〈오늘 아침 한 파업 노동자가 총검에 덤벼들다 죽음을 당함〉. 그래, 총검에 덤벼들다가 말이야!」

런든이 광분해서 날뛰는 샘을 팔로 감아 볼터에게서 천천히 떼어 놓았다. 「그만둬, 샘. 이제 그만하라고. 조용히 좀 하게.」

「없어져, 새끼야.」 샘이 소리를 빽 질렀다. 「그런 헛소리 하려거든 거기서 똥물이나 뒤집어써라, 이놈아!」

런든의 표정이 갑자기 굳어지더니 그의 큰 주먹이 샘의 얼굴을 강타하였다. 샘이 쓰러지고, 런든은 서서 그를 내려다보았다. 맥이 그 광경을 보고 미친 듯이 웃어 댔다. 「한 파업 노동자가 주먹에 덤벼들었군.」

샘은 땅바닥에 일어나 앉았다. 「좋아요, 런든. 당신이 이겼어요. 내 더 이상 소란 피우지 않겠어요. 하지만 당신은 〈피의 목요일〉 날 샌프란시스코에 없었기 때문에 내 심정을 몰라요.」

볼터는 자기 자리에 꼼짝 않고 서 있었다. 「당신네들이 이성을 찾기를 바라오. 우리는 당신들이 공산당 조직에서 파견한 과격분자들에 의해 조종당하고 있다는 정보를 갖고 있소. 그자들은 당신들을 호도하고, 당신들에게 거짓말만 전할 뿐이오. 그자들이 원하는 건 오직 소요뿐이오. 전문적인 소요 획책꾼들이오. 파업을 일으켜야 월급을 받을 수 있는 그런 자들이란 말이오.」

맥이 벌떡 일어섰다. 「그래, 이 더러운 쥐새끼야. 미국 노동자들을 호도한다고? 아마 소련으로부터 급료를 받을 거야, 안 그러나, 미스터 볼터?」

볼터는 맥을 한참 동안 되쏘아보았다. 그의 얼굴에는 이미 건강한 붉은 기운이 사라져 있었다. 「당신네들이 싸움을 걸어 오고 있소. 유감이오. 나는 평화를 원하는데 말이오. 우리는 누가 과격분잔지 알고 있소. 그들에 대해서는 조치를 취할 수밖에 없소이다.」 그는 안타깝다는 듯이 런든을 쳐다보았다. 「그자들에게 현혹되지 말고 일터로 돌아오시오. 우리가 원하는 건 오직 평화뿐이오.」

런든이 그를 노려보았다. 「이제 그런 얘긴 들을 만큼 충분히 들었소. 우리도 평화를 원하오. 도대체 우리가 저지른 일이 뭐가 있소? 두 번 행진한 것밖에 없소. 그런데 당신네들이 저지른 짓거리는 뭔지 아시오? 세 사람을 총으로 쏘고, 트럭 한 대와 간이식당차를 불태우고, 식량 공급을 차단했소. 이제 정말 당신들의 그 새빨간 거짓말에 신물이 났소. 샘한테 얻어맞지 않고 잘 돌아가도록 보살펴 주겠소. 하나 앞으론 당신네들이 솔직하게 말할 준비가 안 되어 있으면 어느 누구도 보낼 생각 하지 마시오.」

볼터는 애석하다는 듯 고개를 가로저었다. 「우리는 당신네들과 싸우고 싶지 않소. 당신네들이 일터로 돌아오기만을 바랄 뿐이오. 그러나 싸워야 된다면 우리에게는 무기가 있소. 보건 당국이 이 천막촌을 다 까발릴 것이오. 그리고 주 정부에서는 검사 안 된 고기가 이 고장으로 들어오는 걸 몹시 싫어하고 있소. 시민들 역시 이 소동에 대해 고개를 설레설레 흔들고 있소. 그리고 우린 필요하다면 군대도 불러들일 참이오.」

맥은 일어서서 천막 입구로 가더니 밖을 내다보았다. 이미 저녁의 어둠이 내리고 있었다. 천막 숙사는 조용했으며, 사람들은 런든의 천막을 지켜보며 서 있었다. 몰려오는 저녁의 어스름 속에 하얀 얼굴들이 모두 런든의 천막을 향하고 있었다. 맥이 큰 소리로 말했다. 「여러분, 아무 일도 없습니다. 우리는 절대 여러분을 배반하지 않을 것이오.」 그는 다시 천막 안으로 고개를 돌렸다. 「불을 켜시오, 런든. 내 이 친구한테 몇 가지 해줄 말이 있소.」

런든은 양철 등잔에 성냥불을 붙이고는 천막 기둥에 걸어놓았다. 등잔불은 희미했지만 흔들리지 않고 타올랐다. 맥은 볼터 앞으로 불쑥 다가섰다. 근육질의 그의 얼굴에 조롱 섞인 비웃음이 감돌았다. 「좋아, 이 애송이야. 당신은 뭘 거창하게 얘기했지만, 그러면서 내내 겁먹고 있었다는 걸 내 다 알고 있어. 당신들이 할 수 있는 만큼 다 했다는 건 내 인정하지. 그러나 앞으로 무슨 일이 일어나는지 두고 보라고. 워싱턴에서 보건 당국이 천막들을 불태웠지만 그것 때문에 후버 대통령 후보가 노동자의 표를 얻지 못했지. 샌프란시스코에서는 주(州) 경비대를 불러들이는 바람에 전 도시가 파업 노동자 편을 들게 되었지. 당신들은 파업에 대한 여론을 악화시키기 위해 경찰로 하여금 식량 반입을 막도록 해야 하겠지. 난 지금 뭐가 옳고, 뭐가 그른가를 얘기하는 게 아냐. 이 친구야. 어떤 일이 벌어지고 있는지, 그걸 얘기하는 거라고.」 맥은 한 걸음 뒤로 물러섰다. 「우리가 어디서 식량과 담요, 의료품과 돈을 얻고 있다고 생각하나? 당신은 아마 잘 알 거야. 당신네들이 장악했다고 생각하는 이 지역에 우리 동조자들이 득실댄다고. 그리고 당신이 말한 그 〈분노하는 시민들〉이란 바로 당신들 때문에 분노하고 있는 거란 말이야. 당신도 잘 알겠지만, 만일 당신들이 더 가혹하게 나온다면 온 노조가 파업을 할 거라고. 트럭 운전사들, 식당 종업원들, 그리고 농장 일꾼들, 모두가 파업을 하고 말 거야. 그리고 당신은 그런 사실을 너무 잘 알고 있기 때문에 여기 와서 공갈치는 거고 말이야. 그래 봐야 잘 안 될걸. 여기 천막 숙사가 당신들이 우리더러 자라고 농장에 설치해 놓은 그 더러운 막사보다 훨씬 깨끗하단 말이야. 여기 와서 우리 겁주려고 해봤자 아무 소용 없어.」

볼터의 얼굴이 하얗게 변해 갔다. 그는 맥에게서 눈길을 떼더니 런든을 쳐다봤다. 「나는 평화적으로 협상을 하려고 했소. 당신, 이 사람이 바로 파업을 선동하기 위해 공산당 본부에서 내려온 사람이라는 것을 알고 있소? 이 사람 감옥 갈 때 당신은 가지 않도록 조심하시오. 우리는 우리 재산을 보호할 권리가 있고, 그러므로 그 권리를 행사할 것이오. 나는 남자 대 남자로 당신과 협상을 하려 했지만 당신은 그걸 거절했소. 이제부터 모든 도로가 봉쇄될 것이오. 그리고 군(郡) 도로에서의 행진이나 집회를 금지하는 포고령이 오늘 밤 발표될 것이오. 또한 보안관이 필요하다면 천 명의 인원을 보안관 대리로 채용하게 될 것이오.」

런든은 재빨리 맥을 쳐다보았고 맥은 그에게 눈을 깜박였다. 런든이 입을 열었다. 「제발, 여보쇼, 정말로 난 당신이 여길 안전하게 빠져나가길 바라오. 밖에 있는 사람들이 당신이 한 말을 다 들었다면 당신을 박살 내려고 할지도 모르오.」

볼터의 턱이 굳어지고 눈썹이 축 처졌다. 그는 어깨를 쭉 폈다. 「나에게 협박을 하는 거요? 난 내 목숨을 바쳐서라도 내 집과 아이들을 지킬 것이오. 그리고 만일 당신들이 지금 내 몸에 손 하나라도 까딱한다면 아침 전에 당신들 파업을 깡그리 뭉개 버릴 거요.」

런든이 팔짱을 끼고 앞으로 다가섰다. 그러자 맥이 뛰어나가 앞을 가로막았다. 「저 친구 말이 맞소, 런든. 절대 겁먹지 않을 사람이오. 다른 사람들은 다 겁먹어도 저 친군 겁먹지 않을 거요.」 맥이 뒤로 돌아섰다. 「볼터, 이곳을 빠져나가도록 해주겠어. 우리는 이제 서로 상대편을 알게 됐다고. 당신네들한테서 기대할 수 있는 게 뭔지 이제 알겠어. 그리고 당신들이 공권력을 사용하기 전에 얼마나 신중하게 행동을 하는지도 알게 되었어. 그러나 우리에게 식량과 돈을 보내 주는 사람이 수천 명이나 된다는 사실을 잊어버리지 마시오. 어쩔 수 없는 경우에는 그들도 다른 일들을 하고자 할 거요. 지금까지는 괜찮았어, 볼터. 하나 만일 당신들이 우스꽝스러운 짓거리를 벌인다면 우리는 당신들이 영원히 잊지 못할 정말 굉장한 폭동을 보여 줄 테니 그리 아쇼.」

볼터가 냉담한 어조로 말했다. 「이젠 모든 게 끝난 것 같소이다. 유감스럽긴 하지만 나는 당신들이 타협하지 않으려고 한다는 사실을 보고하지 않을 수가 없소.」

「타협?」 맥이 큰 소리로 말했다. 「결론이 없는데 타협은 무슨 타협이야?」 그의 목소리가 부드러운 어조로 바뀌었다. 「런든, 당신은 이 사람 한쪽 곁에 서고, 샘, 자네는 반대쪽에 서서 이 사람이 무사히 나가도록 해주시오. 그런 다음 이 사람이 한 말을 사람들에게 해주는 게 좋을 것 같소. 하지만 사람들을 잘 통제해야 하오. 말썽 안 나게 각 조원들을 잘 단속하라고 일러두시오.」

그들은 볼터를 호위하여 말없이 밀치는 사람들 틈을 빠져나와 볼터가 자기 차를 타고 도로를 따라 사라지는 모습을 지켜보았다. 그가 사라지고 나자 런든이 큰 소리로 외쳤다. 「여러분, 모두 연단이 있는 곳으로 가시오. 그러면 내가 거기에 올라서서 저 자식이 한 말을 그대로 들려주겠소. 그리고 우리가 어떻게 대응했는지, 그것도 그대로 전해 주겠소.」 그는 도리깨질을 하듯 펄쩍펄쩍 뛰어나갔고 사람들도 열광을 하며 뒤따라갔다. 취사 대원들도 콩과 고깃덩어리를 끓이다 말고 따라갔으며, 여자들도 쥐처럼 천막에서 기어 나와 뒤를 따랐다. 런든이 연단에 오르자 그 주위를 빽빽이 둘러싼 사람들이 저녁의 어둠 속에서 런든을 주시하였다.

볼터와의 대화가 이루어지고 있는 동안 닥 버튼은 자신의 존재를 드러내지 않고 조용히 있었기 때문에 마치 자리에 없는 듯했다. 그러나 사람들이 밖으로 빠져나가고, 짐과 라이사만 남게 되자 닥은 구석에서 나와 침대요 한쪽 귀퉁이 그들 곁에 다가가 앉았다. 그의 얼굴엔 근심이 가득했다. 「일이 고약해지겠는걸.」 닥의 말이었다.

「그게 우리가 원하던 거 아닙니까, 닥.」 짐이 그에게 말했다. 「사태가 악화되면 악화될수록 더욱더 효과가 나는 거죠.」

버튼은 슬픈 눈으로 짐을 바라보았다. 「자넨 끝까지 버텨 보겠다는 거군. 나도 그러고 싶지만, 모두가 부질없는 것 같아. 잔인하고 무의미한 짓이야.」

「계속해야 해요.」 짐이 주장했다. 「노동자들이 자본가의 지배를 벗어나 자치권을 갖게 되고, 그들이 노동을 통해 이익을 얻을 때까지 계속해야 해요.」

「아주 간단한 일처럼 들리는군.」 버튼이 한숨을 쉬었다. 「그렇게 간단한 일이라면 얼마나 좋을까.」 그러더니 그는 라이사에게 고개를 돌려 웃음을 지어 보였다. 「어떻게 해결하면 좋을 것 같아요, 라이사?」

그녀가 움찔하였다. 「예?」

「내 말은, 당신이 행복해지기 위해 어떤 일을 했으면 좋겠냐, 이 뜻이오.」

그녀는 수줍어하며 자기 아기를 내려다보았다. 「저는 젖소를 한 마리 갖고 싶어요. 당신들처럼 버터와 치즈를 먹고 싶어요.」

「젖소를 착취하겠다는 건가요?」

「예에?」

「농담한 거요. 젖소 길러 본 적 있어요, 라이사?」

「어렸을 적에 한 마리 키웠었어요. 데리고 나가선 따뜻한 젖을 실컷 마셨지요. 제 아버님은 컵 같은 것에 젖을 짜 마시셨죠. 따뜻했어요. 그게 제가 좋아하는 거예요. 그건 분명히 아기한테도 좋을 거라고요.」 버튼은 그녀에게서 천천히 눈길을 돌렸다. 그러나 그녀는 계속 말을 했다. 「젖소는 대개 풀을 뜯어먹고 때로는 건초도 먹어요. 아무나 다 젖을 짜 내지는 못해요. 발로 차거든요.」

버튼이 물었다. 「짐, 자넨 젖소 키워 본 적 있나?」

「없습니다.」

「젖소가 반혁명적인 동물은 아닐 테지.」

「도대체 무슨 말씀을 하시는 겁니까, 닥?」

「아무것도 아닐세. 난 좀 불행한 것 같아. 전쟁 중에 군대에 있었지. 학교를 막 마친 후였어. 사람들이 가슴에 총을 맞은 우리 병사하고 다리가 잘려 나간, 눈이 큰 독일군 병사를 싣고 왔더군. 내가 그들을 치료했는데, 그 사람들이 사람같이 안 보이고 나무처럼 느껴지더군. 그러나 때론 모든 일이 끝나고 진료가 없을 때면 지금처럼 불행한 느낌이 들었지. 외로웠던 모양이야.」

짐이 말했다. 「결과만 생각하세요, 닥. 이 모든 싸움 뒤에 분명 좋은 결과가 나올 겁니다. 그 결과가 싸움을 가치 있는 것으로 만드는 거죠.」

「짐, 나도 좀 그런 것을 알고 싶네. 그러나 내 좁은 경험으로 볼 때 목적이라는 것이 그 본질상 결코 수단과 전혀 다른 것이 아니더라고. 짐, 폭력으로는 포악한 것밖에 건설할 수가 없네.」

「나는 그렇게 생각하지 않아요.」 짐이 말했다. 「위대한 일은 모두 폭력에서 시작된 거라고요.」

「일에는 시작이라는 것도 없고 끝이라는 것도 없네. 내가 보기에 인간들은 아득한 옛날부터 맹목적이고 잔인한 투쟁을 벌여 왔으며, 아마 알 수 없는 먼 미래까지 그런 투쟁을 계속할 것 같네. 그리고 인간들은 온갖 장애물과 적들을 만나다 패퇴시키긴 했지만 한 가지만은 물리치지 못했지. 그건 다름 아닌 자기 자신에 대해서는 승리하지 못했다는 걸세. 인간이 스스로를 얼마나 혐오하는지, 자넨 모를 거야.」

「우린 우리 자신을 미워하는 게 아니라 우리를 못살게 구는 자본가 놈들을 증오하는 거라고요.」

「상대방도 인간으로 이루어진 집단이네, 짐. 자네와 똑같은 인간들이란 말이야. 인간은 스스로를 증오해. 심리학자들은 인간의 자기 사랑과 자기 증오가 거의 같이 존재한다고들 말하지. 인류는 다 똑같을 수밖에 없는 걸세. 우리는 우리 스스로와 싸우는 것이고, 따라서 우리가 승리를 거둔다 함은 바로 모든 인간을 다 죽이는 것을 뜻하네. 그래서 난 외롭네. 난 미워하는 것이 아무것도 없거든. 자넨 도대체 그런 미움으로부터 무엇을 얻어 내자는 건가, 짐?」

짐은 깜짝 놀란 표정을 지었다. 「나 말이에요?」 그는 손가락으로 자기 가슴을 가리켜 보였다.

「그래, 자네 말이야. 이 모든 소란으로부터 자넨 도대체 무슨 보람을 얻겠다는 거지?」

「모르겠어요. 아무러면 어때요.」

「좋아, 그럼 말이야, 그 어깨에 패혈증이 생기거나 자네가 파상풍으로 죽게 되고 파업은 파업대로 깨져 버리고 만다면? 그런 다음엔 뭘 어쩌지?」

「상관없어요.」 짐은 고집스럽게 자기 입장을 말했다. 「나도 당신과 같은 생각을 해봤었죠, 닥. 하지만 이젠 전혀 상관없어요.」

「어떡하다가 자네가 그렇게 된 건가? 무슨 일이 있나?」 버튼이 물었다.

「모르겠습니다. 전 항상 외로웠어요. 하지만 이제는 전혀 외롭지 않아요. 지금 죽는다 해도 상관없어요. 내가 죽는다 해도 이 파업은 계속되겠지요? 난 작은 부분에 지나지 않죠. 파업은 점점 확산될 거고요. 어깨의 통증이 오히려 나에겐 유쾌한 것으로 여겨져요. 아마 조이도 죽기 전에 그런 기분이었을 겁니다. 바로 죽는 그 순간에 유쾌한 기분이 들었을 거예요.」

그때 밖에서 지루한 느낌을 주는 거친 목소리가 들려왔다. 그리고 곧이어 몇 마디 외침이 들리더니 연이어 미처 날뛰는 짐승의 울부짖는 소리처럼 성난 군중의 함성이 들렸다. 「런든이 말을 시작했군요.」 짐이 말했다. 「사람들이 흥분했나 봐요. 군중이 흥분하면 주변 공기가 온통 흥분의 도가니 속으로 빠져 드는 걸 닥, 당신은 이해하지 못할 겁니다. 제 아버님은 매번 혼자서 싸우셨어요. 맞을 때 혼자 맞을 뿐 도와주는 사람이 아무도 없었지요. 그런데 그게 얼마나 외로운 건지, 난 알아요. 하지만 난 이제 더 이상 외롭지 않아요. 이제 나는 〈나〉라는 존재 그 이상이기 때문에 맞아도 혼자 맞는 일은 없을 겁니다.」

「이건 완전히 종교적 황홀감이로구먼. 이해할 수 있지. 어린 양의 피를 나눠 마시는 사람들이야.」

「그놈의 종교, 집어 치우세요!」 짐이 소리를 질렀다. 「인간이지 신이 아니라고요. 당신이 잘 아는, 그런 존재잖아요.」

「그렇다면 사람의 집단은 신이 될 수 없다는 건가, 짐?」

짐이 이리저리 몸을 비틀었다. 「닥, 당신 오늘, 말씀이 너무 많군요. 그렇게 말의 함정을 파다간 당신이 그 속에 빠져 버리고 말 겁니다. 당신은 나를 이해할 수 없어요. 그리고 당신의 말은 나한테 아무런 의미도 없어요. 난 내가 무슨 일을 하는지 알고 있어요. 말싸움 붙여 봤자 난 끄덕도 안 할 겁니다.」

「진정하게.」 버튼은 짐을 달랬다. 「흥분하지 말게. 논쟁하자는 게 아니고 그냥 몇 가지 물어봤을 뿐이야. 사람들이 온통 뭘 따지고만 들어도 화를 내고 난리들을 치니······.」

저녁의 어스름이 어둠으로 변하자 램프의 불빛이 점점 더 밝아지면서 노란빛으로 천막의 구석구석을 환하게 비춰 주었다. 맥이 아무 말도 없이 천막 안으로 들어섰다. 마치 밖의 소란스러움과 외침 소리를 피해 몰래 빠져나온 듯한 모습이다. 「사람들이 너무 거칠어. 다시 또 배들이 고픈 모양이야. 오늘 밤엔 고기하고 콩을 끓여 먹을 건데, 고기들을 먹으면 기운이 넘쳐 좀 우쭐한 기분들이 생길 테지. 지금 당장 밖으로 뛰쳐나가 집들을 불태울 기세들이더라고.」

「하늘은 좀 어때요?」 버튼이 물었다. 「이제 더 이상 비는 안 오겠죠?」

「맑아, 별까지 총총하다고. 날씨, 좋아질 거야.」

「말할 게 있어요, 맥. 의약품이 다 떨어져 갑니다. 살균제가 필요해요. 아 참, 매독 주사약도 좀 있었으면 합니다. 만일 전염병이라도 번지면 우린 끝장입니다.」

「알고 있네. 우리 형편이 어떤지 시내로 전갈을 보냈네. 또 지금 몇몇은 나가서 돈을 구하고 있는 중일세. 데이킨을 보석으로 빼내려고 돈을 구하는 거지. 차라리 나는 그 친구, 그대로 감옥에 있었으면 좋겠는데 말이야.」

버튼이 자리에서 일어섰다. 「당신은 런든에게는 지시를 내릴 수 있지만 데이킨은 지시받으려 하지 않을걸요.」

맥이 닥을 찬찬히 쳐다보았다. 「무슨 일 있나, 닥? 기분이 별로 안 좋은가?」

「무슨 말씀 하시는 겁니까?」

「내 말은 자네가 짜증을 부린다는 거야. 피곤한 모양인데, 대체 뭣 때문인가, 닥?」

버튼은 주머니에 손을 집어넣었다. 「모르겠습니다. 외롭다는 느낌이 들어요. 정말 무척 외롭다고요. 내내 혼자서 일하는데, 뭐 땜에 그러는지 모르겠어요. 당신들한테 도움을 주는 일이긴 하지만....... 나는 청진기를 통해서 심장의 고동 소리를 듣지만, 당신은 주변 공기 속에서 그걸 듣는 것 같아요.」 갑자기 그는 허리를 굽혀 라이사의 턱에 손을 가져다 대었다. 그런 다음 그녀의 고개를 추켜올리더니 겁먹은 듯 움찔하는 그녀의 눈을 빤히 들여다보았다. 그러자 그녀는 손을 천천히 들어 올려 그의 손목을 살며시 잡아 내렸다. 그는 다시 손을 주머니에 집어넣었다.

맥이 입을 열었다. 「자네한테 소개시켜 줄 만한 여자를 좀 알고 있으면 좋을 텐데 말이야, 닥. 나도 이곳이 처음이야. 시내로 가면 딕이 자네를 데리고 다닐 수 있을 거야……. 아마 지금쯤 여자가 스무 명이나 줄지어 서 있을걸. 그러나 그러다간 자네 체포되어 감방 신세 질 걸세, 닥. 자네가 우릴 돌보지 않으면 우린 당장 이 땅에서 쫓겨나게 된다고.」

버튼이 응수했다. 「맥, 어떤 때는 당신 이해심이 너무 많은 것 같기도 하고, 또 어떤 때는 전혀 그런 것 같지가 않아요. 가서 앨 앤더슨이나 한번 봐줘야겠어요. 오늘 한 번도 가보지 못했거든요.」

「그러게, 닥. 그래서 기분이 좀 나아진다면이야…… 오늘 밤 짐은 내가 돌보겠네.」

닥은 다시 한번 라이사를 내려다보더니 밖으로 나가 버렸다.

사람들의 외침 소리가 이제는 나지막한 이야기 소리로 잦아졌다. 천막 밖은 활기에 넘쳐 있었다.

「닥은 도대체 먹지를 않아.」 맥의 불평이었다. 「그 친구가 잠자는 걸 아무도 본 사람이 없다는 거야. 저러다간 곧 쓰러지고 말 거라고. 그런 적이 없긴 하지만 말이야……. 여자가 몹시 필요한 모양이지. 밤에 자기를 사랑해 줄 수 있는, 정말로 좋아해 줄 수 있는, 그런 여자 말이야. 몸으로 누군가를 느끼고 싶은 거라고. 나도 마찬가지야. 라이사, 당신은 정말 운 좋은 여자요, 아이가 있어서……. 그렇지 않았으면 나한테 시달림 많이 받았을 텐데…….」

「네에?」

「아니요. 아기는 좀 어떻소?」

「괜찮아요.」

맥은 진중한 표정을 지으며 짐에게 고개를 끄덕여 보였다. 「난, 말 많이 하지 않는 여자가 좋더군.」

짐이 물었다. 「밖은 좀 어때요? 안에만 있으니까 따분해 죽겠어요.」

「응, 런든이 그 애송이 놈이 한 말을 사람들한테 그대로 전해 줬지. 그러곤 신임을 물었다고. 물론 신임표를 얻었네. 지금 저 밖에서 각 조장들한테 내일 일에 관해 얘기하고 있는 중일세.」

「내일 무슨 일 있습니까?」

「왜, 그 애송이가 포고령에 관해서 얘기했잖나. 사실인 것 같아. 그렇게 되면 내일부터는 군(郡) 도로를 따라 행진하는 게 위법인 거지. 근데 놈들은 시장에 내놓을 물건에 대해선 생각이 잘 안 떠오르는 모양이더군. 그래서 우린 사과밭 주변에 감시 조를 배치하는 대신에 기동타격대 비슷한 조를 짜서 자동차로 내보낼 참이네. 그래서 파업 파괴 노동자들을 급습하고, 빠져나오고, 또 습격하고, 그럴 작정이지. 분명 효과가 있을 걸세.」

「가솔린은 어떻게 구하실 겁니까?」

「나머지 차들에서 빼내 우리가 사용할 차량에 붓는 거지, 뭐. 내일까지는 견딜 수 있을 걸세. 물론 그다음 날은 다른 일을 시도해야겠지. 아마 내일 놈들에게 큰 타격을 입히면 모레 새로 사과 딸 노동자들을 실어 올 때까지는 푹 쉴 수 있을 걸세.」

짐이 다시 물었다. 「내일 나도 나갈 수 있는 거죠?」

맥이 큰 소리로 말했다. 「자넬 어디다 써먹으라고? 내일 나갈 사람들은 싸움 잘하는 사람들이어야 하네. 그 다친 팔로는 방해밖에 안 돼. 머리가 있으면 생각 좀 해보라고.」

런든이 천막 덮개를 열어젖뜨리며 안으로 들어왔다. 그의 얼굴은 기쁨에 넘친 나머지 벌겋게 달아올라 있었다. 「사람들이 흥분하기 시작했소. 그들에게 딱딱거리던 사람들을 찾아 토거스 시내를 휩쓸고 다닐 기세요.」

「너무 그렇게 부추기지 마시오.」 맥의 충고였다. 「배들을 잔뜩 채울 텐데, 만일 조금이라도 풀어 주면 나중엔 감당할 수 없는 지경에까지 이르게 될지도 모르오.」

런든이 상자를 하나 끌어당기더니 그 위에 앉았다. 「식사가 다 준비됐다고 합디다. 맥, 그런데 한 가지 물어볼 게 있소. 모든 이들이 당신을 빨갱이라고 하니 어떻게 된 일이오? 얘기하러 온 두 사람이 다 그렇게 말했소이다. 모두 당신에 관해서 잘 알고 있는 듯한 인상들이오.」

「뭐라고요?」

「솔직히 말해 주시오, 맥. 당신하고 짐, 정말 공산당원이오?」

「당신은 어떻게 생각하시오?」

런든의 눈이 갑자기 화난 사람의 눈빛을 띠었다. 그러나 곧 그는 자신의 감정을 추슬렀다. 「기분 나쁘게 생각하지 마시오, 맥. 나보다도 상대방 쪽에서 당신에 관해 더 많이 알고 있다면 그것 또한 나로서는 기분 나쁜 일이오. 내가 알고 있는 게 뭐가 있소? 당신은 그냥 우리 막사촌에 들어온 거고, 그리고 우리에게 좋은 일 많이 해주었소. 내가 당신에게 무슨 질문을 하는 게 아니오, 여태까지 그러지도 않았잖소. 뭘 물어보려는 것이 아니고, 그저 그럴 거다 싶은 것을 명확히 알고 싶을 뿐이란 말이오.」

맥의 얼굴엔 당황한 기색이 역력했다. 그는 짐을 흘끗 쳐다보며 물었다. 「오케이?」

「나는 아무래도 괜찮습니다.」

「들어 보시오, 런든.」 맥이 말문을 열기 시작했다. 「누구든지 당신을 한번 알게 되면 정말 좋아하게 될 거요. 당신을 나쁘게 보는 사람이 있다면 샘이 아마 누구라도 족쳐 버릴 거요.」

「다 좋은 친구들이오.」 런든의 말이었다.

「바로 그거요, 나도 마찬가지 느낌이오. 그런데 혹 내가 빨갱이라면 어떻게 하시겠소?」

「당신은 우리 친구요.」

「좋소, 그렇담 말하겠소. 난 공산당원이오. 숨길 필요가 없지요. 또, 사람들이 이번 파업을 내가 일으켰다고들 말하는 모양인데, 내 노골적으로 얘기하겠소. 내가 할 수만 있다면이야 내가 일으킬 수도 있었겠지만, 그럴 필요가 없었던 거 아니오? 자발적으로 시작됐으니 말이오.」

런든은 맥을 조심스럽게 살펴보았다. 마치 그의 마음이 서서히 맥의 마음을 휘감는 듯한 분위기였다. 「도대체 이번 일로 당신들이 얻는 게 뭐요?」 런든이 질문을 던졌다.

「돈 같은 걸 말하는 거요? 그런 건 한 푼도 안 받소.」

「그럼 무엇 때문에 뛰어든 거요?」

「글쎄, 뭐라 말하기가 참 어렵소. 당신, 당신하고 같이 돌아다니는 샘이나 그 밖의 친구들이 무슨 생각들을 하고 있는지 잘 알고 있죠? 아마 내가 이 나라의 전체 노동자들을 대하는 느낌이 바로 당신이 당신 친구들을 대하는 느낌과 다를 바 없을 것이오.」

「아니, 전혀 알지도 못하는 사람들이잖소?」

「그렇소. 전혀 생면부지의 사람들한테, 여기 있는 짐도 마찬가지요, 나와 똑같소.」

「무슨 얼토당토않은 소리요.」런든이 말했다.「거짓말같이 들리오. 정말 돈을 안 받는단 말이오?」

「내 주위에 무슨 롤스로이스라도 굴러다니는 거 봤소?」

「하나 후에는 모르는 일 아니오?」

「나중에요?」

「파업이 끝난 후에 돈을 받을지도 모르잖소.」

「나중이라는 건 없소. 이번 일이 끝나면 우린 또 다른 일에 뛰어들 것이오.」

런든은 맥의 생각이라도 읽으려는 듯 그를 곁눈질하여 쳐다보더니 천천히 입을 열었다.「내 그 말을 믿겠소. 여태까지 나한테 허튼소리한 적이 없으니 말이오.」

맥이 런든에게 다가가더니 그의 어깨를 툭 쳤다.「당신이 진작 물어봤더라면 내 벌써 다 얘기했을 거요.」

「내가 뭐, 공산당에 반대할 건 아무것도 없소이다. 당신들, 사람들이 빨갱이들을 나쁜 자식들이라고 얘기하는 소릴 들었을 거요. 샘이 좀 수다스럽고 성미 급하긴 해도 그렇게 별 볼일 없는 친구는 아니오. 자, 가서 뭐 좀 먹읍시다.」

맥이 일어섰다.「짐, 내 자네 것하고 라이사 것을 가져다주겠네.」

문가에서 런든이 말했다.「달이 참 멋지게도 뜨는구먼. 보름이 가까운 줄도 모르고 있었으니…….」

「보름은 아니오. 근데, 달이 어디 있단 말이오?」

「보시오. 저쪽, 보이죠? 달이 뜨는 것 같소이다.」

맥이 말했다.「저긴 동쪽이 아닌데…… 아니, 저런! 저긴 앤더슨 씨 집이잖아. 런든!」그가 소리를 빽 질렀다.「놈들이 앤더슨 씨 집에 불을 질렀소! 사람들을 부르시오. 빨리, 빌어먹을! 보초들은 다 어디에 간 거야? 빨리 사람들을 부르시오.」 그러더니 그는 사과나무 밭 뒤쪽 불빛이 붉게 비추는 곳으로 달려 나갔다.

짐도 앉은 자리에서 벌떡 일어나 뛰어나갔다. 그는 팔이 부상당한 것도 아랑곳하지 않고 약 50미터 앞서 달려가는 맥의 뒤를 쫓아 달려갔다. 고함을 지르는 린든의 목소리가 들려오더니 곧이어 젖은 땅 위를 구르는 사람들의 발소리도 들려왔다. 사과나무 가까이에 당도한 짐은 속력을 더욱 내었다. 나무들 뒤에서 붉은 불꽃이 버섯처럼 피어올랐다. 그러더니 이제는 불꽃의 단계를 넘어 불길이 나무 꼭대기 위까지 치솟았다. 빠른 속도로 쿵쿵거리며 달려오는 사람들의 발소리가 들려왔다. 앞쪽에서는 날카로운 비명 소리와 분명치 않은 고함 소리가 터져 나오고 있었다. 또한 불빛을 받은 사과나무들이 길게 그림자를 내뻗으며 서 있었다. 과수원의 맨 뒤쪽은 불길 때문에 막혀 있었고, 그 앞에 시커먼 형체의 사람들이 이리저리 움직이는 모습이 보였다. 짐은 앞서서 달려가고 있는 맥의 모습을 볼 수 있었고 맹렬한 기세로 타오르는 불꽃의 거친 소리도 들을 수 있었다. 그는 앞으로 질주하듯 달려가 맥 옆에 따라붙었다. 「헛간이 타는데요.」 거친 숨을 몰아쉬며 짐이 말했다. 「사과들은 다 실려 나갔었죠?」

「짐! 이런 제기랄, 자네는 왜 따라왔나? 아냐, 사과들이 그곳에 있다고. 대체 보초들은 어디로 간 거야? 도대체 아무도 믿을 수가 없으니…….」 그들은 드디어 사과나무 맨 뒤쪽까지 당도하였다. 후끈한 공기가 그들의 얼굴을 덮쳐 왔다. 헛간의 벽이 모두 불길에 휩싸여 있었으며, 지붕에서도 불길이 맹렬한 기세로 치솟고 있었다. 보초들은 앤더슨 씨의 작은 집 주변에 서서 말없이 불길을 바라보고만 있었으며, 그들 앞에 앤더슨 씨가 춤을 추듯 이리 뛰고 저리 뛰는 모습이 보였다.

맥이 뛰던 발걸음을 멈추었다. 「안 가는 게 좋겠군. 가봐야 아무 소용 없겠는데. 놈들이 석유를 뿌리고 불을 질렀어.」

런든이 그들 곁을 지나 달려 나갔다. 그의 얼굴엔 살기가 등등했다. 그는 보초들 앞에 다가가서는 소리를 질렀다. 「이 쥐새끼 같은 놈들아! 도대체 어디 있었던 거야?」

타오르는 불길 위로 한 사람의 목소리가 들려왔다. 「누가 와서 당신이 우릴 부른다고 해서 천막 숙사로 돌아가던 중이었습니다. 바로 그때 불이 난 걸 발견했다고요.」

런든은 이제 분노의 마음도 사라진 듯했다. 커다란 주먹을 편 채 별수 없다는 듯 맥과 짐이 서 있는 곳으로 고개를 돌렸다. 불빛을 받은 맥과 짐의 눈은 이글거리며 타오르고 있었다. 앤더슨 씨가 춤을 추듯 휘청거리며 다가왔다. 그는 맥 가까이 다가가 그의 앞에 멈추더니 턱을 추켜들고 맥의 얼굴을 바라보았다. 「야, 이 망할 놈의 개자식아!」 폭발하듯 그의 목소리가 터져 나왔다. 그러곤 이내 몸을 돌리더니 치솟는 불기둥을 바라보며 울음을 터뜨렸다. 맥이 팔로 허리를 감싸 안으려 하자 앤더슨 씨가 뿌리쳤다. 불길 속에서 사과 타는 달콤한 냄새가 코를 찌르듯 풍겨 나왔다.

맥은 무력하고 슬픈 표정을 지으며 런든을 향해 입을 열었다. 「제기랄, 이런 일이 일어나지 말아야 하는 건데…… 저 사람 안됐군요. 저게 수확한 전분데 말이오.」 갑자기 맥은 무슨 생각이 났는지 잠시 말을 멈추더니 냅다 소리를 질렀다. 「아니! 당신, 천막 숙사를 지킬 사람 좀 남겨 두었소?」

「아뇨, 생각 못 했소이다.」

맥이 돌연 몸을 돌렸다. 「자, 당신들 따라오시오. 놈들이 우릴 유인해 낸 것 같소. 몇 사람은 여기 남아서 집이 불붙지 않도록 조치를 취하시오.」 맥은 아까 왔던 길로 질주해 갔다. 길고 검은 그의 그림자가 그의 앞에 붙어서 달려 나가기 시작했다. 짐도 맥을 따라 달려 나갔지만 점점 힘이 빠졌다. 맥과의 거리가 멀어진다 싶더니 뒤쫓아 오던 사람들도 그를 추월하였다. 급기야는 천막 숙사를 향해 달려가는 사람들 뒤에 처져서 짐은 고르지 못한 땅 위를 현기증이 나는 듯 비틀거리며 혼자 뛰어가는 꼴이 되고 말았다. 천막 숙사에서는 아무런 불길도 보이지 않았다. 짐은 뛰던 걸음을 멈추고 사과나무들 사이 어두컴컴한 샛길을 터벅터벅 걸어가기 시작했다. 앤더슨 씨 헛간이 불에 타 우지직거리며 쓰러지는 소리가 들렸지만 뒤를 돌아다보지도 않았다. 반쯤 되돌아왔을 때 힘에 부친 그의 다리가 저절로 굽어지더니 그는 땅바닥에 털썩 주저앉고 말았다. 머리 위 하늘은 불빛 때문인지 환하게 비쳤으며, 나지막하게 이글거리는 장밋빛 불빛 너머 하늘엔 냉담한 별들이 한가롭게 걸려 있었다.

다시 되돌아오던 맥이 짐을 발견하였다. 「무슨 일인가, 짐?」

「아무것도 아닙니다. 다리에 힘이 없어서 그래요. 쉬고 있는 중입니다. 천막촌은 괜찮죠?」

「응, 괜찮네. 놈들이 거기까진 오지 못한 것 같더군. 그런데 한 사람이 다쳤네. 넘어졌는데 발목이 나간 모양일세. 닥을 찾아야 해. 그런 얕은 수작에 넘어가다니 말이야! 놈들 중의 한 명이 보초들을 유인해 내는 동안 나머지 놈들이 석유를 뿌리고 성냥불을 그어 댄 거라고. 제기, 순식간이지 뭐! 이제 앤더슨에게 경치게 생겼네. 내일 쫓겨나게 될지도 몰라.」

「그럼, 이제 어디로 가죠, 맥?」

「이봐! 자네 진이 다 빠졌구먼. 자, 팔을 이리 주게. 내가 부축해서 데려가야겠어. 근데 아까 불난 곳에서 닥 봤나?」

「아뇨.」

「아까 앨을 보러 간다고 했는데…… 돌아오는 것도 보지 못했으니. 자, 일어서라고. 자네 가서 누워야겠네.」

이미 불길은 잡혀 가고 있었다. 과수원 뒤쪽에 아직 한 무더기의 불꽃이 보이긴 했지만 불길이 아까처럼 그렇게 높이 치솟지는 않았다. 「자, 나를 꼭 잡아. 앤더슨 씨가 제정신이 아닐 거야. 놈들이 집에 불 지르지 않은 것만도 다행이지.」

런든이 뒤에 샘을 대동하고 뒤따라왔다. 「천막 숙사는 괜찮소?」

「괜찮소. 놈들이 거기까진 오지 않았소.」

「그런데 그 친군, 어디 다쳤소?」

「부상 입은 것 때문에 힘이 없나 보오. 그쪽에서도 좀 부축해 주시오.」 그들은 짐을 거의 들다시피 해서 사과나무 밭을 빠져나와서는 공터를 지나 런든의 천막으로 갔다. 그러고는 짐을 요 위에 눕혔다. 맥이 물었다. 「혹시 아까 거기서 닥 못 봤소? 한 친구가 발목이 부러졌소.」

「못 봤소이다. 전혀 보지 못했소.」

「아니, 그럼 도대체 어딜 간 거야?」

샘이 천막 안으로 들어섰다. 입은 굳게 다물어져 있었고 야린 얼굴에는 근육이 힘찬 굴곡을 이루고 있었다. 그는 경직된 태도로 맥에게 걸어가서는 그 앞에 우뚝 멈춰 섰다. 「아까 오후에, 그 사람이 어떻게 하겠다고 말했을 때……」

「누구 말이오?」

「처음에 왔던 그 사람 있지 않습니까, 그리고 당신이 그 사람한테 말하셨잖아요.」

「내가 뭐라고 말했소?」

「우리가 어떻게 할 거라고 말하지 않았습니까?」

맥은 놀라는 표정을 지으며 런든을 쳐다보았다. 「난 모르겠네, 샘. 아마 민심을 이쪽으로 돌린다는 거였을 거야. 곧 우리 편으로 돌아서겠지. 민심을 잃어선 안 돼.」

증오에 가득 찬 목소리로 샘이 말했다. 「놈들이 그런 짓을 했는데도 그냥 내버려 둘 수는 없는 것 아닙니까. 그 비겁한 놈들이 우릴 불태워 없애도록 내버려 둘 수는 없습니다.」

런든이 말했다. 「솔직히 말하게, 샘. 그래, 뭘 어쩌겠다는 건가?」

「한두 사람만 붙여 주십시오. 성냥으로 장난 좀 쳐야겠습니다.」 맥과 런든은 그를 조심스럽게 지켜보았다. 「전 가겠습니다. 무서울 게 없어요. 가겠어요. 헌터라는 작자, 아주 커다란 하얀 집을 하나 갖고 있죠. 석유 한 통 가져가야겠습니다.」

맥이 싱긋 웃었다. 「이 친굴 보시오, 런든. 전에 본 적이 있습니까? 누군지 압니까?」

런든이 눈치를 알아차렸다. 「아니요, 알지 못하오. 누굽니까?」

「나도 모르겠소. 이곳 천막 숙사에 있었던 사람입니까?」

「아니요, 무슨 소릴 그렇게 하시오! 불평불만이 가득한 친구 같구려. 잘못하다간 이 사람, 모든 걸 우리에게 뒤집어씌울 것 같소이다.」

맥이 샘을 향해 몸을 홱 돌렸다. 「만일 잡히더라도 그걸 감수해야 하네.」

「알겠습니다.」샘이 부루퉁한 어투로 말했다. 「혼자 맡겠습니다. 아무도 데려가지 않겠습니다. 마음을 바꿨어요.」

「자네는 이제부터 우리가 모르는 사람일세. 자네는 그저 불평분자일 뿐이야.」

「내가 그놈을 증오하는 이유는 그놈이 내 돈을 강탈해 갔기 때문입니다.」

맥이 샘에게 바짝 다가서더니 그의 팔을 꽉 잡았다. 「그놈을 완전히 불태워 땅에 묻어 버리게.」 맥의 말에는 악의가 가득 차 있었다. 「그 집을 송두리째 태워 버리게. 나도 자네와 함께 가고 싶네. 정말, 나도 가고 싶어!」

「여기에 계십시오.」 샘이 말했다. 「이건 당신의 싸움이 아닙니다. 그놈이 내 돈을 강탈해 간 거고, 그리고 나는 방화광입니다. 늘 성냥으로 장난 좀 치고 싶었죠.」

런든이 입을 열었다. 「그럼, 잘 가게, 샘. 나중에 만나세.」

샘은 천막을 조용히 빠져나가더니 사라졌다. 런든과 맥은 가볍게 흔들거리는 천막 덮개를 한동안 멍하니 바라보고 있었다. 런든이 말문을 열었다. 「저 친구, 돌아오지 못할 것 같은 예감이 드는군. 어떻게 저런 심술궂은 친구를 알게 됐는지 참 우스워. 항상 턱을 쑥 빼고 무슨 사건이 안 터지나 하고 돌아다니는 친구지.」

짐은 요 위에 말없이 앉아 있었다. 짐의 얼굴엔 괴로움의 빛이 가득했다. 불이 아직 완전히 꺼지지 않은 듯 천막 벽면을 통해 불빛이 희미하게 비쳐 들어왔다. 곧이어 사이렌 소리가 들려왔다. 점점 가까이 들려오는 사이렌 소리가 외로운 밤공기를 요란스럽게 갈라놓고 있었다.

맥이 신랄한 어조로 말했다. 「자식들, 정말 빨리도 오는군.

아 참, 이제 보니 우리 아무것도 안 먹었잖아. 갑시다, 런든. 자네 것은 내가 좀 가져다주겠네, 짐.」

짐은 앉아서 그들이 돌아오기를 기다렸다. 그의 곁에 앉아 있는 라이사는 다시 담요 아래에서 은밀하게 아이에게 젖을 먹이고 있었다.「당신, 전혀 돌아다니지 않는 거 같아요.」짐이 말을 붙였다.

「예?」

「쭉 그렇게 앉아만 있으니……. 당신 주위에서 많은 일들이 벌어지고 있는데 전혀 신경도 안 쓰잖아요. 귀도 안 기울이고 말입니다.」

「파업이 끝났으면 좋겠어요.」그녀가 대답했다.「저는 마루도 있고, 화장실도 가까이에 있는, 그런 집에서 살고 싶어요. 이런 싸움, 싫어요.」

「끝나게 될 겁니다. 언젠가는 끝날 거요. 하지만 우리 사는 동안에는 안 끝날지도 몰라요.」

맥이 김이 모락모락 나는 깡통을 두 개 들고 들어왔다.「소방차가 그래도 다 타버리기 전에 도착한 모양이군요. 자, 짐, 쇠고기하고 콩을 좀 섞어 가져왔네. 당신은 이거 들어요, 라이사.」

짐이 말했다.「맥, 당신은 샘을 내보내지 말았어야 했어요.」

「왜 그러지?」

「당신도 그리 썩 좋은 기분은 아니잖아요, 맥. 당신 자신의 개인적인 증오가 거기 개입되어 있어요.」

「아니, 무슨 소릴 하는 건가! 헛간도 잃고, 사과도 다 잃어버린 그 불쌍한 늙은 앤더슨을 한번 생각해 보라고.」

「알고 있어요. 헌터의 집을 불 질러 버리는 게 좋은 생각일 수도 있죠. 그러나 당신, 너무 흥분한 것 같아요.」

「그래? 자네가 나에 관해 보고서를 쓰려는 건가? 난 자네 경험 좀 풍부하게 해주려고 이리 데려왔는데 도리어 자네가 학교 선생처럼 돼버렸구먼. 도대체 자넨, 자네가 누구라고 생각하나? 자네가 턱받이에 침을 흘리고 있을 때 벌써 나는 이런 일에 뛰어들었네.」

「잠깐, 내 말 좀 들어 봐요, 맥. 내가 도울 거라고는 머리 쓰는 일밖에 없어요. 모든 일이 진행 중인데 나는 다친 어깨 때문에 여기 이렇게 앉아만 있잖아요. 흥분하지 마세요, 맥. 흥분하면 제대로 생각을 가다듬을 수 없다고요.」

맥이 씰룩거리며 짐을 빤히 쳐다보았다. 「내가 자네 머리를 후려갈기지 않은 걸 다행으로 생각하게. 자네가 틀렸대서가 아니야. 자네 말이 옳기 때문이지. 항상 옳은 말만 하는 놈들 이젠 넌더리가 난다고.」 그러더니 맥이 갑자기 씩 웃었다. 「그만하세, 짐. 잊어버리자고. 자네 제대로 돼가고 있는 거야. 다른 사람들 모두 자네를 미워할지 모르겠지만 어쨌건 자네는 훌륭한 당원이 될 걸세. 내가 흥분했다는 거 나도 잘 알아. 하지만 어쩌겠나? 나도 걱정이 많아, 짐. 모든 게 잘못돼 가고 있다네. 그런데 닥이 어디로 간 것 같은가?」

「아직 아무 소식 없어요? 그가 나갈 때 무슨 말 안 했나 잘 생각해 보세요.」

「앨을 보러 간다고 했잖아.」

「맞아요. 그러나 그전에 굉장히 외롭다고 했죠. 그 말이 좀 이상하게 들리더라고요. 닥이 너무 일에만 몰두해 있는 사람 같았어요. 혹시 정신이 이상하게 된 거 아닐까요? 우리 주의(主義)를 믿지 않는다고 했으니 도망갔을지도 모르죠.」

맥이 고개를 가로저었다. 「나 그 친구하고 많이 돌아다녔네. 그런 일이 한 번도 없었어. 닥은 누구든 배신한 적이 없다네. 걱정이 되네, 짐. 닥은 분명 앤더슨 씨 집으로 간 건데…… 혹시 그 습격자들을 우리 편 경비원인 줄 잘못 알았다가 붙잡힌 건 아닐까? 놈들이 그럴 계제만 됐다면 분명히 붙잡아 갔을 걸세.」

「에이, 조만간 돌아오겠죠, 뭐.」

「한 가지 말해 줄 것이 있네. 만일 내일 보건소가 우리에 대해서 어떤 조처를 취한다면 그건 분명 닥이 잡혀갔다는 증거일세. 그 친구, 참! 그 발목이 부러진 사람을 어떻게 해야 할지 모르겠구먼. 누구 다른 사람이 맞추면 잘못 맞출 텐데 말이야. 아, 그래, 어쩌면 닥이 과수원을 쏘다니고 있을지도 모르겠군. 그곳에 그렇게 혼자 나가게 하는 게 아닌데, 내 실수야. 런든은 자기 일을 잘하고 있는데 나는 내 일을 깜빡했군. 걱정거리가 생겨서 그래, 짐. 앤더슨의 헛간이 자꾸 마음에 걸리니, 이거야 원.」

「전체 국면을 잊어버리는 것 같아요.」 짐이 말했다.

맥이 한숨을 내쉬었다. 「난 내가 강인하다고 생각했는데 자네가 훨씬 더 강인하군. 그렇다고 내가 자네를 시기하는 건 아니네. 짐, 병원 천막에 가서 잠 좀 자는 게 자네한테 좋을 것 같네. 침대가 여분으로 하나 더 있을 걸세. 상태가 좋아질 때까지 바닥에서 그냥 자지 않았으면 좋겠네. 근데, 왜 음식 안 먹는 거야?」

짐은 깡통을 내려다보았다. 「배가 고픈데, 잊어버렸어요.」 그는 콩이 가득한 속에서 고기 한 점을 꺼내 씹어 먹었다. 「당신도 좀 가져다 드세요.」

「그래, 가지러 갈 참이네.」

맥이 나가고 나자 짐은 타원형의 커다란 누런 콩들을 단숨에 먹어 치웠다. 날카로운 젓가락으로 한 번에 세 개씩 찍어다 먹은 다음, 그는 깡통을 기울여 국물도 다 마셔 버렸다. 「정말 맛있는데요.」짐은 라이사를 보며 말을 꺼냈다.

「그래요. 항상 끈끈한 콩을 잘 먹었어요. 다른 건 필요 없고 소금만 있으면 되니까요. 돼지고기에 소금 쳐서 먹으면 더 맛있어요.」

「사람들이 조용하군요, 쥐 죽은 듯이……..」

「열심히들 먹고 있나 보죠, 뭐. 먹을 때 빼놓고는 항상 입들을 가만히 놔두지 않는 것 같아요. 항상 얘기들이 많아요. 싸움을 시작한 거면 한판 싸우고 끝내지, 웬 얘기들이 그렇게 많은 거예요?」

「이건 파업입니다.」짐이 변명조로 말했다.

「가만히 보니까 당신도 항상 말을 하고 있더군요. 얘기하는 거론 아무것도 안 되잖아요.」

「때로는 뭔가를 이룰 때도 있어요, 라이사.」

런든이 들어오더니 서서 뾰족한 성냥개비로 이를 쑤셨다. 짧게 깎은 머리의 대머리 부분이 램프 불빛을 받아 희미하게 빛나고 있었다. 「내내 주변을 다 주시해 봤지만 불빛이라곤 하나도 없더군. 아마 놈들이 샘을 체포한 모양이오.」

「그 사람 똑똑한 친구였는데…….」짐이 말했다. 「언젠가 검수원을 때려눕힌 적이 있었어요. 물론 그 검수원 놈은 총을 가지고 있었지만.」

「그래, 영리했지. 뱀처럼 영리했다고. 방울만 안 달았다 뿐이지 영락없는 방울뱀이지. 혼자 갔어, 아무도 안 데리고 말이야.」

「오히려 잘된 거예요. 잡히면 바보가 되면 그만이죠, 뭐. 만일 세 명이 나갔다가 잡히면 그건 무슨 음모가 있었다고 하지 않겠어요?」

「잡히지 않았으면 좋겠는데 말이야. 좋은 친구라고. 난 그 친구가 좋아.」

「예, 알고 있어요.」

맥이 음식을 들고 들어왔다. 「어유, 정말 배가 고프구먼. 처음 한 입 먹을 때까진 몰랐는데 말이야. 많이 먹었나, 짐?」

「많이 먹었어요. 근데 왜 사람들이 모닥불을 피워 놓고 놀지 않는 거죠? 어젯밤까지만 해도 그랬잖아요.」

「땔나무가 없소이다.」 런든이 말했다. 「내가, 있는 땔감들을 전부 난롯가에 옮겨 놓으라고 시켰수다.」

「그렇다고 저렇게 조용한 거예요? 쥐새끼 소리 하나 안 들리잖아요. 너무 고요해요.」

맥이 잠시 생각에 잠기더니 말문을 열었다. 「집단이라는 게 말이야, 그들이 어떻게 행동하는지 보면 참 우스운 거야. 자넨 잘 모를 거야. 근데 아주 가까이서 관찰해 보면 그들이 무슨 일을 하려고 하는지 알게 된다고. 금방 팔팔 뛰다가는 또 갑자기 겁을 내고 그래. 내 생각엔 지금 여기 천막 숙사, 전부가 겁을 먹고 있는 것 같아. 닥이 붙잡혔다는 소문이 쫙 퍼지고 있네. 그 친구가 없으면 사람들이 다 겁먹게 될 수밖에. 사람들이 그 발목 부러진 친구한테 와서 한 번 쳐다보고는 가 버리는 거야. 그러곤 조금 있다 다시 와서 보고 가지. 그 다친 친구는 온통 땀에 젖었어, 몹시 아픈 모양이더군.」 이렇게 말하고 맥은 소 뼈다귀에 붙어 있는 허연 연골을 뜯어먹었다.

짐이 물었다. 「누구 아는 사람 없어요?」

「뭘 말인가?」

「사람들이 어떻게 나올지 말입니다.」

「아마 런든이 알고 있을 걸세. 그가 내내 이 사람들을 데리고 다녔으니 말이야. 어떻게 생각하시오, 런든?」

런든은 고개를 가로저었다. 「모르겠소. 트럭이 배기가스만 내뿜어도 줄행랑치는 집단이 어떤 때는 그 어느 것에도 두려워하지 않는 것을 보아 왔소. 그래도 무슨 일이 벌어지면 시작되기 전에 느낌이 올 거요.」

「알고 있소.」 맥이 말했다. 「전체 분위기가 그렇게 돌지요. 한번은 검둥이가 린치당하는 걸 본 적이 있소. 사람들이 그를 1킬로미터나 끌고 철로 육교까지 가더군요. 가는 도중에 조그만 개 한 마리를 보더니 돌로 쳐서 죽입디다. 모두가 다 돌멩이를 집었소. 전체 분위기가 다 살기로 가득 찬 거요. 그들은 그 검둥이를 목매다는 거로도 만족 못했소. 불태워 죽이고 또 총으로 쐈댔으니 말이오.」

「여기 천막 숙사에서는 그런 일이 벌어지지 않도록 해야 하오.」 런든이 말했다.

그러자 맥이 충고를 던졌다. 「그렇지만 혹 그런 일이 벌어지더라도 참견하지 않는 것이 좋을 듯하오. 잠깐, 사람 소리가 납니다.」

천막 밖에서 사람 발소리가 들렸다. 거의 군대식 걸음걸이 같았다. 「런든 씨 계십니까?」

「예, 무슨 일이시오?」

「밖에서 한 놈 잡아 왔습니다.」

「누굴 잡았단 말이오?」 그러자 윈체스터 카빈총을 든 사람

하나가 안으로 들어왔다. 런든이 말했다. 「아니, 당신은 내가 남아서 앤더슨 씨 집을 지키라고 시킨 사람 중의 한 사람 아니오?」

「그렇습니다. 그중에서 세 사람만 이리 왔습니다. 밖에 있는 저놈이 주변을 어슬렁거리기에 몰래 다가가 잡았습니다.」

「그자가 누구요?」

「모르겠습니다. 그놈이 총을 갖고 있었습니다. 사람들이 그 자식을 두들겨 패려는 걸 내가 이리 끌고 오는 게 좋을 거라고 말했죠. 그래서 끌고 왔습니다. 밖에 있습니다. 우리가 손을 묶어 놨습니다.」

런든이 맥을 쳐다보자 맥은 라이사를 보며 고개를 끄덕였다. 런든이 말했다. 「라이사, 너는 나가 있는 게 좋겠다.」

그녀가 주섬주섬 일어섰다. 「저어…… 어디에 가 있을까요?」

「글쎄, 조우이는 어디 갔지?」

「누구와 얘기하고 있을 거예요. 그 사람이 어떤 학교에다 우편집배인이 되고 싶다는 편지를 써서 보냈더니 거기서 쓰기로 했다나 봐요. 조우이도 왜 우편집배인이 되고 싶어 하잖아요. 그래서 그 사람한테 뭐 좀 물어본다고 했어요.」

「그럼 어디 여자들 있는 데를 찾아서 같이 앉아 있으려무나.」

라이사는 어깨를 움츠려 아기를 허리 부분까지 들어 올려 안고는 천막 밖으로 나갔다. 런든은 소총을 건네받아 노리쇠를 후퇴시켰다. 그러자 장전된 총알 하나가 튕겨져 나왔다. 「30…… 30이로구먼. 그놈을 들여보내게.」

「알겠습니다. 그놈을 들여보내세.」 나머지 두 사람이 천막 덮개를 통해 붙잡아 온 사람을 밀어 넣었다. 그는 비틀거리며 들어오더니 겨우 몸의 균형을 잡고 똑바로 섰다. 그의 손은 등 뒤로 꺾인 채 팔꿈치 부분이 혁대로 한데 묶여 있었다. 그리고 손목에는 포장용 줄이 묶여 있었다. 매우 어린 아이였다. 그의 몸은 가냘프고 어깨 품은 좁았다. 코르덴 바지와 푸른색 셔츠를 입었으며, 그 위에 짧은 가죽 재킷을 걸치고 있었다. 그의 밝고 푸른 눈은 공포에 잔뜩 질려 움직이지도 않았다.

「이건 어린애잖아.」런든의 말이었다.

「그래도 소총을 지닌 아이요.」맥이 말을 받았다. 「내가 얘기 좀 해도 되겠소, 런든?」

「그러시구려.」

맥이 잡혀 온 아이 앞으로 다가섰다. 「너 거기서 뭐 하고 있었니?」

소년은 고통스러운 듯 침을 꿀꺽 삼켰다. 「아무것도 안 했어요.」 개미 소리 같은 속삭임이었다.

「누가 보냈지?」

「아무도 안 보냈어요.」

맥이 손바닥으로 소년의 얼굴을 후려쳤다. 머리가 휙 돌아가고, 수염도 없는 뽀얀 뺨에 시뻘건 자국이 생겨났다. 「누가 너를 보냈어?」

「누가 보낸 게 아녜요.」 이번엔 더 세게, 손바닥이 다시 한 번 날았다. 소년은 비틀거렸고, 몸을 바로 세우려 했으나 어깨를 땅에 박고 쓰러졌다.

맥은 몸을 굽혀 그 아이를 다시 일으켜 세웠다. 「누가 너를 보냈지?」

소년은 울고 있었다. 눈물이 코를 따라 흘러내리더니 피가 흐르는 입속으로 들어갔다. 「학교 친구들이 그러자고 했어요.」

「고등학교?」

「예. 그리고 다른 사람들도 누군가가 그래야 된다고 말했어요.」

「몇 명이나 왔지?」

「여섯이요.」

「나머지는 어디 갔어?」

「모르겠어요, 아저씨. 정말이에요. 걔들과 떨어졌어요.」

맥의 목소리는 단조로웠다. 「그 헛간에 누가 불 질렀나?」

「모르겠어요.」 이번에 맥은 주먹으로 한 대 갈겼다. 그 가냘픈 소년은 천막 기둥까지 나가떨어졌다. 맥이 다시 그 소년을 흔들어 세웠다. 소년의 한쪽 눈이 째진 채 감겨 있었다.

「너 그 〈모르겠어요〉라는 말, 또 입 밖에 냈다간 알아서 해. 누가 헛간에 불을 질렀지?」

소년은 흐느낌에 목이 메어 말도 제대로 잇지 못했다. 「제발 때리지 마세요, 아저씨. 당구장에 있는 사람들이 그렇게 하는 게 좋겠다고 말했어요. 그 사람들이 앤더슨은 과격파라고 했어요.」

「좋아. 그리고 어디서 우리 의사 선생님 못 봤어?」

소년은 무기력한 표정으로 맥을 쳐다보았다. 「때리지 마세요, 아저씨. 전 모르겠어요. 아무도 못 봤어요.」

「그래, 총 가지고 무슨 짓을 하려고 했어?」

「천막 쪽으로 쏘, 쏘려고 했어요. 겁주려고요.」

맥이 싸늘한 미소를 지어 보였다. 그는 런든을 향해 고개를 돌렸다. 「이놈을 어떻게 하면 좋겠소?」

「어린애 아니오?」

「그렇소. 하나 총을 가진 아이요. 내가 저놈을 계속 다루어도 괜찮겠소, 런든?」

「어떻게 하려고 그러시오?」

「학교로 되돌려 보내 다시는 아이들이 총 들고 나오지 못하게 하고 싶소.」

그때까지 짐은 요 위에 앉아 지켜보고 있었다. 맥이 짐에게 말했다. 「짐, 아까 나보고 정신 나갔다고 야단쳤지? 나, 지금 제정신이네.」

「이성만 잃지 않는다면 좋습니다.」

「난 판단이 빠른 사람이네. 짐, 자네 저 자식이 안됐다고 생각하나?」

「아뇨. 그놈은 어린아이가 아닙니다. 본때를 보여 줘야죠.」

「내 생각도 그러네. 야, 너 잘 들어. 우리가 너를 저 밖에 있는 사람들한테 내던질 수도 있어. 그러나 그렇게 되면 넌 죽고 말아. 여기에 있으면 그냥 두들겨 맞는 정도야.」

소년의 열린 한쪽 눈 속에서 공포의 빛이 새어 나왔다.

「당신도 괜찮소, 런든?」

「너무 심하게 때리진 마시오.」

「내가 원하는 건 선전 광고용이지 시체가 아니오. 그리고 거기엔 네가 딱 적격이야, 이놈아.」 소년은 몸을 피하려고 애를 썼다. 그는 몸을 구부려 움츠리려고 하였다. 그러나 맥이 어깨를 단단히 잡아 세웠다. 곧이어 그의 오른 주먹이 짧게 끊어 치는 재빠른 망치질처럼 연달아 소년의 몸에 퍼부어졌다. 그의 코가 납작하게 깨지고 나머지 눈마저 감겨 버렸다. 또한 뺨에는 시커먼 멍까지 들었다. 소년은 짧게 끊어 치는 정확한 맥의 주먹을 피하려고 이리저리 심하게 몸을 흔들었다. 그러다가 갑자기 고문이 중단되었다. 「그놈을 풀어 주시오.」 맥은 이렇게 말하더니 그의 피 묻은 주먹을 소년의 가죽 재킷에다 닦았다. 「많이 때린 게 아니야. 학교에 가거든 자랑해. 이제 그 아프다는 소리 좀 그쳐. 시내에 가거든 아이들한테 얘기해, 이 꼴 된다고 말이야.」

「내가 얼굴 좀 닦아 줘도 되겠소?」 런든이 물었다.

「무슨 소리요? 안 되오! 난 수술을 한 거요. 잘못하단 다 망치게 되오. 당신은 내가 이런 일을 좋아하는 것 같이 보이시오?」

「모르겠소.」

잡혀 온 소년의 묶인 손이 이제 풀어졌다. 그는 나지막이 흐느끼고 있었다. 맥이 입을 열었다. 「내 말 잘 들어. 넌 많이 맞은 게 아냐. 코가 깨지긴 했지만, 그게 전부야. 나 아닌 다른 사람이 때렸다면 넌 되게 혼났을 거라고. 자, 이제 가서 네 친구들한테 얘기해. 다음엔 다리 한쪽이 부러질 거고, 그다음엔 양쪽 다리가 다 뭉개질 거라고 말이야. 내 말 알았나? 야! 내가 말하잖아, 알아들었냐고?」

「예.」

「좋아. 이놈을 도로까지 끌고 가서 거기서 풀어 주시오.」 소년을 잡아온 경비원들이 소년의 팔 아래를 부축하여 천막 밖으로 끌고 나갔다. 다시 맥이 말했다. 「런든, 당신은 한 바퀴 쭉 돌아 총 가진 애들이 또 있는지 알아보는 게 좋겠소.」

「그러겠소.」 런든은 혐오스러운 눈빛으로 계속 맥이 하는 행동을 지켜보고 있었다. 「당신 정말 잔인한 사람이오, 맥. 사람이 흥분해서 그러는 건 이해할 수 있지만, 당신은 흥분한 것도 아니잖소?」

「나도 알고 있소이다.」 맥이 피로한 어투로 말을 받았다. 「그게 오히려 더 힘든 일이오.」 런든이 천막 밖으로 나갈 때까지 그는 차가운 미소를 지으며 계속 서 있었다. 그는 요로 걸어가 주저앉더니 무릎을 팔로 감싸 안았다. 그의 몸 구석구석마다 근육이 떨고 있었다. 게다가 그의 얼굴마저 창백한 허연빛이었다. 짐은 손을 뻗어 맥의 손목을 잡았다. 맥이 피곤한 투로 말했다. 「만일 자네가 여기에 없었다면 난 그렇게 못 했을 걸세, 짐. 아, 정말 자넨 비정한 사람이네. 보고만 있더군, 아무런 비난도 하지 않고 말이야.」

짐은 맥의 손목을 잡은 손에 힘을 꽉 주었다. 「너무 상심 마세요.」 차분한 목소리였다. 「겁에 질린 아이가 아니라 우리 주의(主義)에 대한 위험이었다고요. 누군가가 그렇게 해야 하는데 당신이 한 거죠. 증오도 아니고 느낌도 아니고 그저 해야 할 일을 했을 뿐이라고요. 근심 말아요.」

「내가 그놈 손만 좀 풀어 줬어도 그놈이 내게 맞대들든지 내 주먹을 좀 막아 냈을 텐데 말이야.」

「이제 그만 생각하세요.」 짐이 말했다. 「그것도 전체 과업 중의 한 부분이라고요. 동정은 공포만큼이나 금물입니다. 의사의 작업과도 같은 것이었어요. 수술한 거라 생각하면 그걸로 그만인 거죠. 부상만 입지 않았다면 나라도 했을 겁니다. 밖에 있던 사람들도 가만히 놔뒀을 것 같아요?」

「나도 알지.」 맥이 짐의 말에 수긍하였다. 「아마 그 자식을 작살내 놨을 거야. 아, 이젠 제발 또 붙잡아 오지 않았으면 좋겠네. 다시는 아까처럼 못 할 것 같아.」

「또다시 그런 일이 닥치면 또 해야 합니다.」

짐의 말을 들은 맥은 뭔가 두려워하는 눈빛으로 짐을 바라보았다. 「자네가 이젠 나를 능가하는구먼, 짐. 나는 이제 자네가 겁나네. 전에도 자네 같은 사람들을 본 적이 있지. 무섭더라고. 어떻게 된 일인가, 짐. 자네 매일매일 변해 가는 걸 나는 알아차릴 수 있네. 자네가 옳다는 것은 나도 알지. 흥분에 맞서는 냉철한 생각, 내 알고 있지. 빌어먹을, 그러나 그건 인간이 아냐, 짐. 난 자네가 무섭네.」

짐이 부드러운 어조로 말했다. 「난 당신이 나를 이용해 줬으면 했어요. 근데 당신은 나를 너무 좋게 봐서인지 몰라도 그렇게 하지 않았죠.」 짐은 일어서서 상자 있는 곳으로 가더니 그 위에 걸터앉았다. 「그게 잘못된 거였어요. 그러는 와중에 내가 부상을 당했죠. 그리고 이곳에 앉아서 기다리는 동안 난 내 힘을 알게 됐어요. 난 당신보다 강한 사람입니다, 맥. 난 이 세상 어느 것보다도 강해요. 왜냐하면 외곬으로 달려오면서 솔직하게 살았기 때문이죠. 당신이나 그 밖의 사람들은 여자, 담배, 술, 그리고 따뜻하게 지내고 잘 먹는 것, 이런 것들을 생각해야 하잖아요.」 그의 두 눈은 강가의 물에 젖은 조약돌처럼 그렇게 차가운 빛을 발하고 있었다. 「나는 이용되길 원했어요. 이제부턴 내가 당신을 이용하겠어요, 맥. 나 자신도 이용하고 당신도 써먹겠어요. 다시 말하지만 내 몸속엔 어떤 힘이 있는 것 같아요.」

「자네 돌았군. 자네 팔은 좀 어떤가? 부기가 이젠 빠졌나? 어쩌면 독이 몸속에 퍼졌는지도 모르겠군.」

「그런 생각 치우세요, 맥.」 다시 짐이 조용히 말했다. 「난 미치지 않았어요. 이건 현실이에요. 파업은 점점 더 확대되고 있어요. 다 이곳에 집중된 거라고요. 가서 런든에게 내가 좀 만나고 싶다고 전해 주세요. 이리 좀 오라고 해주세요. 그 사람 흥분시키려고 이러는 게 아니라, 그 사람 지시를 받아야 하거든요.」

「짐, 그래 자네 미친 건 아닐 테지. 모르겠네. 하지만 기억해 둬야 할 건 런든은 사람들이 선출한 파업 위원장이라는 사실일세. 내내 사람들에게 명령만 내리며 살아온 사람이야. 자네가 그 사람한테 이렇게 하라 저렇게 하라 말하기 시작하면 그가 자네를 그냥 두지 않을 걸세.」 맥은 불안한 눈길로 짐을 바라보았다.

「가서 제 말을 전해 주는 게 좋을 겁니다.」

「내 말 좀 들어…….」

「맥, 당신도 내 말대로 하고 싶을 겁니다. 그렇게 하는 게 좋을 거예요.」

그때 구슬프게 울부짖는 소리가 희미하게 들리더니 곧이어 날카로운 사이렌 소리가 연이어 커졌다 작아졌다 하면서 멀어져 갔다. 「샘이군. 드디어 불을 지른 모양이야.」 맥이 큰 소리로 외쳤다.

짐이 서둘러 몸을 일으키자 맥이 말했다. 「자넨 여기 그냥 있는 게 좋아. 기력이 다 빠졌잖아, 짐.」

짐이 우울한 웃음을 터뜨렸다. 「내가 허약한 사람이었으면 하는 투군요.」 짐은 입구로 걸어가더니 밖으로 나섰고, 별수 없이 맥이 그 뒤를 따랐다.

북쪽 사과나무들 위의 컴컴한 하늘엔 별이 총총했다. 토거스 시내 쪽으로는 도시의 불빛들이 하늘을 뿌옇게 밝혀 놓고 있었다. 시내에서 왼쪽 방향으로, 높은 성곽처럼 늘어선 사과나무들 위에 처음 보는 불길이 둥근 지붕 모양으로 붉은빛을 내며 타오르고 있었다. 여기저기서 들리던 사이렌 소리가 한데 뒤섞여 들리면서, 소리가 좀 잦아진다 싶으면 또 다른 사이렌 소리가 울려 퍼져 연이은 소리의 파장을 만들었다. 「이번엔 시간 허비 안 하고 정말로 빨리도 나타나는군.」 맥의 말이었다.

천막 밖으로 몰려나온 사람들이 치솟는 불길을 바라보며 서 있었다. 불길이 나무 위까지 올라가자 하늘을 둥그렇게 비추던 불빛이 점점 커지며 위로 올라갔다. 맥이 신나서 입을 열었다. 「좋았어. 놈들이 지금 불길을 잡는다 해도 저 집은 폭삭 망해 버리고 말 거예요. 저 정도까지 불이 번지면 소화 약품을 써서 끌 수밖에 없는 거지.」

런든이 그들을 향해 서둘러 다가왔다. 「그 친구가 해냈소! 정말 괴팍하다 했더니. 해낼 줄 알았소, 나는. 겁을 모르는 사내요.」

짐이 침착한 어조로 말했다. 「그가 돌아오면 또 써먹을 수가 있지요.」

「써먹다니?」 런든이 물었다.

「그래요. 방화를 그렇게 잘하는 친구라면 다른 일도 잘할 수 있을 겁니다. 보세요, 잘 타잖아요. 런든, 천막으로 들어가시죠. 몇 가지 상의할 게 있습니다.」

맥이 끼어들었다. 「런든, 저 친구가 하는 말은…….」

「내가 얘기하겠어요. 런든, 천막으로 들어가시죠.」 짐은 안으로 들어가 상자 위에 걸터앉았다.

「그래, 무슨 일이오?」 런든이 물었다. 「무슨 말을 하려는 거요?」

짐이 입을 열었다. 「일이 망쳐지고 있어요. 권위가 없기 때문입니다. 앤더슨 씨 헛간이 불타 버렸어요. 그 이유는 경비원들이 지시를 따르지 않았기 때문이죠. 닥이 잡힌 것도 그를 호위하는 사람들이 제대로 하지 못했기 때문이고요.」

「맞소. 그래서 어떻게 하겠다는 거요?」

「우린 권위를 창출해야겠어요. 권위 있는 명령을 내려야 합니다. 사람들이 당신을 선출했죠, 그렇죠? 그렇다면 싫든 좋든 당신의 지시를 따라야 하는 거라고요.」

맥이 소리를 질렀다. 「제발, 짐! 그래 봐야 소용없네. 다들 도망갈 거야. 곧 다른 군(郡)에 그 모습들을 드러내게 될 거라고.」

「우리가 사람들을 단속해야 해요, 맥. 아까 그 총 어디 있죠?」

「저쪽에 있소. 그거 가지고 뭐 하려는 거요?」

「그게 권위입니다.」 짐이 말했다. 「난 이제 이런 실속 없는 소란에 신물이 났어요. 제대로 좀 정리를 해야겠어요.」

런든이 그의 앞으로 다가섰다. 「이보시오. 그 〈제대로 정리하겠다〉는 말이 대체 무슨 뜻이오? 꼭 호수에 뛰어들어 자살하려는 사람 같소이다.」

짐은 여전히 꼼짝 않고 앉아 있었다. 아직 앳돼 보이는 그의 얼굴은 꼭 조각상의 얼굴처럼 보였다. 눈은 전혀 움직이지 않았고, 입가에는 작은 미소까지 흘렀다. 그는 계속해서 당당한 태도로 런든을 쳐다보았다. 「앉으세요, 런든. 냉정을 유지해야 합니다.」 부드러운 목소리였다.

런든은 불안하다는 듯이 맥을 바라보았다. 「이 사람, 정신이 어떻게 된 거 아니오?」

맥이 그의 눈길을 피하며 말했다. 「모르겠소이다.」

「앉으세요.」 짐이 말했다. 「곧 앉으실 거면서 왜 그러세요.」

「좋소, 앉겠소.」

「좋습니다. 이제 당신이 원하시면 나를 이 천막 숙사에서 내쫓으셔도 됩니다. 감방에 내 한 몸 들어갈 자리는 있겠죠. 아니면 계속 여기 있도록 하실 수도 있습니다. 그러나 내가 여기 있는 한, 난 이번 파업을 잘 해내고 싶은 거예요. 그리고 또 난 그렇게 할 수도 있어요.」

런든이 한숨을 내쉬었다. 「난 이제 그런 말에 신물이 난 사람이오. 그게 소란 피우는 거 말고 또 뭐겠소? 당신이 어리지만 않았어도 내 금방 무슨 일을 시킬 수가 있소. 난 여기 대장이란 말이오.」

「바로 그겁니다.」 짐이 말했다. 「이제부터 당신을 통해 지시를 내리겠어요. 나를 오해하지 마세요, 런든. 내가 원하는 건 행동이지 권위가 아닙니다. 파업을 성공시키려는 거라고요.」

런든이 어떻게 했으면 좋겠냐는 듯이 맥에게 물었다. 「어떻게 생각하시오, 맥? 이 친구 어쩌자는 거요?」

「나도 모르겠소. 상처에서 독이 퍼진 모양이오. 하나 말은 조리가 있소이다.」 맥은 웃음을 터뜨렸다. 그리고 그의 웃음소리는 침묵 속에 무겁게 가라앉았다.

「모든 게 볼셰비키 당원들이나 하는 소리 같소.」 런든의 말이었다.

「그게 효력만 발휘한다면 어떻게 들리든 무슨 상관이 있겠습니까?」 짐의 대답이었다. 「들으시겠어요?」

「모르겠소. 아니, 그래, 한번 속 시원하게 말해 보시오.」

「좋습니다. 내일 아침 우리는 그놈의 파업 파괴 노동자들을 때려 부수는 겁니다. 정말로 싸움 잘하는 사람들을 골라 주세요. 그 사람들에게 몽둥이도 나눠 주시고요. 차 두 대에 나눠 타고 가는 겁니다. 항상 짝을 이루어 다녀야 돼요. 아마 경찰들이 도로를 순찰하고 있을 거고, 바리케이드도 쳐놨을 겁니다. 그러나 아무도 우릴 멈추게 해선 안 되죠. 만일 놈들이 바리케이드를 설치해 놨다면 앞차로 부딪쳐서 그걸 치워 버리고, 망가진 앞차에 탔던 사람들은 두 번째 차에 옮겨 타면 되는 겁니다. 아시겠죠? 시작한 일은 끝까지 관철시켜야 하는 거죠. 만일 우리가 성공하지 못하면 처음 시작할 때보다 상황이 더 나빠지는 거라고요.」

「만일 사람들이 당신이 지시 내리고 있다는 사실을 알면 난 욕을 바가지로 먹을 걸세.」런든이 말했다.

「난 지시 내리고 싶지도 않고 뭘 뽐내려는 것도 아니에요. 사람들이 알지도 못할 거고요. 그저 내가 당신에게 말하는 거고, 당신은 그 말을 사람들에게 전하는 거죠. 우선 제일 먼저 해야 할 일은 몇 사람을 보내 저 불이 어떻게 난 건지 알아보게 하는 일입니다. 내일 우리는 약간의 소동을 겪게 될 겁니다. 샘이 방화는 하지 않길 바랐는데, 이미 엎질러진 물이죠, 뭐. 오늘 밤에 경비를 많이 세워야 할 겁니다. 분명 보복이 있을 테니까요. 명심하세요. 2선으로 보초를 세우고 항상 서로 긴밀한 연락을 취할 수 있도록 해주세요. 그러곤 혼자 몰래 잠을 자거나 도망가는 사람들을 단속하기 위해 다섯 명으로 구성된 치안 위원회를 구성해야겠어요. 힘센 사람으로 다섯 명만 뽑아 주세요.」

런든이 고개를 가로저었다. 「내 당신을 한 대 갈겨야 할지 그대로 둬야 할지 모르겠소. 당신 말대로 했다간 엄청난 소동이 벌어질 거요.」

「그렇게 생각할 동안 가서 경비원들이나 세우시는 게 좋을 겁니다. 아침이 되기 전에 곤란한 일 당하지 않으려면요.」

「알았소. 내 그렇게 한번 해보겠소.」

런든이 밖으로 나간 후에도 맥은 짐이 앉아 있는 상자 옆에 계속 서 있었다. 「자네 팔은 좀 어떤가, 짐?」맥이 물었다.

「아무런 감각도 없어요. 괜찮겠지요.」

「자네에게 무슨 일이 있었는지 난 모르겠네.」 맥이 계속 말을 이었다. 「분명 무슨 일이 있었다는 건 확실한데 말이야.」

짐이 말했다. 「이런 싸움을 통해 생겨난 거겠죠. 갑자기 어떤 커다란 힘들이 움직여 우리 이번 파업 같은 작은 소동들을 일으키는 것 같아요. 그런 큰 힘들이 모습을 드러내면 그것을 본 사람들이 움직이게 되는 거고요. 내 생각엔 그런 데서 권위가 생기는 것 같아요.」 그는 눈을 들어 올렸다.

맥이 갑자기 소리를 질렀다. 「아니, 자네 눈이 왜 갑자기 그렇게 튀어나오는 거지?」

「조금 어지럽습니다.」 짐은 이렇게 대답하더니 정신을 잃고 앉아 있던 상자에서 굴러 떨어졌다.

맥은 그를 요 위에 끌고 가 눕히고는 상자를 가져다가 그의 발을 받쳐 주었다. 천막 숙사에는 마치 작은 시냇물 소리처럼 크고 작은 여러 목소리들이 나지막한 웅얼거림으로 이어져 울려 퍼졌다. 사람들이 천막 앞을 이리저리 움직이는 소리가 들려왔다. 다시 사이렌 소리가 들렸지만 이젠 그 소리에 아무런 흥분의 기미가 없었다. 귀대하는 소방차 소리이기 때문이었다. 맥은 짐의 셔츠 단추를 끌렀다. 그런 다음 천막 한쪽 구석에 있는 물통을 가져와서는 짐의 머리와 목 부분에 물을 뿌려 주었다.

짐이 눈을 뜨더니 맥의 얼굴을 찬찬히 들여다보았다. 「어지러워요.」 애처로운 목소리였다. 「닥이 와서 좀 봐줬으면 좋겠어요. 닥이 돌아올까요, 맥?」

「모르겠네. 그래, 기분은 좀 어떤가?」

「그냥 어지럽습니다. 그래도 내 할 말은 다 한 거죠?」

「물론이지. 자, 자넨 잠 좀 자야 해. 내 나가서 고기 국물 좀 끓여 올 테니 가만히 있게. 그거 먹으면 좀 나아질 거야. 가져올 때까지 그대로 있게나.」

맥이 밖으로 나가자 짐은 인상을 찡그리며 천막의 천장 부분을 쳐다보았다. 그러더니 그는 혼자 큰 소리로 말을 뇌까렸다. 「파업이 그냥 사그라지면 어떡하지? 그렇게 되진 않겠지. 아냐, 그럴지도 몰라.」 그는 이내 눈을 감더니 잠 속으로 빠져들고 말았다.

고기 국물을 가지고 들어온 맥은 짐이 잠자는 것을 보고 바닥에 그릇을 내려놓았다. 그러고는 짐의 발아래 놓여 있던 상자를 빼더니 요 한쪽 구석에 앉아 잠든 짐의 수척한 얼굴을 들여다보았다.

짐의 얼굴은 가만히 있지 않았다. 입술이 열리더니 이가 드러나고, 그 이의 침이 마른다 싶더니 다시 입술이 오므라들며 이를 덮어 버렸다. 눈 주변의 뺨도 고통스러운 듯 일그러져 있었다. 곧이어 어떤 내리누르는 힘을 이겨 내려는 것처럼 짐의 입술이 열리며 무슨 말을 하려고 움직였지만 나지막한 신음 소리만 새어 나올 뿐이었다. 맥은 낡은 담요를 끌어당겨 짐의 몸을 덮어 주었다.

갑자기 램프의 불길이 줄어들면서 심지와 어둠이 천막 중앙으로 한데 몰려들었다. 맥은 벌떡 일어나 석유 주전자를 찾아서는 램프의 석유 주입구 뚜껑을 비틀어 열고 그 속에 남은 석유를 다 부어 넣었다. 서서히 불꽃이 다시 일면서 불길의 가장자리가 나비의 날개처럼 활짝 펼쳐졌다.

밖에서는 순찰 도는 사람들이 천천히 지나다니는 발소리가 들려왔다. 멀리 떨어진 곳의 고속도로에서는 야간 운행을 하는 거대한 화물 트럭이 구르릉 굴러가는 소리가 들려오기도 했다. 맥은 천막 기둥에 걸려 있는 램프를 내려 요 옆의 바닥에 세워 놓았다. 그러고는 뒷주머니에서 접힌 종이 한 묶음과 스탬프가 찍힌 구겨진 봉투 한 장, 몽당연필 한 자루를 꺼냈다. 그는 무릎 위에 종이를 올려놓고 큼직한 글씨를 천천히 써 내려갔다.

해리 보게.

제발, 여기 좀 도와줘야겠네. 닥 버튼이 어젯밤 체포됐어. 그렇게 생각이 되네. 닥이 우리를 배신할 사람이 아닌데 나가서 돌아오지 않는 거야. 여긴 이탈리아처럼 놈들이 꽉 장악하고 있고, 자경 대원 놈들이 날뛰고 있어. 먹을 것과 의약품과 돈이 필요해. 딕이 잘하고 있긴 하지만 외부에서 좀 도와주지 않으면 금방 주저앉을 것 같네. 이렇게 조직이 잘된 지역은 처음이야. 아마 세 사람이 장악하고 있는 것 같네. 어쩌면 딕도 지금쯤 잡혔을지 모르는 일이야.

짐은 훌륭히 잘 해내고 있다네. 어떤 때는 나를 하찮은 존재처럼 보이게 만들어. 내 예상으론 아마 내일쯤 우린 여기서 쫓겨날 것 같아. 자경 대원 놈들이 여기 농장주의 헛간에 불을 지르는 바람에 그 사람 몹시 흥분한 상태야. 게다가 닥 버튼도 없으니 이제 군(郡) 보건 당국에서도 우릴 쫓아내려 할 거라고. 그러니 어떻게 좀 조치를 취해 보게. 놈들이 짐과 나의 머리 가죽만 내내 노리고 있어. 우리가 잡히는 경우를 대비해서 누구 다른 사람을 보내 줘야 할 것도 같고.

도움이 몹시 급하네, 해리. 동조자들도 겁먹고 있어. 하지만 최악의 상태는 아냐.

그는 종이 한 장을 더 꺼냈다.

여기 사람들 폭발하기 직전이야. 그런 사람들이 어떤지는 자네도 잘 알 거야. 내일 아침 시내로 나가 시청을 불태울지도 모르지. 그렇지 않으면 산속으로 도망가서 한 6개월 숨어 있겠지. 제발, 해리, 모든 사람들한테 얘기해서 우릴 좀 도와달라고 하게. 만일 여기서 쫓겨나게 되면 또 다른 현장을 찾기가 여간 어렵지 않을 거야. 이제 우리는 트럭을 타고 감시할 걸세. 어떻게 돌아가는지 잘 알아낼 수가 없어.

그럼 잘 있게. 잭이 이 편지를 자네한테 전해 줄 거야. 하느님의 사랑으로 우릴 좀 꼭 도와주게나.

그는 다시 한번 편지를 읽어 보고는 종이를 잘 접어 더러운 봉투 속에 집어넣었다. 그런 다음 봉투에 〈존 H. 위버 귀하〉라고 주소를 적었다.

그때 밖에서 누가 다가오는 소리가 들렸다. 「누구요?」
「런든이오.」
「들어오시오.」
런든이 들어오더니 맥을 한번 쳐다보고는 잠자는 짐의 얼굴을 쳐다보았다. 「저 친구 말대로 경비원들을 배치했소이다.」
「잘하셨소. 이 친구 아주 진이 다 빠졌소. 닥이 있었으면 좋겠는데 말이오. 저 어깨가 심상치 않소. 아프지 않다고 하는데 이 친군 아픈 게 어떤 건지 모르는 모양이오.」 맥은 다시 램프를 천막 기둥에 걸어 놓았다.

런든이 상자 위에 걸터앉으며 부드러운 목소리로 물었다.

「이 친구 어떻게 된 거 아니오? 그냥 떠벌리는 아이 같더니만 금방 나를 차내고 자기가 다 맡아 하니 말이오.」

맥은 자랑스럽다는 듯이 눈을 치켜떴다. 「모르겠소. 전에도 갑자기 달라지는 사람들을 본 적이 있긴 하지만 그 경우는 아닌 것 같소. 어쨌건 이 친구가 말하는 대로 하는 게 좋을 것 같소이다. 처음엔 나도 정신이 좀 어떻게 된 게 아닌가 했지만……. 글쎄요. 그런 것 같지는 않소. 그런데 라이사는 어디에 있소, 런든?」

「빈 천막이 있기에 내 새끼하고 거기에 누워 있으라고 했소이다.」

맥이 갑자기 날카로운 눈빛으로 쳐다보았다. 「아니, 어디에 빈 천막이 있단 말이오?」

「아마 몇 사람이 어둠 속으로 도망간 것 같소이다.」

「어쩌면 경비 서는 사람들 천막일지도 모르죠.」

「아니요. 나도 그 생각을 해봤지만, 분명 몇 사람이 도망간 거요.」 런든이 말했다.

맥은 주먹으로 자신의 눈을 박박 비비댔다. 「그럴 때도 됐소. 몇몇은 아마 견뎌 내지 못할 거요. 보시오, 런든, 난 몰래 빠져나가서 편지 하나를 우편함에 넣어야 하오. 그러면서 한번 둘러보겠소.」

「왜, 다른 사람을 시키지 않고?」

「이 편진 꼭 제대로 전해져야 하는 편지요. 내가 직접 가는 게 좋을 것 같소. 전에도 감시당한 적이 있었지만…… 놈들이 나를 붙잡진 못할 거요.」

런든이 자신의 두툼한 손을 바라보며 물었다. 「그거…… 혹시 공산당에 보내는 편지요?」

「그런 셈이오. 도움을 좀 요청하는 거요. 이번 파업이 실패로 끝나지 않도록 말이오.」

런든이 매우 신중하게 말문을 열었다. 「맥…… 이렇게 말해도 되는지 모르겠소. 사람들은 항상 공산당원들은 정말 나쁜 사람들이라고 말들 하오. 그런데 난 그렇게 생각 안 하오. 맞소이까, 맥?」

맥이 나지막이 웃었다. 「당신이 어떻게 보느냐에 달려 있소. 만일 당신이 3만 에이커나 되는 땅을 소유하고 있고 백만 달러 정도 갖고 있으면 공산당은 나쁜 사람들의 집단으로 여겨질 것이오. 그런데 당신은 런든이고, 노동자에 불과하오. 또 빨갱이라고 불리는 사람들이 당신을 돼지가 아닌 인간답게 살 수 있도록 도와주려고 하지 않소? 물론 당신은 신문에서 여러 가지 이야기를 들을 거요. 하나 그 신문이라는 것도 땅과 돈을 소유한 사람들이 장악하고 있는 것이오. 그러니 우리 같은 사람들이 개자식처럼 매도되는 거 아니겠소? 우리를 만나 보니 그렇게 나쁜 놈들은 아니지요? 당신은 빨갱이가 나쁜 놈들인지 아닌지를 결정해야 할 거요.」

「당신들이 좋은 사람이니까 나 같은 사람이 당신들과 함께 일할 수 있는 거 아니겠소? 나도 나랑 같이 돌아다니는 사람들을 보살피며 그 비슷한 일을 한 셈이오.」

「맞는 말이오.」 맥이 아주 뜨거운 어투로 맞장구를 쳤다. 「당신 말, 맞는 말이오. 당신은 지도력을 지니고 있소, 런든. 당신은 노동자이면서 동시에 지도자요, 런든.」

런든도 간단히 응수했다. 「사람들은 항상 내가 시키는 대로 잘하지요. 내가 죽을 때까지 그럴 것이오.」

맥은 런든 가까이 다가가 그의 손을 런든의 무릎에 올려놓고 목소리를 낮추었다. 「잘 들으시오. 어쩌면 우리 이번 파업에서 패배할지도 모르오. 하나 이만하면 충분히 크게 벌린 것이라서 아마 목화밭에서는 더 이상의 파업이 없을지도 모르겠소. 신문에서는 우리가 민심을 흉흉하게 만든다고 하지만 우리는 노동자들을 단결하는 데 익숙해지도록 만든 것이고, 또 노동자들을 굳게 단결시켜 항상 더 큰 집단으로 행사할 수 있도록 한 셈이오. 아시겠소? 그러니 지더라도 상관없는 거요. 이제 여기 있는 천여 명의 노동자들이 파업을 어떻게 하는 것인지 배우게 된 거란 말이오. 우리가 여기 이 게으른 노동자들의 집단을 한데 뭉쳐 일할 수 있도록 만들 때, 아마, 음……아마, 이 토거스 계곡 대부분을 그 세 놈이 나눠 먹지는 못할 거요. 어쩌면 자신을 위해 사과를 딴다고 해서 그것 때문에 감옥에 가는 일은 없을 것 아니겠소? 가격을 올리려고 사과 무더기를 강물에 던져 넣는 경우도 발생하지 않을 거고 말이오. 그때가 되면 당신이나 나 같은 사람들이 죽지 않고 살기 위해서는 사과가 필요할는지도 모르잖소. 전체 국면을 봐야 합니다, 런든. 이 작은 파업만 생각하지 말고…….」

런든은 뭔가 고통스러운 표정을 지으며 맥의 입을 빤히 쳐다보았다. 마치 맥의 입 밖으로 나오는 단어 하나도 놓치지 않으려는 태도였다. 「그게, 그러니까, 말하자면 혁, 혁명 같은 거요?」

「바로 그렇소. 굶주림과 추위에 대항하는 혁명이오. 이 지역을 장악하고 있는 그 세 놈, 아마 자기 땅들을 지키려고, 사과 가격을 인상시키려고 사과를 갖다 쓰레기처럼 내버리며 온갖 난리들을 칠 것이오. 먹을 것을 제대로 먹어야겠다고 생각하는 사람을 그 빌어먹을 빨갱이로 몰면서 매도하고 있는 거란 말이오. 무슨 말인지 알겠소?」

런든은 눈을 크게 뜬 채 꿈을 꾸고 있는 듯했다. 「나도 과격파들이 하는 얘기는 많이 들었지만 그렇게 주의 깊게 듣지는 않았었소. 항상 흥분들 해서 떠들었기 때문이오. 난 흥분하는 친구들, 전혀 믿지를 않소. 그리고 전에는 당신이 말하는 대로 보지 않았었소. 정말이오.」

「계속 지켜보시오, 런든. 분명 다르다는 느낌을 받게 될 거요. 사람들이 우리는 더러운 짓거리만 하고 지하에서 은밀한 음모나 꾸민다고 하지만, 런든, 당신도 그렇게 생각했소? 우리에겐 총이 없소. 또 우리에게 무슨 일이 벌어진다 해도 신문엔 한 줄도 안 나오잖소. 그러나 놈들에게 무슨 일이 나봐요. 그건 대서특필감이오. 우린 돈도 없고 무기도 없소. 그러니 머리를 써야 한단 말이오, 런든. 아시겠소? 이건 마치 기관총 가진 군대와 나무 막대기 든 사람들과의 싸움이오. 할 수 있는 유일한 방법은 몰래 숨어 들어가 총 가진 자들을 뒤에서 후려치는 것밖에 없소. 물론 그건 정당한 방법이 아닐 거요. 그러나 런든, 이게 무슨 운동 시합이 아니잖소? 굶주린 사람들이 지켜야 하는 규칙이란 이 세상 어느 곳에도 없는 거요.」

「난 그런 걸 몰랐소이다.」 런든이 천천히 입을 열었다. 「아무도 시간을 내서 그런 얘길 나에게 해주지 않았소. 나는 차분히 말 잘하는 사람들을 좋아하오. 그런데 사람들이 말할 때 보면 늘 흥분된 상태에서 말들을 하잖소. 〈경찰을 때려잡자〉 아니면 〈정부는 물러가라〉 뭐, 이런 거요. 그러고는 관공서에 불들을 지르려고 하는데, 난 그런 게 싫소. 모두 다 훌륭한 건물들인데 말이오. 어느 누구도 당신처럼 그 다른 면을 얘기해 준 사람이 없었소이다.」

「그렇담, 머리를 쓰지 않은 거죠, 다.」

「맥, 그런데 아까 당신이 우리가 이번 파업에서 질지도 모른다고 했는데, 무슨 생각에서 그런 말을 한 거요?」

맥은 잠시 생각에 잠기더니 입을 열었다.「아닙니다.」마치 혼자서 중얼거리는 말투였다.「지금 당신 나갈 거 아니죠? 그럼, 내 그 이유를 말해 주겠소, 런든. 이 지역의 모든 권력이 지금 몇몇의 손아귀에 들어가 있소. 어제 여기에 온 그 작자도 우리 파업을 어떻게 하면 중단시킬까 하고 온갖 궁리를 다 하는 사람이오. 그러나 이젠 알았을 거요, 우리가 결코 여기서 그만두지 않는다는 것을 말이오. 그러면 이제 남은 일은 우리를 몰아내든지 아니면 죽여 없애는 일일 것이오. 만일 우리에게 음식과 의사 한 명만 있으면, 그리고 앤더슨 씨가 우릴 후원만 해준다면 그래도 한참은 견딜 수 있지 않겠소? 그런데 앤더슨 씨가 몹시 화나 있는 상태요. 그리고 놈들은 총을 써서라도 우릴 쫓아내려 할 거란 말이오. 놈들은 법원의 영장을 받는 즉시 우릴 덮칠 거요. 그러면 우린 어디로 가야 되지요? 어디서 막사를 치고 모여 살 수도 없는 문제요. 거기도 포고령이 떨어질 테니 말이오. 놈들은 우릴 분열시킬 것이고, 그렇게 우릴 괴롭히게 될 거요. 여기 사람들, 보기처럼 그렇게 강한 사람들이 아니잖소. 또 먹을 것도 더 이상 얻을 수 없을 것 같소.」

런든이 말했다.「그렇다면 사람들더러 도망치라고 얘기해서 여길 전부 빠져나가면 될 것 아니오?」

「소리를 높이지 마시오, 이 친구 깨겠소. 그렇게 할 필요가 없소. 놈들이 우리에게 겁을 줄 수 있듯이, 우리도 놈들에게 겁을 줄 수 있소이다. 우린 놈들에게 마지막 일격을 가하게 될 것이고 또 최대한 버틸 것이오. 놈들이 우리 중에 누구를 죽이면 비록 그게 신문에는 안 실릴지라도 소문은 금방 퍼지게 될 거요. 그러면 다른 사람들이 몹시 분개할 테고, 우리에겐 적이 생기게 되는 거지요, 아시겠소? 적이 생기면 사람들은 잘 뭉치게 되는 법이오. 우리 편 사람에 의해서 그 헛간이 불탔다면 놈들이 그 기사를 신문에서 읽었을 거요, 안 그렇겠소? 우리는 되도록이면 빨리 사람들을 우리 편으로 넘어오게 해야 하오.」 그러더니 그는 얄팍하고 후줄근한 담배 주머니를 꺼냈다. 「남겨 둔 거요. 담배를 한 대 피워야겠소. 담배 피우겠소, 런든?」

「아니요. 씹는담배를 얻으면 모를까······.」

맥은 갈색 종이로 가느다란 담배를 하나 말았다. 그러더니 램프의 등피를 들어 올려 담배에 불을 붙였다. 「한숨 자두시오, 런든. 오늘 밤 무슨 일이 벌어질지 아무도 모르는 일이오. 난 시내에 나가서 우편함을 찾아봐야겠소.」

「잡힐지도 모르는데······.」

「아뇨. 절대로. 난 과수원을 통해서 갈 거요. 들키지 않을 겁니다.」 그는 런든에게 눈길을 주더니 이내 천막 뒤쪽을 쳐다봤다. 런든도 몸을 홱 돌렸다. 천막의 벽면이 아래서부터 부풀어 오르더니 샘이 꿈틀거리며 들어와 섰다. 그는 온통 진흙투성이였으며, 옷도 다 떨어져 있었다. 또 그의 예리한 턱에는 긴 상처도 나 있었다. 피로에 지쳤는지 입술은 벌어져 있었고 눈은 휑하니 쑥 들어가 몰골이 흉악했다.

「시간이 없습니다.」 그가 나지막한 소리로 말했다. 「몰래 들어오기도 정말 힘들군요! 경비원들을 많이 풀어 놨더군요. 다른 사람들이 나를 보지 않았으면 해서요. 누군가가 분명 우릴 배신할지도 모르는 일 아닙니까.」

「참 잘했소.」맥이 말했다.「불을 봤소.」

「그래요. 집 전체가 거의 다 탔죠. 전부 다는 아니지만 말입니다.」그는 요 위에 잠자고 있는 짐을 초조한 표정으로 바라보며 말했다.「전…… 붙들렸어요.」

「저런!」

「예, 놈들이 저를 잡았습니다. 저를 좀 보세요.」

「자넨 여기 오지 말았어야 하는 건데…….」런든이 매우 고통스럽다는 듯이 입을 열었다.

「압니다. 근데 얘기 좀 하고 싶었어요. 저를 보고 싶지도 않고 제 말도 듣고 싶지 않으시겠지요. 그래도 얘기하고 싶다고요. 내가 그놈 대갈통을 박살 냈어요. 이제 가봐야겠습니다. 또 잡히면, 난 아무것도 원하는 게 없다고 말하겠어요. 보세요, 난 미친 겁니다. 정신이 나간 거라고요. 하느님이 그렇게 시켰다고 하죠, 뭐. 얘기 좀 하고 싶었어요. 저 때문에 모험 같은 건 하지 마세요. 전 그런 거 원치 않습니다.」

런든이 그에게 다가가 손을 잡아 주었다.「자네 참 좋은 친굴세, 샘. 참 잘했어. 나중에 보세.」

맥이 천막 덮개를 쳐다보았다. 그는 아주 차분하게 어깨 너머로 말을 던졌다.「시내에 가거든 센터가(街) 42번지로 가보게. 마벨이 보냈다고 말하게. 밥 한 끼 얻어먹을 수 있을 거야. 한 번 이상 찾아가면 안 되네.」

「알겠습니다, 맥. 안녕히 계십시오.」그는 다시 무릎을 꿇고 머리를 밖으로 내밀어 어둠 속을 살펴보았다. 잠시 후 그는 밖으로 기어 나가고 천막은 다시 제 모습으로 돌아왔다.

런든이 한숨을 쉬었다.「저 친구, 잘 달아났으면 좋겠소,

맥. 좋은 친구요. 참 잘했어요.」

맥이 말했다.「너무 생각 골똘히 하지 마시오. 언젠가는 누구 손에 죽게 될지도 모르오. 그 작은 친구 조이처럼 말이오. 분명 맞아 죽게 될 거요. 조만간에 나나 짐도 그렇게 될 거고……거의 분명한 사실이오. 별 차이 없는 거요.」

런든의 입이 열렸다.「제기, 별 이상한 견해도 다 보겠소. 당신들은 아무 만족도 없단 말이오?」

「무슨 소릴.」맥이 말했다.「다른 사람 이상이오. 이번 일은 아주 중요한 일이오. 어떤 의미 있는 일에서 큰 힘이 생기는 법이오. 이 사실을 명심하시오. 사람을 실망케 하는 일이 아무 목표도 없는 일일 거요. 우리 일이 천천히 진행되고 있긴 하지만 그래도 한 방향으로만 나가고 있소. 이런, 내가 또 실없는 소리를 하고 있군. 진작 가봐야 되는 건데……」

「붙들리지 않도록 조심하시오, 맥.」

「그럴 일은 없을 겁니다. 그러나 런든, 놈들은 온통 나와 짐을 없애는 데 신경들을 쓰고 있소. 그러니 조심은 해야지요. 당신은 여기 남아서 짐에게 무슨 일이 나지 않도록 잘 좀 봐주시겠소? 예?」

「그러겠소. 난 여기 앉아 있겠소.」

「아니요. 요 한쪽에 누워서 눈 좀 붙이시구려. 하나 짐은 잡혀가지 않도록 해주시오. 그 친구, 우리에게 정말 필요한 존재요, 가치 있는 인물이란 말이오.」

「알겠소.」

「그럼…….」맥이 말했다.「되도록이면 빨리 돌아오겠소. 그리고 상황이 어떻게 돌아가고 있는지도 살펴봐야겠소. 신문 한 장 사오리다.」

「잘 다녀오시오.」

맥은 아무 말 없이 천막 밖으로 나갔다. 런든은 맥이 한 경비원에게 말을 걸고, 또 좀 떨어진 곳의 다른 경비원에게도 뭐라고 말하는 소리를 들을 수 있었다. 그가 사라지고 난 후에도 런든은 밤의 소리에 귀를 기울였다. 밖은 고요했지만 잠자고 싶은 기분은 전혀 없었다. 이리저리 순찰을 도는 경비원들의 발소리가 들리고, 그들이 서로 마주칠 때마다 나누는 짤막한 인사 소리도 들려왔다. 가까운 곳의 수탉들 홰치는 소리, 먼 곳에서 늙고 영특한 수탉 한 마리가 목 깊숙한 곳으로부터 돋워 내는 울음소리…… 기차의 종소리와 증기 분출되는 소리, 그리고 천천히 움직이기 시작하는 기관차가 철로를 구르는 소리. 런든은 한쪽 다리는 펴고 나머지 한쪽은 세워 양손으로 깍지를 낀 채 짐 곁에 앉아 있었다. 그는 무릎에 턱을 받치고 고개를 숙였다. 눈은 짐을 향한 채 유심히 바라보고 있었다.

짐은 끊임없이 이리저리 몸을 움직였다. 한쪽 팔을 획 들어 올렸다가는 다시 내렸다. 그가 입을 열었다. 「아아…… 물.」 몹시 거친 숨을 내쉬고 있었다. 「모든 게 캄캄해.」 그는 눈을 뜨고 아무것도 보이지 않는 듯 계속 깜박거렸다. 런든은 짐을 토닥거려 주려는 듯 깍지 낀 손을 풀었지만 짐의 몸에 손을 대지는 않았다. 눈이 다시 감기고 아무런 움직임도 보이지 않았다. 커다란 화물 트럭이 달려가는 소리가 들려왔다. 그때 천막 밖, 좀 멀리 떨어진 곳에서 목 메인 비명 소리가 들려왔다. 「여보게.」 런든이 작은 소리로 경비원을 불렀다.

경비원 한 명이 다가왔다. 「무슨 일이십니까?」

「저 고함 소리, 누가 내는 소린가?」

「저거요? 아까도 못 들으셨어요? 그 왜, 엉덩이 깨진 영감 있잖아요, 그 영감입니다. 미쳤어요. 사람들이 지금 달래고 있을 겁니다. 고양이처럼 막 달려들면서 물어뜯고 난립니다. 그래서 입에 헝겊 조각을 물렸어요.」

「자네 제이크 페드로니 아닌가? 자네로군. 이봐, 제이크. 전에 닥이 하던 말이 생각나는데, 저 영감 비눗물로 씻겨 독을 씻어 내지 않으면 저런다고 하더군. 난 여기 있어야 되니까, 자네가 가서 좀 그렇게 해주겠나, 제이크?」

「그러죠, 뭐.」

「좋아. 그럼 가보게. 싸움을 하려면 저런 엉덩이로는 안 되지. 그리고 그 발목 부러진 친구는 어떻게 됐나?」

「아, 그 사람이요? 누가 위스키 한 잔을 가져다줘서 괜찮아진 모양입니다.」

「또 무슨 일이 있으면 날 부르게, 제이크.」

「알겠습니다. 그렇게 하겠습니다.」

런든은 다시 요로 돌아가 짐 곁에 드러누웠다. 먼 곳에서 밤공기를 뚫고 점점 빠르게 속력을 내며 달리는 기차 소리가 들려왔다. 늙고 힘센 수탉이 울자 어린 닭 한 마리가 대답인 듯 따라 울었다. 런든은 잠기운이 그의 머리를 무겁게 내리누르고 있음을 느꼈지만 팔꿈치를 대고 일어나 다시 한번 짐을 살펴보았다. 마침내 그도 잠에 곯아떨어지고 말았다.

14

맥이 시내에서 돌아와 천막 안을 들여다보았을 때는 어둠이 걷히기 시작할 무렵이었다. 천막 중앙 기둥에서는 램프가 아직도 불을 밝히고 있었다. 그리고 런든과 짐은 나란히 누워 잠자고 있었다. 맥이 안으로 들어서자 런든이 벌떡 일어나 이리저리 눈을 두리번거렸다.「누구요?」

「나요. 방금 왔소. 짐은 좀 어떻소?」

「내가 잠이 들었었구면.」런든은 하품을 하고 머리의 둥그렇게 벗겨진 부분을 긁적였다.

맥은 짐이 누워 있는 곳으로 다가가 그를 내려다보았다. 짐의 얼굴에는 피로의 기색은 찾아볼 수가 없었으며, 긴장된 근육도 다 풀어진 듯했다.「좋아 보이는군. 충분한 휴식을 취했으니…….」

런든이 일어섰다.「지금 몇 시요?」

「모르겠소. 이제 슬슬 해가 뜨기 시작하는 것 같소.」

「사람들이 아직도 불을 피우고 있소?」

「그쪽에서 사람들이 돌아다니는 것은 봤는데…… 나무 타는 냄새가 났소. 아니, 어쩌면 앤더슨 씨 헛간에서 나는 냄샌지도 모르겠군.」

「이 친구 곁을 잠시도 안 떠났소이다.」

「잘했소.」

「이제 눈 좀 붙이겠소?」

「아, 모르겠소. 잠자고 싶은 마음도 별로 없소. 어젯밤에 좀 잤소, 아니 그저께 밤이던가? ……맞아, 그런 것 같소. 벌써 일주일이나 지난 것 같으니. 우리가 어제 조이를 묻었으니까, 그래 어저께지.」

런든이 다시 하품을 하였다. 「오늘 아침도 쇠고기하고 콩이죠? 커피 한잔 마시고 싶구먼!」

「그럼 시내에 나가서 커피하고 햄, 계란 따위를 구해 봅시다.」

「무슨 그런 말을. 나가서 취사 대원들을 움직이게 해야겠소이다.」 그는 잠이 덜 깬 듯 어정거리며 밖으로 나갔다.

맥은 램프 아래로 상자를 끌어당기더니 주머니에서 둘둘 만 신문을 한 장 꺼냈다. 그가 막 신문을 펼치려는 순간 짐의 목소리가 들려왔다. 「이미 깨어 있었어요, 맥. 어디 갔다 오셨습니까?」

「편지 한 통 부치고 왔네. 잔디밭에서 신문 한 장을 주웠지. 자, 상황이 어떻게 진행되고 있는지 한번 보자고.」

「맥, 내가 간밤에 실수 많이 했죠?」

「아냐, 전혀. 좋은 말 많이 했지. 우릴 꼼짝 못 하게 만들었네.」

「나도 모르게 그렇게 됐어요. 전에는 전혀 그러지 않았는데…….」

「그래, 오늘 아침 기분은 어떤가?」

「좋아요. 어제 그러지 말았어야 하는 건데…… 간밤엔 소라도 한 마리 들어 올릴 것 같더라고요.」

「아냐, 자넨 우리 기운을 돋워 준 거야. 그리고 그 트럭 두 대 얘기는 정말 좋았어. 물론 바리케이드를 부딪쳐 쓰러뜨려야 하는 선두 트럭의 주인은 그 말을 좋아하지 않겠지만 말이야. 자, 시내에선 무슨 일이 진행되고 있는지 한번 보자고. 아이고, 이 머리기사 스크랩해 둬야겠구먼! 자, 들어보게, 짐.」

파업 노동자들, 방화와 살인을 자행하다!

지난 밤 10시쯤, 시 교외의 윌리엄 헌터 씨 소유의 집에서 화재가 발생하였다. 경찰은 현재 사과밭에서 파업 농성 중인 노동자들의 소행으로 보고 수사 중에 있다. 한편 혐의자로 체포된 인물이 체포 보안관을 공격, 도주한 사건이 발생하였으며, 피습을 당한 대리 보안관 올라프 빙엄 씨는 중태로 생명이 위독한 것으로 알려졌다.

「자, 보라고, 밑에 또 있네.」

또한 저녁 이른 시각에 파업 노동자들은 앤더슨 씨 농장 헛간에도 불을 지른 것으로 알려졌다. 방화의 원인이 부주의 때문인지, 아니면 어떤 원한 때문인지는 아직 밝혀지지 않았다. 며칠 전에 앤더슨 씨는 파업 노동자들에게 자기 소유의 땅을 빌려 준 것으로 밝혀졌다.

「이야기가 길구먼, 짐. 보고 싶으면 나중에 한번 읽어 보게나.」 그러면서 맥은 다음 페이지로 눈길을 돌렸다. 「아니, 이

봐, 이 사설 좀 한번 들어 보게.」

우리는 지금이야말로 어떤 대책을 세워야 한다고 믿는다. 임시로 고용된 노동자들이 우리 토거스 계곡의 주요 산업을 움직이지 못하게 만들 때, 급료를 받는 외국 선동가들(〈그게 우리야, 짐.〉)에 의해 이끌리고 고무된 떠돌이 노동자들이 평화로운 미국의 땅에 붉은 러시아를 끌어들이며 폭력과 방화를 자행할 때, 우리의 고속도로가 선량한 미국 시민들에게 더 이상 안전을 보장해 주지 못하고, 또 그들의 가정이 선동가들에 의해 위협을 당할 때, 우린 행동을 취해야 할 때가 왔다고 믿는다!

우리 군(郡) 당국은 그 주민을 보호해야 할 의무가 있지만, 이번 파업 노동자들은 우리 군에 속한 사람들이 아니다. 그들은 법률을 우롱하며, 생명과 재산을 파괴하고 있다. 또한 그들은 비밀 동조자들의 지원을 받으며 호사스러운 생활을 하고 있다. 우리 신문은 폭력을 믿지 않으며, 지금까지도 믿어 온 적이 없다. 그러나 법이 불평분자들과 살인자들에 적절히 대응치 못할 때는 분기한 시민들이 발 벗고 나서야 한다고 믿는다. 방화자는 자비의 은덕을 받을 자격도 없는 것이다. 우리 모두는 돈을 받고 소요를 획책하는 자들을 이 땅에서 몰아내야 한다. 우리 신문은, 파업 노동자들이 누리고 있는 호사스러움의 근원이 어디에 있는지를 찾아내야 한다고 권고한다. 보도에 의하면, 어제 파업 노동자들의 천막 숙사에서 기운 좋은 황소 세 마리가 도살되었다고 한다.

맥은 신문을 바닥에 내던졌다.「그래, 그 마지막 의미는 오늘 밤, 먹고 노는 미국인들 한 떼거리가 세상이 나아지면 하고 바라는 불쌍한 사람들의 창문으로 돌을 던지겠다는 뜻인가?」

짐이 일어나 앉았다.「그런데, 맥! 그 모든 비난을 우리가 받아야 하는 겁니까?」

「그래, 모든 걸 다.」

「신문에서 얘기하는 그 살해됐다는 사람은 어떻게 된 거죠?」

「샘이 벌인 일일세. 놈들이 샘을 체포했다네. 도망쳤어야지, 놈들은 총을 가졌으니 말이야. 샘이 가진 것이라곤 두 발뿐이잖아.」

짐이 다시 누웠다.「그래요. 지난번에도 그 두 발을 잘 사용하더군요. 그렇지만 제기, 기분이 안 좋아요. 끔찍하단 말이에요!」

「그렇겠지. 그 논설위원 놈이 비싼 소릴 썼으니……. 〈급료를 받는 외국 선동가들〉이라. 난, 미니애폴리스에서 태어났다고! 그리고 우리 할아버님은 불런 강변 전투에도 참전했단 말일세. 항상 이렇게 말씀하셨지, 적군이 총을 쏘기 전까지만 해도 전투에 나가는 게 아니고 투우장에 나가는 줄 알았다고 말이야. 그리고 지금의 후버 행정부가 외국 것이 아니듯 우린 외국과 아무런 상관이 없단 말일세. 아, 이 빌어먹을 놈들. 그래, 항상 이런 식이지. 그러나…….」그는 마지막 남은 담배를 꺼냈다.「형세가 불리해지고 있네, 짐. 샘이 불을 지르지 말았어야 하는 건데…….」

「당신이 그러라고 했잖아요.」

「나도 알고 있네, 그놈의 헛간 때문에 내가 너무 흥분했댔어.」

「그럼 이제 어떻게 해야죠?」

「그냥 밀고 나가는 거야, 그냥 말이야. 우린 파업 파괴 노동자들을 감시하려고 차들을 내보냈네. 싸울 수 있는 한 버티는 거지, 뭐. 그러다 도망갈 수 있을 때 도망치는 걸세. 겁나나, 짐?」

「아아뇨.」

「형세가 우리에게 불리하게 죄어들고 있네, 짐. 충분히 감지할 수 있어, 불리해지고 있다고.」 그는 상자에서 일어나 요 위에 앉았다. 「잠이 부족해서 내가 그런 느낌을 받는 건지도 모르지. 아까 시내에서 나와 돌아올 때 모든 나무 밑 어두운 그늘 속에서 나를 잡으려고 놈들이 기다리고 있다는 느낌이 자꾸 들더군. 너무 겁에 질려 쥐 한 마리가 바스락거려도 도망칠 판이었으니까 말이야.」

「당신이 너무 피곤한 모양이에요.」 짐이 부드럽게 말했다. 「내가 다치지만 않았어도 좀 도와줄 수가 있었을 텐데……. 여기 이렇게 누워 있기만 하고 방해만 되고 있어요.」

맥이 말했다. 「아닐세, 자넨 그래도 자네 몫을 한 걸세. 내가 낙담할 때마다 자네가 원기를 불어넣어 주잖아. 오늘 아침에도 힘이 좀 필요하네. 나는 이제 맹탕이야! 어디 구할 데가 있으면 술 한잔하고 싶구먼.」

「식사를 좀 하고 나면 괜찮아질 겁니다.」

맥이 다시 입을 열었다. 「해리 닐슨에게 편지를 썼네. 도움도 필요하고 물자도 필요하다고 했지. 그런데 너무 늦은 것 같아.」 갑자기 그는 이상한 눈빛으로 짐을 빤히 쳐다보았다. 「내말 잘 듣게, 짐. 나 간밤에 딕을 만났네. 자, 가까이 와봐. 우리가 이곳에 들어오던 날 밤 생각나나?」

「그럼요.」

「그럼, 우리가 다리 왼편을 돌아 막사촌으로 들어오던 때도 생각나나?」

「예.」

「자, 가까이 와서 잘 들어 보게. 만약 일이 펑 터져서 우리가 서로 헤어지게 되면 그 다리로 가게. 아래로 내려가서 다리 밑 아치형 교각을 벗어나 시내 반대편으로 가는 거야. 그러면 거기에 죽은 버드나무들이 한 무더기 쌓여 있을 걸세. 그걸 치우면, 아래에 깊은 동굴이 나타날 거야. 그리 들어가라고. 그리고 버드나무로 구멍을 다시 막게. 5미터 정도 깊이일 걸세, 무슨 얘긴지 알겠나? 거기에다 딕이 담요와 통조림들을 가져다 놨네. 놈들이 여길 쑥대밭으로 만들면, 자네는 그리로 곧장 가서 나를 기다리고 있게나. 이틀 정도 말이야. 만일 내가 안 오면 무슨 일이 생겼구나 생각하면 되네. 그리고 자네 혼자 돌아가면 돼. 이 군을 벗어날 때까지는 밤에만 움직이라고. 놈들, 우리에게 6개월 이상의 형을 지울 근거는 없네. 어젯밤 그 죽은 사람에 대한 살인죄를 날조해서 뒤집어씌우기 전에는 말일세. 이미 진상이 다 드러났기 때문에 그러지는 못할 것이야. 그리고 노동 분쟁의 진상을 조사하는 I.L.D. 단체가 2층에서 조이를 쏘아 죽인 그 사건을 폭로할 것일세. 자, 다 기억하겠지, 짐? 거기 가서 하루나 이틀 정도 기다리게. 아마 놈들이 자넬 발견하지 못할 걸세.」

짐이 물었다. 「도대체 어떻게 된 겁니까, 맥? 뭘 감추고 있군요?」

「아냐, 아무것도 없어.」 맥이 말했다. 「이 지역이 우리를 점점 죄어 온다는 느낌뿐이네. 그래, 그냥 느낌이야. 간밤에 많은 사람들이 내뺐어. 대개가 처자식이 있는 사람들이지. 런든은 괜찮네. 아마 곧 우리 당원이 될 걸세. 그렇지만 말이야, 난 이제 잔치 연다고 길에 떨어진 사과 한 알 갖고 나오는 정도로 못살고 못 먹는 사람들을 믿지 않기로 했네. 정말 수시로 변하는 사람들일세. 칼로 우리를 찌를지도 모르는 사람들이지.」

「내가 보기엔 당신이 변덕쟁이인 것 같아요, 맥. 마음을 가라앉히세요.」 짐은 무릎을 일으켜 세우면서 조심스럽게 일어섰다. 어깨의 통증 때문인지 마치 무슨 소리에 귀라도 기울이려는 듯 고개를 쭈뼛 세운 모습이었다. 맥은 놀라서 짐을 쳐다보았다. 「부어오른 모양이에요. 어깨가 조금 무겁다 싶더니, 부기가 있는가 봐요. 머리도 무겁고요. 오늘은 좀 돌아다녀야겠어요.」

「붕대를 갈아야겠어.」

「아, 예, 이거, 닥은 돌아왔어요?」

「아냐, 내 생각엔 잡힌 것 같네. 정말 좋은 사람이었는데…….」

「그랬다고요?」

「아, 아닐세. 나도 그렇지 않기만을 바랄 뿐이네. 어쨌든 잡히면 놈들이 그 친굴 죽도록 두들겨 패버리고 말 거라고. 많은 사람들이 사라져서는 돌아오지 않고 있다네.」

「정말 기죽이시는군요.」

「그래, 그래도 자네가 견디어 내리라는 확신이 없었다면 이런 얘기도 못했을 걸세. 속마음을 털어 내니까 후련하구먼. 지금 커피 딱 한 잔만 마실 수 있으면, 정말 눈물이라도 펑펑 쏟아지겠는데 말이야……. 지난번 시내에서 마시던 커피 생각이 나는군. 마시고 싶을 땐 세 잔씩이나 마셨는데…… 마음껏 말이야.」

짐이 엄숙한 어투로 말했다. 「그래요, 조금만 마셔도 기분이 좋아질 겁니다. 근데, 이제 그만하세요. 자꾸 그러면 자신이 초라해 보인단 말이에요.」

맥이 풀어진 자기 얼굴에 다시 힘을 주었다. 「알겠네, 친구. 이젠 괜찮아. 밖에 나가 볼 텐가? 걸을 수 있겠나?」

「그럼요.」

「그럼, 저 램프 끄게. 자, 가서 고기하고 콩이 어떻게 됐는지 한번 보자고.」

짐이 램프의 등피를 들어 올리자 째지는 듯한 새된 소리가 났다. 곧이어 침전된 먹물처럼 잿빛의 여명이 천막 안을 엄습하였다. 짐은 천막 덮개를 들어 올리고 안쪽에서 묶어 버렸다. 「통풍을 시켜서 누기를 좀 없애야겠어요. 냄새가 점점 더 지독해지는군요. 전부 다 목욕 좀 해야 될 텐데……」

맥도 동의하였다. 「그래, 식사하고 난 뒤에 따뜻한 물 한 통 얻어 목욕 좀 하자고.」

하늘에는 새벽의 여명이 찾아오고 있었다. 환하게 빛나는 동녘하늘을 배경으로 나무들은 시커먼 형체를 내보이고 있었으며, 날개를 퍼드덕거리며 동쪽으로 날아가는 까마귀 떼들이 하늘에 새겨진 것처럼 또렷한 모습으로 다가왔다. 나무 아래는 아직 어둠이 걷히지 않았으며 대지 역시, 밝아 오는 빛을 천천히 빨아들이는 듯 아직은 어두운 기운이 감돌았다. 그러나 날이 밝아 오면서 시야가 트이자 경비원들은 순찰 도는 것을 멈추고, 피곤한 모습을 한 채 군데군데 무리를 지어 서 있었다. 주머니에 손을 집어넣고, 상의 깃을 바짝 끌어올려 목 윗부분까지 단추를 채운 그런 모습들이었다. 그리고 서로 이야기들을 나누고 있었지만 잠을 쫓기 위해 얘기하는 사람들의 목소리처럼 밋밋하고 지리한 목소리들이었다.

맥과 짐은 난롯가로 가는 도중에 그들 몇몇이 모여 있는 곳을 지나치게 되었다. 「간밤에 아무 일 없었소?」 맥이 물었다.

이야기 소리가 중단되었다. 사람들은 지치고 충혈된 눈으로 맥을 바라보았다. 「아무 일도 없었습니다. 근데, 이건 프랭크가 얘기한 건데, 누가 밤새도록 돌아다니는 것 같은 느낌이 들었다고 합디다. 나도 그런 느낌이 들었죠. 누가 주변을 몰래 기어 다니는 것 같은 느낌 말입니다. 하지만 아무 소리도 듣지는 못했습니다. 우린 둘씩 붙어서 순찰을 돌았지요.」

맥이 웃었다. 그의 웃음소리가 공기 속을 꿰뚫는 것 같았다. 「내가 군대에 있을 때 얘기요. 난 텍사스에서 훈련을 받고 있었는데 보초를 서러 나가면 꼭 주변에서 독일군 소리가 들리는 것 같았소. 아니, 독일어로 속삭이는 소리가 들렸다니까.」

사람들이 작은 소리로 낄낄댔지만 재미있어서 그러는 것은 아니었다.

한 사람이 말했다. 「런든이 우린 오늘 자도 된다고 했수다. 곧 배를 채우고 나면 가서 잠이나 자야지.」

「나도 가서 자야겠어. 마약 중독자들처럼 몸속에 무슨 자갈 같은 것이 박힌 것 같아. 몸속에 벌레를 넣고 다니는 마약 중독자 본 적 있어? 그런 사람들을 보면 웃음이 나올 거야.」

맥이 말했다. 「저 난롯가에 가서 몸들 좀 녹이시오.」

「그러잖아도 그 얘길 하고 있었소이다.」

짐이 말했다. 「변소에 좀 갔다 올게요, 맥. 이따 저 난롯가에서 봐요.」 그는 천막들을 따라 걸어갔다. 각각의 천막은 어두컴컴한 작은 동굴 같았다. 어떤 천막에서는 코고는 소리가 들렸고, 또 어떤 천막의 입구에서는 사람들이 배를 깔고 누워 아침인 걸 확인하려는 듯 밖을 내다보고 있었다. 밖에 나온 몇몇 사람들은 추위 때문인지 어깨를 웅크리고 목은 쏙 들이

민 채 서성였다. 또 자신의 생각을 넋두리 늘어놓듯 지껄이는 여자의 잠이 덜 깬, 그러나 성마른 목소리도 들렸다. 「난 이런 더러운 곳에서 벗어나고 싶단 말이에요. 도대체 여기서 하는 일이 뭐가 있어요? 그리고 내 뱃속에는 당신 주먹만 한 크기의 혹이 달렸단 말이에요. 암이에요, 맞아요, 암이라고요. 2년 전에 어떤 점쟁이가 나한테 얘기해 줬는데요, 조심 안 하면 암에 걸린다고 했어요. 내가 암에 잘 걸리는 타입이래요. 땅바닥에서 자고 쓰레기 같은 음식을 먹고 있으니 당연하죠.」 그리고 뭐라고 투덜거리며 대답하는 소리가 있었지만 잘 들리지 않았다.

짐이 또 한 열 개의 천막을 지나쳤을 때 헝클어진 머리 하나가 밖으로 쑥 나왔다. 「이보세요, 빨리 들어와요. 아무도 없어요.」

「안 됩니다.」 짐이 말했다.

천막 두 개를 더 지나자 담요 위에 무릎을 꿇고 앉아 있던 한 사내가 말을 걸어왔다. 「지금 몇 시요, 친구?」

「모르겠습니다. 6시 조금 넘었을 겁니다. 아마 그렇게 됐을 겁니다.」

「아까 그 여자가 당신 꼬드기는 소리 다 들었소이다. 들어가지 않은 게 천만다행이오. 여기 천막 숙사에서는 저 여자가 파업 파괴 노동자들보다 더 골칫거리요. 쫓아내 버려야 되는 건데……. 저 여자 때문에 사람들이 서로 싸우고 말 거요. 저쪽에 불을 피웠습디까?」

「예.」 짐이 말했다. 그는 천막 통로를 빠져나왔다. 약 15미터 떨어진 곳의 공터에 천막 천으로 사방을 가린 사각형 모양의 변소가 세워져 있었다. 안에는 웅덩이 위 양끝으로 두께 5센티미터, 폭 10센티미터 크기의 긴 각목이 걸쳐져 있었는데, 세 사람이 동시에 올라 용변을 보기에 충분한 널빤지였다. 짐이 석회수 소독제 상자를 집어 흔들어 보았으나 상자는 비어 있었다. 널빤지 위에는 어떤 한 사람이 웅크리고 앉아 용변을 보고 있었다. 「이거 어떻게 조치를 취해야 되는 거 아니오?」 그 사람의 말이었다. 「의사 선생은 어디 있는지, 내 참. 어제 이후로 뭐 아무것도 한 게 없잖아.」

「우리라도 흙을 좀 밀어 넣어야지요.」 짐이 말했다. 「그러면 좀 나아질 겁니다.」

「그건 내가 할 일이 아니지, 의사 선생이 해야 하는 거 아냐? 사람들 다 병들고 말겠어.」

짐이 화가 난 목소리로 말을 받았다. 「당신처럼 아무 일도 안 하는 사람들은 병에 걸려도 싸요.」 그는 흙을 차 모아서는 발 한쪽으로 밀어 웅덩이로 떨어뜨렸다.

「이봐, 꽤 잘난 체하는구먼. 여기저기 좀 돌아다녀 봐서 세상 철이 들라고. 그러면 세상 물정 알 거야.」

「당신 같은 사람은 금방 게으름뱅이 티가 난다고.」

「내 바지 다 올릴 때까지 너 기다려. 누가 게으름뱅인지 내 가르쳐 주지.」 그러나 그는 아무런 움직임도 보이지 않았다.

짐은 바닥을 내려다보았다. 「난 당신을 상대할 수가 없어요. 어깨에 총을 맞았단 말이오.」

「알면서 왜 그래? 욕을 하려거든 나같이 운동 좀 한 사람은 피해서 하란 말이야. 깔보다간 경치고 말 거야, 알겠어?」

짐은 목소리를 낮추었다. 「내가 욕하려고 한 게 아니잖소. 당신하고 싸우고 싶지도 않아요. 우리끼리 싸우지 않아도 싸울 일이 얼마나 많은데요.」

「그래, 맞는 얘기야.」그 사람이 말했다.「내 용변을 다 끝내면 흙 밀어 넣는 거 좀 도와주지. 그래, 오늘은 어떻게 한대? 알고 있나?」

「우리……」그러더니 짐은 무엇을 기억해 내려는 듯한 표정을 지었다.「내가 알 수만 있다면 얼마나 좋겠어요? 아마 런든이 준비가 되면 얘기하겠죠.」

「런든 그 친구, 뭐 한 게 아무것도 없잖아. 이봐 친구, 너무 가운데로 다가가서 앉지 마. 잘못하다간 그 널빤지 부러질 거야. 가장자리 근처로 가. 런든은 아무것도 한 것이 없어. 그냥 거드럭거리며 돌아다니기만 한다고. 사람들이 어떻게 얘기하는지 아나? 런든 그 친구, 자기 천막 안에 상자들을 쌓아 놓고 있는데 그게 다 통조림 상자라는 거야. 모든 게 다 있다는 구면. 절인 쇠고기, 정어리, 복숭아 통조림 등등 말이야. 우리 같은 불쌍한 놈들이 먹는 건 먹지도 않는다며? 그러면서도 아주 착한 사람 행세를 한단 말이야.」

「그거 전부 새빨간 거짓말이에요.」

「또 잘난 체하는 건가? 통조림 있는 걸 봤다는 친구들이 많아. 그런데 그게 어째서 거짓말인가?」

「내가 그 천막에 쭉 있었으니까요. 내가 다쳤다고 어젯밤에는 나보고 거기서 자라고 하던데요. 그 천막 안에는 낡은 침대요 하나하고 빈 상자 두 개뿐이죠. 다른 건 아무것도 없어요.」

「무슨 소리. 모두가 다 그곳에 복숭아 통조림하고 정어리 통조림이 있다고 말하던데…… 또 아이들 몇이서 어젯밤 거길 쳐들어가 몇 개 훔치려고 했다는데 말이야.」

짐은 어이없다는 듯이 웃었다.「아니 정말, 전부 야비한 사람들만 모였군요! 그 사람, 좋은 사람이에요. 당신은 지금 그 좋은 사람을 헐뜯고 있는 거라고요.」

「자네, 또 사람들 욕하는 거야? 그러다간 누군가가 네놈의 상통을 후려갈길 거야.」

짐은 널빤지에서 일어나 바지의 단추를 채우고는 밖으로 나왔다. 요리용 난로의 짧은 연통들이 공중에 하얀 연기들을 내뿜고 있었다. 연기는 똑바른 기둥처럼 15미터 정도 잔잔히 오르더니 상층 부분이 버섯 모양으로 되면서 수평으로 고르게 퍼졌다. 동녘 하늘은 누런빛으로 변해 가고 있었고 머리 위의 하늘은 계란 껍데기의 푸른빛으로 바뀌고 있었다. 사람들이 서둘러 천막 밖으로 나오는 모습들이 보였다. 천막 숙사의 고요가 깨지면서 사람들의 발소리, 목소리, 움직이는 소리가 주변 공기에 가득했다.

한 천막 앞에 검은 머리를 한 여자가 목 주위를 하얗게 드러낸 채 고개를 뒤로 젖히고 서 있었다. 아름다운 긴 팔로 쓸어내리듯 머리를 빗고 있던 그녀는 짐이 곁을 지나가자 세련된 미소를 지으며 인사를 건넸다.「안녕하세요?」그러면서도 빗질은 계속되었다. 짐은 걸음을 멈추었다.「왜 이러세요. 그냥 아침 인사한 거예요.」

「당신이 내 기분을 상쾌하게 해주고 있습니다.」이렇게 말을 꺼낸 짐은 잠시 그녀의 길고 하얀 목과 윤곽이 또렷한 턱을 바라보았다.「잘 주무셨습니까?」사려 깊고 분별력 있어 보이는 향긋한 그녀의 입술이 짐의 시선 가득히 들어왔다. 짐은 다시 발걸음을 옮겼다. 그러자 아까의 그 헝클어진 머리가 또 불쑥 나타나 쉰 목소리로 속삭였다.「빨리 들어오세요, 아무도 없어요.」짐은 한번 흘끗 쳐다보고는 아무 대꾸도 하지 않고 서둘러 그곳을 빠져나왔다.

사람들은 낡은 난롯가 주위에 모여 불을 쬐면서 고기와 콩이 끓기를 끈덕지게 기다리고 있었다. 짐은 물통이 있는 곳으로 다가가 양동이로 물을 퍼냈다. 차디찬 물을 얼굴과 머리에 뿌린 다음 비누 없이 손을 비벼 씻었다. 얼굴에서 물방울이 그대로 흘러 떨어졌다.

맥이 짐을 보고는 그릇을 든 채 걸어왔다.「그릇을 좀 헹궜지. 근데 무슨 일 있었나, 짐? 아주 행복한 표정이로군.」

「어떤 여자를 만났어요……」

「무슨 소리야, 그럴 시간도 없었을 텐데.」

「그냥 본 것뿐이에요. 머리를 빗고 있던 여자였어요. 참 우스운 일이죠…… 때때로 사람들이 아주 정상적인 차분한 자세를 취하는데, 그게 멋있어 보이면서 죽을 때까지 잊혀지지 않으니 말이에요.」

「나도 우아한 여자를 보면 아마 제정신 못 차릴 걸세.」

짐은 아무 음식도 안 담긴 그릇을 내려다보며 말했다.「그 여잔 고개를 뒤로 젖히고 머리를 빗고 있었지요. 얼굴엔 야릇한 미소까지 머금고 말입니다. 맥, 당신도 알고 있죠? 저의 어머님이 가톨릭 신자였다는 거 말이에요. 하지만 주일에 성당엘 못 나가셨어요. 아버님이 싫어하셨으니까요. 그래 별수 없이 주중에 아버님이 일하러 나가시고 안 계실 때 가끔씩 성당에 가셨지요. 내가 아주 어렸을 때니까 나도 데리고 가셨더랬어요. 내가 이런 얘길 하는 건, 바로 그 여자의 미소 때문입니다. 그래요, 그 미소 속에는 성모 마리아와 같은 자애로움이 있었어요. 현명하면서도 침착하고 확실한, 그런 미소 말입니다. 한번은 어머니한테 물어봤어요, 왜 마리아는 그런 미소를 짓느냐고요. 그랬더니 이렇게 말씀하시더군요.〈하늘나라에 계시기 때문에 저런 미소를 지으시는 거란다〉, 이렇게 말입니다. 내 생각엔 어머니도 좀 부러워했던 것 같아요.」그의 목소리가 갑자기 빨라졌다.「그런데 아까 저기서 그 성모 마리아의 미소를 본 겁니다. 그녀 머리 위에 마치 어린 새들처럼 작은 별들이 둥그렇게 빙빙 돌고 있었어요. 정말 봤어요, 정말이라니까요. 장난이 아니에요, 맥. 그렇다고 무슨 종교 같은 건 아닙니다. 뭐랄까, 맞아요, 내가 읽은 책에서 그런 걸 소망 실현이라고 부른 것 같아요. 정말 분명히 봤어요. 그걸 보니까 행복하다는 느낌이 들었죠. 만일 우리 아버님이 아셨으면 난리가 났을 테죠. 아버님은 오래 기억에 남을 만한 안정된 자세를 가져 보지 못하셨으니까요. 아버님의 모든 건 다 헛된 것들이었어요.」

맥이 말을 꺼냈다.「자네, 언젠가는 훌륭한 설교자가 되겠군. 다분히 남을 감복시키는 어투야. 젠장, 그런 자네 말을 들으니까 교회 다니는 것이 좋을 것 같다는 생각이 드는구먼. 좋았어! 정말 훌륭한 말이네. 자네 그런 말로 사람들을 우리 편으로 넘어오게 할 수 있으면 그건 더 훌륭하지.」그는 물통 한쪽의 못에 걸려 있던 깨끗하게 보이는 작은 양철 깡통을 빼내서는 그걸로 물을 담아 마셨다.「자, 이제 가서 사람들 사이에 열기가 돌고 있는지 알아보세.」

사람들은 줄을 서고 있었다. 그들이 순서가 되어 난롯가를 통과할 때면 취사 대원들은 아욱콩과 삶은 고깃덩어리들을 그들의 그릇에 담아 주었다. 줄 맨 끝에 서 있던 맥과 짐도 드디어 음식을 받을 차례가 되었다.「그게 전부요?」맥이 한 취사 대원에게 물었다.

「한 끼 정도는 충분히 더 해 먹을 수 있겠습니다. 한데 소금이 떨어졌어요. 소금이 좀 있어야겠습니다.」

사람들은 흩어져서 음식을 먹기 시작했다. 나무 위로 쏟아져 내리는 창(槍) 같은 햇빛이 개활지의 땅바닥에도 떨어지고 천막 위로도 떨어졌다. 그 햇빛 때문인지 천막들은 더욱 음침해 보였다. 낡은 고물차들이 줄지어 늘어서 있는 곳에서 런든이 사람들을 모아 놓고 무슨 말을 하고 있었다. 「무슨 일인지 가보자고.」 맥의 제의였다. 그들은 고물차들이 서 있는 곳을 향해 도로 쪽으로 발걸음을 옮겼다. 자동차들의 라디에이터에는 엷게 녹이 슬어 있었고, 몇몇 다 닳아 빠진 타이어들은 바람이 빠져 있었다. 모두 오랫동안 아무도 사용하지 않은 채 버려 둔 것 같은 모습들이었다.

런든이 손을 흔들며 인사를 하였다. 「안녕하쇼, 맥. 짐, 당신은 좀 어떻소?」

「좋아요.」 짐이 말했다.

「나하고 여기 이 사람들, 이 고물 덩어리들을 조사하고 있는 중이오. 어느 차를 내보낼까 살펴보는 거요. 쓸 만한 게 없소이다.」

「몇 대나 내보낼 생각이오?」

「대충 두 대씩 5개조 정도요. 두 대씩 같이 가야 한 차에 문제가 생겨도 다른 차로 사람들을 실어 나를 게 아니겠소.」 런든은 손으로 차들을 가리켰다. 「저 허드슨은 고물이지만 그런대로 쓸 만하오. 그리고 저기 4기통짜리 도지 다섯 대. 저기 고물차들은 바퀴를 떼어 버려도 서지 않고 잘 기어갈 거요. 내 T형 모델 차도 괜찮을 것 같소, 어찌 되었건 나가긴 나가니까 말이오. 그리고 또 보자…… 아, 저, 앞머리가 납작한 차,

저 차 가나?」

한 사람이 앞으로 나섰다. 「물론입니다. 잘 나가죠. 겨울에 저놈을 타고 루이지애나를 쉬지 않고 통과한 적이 있었는데 전혀 열 받지도 않고 산도 다 넘어갔지요.」

그들은 쓸 만한 차를 고르면서 고물차들을 지나갔다. 「이 친구들, 각조의 조장들이오.」 런든이 설명해 주었다. 「한 사람이 차 한 대씩 맡도록 할 작정이오. 그리고 각 조장들이 각각 5, 6명씩을 뽑아 데리고 가도록 하겠소. 믿을 수 있고 싸움 잘하는 듬직한 투사들로 말이오.」

「거 좋은 생각이오.」 맥이 말했다. 「어느 누구도 막지 못할 거요.」

그러자 한 사람이 맥을 향해 고개를 돌렸다. 「물론 막아낼 수가 없죠.」

「기운이 펄펄 넘치시는 모양이오.」

「기회만 줍쇼, 그리고 구경만 하십시오.」

맥이 말했다. 「우린 좀 걸을 작정이오, 런든.」

「그래요? 아 참, 방금 전에 앤더슨 씨 집에 있던 사람들이 돌아왔소. 그들 말에 의하면 앤더슨 씨가 밤새 욕을 퍼붓고는 오늘 아침에도 계속 욕을 해대면서 시내로 갔다고 하오.」

「그래요? 그럴 거라고 짐작은 했소. 앨은 어떻답니까?」

「앨요?」

「그 애, 폭행당한 앤더슨 씨 아들 있잖소.」

「아, 그 친구. 사람들이 들어가서 만나 봤다고 합니다. 그 친군 이쪽으로 오고 싶어 했다는데 데리고 올 수가 없었던 모양이오. 두 사람이 남아서 같이 있다고 하오.」

그러더니 런든은 맥에게 바짝 다가가 다른 사람이 듣지 못

하도록 목소리를 낮추어 말했다.「앤더슨 씨가 어디로 갔다고 생각하시오, 맥?」

「내 생각엔 우리를 고소해서 내쫓으려고 간 것 같소. 어쩌면 지금쯤은 그 헛간도 우리가 불 지른 거라고 주장했을 거요. 잔뜩 겁을 먹고 있으니 저쪽 편과 잘 지내기 위해선 무슨 짓이든 못하겠소?」

「아하, 그렇겠군. 우리가 꼭 여기서 싸워야 되는 거요?」

「내 생각을 말해 보겠소.」맥이 말했다.「우선 첫째로, 놈들이 우릴 협박하기 위해 몇 사람 보낼지도 모르오. 우린 그놈들을 물리쳐야 하는 거요. 그리고 나면 시민들이 폭도가 되어 몰려올 거요. 그때 우리는 우리 사람들이 어떤 상태에 있는지를 살펴봐야 하오. 그렇지 않고 전부 겁에 질려 있으면 도망갈 수 있을 때 빠져나가야 되는 거요.」그는 런든의 어깨를 두드렸다.「만일 그렇게 되면 당신이나 나나 짐은 재빨리 먼 곳까지 내빼야 됩니다. 그 폭도들은 화풀이할 대상을 원할 테고, 그 대상이 누구든 전혀 개의치 않을 것이오.」

런든이 사람들에게 지시를 내렸다.「모든 탱크에서 기름을 빼내 그걸 우리가 고른 차에다 집어넣으시오. 시동을 걸어 봐서 차에 이상이 있는지도 살피시오. 되도록이면 기름을 아끼시오.」그는 뒤로 돌았다.「나도 같이 걷겠소. 그리고 이 점을 분명히 말해 둬야겠소이다. 당신 우리 측 사람들을 어떻게 생각하고 있소? 저 고물차들 가까이에 있는 친구들은 분명 싸울 것이오. 그러면 나머지 사람들은 어떨 것 같소?」

맥이 말했다.「사람들이 어떻게 행동할지 미리 알 수 있으면 내가 위원장 해먹겠소. 하나 몇 가지는 알 수 있소. 피 냄새를 맡으면 사람들 분명 분기탱천할 거요. 아무거나, 고양이든 뭐든 죽이게 하는 거요. 그러면 분명 계속 뭘 죽이고 싶을 테니까 말이오. 만일 싸움이 벌어져 우리 측 사람들 중 누가 먼저 상대방에게 피를 흘리게 하면 모두가 다 싸움을 잘 해낼 거요. 그러나 만일 우리가 먼저 당하면 사람들이 도망치는 건 당연한 일이오.」

「무슨 말인지 알겠소. 한 사람만 데리고 다니면 그자에 대해선 모든 걸 속속들이 아는 게 쉽지만, 똑같은 사람으로 열 사람만 데리고 다녀도 그들이 어떻게 나올지 알 수가 없는 것 같소. 어떻게 해야 할 것 같소? 그냥 지켜보는 수밖에 없는 것 아니오?」

「바로 그거요.」맥이 말했다.「군중에게 익숙해지고 나야 낌새를 미리 알 수 있는 거요. 주변 공기에서 그걸 느낄 수가 있소. 그러나 이제부터 내가 하는 말 잘 기억해 두시오. 만일 우리 편이 깨지면 어디 숨어서 기다려야 하오. 잘 들으시오. 토거스 강 다리 아래에 가면 다 죽은 버드나무로 덮어 놓은 동굴 같은 게 하나 있소. 거기엔 먹을 것도 있고 담요도 있소이다. 도망가 숨을 곳이 바로 거기요. 폭도들이라 해도 한참 동안 미쳐 날뛰지는 않을 것이오. 그런 다음 시내로 가서 센터가 42번지를 찾으시오. 내가 보냈다고 하면 됩니다.」

「라이사하고 애도 어떻게 도망갈 방도가 있었으면 좋겠소. 걔들이 다치는 걸 원치 않소이다.」

둘의 대화에 짐이 끼어들었다.「당신들 마치 뭐라도 당장 일어날 듯이 말하는군요. 아직 아무 일도 일어나지 않았고, 어쩌면 앞으로도 일어나지 않을 겁니다. 앤더슨 씬 그냥 누구 만나러 간 건지도 모르잖아요.」

「내가 방정 떨고 있다는 거 나도 잘 알고 있네.」맥이 미안

하다는 어투로 말했다.「그런 일이 안 일어날지도 모르지. 하나 런든은 우리에게 소중한 친굴세. 우린 이 사람이 필요하네. 물론 여기에 있는 모든 사람이 다 좋은 사람들이고 그들이 죽어 없어지는 것은 원치 않네. 하나 우리에겐 런든이 필요해. 런든만 우리 당에 입당하더라도 이번 파업은 그것대로의 성과를 거둔 셈이네.」

런든의 얼굴에는 기쁨의 표정이 가득했다.「당신은 많은 파업을 겪었다고 했소, 맥. 항상 이런 식으로 일을 처리했소?」

「아니요, 전혀. 그러나 이 지역은 너무 조직이 단단하오. 우리 파업에 동조해서 파업을 일으키는 다른 노동자들이 전혀 없단 말이오. 농장주 놈들은 우릴 여기에 격리시켜 놓고 식량의 반입을 막고 있소. 만일 오늘의 우리 습격자들이 저지당하지만 않는다면 일이 잘 풀릴 거요. 당신 따라나서지 않을 거죠, 런든?」

「그래야겠소. 여태 싸움판에 끼여 본 적이 없어서……」

「내 생각도 당신이 가지 않았으면 좋겠다는 것이오.」맥이 충고 조로 말했다.「여기에서 당신을 필요로 하는 일이 생길지도 모르오. 놈들이 오늘 여길 쑥대밭 만들려고 할 텐데, 만일 당신이 여기에 없으면 사람들이 겁먹고 도망치고 말 거요. 당신은 아직 우리의 대장이오, 런든. 대장은 항상 마지막 순간까지 가장 큰 집단의 중심부를 고수해야 하는 거요. 자, 아까 그 차들을 떠나보냅시다. 밖에는 아직 파업 파괴 노동자들이 많이 있고, 아마 지금쯤 사과를 따고 있을지도 모르오.」

런든은 몸을 돌려 얼른 차들이 세워진 곳으로 달려갔다.「자, 자, 차에 타라고. 차를 움직여.」

조장들은 천막으로 뛰어가 차출된 사람들을 데리고 나왔

다. 그들은 돌멩이와 막대기로 무장을 하였으며, 여기저기 칼을 든 모습들도 보였다. 다른 많은 사람들이 큰 소리로 떠들고 격려를 아끼지 않으며 도로 가장자리까지 따라나섰다.

「놈들을 혼내 줘, 조.」

「박살 내버려.」

엔진의 시동이 걸리면서 차들은 노후한 몸체를 겨우겨우 끌고 나갔다. 선발된 사람들이 차에 오르더니 자리를 잡았다. 그러자 런든이 양손을 들어 사람들을 조용히 시키고 난 뒤 큰 소리로 외쳤다. 「세 팀은 저쪽 길로, 그리고 나머지 두 팀은 이쪽 길로 가라고.」 기어가 저속으로 되었다. 배수구를 건넌 차들이 도로 위에 정렬을 하였다. 선발된 습격 조 대원들이 일어서더니 그들의 모자를 미친 듯이 흔들어 대고, 주먹을 불끈 쥐어 보이고, 몽둥이로 내리치는 시늉을 하였다. 차들이 두 방향으로 나뉘어 천천히 움직이자 천막 숙사에 남겨진 사람들은 그들을 향해 비명 같은 소리들을 꽥꽥 질러 댔다.

그들이 떠나가고 나자 고함 소리가 갑자기 중단되었다. 사람들은 의혹과 불안의 눈을 한 채로 서 있었다. 그들은 내내 도로를 바라보며 차들이 시야에서 사라질 때까지 시선을 떼지 않았다. 맥과 짐, 그리고 런든은 나란히 걸어 천막 숙사로 되돌아왔다.

「저 친구들이 놈들에게 피해를 좀 입혔으면 좋겠는데……..」 맥이 입을 열었다. 「우리한테만 무슨 일이 벌어지고 놈들에겐 아무 일도 일어나지 않는다면 오래 버틸 수 있지. 자, 짐, 그 댄 영감 좀 보러 가자고. 그런 다음 사람들을 모아 앨한테 가보세. 내 확언하건대 앨도 괜찮은 친구야. 격려 좀 해줘야 할 걸세.」

런든이 말했다.「그럼 나는 어디서 물 좀 얻어 봐야겠군. 물통이 바닥을 드러냈소.」

짐은 병원 천막으로 걸음을 옮겼다. 아침 햇살을 받기 위함인지 천막 덮개가 뒤로 묶여 있었고, 그 안에 댄 영감이 햇빛을 한껏 받으며 누워 있는 모습이 보였다. 영감의 얼굴은 파리하고 창백했으며, 볼에는 거무스름하고 두툼한 혈관이 불거져 나와 있었다.「좀 어떠십니까, 영감님?」짐이 물었다.

영감은 힘없는 목소리로 뭔가를 중얼거렸다.

「뭐라고 말씀하셨소?」맥이 허리를 굽혔다.

그러자 댄 영감의 입술이 천천히 움직였다.「난 아무것도 안 먹었어.」

짐이 큰 소리로 말했다.「저런, 제가 좀 갖다 드리겠습니다.」그는 밖으로 나섰다.「맥, 사람들이 돌아오고 있어요.」짐이 크게 외치는 소리였다.

시내 방향에서 네 대의 차가 다가오더니 도로에 멈춰 섰다. 런든이 사람들 사이를 헤집고 달려 나갔다.「도대체 어찌 된 일이야?」

사람들은 아무 말 없이 바라보고 있었다. 맨 앞차의 운전석에 앉아 있던 사내가 바보처럼 웃으며 말을 꺼냈다.「뚫고 나갈 수가 없었어요.」그러더니 다시 미소를 지으며 말을 이었다.「도로에 바리케이드가 쳐져 있었거든요.」

「잘 모르실 겁니다.」그가 침울한 표정을 지으며 다시 입을 열었다.「우리 앞에 두 대가 앞서 갔어요. 바리케이드를 만났죠. 근데 그 뒤에 총을 든 사람들이 스무 명 정도 서 있더군요.」그는 초조한지 침을 꿀꺽 삼켰다.「가슴에 별을 단 자가 나서더니 이렇게 말하더군요. 〈이곳 군에서는 파업 감시 활동을 하는 게 위법이오. 돌아가시오.〉 그래서 우리의 그 고물차 허드슨이 돌아가려고 방향을 틀었는데 그만 배수구에 빠져 뒤집어졌어요. 그 차에 타고 있던 사람들이 다 내동댕이쳐졌죠. 그래서 당신이 말한 대로 그 차에 탔던 사람들이 달려와〈납작코〉차에 탔어요.」옆 좌석에 앉아 비통한 표정을 짓고 있던 사람이 그의 말이 맞는다는 듯 고개를 끄덕였다.

「계속해 보시오.」런든의 목소리는 착 가라앉아 있었다.

「그런 다음엔 납작코 차가 바리케이드를 쓰러뜨리려고 하였죠. 그런데 그때 놈들이 최루탄을 쏘아 대고, 납작코 차의 타이어를 펑크 내버렸어요. 우리 편 사람들이 콜록대기 시작하고, 또 가스를 얼마나 쏴댔는지 앞이 안 보일 지경이었어요. 근데 놈들은 가스 마스크를 쓰고 달려 나온 겁니다. 수갑을 천 개나 준비해 가지고 있었던 것 같습니다.」그는 다시 미소를 지었다.「그래서 돌아온 겁니다. 아무것도 할 수가 없었어요. 돌멩이 하나 던질 틈이 없었지요. 납작코 차에 탔던 사람들 모두 붙잡혔어요. 정말 가스를 그렇게 많이 쏴대는 건 처음 봤습니다.」그는 위를 쳐다보았다.「그러곤 또 다른 무리의 놈들이 다가왔어요.」그는 절망적인 어조로 말했다.「놈들이 도로 양 끝을 다 봉쇄한 것 같습니다.」

사람들 사이에서 묘한 긴 한숨이 새어 나왔다. 일부는 몸을 돌려 천막을 향해 천천히 걸어갔다. 무슨 깊은 생각에라도 잠긴 듯 고개를 푹 숙인 채 미끄러지듯 걸어가는 모습들이었다.

런든이 맥의 얼굴을 바라보았다. 맥은 당황한 기색을 보이며 입을 열었다.「차가 과수원을 통과하여 그쪽 길로 나갈 수 있겠소? 놈들이 모든 길을 다 봉쇄하진 못했을 거요.」

런든이 고개를 가로저었다.「땅이 너무 질잖소. 조금 가다가 금방 차가 진흙 속에 처박힐 거요.」

그러자 맥이 한 차의 발판에 오르더니 큰 소리로 외쳤다. 「여러분, 우리가 뚫고 나갈 수 있는 방법이 하나 있소. 우리 모두가 도로로 전진하여 바리케이드를 쓰러뜨립시다. 놈들이 우릴 막지 못할 거요.」 그는 잠시 말을 멈추고 사람들이 반응을 보이며 흥분하기를 기다렸다. 그러나 사람들은 누가 대꾸해 주길 바라면서 맥에게서 시선을 돌렸다.

마침내 한 사내가 입을 열었다. 「우리는 가지고 싸울 게 아무것도 없소이다. 맨주먹으로 총과 최루탄에 대항할 수는 없는 노릇 아니오. 우리에게도 총을 주시오, 그러면 싸우겠소.」

맥이 성난 어조로 말을 받았다. 「놈들이 우리 친구들을 쏘고, 우리 친구들의 집을 불태웠는데도 당신들은 싸우지 않으려 하고 있소. 또 지금 놈들이 우릴 가둬 놓고 있는데도 당신들은 여전히 싸움을 회피하고 있소. 쥐새끼라도 구석에 몰리면 싸우려고 덤비는데 말이오.」

절망의 기운이 연기처럼 주변의 공기에 착 가라앉아 있었다. 아까 그 사람이 다시 똑같은 말을 반복하였다. 「그래도 맨주먹으로 총과 최루탄에 대항할 순 없어요.」

맥의 목소리는 몹시 격해져 있었다. 「당신과 같은 겁쟁이들, 어디 여섯 사람 나와서 나하고 한번 맨주먹으로 맞붙어 보겠소? 싸워 보겠소?」 그의 입이 격렬하게 움직였다. 「자기 자신을 도울 수 있도록 하시오. 자신을 위해 뭔가를 해야 하는 거요…….」 그의 목소리는 절규에 가까왔다.

런든이 얼른 다가가 맥을 발판에서 확 끌어내렸다. 맥의 눈에는 흥분이 가득했다. 그는 런든의 손을 뿌리치려고 이리저리 몸을 흔들었다. 「내가 저 겁쟁이들을 다 죽여 버리고 말겠어.」 맥이 소리를 빽 질렀다.

 짐도 맥의 팔을 잡았다. 「맥, 맥, 제발…… 당신이 지금 무슨 말 했는지 아세요?」 짐과 런든은 양쪽에서 감싸 잡고 멋쩍게 땅바닥에 눈을 내리깔고 있는 사람들 사이를 빠져나왔다. 사람들은 나지막한 소리로 얘기를 주고받았다. 「아무리 그렇더라도 맨주먹으로 총과 최루탄을 당해 낼 수는 없는 거 아냐?」

 습격 조의 대원들도 묵묵히 차에서 내려와서는 차들을 도로에 그대로 세워 둔 채 사람들 사이로 흩어졌다.

 맥의 몸은 축 늘어진 상태였다. 런든의 천막으로 이끌려 들어온 그는 침대요 위에 앉혔다. 짐은 헝겊 조각을 물 양동이에 넣어 물에 적신 다음 맥의 얼굴을 닦아 주려고 하였다. 그러나 맥이 그 헝겊 조각을 뺏어서는 스스로 얼굴을 닦았다. 「괜찮네.」 차분한 목소리였다. 「난 아주 쓸모가 없는 존재야. 당에서 나 같은 사람은 쫓아내야 돼. 내 정신이 아니었지.」

「잠을 못 자서 얼이 빠지신 거죠.」

「나도 알고 있네. 그러나 꼭 그런 건 아니네. 사람들이 자기 스스로를 도우려 하지 않아. 옛날에 나는 기관총알이 비 오듯 쏟아지는 곳을 맨주먹으로 뚫고 나가는 사람들을 보아 왔네. 그런데 오늘 이 친구들은 젖비린내 나는 대리 보안관들 몇 명하고도 싸우려 들지를 않으니……. 죽을까 봐 겁들을 내고 있는 거라고. 짐, 나도 그들보다 나은 건 없지. 차분히 생각을 했어야 되는 건데 말이야……. 그 발판에 올라섰을 때 난 사람들 기운 좀 돋워 주려 했단 말일세. 그런데 그 빌어먹을 겁쟁이 자식이 나를 화나게 만든 거라고. 하지만 나한텐 흥분할 권한이 없네. 당에서 나를 축출하려고 할 거야.」

 런든이 맥의 말에 공감을 하고 나섰다. 「나라도 흥분했을 거요.」

맥은 자신의 손가락들을 하나하나 조심스럽게 쳐다보면서 비통하게 말을 내뱉었다.「도망가고 싶네. 어디 건초 가리 같은 데 기어들어가 잠이나 자고 싶다고. 이자들은 모두 될 대로 되라고 해.」

짐이 말을 꺼냈다.「좀 쉬고 나면 다시 기운을 차릴 수 있을 겁니다. 드러누워서 잠 좀 청하세요, 맥. 당신이 필요한 상황이 벌어지면 깨울 테니까요. 그렇게 할 거죠, 런든?」

「물론이지. 자, 쭉 드러누우시오. 지금은 당신이 할 일이 아무것도 없으니……. 내 나가서 각 조장들하고 얘기 좀 해봐야겠소. 아마 괜찮은 사람 몇 사람 골라 그놈의 바리케이드를 깨부술 수도 있을 거요.」

「암만해도 우리가 진 것 같소.」맥이 입을 열었다.「시작하기도 전에 다 주눅이 들었단 말이오.」그는 요 위에 누웠다.「이 사람들에게 필요한 건 피요. 군중은 뭔가를 죽여야 직성들이 풀리는데…… 제기랄, 출발부터 엉망이었던 것 같소.」그는 눈을 감았다가 갑자기 다시 눈을 떴다.「잠깐. 놈들이, 보안관이든 누구든, 조만간 이리로 올지도 모르겠소. 그땐 나를 깨우시오. 놈들이 무슨 짓거리든 함부로 하지 못하게 하시오. 정말 나를 깨워야 하오.」그는 고양이처럼 몸을 쭉 펴더니 양손을 깍지 껴서 머리 위에 올려놓았다. 그의 숨소리가 규칙적으로 들리기 시작했다.

태양이 천막 벽면으로 버팀 밧줄의 그림자를 던져 주었고, 열린 입구 쪽 발자국이 어지럽게 널려 있는 땅 위로는 한 줄기 햇살이 사뿐히 내리비치고 있었다. 짐과 런든은 아무 말 없이 밖으로 나왔다. 런든이 말을 꺼냈다.「불쌍한 사람 같으니…… 잠 좀 자야 해. 그렇게 오랫동안 잠 안 자는 사람은 처음 봤네. 경찰들이 잠 못 자게 하는 고문을 하면 그 고문 받는 사람이 미쳐 버린다는 얘기를 들은 적이 있지…….」

「깨어나면 좀 달라지겠지요.」 짐이 말했다. 「이런, 제기, 댄 영감한테 먹을 거 가져다준다고 했다가…… 그놈의 차가 오는 바람에 잊어버렸네. 지금이라도 가봐야겠군요.」

「나는 라이사가 어떻게 하고 있는지 가봐야겠네. 어쩌면 개가 그 늙은 영감을 돌보는 게 더 좋을지 모르겠군.」

짐은 난롯가에 걸어가 그릇에 콩을 좀 퍼 담은 뒤 병원 천막으로 들고 갔다. 사람들은 아무 하는 일 없이 주변을 서성이며 군데군데 모여 있었다. 짐은 병원 천막을 들여다보았다. 햇빛을 받아 밝게 비치던 삼각형 모양이 이제는 점점 줄어들어 침대를 벗어나 있었다. 댄 영감의 눈은 감겨 있었고, 그의 숨소리는 나지막이 새근거리는 소리로 들려왔다. 곰팡내 같기도 한, 야릇하면서도 불쾌한 냄새가 천막 안에 가득했다. 서서히 죽어 가는 울혈된 몸에서 나오는 숨 냄새였다. 짐은 침대 위로 허리를 굽혔다. 「영감님, 먹을 것을 가져왔습니다.」

댄 영감이 천천히 눈을 떴다. 「아무것도 먹고 싶지 않아. 씹을 힘도 없어.」

「그래도 드셔야죠. 좀 드셔야 기운을 차릴 수 있죠. 자, 베개를 좀 받치세요. 제가 떠먹여 드릴게요.」

「기운 차려서 뭐 하게?」 영감의 목소리는 완전히 지쳐 있었다. 「그냥 이대로 누워 있고 싶네. 나는 제일가는 벌목꾼이었지.」 다시 영감의 눈이 감겼다. 「자, 나무를 타고 오르라고. 쭉, 쭉, 올라가. 그러면 작은 나무들을 이모작 나무든 삼모작 나무든, 다 보인다고. 그런 다음에 안전벨트를 고정시켜.」 영감은 깊은 숨을 내쉬었다. 입은 계속해서 중얼거리듯 움직였다. 햇빛이 비치던 곳에 그림자 하나가 들어섰다. 짐은 눈을 들어 올려다보았다.

라이사가 어깨에 걸치는 담요로 아이를 안고 천막 문가에 서 있었다. 「아이 보는 일 같은 거, 많이 해봤어요. 아버님이 여기로 와서 노인네 한 분 돌봐 주라고 하시던데요.」

「쉬잇……」 짐이 몸을 일으키자 라이사는 몰골이 다 드러난 댄 영감의 얼굴을 볼 수가 있었다.

그녀는 발소리를 죽이며 걸어 들어와 다른 침대 위에 걸터앉았다. 「잘 모르겠어요. 어떻게 해야 되지요?」

「다른 일은 아무것도 없고 그냥 곁에 있어 주면 됩니다.」

「이런 일 정말 싫어요. 냄새가 나잖아요. 무슨 냄샌지 잘 알고 있단 말이에요.」 그녀는 몸을 휙 돌리더니 아이가 냄새를 맡지 못하도록 아이의 둥근 얼굴을 덮어 버렸다.

「쉬이…… 곧 좋아질 겁니다.」

「그래도 냄새는 계속 날 거예요. 무슨 냄샌지 안단 말이에요. 벌써 몸의 어떤 부분은 죽어서 썩고 있는 거라고요.」

「불쌍한 영감 같으니!」 짐이 내뱉었다.

그 말속의 무언가가 라이사의 마음을 건드렸다. 그녀의 눈은 눈물로 촉촉이 젖어 있었다. 「알겠어요. 여기 있겠어요. 전에도 저런 사람 본 적이 있어요. 아무런 해도 없다는 거, 잘 알아요.」

짐이 그녀 곁에 앉았다. 「당신 곁에 있고 싶었어요.」 짐이 부드러운 목소리로 말했다.

「이러시지 마세요.」

「아니요, 아무 짓도 안 할 겁니다. 걱정 마세요. 그냥, 당신 곁에 있으면 따뜻함을 느낄 수 있는데 왜 그런 건지 궁금했을 뿐이에요.」

「차가운 사람은 아니죠.」

그는 고개를 돌렸다.「당신하고 얘기하고 싶었어요, 라이사. 당신은 이해하지 못할 겁니다. 뭐 그렇다고 그렇게 중요한 것은 아니고요. 모든 게 다 허망하게 사라지고 밀려 떠내려가고 있어요. 그리고 이번 파업은 전체의 작은 한 부분에 지나지 않아요. 이 파업이 모든 게 아니에요, 라이사. 그리고 당신과 나도 전체 속에선 별것 아닌 존재들이죠. 아시겠어요, 라이사? 나는 나 자신에게 얘기하고 있는 겁니다. 당신이 듣고 있으니까 이해가 더 잘되는 거죠. 내가 무슨 말을 하고 있는지, 당신 모르시겠죠?」

그는 그녀의 목 주위가 빨갛게 물들고 있는 것을 보았다. 그녀가 입을 열었다.「저한텐 아기가 있어요. 게다가 전 그런 종류의 헤픈 여자가 아니에요.」그녀는 수치심이 가득한 눈을 치켜떴다.「그런 식으로 말씀하시지 마세요. 그런 투로 말하는 거 싫어요. 당신도 아시겠지만 전 그런 종류의 여자가 아니에요.」짐은 손을 뻗어 그녀를 달래려 하였지만 라이사는 몸을 움츠리며 말했다.「안 돼요.」

짐이 벌떡 일어섰다.「그 영감님, 잘 돌봐 주세요. 아시죠? 탁자 위에 물하고 숟가락이 있어요. 가끔 조금씩 떠먹여 주시고요.」그때 밖에서 사람들의 목소리가 소란스럽게 들려왔고 짐은 고개를 들어 무슨 소린지 귀를 기울였다. 소리가 점점 더 커졌다. 잠시 후 웅웅거리는 사람들 소리 위로 열변을 토하는 듯한 목소리가 하나 들려왔다. 몹시 격하게 커졌다 작아졌다 하는 목소리였다.「가봐야겠습니다. 영감님 좀 잘 돌봐 주세요.」 짐은 서둘러 밖으로 나갔다.

난롯가에 사람들이 어떤 물체를 가운데 두고 둘러싼 모양으로 모여 있었다. 모두의 얼굴이 다 안쪽을 주시하고 있는 모습이었다. 그 격한 목소리는 중앙에서 들려온 것이었다. 짐이 지켜보고 있는 사이에 사람들은 옆쪽으로 움직이더니 조이의 시신을 올려놓기 위해 세워 놓은 작은 연단을 향해 걸어갔다. 군중이 연단에 다가가서 그 주위를 빙 둘러싸자 한 사람이 튀어나와 연단 위에 올라섰다. 짐도 그쪽으로 달려 나갔다. 이제는 모든 것을 잘 볼 수가 있었다. 그 사람은 음울하고 험악한 인상의 버크였다. 그의 손이 이리저리 움직이더니 울부짖는 그의 목소리가 군중 머리 위로 울려 퍼졌다. 런든도 도로 쪽에서 달려오고 있었다.

버크는 난간을 잡고 외쳐 댔다. 「저기 그 사람이 오고 있습니다. 자, 다들 보십시오. 저 사람이 우리의 모든 걸 망쳐 놓은 사람입니다. 그가 한 일이 대체 뭡니까? 우리가 비를 맞고, 돼지도 먹지 않는 쓰레기를 먹으며 지내는 동안 저 사람은 자기 천막에 앉아 복숭아 통조림이나 먹고 있었습니다.」

런든의 입이 놀라움으로 딱 벌어졌다. 「대체 여기서 무슨 짓을 하고 있는 건가?」 그가 소리를 질렀다.

버크가 난간 위로 몸을 굽혔다. 「무슨 일인지 말해 주겠소이다. 우리는 진정한 지도자를 뽑기로 결정했수다. 우리는 통조림 한 짐 받아먹고 우리를 배반하는, 그런 사람은 필요 없다고 결정 내렸소이다.」

런든의 얼굴이 창백해지면서 어깨가 축 처졌다. 커다란 포효 소리와 함께 그는 아무런 저항도 않는 사람들을 옆으로 밀치면서 그 속으로 파고들어 갔다. 연단에 다다른 그는 난간을 잡았다. 몸을 날려 뛰어오르려는 순간 버크가 그의 머리를 발로 찼다. 그러나 그의 발은 머리를 빗나간 대신 어깨를 강타하였고, 런든은 한쪽 손을 난간에서 떨어뜨렸다. 런든이 다시 괴성을 질렀다. 그는 난간 바로 아래에 서 있었다. 버크가 다시 그의 얼굴을 찼으나 또다시 빗나가고 말았다. 그러자 커다란 몸집의 런든이 무서운 속도로 그의 왼쪽 주먹을 날렸고, 버크가 그 주먹을 피하자 이번에는 오른쪽 주먹이 날더니 버크의 턱 한쪽 옆 주둥이를 강타하였다. 버크는 뒤로 나가떨어졌다. 그의 머리가 난간 끝에 걸렸다. 으스러진 턱은 옆으로 기울어져 있었고 부러진 이빨들이 입술 사이에 다 빠져 버릴 듯이 걸려 있었다. 입에서 흘러나온 가느다란 핏줄기가 코와 눈을 따라 흐르더니 머리카락 사이로 사라졌다.

런든은 숨을 헐떡이며 버크를 내려다보고 서 있었다. 그는 천천히 고개를 들어 올렸다. 「내가 배신했다고 생각하는 놈 있으면 또 나와 봐.」

근처에 있던 사람들은 무엇에 홀린 듯이 난간에 걸려 있는 버크의 머리를 바라보았다. 연단 반대쪽에 있던 사람들은 구경을 하기 위해 서로 떼밀고 밀쳤으며, 발끝으로 서서 버크의 얼굴을 내다보았다. 그들의 눈이 분노로 이글거렸다. 한 사람이 말했다. 「턱을 박살 냈구먼. 머리에서 피가 나오고 있어.」 또 다른 날카로운 외침 소리도 들려왔다. 「죽여 버리시오. 그놈 대갈통을 바스러뜨리라고요.」

여자들도 사람들 사이를 뚫고 몰려나오더니 버크의 머리를 무표정한 얼굴로 바라보았다. 모여든 사람들 사이에서 힘에 겨운 듯 헐떡이는 둔중한 숨소리가 새어 나왔다. 모두의 눈이 이글거렸다. 런든은 여전히 가쁜 숨을 몰아쉬며 곤혹스러운 표정으로 서 있었다. 그는 자신의 주먹, 갈라져서 피가 흐르는 손가락 관절을 내려다보았다. 그러고는 누구 좀 도와달라는 듯한 표정으로 사람들을 내려다보다가 바깥쪽에 짐이 서 있는 모습을 발견하였다. 짐이 두 손을 꼭 쥔 채 머리 위로 흔들어 보였다. 그런 다음 그는 손가락으로 차들이 서 있는 도로 쪽을 가리키고, 다음에는 도로 아래쪽을, 그러곤 또다시 차들이 서 있는 쪽을 가리켰다. 런든은 으르렁거리는 사람들을 돌아다보았다. 이제 그의 얼굴에서 곤혹스러운 빛은 완전히 사라졌으며, 대신 험악한 표정이 찾아들었다. 「여러분, 내가 한 일이 아무것도 없다고요? 그렇다면 그건 여러분이 나를 도와주지 않았기 때문이오. 그러나 지금, 여러분은 나를 도울 태세가 되어 있소이다! 그 어느 것도 우리를 막지 못할 거요.」 목청 깊숙한 곳에서 우러나오는 긴, 짐승들의 포효 소리 같은 함성이 일어났다. 런든이 그의 손을 치켜들었다. 「자, 나를 따라 저 바리케이드를 박살 내지 않겠소?」 사람들은 금방 바뀌었다. 모두가 홀린 듯한 눈빛이었다. 물결치듯 서서히 움직이면서 하나로 뭉쳐 갔다. 그 외로운 사람들에게서 더 이상의 외로운 외침 소리는 들리지 않게 되었다. 그들은 모두 똑같은 표정으로 함께 움직였다. 많은 목청에서 터져 나오는 고함 소리가 이제는 하나의 목소리로 바뀌었다.

런든이 큰 소리로 외쳐 댔다. 「당신들은 차를 가져오시오. 자, 자, 나머지 당신들, 따라오시오. 자, 따라오시오.」 그는 연단에서 펄쩍 뛰어내리고는 사람들을 헤치고 나가 군중의 선두에 섰다. 차들도 신속하게 움직였다. 사람들은 도로로 쏟아져 나갔다. 이제는 더 이상 풀어지고 굼뜬 모습들이 아니었다. 사람들은 신속하고 말 없는, 섬뜩할 정도로 기민한 하나의 기계로 변하였다. 사람들은 통제와 지시를 받으면서 종종 걸음으로 도로를 휩쓸고 지나갔다. 그리고 그 뒤를 차들이 천천히 따라가고 있었다.

짐은 그 출발을 지켜보고 있었다. 그는 큰 소리로 자기 자신에게 지시를 내렸다. 「잡혀선 안 돼, 붙잡혀선 안 된다고. 잡히지 않도록 해. 머리를 쓰란 말이야.」

대부분의 여자들도 남자들을 따라 달려가고 있었다. 그러나 뒤에 남은 몇몇 여자들은 이상한 눈으로 짐을 쳐다보았다. 무시무시한 기계를 쫓아 도로를 응시하고 있는 그의 눈도 마찬가지로 무엇에 홀린 듯한 눈빛을 내보이고 있었기 때문이다. 사람들이 눈에 안 보이게 되자 짐은 바르르 몸을 떨며 숨을 내쉬었고 천천히 몸을 돌렸다. 그는 손을 올려 다친 어깨 부위로 가져가더니 통증을 죽이려고 그곳을 꽉 눌렀다. 그는 천천히 런든의 천막으로 들어가 말없이 상자 위에 앉았다.

맥이 거의 감긴 눈으로 짐을 바라보았다. 가늘게 빛나는 눈빛만이 그가 깨어 있음을 보여 주었다. 「내가 얼마나 잤나, 짐?」

「별로 안 잤어요. 아직 정오가 안 된 것 같아요. 거의 다 되긴 했지만······.」

「꿈은 많이 꿨지만, 참 잘 잤네. 이젠 일어나야겠군.」

「좀 더 자두는 게 좋으실 것 같은데요.」

「뭐 하려고? 충분히 쉬었어.」 그는 눈을 크게 떴다. 「꺼칠꺼칠한 느낌이 다 사라졌어. 너무 피곤하니까 잠도 잘 안 와. 꿈도 뒤숭숭하더군.」

「더 자두는 게 좋을 거예요.」

「됐네.」 그는 일어나 앉으며 기지개를 켰다. 「내가 자는 동안 무슨 일 없었나? 밖이 너무 조용한데······.」

「많은 일이 벌어졌어요. 버크가 런든을 발로 차려고 했어요. 런든이 그 친굴 후려갈겼지요. 거의 초주검으로 만들었다고요. 아 참! 버크를 그냥 놔두고 왔어요.」 그는 달려 나가더니 천막 뒤를 돌아 연단 쪽을 바라보았다. 그러고는 다시 천막으로 돌아왔다. 「누가 데려간 모양이에요.」

맥이 몸을 일으켜 세우며 흥미롭다는 표정을 지었다. 「얘기 좀 해보게.」

「사람들, 피를 보니까 모두가 제정신들이 아니더군요. 런든이 그 사람들을 데리고 바리케이드를 깨부수러 갔어요.」

맥이 소리를 질렀다. 「내가 말하지 않던가? 피를 봐야 한다고. 그래야 움직이게 되는 거야. 내가 말한 대로야. 그리고, 그래서?」

「사람들은 지금 바리케이드 쪽에 있을 겁니다. 맥, 당신도 그 광경을 보았어야 하는데...... 모두가 다 사라지더니 한 마리의 커다란 짐승이 되어 길을 메우며 내려가더라고요. 바로 한 마리 짐승이었어요. 나도 따라갈 뻔했지요. 따라가고 싶었지만 〈너는 안 돼. 너는 머리를 써야 한다고〉, 이런 생각이 들데요.」

「그래!」 맥이 말했다. 「사람들은 군중이 아무 쓸모 없다고 생각하지만 나는 많이 봤어. 내 자네한테 말하는 건데, 뭔가 할 게 있는 군중은 잘 훈련된 군인들만큼이나 효율적이라고. 다루기가 좀 힘들긴 하지만 말이야. 분명히 그 바리케이드를 쓰러뜨릴 걸세. 그리고 그런 다음엔 어떻게 될 것 같은가? 분명 그 열기가 식기 전에 뭔가 다른 일을 하려고 할 거라고.」 그는 계속 말을 이었다. 「그래, 맞아. 자네가 말한 대로지. 그건 한 마리 거대한 짐승이야. 그 속에 있는 사람들하고는 다른 존재지. 그리고 모든 사람을 한데 모아 놓은 것보다 힘도 더 세다고. 그 동물은 일반 사람들이 원하는 것은 원하지도 않아. 그래, 닥이 말한 것하고 똑같은 거지. 그리고 그 짐승이 무슨 짓을 저지를지는 알 수가 없는 것이고 말이야.」

「그 바리케이드를 박살 낼 겁니다.」 짐이 말했다.

「내가 한 말은 그 뜻이 아닐세. 그 짐승은 바리케이드 같은 건 쳐다도 안 볼 거야. 원하는 게 뭔지는 나도 모르겠네. 문제는 말이야, 인간을 연구한다는 작자들이 항상 그 짐승을 사람이라고 생각한다는 점이지. 그건 사람이 아니네. 인간과는 다른 존재의 동물이지. 개가 인간하고 다르듯이 그 짐승도 인간과 다른 거라고. 짐, 우리가 그 짐승을 이용할 수 있으면 참 좋겠는데 말이야. 그런데 우리도 잘 알지 못하지……. 이제 그렇게 시작했으니 뭔가를 하긴 하겠지…….」 맥의 얼굴에는 활기와 흥분이 가득했지만 두려움도 다소 있는 것 같았다.

「잠깐요, 무슨 소리가 나는 것 같은데…….」 짐은 입구로 달려 나갔다. 「사람들이 돌아오고 있어요. 근데 아까와는 다른 모습이에요. 다들 퍼져 있어요, 아까하곤 달라요.」 짐의 말이었다.

맥이 짐 곁에 가서 섰다. 도로에는 돌아오는 사람들로 꽉 차 있었다. 선두에는 런든이 서 있었으며, 그는 무거운 발걸음을 바삐 내디디며 맥과 짐을 향해 걸어오고 있었다. 거의 근처까지 왔을 때 런든이 큰 소리로 외쳤다. 「천막으로 돌아가시오, 천막으로 돌아가.」

「무슨 소리죠?」 짐이 물었다. 그러자 맥이 짐을 끌고 안으로 들어가더니 천막 덮개를 묶어 놓았던 줄을 풀고 덮개를 내려 버렸다.

「저 친구가 알아서 할 걸세. 조용히 하고 런든이 처리하도록 내버려 두자고. 무슨 일이 벌어지든지 밖으로 나가서는 안 되네.」

땅바닥을 구르는 무수한 발소리와 외쳐 대는 고함 소리가 들려왔다. 곧이어 땅딸막한 런든의 검은 그림자가 천막으로 비치면서 그가 내지르는 고함 소리가 들렸다.「자, 이제 진정들 하시오.」

「누가 겁쟁이인지 가려야 할 것 아니오!」

런든이 다시 소리를 질렀다.「그런 얘길 들었기 때문에 화들이 났다는 건 잘 알겠소. 그러나 이제 그만 가서 한 잔씩 하면서 마음을 좀 차분히 가라앉히시오. 여러분, 정말 잘해 주었소. 그렇다고 내 친구한테 손을 대서는 안 되는 거요. 그 사람은 당신들 친구이기도 하잖소. 내 당신들한테 말하지만, 그 친구 거의 녹초가 될 때까지 당신들을 위해서 일하고 있단 말이오.」

곧이어 천막 안의 맥과 짐은 살기가 변하고 부서져서 1백 개의 소란스러운 외침으로 사라지는 것을 느꼈다.「우리도 그건 압니다, 런든.」

「그래요, 하지만 그 친구가 우릴 겁쟁이라고 불렀단 말입니다.」

맥은 깊이 한숨을 내쉬었다.「큰일 날 뻔했네, 짐. 정말 큰일 날 뻔했어.」우람한 런든의 그림자는 아직 천막 벽면에 걸려 있었지만 흥분된 많은 목소리들은 살기를 띤 채 여기저기로 흩어졌다.

런든은 자신이 하고 싶은 얘기를 꺼냈다.「여러분 가운데 내가 복숭아 통조림을 가졌다고 생각하는 사람 있으면 안에 들어가서 한번 찾아봅시다.」

「에이, 아닙니다, 런든. 우린 그렇게 생각 안 합니다.」

「그 빌어먹을 놈의 버크 자식이 그런 거죠.」

「그놈이 런든, 당신을 헐뜯은 거라고요. 그놈이 한 말을 내가 다 들었었죠.」

「그렇담, 다들 비키시오. 난 할 일이 있소.」 런든의 그림자는 여전히 천막에 걸려 있었고 사람들의 목소리는 작아지면서 천막 주변에서 멀어져 갔다. 런든이 덮개를 열고 피곤에 지친 모습으로 안으로 들어섰다.

「고맙소.」 맥이 말했다. 「정말 얼마나 조마조마했는지 모를 거요. 잘 처리해 주었소, 런든. 정말이오, 이건.」

런든이 맥의 말을 받았다. 「나도 겁났소이다. 내가 이런 말 한다고 나를 더 나쁘게 생각은 마시오. 실은 나도 돌아오는 중에는 당신을 죽이고 싶다는 생각까지 했소.」 그가 씩 웃었다. 「왜 그랬는지 모르겠소이다.」

「다른 사람들도 다 무슨 이유가 있는 건 아니겠죠.」 맥이 말했다. 「그건 그렇다 치고, 무슨 일이 있었는지 얘기 좀 해주시오.」

「놈들을 밀어 버렸소. 언제 바리케이드가 있었다는 듯이 밀고 들어갔소이다. 물론 놈들이 최루탄을 쏘는 바람에 몇 사람이 콜록대기는 했지만, 그 햇병아리 보안관들 꼼짝 못 했소. 일부는, 아니 내 추측으로는 대부분이 달아나 버린 것 같소이다. 하나 남은 자식들은 치즈 조각처럼 박살을 내버렸소. 우리 편 사람들 대단히 격분해 있었던 모양이오.」

「총을 쏘지는 않았소?」

「쏘지 않았소. 총을 쏠 시간이 없었지. 놈들이 총을 쐈다면 아마 우린 멈췄을 거요. 몇 놈은 총을 쏘고 싶었겠지만 대부분이 그러고 싶지 않았던 것 같소. 그래 우리가 밀고 들어가 그 바리케이드를 박살 내버린 거요.」

「차들도 갔었소?」

「물론이오. 멋대로 날뛰는 사람들을 실은 채 여덟 대가 돌진해 나갔소이다.」

「놈들을 죽이지는 않았소?」 맥이 계속 질문을 던졌다.

「허? 놈들을 죽였냐고? 그건 모르겠소. 난 보지도 않았으니 말이오. 아마 죽였을 거요, 죽였을지도 모르겠소. 분명 기관총이라 하더라도 우릴 막진 못했을 거요.」

「정말 잘하셨소.」 맥의 말이었다. 「우리가 원할 때 열기를 피우고 일이 다 끝났을 땐 그 열기를 식힐 수만 있다면 우린 당장 내일이라도 혁명을 완수할 수 있을 것이오. 내일 밤, 온 천지에 말이오. 사람들 정말 빨리도 해치웠소.」

「그 뜀박질 덕분에 그렇게 된 걸 거요.」 런든이 말했다. 「거의 2킬로미터를 뛰었으니……. 돌아올 때는 거의 다 숨이 차서 헐떡이더군. 난 토할 것 같더니만. 달리기에 익숙지 않아서 말이오.」

「무슨 얘긴지 알겠소. 그러나 그게 꼭 뜀박질 때문만은 아닐 거요. 사람들 속을 뒤집히게 한 그 무엇이 있었을 것이오. 아마 많은 사람들이 금방 아침을 못 먹을 게 분명하오.」

런든은 그제야 짐을 발견하기라도 한 듯 짐에게로 걸어가더니 손바닥으로 짐의 등을 탁 때렸다. 「자네가 큰일 해줬어, 짐. 내가 버크를 때려눕히고 서 있었을 때 난 어떻게 해야 할지 몰랐었다고. 아마 연단을 둘러싸고 있던 그 사람들도 그랬을 걸세. 그 사람들, 나든 누구든, 아무나 잡아먹으려 했을걸.

근데 그때 내가 자네를 본 거야. 자네가 손짓하는 걸 보고 어떻게 해야 하는지 알게 된 거라고.」

짐의 얼굴에서 기쁨의 빛이 환하게 피어올랐다. 「다친 어깨 때문에 많은 도움이 못 됐잖아요. 그런데 그때 맥이 피를 보면 사람들이 분발하게 된다고 한 말이 생각났어요. 맥, 그런 말 한 것 기억나죠?」

「물론 기억나지. 그러나 거기서 그때 내가 그런 생각을 할 수 있었을지는 확신을 할 수가 없네. 자네가 어떻게 그런 생각을 하게 됐는지 모르겠군, 짐. 자네를 빼놓고는 모든 사람이 다 제정신이 아니었거든. 자네 아버님 말이야, 왜 머리는 쓸 줄 모르고 아는 거라고는 싸움밖에 없었다고 했잖나. 그런데 자네가 어디서 그 머리 쓰는 법과 덤비지 않는 법을 배웠는지 모르겠네.」

「때론 나도 쓸모가 있어야지요.」 짐이 말했다. 「당신 말대로 제 아버님은 그랬어요. 하나 어머님은 너무 냉정하신 분이라 당신이 그분 곁에 있었으면 아마 벌벌 떨었을 거예요.」

런든이 옆구리에 대고 있던 자신의 손을 구부리더니 짓뭉개진 손가락 관절들을 놀란 눈으로 바라보았다. 「이런 제기! 이것 좀 보라고!」

「정말 단단히 일격을 가하신 모양이오.」 맥의 말이었다.

「그 버크 자식을 후려치다 그랬구먼. 그런데 짐, 그놈 어떻게 됐소? 내 그놈 때릴 때 대갈통을 박살 낸 것 같은데 말이오.」

짐이 말했다. 「모르겠습니다. 누가 연단에서 끌고 데려간 모양이던데요.」

「가서 좀 봐야겠군.」 런든이 말했다. 「지금까지 손이 이렇게 된 줄도 모르고 있었으니 우습군.」

「짐승과 어울리다 보면 아무것도 느끼지 못하는 거요.」 맥이 말했다.

「짐승이라니, 무슨?」

「아, 아니오. 농담이오. 가서 버크를 만나 보겠다니, 참 좋은 생각이오. 그리고 사람들 기분이 어떤지도 좀 살펴보시오. 내 생각엔 지금쯤 아마 확고한 생각들을 하고 있을 것 같소.」

「난 이제 더 이상 그 사람들 믿지 않소. 그들이 무슨 짓을 할지 더 이상 알 수도 없고 말이오. 그 바리케이드 뒤쪽에 있지 않은 게 천만다행이오.」

「어쨌건, 이 천막 앞에서 당신이 막아 준 거, 정말 고마웠소. 그렇지 않았더라면 지금쯤 짐하고 나는 교수당해 나무에 매달려 있었을 거요.」

「정말 아슬아슬했소이다. 정말로…….」 런든의 말이었다. 그는 천막 덮개를 주섬주섬 모아 한데 묶었다. 태양은 자오선을 넘어섰는지 이제는 천막 안으로 그 빛을 던져 주지 못했다. 맥과 짐은 런든이 걸어 나가는 모습을 지켜보더니 서로의 얼굴을 다시 한번 쳐다보았다. 곧이어 맥은 침대요 위에 펄썩 주저앉았다. 짐이 그를 바라보자 맥이 입을 열었다. 「자네, 또 날 비난할 일이 있나?」

「아뇨, 그게 아니라…… 이제 우리 편 사람들을 잘 동원시켜 놓고 보니 전보다도 더 패배의 위험성이 큰 것 같다는 생각이 들어서요. 맥, 우린 여기에 뭔가를 하러 왔는데 혹 모든 걸 뒤죽박죽으로 만들어 놓은 건 아닐까요?」

맥이 신랄한 어조로 말했다. 「자네는 우리 자신을 너무 중요시하고, 또 이번 파업도 너무 중요시하는 것 같군. 일이 지금 실패로 끝나 버린다 해도 보람은 있는 거야. 많은 사람들이 여태까지는 뭐 고귀한 미국 노동자들이 어떻고, 자본과 노동의 협력이 어떻고 하는 개똥 같은 소리들을 믿고 있었지만 지금은 달라졌네. 이제는 자본가들이 노동자들을 얼마큼 생각하고 있으며, 개미 무리 같은 노동자들을 자본가들이 얼마큼 신속하게 독살할 수 있는지, 다 안단 말이야. 우린 그들에게 두 가지 것을 보여 주는 거지. 그들이 누구이며, 그들이 무슨 일을 해야 하는지, 이 두 가지 사실을 말이야. 그리고 아까 있었던 그 작은 소동이 그들이 할 수 있는 일이 뭔가를 그들에게 보여 준 셈이지. 샌프란시스코의 파업 사건이 샘에게 어떤 영향을 미쳤는지 기억하나? 여기 있는 사람들 모두 다 샘하고 비슷하게 될 걸세. 분명한 사실이야, 이건.」

「이 사람들이 그런 사실을 알 만큼 머리가 좋다고 생각하는 겁니까, 그럼?」

「머리가 아닐세, 짐. 머리는 소용없네. 이 일이 다 끝난 후엔 사람들 마음속으로 저절로 배어드는 거지. 머리로 생각하지 않아도 알게 되는 거라고.」

「그러면 이젠 어떤 일이 일어날 거라고 생각하는 거죠?」

맥은 손가락 하나로 자신의 앞니들을 쓱쓱 문질렀다. 「내 생각엔 놈들이 우릴 여기서 밀어낼 것 같네, 짐. 어쩌면 오늘 오후, 아니면 오늘 밤에 말이야.」

「도대체 무슨 생각을 하고 계신 거예요? 피하자는 겁니까, 아니면 싸우자는 겁니까?」

「사람들로 하여금 싸우게 할 수 있다면, 싸워야지. 만일 사람들이 내뺀다면 그들도 기분은 안 좋을 걸세. 하나 만일 싸운다면 두들겨 맞더라도 계속 싸울 거야. 거기에 보람이 있는 거라고.」

짐이 한쪽 무릎을 꿇고 앉았다. 「그러나 만일 놈들이 총을 쏘면 우리 편 사람들이 많이 죽게 되잖아요.」

맥의 눈이 가늘어지더니 싸늘한 빛을 내뿜었다. 「우리는 그 반대 면을 봐야 하네, 짐. 놈들이 우리 편 사람들을 죽이면 어떡하냐고? 그러면 우리가 유리해지는 거야. 놈들이 우리 편을 한 명 죽일 때마다 열 명이 우리 편으로 넘어오게 될 텐데, 뭐가 걱정이야. 그 사실이 전국에 퍼지면 그걸 들은 사람들이 다 분노할 걸세. 반쯤 열이 올라 있던 사람들이 머리끝까지 열을 받는 거라고, 안 그렇겠나? 그러나 만일 우리가 도망을 치게 되고 그 소문이 쫙 퍼지면 사람들이 어떻게 얘기하겠나? 〈그 사람들 싸우지도 않았다며?〉, 이런 식이겠지. 노동자들은 왜 다 그렇게 자신들이 없는 건지……. 우리가 싸우면 그 소문이 다 퍼지게 될 테고, 그러면 비슷한 처지의 다른 노동자들도 다 들고 일어날 텐데 말이야.」

짐은 나머지 무릎도 꿇어 발뒤꿈치로 받쳐 쭈그리고 앉는 자세를 취하였다. 「나는 상황을 객관적으로 보고 싶어요. 과연 사람들이 싸울까요?」

「모르겠네. 지금 당장은 아닐지 몰라. 몹시 질려 있을 테니 말이야. 하지만 나중엔 싸우겠지. 우리가 버크 같은 피의 제물을 또 내놓고 그들을 흥분시키면 싸우게 되겠지. 우리가 그런 제물이 필요할 때 바로 버크가 제때에 세 번째 난간에 오른 거라고. 아마 언젠가는 우리의 주의(主義)를 위해 누군가가 또 피를 흘려야 할 걸세.」

짐이 말했다. 「맥, 만일 우리에게 피 흘림이 필요하다면 내 이 붕대를 벗겨 내고 피를 낼 수도 있어요.」

「그런 쓸데없는 소리 하지 말게, 짐.」 맥의 목소리는 부드러웠다.「자넨 너무 심각해서 탈이야.」

「내가 뭐, 말 잘못한 겁니까?」

「아니네. 오 그 개 한 마리 사던 여자 기억나나? 그 여자가 이렇게 물었지.〈이 개 정말 블러드하운드 맞아요?〉라고 말이야. 그러니까 그 주인이 뭐라고 얘기하던가?〈그럼요. 자, 오스카야, 이 부인을 위해 피 좀 흘려 봐라〉, 이렇게 얘기했다네.」

짐이 가볍게 웃었다. 맥은 계속 말을 이었다.「아냐, 짐. 자넨 우리 주의를 위해서는 여기 사람 백 명보다 더 쓸모 있는 존재일세.」

「뭐 피 조금 흘린다고 크게 해 될 건 없잖습니까?」

맥이 초조한 빛을 보이며 아래 입술을 어루만졌다.「짐, 개 네다섯 마리가 한꺼번에 싸우는 것 본 적이 있나?」

「아뇨.」

「그래? 그 개들은 말이야, 그중 한 놈이 상처를 입거나 쓰러지면 나머지 놈들이 다 덤벼들어 죽여 버린다네.」

「그래서요?」

「그래서…… 인간들도 때로는 그렇다는 얘길세. 이유는 모르겠어. 닥이 한때 나에게 해준,〈인간은 그들 자신의 무언가를 증오한다〉이 말하고 같은 거겠지.」

「닥은 참 좋은 사람이었어요. 그러나 그 잘난 사상만 가지고는 아무 일도 못해 낸다고요. 그 사람 생각은 아무 일도 해내지 못해요. 그냥 주변만 기웃거리는 거라고요.」

「그렇더라도 그 친구가 여기 있었으면 좋았을 텐데 말이야. 자네 그 어깨 괜찮은가?」

「예. 부득이한 경우 말고는 쓰지 않으니까요.」

맥이 일어섰다.「자, 어서 한번 보자고. 그 상의를 벗어 보게.」

짐이 상의를 벗었다. 맥이 반창고를 뜯더니 조심스럽게 붕대를 들추었다. 「어, 아주 좋아졌구먼. 염증이 조금 생겼군. 이 가제 한두 겹 정도 벗겨 내야겠네. 시내에 가면 치료를 잘 받을 수 있겠는데 말이야. 자, 뒤집어서 깨끗한 부분으로 덮어 주겠네.」그는 반창고를 다시 제자리에다 붙이고는 꽉 눌러서 몸의 열로 잘 달라붙게 하였다.

「시내에 나가면 닥을 찾을 수 있을지도 모르겠는데…….」 짐이 말했다. 「사라지기 전에 참 재미있는 얘기 많이 했어요. 아마 싫증이 났거나 겁이 나서 도망갔을 거예요.」

「자, 상의를 입게, 내 도와줄 테니. 그리고 그건 잊어버리게. 만일 닥이 싫증이 났다면 여러 해 전에 났을 걸세. 그리고 내가 그 친구 비난받고 공격받는 거 여러 번 봤지만 전혀 겁도 내지 않는 사람이야.」

런든이 들어오더니 문가에 아무 말 없이 서 있었다. 그는 심각하면서도 두려운 표정을 지었다. 「버크 말이오, 죽진 않았지만 거의 다 죽게 생겼더군. 턱이 완전히 바스러졌더라고. 치료를 받지 못해 죽을까 봐 걱정이오.」

「우리가 시내로 싣고 갈 수도 있지만 그쪽 사람들이 제대로 치료해 줄 것 같지도 않소.」

런든이 다시 말을 꺼냈다. 「그 친구의 여자가 난리요. 우리 모두를 살인죄로 고소한다고 방방 뜨고 있으니……. 뭐라더라. 그래, 파업한답시고 버크를 잡았다고 난립디다.」

맥이 말했다. 「얻어터질 짓을 했잖소. 나도 그 친구 싫었소. 꼭 저쪽 끄나풀 같다는 생각이 들더군. 사람들 기분은 어떤 것 같소?」

「당신 말대로 그냥들 앉아 있소이다. 꼭 사탕가게에 뛰어든 아이들처럼 질린 표정들이오.」

「그럴 거요.」맥이 말했다.「일주일 정도 쓸 정력을 한꺼번에 다 써버려서 그렇소. 뭐, 먹을 거라도 줄 수 있으면 좋겠는데…… 아니면 푹 자고 피로를 풀면 괜찮아질 거요. 런든, 당신 말대로 우리에겐 의사가 필요하오. 그, 발목 부러진 친구는 어떻게 됐소?」

「그자도 떠들고 난리가 났소. 제대로 안 맞춰져서 아프다고 합디다. 이젠 걷지 못하게 됐다고 난리요. 이렇게 떠드는 게 사람들 사기에 별 도움이 안 될 텐데 말이오.」

「그렇소. 그리고 참, 앨도 있지? 앨이 어떻게 됐는지 궁금하구먼. 가서 한번 봐야 되는데 말이야. 거기에 남아 있으라고 시킨 사람들이 남아 있는 것 같소?」

런든이 어깨를 으쓱 들어 올렸다.「모르겠소.」

「그러면 어떻게, 한 대여섯 사람 모아서 같이 가보겠소?」

런든이 말했다.「이 사람들 어디든 가지 않으려 할 거요. 그냥 앉아서 자기 발바닥만 쳐다보고 싶을 게요.」

「그럼, 제기, 나 혼자라도 가야겠구먼. 앨 그 친구, 참 좋은 친군데 말이야.」

「내가 같이 가겠어요, 맥.」짐이 끼어들었다.

「안 되네. 자네는 여기 있게.」

런든이 말했다.「자네를 괴롭힐 사람은 아무도 없네. 그냥 여기 있게.」

맥도 애원조로 말했다.「짐, 자넨 여기 있게. 놈들이 우리 둘 다를 체포하면 어떻게 되겠나? 여기서 계속 일을 할 사람이 없게 되는 것일세. 여기 있게, 짐.」

「난 가겠습니다. 너무 오랫동안 그냥 앉아서 몸만 다스리고 있었어요. 내가 가고 당신이 여기에 있으면 안 됩니까?」

「좋아.」 맥이 포기했다는 듯이 말했다. 「대신 조심해야 되네. 눈을 크게 뜨고 말이야. 런든, 우리가 돌아올 때까지 사람들이 계속 활기 넘치도록 만들어 보시오. 그 고기하고 콩 좀 먹게 하고 말이오. 그 음식에 신물들이 나겠지만, 음식은 음식이니까. 조만간에 무슨 차 소리 같은 거 듣게 될지도 모르오.」

런든이 투덜거리며 말했다. 「나도 복숭아 통조림하고 정어리나 좀 따서 먹어야겠소이다. 사람들이 말하지 않았소, 지붕 위에 잔뜩 쌓아 놓고 있다고 말이오. 당신들 돌아오면 먹을 수 있도록 내 좀 남겨 놓겠소.」

15

 그들은 맑디맑은 황금빛 햇살을 받으며 걸어 나갔다. 해맑은 햇빛 속에 천막 숙사는 더럽고 우중충한 모습을 확연히 드러내 놓고 있었다. 닥 버튼이 사라진 이후로 쓰레기가 쌓이고, 천막들의 버팀 밧줄에는 종잇조각과 여러 가지 끈, 그리고 작업복들이 이리저리 걸린 채 그대로 방치되었다. 맥과 짐은 천막 숙사를 빠져나와 주변의 들판을 가로질러 과수원 가장자리에 당도하였다. 사과나무들이 시작되는 곳에서 맥이 걸음을 멈추었다. 그의 눈이 어렴풋이 보이는 들녘의 지평선을 따라 천천히 움직였다. 「잘 살피게, 짐.」 충고 조의 말투였다. 「이런 곳을 혼자서 지나가려고 했으니, 참 바보 같은 생각이었어. 판단을 잘해야 되는데 말이야.」 그는 과수원을 자세히 살펴보았다. 햇볕이 내리쬐는 긴 샛길은 쥐 죽은 듯이 고요했다. 아무런 인기척도 없었다. 「너무 조용해. 미심쩍어, 너무 조용하단 말이야.」 그는 작은 나뭇가지에 손을 뻗치더니 아무도 따지 않은 작고 못생긴 사과 하나를 따 내었다. 「이런, 정말 맛이 좋구먼. 이제는 사과 맛도 다 잊어버리겠군. 항상 손쉬운 것은 금방 잊어버린다니까······.」

「아무도 안 보이는데요. 쥐새끼 한 마리 없어요.」

「잘 보게. 우린 사과나무를 따라 천천히 걸어갈 거야. 그러면 누가 사과나무 쪽을 바라봐도 우리를 보지는 못할 걸세.」

그들은 커다란 사과나무 아래로 천천히 발걸음을 옮겼다. 그들의 눈이 사방으로 끊임없이 움직였다. 나뭇가지와 나뭇잎의 그늘을 통해 걸어가는 그들에게 태양은 부드럽고 따뜻한 기운을 쏟아 주었다.

짐이 입을 열었다.「맥, 우리 언제 휴가 얻을 수 있을까요? 아무도 우릴 모르는 곳에 가서 어디 과수원 같은 데 앉아 있고 싶어요.」

「한두 시간쯤 가만히 앉아 있으면 다시 나가고 싶어 좀이 쑤실걸.」

「여태까지 사물을 찬찬히 들여다볼 시간을 갖지 못했어요, 맥. 전혀요. 나뭇잎이 어떻게 나오는지도 보지 못했으니까요. 그리고 일이 어떻게 벌어지는지도 보지 못했어요. 오늘 아침 천막 땅바닥에 개미들이 줄지어 기어가더군요. 그 개미들조차 자세히 살펴볼 수가 없었어요. 그때 다른 걸 생각하고 있었거든요. 그냥 하루 종일 앉아서 다른 생각 하지 않고 벌레만 바라보고 있었으면 좋겠어요.」

「그 벌레 새끼들이 자네 머리를 돌게 만들걸. 인간도 악한 존재지만 벌레나 들여다보고 있다간 정신이 돌게 된다고.」

「그래도 이따금씩 그러고 싶은 생각이 들어요. 어느 것도 제대로 바라본 적이 없거든요. 그럴 시간이 없었던 거죠. 어떤 일이 다 끝나가도록 제대로 파악도 못 하고 있으니……. 사과도 어떻게 자라는지 모르고 있다고요.」

그들은 조금씩 조금씩 나아갔다. 맥의 눈은 사과나무들 사이로 쉴 새 없이 움직였다.「사람이 모든 걸 알 수는 없네.」맥이 입을 열었다.「한번은 휴가를 받아 캐나다의 산림 지역에 가본 적이 있었네. 근데 이틀이 지난 후 그곳에서 도망치듯 빠져나오고 말았지. 가만히 있으려니까 죽겠더군. 말썽 같은 걸 부리고 싶어서 혼났단 말일세.」

「어쨌건 그런 곳에 가고 싶어요. 댄 영감이 벌목에 관해 얘기하듯이 그렇게……」

「그만둬, 짐! 모든 걸 소유할 순 없는 거래도! 우린 댄 영감이 갖지 못한 걸 갖고 있네. 어느 누구도 모든 걸 가질 순 없단 말일세. 며칠 후면 우리가 도시로 나가게 되겠지만 금방 말썽을 또 일으키고 싶어서 안절부절못할 걸세. 자네, 그 어깨 다 나을 때까지 좀 편안하게 마음먹고 있게나. 그러면 내 자네를 싸구려 여인숙에 데려갈 테니까 말이야. 그런 곳에 가면 자네가 보고 싶어 하는 벌레들, 실컷 볼 수 있을 거야. 그 나무 줄에서 좀 떨어지게. 산허리의 젖소처럼 금방 눈에 띈단 말이야.」

「밖에 나오니까 기분이 좋은데요.」

「그래, 되게 좋겠지. 하지만 어디에 분명히 함정이 있을 거야.」

나무 사이로 앤더슨 씨의 아담한 하얀 집이 보였다. 그 말뚝 담장과 마당에 불타오르듯 피어난 제라늄 꽃들도 시야에 들어왔다.「주위에 아무도 없습니다.」짐이 말했다.

「그래, 이제 좀 느긋하구먼.」마지막 사과나무 줄에서 맥은 다시 멈춰 섰다. 그는 탁 트인 공지를 찬찬히 살펴보았다. 헛간이 있었던 곳의 새까맣게 다 타버린 커다란 사각형 모양의 땅바닥에서는 매운 연기가 아직도 느른하게 피어오르고 있었다. 우뚝 서 있는 흰색의 물탱크 집이 외롭게만 보였다.

「자, 됐네. 뒷길로 해서 들어가자고.」 맥은 이렇게 말하고 난 뒤 말뚝 대문을 소리 나지 않게 조심스럽게 열었다. 그러나 빗장이 삐거덕거리면서 돌쩌귀 부딪치는 소리가 울려 퍼졌다. 그들은 짧은 통로를 지나 누렇게 물든 포도나무에 휘감겨 있는 현관으로 다가갔다. 맥이 노크를 했다.

안에서 목소리 하나가 들려왔다. 「누구세요?」

「자넨가, 앨?」

「그렇습니다.」

「자네 혼잔가?」

「그런데요, 누구십니까?」

「나 맥일세.」

「아, 들어오세요, 맥. 문 안 잠겼어요.」

그들은 부엌으로 들어섰다. 앨은 벽에 맞붙어 있는 좁다란 침대 위에 누워 있었다. 며칠 새에 몸이 몹시 수척해진 듯 보였다. 얼굴의 피부도 전혀 탄력이 없어 보였다. 「안녕하세요, 맥. 저는 아무도 오지 않을 거라 생각했지요. 제 아버님은 일찍 나가셨어요.」

「벌써부터 오려고 했었네, 앨. 그래, 상처는 좀 어떤가?」

「놈들이 정말 상처도 많이 입혔어요. 혼자니까 더 심하게 때린 것 같아요. 근데 헛간엔 누가 불 질렀죠, 맥?」

「자경 대원 놈들이 그랬네. 아무튼 정말 미안하네, 앨. 보초들을 세워 놨었는데 놈들의 속임수에 당하고 말았지.」

「아버님이 밤새도록 난리를 쳤어요, 맥. 밤새 떠들었어요. 한 시간에 네 번씩, 밤새도록 저를 야단치셨어요.」

「정말 미안하네.」

앨은 침대 담요에서 손을 떼더니 자기 뺨을 긁었다. 「난 아직도 당신네 편입니다, 맥. 하지만 제 아버님은 당신을 어찌 했으면 싶으실 겁니다. 당신들을 내쫓으려고 오늘 아침에 보안관한테 간 거라고요. 당신들이 주거 침입을 했으니 쫓아 달라고 말이에요. 물론 당신네들 말을 듣고 도와주기까지 했으니 아버님도 벌을 받으시겠지요. 제가 당신들과 어울리면 지옥에나 갈 거라고 하시더군요. 아버님이 말벌처럼 몹시 흥분해 있어요, 맥.」

「나도 그 점이 염려스러운 걸세, 앨. 자네가 우리 편임은 우리도 잘 알고 있네. 그러나 자네 아버님을 지금보다 더 슬프게 만들어 이로울 게 하나도 없어. 그렇지 않다면이야 사정은 달라지겠지. 그냥 아버님 편에 서는 척하라고. 그 점은 우리가 이해할 걸세, 앨. 그래도 자네는 우리와 계속 접촉할 수 있을 테니까 말이야. 자네 아버님한테 정말 송구스러울 뿐이네.」

앨이 깊은 한숨을 내쉬었다. 「당신들이 제가 당신들을 배신하는 게 아닌가 하고 생각할까 봐 걱정됐어요. 이제 제가 당신들을 배신하는 게 아니라는 사실을 아셨을 테니 아버님한테는 난 그들이 어찌 되든 상관없다고 말해도 좋겠군요.」

「그거 좋은 생각일세, 앨. 그리고 우린 시내에서 우리 동조자들을 통해 자네를 후원해 주겠네. 아 참, 앨, 간밤에 혹시 닥이 자네를 보러 오지 않았었나?」

「아뇨, 왜요?」

「그가 불이 나기 전 자네한테 가본다고 떠난 뒤 돌아오지 않지 뭔가.」

「그래요? 그 사람한테 무슨 일이 일어난 게 아닐까요?」

「놈들이 그 친굴 붙잡아 간 거나 아닌지 모르겠네.」

「놈들이 당신들을 내내 못살게 굴었죠, 그렇죠?」

「그렇다네. 그러나 오늘 아침엔 우리 편 사람들이 활약 좀 했다네. 그런데 자네 아버님이 우릴 밀어내고 말 걸세.」

「그럼, 모든 일이 실패로 끝나는 겁니까, 맥?」

「파업이 전부는 아닐세. 우린 우리가 할 수 있는 데까지 한 셈이지. 일은 제대로 잘되고 있는 걸세, 앨. 그저 자네는 화해를 하고 그쪽 편인 것처럼 행세하라고. 그럼 더 이상 화재 같은 건 없을 테니까.」 갑자기 맥은 귀를 기울였다. 「누가 오고 있는 모양인데?」 그는 부엌을 통해 앞쪽으로 달려 나가서는 창문을 통해 내다보았다.

「제 아버님일 겁니다. 발소리만 들어도 알 수 있어요.」

맥이 앨의 말을 받았다. 「누구랑 같이 오시는 게 아닌가 싶어서 그러는 걸세. 혼자시로군. 몰래 빠져나가도 되겠지만 죄송하다고 말씀드리는 게 더 낫겠지?」

「그러지 않는 게 좋으실걸요.」 앨이 충고 조로 말했다. 「아마 당신 말은 전혀 들으려 하지 않으실 겁니다. 당신들을 몹시 싫어하시니까요.」

현관에 발소리가 들리더니 문이 홱 열렸다. 앤더슨 씨는 놀라움과 분노의 표정을 지으며 서 있었다. 그가 소리를 냅다 질렀다. 「저주받을 놈들 같으니, 여기서 썩 꺼져. 가서 네놈들을 고발하고 왔다. 보안관이 네놈들을 몽땅 내 땅에서 쫓아낼 거다.」 그의 가슴이 분노로 부풀어 올랐다.

맥이 입을 열었다. 「죄송하다는 말씀 드리고 싶어서 왔습니다. 하지만 그 헛간에 불 지른 건 저희가 아닙니다. 시내에서 온 애들이 그랬어요.」

「누가 불 질렀든지 무슨 상관이야? 그게 불타 없어지고 사과들도 불타 버렸단 말이야. 부랑자 같은 네놈들이 알고 있는 게 뭐 있어? 이제 나는 내 땅을 잃게 생겼어.」 걱정이 넘친 나머지 그의 눈에는 눈물까지 고여 있었다. 「네놈들은 아무것도 가진 게 없었어. 네놈들이 나무를 심었냐, 나무들이 자라는 걸 봤냐? 아니면 손으로 직접 나무들을 매만져 봤냐? 아무것도 가진 게 없는 놈들이, 자기 손으로 직접 자기 사과나무도 만져 보지 못한 놈들이 말이야. 그래 뭘 안다고 그러는 거야?」

「뭘 소유할 기회가 없었던 겁니다.」 맥이 말했다. 「우리도 뭔가를 소유하고 싶었고 나무도 심고 싶었습니다.」

앤더슨 씨는 맥의 말을 완전히 무시하고 나섰다. 「난 그래도 자네 약속을 믿었네. 그런데 무슨 일이 벌어졌는지 한번 보란 말이야. 농작물은 다 불타 없어지고 차용증의 기한은 다 돼가고 있다고.」

맥이 물었다. 「그 포인터들은 어떻게 됐습니까?」

앤더슨 씨의 양손이 천천히 그의 양 옆구리 쪽으로 옮겨졌다. 그리고 그의 눈에서는 차갑고 무자비한 증오의 빛이 새어 나왔다. 그는 천천히 나지막한 소리로 말했다. 「그 개집이 바로 헛간과 붙어 있었다. 왜?」

맥은 앨을 향해 고개를 끄덕여 보였다. 잠시 앨은 눈으로 뭔가를 묻는 듯하더니 이내 험악한 인상을 지으며 소리 질렀다. 「제 아버님이 말한 대로 나가요. 꺼지란 말이에요. 다시는 여기 오지 말아요.」

앤더슨 씨는 침대로 달려가 그 앞에 우뚝 섰다. 「내 지금 네놈들을 총으로 쏴버릴 수도 있지만 보안관이 나 대신 해줄 테니 가만히 있는 거다. 그러니 어서 꺼져.」

맥은 짐의 팔을 잡고 밖으로 나와서는 문을 닫았다. 그들은 현관을 빠져나올 때 주위를 살피지도 않았다. 급하게 걸어가는 맥과 보조를 맞추기 위해 짐은 보폭을 크게 하지 않을 수가 없었다. 태양은 기울고 있었으며, 나무들의 그림자가 과수원 통로에 드리워져 있었다. 나뭇가지들 사이에 바람이 일자 나무와 땅이 모두 긴장되어 부르르 떠는 것같이 보였다.

「전체 국면과 이상을 늘 생각한다는 게 힘드네.」맥이 말했다. 「부상당한 사람을 보고, 앤더슨 씨 같은 사람이 두들겨 맞는 것을 보고, 혹은 경찰이 말을 타고 유태인 여자를 체포하는 것을 보면 자넨 무엇 때문에 이런 고생을 하는가 싶을 걸세. 그러나 수백만의 사람이 굶어 죽는다고 생각하면 이런 고생쯤은 괜찮다고 생각하겠지. 보람이 있다고 말이야. 그러다 보면 헛고생이 아니냐 하는 생각과 혁명을 위해 끝까지 싸워야 한다는 생각 사이에서 늘 방황하게 될 거라고. 자네 그럴 때가 없나, 짐?」

「그렇게 많지는 않아요. 제 어머님이 돌아가신 게 얼마 전 일이었어요. 많은 세월이 흐른 것같이 여겨지기도 하지만 바로 얼마 전의 일이죠. 어머님은 아무 말씀도 없이 그저 나만 바라보셨어요. 너무나 많은 상처를 입으셔서 그런지 신부님 부르는 것도 원치 않았지요. 그날 밤 내 마음속에서는 뭔가가 불타오른 거예요. 앤더슨 씨한테 미안한 감도 있지만 그게 무슨 상관입니까? 만일 내가 내 전 생애를 바치는 거라면 그 사람은 헛간 하나 정도는 포기할 수 있어야지요.」

「그러나 어떤 사람들한테는 생명보다도 재산이 더 중요하다네.」

「좀 천천히 가세요, 맥. 왜 그렇게 서두르세요? 금방 지칠 것 같아요.」

맥이 걸음을 약간 늦추었다. 「그래, 그 사람이 그 일 때문에 시내에 간 줄 알았다고. 무슨 일이 일어나기 전에 돌아갔으면 좋겠는데 말이야. 보안관 놈이 어떻게 나오는지는 모르겠지만 우리를 깨부수는 데서 희열을 느낄 거라고.」 그들은 부드러운 땅을 밟으며 아무 말 없이 어둠 속을 헤쳐 나갔다. 나무 그림자들이 그들 앞에서 어른거렸다. 과수원을 나선 그들은 천천히 걸었다. 맥이 말을 꺼냈다. 「어쨌건 아무 일도 없어서 다행이군.」

난롯가에서는 연기가 천천히 피어오르고 있었다. 짐이 물었다. 「사람들이 다 어디로 간 거죠?」

「안에 들어가 자면서 흥분을 식히고 있을 걸세. 우리도 잠 좀 자두는 게 좋을 것 같네. 잘못하다간 밤새 깨어 있어야 할 거야.」

런든이 그들에게 다가왔다. 「아무 일 없었소?」 맥이 물었다.

「아까하고 달라진 게 없소이다.」

「내 생각이 맞았소. 앤더슨 씨가 시내에 가서 보안관에게 우릴 내쫓아 달라고 요청했다고 하오.」

「그래요?」

「그렇소. 우린 그냥 기다리고 있습니다. 그리고 사람들한텐 아직 아무 말 하지 마시오.」

「그 부분에 대해서는 당신 생각이 옳았는지 모르겠지만 사람들이 먹는 것에 관해서는 당신이 틀렸소. 그들이 비축 식량을 몽땅 깨끗이 먹어 없앴소. 콩 한 알갱이도 안 남겨 놓았단 말이오. 그래서 당신들을 위해 내 천막에 통조림 두 개 남겨 두었소.」

「이젠 식량이고 뭐고 다 필요 없을 것 같소.」

「그게 무슨 말이오?」

「어쩌면 내일 우리는 여기에 한 사람도 남아 있지 못할 거요.」

천막 안에서 런든은 상자 속의 통조림 두 개를 가리켰다. 「보안관이 우리를 쫓아내려고 할 것 같소?」런든이 물었다.

「그렇소. 그런 기회를 그냥 놓치지는 않을 것이오.」

「그러면 총은 쏠 것 같소, 아니면 경고만 할 것 같소?」

「모르겠소. 그런데 사람들은 다 어디 있는 거요.」

「모두 천막 속에 들어가 잠자고 있소.」

맥이 말했다. 「차 소리가 들리는데 사람들이 돌아오는 모양이오.」

런든이 고개를 쭈뼛 세웠다. 「소리가 너무 큰데……. 큰 트럭 중 한대인 것 같소이다.」

그들은 밖으로 달려 나갔다. 토거스 시(市) 쪽에서 거대한 매크 덤프트럭 한 대가 달려오고 있었다. 그 트럭은 뒤칸의 바닥과 양옆의 받침판이 모두 강철로 되어 있었으며, 뒷바퀴는 양쪽으로 두 개씩 붙어 있었다. 천막 숙사의 정면에 트럭이 멈춰 섰다. 뒤칸에서 한 사람이 일어섰다. 그리고 그 사람의 손에는 앞쪽 손잡이 뒤로 커다란 회전식 탄창이 달린 반자동 소총이 들려 있었다. 트럭 양옆으로 다른 사람들의 머리도 보였다. 파업 노동자들이 천막 밖으로 몰려나오기 시작했다.

뒤칸에서 일어선 사람이 큰 소리로 말했다. 「난 이곳 군(郡) 보안관이오. 그곳 책임자와 대화를 나누고 싶소.」사람들은 더 가까이 접근하더니 호기심 어린 눈으로 트럭을 바라보았다.

맥이 나지막한 소리로 말했다. 「조심하시오, 런든. 놈들이 총을 쏘아 댈지도 모르오. 놈들은 자기네들이 원하면 지금이라도 총을 쏠, 그런 놈들이오.」그들은 도로 가장자리까지 걸어 나간 다음 걸음을 멈추었다. 사람들 역시 도로를 따라 죽

늘어서기 시작했다.

런든이 말했다.「내가 여기 책임자요.」

「나는 주거 침입 고발장을 받고 왔소. 우린 지금까지 당신네들에게 공정하게 대하려고 무진 애를 썼소. 그리고 당신들에게 일터로 돌아가든지 아니면 파업을 하되 평화적으로 하라고 요청까지 했었소. 그런데 당신들은 주민들의 재산을 파괴하고 인명까지 살상하였소. 오늘 아침 당신들은 사람들을 보내 재산을 파괴하려고 했소. 그래서 몇 명에게는 총을 쏠 수밖에 없었고, 또 나머지 사람들은 다 체포하는 불상사가 생겨났소.」그는 트럭에 탄 사람들을 내려다보더니 다시 고개를 들었다.「이제 우리는 더 이상의 유혈을 원치 않소. 그래서 당신들이 다 빠져나가도록 허용할 방침이오. 오늘 밤 안에 모두 다 나가야 되오. 곧장 군 경계선 밖으로 나간다면 아무도 가로막지 않을 거요. 그러나 만일 내일 낮까지도 천막이 쳐져 있다면 우리가 없앨 수밖에 없는 노릇이오.」

사람들은 말없이 서서 그 사람을 지켜보았다. 맥이 런든에게 작은 소리로 뭐라고 속삭이자 런든이 입을 열었다.「주거 침입죄라 하여 총을 쏠 권한이 당신네들에게는 없지 않소?」

「그럴 수도 있지. 하나 공무 집행을 방해하면 총을 쏠 수도 있소. 자, 내가 당신에게 알아들을 만큼 얘기했으니 우리가 뭘 기대하고 있는지 당신들이 잘 알 것이오. 내일 낮에 백여 명의 인원이 열 대에 분승해서 이곳에 당도할 것이오. 그들은 모두 소총을 들고 올 것이며, 밀스 수류탄도 세 상자나 있소. 그 밀스 수류탄이 어떤 건지 아는 사람은 다른 사람들에게 그걸 설명해 줄 수도 있을 거요. 이게 전부요. 우린 당신들을 상대하지 않겠소. 당신들은 내일 낮까지 이 군을 떠나야 하오. 이것이 전부요.」 그는 앞으로 몸을 굽혔다. 「도로를 따라가는 게 좋겠네, 거스.」 그는 다시 뒤칸 옆 받침대 아래로 몸을 숨겼다. 바퀴가 천천히 움직이면서 속력을 내기 시작했다.

파업 노동자들 중의 한 사람이 좁은 도랑으로 뛰어들더니 돌멩이를 하나 주웠다. 그러나 그는 트럭이 사라질 때까지 돌멩이를 손에 꽉 쥐어든 채 그냥 서 있을 뿐이었다. 사람들은 트럭이 사라지는 걸 구경하더니 이윽고 천막 숙사로 되돌아왔다.

런든이 한숨을 내쉬었다. 「그놈의 말이 꼭 무슨 명령같이 들리는 구먼. 그래도 놈들이 우스운 짓거리를 하지 않은 게 다행이지.」

맥이 참지 못하고 말을 꺼냈다. 「나는 배가 고파서 가서 콩 좀 받아먹어야겠소.」 그들은 그를 따라 천막 안으로 들어섰다. 맥은 자기 음식을 재빨리 마파람에 게 눈 감추듯 다 먹어치웠다. 「좀 드셨소, 런든?」

「나요? 물론 먹었소. 자, 이젠 어떻게 할 참이오, 맥?」

「싸우는 거요.」

「예. 그런데 놈이 말한 대로 수류탄 등을 들고 나타나면 싸움판이 아니라 도살장이 돼버릴 거요.」

「말도 안 되는 소리요.」 맥이 말했다. 그 순간 그의 입에서 콩이 한 알 튀어 나왔다. 「만일 놈이 그런 물건을 갖고 있다면, 그런 사실을 말할 필요도 없었을 거요. 그놈은 우리가 모두 뿔뿔이 흩어져서 싸움을 해내지 못하는 걸 바라고 있을 뿐이오. 오늘 밤 우리가 빠져나간다면 아마 놈들이 우릴 다 체포할 거요. 말한 대로 하는 놈들이 아니라서……」

런든이 맥의 얼굴을 빤히 쳐다보더니 그의 눈을 물끄러미 바라보았다. 「그 말 사실이오, 맥? 내가 당신 편이라고 당신이 말했소. 무얼 숨기고 있는 거요?」

맥이 런든의 눈길을 피했다. 「우리는 싸워야 하오. 만일 우리가 싸움도 안 하고 도망간다면 지금까지 우리가 겪은 모든 일이 허사가 되는 거요.」

「그렇소. 하나 만일 우리가 싸우게 되면 선량한 많은 사람들이 총에 맞게 될 거요.」

맥은 다 먹지도 않은 그릇을 상자 위에 내려놓았다. 「보시오. 전쟁에서 장군들은 자기 부하를 잃게 된다는 사실을 다들 알고 있소. 이것도 전쟁이오. 만일 우리가 싸워 보지도 않고 도망간다면 우린 설 땅을 잃는 셈이오.」 잠시 맥은 그의 손으로 눈을 가리고 있었다. 잠시 후 그가 다시 입을 열었다. 「런든, 그게 바로 책임감이라는 거요. 나는 우리가 무엇을 해야 하는지 알고 있소. 그러나 여기 대장은 당신이오. 제발, 당신이 하고 싶은 대로 하시오. 나에게 모든 책임을 미루지 말고 말이오.」

런든이 애처로운 어조로 말했다. 「알겠소. 하나 상황은 당신이 잘 알고 있소. 우리가 정말로 싸워야 한다고 생각하는 거요?」

「그렇소, 싸워야 되오.」

「그래요, 그렇다면 싸웁시다. 사람들을 싸우도록 할 수 있다면 말이오.」

「알겠소. 이 사람들 우리를 두고 도망갈지도 모르오, 모두 다 말이오. 보안관이 한 말을 들은 사람이 분명 다른 사람들에게도 말을 전할 것이오. 그러면 그들이 우리에게 대들면서 우리가 소동을 일으켰다고 말할지도 모르는 일이오.」

런든이 말했다.「어떻게 보면 나는 이 사람들이 떠나기를 바라고 있는지도 모르겠소. 불쌍한 이 사람들, 아무것도 모르는 사람들이오. 그러나 당신 말대로 어차피 떠나려거든 지금 그 제안을 받아들이고 떠나야 할 거요. 다친 사람들은 어떻게 하시겠소? 버크하고 댄 영감, 그리고 그 발목 부러진 친구 말이오.」

「그냥 여기 남겨 둡시다.」맥이 말했다.「그게 우리가 할 수 있는 유일한 방책이오. 군 당국에서 잘 돌봐 줄 거요.」

「나는 좀 돌아 봐야겠소. 고양이처럼 신경만 날카로워지고 있소이다.」런든의 말이었다.

「당신만 그런 게 아니오.」

런든이 나가자 짐은 맥을 흘끗 쳐다보더니 차갑게 식은 콩과 쇠고기 힘줄을 먹기 시작했다.「이 사람들이 싸울까요?」짐이 물었다.「놈들이 정말 우리가 도망가도록 내버려 둘까요?」

「보안관은 그럴지도 모르네. 그자는 우리가 없어지는 것만으로도 몹시 기쁠 테니까 말이야. 하나 문제는 그 자경 대원 놈들일세.」

「오늘 밤 먹을 게 아무것도 없는 것 같아요, 맥. 사람들은 이미 겁먹고 있는데 그들 기운을 돋워 줄 음식이 하나도 없으니…….」

맥이 음식을 박박 긁어 먹더니 그릇을 내려놓았다.「짐, 만일 내가 자네한테 무슨 일을 시키면 그대로 할 텐가?」

「글쎄요…… 그게 뭔데요?」

「조금 있으면 해가 완전히 떨어지고 날이 어두워지네. 그러면 놈들이 숨어서 자네와 나를 기다릴 걸세, 짐. 어떠한 실수도 있어선 안 되네. 놈들이 우릴 잡으려고 호시탐탐 노리고 있단 말일세. 그건 그렇고, 날이 어두워지자마자 자넨 여길 빠져나가서 시내로 돌아가게나.」

「왜 내가 그래야 되지요?」

맥의 눈이 짐의 얼굴을 미끄러지듯 훑어 내리더니 땅바닥으로 떨어졌다. 「내가 이곳에 왔을 때 나는 내가 하는 일이 제법 잘돼 나가는 줄 알았네. 자네는 나 같은 사람 열 명보다도 더 귀한 존재야, 짐. 이제야 그걸 깨달았네. 만일 나한테 무슨 일이 일어나면 많은 사람들이 내 자리를 메워 줄 수 있지만 자네는 우리 과업을 완수하는 데 거의 독보적인 존재란 말일세. 우리한테는 자네가 없으면 안 되네, 짐. 만일 자네가 이런 시시한 파업에서 죽게 된다면 그건…… 그래, 밑지는 거라고.」

「나는 그런 말 믿지 않습니다. 우리는 다 사용되어야지, 남겨지거나 저축되어서는 안 돼요. 난 도망갈 수 없어요. 당신 스스로가 이번 파업은 전체의 한 부분이라고 말했잖아요. 이번 일은 작은 거지만 중요한 일이라고요.」

「난 자네가 가기를 원하네, 짐. 자넨 그런 팔을 하고 싸울 수가 없단 말일세. 그리고 자네 같은 사람은 여기선 아무런 쓸모가 없어. 전혀 도움이 안 된다고.」

짐의 얼굴이 굳어졌다. 「난 가지 않겠습니다. 나도 여기서 쓸모 있는 존재가 될 수 있어요. 당신은 내내 나를 보호해 주었어요, 맥. 그리고 때로는 당신이 나를 보호하는 게 당을 위해서가 아니라 당신 자신을 위해서 그러는 것 같다는 느낌도 받았어요.」

맥의 얼굴이 화난 얼굴이 되면서 붉어졌다. 「좋아, 맘대로 하게. 되게 얻어맞으라고. 난 자네에게 내가 최선책이라고 생각하는 것을 말했네. 그래, 고집 부려 봐. 나, 여기 앉아 있을 수가 없구먼. 나가야겠네. 자네가 하고 싶은 대로 하게.」맥이 화를 내며 밖으로 나갔다. 짐은 고개를 들어 천막의 뒤 벽면을 쳐다보았다. 천막의 벽면에는 붉은 태양의 윤곽이 내비치고 있었다. 그는 손을 들어 다친 어깨로 가져가더니 그곳을 부드럽게 눌렀다. 상처 부위를 둥그렇게 원을 그리듯 눌러 가면서 점점 상처 지점으로 손가락을 가져갔다. 손가락이 상처 지점 가까이에 가자 그는 몸을 움찔거렸다. 한참 동안 그는 아무 말 없이 앉아 있었다.

문가에서 사람 발소리가 들리자 짐은 눈을 두리번거렸다. 라이사가 아이를 안고 서 있었다. 짐의 눈길이 라이사를 지나쳐서 고물차들이 도로를 향하여 세워져 있는 곳으로 향하더니, 곧이어 도로 반대편, 나무 꼭대기만 태양이 비추면서 나무 사이 통로에 그림자가 들어서 있는 곳으로 향하였다. 라이사는 새들이 기웃거리듯 그런 호기심 어린 눈으로 안을 들여다보았다. 그녀의 머리에는 기름이 발라져 있었으며, 작고 고르지 못한 손가락 자국들이 기름 바른 머리에 그대로 드러나 있었다. 그녀의 어깨를 덮고 있는 짧은 담요는 예쁘게 주름이 잡힌 채 한쪽 어깨에만 걸쳐져 있어 그녀의 모습이 다소 요염하게 보이기도 했다. 「혼자 계시다는 걸 알았어요.」그녀가 이렇게 말하고는 침대요로 다가와 그 위에 앉았다. 그러고는 바둑판무늬의 무명 치마로 다리 위를 단정하게 덮어 씌웠다. 「사람들이 그러는데 경찰들이 와서 수류탄을 던져 우리 모두를 죽일 거라고 말하고 있어요.」제법 밝은 목소리였다.

짐은 당황하였다. 「그런데도 당신은 전혀 겁먹지 않는 것 같아요.」

「왜 겁을 내죠? 전 그런 것에는 절대 겁내지 않아요.」

「경찰들도 당신을 해치진 않을 겁니다. 그리고 분명 그자들이 사람들이 얘기하는 것처럼 그러진 않을 거예요. 협박이죠. 근데 무슨 일이죠?」

「그냥 여기에 와서 앉고 싶었어요. 저는…… 여기에 앉는 게 좋아요.」

짐이 미소를 지었다. 「당신 날 좋아하고 있죠, 라이사?」

「예.」

「나도 당신이 좋아요, 라이사.」

「당신이 내가 아기 낳는 것 도와주셨잖아요.」

「댄 영감은 어떻게 됐어요? 좀 돌봐 드렸어요?」

「괜찮으세요. 그냥 중얼거리며 누워 계세요.」

「나보다는 맥이 당신을 더 많이 도와줬어요.」

「알고 있어요. 하지만 그 사람은 나에게 눈길도 안 줘요. 잘 됐죠, 뭐. 난 당신 얘기 듣는 게 좋아요. 당신은 젊은데도 말을 참 잘해요.」

「난 말이 너무 많아요, 라이사. 말만 많지, 일은 잘 못해요. 저녁이 찾아오는 모습을 좀 봐요. 조금 있다가 램프에 불을 붙여야겠어요. 당신은 컴컴한 데서 나와 함께 앉아 있으려 하지 않잖아요.」

「이젠 상관없어요.」 그녀가 얼른 말을 꺼냈다.

그는 다시 한번 라이사의 눈을 들여다보았다. 짐의 얼굴에는 기쁨의 빛이 피어올랐다. 「라이사, 저녁 때 말이에요, 오래 전에 일어났던 일이 어떻게 생각이 나는지 아세요? 사소한 일이라 해도 말이에요. 내가 아주 어렸을 적, 도시에서 겪었던 일 하나 있어요. 해가 질 때 널빤지 담장 위에 털이 긴 회색 고양이 한 마리가 올라앉아 있는데, 잠시 황금빛으로 변해서 황금 고양이가 됐어요.」

「전 고양이를 좋아해요.」 라이사가 작은 목소리로 짐의 말을 받았다. 「전에 고양이를 두 마리 키워 본 적 있어요.」

「자, 봐요. 해가 거의 다 졌어요, 라이사. 내일 우리는 어디 다른 곳에 가 있게 될 겁니다. 그곳이 어딘지 궁금해요. 아마 당신은 계속 걸어야 할 테고 나는 감옥에 있을 겁니다. 전에도 감옥에 가본 적이 있어요.」

런든과 맥이 함께 조용히 천막 안으로 들어왔다. 런든이 라이사를 보더니 말했다. 「너 여기서 뭐 하고 있는 거냐, 라이사? 넌 나가 있는 게 좋겠다. 우린 할 일이 있어서 그래.」 라이사는 일어서더니 담요를 꼭 껴안았다. 그녀는 지나가면서 짐을 곁눈질로 쓱 쳐다보았다. 「상황이 어떻게 돼가고 있는지 모르겠소. 밖에선 열 개 정도의 작은 모임들이 열리고 있소. 아무데서도 나를 끼워 주지 않고 있소.」

「예, 알고 있소이다.」 맥이 입을 열었다. 「사람들이 겁먹고 있는 것 같소. 그들이 어떻게 나올지 나도 모르겠소만, 오늘 밤 도망가려고 할 거요.」 그러고 나서 대화가 뚝 끊겼다. 런든과 맥은 상자에 앉아 짐을 바라보았다. 그들이 그곳에 그렇게 앉아 있는 동안 태양은 지고 천막 안은 조금씩 어두워지기 시작했다.

마침내 짐이 작은 소리로 말을 꺼냈다. 「사람들이 다 도망간다 하더라도 모든 게 헛된 건 아니에요. 그래도 그들은 조금이나마 함께 뭉쳤었다고요.」

맥이 몸을 일으켰다. 「그래, 그러나 우리는 마지막 저항을 해야 해.」

「도망치고 싶어 하는 사람들을 어떻게 싸우게 만들 수 있단 말이오?」 런든이 물었다.

「모르겠소. 얘기는 할 수 있을 거요. 얘기를 해서 싸우도록 만들어 봅시다.」

「잔뜩 겁을 먹고 있는데 얘기를 해봤자 별 소득이 없을 거요.」

「나도 알고 있소.」

다시 침묵이 흘렀다. 밖에서 많은 사람들이 이야기하는 소리가 나지막이 들려왔다. 여기저기 흩어져 있는 소리들이 점차 한곳에 모이면서 졸졸 흐르는 시냇물 소리처럼 들려왔다. 맥이 말했다. 「성냥 있소, 런든? 램프에 불 좀 켭시다.」

「아직 어둡지 않은데 뭘 그러시오.」

「이만하면 어두운 거요. 불 좀 켭시다. 이런 희미함이 나를 더 초조하게 하는 것 같소.」

런든이 램프 등피를 들어 올리자 째지는 듯한 날카로운 소리가 들려왔다. 내릴 때도 마찬가지였다. 그때 맥이 깜짝 놀란 표정을 지었다. 「무슨 일이 있는 모양이오. 뭐가 잘못됐나?」

「사람들입니다.」 짐이 말했다. 「모두 조용해졌어요. 얘기 소리가 다 그쳤어요.」 세 사람은 긴장된 표정으로 귀를 기울이며 앉아 있었다. 그때 가까이 다가오는 발소리가 들려왔다. 문가에 키가 작은 이탈리아인 두 사람이 서 있었다. 억지로 웃는 웃음 속에 그들의 이빨이 다 드러나 보였다.

「들어가도 괜찮겠습니까?」

「물론. 들어들 오시오.」

그들은 마치 암기 시험을 보는 학생들처럼 천막 안으로 들어와 섰다. 그들은 서로 얼굴들을 쳐다보았다. 한 사람이 입을 열었다. 「밖에 있는 사람들이 전체 회의를 소집하잡니다.」

「그래요? 이유가 뭐죠?」

다른 사람이 얼른 대답하였다. 「이 파업을 투표로 결정했으니까 이번에도 투표로 하자는 거지요. 〈모든 사람이 다 죽으면 무슨 소용이 있는가〉라고 말들을 하죠. 더 이상 파업을 안 하겠다는 겁니다.」 그들은 런든의 대답을 기다리며 입을 다물고 있었다.

런든의 눈이 맥에게로 가더니 도움을 청하였다. 「물론 회의를 해야겠지요.」 맥이 말했다. 「사람들이 다 지도자들이니까. 그들 말이 옳소.」 그는 기다리고 있는 두 사람을 올려다보았다. 「가서 사람들에게 전하시오. 약 30분 있다가 런든이 회의를 소집한다고 말이오. 싸울 것이냐, 도망을 갈 것이냐를 결정한다고 하시오.」

그들은 확실히 해두겠다는 태도로 런든을 바라보았다. 런든이 천천히 고개를 끄덕였다. 「그렇소, 30분 후에. 투표에서 결정된 대로 할 것이오.」 그 작은 두 사람은 허리를 굽혀 외국식으로 인사를 하고는 몸을 한 바퀴 돌리더니 밖으로 나갔다.

맥이 큰 소리로 웃었다. 「아주 좋소. 일이 더 잘될지도 모르오. 나는 그들이 도망갈 거라 생각했는데, 투표를 하겠다는 건 아직 그들이 함께 뭉쳐서 일한다는 걸 보여 주고 있는 거요. 아, 아주 참 잘됐소. 만약 그들 자신이 동의를 해서 싸운다면 놈들을 분쇄할 수 있을 거요.」

짐이 물었다. 「그러나 당신은 그들을 싸우도록 만들지 않았잖아요.」

「맞네. 하나 이제부터 거기에 대해 계획을 세워야지. 만일 그래도 싸우지 않는다면 어쨌거나 개새끼들처럼 우물쭈물 도망가지는 않을 걸세. 차라리 후퇴와 같은 거지. 추적당하는 것이 아니니까.」

「회의에서는 어떻게 해야 하겠소?」런든이 물었다.

「자, 봅시다. 이제 막 어두워지고 있소. 당신이 먼저 얘기하시오, 런든. 왜 도망가지 않고 싸워야 하는 건지 사람들에게 말하는 거요. 난 얘기하지 않는 게 좋을 것 같소. 오늘 아침 내가 그들을 비난한 이후로 그들이 날 썩 좋게는 안 볼 거요.」 그의 눈이 짐에게로 옮겨졌다. 「자네가 하게. 좋은 기회일세. 자네가 하는 거야. 자네가 사람들을 납득시킬 수 있나 두고 보자고. 자네가 얘기하는 걸세, 짐. 이번이 자네가 그렇게 원하던 기회일세.」

짐의 눈은 흥분으로 빛나고 있었다. 「맥.」 그가 소리를 질렀다. 「나는 이 붕대를 풀고 피가 흘러내리도록 할 수 있어요. 그렇게 되면 사람들 기운이 좀 솟아날 거예요.」

맥의 눈이 가늘어지더니 무언가를 생각하고 있는 듯한 표정으로 바뀌었다. 「안 돼.」 맥이 결정을 내렸다. 「그런 식으로 사람들을 흥분시키면 그들은 금방 뭘 박살 내야 된다고. 그렇다고 여기저기 그냥 앉아 있게 만들면 모두 기가 푹 죽게 되지. 아냐, 그냥 이야기만 하게, 짐. 파업이 뭔지 솔직하게 얘기해 주게. 그것이 어떻게 대전(大戰) 속의 작은 전투 같은 것인지 말일세. 자네는 할 수 있을 걸세, 짐.」

짐이 벌떡 일어섰다. 「맞아요, 난 할 수 있다고요. 거의 숨이 막힐 지경이지만 할 수 있어요.」 그의 얼굴은 아주 고상하게 바뀌어 있었다. 그 얼굴에서부터 강렬한 에너지가 빛이 되어 분출되는 것 같았다.

그때 누가 달려오는 발소리가 들려왔다. 한 소년이 천막 안으로 달려 들어왔다. 「저기, 과수원에요, 자기가 의사라고 하는 사람이 있어요. 몹시 다쳤어요.」

세 사람은 깜짝 놀라 일어섰다. 「어디?」

「저쪽 반대편에요. 하루 종일 그곳에 누워 있었대요.」

「어떻게 그 사람을 발견했나?」 맥이 물었다.

「그 사람의 고함 소리를 들었죠. 여기 와서 당신들한테 전해 주라고 하던데요.」

「길을 알려 줘라, 응? 자, 가자고, 빨리.」

소년은 몸을 돌리더니 밖으로 뛰쳐나갔다. 맥이 큰 소리로 외쳤다. 「런든, 램프를 가져오시오.」 맥과 짐은 나란히 서서 달렸다. 밖은 완전히 어둠에 싸여 있었다. 그들 앞쪽으로 소년이 날아가듯 달려 나가는 모습이 보였다. 개활지를 가로질러 그들은 달려 나갔다. 과수원에 당도한 소년은 나무 사이로 사라졌다. 그들은 소년이 앞서서 달리는 소리를 들을 수 있었다. 시커먼 나무 그림자 속으로 맥과 짐은 질주하듯 달려 들어갔다.

갑자기 맥이 짐에게 손을 뻗쳤다. 「짐! 엎드려, 얼른!」 총성이 울리고 두 개의 커다란 구멍에서 빛이 분출되었다. 맥은 땅바닥에 바짝 엎드렸다. 그는 여러 사람이 조를 이루어 달려가는 발소리를 들었다. 맥은 짐 쪽을 쳐다보았다. 맥의 망막에서는 여전히 불꽃이 타고 있었다. 점차로 맥은 짐을 식별할 수가 있었다. 그는 머리는 떨군 채 무릎을 꿇고 있는 모습이었다. 「자네 정말 빨리도 엎드렸군, 짐.」

짐은 전혀 움직이지 않았다. 맥은 무릎을 꿇고 짐에게로 기어갔다. 「자네 맞은 건가, 짐?」 무릎을 꿇은 채 얼굴은 땅에 처박고 있는 모습이었다. 맥은 손을 내밀어 짐의 머리를 들어 올렸다. 「오, 이런!」 그는 비명을 지르며 손을 홱 빼고는 손을 바지에다 비비댔다. 얼굴이 없었다. 그는 어깨 너머로 천천히 주변을 둘러보았다.

램프 불빛에 그를 향해 달려오는 런든의 다리가 보였다. 「어디 있소?」 런든이 외쳤다.

맥은 대답을 하지 않았다. 그는 발뒤꿈치에 엉덩이를 댄 채 무릎을 꿇고 말없이 앉아 있었다. 그는 기도하는 회교도의 자세처럼 무릎을 꿇고 짐의 형상을 바라보았다.

런든이 마침내 맥을 발견하였다. 가까이 다가온 런든이 걸음을 멈추었다. 램프가 둥그런 불빛을 형성하고 있었다. 「오!」 그는 램프를 낮추고 자세히 내려다보았다. 「총에 맞았소?」

맥이 고개를 끄덕이며 끈적끈적한 자신의 손을 뚫어지게 쳐다보았다.

런든이 맥을 바라보더니 그의 얼굴이 얼음장같이 굳어 있는 것을 보고는 몸서리를 쳤다. 맥이 전혀 흐트러짐 없는 뻣뻣한 자세로 몸을 일으켰다. 그는 허리를 굽혀 짐을 들어 올린 다음 부대자루 메듯이 어깨에 둘러멨다. 피를 뚝뚝 떨어뜨리는 머리가 등 아래를 향해 매달렸다. 맥은 떨어지지 않는 발걸음을 천천히 움직이며 천막 숙사를 향해 걸어갔다. 런든도 램프를 들고 그의 곁을 따랐다.

개활지에는 궁금해하는 사람들로 가득했다. 무리를 지어 서성이던 사람들이 맥이 메고 오는 짐의 시신을 보았다. 그들은 움찔거리며 주춤주춤 뒤로 물러섰다. 맥은 사람들 사이를 뚫고 계속 나아갔다. 주변의 사람들을 전혀 보지 못한 듯한 행동이었다. 개활지를 가로지르고 난롯가를 지나 맥은 계속 발걸음을 옮겼다. 사람들도 말없이 그의 뒤를 따랐다. 맥은 연단으로 다가가 난간 아래 짐의 시신을 내려놓고 단 위로 올라섰다. 그런 다음 짐의 몸을 질질 끌고 가 한쪽 모퉁이 기둥에 기대어 놓았다. 그는 짐의 몸을 찬찬히 들여다보았다. 잠시 후 짐의 몸이 비스듬히 미끄러져 쓰러졌다.

런든이 램프를 들어 건네주자 맥은 그것을 짐의 시신 옆 바닥에 조심스럽게 내려놓았다. 램프의 불빛이 머리 부분을 환하게 비추었다. 맥은 난간을 잡고 일어서서 군중을 바라보았다. 눈은 크게 부릅뜨고 있었고 하얀빛으로 빛났다. 그는 군중, 램프 불빛을 받아 반짝이는 그들의 눈을 정면으로 바라보았다. 앞줄 뒤쪽의 사람들은 시커먼 덩어리로 보였다. 맥은 몸을 부르르 떨었다. 그는 말을 하기 위해 턱을 움직였다. 얼어붙은 턱을 깨뜨리는 듯한 움직임이었다. 그의 목소리는 높고 단조로웠다. 난간을 잡고 있는 그의 손가락 관절들이 하얀빛으로 번득였고, 드디어 말이 쏟아졌다. 「이 친구는 자신을 위해 원한 게 아무것도 없었소. 동무들! 그는 자신을 위해 아무것도 원하지 않았단 말이오······.」

역자 해설
넉넉한 마음을 바라며

 어떻게 보면 우리 인간의 삶은 싸움의 연속이라고도 할 수 있다. 싸움의 형태가 개인적인 갈등으로 나타나든, 아니면 집단과 집단 간의 투쟁으로 나타나든 싸움은 우리 삶의 과정 속에, 넓게는 우리 인간의 역사 속에 혼재(混在)되어 나타나는 것이 사실이다. 그러나 싸움은 그것의 전제 혹은 결과가 평화나 보다 고양된 삶의 질서로 나타날 때만 정당화될 수 있다. 바꾸어 말하면, 어떤 편견이나 독선 혹은 일방적인 주의(主義)에 이끌려 극단적으로 치닫는 싸움은 보다 나은 삶의 질을 지향한다기보다는 더욱더 혼돈되고 황폐한 결과를 낳는다는 점에서 명분 없는 싸움, 〈의심스러운 싸움〉이 되고 만다. 기실 우리가 여러 가지 이념을 내세우고 갖가지 지적·정신적 활동이나 실천적 행위들을 통하여 보다 나은 삶을 모색하는 것도 따지고 보면 그와 같은 명분 없고 수상한 싸움을 없애고자 하는 노력에 다름 아닌 것이다. 싸움이 없는 화평의 세계나 조화의 세계가 가장 이상적인 삶의 모습이겠으나 사실 그러한 완벽한 삶은 거의 불가능한 것이기 때문이다.

 우리에게는 『분노의 포도』(1939)라는 대작(大作)으로, 또 노벨 문학상 수상 작가로 잘 알려진 존 스타인벡(1902~1968)이 1936년에 발표한 『의심스러운 싸움』은 바로 명분 없는 싸움이 야기한 한 비극을 다루고 있는 소설이다. 1930년대 캘리포니아 농장 지대의 파업을 다룬 이 소설은 우연히 부랑죄로 잡혀 들어갔다가 나온 뒤 공산당에 가입하게 된 짐과 그에게 파업 선동의 기술과 일선 공작을 가르쳐 주는 골수 공산당원 맥, 이 두 사람에 의해 선동된 떠돌이 노동자들의 파업이 어떠한 상황으로 전개되는가를 세세하게 그리고 있다.

처음 이 소설이 발표되었을 때 보수적인 비평가들은 『천국의 목장』(1932)이나 『토르티야 대지』(1935)를 통해 목가적인 자연과 낭만적인 인간들을 그린 작가가 갑자기 〈빨갱이〉가 되었다고 비판하였다. 한편 당시의 좌익 비평가들은 이 소설이 노동자들의 파업을 다루고 있으면서도 프롤레타리아 소설로서는 너무나 결함이 많고 공산당의 이미지도 제대로 살리지 못했다고 불만을 표시하였다.

그러나 서로 대립적인 이념을 표방하는 양 진영의 이러한 비판은 스타인벡이 그의 주요 작품들을 통해 보여 주고 있는 주제를 제대로 이해하지 못하는 데서 오는 결과라 할 수 있다. 물론 이 작품의 이야기 전개가 농장 노동자들의 파업에 초점이 맞추어져 그들의 열악한 생활상과 생존을 위한 투쟁만을 그리고 있기 때문에 상대방 농장주들의 상황이나 그들의 입장이 나타나지 않음으로써 일방적인 감상주의로 흐를 가능성도 있다. 또한 파업을 다룬 소설이면서도 그러한 상황을 야기한 체제의 모순이나 갈등이 크게 부각되지 않은 것도 사실이다.

그러나 이 작품에서 스타인벡이 보여 주고자 하는 것은 어띤 일방적인 이념이나 편견의 주장이 아니라, 개인의 삶이 집단적 삶 속에 편입될 때 나타나는 혼란과 개성의 함몰, 그리고 사회 문제는 어떤 일방의 책임이 아니라 그 사회 구성체 전부의 책임이라는 생각, 혹은 이 작품 속에 제3자적 관찰자로 등장하는 의사 닥 버튼의 말처럼 〈주의보다는 인간〉을 믿는 마음일 것이다.

또 한 가지 우리가 주목해야 할 것은 스타인벡이 애정을 가지고 보듬고 있는 사람들은 어떤 이념에 투철한 투사나 자신의 이익을 추구하는 자본가들이라기보다는 다분히 본능적인 것 같으면서도 기본적인 삶의 조건에 따라 부초(浮草)처럼 떠다니는 가련한 사람들이라는 사실이다. 『분노의 포도』의 실향 농민들인 오우키[1]들이 그렇고, 『의심스러운 싸움』의 떠돌이 농장 노동자들이 그렇고, 『생쥐와 인간』(1937)의 두 노동자 조지와 레니가 그렇다.

이처럼 바보스러운 것 같으면서도 동물적인 삶을 살고 있는 천덕꾸러기 인물들에 대한 스타인벡의 애정은 인간의 문제가 어떤 이념이나 싸움(투쟁)으로 해결될 수 없다는 생각과도 연결된다. 『의심스러운 싸움』에서 나타나듯 노동자와 농장주들의 대립이 삶의 조건을 바탕으로 한 갈등이기에 그것은 해결될 수 없는 싸움으로 생각된다. 소설의 말미에 독선적이고 일방적인 이념의 산물로밖에는 볼 수 없는 〈얼굴 없는〉 짐의 시신을 두고 맥이 다시 노동자들을 선동하는 연설을 하는 것은 또 하나의 싸움의 시작이며 새로운 갈등의 시작이다. 다시 말해, 소설의 끝은 있지만 소설일 수 없는 우리 삶

[1] *Okie*. 대공항 시대의 이동 농업 노동자. 오클라호마 출신이 많아 붙여진 명칭.

의 갈등은 계속될 수밖에 없다는 스타인벡의 안타까움이 거기에 있는 것이다.

노동자들의 천박한 언어, 그들의 상스러운 대화가 주가 되면서 군더더기 없이 숨 가쁘게 전개되는 이 작품은 파업의 상황만큼이나 독자들의 호흡을 급하게 이끌어 내는 박진감이 있다. 열악한 천막 숙사에서의 노동자들의 삶, 개싸움에 비유되는 그들의 투쟁, 집단인 group-man 속에 함몰되어 가는 개인들의 소중한 삶, 그러나 최소한의 개인적 삶을 영위하기 위해서는 조직이 있어야 한다는 생각, 사회의 문제는 어느 누구의 책임이 아닌 우리 모두의 책임이라는 인식, 이러한 것들이 우리가 이 『의심스러운 싸움』을 통해 바라보게 되는 우리 자신의 모습과 생각인지도 모른다. 더 크게는 제7장에서 촛불과 새벽의 여명이 서로 다툴 때 그 둘은 각각의 밝음만큼의 빛도 유지하지 못한다는 스타인벡의 묘사가 이 작품 전체의 의미와 연결된다고 하겠다. 더욱이 안타까운 것은 각 장마다 간간이 나타나는 아름다운 자연의 모습만큼 우리 인간의 마음이 넉넉지 못하다는 사실의 깨달음일 게다.

여기에 번역된 『의심스러운 싸움』의 원본으로는 밴텀 출판사가 출간한 *In Dubious Battle*(New York: Bantam, 1961)을 사용했음을 밝혀 둔다. 그리고 이 책의 번역을 권하시고 여러 가지 도움을 주신 강봉식 선생님께 큰절을 올리고 싶다.

윤희기

존 스타인벡 연보

1902년 ^{출생} 2월 27일 미국 캘리포니아주 몬터레이 지방의 설리너스에서 출생.

1919년 ^{17세} 설리너스 고등학교 졸업.

1920년 ^{18세} 스탠퍼드 대학 영문과 입학. 학교를 다니면서 갖가지 아르바이트로 생활.

1925년 ^{23세} 스탠퍼드 대학 중퇴. 뉴욕으로 건너가 일간지인 『아메리칸』의 통신원이 됨.

1929년 ^{27세} 첫 장편소설 『황금의 잔 *Cup of Gold*』 발표.

1930년 ^{28세} 해양생물학자인 에드 리케츠 Ed Ricketts 만남. 캐럴 헤닝 Carol Henning과 결혼. 캘리포니아의 퍼시픽 그로브에서 생활.

1932년 ^{30세} 캘리포니아를 무대로 한 첫 번째 소설 『천국의 목장 *The Pastures of Heaven*』 출간.

1933년 ^{31세} 장편소설 『미지의 신 앞에 *To a God Unknown*』 출간. 『노스아메리칸 리뷰』에 단편소설 「붉은 망아지 The Red Pony」 발표.

1934년 ^{32세} 단편소설 「살인 The Murder」으로 오 헨리상 수상.

1935년 33세　『토르티야 대지Tortilla Flat』 출간.

1936년 34세　농장 노동자들의 동맹 파업을 다룬 소설『의심스러운 싸움In Dubious Battle』 출간.

1937년 35세　소설『생쥐와 인간Of Mice and Men』 발표, 연극으로도 공연되어 큰 성공을 거둠. 첫 유럽 여행.

1938년 36세　단편집『기다란 계곡The Long Valley』 출간.

1939년 37세　『분노의 포도The Grapes of Wrath』 발표. 퓰리처상 수상. 미국 예술문학회 회원으로 선출됨.

1940년 38세　멕시코에서「벽촌The Forgotten Village」영화 촬영.『분노의 포도』와『생쥐와 인간』이 영화로 상영됨.

1941년 39세　『코르테스 바다The Sea of Cortez』 출간.

1942년 40세　캐럴 헤닝과 이혼. 2막짜리 희곡「달은 지다The Moon Is Down」발표.

1943년 41세　귄돌런 콩거와 재혼.『뉴욕 헤럴드 트리뷴』지 특파원으로 유럽 전선 방문.

1944년 42세　첫 아들 톰 출생.

1945년 43세　『캐너리 로Cannery Row』 출간.

1946년 44세　두 번째 아들 존 출생.

1947년 45세　『진주The Pearl』와『바람난 버스The Wayword Bus』 출간. 러시아 여행.

1948년 46세　러시아 기행문『러시아 일지A Russian Journal』 출간. 미국 예술원 회원으로 선출됨. 귄돌런과 이혼.

1950년 48세　중편 극소설「찬란히 빛나다Burning Bright」발표. 엘레인 스코트와 세 번째 결혼.

1952년 50세 『에덴의 동쪽 *East of Eden*』 출간.

1955년 53세 『피리의 꿈 *Pipe Dream*』 출간.

1961년 59세 『불만의 겨울 *The Winter of Our Discontent*』 출간.

1962년 60세 노벨 문학상 수상.

1964년 62세 린든 B. 존슨 대통령으로부터 미국 자유훈장 수상.

1966년 64세 『미국과 미국인들 *America and Americans*』 출간. 미국 존 스타인벡 학회 결성.

1968년 66세 12월 20일 뉴욕에서 사망.

열린책들 세계문학 060 의심스러운 싸움

옮긴이 윤희기 1958년 부산에서 태어났다. 고려대학교 영문학과를 졸업하고 동대학원에서 『삶의 부정확한 번역자: 존 애쉬베리 시의 아포리아』로 박사 학위를 받았다. 고려대학교, 숙명여자대학교, 강원대학교 등에서 강의했으며 현재 고려대학교 국제어학원 연구 교수로 있다. 옮긴 책으로는 테리 이글턴의 『비평과 이데올로기』, 오스카 와일드의 『도리언 그레이의 초상』, 제임스 미치너의 『소설』, 노아 고든의 『샤먼』, A. S. 바이어트의 『소유』, 프로이트의 『무의식에 관하여』, 폴 오스터의 『동행』, 『폐허의 도시』, 『나는 아버지가 하느님인 줄 알았다』(폴 오스터 엮음), 켄트 너번의 『일상의 작은 은총』, 마크 털리의 『예수의 생애』, 스티븐 비진체이의 『연상의 여인에 대한 찬양』, R. W. B. 루이스의 『단테』, 윌리엄 B. 어빈의 『욕망의 발견』, 앤드루 숀 그리어의 『막스 티볼리의 고백』 등 다수가 있다.

지은이 존 스타인벡 **옮긴이** 윤희기 **발행인** 홍지웅·홍예빈
발행처 주식회사 열린책들 **주소** 경기도 파주시 문발로 253 파주출판도시
전화 031-955-4000 **팩스** 031-955-4004 **홈페이지** www.openbooks.co.kr
Copyright (C) 주식회사 열린책들, 1990, 2009, *Printed in Korea.*
ISBN 978-89-329-0977-6 04840 **ISBN** 978-89-329-1499-2 (세트)
발행일 1990년 6월 25일 초판 1쇄 2006년 2월 25일 보급판 1쇄 2007년 3월 5일 보급판 2쇄 2009년 11월 30일 세계문학판 1쇄 2020년 6월 15일 세계문학판 2쇄

이 도서의 국립중앙도서관 출판예정도서목록(CIP)은 서지정보유통지원시스템 홈페이지(http://seoji.nl.go.kr)와 국가자료공동목록시스템(http://www.nl.go.kr/kolisnet)에서 이용하실 수 있습니다.(CIP제어번호:CIP2009003375)

열린책들 세계문학
Open Books World Literature

001 **죄와 벌** 표도르 도스또예프스끼 장편소설 | 홍대화 옮김 | 전2권 | 각 408, 512면

003 **최초의 인간** 알베르 카뮈 장편소설 | 김화영 옮김 | 392면

004 **소설** 제임스 미치너 장편소설 | 윤희기 옮김 | 전2권 | 각 280, 368면

006 **개를 데리고 다니는 부인** 안똔 체호프 소설선집 | 오종우 옮김 | 368면

007 **우주 만화** 이탈로 칼비노 단편집 | 김운찬 옮김 | 416면

008 **댈러웨이 부인** 버지니아 울프 장편소설 | 최애리 옮김 | 296면

009 **어머니** 막심 고리끼 장편소설 | 최윤락 옮김 | 544면

010 **변신** 프란츠 카프카 중단편집 | 홍성광 옮김 | 464면

011 **전도서에 바치는 장미** 로저 젤라즈니 중단편집 | 김상훈 옮김 | 432면

012 **대위의 딸** 알렉산드르 뿌쉬낀 장편소설 | 석영중 옮김 | 240면

013 **바다의 침묵** 베르코르 소설선집 | 이상해 옮김 | 256면

014 **원수들, 사랑 이야기** 아이작 싱어 장편소설 | 김진준 옮김 | 320면

015 **백치** 표도르 도스또예프스끼 장편소설 | 김근식 옮김 | 전2권 | 각 504, 528면

017 **1984년** 조지 오웰 장편소설 | 박경서 옮김 | 392면

018 **수용소군도** 알렉산드르 솔제니찐 기록문학 | 김학수 옮김 | 464면

019 **이상한 나라의 앨리스** 루이스 캐럴 환상동화 | 머빈 피크 그림 | 최용준 옮김 | 336면

020 **베네치아에서의 죽음** 토마스 만 중단편집 | 홍성광 옮김 | 432면

021 **그리스인 조르바** 니코스 카잔차키스 장편소설 | 이윤기 옮김 | 488면

022 **벚꽃 동산** 안똔 체호프 희곡선집 | 오종우 옮김 | 336면

023 **연애 소설 읽는 노인** 루이스 세풀베다 장편소설 | 정창 옮김 | 192면

024 **젊은 사자들** 어윈 쇼 장편소설 | 정영문 옮김 | 전2권 | 각 416, 408면

026 **젊은 베르테르의 슬픔** 요한 볼프강 폰 괴테 장편소설 | 김인순 옮김 | 240면

027 **시라노** 에드몽 로스탕 희곡 | 이상해 옮김 | 256면

028 **전망 좋은 방** E. M. 포스터 장편소설 | 고정아 옮김 | 352면

029 **까라마조프 씨네 형제들** 표도르 도스또예프스끼 장편소설 | 이대우 옮김 | 전3권 | 각 496, 496, 460면

032 **프랑스 중위의 여자** 존 파울즈 장편소설 | 김석희 옮김 | 전2권 | 각 344면

034 **소립자** 미셸 우엘벡 장편소설 | 이세욱 옮김 | 448면

035 **영혼의 자서전** 니코스 카잔차키스 자서전 | 안정효 옮김 | 전2권 | 각 352, 408면

037 **우리들** 예브게니 자먀찐 장편소설 | 석영중 옮김 | 320면
038 **뉴욕 3부작** 폴 오스터 장편소설 | 황보석 옮김 | 480면
039 **닥터 지바고** 보리스 빠스쩨르나끄 장편소설 | 박형규 옮김 | 전2권 | 각 400, 512면
041 **고리오 영감** 오노레 드 발자크 장편소설 | 임희근 옮김 | 456면
042 **뿌리** 알렉스 헤일리 장편소설 | 안정효 옮김 | 전2권 | 각 400, 448면
044 **백년보다 긴 하루** 친기즈 아이뜨마또프 장편소설 | 황보석 옮김 | 560면
045 **최후의 세계** 크리스토프 란스마이어 장편소설 | 장희권 옮김 | 264면
046 **추운 나라에서 돌아온 스파이** 존 르카레 장편소설 | 김석희 옮김 | 368면
047 **산도칸 – 몸프라쳄의 호랑이** 에밀리오 살가리 장편소설 | 유향란 옮김 | 428면
048 **기적의 시대** 보리슬라프 페키치 장편소설 | 이윤기 옮김 | 560면
049 **그리고 죽음** 짐 크레이스 장편소설 | 김석희 옮김 | 224면
050 **세설** 다니자키 준이치로 장편소설 | 송태욱 옮김 | 전2권 | 각 480면
052 **세상이 끝날 때까지 아직 10억 년** 스뜨루가츠끼 형제 장편소설 | 석영중 옮김 | 224면
053 **동물 농장** 조지 오웰 장편소설 | 박경서 옮김 | 208면
054 **캉디드 혹은 낙관주의** 볼테르 장편소설 | 이봉지 옮김 | 232면
055 **도적 떼** 프리드리히 폰 실러 희곡 | 김인순 옮김 | 264면
056 **플로베르의 앵무새** 줄리언 반스 장편소설 | 신재실 옮김 | 320면
057 **악령** 표도르 도스또예프스끼 장편소설 | 박혜경 옮김 | 전3권 | 각 328, 408, 528면
060 **의심스러운 싸움** 존 스타인벡 장편소설 | 윤희기 옮김 | 340면
061 **몽유병자들** 헤르만 브로흐 장편소설 | 김경연 옮김 | 전2권 | 각 568, 544면
063 **몰타의 매** 대실 해밋 장편소설 | 고정아 옮김 | 304면
064 **마야꼬프스끼 선집** 블라지미르 마야꼬프스끼 선집 | 석영중 옮김 | 384면
065 **드라큘라** 브램 스토커 장편소설 | 이세욱 옮김 | 전2권 | 각 340, 344면
067 **서부 전선 이상 없다** 에리히 마리아 레마르크 장편소설 | 홍성광 옮김 | 336면
068 **적과 흑** 스탕달 장편소설 | 임미경 옮김 | 전2권 | 각 432, 368면
070 **지상에서 영원으로** 제임스 존스 장편소설 | 이종인 옮김 | 전3권 | 각 396, 380, 496면
073 **파우스트** 요한 볼프강 폰 괴테 희곡 | 김인순 옮김 | 568면
074 **쾌걸 조로** 존스턴 매컬리 장편소설 | 김훈 옮김 | 316면
075 **거장과 마르가리따** 미하일 불가꼬프 장편소설 | 홍대화 옮김 | 전2권 | 각 364, 328면
077 **순수의 시대** 이디스 워튼 장편소설 | 고정아 옮김 | 448면
078 **검의 대가** 아르투로 페레스 레베르테 장편소설 | 김수진 옮김 | 384면
079 **예브게니 오네긴** 알렉산드르 뿌쉬낀 운문소설 | 석영중 옮김 | 328면

080 **장미의 이름** 움베르토 에코 장편소설 | 이윤기 옮김 | 전2권 | 각 440, 448면

082 **향수** 파트리크 쥐스킨트 장편소설 | 강명순 옮김 | 384면

083 **여자를 안다는 것** 아모스 오즈 장편소설 | 최창모 옮김 | 280면

084 **나는 고양이로소이다** 나쓰메 소세키 장편소설 | 김난주 옮김 | 544면

085 **웃는 남자** 빅토르 위고 장편소설 | 이형식 옮김 | 전2권 | 각 472, 496면

087 **아웃 오브 아프리카** 카렌 블릭센 장편소설 | 민승남 옮김 | 480면

088 **무엇을 할 것인가** 니꼴라이 체르니셰프스끼 장편소설 | 서정록 옮김 | 전2권 | 각 360, 404면

090 **도나 플로르와 그녀의 두 남편** 조르지 아마두 장편소설 | 오숙은 옮김 | 전2권 | 각 408, 308면

092 **미사고의 숲** 로버트 홀드스톡 장편소설 | 김상훈 옮김 | 424면

093 **신곡** 단테 알리기에리 장편서사시 | 김운찬 옮김 | 전3권 | 각 292, 296, 328면

096 **교수** 샬럿 브론테 장편소설 | 배미영 옮김 | 368면

097 **노름꾼** 표도르 도스또예프스끼 장편소설 | 이재필 옮김 | 320면

098 **하워즈 엔드** E. M. 포스터 장편소설 | 고정아 옮김 | 512면

099 **최후의 유혹** 니코스 카잔차키스 장편소설 | 안정효 옮김 | 전2권 | 각 408면

101 **키리냐가** 마이크 레스닉 장편소설 | 최용준 옮김 | 464면

102 **바스커빌가의 개** 아서 코넌 도일 장편소설 | 조영학 옮김 | 264면

103 **버마 시절** 조지 오웰 장편소설 | 박경서 옮김 | 408면

104 **10 1/2장으로 쓴 세계 역사** 줄리언 반스 장편소설 | 신재실 옮김 | 464면

105 **죽음의 집의 기록** 표도르 도스또예프스끼 장편소설 | 이덕형 옮김 | 528면

106 **소유** 앤토니어 수전 바이어트 장편소설 | 윤희기 옮김 | 전2권 | 각 440, 488면

108 **미성년** 표도르 도스또예프스끼 장편소설 | 이상룡 옮김 | 전2권 | 각 512, 544면

110 **성 앙투안느의 유혹** 귀스타브 플로베르 희곡소설 | 김용은 옮김 | 584면

111 **밤으로의 긴 여로** 유진 오닐 희곡 | 강유나 옮김 | 240면

112 **마법사** 존 파울즈 장편소설 | 정영문 옮김 | 전2권 | 각 512, 552면

114 **스쩨빤치꼬보 마을 사람들** 표도르 도스또예프스끼 장편소설 | 변현태 옮김 | 416면

115 **플랑드르 거장의 그림** 아르투로 페레스 레베르테 장편소설 | 정창 옮김 | 512면

116 **분신** 표도르 도스또예프스끼 장편소설 | 석영중 옮김 | 288면

117 **가난한 사람들** 표도르 도스또예프스끼 장편소설 | 석영중 옮김 | 256면

118 **인형의 집** 헨리크 입센 희곡 | 김창화 옮김 | 272면

119 **영원한 남편** 표도르 도스또예프스끼 장편소설 | 정명자 외 옮김 | 448면

120 **알코올** 기욤 아폴리네르 시집 | 황현산 옮김 | 352면

121 **지하로부터의 수기** 표도르 도스또예프스끼 장편소설 | 계동준 옮김 | 256면

122 **어느 작가의 오후** 페터 한트케 중편소설 | 홍성광 옮김 | 160면
123 **아저씨의 꿈** 표도르 도스또예프스끼 장편소설 | 박종소 옮김 | 312면
124 **네또츠까 네즈바노바** 표도르 도스또예프스끼 장편소설 | 박재만 옮김 | 316면
125 **곤두박질** 마이클 프레인 장편소설 | 최용준 옮김 | 528면
126 **백야 외** 표도르 도스또예프스끼 소설선집 | 석영중 외 옮김 | 408면
127 **살라미나의 병사들** 하비에르 세르카스 장편소설 | 김창민 옮김 | 304면
128 **뻬쩨르부르그 연대기 외** 표도르 도스또예프스끼 소설선집 | 이항재 옮김 | 296면
129 **상처받은 사람들** 표도르 도스또예프스끼 장편소설 | 윤우섭 옮김 | 전2권 | 각 296, 392면
131 **악어 외** 표도르 도스또예프스끼 소설선집 | 박혜경 외 옮김 | 312면
132 **허클베리 핀의 모험** 마크 트웨인 장편소설 | 윤교찬 옮김 | 416면
133 **부활** 레프 똘스또이 장편소설 | 이대우 옮김 | 전2권 | 각 308, 416면
135 **보물섬** 로버트 루이스 스티븐슨 장편소설 | 머빈 피크 그림 | 최용준 옮김 | 360면
136 **천일야화** 앙투안 갈랑 엮음 | 임호경 옮김 | 전6권 | 각 336, 328, 372, 392, 344, 320면
142 **아버지와 아들** 이반 뚜르게네프 장편소설 | 이상원 옮김 | 328면
143 **오만과 편견** 제인 오스틴 장편소설 | 원유경 옮김 | 480면
144 **천로 역정** 존 버니언 우화소설 | 이동일 옮김 | 432면
145 **대주교에게 죽음이 오다** 윌라 캐더 장편소설 | 윤명옥 옮김 | 352면
146 **권력과 영광** 그레이엄 그린 장편소설 | 김연수 옮김 | 384면
147 **80일간의 세계 일주** 쥘 베른 장편소설 | 고정아 옮김 | 352면
148 **바람과 함께 사라지다** 마거릿 미첼 장편소설 | 안정효 옮김 | 전3권 | 각 616, 640, 640면
151 **기탄잘리** 라빈드라나트 타고르 시집 | 장경렬 옮김 | 224면
152 **도리언 그레이의 초상** 오스카 와일드 장편소설 | 윤희기 옮김 | 384면
153 **레우코와의 대화** 체사레 파베세 희곡소설 | 김운찬 옮김 | 280면
154 **햄릿** 윌리엄 셰익스피어 희곡 | 박우수 옮김 | 256면
155 **맥베스** 윌리엄 셰익스피어 희곡 | 권오숙 옮김 | 176면
156 **아들과 연인** 데이비드 허버트 로런스 장편소설 | 최희섭 옮김 | 전2권 | 각 464, 432면
158 **그리고 아무 말도 하지 않았다** 하인리히 뵐 장편소설 | 홍성광 옮김 | 272면
159 **미덕의 불운** 싸드 장편소설 | 이형식 옮김 | 248면
160 **프랑켄슈타인** 메리 W. 셸리 장편소설 | 오숙은 옮김 | 320면
161 **위대한 개츠비** 프랜시스 스콧 피츠제럴드 장편소설 | 한애경 옮김 | 280면
162 **아Q정전** 루쉰 중단편집 | 김태성 옮김 | 320면
163 **로빈슨 크루소** 대니얼 디포 장편소설 | 류경희 옮김 | 456면

164 **타임머신** 허버트 조지 웰스 소설선집 | 김석희 옮김 | 304면

165 **제인 에어** 샬럿 브론테 장편소설 | 이미선 옮김 | 전2권 | 각 392, 384면

167 **풀잎** 월트 휘트먼 시집 | 허현숙 옮김 | 280면

168 **표류자들의 집** 기예르모 로살레스 장편소설 | 최유정 옮김 | 216면

169 **배빗** 싱클레어 루이스 장편소설 | 이종인 옮김 | 520면

170 **이토록 긴 편지** 마리아마 바 장편소설 | 백선희 옮김 | 192면

171 **느릅나무 아래 욕망** 유진 오닐 희곡 | 손동호 옮김 | 168면

172 **이방인** 알베르 카뮈 장편소설 | 김예령 옮김 | 208면

173 **미라마르** 나기브 마푸즈 장편소설 | 허진 옮김 | 288면

174 **지킬 박사와 하이드 씨** 로버트 루이스 스티븐슨 소설선집 | 조영학 옮김 | 320면

175 **루진** 이반 뚜르게네프 장편소설 | 이항재 옮김 | 264면

176 **피그말리온** 조지 버나드 쇼 희곡 | 김소임 옮김 | 256면

177 **목로주점** 에밀 졸라 장편소설 | 유기환 옮김 | 전2권 | 각 336면

179 **엠마** 제인 오스틴 장편소설 | 이미애 옮김 | 전2권 | 각 336, 360면

181 **비숍 살인 사건** S. S. 밴 다인 장편소설 | 최인자 옮김 | 464면

182 **우신예찬** 에라스무스 풍자문 | 김남우 옮김 | 296면

183 **하자르 사전** 밀로라드 파비치 장편소설 | 신현철 옮김 | 488면

184 **테스** 토머스 하디 장편소설 | 김문숙 옮김 | 전2권 | 각 392, 336면

186 **투명 인간** 허버트 조지 웰스 장편소설 | 김석희 옮김 | 288면

187 **93년** 빅토르 위고 장편소설 | 이형식 옮김 | 전2권 | 각 288, 360면

189 **젊은 예술가의 초상** 제임스 조이스 장편소설 | 성은애 옮김 | 384면

190 **소네트집** 윌리엄 셰익스피어 연작시집 | 박우수 옮김 | 200면

191 **메뚜기의 날** 너새니얼 웨스트 장편소설 | 김진준 옮김 | 280면

192 **나사의 회전** 헨리 제임스 중편소설 | 이승은 옮김 | 256면

193 **오셀로** 윌리엄 셰익스피어 희곡 | 권오숙 옮김 | 216면

194 **소송** 프란츠 카프카 장편소설 | 김재혁 옮김 | 376면

195 **나의 안토니아** 윌라 캐더 장편소설 | 전경자 옮김 | 368면

196 **자성록** 마르쿠스 아우렐리우스 명상록 | 박민수 옮김 | 240면

197 **오레스테이아** 아이스킬로스 비극 | 두행숙 옮김 | 336면

198 **노인과 바다** 어니스트 헤밍웨이 소설선집 | 이종인 옮김 | 320면

199 **무기여 잘 있거라** 어니스트 헤밍웨이 장편소설 | 이종인 옮김 | 464면

200 **서푼짜리 오페라** 베르톨트 브레히트 희곡선집 | 이은희 옮김 | 320면

201 **리어 왕** 윌리엄 셰익스피어 희곡 | 박우수 옮김 | 224면

202 **주홍 글자** 너대니얼 호손 장편소설 | 곽영미 옮김 | 360면

203 **모히칸족의 최후** 제임스 페니모어 쿠퍼 장편소설 | 이나경 옮김 | 512면

204 **곤충 극장** 카렐 차페크 희곡선집 | 김선형 옮김 | 360면

205 **누구를 위하여 종은 울리나** 어니스트 헤밍웨이 장편소설 | 이종인 옮김 | 전2권 | 각 416, 400면

207 **타르튀프** 몰리에르 희곡선집 | 신은영 옮김 | 416면

208 **유토피아** 토머스 모어 소설 | 전경자 옮김 | 288면

209 **인간과 초인** 조지 버나드 쇼 희곡 | 이후지 옮김 | 320면

210 **페드르와 이폴리트** 장 라신 희곡 | 신정아 옮김 | 200면

211 **말테의 수기** 라이너 마리아 릴케 장편소설 | 안문영 옮김 | 320면

212 **등대로** 버지니아 울프 장편소설 | 최애리 옮김 | 328면

213 **개의 심장** 미하일 불가꼬프 중편소설집 | 정연호 옮김 | 352면

214 **모비 딕** 허먼 멜빌 장편소설 | 강수정 옮김 | 전2권 | 각 464, 488면

216 **더블린 사람들** 제임스 조이스 단편소설집 | 이강훈 옮김 | 336면

217 **마의 산** 토마스 만 장편소설 | 윤순식 옮김 | 전3권 | 각 496, 488, 512면

220 **비극의 탄생** 프리드리히 니체 | 김남우 옮김 | 320면

221 **위대한 유산** 찰스 디킨스 장편소설 | 류경희 옮김 | 전2권 | 각 432, 448면

223 **사람은 무엇으로 사는가** 레프 똘스또이 소설선집 | 윤새라 옮김 | 464면

224 **자살 클럽** 로버트 루이스 스티븐슨 소설선집 | 임종기 옮김 | 272면

225 **채털리 부인의 연인** 데이비드 허버트 로런스 장편소설 | 이미선 옮김 | 전2권 | 각 336, 328면

227 **데미안** 헤르만 헤세 장편소설 | 김인순 옮김 | 264면

228 **두이노의 비가** 라이너 마리아 릴케 시 선집 | 손재준 옮김 | 504면

229 **페스트** 알베르 카뮈 장편소설 | 최윤주 옮김 | 432면

230 **여인의 초상** 헨리 제임스 장편소설 | 정상준 옮김 | 전2권 | 각 520, 544면

232 **성** 프란츠 카프카 장편소설 | 이재황 옮김 | 560면

233 **차라투스트라는 이렇게 말했다** 프리드리히 니체 산문시 | 김인순 옮김 | 464면

234 **노래의 책** 하인리히 하이네 시집 | 이재영 옮김 | 384면

235 **변신 이야기** 오비디우스 서사시 | 이종인 옮김 | 632면

236 **안나 까레니나** 레프 똘스또이 장편소설 | 이명현 옮김 | 전2권 | 각 800, 736면

238 **이반 일리치의 죽음 · 광인의 수기** 레프 똘스또이 중단편집 | 석영중 · 정지원 옮김 | 232면

239 **수레바퀴 아래서** 헤르만 헤세 장편소설 | 강명순 옮김 | 272면

240 **피터 팬** J. M. 배리 장편소설 | 최용준 옮김 | 272면

241 **정글 북** 러디어드 키플링 중단편집 | 오숙은 옮김 | 272면
242 **한여름 밤의 꿈** 윌리엄 셰익스피어 희곡 | 박우수 옮김 | 160면
243 **좁은 문** 앙드레 지드 장편소설 | 김화영 옮김 | 264면
244 **모리스** E. M. 포스터 장편소설 | 고정아 옮김 | 408면
245 **브라운 신부의 순진** 길버트 키스 체스터턴 단편집 | 이상원 옮김 | 336면
246 **각성** 케이트 쇼팽 장편소설 | 한애경 옮김 | 272면
247 **뷔히너 전집** 게오르크 뷔히너 지음 | 박종대 옮김 | 400면
248 **디미트리오스의 가면** 에릭 앰블러 장편소설 | 최용준 옮김 | 424면
249 **베르가모의 페스트 외** 옌스 페테르 야콥센 중단편 전집 | 박종대 옮김 | 208면
250 **폭풍우** 윌리엄 셰익스피어 희곡 | 박우수 옮김 | 176면
251 **어셴든, 영국 정보부 요원** 서머싯 몸 연작 소설집 | 이민아 옮김 | 416면

각 권 8,800~15,800원